極楽《ごくらく》征夷大将軍《せいいたいしょうぐん》

垣根涼介
Kakine Ryosuke

文藝春秋

Don't think, feel.
Be water

—Bruce Lee（李小龍）

装画　岡田航也
装幀　征矢武

目次

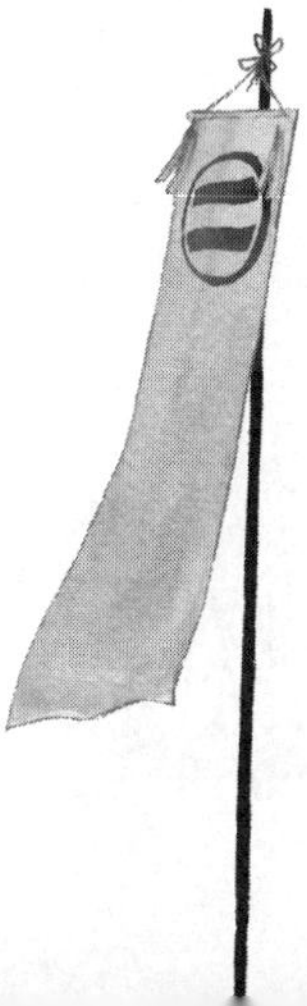

主な登場人物

足利一門

足利高氏（尊氏） 幼名・又太郎。のちの室町幕府初代征夷大将軍。

足利高国（直義） 幼名・次三郎。高氏の弟。実質的に室町幕府を興す。

高師直（五郎） 足利家の執事。幕府樹立の陰の立役者。

高師泰 師直の弟。武芸には秀でているが政治には疎い。

上杉憲房 高氏、高国の伯父。

細川和氏 倒幕で功を上げる。阿波守。

登子 高氏の正室。鎌倉幕府最後の執権、赤橋守時の妹。

彰子 高国の正室。足利家の庶流・渋川貞頼の娘。

赤松円心 護良親王に呼応して倒幕に参加。

朝廷方

後醍醐天皇 野心家であり、鎌倉幕府を打倒する。建武の新政を行う。

護良親王（大塔宮） 後醍醐天皇の息子。父とは折り合いが悪い。

楠木正成 後醍醐天皇に呼応して倒幕のため挙兵。

新田義貞 倒幕に参加。建武の新政の立役者の一人。

北畠親房 後醍醐天皇の側近。

極楽征夷大将軍

第一章　庶子

1

湘南、などというバタ臭い地名が出来る七百年も前から、鎌倉は鎌倉だったし、由比《ゆい》ガ浜《はま》も由比ガ浜として存在していた。

当時、この渚《なぎさ》でよく遊んでいる兄弟がいた。二歳違いの又太郎《またたろう》、次三郎《じさぶろう》と言う。

のちの足利尊氏《あしかがたかうじ》と、その彼を支え、室町幕府を実質的に作り上げた弟の直義《ただよし》である。

彼らの住む屋敷から滑川《なめりがわ》沿いを歩いていくと、由比ガ浜までは四半刻で着く。

天気のいい日に誘うのは、決まって兄の又太郎だった。

「次三《じさ》、浜へ行こう」

次三郎は行きたくない時もある。陽光輝く相模湾を眺めているのは楽しいが、磯臭いし、時に南からの強風が吹き付け、髻《もとどり》も小袖《こそで》もべたつく。草履《ぞうり》の網目も砂だらけになって、じゃりじゃりとした感触が次第に気持ち悪くなる。

それでも、誘われれば必ず付いていった。

兄が好きだったからだ。

いつも暇だったせいもある。屋敷にいても、あまりやることがない。足利家の屋敷では、庶子——側室の子供である彼らのことに気を払う家人《けにん》など、ほぼ皆無だ。母の清子《きよこ》以外からは、ほとんど誰からも関心を示されない。

「次三よ、あれに入道雲が出ておるぞ」

「はい」

「蟬《せみ》もわんわんと鳴いておる。すっかり明けたなあ、梅雨」

「うん……」

兄が思いつくままにいろんなことを喋り、次三郎は、口数少なく相槌《あいづち》を打つ。

この兄弟には、年の上下という意識があまりない。互いを遊び相手として育った。家中の意識がそうさせた。

父の貞氏《さだうじ》は、足利宗家の七代目当主だった。二年前に出家し、家督を嫡子の高義《たかよし》に譲っていた。高義は家督を相続した当時、十五歳だった。

その高義を生んだのが、貞氏の正室だ。郎党や家人から御母堂様と敬称されている。鎌倉幕府の執権《しっけん》を務める北条《ほうじょう》一族の名門、金沢《かねさわ》家から嫁《か》してきた。

高義の家督相続の時、次三郎はまだ五歳だったが、それでも当時の祝宴のことは、おぼろげながらに覚えている。足利宗家と吉良《きら》、斯波《しば》、石塔《いしどう》、高《こう》、上杉《うえすぎ》家などの同族郎党が一堂に会した華やかな儀式だった。

家人や郎党たちの関心と興味は、いよいよ家督を継いだ高義にのみ集中した。

対して母の生家は、元をたどれば京の中級公家だ。左衛《さえ》門督《もんのかみ》ほどの官職にしか就けなかった藤原《ふじわら》氏の庶流だった。

六十年ほど前、宗尊《むねたか》親王が、鎌倉幕府の六代将軍として下向してきた。清子の祖父である藤原重房《しげふさ》は介添えとして供奉《ぐぶ》し、以後は上杉と称して鎌倉に住み着いた。そして幕府の有力御家人《ごけにん》である足利家に仕えるようになる。

つまり、又太郎と次三郎は、足利家の家来筋の母から生まれた。

日に二度の食事も、嫡男の高義とは昔から別だ。

高義は本棟の奥座敷で、父の貞氏や正室の母、それに多くの郎党たちに囲まれながら食事をとる。

又太郎と次三郎は、別棟で母と三人だけだ。傅《かしず》く下男も一人で、むろん食事の内容もぜんぜん違う。

だから、彼らが屋敷から出て外をほっつき歩いても、門番を含めて誰一人として口うるさく言う者はいない。

はっきり言えば、海で遊んでいる時に二人とも波に呑まれ、あるいはどちらかが藪《やぶ》で蝮《まむし》に嚙まれ、挙句《あげく》に死んでしまおうと、足利家にとっては大した問題ではない。居ても居なくても変わらない存在だった。

兄弟は、なおも滑川沿いの小径を歩いていく。

やがて海に出た。

由比ガ浜だ。

「わ」

いつも見ている景色なのに、決まって又太郎は声を上げ、渚へと駆け寄っていく。兄は、どんな時も屈託がない。その後を、少し遅れながら次三郎も付いていく。

又太郎は浜に着くと、波打ち際をしばしぶらつく。次三郎は、そんな兄をぼんやりと眺めている。

眩《まぶ》しく照り返す相模湾の上で、鳶《とび》たちがゆったりと舞っている。時おり、その軽やかな鳴き声が天空に響く。

鳶は、いいなあ。気楽で。まるで兄者のようだ。

そう思うたびに、何故かひどく虚《むな》しい気持ちになる。

しばらくして又太郎が、砂浜に流れ着いた流木の木っ端を、三、四個拾って戻って来た。

「次三郎、『右か左か』じゃ」

そう、上気した声で言う。

またか、とうんざりする。兄は浜で、必ずこれをやる。

けれど、特にやりたいこともないので、結局はうなずく。又太郎が無言で笑い、木っ端を沖に向かって投げる。

とぷっ――。

一つ目の木っ端が波間に浮かぶ。背後に、海面が盛り上がる。うねりが膨《ふく》らむ。

「左じゃ」

兄が言う。

「右」

次三郎も口を開く。兄が言ったから反対を取ったわけではない。右に行くような気がした。

盛り上がった波が、やがて右のほうから砕け始めた。対して波の左側は崩れず、ゆっくりと水面が傾斜を始める。木っ端が、ゆるゆると左に流れていく。流れ続ける。その動きを打ち消すうねりは、さらに左手のほうからは来ない。

「一つ。わしの勝ちじゃ」

得意げな風もなく、兄は二番目の木っ端を投げる。また波間に浮かぶ。

しばし見つめ、今度は次三郎が先に口を開いた。

「右」

「わしも、右」

背後の波が、今度は左から崩れ始めた。木っ端が右へと流れていく。

二人で顔を見合わせる。兄が笑った。

「お互い、当たった」

言いつつ、さらに三つ目の木っ端を投げた。

「左」

最初に兄が言った。

「右」

盛り上がった波が、左から崩れていく。木っ端は右へ。

ふむ、と又太郎は首をひねる。

「次三郎の勝ちじゃな」

なんとなく満足を覚え、うなずく。これで互いに二勝だ。残る木っ端は一つしかない。いよいよ最後だ。

兄が、その四つ目の木っ端を投げた。

背後に盛り上がってくる波を、じっくりと観察する。盛り上がりの頂点の左側が、やや変な形に思える。左から崩れるような気がする。

「右」

次三郎が言い、兄は反対をとった。

「左」

が、波は右から崩れ、木っ端は左へと流れた。

結果は出たが、兄は何も言わなかった。兄が三勝で自分が二勝。口にしなくても分かる。

こういう時に黙っている兄が、次三郎は好きだった。

それにしても、何故かこの遊びをすると、兄がたいがい勝つ。

少し考えてみる。

右か左かを当てるだけなので、二つに一つ。半々で当たる。だから、四回すれば二回ほどは次三郎も勝つ。当然だ。

でも、この兄はしばしば三回、時には四回と当てる。対して自分は、三回当てられることもあまりない。普通はそうだと感じる。

何かコツのようなものがあるかと、一度聞いてみたことがある。

「勘じゃな」

あっさりと兄は答えたものだ。けれど、次三郎はごまかされた気がして、ちゃんと言葉にしてくれとせがんだ。

すると兄は困った顔をした。

「だから、全部じゃ。波の大きさ、形、風の向き、潮の流れ、満ち引き、そんなものが全部ごちゃまぜになっている。ぱっと見る。そして決める。勘じゃ。うまく言えん」

そう、放り出すように言った。嘘を言っているようには見えない。

兄は込み入ったことをやること、考えることが苦手だ。勉学もそうだ。根気がなく、すぐに投げやりになる。最近では次三郎が読める漢字も、読めないことがある。

それなのに、この遊びではいつも兄が勝つ。

なんだか、納得できない。

満ち引きと言えば、この兄がよくやる遊びが、もう一つある。

波打ち際まで行って、そのあたりで拾ってきた木の棒を、濡れた砂浜に突き立てる。寄せては返す波が、届くか届かないかのぎりぎりのところだ。

その棒のすぐ脇で、裾《すそ》をまくり、裸足になってかわりばんこに立つ。やがて大きな波が来ると、足元が濡れる。

それまでに、打ち寄せる波が多かったほうが勝ちだ。

これまた単純な遊びだが、その引き際の拍子を見極めて、いつ立ち始めるかが難しい。

大きく波が引いた瞬間を狙《ねら》って、次三郎が棒の横に立つ。兄が、波の数を数え始める。

「いち、にい、さん、しい……」

五回目に大波が打ち寄せ、次三郎の足元が波に濡れた。

「四回」

そう言って、今度は兄がしばし波打ち際を見つめ、ややあって棒の脇に立つ。次三郎が数え始める。

「いち、にい、さん、しい、ご……ろく」

七回目の波で、兄の踝《くるぶし》が海水に浸かる。自分の負けだ。

兄弟で勝ったり負けたりを繰り返しながら、十回ほどやり続ける。これまた多くの場合、六回か七回は兄のほうが勝つ。そのコツを再び聞いても、

「ええ、と。波が、沖から順繰りに来る。どの波が大きいかを、見定める。でも、途中で波が消えることもある。最後は、やっぱり勘じゃな」

と、兄の答えはやはり要領を得ない。

……納得がいかない。やっぱり合点がいかない。

兄は勉学をさぼることを、よく母の清子にたしなめられている。

じっとしていることが苦手で、二人で文机《ふづくえ》を並べて写経をしている時など、しきりと次三郎を遊びに誘ってくる。

「次三郎、ちと休もう。疲れた」

時に次三郎も、その誘いに乗ることがある。長い間の正座で、足が痺《しび》れている。さらにごくまれには屋敷の本棟に忍び込み、色んな部屋を探索して回る時もある。

日中、広大な本棟にはあまり人がいない。父の貞氏も長兄の高義も、柳営《りゅうえい》や北条得宗家にしばしば出仕しており、不在な場合が多い。主だった郎党たちや執事の高師重《こうのもろしげ》も、二人に供をして外出している。誰からも見咎められない格好の遊び場だった。

一年ほど前もそうだった。

二人で、鬼ごっこと隠れん坊を混ぜ合わせた遊びをしていた。一方が鬼になり、他方が屋敷のどこかに隠れる。見つけられても、相手から捕まえられるまで色んな部屋を駆け回りながら逃げる。

この時は兄が鬼になり、隠れた場所を見つけられた次三郎が逃げていた。どたどたと足音が迫ってくる。一瞬ためらったが、さらに奥の部屋――父の書院に飛び込んだ。

「それっ」

兄の掛け声もすぐ背後から聞こえた。捕まる。そう思って踵《きびす》を返そうとした瞬間、足が滑った。父の文机の上に危うく倒れ込みそうになり、咄嗟《とっさ》に片手を突いた。表面が反り返っている机の端だ。反動で派手にひっくり返った。

あっ、と思った時には書物や文鎮、筆などが高々と宙を舞い、直後にはばらばらと床に落ちてきた。

ぼくっ。

そんな変な音も、微かに聞こえた。

気づけば、部屋中に色んなものが散らばっていた。

呆然《ぼうぜん》として兄を見ると、又太郎もまた、びっくりした様子で次三郎を見返していた。が、兄はすぐに真顔に戻った。

「片付けよう、誰も来ぬうちに。早く」

そう、急かすように言った。

兄が机を元に戻している間、次三郎は散らかった草子、筆、墨、桐箱などをあせあせと集め始めた。けれど、必死に拾い集めている途中で、ふと手が止まった。

部屋の隅に、硯《すずり》が転がっていた。一つのはずが、何故か二つになっている。

割れていた……。

今度こそ、頭からさっと血の気が引くような気がした。

父はいつも、気難しそうな表情をぶら下げている人だった。怒りっぽくもある。

以前、そんな父が珍しく上機嫌で母に話していたことがある。この唐渡りの硯を手に入れた時のことだ。

「端渓水巌《たんけいすいがん》じゃ。一匁《いちもんめ》の重さが、金より高い」

そう言って、母にいかにも大事そうに自慢していた。

それが今、床で真っ二つに割れている。

「………」

泣き出しそうになりながら、両手でそれぞれを拾い上げた。無言のまま、机の上を片付けていた兄の許まで行った。

兄が振り返る。次三郎は震える両手で割れた硯を差し出した。兄はなおも怪訝《けげん》そうな顔をしている。黙って、もう一度突き出すようにして見せた。

ようやく状況を理解したらしく、兄の顔も青くなった。

「どうしよう……」

父の怒り狂う顔が目に浮かんだ。足利家の三男坊で、しかも庶子の二番目である次三郎には、貞氏に可愛がってもらった記憶はほとんどない。ただただ遠く、ひたすらに怖い存在だった。

とうとう次三郎は、恐怖に泣き出した。

「兄者、どうしよう」

なおも泣きながら繰り返した。当時まだ六歳だった。

兄も最初はおろおろとしていたが、そのうち急に落ち着いてきた。

「大丈夫だ」

そう、まずは口を開いた。

「心配ない。何か手はある。なんとかなる」

そう言って、次三郎の手から割れた硯を取り上げた。慎重に割れた面を重ね合わせていく。ぴたりと合わせたその表面を、しげしげと観察している。

「どこも、欠けておらん」

やがて顔を上げ、兄は言った。

「見ろ。こう、しっかりと継ぎ合わせれば、どこも欠けておらん。二つに割れておるだけだ」

そう言って、割れ目を合わせた硯を突き出す。確かにそうだ。両手でくっつけている限り、硯は割れているようには見えない。でも、実際にはやっぱり割れている。次三郎には言っている意味が分からない。

「次三、かまどまで行って、椀に残り飯と水を入れてこい」

「え?」

「いいから、そうしろ。早く」

言われるままに次三郎は台所へと小走りに駆けていった。幸い、夕餉《ゆうげ》の準備にはまだ早いようで、広い台所には誰も居なかった。お櫃《ひつ》の一つに、わずかに残り飯があった。椀によそい、水瓶から水を入れ、急いで兄の元に戻る。

兄は、机の周りを片付け終わっていた。次三郎が差し出した椀を取り、水に浸《ひた》った米を指先で潰していく。こねくり回していく。

ようやくその理由を察し、次三郎は呆れた。

兄は即席《そくせき》の糊《のり》を作り、それで割れた硯を継ぎ合わせようとしている。

現実にそうした。一塊《ひとかたまり》に柔らかくなった糊で、割れた硯をぴったりとくっつけた。そのまま、慎重に文机の上に置く。試みで指の先で少し動かす。硯は、くっついたままだ。

「乾けば、さらに頑丈になる」

兄は言った。でも、次三郎には到底うまくいくとは思えなかった。まるで子供だましだ。

「墨を使ったら、また壊れるかも」

恐る恐る、そう小さな声で問いかけた。墨で力を入れて擦れば、たぶんまた割れる——。

が、兄はこう言ってのけたものだ。

「その時は、その時のことだ。今は、壊れていない」

兄には、ごくまれにこういう時がある。普段は極楽蜻蛉《ごくらくとんぼ》のようにふわふわとしているくせに、いざこういう土壇場になると、急に性根が据わる。不思議と図太くなる。いい加減さと無責任さが交じり合ったその豪胆さを、時おり次三郎は不思議に思う。もっとも、この時ばかりは兄の肝の据わりようが心強かった。

が、結局はばれた。

のちに、家人からその仔細を聞いた。

翌日、父の貞氏が文を認《したた》めるために、硯に水を入れ、墨に圧を加えて擦り始めた途端、硯はぱかりと二つに割れた。

父は、仰天した。

それから硯の割れた断面に微かに糊が付いているのを見るに及んで、この子供だましの誤魔化《ごまか》しに気づいた。当然烈火の如《ごと》く怒り始めた。

壊した相手の目星も、すぐについたという。その所業から して、昨日、屋敷内にいた子供だ。しかも無断で書院に足を踏み入れるような子供は、足利家には二人しかいない。果たしてこの兄弟が住んでいる離れに、ずかずかと乗り込んできた。

「どちらが壊した」

そう声を荒らげ、割れた硯を二人の前に突き出した。

「言え。どちらが壊した」

次三郎は口を開こうとした。自分が壊しました、と。けれど、鬼の形相をした父を前に、どうしても両手が震え、舌も痺れたように動かない。

兄弟が正座したまま揃って無言でいると、父はいよいよ怒り狂った。

「わしはの、壊したことを怒っているのではない。壊した後、こんな姑息な真似をして隠そうとしたことじゃっ」

そう、喚《わめ》き散らした。

「言えっ。どちらがこんなたわけた真似をした」

次三郎は、いよいよ覚悟した。もう白状するしかない。意を決して口を開こうとした矢先、兄が声を上げた。

「それがしが、やりました」恐怖に震える口調で、繰り返した。「怖くて、わしが誤魔化しました」

あっ、と次三郎は愕然《がくぜん》とした。

確かに硯をくっつけて隠そうとしたのは兄だ。でも、硯を壊したという元凶を作ったのは自分だ。しかしその元凶は口にせず、わしが誤魔化しました、とだけ口にした。

兄は、自分を庇《かば》おうとしている……。

父はその言葉を真に受けた。

「おのれ――」と、いよいよ激怒し、力まかせに兄を引き倒した。「この足利家に生まれながら、武士《もののふ》の風上にも置けぬ奴」

「お、お許しください」

「許さぬっ。いま一度、そこへ直《なお》れ」

そう命じ、兄に再び正座をさせた。直後、父は腰元から太刀を抜いた。まさか斬るのかと思い、次三郎は仰天した。

が、早とちりだった。

抜刀はしなかった。代わりに鞘《さや》ぐるみの太刀で、正座したままの又太郎の背中を激しく打った。二度、三度、四度、五度と激しく打擲《ちょうちゃく》した。

いくら鞘ぐるみでとはいえ、太刀の重さも含めると四斤《きん》（約二・四キロ）はあっただろう。いわば、木で包まれた鉄の棒だ。まだ八歳だった又太郎の背中は、打ち据えられるたびに激しく振動する。頭部もぐらぐらと揺れる。衝撃が、小さい背中にもろに吸収され、籠《こも》っていく。

ぼくっ、ぼすっ、ぼくっ――。

「今ここで、その性根を据え直してやる」父は言った。「でなくば又太郎、おぬしは先々、侍として廃《すた》れ者になること必定ぞっ」

最初は必死に堪《こら》えていた又太郎だが、ついに十回目ほどになると、とうとう痛みに耐えかねて泣き出した。

それでも、硯を壊したのは弟だとは口を割らなかった。

次三郎も、ついに泣き出した。打擲の光景に怯《おび》え切っていたせいもある。が、恐怖に本当の原因を言えない自分にも、それ以上の情けなさを感じていた。

……兄ではない。自分こそが武士の風上にも置けぬ奴だと、子供心にもはっきりと感じた。

兄弟が揃ってわんわん泣き出した時、その声を聞きつけた母が部屋に飛び込んできた。

「貞氏殿、お止《や》めくださりませっ」

声を上げながら兄の身に飛びつき、夫の打擲から庇った。

「どのようなご事情かは存じませぬが、このような酷《ひど》い仕打ちは、ひとまずご勘弁くださりませ」

すると、父はすんなりと打擲を止めた。

「――うむ」

意外にも父は、側室である母の言うことだけには素直に従う。ひとつには、母が父より三歳年上だったこともあるだろう。兄を生んだ時、母は三十六歳で父は三十三歳、次三郎を生んだ時は、それぞれ三十八歳と三十五歳だった。

相当な高齢で男子を二人も成《な》したことからも分かる通り、この二人の夫婦仲は、以前から決して悪くはなかった。

さらに言えば、故《ゆえ》あって自害した祖父の足利家時《いえとき》は、母の伯母である上杉家の嫁から生まれている。つまり母と父は親戚の関係でもあり、かつ幼馴染《おさななじみ》でもあった。

ともかくも母の制止によって、その場は何とか収まった。

父は本棟へと戻っていった。

母の清子は、又太郎、次三郎にはいつも優しい。ようやく泣き止んだ兄と次三郎をひとしきり慰めたあと、改めて兄の又太郎だけを別室に招き入れ、懇々とたしなめ始めた。

「父上のおっしゃる通りです。硯を壊したこと、これはまだ許せます。また、父上の書斎に無断で入ったこと、これも大目に見ましょう。されど、壊したことを隠すようなことは、男児としてとても恥ずかしく、決して許される振舞いではありませぬ……」

さらに、母のゆるゆるとした叱責が続いている。

今度こそ次三郎は、勇気を出して本当のことを全部言おうと思った。けれど、隣室に足を踏み入れようとした瞬間、兄と目が合った。

直後に兄は、次三郎に向けてかすかに首を振ってみせた。

「これっ、又太郎殿、ちゃんと聞いているのですか」

勘違いした母の叱責が飛ぶ。

「あいや、我が情けなさに首を振っただけにてございます」

兄が機転を利かせ、咄嗟に答える。

再び出鼻をくじかれた次三郎は戸惑い、足を止めた。そして、そんな自分をますます不甲斐《ふがい》なく感じる。

やがて母の叱責が終わり、兄が隣室から出てきた。

一見、いかにも神妙そうな様子だったが、突っ立っていた次三郎を見て、にっ、と笑いかけてきた。

その後、兄はすたすたと玄関まで進んで行き、先に庭へと出た。大庭にある池のほとりを回り込んでいく。

次三郎も、そのあとを黙って付いていく。

二人はやがて、池の反対側にある祠《ほこら》へと着いた。足利屋敷の敷地の東端にある。周囲を竹林に囲まれた小さな祠だ。

この祠には家人も、滅多《めった》に訪れることはない。兄弟はそれをいいことに、よくここで二人だけに通じる内緒話をしてじゃれ合っていた。

兄が、祠の脇にある石にそろそろと腰を下ろし始める。途中で一、二度、顔をしかめた。打ち据えられた背中がよほど痛むのだろう。つい次三郎は言った。

「兄者、壊したのは私ですと、やはり白状してまいります」

すると又太郎は、ひらひらと片手を振った。

「父上も母上も、誤魔化したから怒っておられた。壊したからではない」

「……ですが」

よいのだ、と兄は笑って首を振った。「打たれるのは、痛いぞ。体が小さいと、もっと痛い。じゃから、あの場はわしで良かった」

そう気楽に言い、懐《ふところ》から笹の葉に包んだ小さな握り飯を取り出した。

「今日は、二度も怒られた」ため息をつきながら笹の葉を剝《は》がしていく。「疲れた。おかげで腹が減った」

言いながら握り飯に齧《かじ》り付こうとした。けれど、ふと手を止めて次三郎を見た。

「次三も、食うか」

そう、差し出してきた。

別に腹などは減っていなかったが、次三郎はうなずいた。二人で石の上に並んで座り、代わる代わる一つの握り飯に齧り付いた。

今、その兄が飽きもせず渚をぶらついている。次三郎は流木に腰かけ、ぼんやりと兄の背中を眺めている。

結局、自分は本当のことをますます打ち明けにくくなり、硯の件はすべて兄の又太郎の仕出かしたことだという話に、当座の間はなった。

けれど、やがて本当のことを言う機会が訪れた。兄は、高一族の五郎《ごろう》からこの件を聞かれた時も、

「父上が、怖かったのだ」

と、へらへらと笑って答え、足利家の執事の息子を呆れさせたものだ。

が、隣にいた次三郎は、父と母にならともかく、郎党にまで兄がそういうふうに思われるのは我慢がならなかった。兄の制止も聞かず、ついに本当のことを喋った。

その時点で、父からより激しい折檻《せっかん》を受けることは覚悟していた。

五郎は驚き、すぐ父の高師重に報告したらしい。やがて話は執事の師重から、父へと伝わった。

数日後、父が離れへとやって来た時、いよいよ次三郎は覚悟の臍《ほぞ》を固めた。兄は十回ほど打たれた。だからずっと隠していた自分は、倍の二十回は打擲されるだろう。

が、予想に反して、父は穏やかだった。まず兄を褒《ほ》め、そして次三郎に聞いてきた。

「何故、今さらに白状した。しかもわしではなく、家来の五郎に」

あの時に感じたままを繰り返した。

家来筋にまで兄が悪く思われるのに我慢がならなかったからだ、と。そして身を固くして、打たれるのを待った。

けれど、打擲はこなかった。

代わりに父は、再び兄弟をそれぞれに褒めた。

「又太郎、弟を庇ったこと、殊勝《しゅしょう》である」

「また次三郎、兄が五郎に軽んじられまいと白状したこと、健気である」

次三郎は生まれて初めて、父に褒められた。

事の次第を聞いた母も、喜んだ。二人に茶菓子を呉れた。大きな寺でしか見たことがない、とても貴重なものだ。

例によって二人でまた祠の前まで行き、貰った茶菓子を食べた。

美味《うま》かった。舌が溶け出しそうになるくらい甘かった。

不意に、兄が頭をかしげた。

「不思議じゃのう。初めに激しく怒られ、今度は褒められる。いったい父上も母上も、どうなっておるのじゃ」

正直、次三郎は、この兄の頭の粗雑《そざつ》さには呆れた。そういうことではないだろう、と感じた。

それでもやはり、この兄のことは好きだ。うまく言えないが、なんだか一緒にいると安心する。


気がつけば、日が傾き始めていた。

遠くから、自分と兄を呼ぶ声が聞こえてきた。

振り返ると、松林のところに人がいた。口髭《くちひげ》を生やし始めている若武者が騎乗したまま、引き馬を連れている。

五郎だった。五郎は去年に元服し、左衛門尉《さえもんのじょう》という官職を貰い、師直《もろなお》と呼び名を変えていた。高師直だ。

ただし、五郎は今でも自らを五郎左衛門尉と名乗っているし、次三郎たちもそう呼んでいる。

五郎は相変わらず下馬もせず、こちらに来ることもせず、再び次三郎たちの名を呼んだ。いくら代々の執事の息子で、さらには祖父か曽祖父あたりで血が繋《つな》がっているとはいえ、その振る舞いはやはり郎党としての礼を欠いている。

また、その態度が自分たち兄弟の、足利家での立場を如実に表している。

わざわざ五郎が呼びに来たのも、たぶん母が見当を付けて、五郎に迎えに行くように頼み込んだのだろう。これまでにも何度かあった。

「おっ、五郎が呼びに来た」

兄が言い、ごく自然に五郎のほうへ歩き始める。相変わらず万事に拘《こだわ》りのないその様子に、自然、次三郎もしぶしぶ従わざるを得ない。

自分は些細《ささい》なことに拘り過ぎるのか、とふと感じた。

2

まったく、これから御家はどうなるのだ――。

五郎師直は悲嘆に暮れながらも、つい舌打ちしたくなる。

つい先日、足利家の八代目当主である高義が急死した。数日間、熱が続いたかと思うと、手厚い看護も虚しく息を引き取った。弱冠二十一歳でのあっけない夭折《ようせつ》だった。

時に文保元（一三一七）年六月末。

師直は死んだ高義とはほぼ同輩で、君臣の隔たりはあるとはいえ、幼いころから義兄弟のような感覚で育ってきた。

……このおれが、やがては父に代わって足利家の家政を取り仕切るのだ、高義様と共に。

そう、ごく自然に信じ切ってここまで生きてきた。なにも師直の傲慢でも、一人合点でもない。

高一族全体も、その方向でずっと動いてきた。例えば昨年、弟の師泰《もろやす》が婚姻した。相手は上杉憲房《のりふさ》の娘だ。そして憲房は上杉清子とは兄妹だ。つまり、清子にとって師泰の妻は姪に当たる。

高家と上杉家は、共に足利家に仕えている郎党である。しかし、代々足利宗家の執事を務めてきた高家から見れば、上杉家はいくら公家の流れを汲むとはいえ、憲房の祖父の代から足利家に仕えたばかりの明らかに格下であり、足利一族として見れば、家柄の差は明らかだ。

それでも一族内で相談の上、弟の嫁に上杉憲房の娘を貰ってやった。郎党同士が力を併《あわ》せて足利家を盛り上げていくためだ。

そこまでして足利家のために尽くしていたというのに、肝心の高義があっさりと頓死《とんし》してしまった。

当然のように直後から、足利家と高家は蜂の巣をつついたような騒ぎになった。

「この次第、どうするか」

父の師重は、師直や師泰に問いかけた。


とはいえ、どうもこうもない。高義の子は四人。うち二人が男児だが、長男はまだ二歳、次男に至っては生まれたばかりの赤子だ。足利家を継がせるにはあまりにも早い。

この場合も、側室の清子が生んだ又太郎と次三郎のことは、師直たち三人の脳裏を一切過《よぎ》らなかった。又太郎は十三歳で、まだ元服もしていない。なによりも北条得宗家に直《じか》に血の繋がらない男児など、足利家の今後の安寧《あんねい》を考えれば、危なくて棟梁《とうりょう》になど出来たものではない。弟の次三郎なども、むろん論外だ。

現に、上杉家の腹から生まれた六代目の家時は、自死してしまったではないか……。

父はなおも、師直と師泰の顔を交互に見ている。

おそらくその腹は決まっているが、先々で代替わりした時のために、師直か師泰の口から言わせようとしている。

ようやく師直は口を開いた。

「やはりここは、讃岐入道《さぬきのにゅうどう》様に御当主に復帰していただくのが、もっとも穏当かと思われます」

六年前に高義に当主を譲り、出家した貞氏のことだ。

「やはり、そう思うか」師重がうなずき、次いで師泰を見た。「そなたは、いかに」

「それがしにも、もっともかと思われまする」

弟は言葉少なに答えた。師泰は体格も師直より大きく、武芸にも秀でた若者だが、そのような若者によくある通癖で、政治向きの判断にはやや疎い。関心もあまりない。

父はさらにうなずいた。

「されば、これより入道様に進上申し上げる。そこもとらも付いてくるのじゃ」

師直は多少心配になり、言った。

「されど、入道様がこの当主復帰の件を、すんなりとご了承なされましょうや」

しかし父は、吐息を洩らしてこう答えた。

「たとえお嫌でも、気が乗らなかろうと、そうされるしかなかろう」


親子で揃って足利屋敷に向かう途中、師直は柄にもなく感慨に耽《ふけ》る。

我ら高一族は代々、足利家を北条得宗家の脅威から守って存続させることに腐心し、神経を磨り減らし続けてきた。とはいえ、永仁年間（一二九三～一二九九年）に生まれた師直には、直接その記憶はない。

だが、幼き頃より父の師重や祖父の師氏《もろうじ》から、足利家と高家の受難の日々を子守唄のように聞かされて育ってきた。事あるごとに刷り込まれてきた。

「……………」

鎌倉府の歴史、それは執権である北条得宗家の恐怖政治と、弛《たゆ》みない血の粛清《しゅくせい》の歴史でもある。少なくとも師直の理解では、そうだ。

この柳営が発足して間もなく、初代征夷大将軍だった源《みなもとの》頼朝《よりとも》が死んだ。今より百二十年ほど前のことだ。二代目将軍には、頼朝の長子、頼家《よりいえ》が就任した。

その亡くなった翌年、頼朝の寵臣で一《いち》の郎党でもあった梶原景時《かじわらかげとき》が、北条家に近い御家人たちから襲われた。景時は一族三十三人と共に討ち死に、あるいは自害した。

三年後、今度は比企能員《ひきよしかず》の一族が討伐される。

亡き頼朝の乳母を出した武門だ。二代目将軍の頼家の乳母も、頼家の正室・若狭局《わかさのつぼね》も、それぞれ比企家から来ていた。その権勢を脅威に感じた得宗家は、比企一族を急襲して根絶やしにした。

同年、頼家の将軍職を剥奪《はくだつ》し、伊豆に幽閉したのちに暗殺した。頼家の実子も、母もろともに刺し殺した。比企一族の血を引いていたからだ。

頼朝の寡婦《かふ》、北条政子《まさこ》は、腹を痛めて産んだ自らの長子と孫を殺されることを黙認した。肉親の情より、得宗家の権益を守ることを優先した。

三代目の将軍には、政子の次子、実朝《さねとも》を立てた。その時、実朝はわずかに十二歳だった。

実朝の乳母は北条家から出ており、なにかと御しやすかったからだろう。

二年後、武蔵国の武士団を統率する要職についていた畠《はたけ》山重忠《やましげただ》が同族と共に誅殺《ちゅうさつ》され、秩父畠山氏は滅亡した。

その八年後、これまた有力御家人であった和田義盛《わだよしもり》が一族もろとも滅ぼされた。得宗家の二代目執権・義時《よしとき》の度重なる侮辱・挑発に乗ったところを、逆に成敗されたのだ。

さらに六年後の建保七年、ちょうど初代将軍の頼朝が死んでから二十年後のことだ。

鶴岡八幡宮に参拝中だった実朝を、公暁《くぎょう》という者が襲って首を刎《は》ねた。直後にこう叫んだ。

「見たか。親の仇《かたき》はかく討つぞっ」

公暁は故・頼家の次子であり、本人は叔父を殺すことにより、両親と兄の仇を討ったつもりだった。

義時はすぐに手の者を遣わして、この公暁を討ち取った。利用された挙句、殺されたのだ。公暁の兄弟姉妹も次々と謀殺され、さらに実朝に実子はなく、ここに頼朝以来の源氏直系の血筋は完全に途絶えた。

以降、北条得宗家は、四代目以降の将軍を、京の藤原氏や皇族から次々と迎え入れた。完全に『お飾り将軍』として手の内で操るようになった。傀儡《かいらい》政権の誕生だ。

その後も今日に至るまで、得宗家に滅ぼされた鎌倉府創業以来の有力御家人は数知れない。

彼らの滅亡には、様々な経緯があるにせよ、結局は得宗家の専制政治を脅《おびや》かす存在だと危険視されたことが原因だ。

安達泰盛とその一族が誅殺された『霜月《しもつき》騒動』では、足利家も無事ではいられなかった。

故・高義の祖父である足利家六代目の家時は、この霜月騒動の時、安達泰盛らの一族に控えめながらも与力した。

結果、得宗家の先制攻撃を受けた安達一族五百余名が自害して果てると、家時も安達家に連座せざるを得ず、同年に自死した。

だが、家時は安達泰盛と親しかったとはいえ、この騒動の時に安達氏に応じて兵を催《もよお》したのは足利一門の吉良満氏《みつうじ》であり、足利本家は直接の軍事行動は起こしていない。さらにいえば、安達泰盛に与《くみ》した者には、北条一門の者で家時の大叔父がいた。その彼への配慮もあり、家時は安達氏への態度に賛同したに過ぎない。

それでも家時は詰め腹を切った。

もし家時が歴代の当主のように北条一門の嫁から生まれた当主であったなら、連座して自害する必要もなかったのではないかと感じる。

足利家は累代、得宗家の権勢を異常なまでに恐れ、常に用心深く立ち回ってきた。北条一門から嫁取りの打診が舞い込むと、その都度に喜んで正室に迎え入れてきた。

家時は足利家の当主としては唯一、家来筋の上杉家から来た母から生まれていた。そしてその引け目の分だけ、得宗家に対する過剰な遠慮と恐怖があった。

だから自ら腹を切ることにより得宗家への絶対恭順の意を示し、北条一門の母を持つ貞氏にすぐさま当主の座を継がせることにより、武門の安寧を図ったのだ。

当時、七代目を継いだ貞氏は、わずか十三歳であった。当然家政の切り盛りなどはまだ出来るはずもなく、以後、師重たちの高家がさらに足利家の補佐に努めた。

この少年当主の就任により、鎌倉府内での足利家の発言権は、当然のように著しく低下した。

むしろ、それで良かった。

足利家の府内での発言力が低下すればするほど、得宗家に危険視される目はなくなる。攻め滅ぼされる可能性も低くなる。だが、府内での威勢がいかに低下しようと、足利家の持つ封土《ほうど》の大きさは御家人の中で随一であり、一門の勢力は依然として温存される。

そこまで読み切って、家時は自死していた。裏を返せば、それほど得宗家の独裁政治に怯えていたとも言える。

その恐怖は、北条家の血を分けた歴代の当主にしても、程度の差こそあれ変わりはない。

鎌倉府創業期の源頼朝が存命であった頃ですら、二代目当主の義兼《よしかね》は北条家の勢力に絶えず脅威を抱いていた。

そして義兼は、頼朝の異母弟である九郎判官義経《くろうほうがんよしつね》を始めとした源氏一族が次々と根絶やしにされていくのを目の当たりにするに及び、ついに苦渋の決断をする。

何故なら、頼朝縁故の源氏一族を除けば、御家人の中では足利家が新田《にった》家と共に、最も頼朝に血筋の近い源氏であったからだ。

その源氏への血筋の濃さを恐れて、義兼は四十を少し出た頃の壮年で、突然の出家をした。

直後から三代目当主になった義氏《よしうじ》は、貞氏よりさらに若く、わずか七歳でしかなかった。

これもまた、府内での権勢を低下させてでも、武門を確実に存続させようとする処世であった。

足利家四代目の泰氏《やすうじ》も、この先例を真似た。

三十六歳という若さで、突如として幕府の許可も得ず、出家した。これを「自由出家」と言い、武門の当主が得宗家の裁定もなく出家することは重罪であった。罰として足利家の荘園の一部を没収された。

当時、巷《ちまた》の一部で泰氏は発狂したという説もあったらしいが、これにも裏の事情がある。

この泰氏の出家の四年ほど前に、三浦泰村がその一族と共に滅ぼされていた。

当時の五代目摂家将軍である藤原頼嗣《よりつぐ》は、先の将軍であった父の頼経《よりつね》と語らい、得宗家への謀反《むほん》の案を練った。父子ともに、得宗家の都合でいいように扱われる自分たちの境遇に我慢がならなかったのだろうが、この策謀に三浦家の残党と、御家人で最も大なる足利家を引き込んだ。

とはいえ、所詮は世間知らずの元公卿《くぎょう》による、武門の恐ろしさを知らぬ謀反の計画である。

泰氏が、策謀の疎漏《そろう》さにいよいよ恐れを抱いた矢先、案の定この計略が得宗家に滲《にじ》むように漏れ始めた。

泰氏は、先手を打った。頭を丸めて遁世《とんせい》することにより、この謀反からいち早く降りた。

得宗家により三浦一族の残党は捕縛され、将軍であった藤原頼嗣は京へと追放された。

足利家は泰氏の突然の行動により、所領の一部没収と府内での地位の大幅な低下という事態を招いたが、武門の取り潰しだけは辛うじて免れた。

跡目を継いだ五代目の頼氏《よりうじ》は、当時十二歳であった。

得宗家は、二代続いた九条《くじょう》藤原家からの将軍に懲《こ》りた。以降は、さらに意のままに繰れる帝《みかど》の皇子を、歴代の将軍として次々と迎え入れた。

六代目の宗尊親王、七代目の惟康《これやす》親王、八代目の久明《ひさあき》親王と続き、現在の九代目将軍・守邦《もりくに》親王に至るまでの皇族将軍の系譜は、この時に作られた。

「……」

時に師直は思う。そのたびに、確信を深める。

圧倒的な力の前には、源氏も公卿も皇族も関係ない。つまり、血筋は関係ない。

現に、鎌倉府を取り仕切る北条一門は、そもそも源氏ですらない。さらには平家の嫡流でさえもなく、元々は伊豆の北部で僅《わず》かな所領を持つ、平氏の木っ端の一つに過ぎなかったではないか。

それが頼朝の陰で着実に実力を蓄え、まず源氏直系の係累を根絶やしにし、さらには有力御家人をほぼ軒並み粛清した上で完全なる傀儡政権を樹立し、その脇で執権という鎌倉府の実質王者として君臨した。

師直は、やはり確信する。

道理もへったくれもない。

力こそがすべてだ。

それが悲しいかな、この世の在りようだ――。

そんな感慨に浸りながら歩いているうちに、足利屋敷に着いていた。

壮大な本棟の屋敷へと入り、貞氏に謁を請う。

しばしして貞氏が上座に入ってきた。

父の師重が、さっそく貞氏に当主復帰の要望を伝えた。

うむ、と貞氏は唸《うな》った。

「……まずは、やはりそうなるか」

いかにも気が乗らないといった口調であった。

無理もない、と師直は思う。

貞氏もまた、歴代当主の例に洩れず、得宗家との関係に絶えず神経を磨り減らしてきた。十三歳という若さで当主を継いだ前後に霜月騒動が起こり、安達一族とそれに呼応した足利一門の吉良満氏も処分された。二十一歳の時にも、得宗家の御内人《みうちびと》（被官）・平頼綱《たいらのよりつな》が一族と共に誅殺された。

さらには度重なる家計の窮迫も、常に貞氏を悩ませる原因となった。

足利家は、この日ノ本《ひのもと》全土に御家人随一の所領を持つとはいえ、家政の内実は火の車であった。得宗家の仏事の折には家格・所領に応じた膨大な寄進を常に求められ、それが家計を圧迫した。

下野国《しもつけのくに》足利荘にある足利家累代の菩提寺《ぼだいじ》・鑁阿寺《ばんなじ》では、もう三十年以上も一切経会《いっさいきょうえ》を行っていない。大掛かりな法会《ほうえ》を催す財力が、もう足利家にはなかった。

得宗家が事あるごとに膨大な寄進を求めたのは、このように財政面から御家人たちの力を削ぐ目的があった。

それら事情もあり、貞氏はかつて当主であった頃、いつも絶えず苛立《いらだ》ち、憂鬱《ゆううつ》そうであった。心持ちの不安定さから時に些細なことで親族に激怒し、時には家人を手討ちにすることもあった。挙句、足利一門の間で「物狂いされた」、「物《もの》の怪《け》が憑《つ》いた」と噂され、嫌がる本人を前に、無理やり祈禱が執り行われたこともある。

ふと思い出す。確か五年ほど前も、庶子の又太郎をひどく打擲した。

目の前の貞氏は、なおも気乗りせぬような様子だ。

つい師直は、自分でも思わぬことを口にしていた。

「されば又太郎殿を、高義様の御子が元服されるまで、仮の家督として立てられまするか」

今、又太郎は十三歳だ。足利家は得宗家との関係が不穏になるたびに、新しい当主を立ててきた。三代目当主の義氏はわずか七歳で、五代目の頼氏も、現にこの貞氏も、それぞれ十二、三歳で家督を継いでいる。

が——。

いや、と貞氏は即座に否定した。「それは出来ぬ」

むろん、そう言下に否定されることも、師直はどこかで確信していた。

北条家の血を引かぬ子を跡取りに据えた場合、いやがおうでも得宗家からの心証は悪くなる。さらには師直が見るに、いかにも能天気そうなあの又太郎のことだ。先々で誰かに焚《た》き付けられて、うかうかと謀反の片棒を担がされ、何か重大な不始末を仕出かさないとも限らない。

おそらくはそれらのことを、貞氏も憂慮《ゆうりよ》している。

師直が敢《あ》えて問いかけたことにより、ようやく貞氏の腹は決まったようだ。

「——分かった。されば高義の子が長じるまで、わしが当主へと復帰する」

一刻後、師直たち親子は本棟の玄関を出た。厩《うまや》に向かっている時、屋敷の隅のほうから年若い声がかすかに聞こえてきた。

……ふむ。たぶん、あの兄弟だ。

父と弟に後から追いつくことを伝え、側室の上杉清子の寝起きする離れへと近づいていく。

見えた。生け垣の向こうに又太郎と次三郎がいた。それぞれ木刀を手に、並んで立っている。たぶん太刀筋の練習をしていた。

足利家の非常の折に何を呑気なことを、と思わないでもなかったが、反面では彼らの境遇も理解できる。

この兄弟は、高義とは年も離れ、母も違う。住む場所も違う。死んだ異母兄とは縁薄く育ってきた。庶弟ということで、常に足利家の家政の埒外《らちがい》にも置かれてきた。

現に今もそうだ。こうしていつものように、二人っきりで遊んでいる。誰にも相手にされないし、足利家の郎党たちも、ほとんどこの二人には関心を示さない。

ふと、又太郎がこちらを見た。そして笑った。

「やあ、五郎」

師直もまた、多少の挨拶《あいさつ》を返した。

「お元気そうでござるな」

すると又太郎はまた笑った。

「わしらは、何もすることがない。暇じゃからの」

これにはつい言葉に詰まる。まったくその通りだからだ。

師直は何故か少し弁解口調になって、高義亡き後の足利家の当主に、貞氏が復帰することを伝えた。

弟の次三郎は相変わらず無言でいる。先ほど師直を認めた時も、黙って頭を下げただけだ。

師直が話し終えると、又太郎があっさりと言った。

「父上が復帰なされるのか。それは、良かった」

だが、それっきり又太郎も黙り込んだ。

自分から経緯を伝えたにもかかわらず、師直はますます居心地が悪くなる。この兄弟は、足利家の家政にはほとんど興味を示さない。そうなるように育てられてきた。

「では、拙者はこれにて」

そう一礼して、兄弟の許を離れ始めた。

そのまま厩に戻りながらも、ぼんやりと昔を思い出す。

彼ら兄弟がまだ子供だった頃、たまに側室の上杉清子に頼まれて、由比ガ浜まで迎えに行ったことがある。

その頃から、師直は次三郎のことがやや苦手になり始めた。

もっと前は違った。

あの兄弟を比べた時、どちらかというと又太郎より次三郎のほうが気に入っていた時期もあった。


又太郎は、昔から茫洋《ぼうよう》とした顔つきをしていた。丸顔で、眉《まゆ》も不自然に離れていて、よく『へ』の字に見えた。人当たりだけは抜群にいいが、双眼も黒目《くろめ》が異常に大きく、白い部分がほとんどない。たまに、仔犬の目のように感じられた。お人好しそのものの顔の造作で、これは茶坊主には向いても、侍には向かぬ顔だと常々感じていた。

対して次三郎は、幼い頃から面構《つらがま》えは凛々《りり》しかった。目元も涼やかで、眉も抑揚よく上がり、口元も常に引き締まっていた。長じるにつれて、顎《あご》の線にもはっきりとした陰影が出て来ている。美童、と言ってもよい。たぶん頭の巡りも、兄よりはるかにいい。その分だけ性格もきつ(ヽ)い(ヽ)が、それでも武将としての資質は、いつも薄《うす》ぼんやりとしている兄よりも格段に期待できる。

だが、五年ほど前から、次三郎が次第に苦手になった。

次三郎は、時おり師直のことを家来筋でも見遣るような表情を示す。そして大きくなるにつれ、その頻度が増してきている。

冗談ではない、と都度に師直は腹が立った。

やがて長じればおまえも、足利宗家の郎党になる。そうなれば師直と同列だ。いや、家政をすべて取り仕切っている高家とは違い、何の決定権もない連枝《れんし》衆の一人として扱われる。高家の人間より、むしろ足利宗家での地位は下がると言っていい。その一事が分からぬのか、と時に怒鳴ってやりたい衝動に駆られる。

逆に又太郎は、いつ誰に対しても変わらぬ愛想の良さで接してくる。吉良や斯波ら係累の者にも、家宰の高家の者にも、屋敷の下男や下女に対しても、ほとんど態度は同じだ。そのあまりの無節操さにはたまに見ているこちらが恥ずかしくなるが、いざとなればあの硯の一件でも見られたように、意外に肝も据わっているようだ。

少なくとも、あんな目をして自分を見遣る次三郎より、はるかにましだ。

厩に着いた。

……ふう。何故か、妙に疲れていた。

おれは、何を考えている。

どのみち、あの兄弟には足利宗家での先々はない。やがては僅かな所領を与えられて分家し、連枝衆として飼い殺しになる。考えるだけ、無駄というものだ。

さらに一つため息をつき、馬上の人となった。

3

高義が死んだ翌年、ようやく得宗家の正式な許可が下りて、貞氏が当主に復帰した。

又太郎は十四歳、次三郎は十二歳になっていた。

とはいえ、その日常はほぼ変わらない。

ほんのわずかな違いと言えば、長じるにつれ、次第に海には行かなくなったことだ。それと、二人の学問の出来不出来の差が、ますます開いてきたことぐらいだろうか。以前と変わらず淡々と日々を過ごしている。

次三郎は勉学に励みながらも、我が身の何の期待も持てぬ先々に、時にひどく憂鬱になる。

書物を浴びるように読んできたせいで、ますます早熟《ませ》て理屈っぽくなり、さらに我が身の前途に思いを馳せる。そして、いつものやるせない思いに沈澱していく。

すでに自分の行く末は決まっている……やがては大人になり、おそらくは吉良か斯波か渋川あたりの足利一門の嫁をもらい、そのうち分家して、高義の嫡子、三郎《さぶろう》が継ぐであろう足利宗家に仕えるだけの分際となる。

その何の刺激もない前途を考えると、あまりにも虚しく、かつ腹立たしく、なかなか眠りに就けない夜もある。

およそ一個の男子として生まれて、これほど寂しいことがあろうか、とさらに暗然たる心持ちになる。

対して兄の又太郎は、来年には元服を控えているというのに、相変わらず呑気に構えて朝夕を過ごしている。いかにも屈託がなさそうに日々を送っている。

その明るさが、時に次三郎の救いにもなるが、同じ父母の血を分けた兄弟なのに、こんなにも自分とは気性が違うものかと時に不思議に感じる。

兄は、いったいい何を考えて生きているのだろう。

試みに、一度それを口に出して聞いてみたことがある。

「あ？」

又太郎は、いかにも不思議そうに次三郎の顔を覗《のぞ》き込んできた。

すこし焦《じ》れ、次三郎は繰り返した。

「だから、兄者は己《おのれ》の先々のことを、いったいどう考えておられるのか」

すると兄は、やや戸惑ったような表情を浮かべた。

「どう、と言われてもな」と、いかにも仕方なさそうに笑った。「べつにこの家を継ぐわけでもあるまいし、考えても仕方がなかろう。どのみち先々は決まっておる」

さらに一呼吸置いて、こう結論付けた。

「我らが思案して、どうこうなるものでもない。なるようにしか、ならん」

この返事には、次三郎も心底呆れた。


無欲と言えば言葉はいいが、そのあまりの自負心のなさ、己の生に対する欲求の希薄さには、愕然とする。道理で勉学や武芸にも、いつまで経っても本腰が入らないわけだ。生きる上での根本の意欲が欠けている。

腹立ちにかまけて、つい要らざる一言を口にした。

「兄者は、それでも武門に生まれた男ですか」

けれど——、
ふむ、と又太郎は首を傾げただけだった。この兄は、どんな時にも弟の次三郎には怒ったことがない。挙句、淡々とこう答えた。

「男じゃ。されど、別に希《のぞ》んで男に生まれたわけではない。好きで、武門に生まれたわけでもない」

これには次三郎も、ますます言葉がない。

一面では、兄の言う通りだとも感じる。

たしかに自分たちは、望んでこの立場に生まれたわけではない。

でも、だからと言って今の境遇に甘んじたまま、先々の命運を唯々諾々と受け入れるだけでいいのだろうか……答えは、次三郎にも分からない。

ところで兄の又太郎は、次三郎が見るに、何事にもまったく恬淡《てんたん》としているわけではない。時として、ある事象や挿話には異常な興味を示す。

幼い頃はしばしば、由比ガ浜で波の動きに熱中していた。

今では、半ば公家文化の中で育ってきた母・清子の影響もあり、しばしば熱心に和歌を作っている。ただし、その歌はどれも——下手とは言わぬまでも——弟の次三郎から見ても、おそろしく凡庸な出来だった。それに歌を詠《うた》うには、たいした努力も必要ない。

やはり兄は、何の取り柄もない人間なのだろうか……。

でも、それもやはり少し違うような気もしていた。

例えば兄弟の伯父に、上杉憲房という人がいる。母・清子の実兄だ。この憲房を始めとした母方の係累だけは、又太郎と次三郎の兄弟に、それなりに親しみ、かつ関心も持ってくれる。

先日、その憲房が母を訪ねてきた時のことだ。

憲房は私用で足利屋敷を訪れる場合、たいがいは長子の憲顕《のりあき》を連れてくる。憲顕の歳は十三で、又太郎と次三郎のちょうど間に納まっている。

だから、次三郎たちはこの従兄弟が来る時をいつも楽しみにしていた。一緒に遊べるからだ。二人だけで遊ぶより、三人で何事かに興じたほうがずっと面白い。

憲房と清子が長話するのをいいことに、この三人は、それぞれ木刀を片手に戦《いくさ》ごっこに終始した。

「やあ、われは劉備玄徳《りゅうびげんとく》ぞ」

「兄者、小癪《こしゃく》な。わしは曹操《そうそう》」

「では、こちらは孫権《そんけん》じゃな」

三国志の真似事だ。やはり、楽しかった。

時に憲房は、憲顕と共に別の息子、重能《しげよし》も連れて来ることがある。重能は、憲房の養子ながらも明朗快活な子供で、義兄弟の憲顕とも仲睦《なかむつ》まじかった。

この四人で遊ぶときは、さらに面白かった。

やがて日暮れが近づき、憲房が息子たちを呼んだ。彼ら親子の帰る頃合いがやって来た。

次三郎たちは、この憲顕や重能と遊び終わるのが名残惜しく、いつも近所まで見送るようにして付いていった。

この日もそうだった。未練たらしく途中まで見送った。

滑川に架かる青砥橋《あおとばし》にまで来た時に、ふと憲房が、こんなことを口にした。

「みなは、この青砥橋の由来を知っておるかの」

又太郎を始めとした子供たちはそれぞれに顔を見合わせ、挙句、すべて首を振った。

「存じませぬ」

憲房は、苦笑した。

「さればわしが、その由来を教えて進ぜよう」

その昔、青砥藤綱《ふじつな》という偉い武将がいたという。

文官としても優れており、鎌倉府の行政、法令づくりを司《つかさど》る評定衆を務めていた。

伯父によれば、その藤綱がこの滑川を渡っていた時に、馬が躓《つまず》き、人馬もろとも転倒した。はずみで懐から銭を落としてしまった。零《こぼ》れた銭を拾い集めたが、どう数えても十文足りない。家来と共に探したが、日が暮れかけていたせいもあり、なかなか見つからない。

そこで藤綱は、五十文で松明《たいまつ》を買いに走らせ、火を灯してさらに暗闇で銭を探し、ようやく十文を見つけたという。

そこまで話し終えると、憲房は四人の子供を見た。

「みな、どうじゃな。藤綱殿のなされたことを、どう思う」

真っ先に口を開いたのは、重能だった。

「そのお方は、料簡《りょうけん》に合わぬことをなされます。十文を見つけるために五十文を使えば、あべこべではありませぬか」

「そうじゃ。四十文も損となります」

と、憲顕も同調する。

次三郎もそう感じた。確かに損だ。でも、こうも思った。

「ひょっとしたら、そのお方は銭の大事さを、損をしてでも家来に教えたかったのではありませぬか」

憲房は軽くうなずいた。

「次三郎の言うこと、やや近い」次に、それまで押し黙っていた又太郎を見た。「又よ。おぬしは、どう思うか」

首をさかんに傾げていた又太郎は、ようやく口を開いた。

「確かに、青砥殿は四十文の損をなさいました。されど、松明を売った者は五十文を手にし、失くした十文も見つかりました。これも、やがて使われる十文です」

「ふむ？」

「うまく言えませぬが、合わせた六十文は、人の手から人の手へと渡ります。によって、青砥殿のなされたことは正しきことのような気がいたします」

……この兄は、いったい何を言っているのだ。

次三郎には意味が分からなかった。それは憲顕も重能も同じらしく、口々にこう言った。

「又兄ぃ、でもそのお方は、損ではないか」

「そうじゃ。もったいない」

すると兄は、困った顔をしてこう答えた。

「じゃから、小さく見れば損だが、大きく見れば得なのだ。十文失くしたままより、六十文使われたほうがよい」

しかしそれ以上は、上手く説明できないようだった。

そこまでを聞き、憲房は破顔した。

「又太郎の言うこと、もっともである」

すると憲房の子供たちが口を尖らせた。

「父上、それがしには会得がいきませぬ」

「なにゆえ損したままのほうが良いのでございますか」

すると憲房は、再び笑った。

「憲顕、重能よ、おぬしらも大人になって、やがて人の上に立つようになれば、分かる。広く天下のことを考えるようになれば、そのうちに領解《りょうげ》する」

次いで、又太郎をさらに褒めた。

「又よ、話の上辺に騙されずに、よう分かった。偉いぞ」

あの日以来、次三郎はこの一件の意味を考え続けた。兄には分かって、自分には分からないことがある……。

兄のことは相変わらず好きだ。でも、頭の良さは自分のほうが上だと、ずっと思っていた。現に学問の出来も、ますます差が開いてきている。

一方で兄は、変わらず薄ぼんやりと日々を過ごしている。言動もしばしば間が抜けていて、最近では家人からも、

「極楽殿《ごくらくどの》」

と陰で憫笑《びんしょう》されている始末だ。


それでも伯父の話をすぐに理解できた兄がいて、今でもよく分からない自分がいる。

血の巡りで初めて兄に負けた、とはっきりと感じた。単なる勉学での出来不出来より、はるかに致命的な気がした。

十日ほど懸命に考えて、ようやくあの逸話の底の意味に辿《たど》り着いた。

つまり青砥藤綱とやらは、自分の損得よりも広くお金を世間に回すことを考えていたのではないか――。

そう考えるに及んで、ようやく次三郎も納得できた。

事実はほぼその通りで、後日に藤綱の言葉を人伝《ひとづて》に聞いて知った。

「十文とは言え、これを失えば天下の銭を永劫《えいごう》に失くす。五十文はわしには手痛い物入りだが、松明を売った商人を益した。合わせて六十文が、世に出回る金となるのだ」

あの時に兄が言った、

「合わせた六十文は、人の手から人の手へと渡ります」

という言葉と見事に符合する。

兄は、一見その性格も浮薄《ふはく》そうに見えるが、やはり馬鹿なのではない。たぶん、その考え方や感じ方が、自分や上杉兄弟とは根本的に異なるのだ。

憲房は後日、この青砥橋での一件を貞氏に伝えたらしい。

「又太郎は、あれはあれで、なかなか見どころがござる。大人《たいじん》の風が見えまする」

それを聞いた父も、喜んだという。

そんな経緯を、例によって五郎――師直から聞かされた。が、兄はへらっと笑い、こう言ってのけたものだ。

「たかが銭の話ではないか。大げさじゃ」

いやいや、と師直は珍しく首を振った。「拙者も足利家の家政を切り盛りする者として、感心してござる」

「何故じゃ」

「武門も、つまるところは銭を良く知る者が、生き残るものであります」

「そんなものか」

「然《しか》り」

「しかし、わしは武門の長ではない。宗家の枝葉に過ぎぬ」

この返しには、師直もさすがに気まずい表情を浮かべた。

翌年の十月、十五歳になった又太郎は、晴れて元服となった。

名も『高氏《たかうじ》』と改めさせられ、この元服と相前後して、得宗家と伯父の憲房を経由して、帝から従五位下、治部大輔《じぶのたいふ》という官位も拝領した。

「いよいよ兄者も、一人前におなりですな」

次三郎は我がことのように喜んだ。

側室の庶子は、滅多なことでは位階官職を貰えないものだ。けれど兄は、元服直後に叙勲任官をしている。異例の早さでもある。

その事実に、次三郎は密かに期待を寄せた。

何故なら、高義の長子である三郎はまだまだ幼いし、逆に父はもう五十に近く、老いる一方だ。この足利家の状況を見るに、ひょっとしたらたとえ繋ぎだとしても、兄が当主になる目はあるかも知れない。

そうした万が一の時の腹積もりもあって、父と家宰の高師重が、兄の官位取得に動いたのではないかと夢想した。

が、弟のそういう期待も知らず、高氏はあっさりとしたものだった。

「わしはわしじゃ。名が変わり、位階や官職を拝領したところで中身は変わらぬ」

長じてから次三郎が思い出すに、これが兄の終生変わらぬ自己認識だった。

この同年末には、高氏の婚姻話もまとまった。

相手は、足利家の庶流・加古基氏《かこもとうじ》の娘だった。

加古基氏は、次三郎たち兄弟の高祖父に当たる泰氏の末子である。この足利家四代目の当主からは、足利家の庶流が数多く生まれた。斯波、渋川、石塔、一色《いっしき》などの諸氏は、すべて泰氏の子供たちを祖とする。

元服の時には恬淡としていた高氏も、この婚姻話には人並みに嬉しがった。

「なにやら人は、嫁を貰ってこそ一人前という話じゃな」

次三郎もむろん表面上はその意見に同意したが、内心はかなり複雑だった。兄の元服の時とは逆に、見事に肩透かしを食らった気分だ。

何故なら、足利家を継ぐ者は北条一門の娘と縁組をし、継がない者は格下の庶家から嫁を貰うことが、ほぼ不文律となっていたからだ。

これで兄の、宗家を継ぐ目はほぼなくなった――。

そう思い、我がことのように落胆した。

一方で、当然ではないか、と自らを慰めた。我らは元々そのような星の下に生まれてきたのだ。いったい自分は、何を期待していたのだ……。

高氏が十六歳、次三郎が十四歳になった新年早々、兄がなにやら熱心に幾十首もの和歌を作っていた。

ある日、次三郎が見ると、兄はその和歌のうちの一首を、添文らしきものと共に丁寧に懸紙《かけがみ》に包んでいる最中だった。

「それは、誰に送られるのです」

すると高氏は、珍しく狼狽《ろうばい》した様子を見せて、その封書をさっと後ろ手に隠した。まるで子供の仕草だ。

ははあ、と次三郎は見当をつけた。たぶん恋文だ。

「加古殿の娘に送られるのですな」

「違う」高氏は顔を赤くして言った。「わしはそのようなことは、せぬ」

「では、お相手は誰です」

少しためらったあと、兄は口を開いた。

「上杉の伯父上に託すのだ」

「託す？」

すると兄は、ますます困ったような顔をした。

「じゃから、託して選者に送ってもらう」

「選者？」

いよいよ意味が分からない。やや次三郎は苛立った。

「託すとか選者とか、いったい何を申されているのか」

再び問い詰めるように口調を強めると、ついに兄は白状した。

「じゃから、京の藤大納言殿《とうのだいなごん》に送ってもらうのだ」

それを聞いた次三郎は、あっ、と思った。

ようやく意味が分かった。そして、心底呆れた。

この兄は、よりにもよって勅撰和歌集に応募しようとしているのだ。

勅撰和歌集は、京の帝や上皇の命により編纂《へんさん》される、この国では最も高貴な和歌集である。

古くは四百年も前の平安朝の古今和歌集から始まり、以来、一作ごとに時代を描きつつ連綿と作られてきた。今年に出る和歌集は十五代目に当たり、既に『続千載和歌集《しょくせんざい》』という名まで決まっている。

そして、兄の言う『藤大納言殿』とは、この続千載和歌集の選者を務めている京の公卿・二条為世《にじょうためよ》のことだ。

その二条為世に、もともと京の公卿とも繋がりがある伯父の憲房を通じて、なんとか推挙してもらおうという腹積もりらしい。

そこまでを一瞬で察し、なんという馬鹿だ、と再び愕然とする。

むろん、もしこの歌集に選出されれば、個の声望はおろか一族の誉《ほまれ》もこの上ないが、兄の和歌の出来は以前からよくよく知っている。言っては悪いが、どれもこれも厠《かわや》の懐紙同然の言葉選びの肌理《きめ》の粗《あら》さ、情感の節度のなさだ。

いったい兄は、自分の今の技量で、全国津々浦々から珠玉の歌が集まってくる勅撰和歌集に採用されるとでも、本気で思っているのか……。

が、そのことは、とても恐ろしくて口に出せない。

もし高氏が、

「うむ。選ばれると思っている」

とでも平然と答えれば、自他の力量にまったく目分量《めぶんりょう》の利いていない、掛け値なしの馬鹿だということになる。

それがはっきりするのが恐ろしくて、次三郎は黙っていた。黙ったまま兄を見つめていると、

「記念じゃ」

そう、弁解するように兄は早口で言った。

「もうすぐわしも、嫁を貰う。元服して一人前になった記念に、もし万が一にでも続千載和歌集に載れば、父上も母上も喜ぶ。加古殿の嫁も、喜ぶ。みな、鼻が高かろう」

少し考え、次三郎は慎重に言葉を選んだ。

「では兄者は、本気で選出されるとは思っておられぬのか」

……言葉を選んだつもりでも、やはり相当失礼な物言いになった。

が、兄は相変わらず怒らなかった。そもそも兄は神経が

鈍いのか、滅多なことでは腹を立てない。

代わりにこう、消え入るような小さな声で答えてきた。

「いや――ひょっとしたら、千に一か、百に一は、選ばれるかもしれぬ。さらに運が良ければ、十に一は……」

それを聞き、次三郎は再び目の前が真っ暗になったような気がした。

やはり兄は、本気だ。正真正銘、自らの才能に目分量が利いていない。しかも運、などという戯《たわ》けた言葉を使う。

つい怒鳴り散らしたくなるのを必死に堪え、兄に、試みにその歌を見せてもらえぬかと頼んでみた。

「嫌じゃ」

兄は即座に拒否した。

「何故です」

「弟に見せるなど、恥ずかしいからじゃ」

これにはさらに呆れた。

兄上、よろしいですか、とつい説教口調になった。「もし勅撰和歌集に採用されれば、わしはおろか、この日ノ本の者みなが、やがては兄者の歌を目の当たりにするのですぞ。それは、恥ずかしくはないのですか」

もっともな正論だと思ったのか、兄は答えに窮した。それでも最後まで和歌を次三郎に見せようとはしなかった。

おそらく期待は期待としても、やはり自信はなかったのだろう。

その自信のなさに、むしろ次三郎はほっとした。愚かでも、まだ掛け値なしの馬鹿とまではいっていないようだ。

後日、あらためて次三郎は感じた。

なにやら大人たちの話では、四十年ほど前に起きた元寇《げんこう》――文永・弘安の役――以来、世は次第に乱れ始めているという。全国の御家人たちは、この未曾有の国難において命懸けで戦ったのに何の恩賞も貰えなかったことに、今も不満を持つものが大多数だ。西国では悪党がしばしば跳《ちょう》梁《りょう》し、奥州でもここ数年、蝦夷《えぞ》代官と地下民《じげみん》との間で不穏な空気が流れているらしい。

このような時勢で、もし世に何か事が起きた場合、足利家はうまく対応していけるのだろうか……。

だから、その火急の場合に備えて、兄という存在がこの武門には必要なのではないかと、ここ一年ほどはたまに考えるようになっていた。

しかし、そんな次三郎の目配り気配りの気持ちも知らず、肝心の高氏は、太平楽に和歌なんぞにうつつを抜かしている。しかもそれを勅撰和歌集の選者に送って、もしかしたら入選するかも知れぬなどと妄想するお気楽さだ。

やはり兄には、当主など無理だ。

そもそも本人自体、そんなことを夢にも思っていない。今の分際のまま、後生安泰に生きることのみを望んでいる。

次三郎はこの時点で、兄に対する希みをいったんは捨てた。我がことのように切ないとは思うが、仕方がない。

晩夏に『続千載和歌集』が京から鎌倉へも送られてきた。それが足利家にも届いた時、兄は期待を抑え切れなかったのか、大人たちに先んじて手に取り、隅から隅まで目を通し始めた。

その兄の願望と興奮が、横にいた次三郎にも伝染した。不覚にも、もしかしたら、とやや鼓動が高鳴った。ひょっとすると神仏の気まぐれでも起きて、あるいは選者の二条為世の目利きがその時だけ何故か曇って、万が一にも載っているかもしれない。どちらにしても、可能性はまったくないわけでもないのだ……。

が、むろん、その中のどこにも兄の歌はなかった。

「載っておらん」

兄は一言、悲痛な声を上げた。

そして次三郎を振り向き、繰り返し訴えてきた。

「どこにも載って、おらんっ」

その時の兄の落胆ぶりの凄まじさときたら、目も当てられなかった。次三郎は、つい励ますように言った。

「兄者、お気をたしかに持たれよ」

「わしは、正気じゃ」

思わず言葉に詰まった。それは、そうだろう。しかし、辛うじて言葉を続けた。

「正気なればこそ、坂東《ばんどう》武者たるもの、大丈夫《だいじょうぶ》たるもの、これしきのことで取り乱してはなりませぬぞ」

すると兄は、再び悲しそうな声を出した。

「坂東武者でも大人でも、泣きたいものは泣きたいわい」

その表情の情けなさたるや、悲惨を通り越して、見方によっては滑稽《こっけい》ですらあった。

ともかくも、加古氏の嫁、そして足利一門に我が歌を公式に披露《ひろう》するという兄の夢は、こうしてあっけなく潰《つい》えた。

勅撰集に洩れてから三月後、高氏はその加古氏の娘と結婚した。

ちなみにこの嫁の名前は、様々な資料に当たっても、未だに定かではない。夫である高氏自体も、この頃はまだその程度の、世にほとんど知られていない人物だった。

むろん、その夫婦仲もよく分からない。

が、結婚した翌年には長子・竹若丸《たけわかまる》が生まれているし、後年に高氏が鎌倉幕府に反逆の旗を掲げた時、事前にこの母子を箱根へと逃がしていることを考えれば、おそらくは尋常な夫婦仲だったのではないかと考えられる。

前後するが、この竹若丸が生まれた同年、次三郎も十五歳で晴れて元服となり、名を高国《たかくに》と改めた。

が、兄の高氏のように、官位を拝領することはなかった。ただの高国だ。

当然だ、と高国は自らを慰めた。

兄が位階官職を拝領したことでさえ、僥倖《ぎょうこう》に近いものだった。ましてや庶子で三男坊の自分が官位を貰うことなど、よほどの差し迫った事情がない限りはあり得ない。

そう思いながらも、やはり一抹《いちまつ》の虚しさはあった。

もし兄が、波に揉まれる木っ端だとすれば、自分などはこの足利家において、その木っ端に絡みつく藻屑《もくず》のような存在に過ぎない――。

数年後、高国は父の命により足利家の庶流・渋川貞頼《さだより》の娘を嫁に貰った。こちらは末永く添い遂げたおかげで、その名が残っている。彰子という。

兄と違うのは、高国はその晩年に至るまで実子が生まれなかったことだ。

それでも高国は、足利幕府を実質的に取り仕切るようになった後も側室を設けず、一夫一婦を貫き通した。正室との間にようやく子を成したのは、既に高国が四十一歳の時であった。

4

七年前、ちょうど貞氏が足利家の当主に復帰した年に、天皇に即位した大覚寺統《だいかくじとう》の皇太子がいる。

皇太子、とは言っても天皇になった時には三十を超えており、朝廷史上でも二番目に遅咲きな帝の誕生であった。後醍醐《ごだいご》天皇である。

むろん師直は、去年まではそんな天皇の過去の事情など、詳しく知る由もなかった。

状況が一変したのは、昨年の九月だ。

この齢《よわい》三十七にもなった帝が、鎌倉の武士たちを驚愕させる出来事を引き起こした。

後醍醐天皇は、あろうことか鎌倉府の倒幕を企て、近隣国の武士たちに密かに呼びかけて実行に移そうとしたのだ。

北条家直轄の六波羅探題《ろくはらたんだい》は、直前でこの策謀を察知した。

天皇の呼びかけに呼応して密かに上洛していた武将たちを洛中で殲滅《せんめつ》し、なんとか事なきをえた。

得宗家を震撼《しんかん》させたのは、この天皇に呼応した者たちである。土岐《とき》頼貞《よりさだ》と頼兼《よりかね》親子、多治見《たじみ》国長《くになが》、安達貞親《さだちか》、舟木《ふなき》頼春《よりはる》といった錚々《そうそう》たる美濃《みの》源氏たちで、清和《せいわ》源氏からの流れを汲む歴《れき》とした鎌倉の御家人であった。

特に土岐頼貞などは、九代目執権である北条貞時《さだとき》の娘が生母であることもあり、幼少の頃は鎌倉で生まれ育っていた。当然のように得宗家とも昵懇《じっこん》だと、鎌倉府のほうでは勝手に思っていた節がある。

この頼貞のみは上洛はしておらず、紆余曲折を経て幕府から辛うじて赦免された。

が、他の頼兼を始めとした美濃源氏たちは、いずれも洛中で幕府軍と凄まじい戦闘を繰り広げ、いずれも自害して果てた。

後醍醐天皇の側近、日野《ひの》資朝《すけとも》と日野俊基《としもと》は、帝を庇うために自ら首謀者の罪を被り、鎌倉へと連行された。結果、資朝は佐渡へ流罪となり、俊基は蟄居《ちっきょ》謹慎となる。天皇自らは、得宗家に弁明の使者を派遣し、自らは今度の事変とは無関係であると散々に釈明をさせて罪を逃れた。

それが、去年末までの顚末《てんまつ》だ。


「世はなにやら、ますます不穏になってきておりますな」

天皇たちの側近の処分が鎌倉府で決まった時、師泰が感慨深そうにつぶやいたものだ。

この弟は相変わらず、政治向きのことにはほどほどにしか興味を示さない。足利家が鎌倉府の意向の中でどう立ち回っていくかなどは、父の師重と師直に判断を任せっきりで、いつもその決定に唯々諾々と従っている。

それが、さすがに昨年の事変が起きてからは、しばしば世相のことを口にするようになって来ている。

それが師直には少しおかしかった。

「師泰も、さすがにこの時勢では気にもなるか」

そう言ってからかった。

そんなある日、奥の間に居る父の許に、兄弟そろって呼ばれた。しかも家族内で、わざわざ下男を使わして二人を呼び出すという重々しさであった。

父の師重は、得宗家に対する足利家の立ち位置について、何かを決断したのだと思う。

八年前、高義が死んで貞氏が当主に復帰する折も、こうして改まって呼び出された。

さらに六年前、又太郎が元服して高氏と名乗りを変える前にも、父の相談に与《あずか》った。

かといって、又太郎の件では元服の事そのものではなかった。あの時の父は、二人が来ると早速用件を切り出した。

「いっそのこと、又太郎殿には元服を機に、得宗家や蔵人《くろうど》（上杉憲房）殿を通して、朝廷に位階を上申しようかとも思案しておるが、おぬしらは、どう思う」

その言葉だけで、師直には父の考えていることがほぼ察せられた。

一方で、師泰は首を傾げた。

「はて。されど又太郎殿は、庶子であられますぞ」

「大殿（貞氏）と三郎殿の間には、四十歳に余る開きがある。万が一の時には、又太郎殿は少なくとも当主の繋ぎにはなる。そのための下拵《したごしら》えだけは、今からしておいても良いかもしれぬ」

やはり、と師直は感じ、さらに一歩踏み込んで問いかけたものだ。

「されば元服後の嫁取りも、北条一門からをお考えですか」

いや、と父は首を振った。「大殿も、そこまでお考えではない。あくまでも数年から、長くとも五年ほどの繋ぎとしてだ。三郎殿が元服すれば、すぐに当主を降りていただく。じゃによって、嫁取りには加古殿か渋川殿あたりの娘が適当であろう、と大殿も申されておられた」

なるほど。いかにも無欲そうなあの又太郎のことだ。三郎が元服したから当主を譲れと言われれば、これまたすんなりと受けるだろう――。

つい、又太郎のいつも困惑したような顔を思い出し、少し苦笑したことを今でも覚えている。

おそらくあの庶子の兄弟は、又太郎が郎党たちから『極楽殿』と陰口を叩かれていることには薄々察しはついているかも知れないが、もう一つの密かな綽名《あだな》、『困った殿』と呼ばれていることについては、とうてい想像も及んでいないだろう。あの若者には近年、妙な滑稽感がある。

……そんなことを思い出しながら、父の待つ奥の間へと入っていった。

「来たか」

そう言って父は、師直たち兄弟に下座を指し示した。

父は、ほぼ無駄話というものをしない。頭の中は、常に足利家の先々のことで占められている。やがて家宰を継ぐ者として、この父にあやかりたいものだと時に感じる。

「得宗家のことだ」案の定、父は前置きなしで話し始めた。

「大殿から伺うには、府内では執権殿も寄合衆の方々も、昨年のようなことが今後起きぬように、我が足利家を始めとした有力御家人たちと、出来うる限り融和を図っていくおつもりらしい」

ははあ、と師直は思う。

今の十四代執権、北条高時《たかとき》は愚物《ぐぶつ》ということで知られている。

とはいえ、気の毒な部分もある。

高時はわずか十四歳で執権を継いだ。たしか高義が死んだ前後の時期だった。生来が虚弱でもあり、また物心が付いた時には十三代目の執権である父が酒浸りだったこともあって、執権職としての振る舞い・心得を知らずに育った。そして、この無能な執権の後見役として、北条一門の安達時顕《ときあき》と内管領《ないかんれい》（御内人の筆頭）の長崎円喜《ながさきえんき》の二人が、長年にわたり実質的に柳営を取り仕切ってきた。

しかし、だ。

近年、奥州の津軽では蝦夷の民が、蝦夷代官・安藤《あんどう》家の内紛に乗じて何度も大規模な反乱を起こしている。特に今年に入ってからの乱は規模が甚だしく、はやくも鎌倉の一部では『蝦夷大乱』と呼ばれ始めている。他方、西国での悪党の跳梁も相変わらず頻発している。

それもこれも執権である高時が無能な上に、それを支える鎌倉府の中枢にも、これは、といった人物が乏しいからだ。各地での不穏な動きを抑え切れていない。

かつて得宗家は、主だった御家人を軒並み討伐した後、北条一門の内部でも有力な一族の粛清を繰り返していた時期があった。北条氏名越《なごえ》流や御内人の平頼綱などである。

そのせいで実務に有能な者たちも、一時の栄華の後の粛清を恐れて、府内の要職に推挙されても常に尻込みする。

みな、これまでの足利家と同じように、目立たず、幕府の中枢にはなるべく近寄らず、大禍なくこの鎌倉で生き延びようとしている。

必然、府内の中枢に座る人間の質は劣化する。

特に、長崎円喜の息子で内管領を継いだ高資《たかすけ》などは、対立する安藤本家と分家の両方から賄賂《わいろ》を受け取り、津軽での混乱にさらに拍車をかけているという愚劣さだった。

もう一方の府内の要人、安達時顕は人柄も悪くはないが、霜月騒動で一度は滅んだ安達家のほぼ唯一の遺児という出自だ。かつての一族の威勢・発言権とは比べ物にならない。

「父上は、すでに鎌倉府にはこの日ノ本を統《す》べていく人材が枯渇しているとお考えですか」

「まだ、そこまではいかぬだろう」父もまた、慎重に言葉を選んだ。「いかぬが、相当に柳営の箍《たが》は緩んできている。御家人たちを力で抑えることに自信を無くしておるから、このような懐柔の手に出る。現に大殿に対しては、円喜殿からも秋田城介《あきたじょうのすけ》（安達時顕）殿からも『先々でもし有事が起こらば、是非にも足利家の力をお借りしたい』という申し入れがあったそうじゃ」

「なるほど」

「そこで、じゃ。この誘いに少しこちらも乗ろうかと思案しておる」

「と申しますと」

「高氏殿のことよ」師重は言った。「かのお方の仮当主への布石を、ここでいま一歩進めておこうかと思っている」

師直には、父の言っている意味がよく分からなかった。

「されど、既にその布石は六年前、高氏殿が位階を貰われたことで済んでおりまするが」

「わしもあの時はそれで充分だと考えていた。が、今の時勢を鑑《かんが》みるに、位階だけではまだ足りぬように思える」

「と、申されますと」

「いざなる時、足利家が鎌倉府を慮《おもんぱか》らず動くことが出来るように、かの殿には得宗家の一門から嫁を取ってもらおうかと考えておる」

この発想には師直も度肝を抜かれ、一瞬絶句した。

はて、とそれまで黙っていた師泰も、さすがに首を傾げた、「しかし高氏殿には、すでに加古殿という歴とした嫁御も、そして嫡男もおられますが……」

当然の疑問だ。

が、師重はあっさりと一蹴した。

「同じ足利一門からの嫁ではないか。いわば姻戚同士の婚姻である。そのような事情はいかようにでもなろう」

ようやく師直も口を開いた。

「……つまり、今の嫁は側室に落とし、北条家から改めて正室を迎える、と」

師重は、はっきりとうなずいた。

「六郎《ろくろう》（加古基氏）殿にも嫁殿にも事情を掻い摘んで話せば、きっとご納得してくださる。この婚姻は、なによりも足利一門をさらに安泰にするための策であると丁寧にご説得申し上げれば、必ずや話は通じる」

「して、大殿のお腹積もりは」

「大殿は、こう申された。『高氏のこと、次の布石としては悪しからず。されど、娘を嫁に呉れた六郎の気持ちもあれば、早急には押し進めるべからず。折を見て、ゆるゆると説得してゆくのがよろしかろう』と……わしもそう思う。数年ほどをかけ、ゆっくりとこの縁組をまとめていく」

ふむ。貞氏も新たな縁組にはまずまず乗り気のようだ。

「で、おぬしらの料簡も聞いた上で、この件を正式に進めようと思うが、如何《いかが》か」

師直はしばし考えてみた。

現状を見るに多少は強引な面もあるが、それでもこれは、たしかに良き案かも知れぬ。

何故なら、以前から足利家の血筋に関しては、多少思うことがあったからだ。

死んだ高義は、師直の記憶にある限りでは二十を超えてからも、ひ弱な青年といった印象を拭い切れなかった。事実、二十一歳という普通なら精気の満ち溢《あふ》れた年頃にもかかわらず、高熱を出してあっけなく死んだ。

さらには今、十歳ほどになる貞氏嫡孫の三郎にせよ、生まれた時から虚弱で、さらには神経もやや過敏に見える。

……よく考えてみれば、現当主の貞氏も、時にやや心の平衡を欠く。

北条家と代々重婚を続けてきたせいで、血の偏《かたよ》りが異常に濃くなっているせいだ。

それを思うに、平時ならいざ知らず、世が乱れ始めている昨今《きっこん》、貞氏に万が一があった時の棟梁は、このまま三郎に決まりで良いのかと、たまに心配になる時があった。

貞氏も既に五十三だ。少しずつではあるが、挙動にも衰えが目立ってきている。かと言って嫡孫の三郎はまだ十歳だ。当主にはおろか、元服にも相当に早い。

その上で高氏を見遣れば、年齢も今年で二十一だ。数年から五年ほどのうちに、繋ぎとしての家督を継ぐにはちょうど良い頃合いでもある。

そして上杉家の腹から生まれているせいか、すこぶる健やかでもある。いつもぼうっとしているようにも見えるが、裏を返せばそれだけ心が安定しているということだ。

かと言って、かつての青砥藤綱の話で見られたように、心底はどうやら馬鹿ではないようだ。聞いた時は師直も思わず感心した。加うるに人柄の丸さと言い、担ぐにはちょうど格好の御輿《みこし》かも知れない。

いやこれは、と改めて思い直す。

高氏こそ火急の折には当座の棟梁に相応な若者に思えてきた。三郎は大人になるまでの育ちようを気長に見て、今の不穏な世相が収まってから、改めて足利家の当主になってもらってもいいではないか。

「なるほど父上の申されまする通り、思案してみればみるほど、この布石は今後のためには良き策に思えてきまする」

「やはり、そう思うか」

父も、満足そうに答えたものだ。

一方で師泰は、まだ腕組みをしたまま長考を決め込んでいる。この常に安気な弟にしては珍しい。

父も、それが気になったらしい。

「師泰よ、おぬしには何か気がかりな点があるのか」

師泰はようやく我に返って口を開いた。

「それがしにも良き案に思えますするが、このお話、はたして高氏殿ご自身は、どう感じられまするか……すくなくとも傍目《はため》には、まずまずの夫婦仲と察せられますが」

この素朴極まる意見には、虚を突かれた気分だった。

確かにそうだ。肝心の高氏自身がどう思うかについてはまったく関心の埒外で、この婚姻話が勝手に進んでいる。

こんな場合ながら、つい師直は笑い出した。

「これは師泰の言う通りだ。御当人である高氏殿のお気持ちも、しかと拝聴しなければならぬな」

普段は謹直《きんちょく》極まる父も、とうとう破顔した。

「いやはや、わしも迂闊《うかつ》であったわい。本人がどうお思いになるかはすっかり失念しておった」

そして三人で改めて顔を見合わせ、再び苦笑した。

確かにこの婚姻話は、ある程度の下準備を進めたら、高氏自身の気持ちもしかいと見定める必要がある。

が、まずは何事にも拘泥せぬあの若者のことだ、おそらくは大丈夫だろう。配膳された副菜でも食すように、妻ならば一人でも二人居ても構わぬと答えるであろう。

やはりあの若者には、独特の間延び感というか、武士としては風変わりな可笑《おか》しみを感じる――。

5

兄がまた、性懲《しょうこ》りもなく幾首《いくしゅ》もの和歌を作り始めている。しかも既に妻子のある身だというのに、以前にも増してかなり熱心にだ。

高国はある時、文机に齧り付いて詠草を練り直している兄に問いかけてみた。

「また、お送りになるのですか」

現在の帝、後醍醐天皇が初めて作る勅撰和歌集に応募しようという心積もりなのだろう。既に『続後拾遺集《しょくごしゅういしゅう》』という勅撰名まで決まっている。

しかし、京の帝もたいした玉《タマ》だ。昨年には世を震撼させる事変を起こして側近が重罪を被《こうむ》り、さらには賛同した美濃源氏の数多《あまた》を死に追いやったにも拘《かか》わらず、それ以前から着手していた勅撰集の編纂を今も平然と続けている。

「貴人、情を知らず」とはよく言ったものだ。

うん、と一呼吸遅れて、兄は文机からようやく顔を上げた。珍しく生真面目な顔をしている。

「もう一度、送ってみる」

「なるほど」

こんな兄でも、五年前に選に漏れたという一点だけは、やはり今も悔しいらしい。その虚仮《こけ》の一念で掌底を墨塗《すみまみ》れにしたまま、こうして和歌の草稿に手を入れている。

挙句、再びこう口を開いた。

「見てみるか」

「え?」

「じゃから、わしが今回送ろうと思っている歌だ」

高国は思う。以前はそれを頑として拒《こば》んだが、今回は見せるという。よほどの自信作なのだろうと思い、差し出してきた詠草を何気なく手に取った。

かきすつる　藻屑なりとも　このたびは　帰らでとまれ
和歌の浦波

——ん?

一読した時、一瞬その意味がよく分からなかった。さらにもう一度、じっくりと読み返してみる。

結句の「和歌の浦」という言葉は、紀伊国の歌枕で、それに「波」が敢えて付くから、紀伊国の海沿いにある玉津島《たまつしま》神社のことだろう。和歌の神を祀《まつ》っていると、話には聞いたことがある。和歌の神……たぶん、この場合は勅撰和歌集の選者のことを暗示する。

そこまで考えて、ようやく大意が呑み込めた。

つまり、

(私の歌など)掻《か》き捨てられる藻屑のように取るに足りないものだが、今度こそは返らずに和歌の浦の神(選者)のもとに留まって、どうか勅撰集に入集して欲しい、
という程度の中身の歌だ。

この内容には、高国も心底呆れた。

技量や、雅趣云々以前の問題だ。いや、たとえ下手でも歌を詠《よ》む才がなくても、自分なりのモノの哀れや無常観、人との切なる想いなどを謳《うた》い上げてあれば、まだ許せる。

けれど兄の歌は、自分の歌が勅撰集に載って欲しい、そのためには選者であるあなたの目に留まって欲しいと単に訴えているだけではないか。見方を変えれば歌道での猟官運動のようなもので、しかも兄は恥知らずにも、その望みを臆面もなく真っ向から綴《つづ》っている。

この破廉恥《はれんち》さには、さすがの高国にも言葉がなかった。

ふと、文机の端にある添え状のようなものが視界に入っ

た。気がついた時にはつい手が動いていた。

「あっ、それは……」

高氏が慌てたような声を出したが、高国は腹立ちに紛れて構わず開いてみた。

案の定、選者の二条為定《ためさだ》に宛てたもので、その文面には、前回は入集せずに残念だったので、今回は是非とも載せて欲しい、
と、歌の中身そのままの願いが、繰り返し書かれていた。

くっ――。

さらに腹の底が煮えた。

猟官運動のようなものではない。これは、まさしく猟官運動そのものではないか。まったくもって情けない。

怒りに我を忘れ、思わず語気激しく詰め寄った。

「このように人の情に縋《すが》るような真似を繰り返して、兄者は武士としての、いや、そもそも人としての矜持《きょうじ》というものをお忘れかっ」

兄は、しばらく気まずそうに黙っていた。が、やがて高国の機嫌を取るように愛想笑いを浮かべた。

「だが、やはり載りたいものは載りたいのじゃ。それにここまで訴えれば、選者の二条殿も人ではあろう、おそらく多少の手心は加えてくれるのではないか」

つまりはそういう意味で、自信作ということなのだろう。

――だから、それを恥知らずだと言うのだっ。

と、高国は喚き散らしたい気分だった。

けれどやや冷静になり、結局それはやめた。

いくら実の兄とは言え、こんな腐《くさ》れ文学青年の戯言《ざれごと》など、選者の二条為定もまともには取り合うまい。どうせ選から は洩れる。だから、兄の勝手にさせればよい。

そう思うと、さらにいくぶんか心も落ち着いた。

兄は、この件をさっさと打ち切りたいと思ったのか、急に話題を変えてきた。

「ところで、嫁殿との仲はどうじゃ」

高国は昨年の春、渋川貞頼の長女を嫁に貰った。

彰子はおっとりとした穏やかな気立ての嫁で、さらには上野《こうずけ》国渋川郷という草深い田舎で生まれ育ったにも拘わらず、和歌や真名《まな》文字はむろん、漢籍の道にも明るく、学問のことでも高国とはよく話も合った。しかも気性の激しい自分に対して、いつもやんわりと日溜りで受け止めるようにして対応してくれる。いわゆる相互補完の関係で、自分はこのような嫁を貰えて日ノ本一の幸せ者だ、とさえ常々思っていた。

ただ唯一、悩みがあるとすれば、結婚して一年以上が経

っても未だ子を孕《はら》む気配すらないことだった。

「どうじゃ。まだ子は出来ぬか」

さらに高氏が畳みかけてくる。

高国は、またしてもうんざりとした。

兄は最近、自分の形勢が不利になると、決まってこの件を持ち出してくる。自分がすぐに子を成せたのに、弟に未だに子が出来ないことが時に心配でもあり、時にこの兄の密かな優越感にもなっているらしい。

「子宝とも申します。天からの下り物でありますから、いずれは出来るでしょう」

が、兄はそんな高国の返事など聞いてはいなかった。

「よいか、次三は日頃から謹直に過ぎる。だから女子《おなご》を抱く時も、いかにも折り目正しく、四角四面に抱いているのであろう」そう、自らの弟に対する唯一の優位性を得々と語り始めた。「じゃによって、もそっとこう気負いなく、安気に抱くのじゃ。でなくば、肝《きも》は縮こまったままで、出るモノも盛大には奥まで届かぬぞ」

この最後の言葉の生々しさ、卑猥《ひわい》さには、正直、耳を塞《ふさ》ぎたい気分だった。

「そのようなこと、兄者に言われなくとも重々分かっております るわっ」

そう半ば叫ぶように言い、さっさと兄の許を辞した。

……まったく兄は、ああいうところは本当に質《たち》が悪い。

ところが翌年の嘉暦元（一三二六）年、信じられぬことが起きた。

なんと、兄のこの愚劣な和歌が、あろうことか『続後拾遺集』に載ってしまったのだ。

「見よ、見よ次三、これをどう見る」

兄はそう言って、何度も草子のその個所を高国に見せつけた。思いもよらぬ棚ぼたの幸運に明らかに興奮し切っており、挙措《きょそ》も終始落ち着かず、その口調も喜色に浮き立っていた。

「わしは載ったぞ。載った。自分でも信じられぬが、それでも載った」

それでもなお、高国は目の前の現実が信じられなかった。出来はともかくとしても、どうしてこのように性根まで卑《いや》しい歌が、由緒正しき勅撰集に採用されてしまうのか……その理由がまったく解せない。

さらに意外だったのは、この歌を目にした家人、縁戚たちのほとんどが、

「いやいや、高氏殿もなかなかおやりになられる。なんと

いっても勅撰集に選ばれたのだ。まずは一族の誉《ほまれ》である」と、今までの評価とは一変して、兄のことを手放しに褒め始めたことだ。

それらの反応も、高国にはつとに理解しがたいものだった。むしろ、こんな哀願するような惨《みじ》めったらしい歌は、公《おおやけ》になればなるほど足利家の恥ではないか。

だが、肝心の歌の出来など、皆にとってはどうでもいいらしい。勅撰集に載ったから偉い、素晴らしいものだ、という単純な物差しのようだ。

世間とは、大人の評価とは、所詮こんなものか……。

長く生きてきた大人というものは、物事に対してもっと眼力のあるものだとごく自然に思っていた。が、実際の人々の多くは、たとえ目が開いていても、その真贋を見極める力は節穴《ふしあな》同然なのだ。

この現実は、二十歳になった高国にも新しい発見だった。

高国は後日、勅撰集の他の歌もすべて目を通してみた。

結果、感じたことは、六年前の続千載和歌集とは、その編纂された和歌の質に雲泥の差があるということだった。兄の歌と同じような出来の悪いものが多く、透徹した精神性など皆無の、のっぺりとした情景歌も目立った。

さらに驚いたのは、鎌倉府の武士だけでも、およそ六十名もの和歌が採用されていたことである。これほどの多さはかつてなかったことだ。彼らの歌の多くも兄と同様、お粗末なものが多かった。

ふとあることに思い至る。まさか、と感じる。

……穿《うが》ち過ぎかもしれない。おれの、考え過ごしかもしれない。

それでもやはり、可能性がないわけではない。

続後拾遺集は選者こそ二条為定であるが、そもそもは後醍醐天皇の肝煎《きもい》りで始まっている。そしてこの帝は、二年前に正中の変という驚愕の倒幕事変を起こしている。

だいたい二条為定ともあろう和歌の目利きが、兄を始めとした鎌倉武士たちの、このような拙《つたな》い歌を進んで選ぶとも思えない。

となると、後醍醐天皇自らが、これら鎌倉武士たちの歌を敢えて勅撰集に載せるように命じたのかも知れない。

何故なら、再びの倒幕運動を企《たくら》んでいるとしたら、そのお膝元《ひざもと》である鎌倉の武士たちの気持ちを今のうちに取り込んでおくことは、決して不都合なことではない。

そう考えれば、ひょっとしたらこの勅撰集は、今後の倒幕を見据えた下拵えを兼ねているのかも知れない――。

気づくと、両脇がじわじわと嫌な汗で濡れていた。

「いやぁ。世の中も、なかなかに捨てたものではないなあ」

兄は、相変わらず無邪気にはしゃいでいた。

6

この時期、同じような疑念を抱いている者が、足利家にもあと数人いた。

高師直の親子である。

既に高氏の再婚話は、極秘裏に交渉が進んでいた。貞氏によれば、前執権である北条高時も、補佐役である安達時顕と長崎円喜・高資の親子も、まずまずの感触らしい。

かと言って、まだまだ本腰を入れて賛同する、という気配でもなさそうだと貞氏からは聞いていた。だから、潮目を見ながら気長に進めていくつもりであった。

が、先だっての勅撰集編纂の折から、その潮目が一気に変わり始めていた。

わずか二年前に倒幕を企てた帝の和歌集に、数多くの御家人の歌が採用されていたからだ。さらに得宗家を驚愕させたのは、本来なら入首を禁止されている一門被官の御内人までが数名、実名でこの歌集に載っていたことだ。

ようは、応募して採用されなかった御家人、御内人はさらに多くの数に上るだろう、という柳営の見立てであった。

このことを政権の中枢部は問題視した。謀反の黒幕である後醍醐天皇と距離を置くならともかく、御家人や御内人までがこの帝の歌集に進んで応募していたという事実に、自らの政権基盤の脆弱性《ぜいじゃく》に相当な危機感を覚えたようだ。

「これは、実に忌々《ゆゆ》しきことである」

長崎円喜などはそう声を上げ、歌集に載ったそれら御家人の心底を疑うことまで口にしたという。むろん、高氏のことも例外ではない。

特に足利家の場合、府内の要職には就いていないものの、数多存在する御家人の中で最大勢力の家人と一門を持つ。その足利家の繋ぎの当主になるかも知れない高氏が、もし天皇に密かに心を寄せて入首していたとなれば、大いに憂慮すべき事態である、ということらしい。

当然、貞氏は冷や汗をかきながら必死に弁明した。

「いやいや、それがしの愚息《ぐそく》には、まったく他意などありませぬ。昔から歌詠みは下手の横好きでございまして、六年前の法皇様の勅撰集にも応募しておった経緯がありまする。今も『我が歌が採用された』と他愛もなく嬉《うれ》しがっている有様で、二心《にしん》などあろうはずがございませせぬ」

それはそうだろう、とこの話を聞いた時、師直もおかしく思った。

今回に限らず、あの『極楽殿』に、柳営に対する底意などあろうはずもない。見たままの能天気な若者なのだ。

が、そこで話は思わぬほうに転がった。

北条高時が、この貞氏の弁明に被《かぶ》せて念押ししてきた。

「ならば、以前より話のあった我が一門との婚姻の件、高氏はすんなりと承知するであろうな」

そう言われれば、貞氏も立場上うなずかざるを得ない。

「むろん、異存などあろうはずもございませぬ」

そう、まだ肝心の高氏に気持ちを聞いていないにも拘わらず、断言した。

左様《さよう》か、と高時もうなずいた。「されば、こちらのほうで高氏の嫁探しに本腰を入れる。それでよいか」

今度もまた、貞氏は首を縦に振るしかなかった。そもそもこの婚姻話は、足利家から持ち掛けたものであるから、断りようもない。

そこまでの経緯を話して、父の師重は言った。

「ようは得宗家も、いち早く当家だけは確実に味方に付けておこうという腹積もりらしい」

その気持ちは分かる。

足利家さえしっかりと取り込んでおけば、もし後醍醐天皇が再び謀反を企てようとも、御家人の大半は足利家の例に倣《なら》い、鎌倉府の味方をするだろう。

しかし、と師直は別の意味で感慨深く思う。

あの若者は、何の含みもなく勅撰集に素直に応募したに過ぎない。それが得宗家のあらぬ疑いを招き、かえって得宗家との再婚話を進める結果となっている。本人がまったく意図せぬところで、家督継承への道がより確実になり始めている。瓢箪《ひょうたん》から駒が出るとはまさしくこのことで、何やら馬鹿馬鹿しくもあり、その愚《おろ》かさが滑稽でもある。

が、さらに父が口にしたことには、思わず師直も耳を疑った。

「されど、高氏殿にはまことに他意はないのであろうか」

「何を仰《おお》せです。かの御曹司《おんぞうし》は単に勅撰集に載りたかっただけだとは、大殿も申された通りではありませぬか」

そうか、と父はいったんうなずいたものの、その顔を師泰のほうに向けた。「そちは、どう感じる」

すると弟もまた、師直と似たような感想を述べた。

「私も、その和歌は拝見しました。ですが、それがしには『さもない歌だが、今度は入集して欲しい』という意味以上のことは、特に読み取れませんでしたが……」

すると父は、僅かに首を傾げた。

「そう……一見すると、確かにそれだけのお粗末な中身の歌に過ぎず、とうてい勅撰集に載るほどの出来とは思えぬ。だからこそ、わしには面妖《めんよう》に感じられるのだ。いかにかのお方が質朴《しつぼく》なお人柄とはいえ、この程度の和歌の出来で、勅撰集に載ると本気で考えてお出しになられたのか——」

……ん？

脳の裏側が、なにやら痒《かゆ》いような気がした。

言われてみれば、確かにそうかもしれない。まず常人の感覚では、あの程度の和歌で勅撰集に応募しようとは誰も思わないだろう。それでも高氏は出している。そしてかの若者は、多少ぼんやりしているところがあっても、心底の馬鹿ではない。さらに父の言葉は続く。

「考えてもみよ。選者の二条為定殿は、そもそも大覚寺統に近い公卿である。そして大覚寺統を率いているのは、言わずと知れたあの帝であられる。となると、かの御曹司は二条殿を通じて帝に己の存在を知られたかったのではないか……何か事が起きる前に、足利家ニハ高氏アリ、と誼《よしみ》を通じておきたかったのではないか」

この発想には、さらに愕然とした。

馬鹿な。あの高氏の気性でそこまでの深慮遠謀が出来るとは、師直にはとうてい思えない。

しかし、父はなおも言葉を続けた。

「そう考えれば、あの和歌、『かきすつる藻屑なりともこのたびは帰らでとまれ和歌の浦波』という意味も、自ずと違った暗示にも思えてくる」

「と申されますと？」

「つまり、帝と御曹司自らの心情を、呼応させて詠っているのではないか。藻屑のように前の事変は潰えたが、今度あるべき機会のために、どうか拙者の名をお忘れなく留めておいてくだされ、という含みがあるようにも取れる」

「なるほど」

「事実、これはあくまでも蔵人（上杉憲房）殿から小耳に挟んだ噂ではあるが、帝は二条殿の選定に相当に容喙《ようかい》されたというお話である。特に、この鎌倉の武士らの歌にはだ。となると我が足利家——御曹司殿の歌が、その帝の御意志から外されているとはとても考えられぬ」

ははぁ、とこれには再び納得しかける。言われてみれば、そういう推測も成り立つ。そして帝の側には、ひょっとしたらそのような思惑もあったのかも知れない。

それでも師直には、高氏自体が大それた野望を抱いて勅撰集に歌を出したとは、やはり思えなかった。けれど、確心があるのかと問われれば、むろんそんな自信はない。

「師直よ、おぬしは御曹司殿とはそれなりに親しい。されば、真意をそれとなく探ってはくれぬか。帝に近づこうとしてこのような和歌を出したのか、それとも単に出したいから出したのか。今のうちに、はっきりとさせておきたい」

「はい」

つい話の流れでうなずいてはみたものの、これは聞き方が相当に難しい。まさか当人に、大っぴらに倒幕の意思があるのかとは聞きにくい。

加えて、容易ならざる役目でもある。もし本人が夢にも思っていなかったとしたら、かえって問いを投げかけた師直自身が謀反の意図を蔵しているとも勘繰られかねない。

しかも、あの若者のことだ。師直から問われたことを邪気なく人に洩らすかも知れない。そうなれば師直及び、高一族の鎌倉府での立場は、一気に剣呑《けんのん》になる。

「……確か高氏殿には、北条一門からの嫁入りの件は、大殿からもまだ伝えられておりませぬな」

「うん？」

「では、代わりに嫁御《よめご》殿の件を口にすることによって、高氏殿の反応を見るのでは、如何でしょう」

その意図を、父はすぐに察したようだ。

「よかろう。ただし、あくまでもやんわりと聞いてみよ。大殿にもその旨の了承は取り付けておく」

「かしこまりました」

「それと、高国殿のことだ。兄が北条一門から嫁を貰うのに、実弟がただの地下人では格好がつくまい。朝廷から官位をいただけるよう、得宗家に働きかけるつもりだ」

庶弟のさらに弟までが何の功績もなく位階官職を貰うのか、と内心では驚いたが、まあ理屈は父の言う通りだと思って、黙って頭を下げた。


それから数日後、高氏に会った。

「もうし――」

高氏は、妻子と居ない時は、だいたい高国と一緒にいる。この時もそうだった。口を開きかけた師直を、高国はいかにも怜悧《れいり》そうな瞳でじっと見つめていた。

だから、気楽な素振りで話を切り出しにくくなった。

そもそもこの兄弟は、気性は昼と夜ほども違うくせに、それぞれが二十歳を過ぎた今でも、まるで膠《にかわ》のようにべったりとくっ付き合っている。時おり派手な兄弟喧嘩をしているとも聞いてはいるが、裏を返せば、大人になってもそれだけ隔意《かくい》がない間柄だということだ。

……何故か少し、苛立つ。

しばし他愛もない世間話をしたところで、この前の父との件を切り出した。

「ところで高氏殿、高氏殿は再び嫁御を、どこぞから貰う気はありませぬかの」

ん？——という顔をして高氏は小首をかしげた。

当然だろう、すでに加古基氏の娘を嫁に迎えているのだから。しかも既に長子を成している。

師直は、いかにも願ってもない出来事だ、というふうを装って言葉を続けた。

「なにやら得宗家では、一門の娘を高氏殿の嫁にどうじゃ、という話が持ち上がっているそうですが」

この話にすぐに反応を示したのは、兄の隣にいる高国であった。さすがに口を開くことはなかったが、一瞬その両目を大きく見開いた。

ふむ。この弟には真意がすぐに伝わったようだ。相変わらず、こういうところは鋭《するど》い。

しかし当の高氏は、相変わらず薄ぼんやりとした表情をしている。挙句、

「師直よ、わしにはすでに嫁はある」

そう、至極《しごく》当然の反応を示した。

「いや……得宗家のほうでも、それを押して、もう一人嫁を貰う気はないかと考えておられるようです。もしそうなれば、如何ですかな」

高氏は再び首をひねった。

「得宗家も、料簡の分からぬことを申されるものだ」

「が、仮に申し込まれれば、高氏殿は如何でござる」

これには即答した。しかも、はっきりと答えた。

「わしは、二度まで結婚をする必要はない。ましてや北条一門の娘など、御免《ごめん》こうむりたい」

「はて。何故でござるか」

「権門勢家《けんもんせいか》の嫁などを貰えば、何かと気苦労が多かろう」

なるほど。これが、この『極楽殿』の思考法らしい。北条一門から嫁を貰うことによる栄華には露《つゆ》ほども関心を払わず、ひたすらに自らの安穏たる先々を志向している。少なくとも家督のために得宗家に媚《こ》びへつらう気は、微塵《みじん》もなさそうだ。それ以前に、昵懇になろうとも思っていない。

これには師直も変に感心した。ふわふわとしているだけの若者だと思っていたら——その野心の無さはともかくとして——存外に気骨がある。

とはいえ、この再婚話に関しては師直も部外者の一人に過ぎないから、これ以上の内実を語ることは出来なかった。

だが、これだけの反応では、帰って父に報告が出来ない。

もう少し詳しく、得宗家と朝廷をどう思っているのか知る必要がある。やや思案して、話題を変えた。

「ところで、見事に入集されましたな」

「ん？」

「和歌でござるよ。『続後拾遺集』に入集されたこと、それがしも我がことのように鼻が高うござる」

そう、ほどほどに褒め上げると、高氏はそれまでの素っ気ない態度が嘘のように、あっさりと相好《そうごう》を崩した。

「いやぁ、あれはわしも未だに信じられぬ。神仏の御加護によるものか、思わぬ果報であったわい」

ふむ……これほどまでに照れながらも、自分の力量の無さははっきりと自覚しているらしい。やはり、心底の馬鹿ではない。さらに突っ込んでみた。

「聞くところによりますれば、此度《こたび》の勅撰集には帝もいたくご執心であられ、その選定にも口を相当に挟まれたとも伺っております。高氏殿の歌も、帝の目に留まったのかも知れませぬな」

「かも知れぬ」高氏は素直にうなずいた。「もしそうなら、わし及び足利家の名誉は、この上もない。なにせ、帝のお声掛かりで勅撰集に載ったということになる。我ら源氏としては誉でもある。入集した他の御家人たちも、みなわしのように喜んでおろう」

ほう。源氏と来たか。けれど、言われてみれば確かにそうだ。そもそも足利氏を始めとする清和源氏は、その名の由来通り、今から四百五十年ほど前の清和天皇の子孫に起源を発している。

高氏は、その遠い同族の長から栄誉を貰ったのだから喜んで当然、という意味のことを言っているらしい。対して、今の鎌倉府に君臨する北条家は、その源氏の末端ですらない。鎌倉府が出来た頃には平氏の木っ端だった家柄が、辛うじて頼朝の係累ということだけで成り上がって来たに過ぎない。

……ふむ。もう、充分だと思った。

「では、拙者はこれにて」

そう言って兄弟に軽く頭を下げ、踵を返した。

帰宅早々に父の許に行き、高氏とのやり取りを語った。

話し終わった後、師重は口を開いた。

「つまり、高氏殿は、得宗家に対する思い入れはまったくないが、源氏一族の祖の流れを受ける帝には、思慕に近い親しみを抱いている、と？」

師直はうなずいた。

「かと言って、柳営に対する謀反の志までは持たれておられぬでしょう」

「では、あの歌は、単に入集への願いを詠ったものに過ぎなかったというわけじゃな」

「されど、今の帝に我が存在を知られたいという気持ちは、どこぞにあったのかも知れませぬ」

うむ、と父は小さく唸った。「高氏殿はいわば、朝廷へも柳営に対しても、邪気無き鵺《ぬえ》のようなものじゃな」

邪気無き鵺。この言い回しには、つい笑った。その心底がはっきりとせず、どちらに対しても敵か味方か定《さだ》かならず、ということだ。しかも始末の悪いことに、当人にその自覚はまったくない。

ふと感じる。あの若者には、そもそも心底などというものは存在しないのではないか――。

ともかくも、現実の話である。

「高氏殿があのように申された以上、北条家との婚姻は一度白紙に戻されたほうがよろしかろうと存じまするが」

いや、と父はこの意見を言下に否定した。「師直よ、それは思考の寸法が短い。この先、場合によってはどちらに転ぶか分からぬ高氏殿だからこそ、北条家から一旦は嫁を貰うことが得策だとわしには思える」

言っている意味が、よく分からない。

すると、父は説明してくれた。

「まず、鎌倉府がこの先まだまだ盤石なら、高氏殿が北条一門から嫁を貰うことは、むろん足利家の安泰に繫がる」

「はい」

「逆に、世がますます乱れて得宗家が倒れそうになった時は、どちらにも転べる高氏殿を擁《よう》する足利家にとっては、またとない飛躍の機会になるかも知れぬ」

「とは？」

すると父は、師直の顔をじっと見た。

「このこと、構えて他言無用ぞ」そう念を押した上で、語り始めた。「古来、政権を転覆させる者とは、意外に中枢に縁付いており、敵する勢力にも誼を通じていることが多い。つまり、謀反を成し遂げる者とは、敵味方の力をその時々に応じて利用できるものを言うのだ。最後には梃子《てこ》を使うようにして、古き勢力をあっさりと覆《くつがえ》す」

そう言われても、あの高氏にそのような器用な真似が出来るとは、とても思えない。

が、その言葉は口に出さなかった。

先々など、誰にも分からぬものだ。

確か、治承物語の冒頭にも、こう書いてあった。

祇園精舎の鐘の音《こゑ》、諸行無常の響きあり。沙羅双樹の花の色、盛者必衰の理《ことわり》をあらはす、と。

人も状況も、絶えず変わっていく。だいたい十年前の又太郎が足利家を継ぐことになるかも知れぬなどと、あの時に誰が想像し得たであろう。

今後のこともまたそうだ。その定かならぬ先行きのために、打てるだけの手はすべて打っておいたほうが良い。

7

兄はこの頃、珍しくふさぎ込む日々を送っている。少なくとも、いつものように馬鹿陽気ではない。

そもそもの始まりは、師直の語ったことだった。

あの日、また二人っきりになった後、高国はすぐに兄に聞いた。

「兄者、いったい兄者は、あの男の言っている意味が分かっていて、ああ答えたのですか」

「なんのことだ」

やや苛立ち、高国は答えた。

「ですから、北条一門からの嫁取りの話でござる」

おそらくだが、この件は、父や家宰の師重や得宗家を巻き込んで、既に内々で話が煮詰まりつつある。でなければ、師直があのような話を戯言にも持ち出すはずがない。

なのに、この兄はその内々の話を暗に蹴った。家督相続の絶好の機会を潰すような真似をした。

そう感じるとさらに興奮して、つい声を荒らげた。

「兄者は、あの話が兄者の先々にとって、どれほど大事なことか分かっておられるのかっ」

すると高氏は、珍しく口の端だけで薄く笑った。

「高国よ、わしもそこまで馬鹿ではない」

「……」

「おまえは、北条一門からの嫁取りはすなわち、足利家を継ぐ目が濃厚になるのだ、とでも言いたいのであろう」

――分かっていた。少なくともそれぐらいのことは理解していた。

やや戸惑いながら、高国は言った。

「だったら何故、せっかくのお話を蹴るような返事をなさるのです」

が、兄はすぐには答えなかった。一つため息をつき、初秋の澄み渡る空を見上げた。しばらくの間、天空の薄い藍《あい》色をぼうっと見上げ続けていた。

ひょっとして、この兄は自分と同じように、今の妻のことを相当に気に入っているのか。全然そうは見えないが、北条一門との再婚を断るほどに実は溺愛《できあい》しているのか。

つい、そのことを口にした。

すると高氏はまた軽く笑った。

「嫁は、嫁じゃ。それだけのことよ。嫌いではない。だから早々に子も出来た。されど、そもそもわし自体が、是非にと望んで貰い受けたわけでもない。そういうことだ」

やはり、と感じる。悪気はない。兄のこのこだわりの無さ、何事にも恬淡としている気性は、自らの家族に対する視線にも及んでいる。

しかし、ならば何故、あれほどの良き話を断ったのであろう。高国にはますます訳が分からなくなり、ついには言うべき言葉を失った。

直後、高氏はつぶやくように言った。

「わしは、蹴鞠《けまり》の鞠ではない」

「は？」

「皆に囲まれ、その時々の都合で好き勝手蹴られる鞠ではない。わしは、何の取り柄もない男じゃと自分でも思う。それでも操り人形など御免だ」

「……………」

「昔から、家督など継ぎたいとは夢にも思ったことがない。そういう庶弟になるよう、育てられてもきた。が、それでいい。立身より心が軽いほうがいい。惣領などは元来がわしの質《たち》に合わぬ。他になりたい者がなればよい」

うまく言えないが、この瞬間、高国は兄に無欲の凄《すご》みのようなものを感じた。

ある意味、徹底して潔い。この兄は、浮世《うきよ》の立身や栄華などに何の関心も持っていないのだ。

この時、高国は生まれて初めて兄に深々と頭を下げた。

「すみませぬ。兄者のお気持ちも知らず、とんだ差し出口を利きました。お許しくだされ」

兄の家督にまつわることは、もう金輪際《こんりんざい》口にすまいと心に決めた。


が、つい先日のことだ。

兄弟そろって本棟の奥座敷に居る父に呼ばれ、北条一門からの嫁取りの件を、正式に打診された。

「どうじゃな、高氏よ。高国も、これは兄のために良き話であろうとは思わぬか」

これには、思わず兄と顔を見合わせた。師直から話が出た時に、一旦は断りを入れていた。まさか、それをこのような場で蒸し返されるとは思ってもいなかった。

どうじゃ、と父は珍しく微笑《ほほえ》みながら繰り返した。「目《め》出度《で》き話であるとは思わぬか」

つまりは嫁取りの結果、兄が惣領になることは、ということであろう。

高国は思った。この一件、もう足利家の一存では止めようのないところまで話が進んでいるようだ。おそらく得宗家の内部では、決定事項として扱われ始めている。

父の問いかけに、ようやく兄が重い口を開いた。

「私は、気乗りが致しませぬ」

「なに？」

「ですから、北条家からの嫁取りは、出来れば断っていただきとう存じます」

父の顔から笑みが消えた。

「何故、気乗りせぬのか」

兄は束の間、臆したような表情を浮かべた。

「こう申すは憚《はばか》りながら、北条家からの嫁取りは、私がたとえ当座でも、家督を継ぐということに相成《あいな》りませぬか」

「当然である」父は、大きくうなずいた。「だから、目出度き話であると申しておる」

兄は再び困惑した。そして、ついに言った。

「それがしは、惣領の器ではございませぬ」

「は？」

「ですから、足利家の惣領になるなど荷が重うございます。今までのように、気楽に息をしとうございます」

父の顔はいよいよ強張《こわば》った。

なんという――そこまで言って絶句し、さらに言葉を続けた。「高氏よ、おぬしは武門の子として生まれながら、なんという不甲斐《ふがい》なきことを申すのだ。それでも男かっ」

高国は、かつて兄が言った言葉をふと思い出した。

別に希んで男に生まれたわけではない。好きで、武門に生まれたわけでもない。

案の定、兄はなおもこう抗弁した。

「されど、跡取りには三郎もいるではございませぬか」

「まだ早い」父は即答した。「得宗家からも、万が一わしに何かあった場合には、まだ子供の三郎では、足利家はどうにもならぬとも言われておる」

やはり……。

しかし、いつもは優柔不断な兄も、この時ばかりは譲らなかった。

「人には向き不向きというものがござります。わしには向いておりませぬ」

父は片膝を揺らし、さらにいきり立った。

「ならば、この足利家に、おぬし以外に如何なるふさわしき者がおるというのだっ」

するとと高氏は、不意に高国のほうを見た。その無表情な顔が、何故か蛙《かえる》のように見えた。

「……今ここに、我が弟、高国がおりまする。頭の出来よう、気概、そして自負心、いずれも私よりはるかに勝っておりまする。腑《ふ》抜《ぬ》けのわしとは違いまする」

――え？

「されば、様々なる事情さえ許しますれば、恐れながらこの高国こそが、足利家の家督を継ぐにふさわしき者と愚考いたしまする」

愕然とした。

兄は、内心でそのように自分を見ていたのか――。

一瞬、涙腺が緩みそうになった。

生まれて初めて、自分の存在を誰かに認められた。いつも、この足利家では居るも居ないも同然だった自分……その境遇に絶えず苛立ち、虚《むな》しさを感じていた。が、その相手がいくら兄とはいえ、こうした神妙な場で、初めて誰かに評価された。

その感動に、あやうく泣き出しそうになった。

気づくと、父も高国をまじまじと見ていた。

ぎくりとし、思わず背筋を伸ばした。

なるほどのう、と父はまず一言、つぶやいた。「……高国よ、おぬしはあるいは高氏より、武門の惣領には向いているのかも知れぬ」

これには高国ではなく、隣の兄が大きくうなずいた。

「が、兄弟の序列を外すは、武門の乱れの元であるとも言う。だからわしはかつて、虚弱を承知で高義に家督を継がせた。むろん柳営との絡みを無視できなかったこともある」

「……………」

「さればこそ、向き不向きはあろうとも、やはり高氏でいくのが穏当とも思っておる。されど、高氏も今の如《ごと》く申すし、これまた得宗家の意向もある。じゃからこの話、一旦は預かる。高氏、高国よ、それでよかろうな」

つまり、高国の家督継承の件も検討してみるということだ。しかしその上で、足利一門内でも北条家でもやはり高氏が良いとなれば、その時は覚悟を決めよ、ということであった。

だが、兄はすぐに返事をしなかった。家督を継ぐのは、どうにも気が進まないらしい。

けれど、そんな兄の反応を見ても、父は再び怒ることはなかった。代わりに、一つ深いため息をついた。

「高氏よ、そなたは少し思い違いをしているのではないか」

「何を、でしょうか」

「自分の先々は、存外に自らの料簡では決められぬ、ということをだ」

「ならば、誰が決めるのでございますか」

「おまえの周りにいるすべての人々の思惑《おもわく》、京やこの坂東を含む時代の潮流《ちょうりゅう》……そのようなものが大方を決める」父は、はっきりと口にした。「おぬしの望みが叶うのは、せいぜい十のうち、一分《いちぶ》にも満たぬであろう。おまえに限らず、わしや高国、死んだ高義や三郎を含めてそうだ。森羅万象が絡み合う浮世の奔流に、絶えずあちらこちらに流されていく。武門に生まれたならば、なおさらだ。婚姻でさえ自儘《じまま》にはならぬ。好きな女子を正室に迎えることとさえ叶わぬ。我らに出来るのは、その一分ほどの裁量の中で、出来る限りのことを為すだけなのだ」

初めて聞く父の本音に、高国は正直、愕然とした。

父は、こんな思いを抱えながら生きてきたのか……。

「かつて、わしもそうであった。だからこそもう少しは自在に生きたいとも思い、相当に苛立つこともあった。時に今も苛立つ。だが、所詮は叶わぬ夢よ。良きにつけ悪しきにつけ、思わぬ方向へ流されていく」

最後に父は、こう言った。

「これらのこと、肝に銘じよ。そして、武士《もののふ》としての定めを受け入れよ」

ここまではっきりと弁じられては、兄も高国にも、返すべき言葉は寸分も見当たらなかった。

むろん、高国としても自分が家督を継ぐなどとは、兄に口に出されるまでは夢にも思ったことがなかった。何故かは我ながら定かではないが、やはり兄こそがふさわしいと思っている。自分は、その脇を固める補佐役に徹する。

……それに妻、彰子のこともある。いかなる事情があるにせよ、わしは、あの女が悲しむ顔を見たくはない。ならば、ただの高国でよい。

8

以前のやり取りから、ある程度の予想はしていた。

だが、あの高氏が父から公式に申し入れをされてもなお、婚姻を頑強に拒否するとも思ってはいなかった。

父の師重は言った。

「だから、じゃ。大殿から頼まれた通り、おぬしらに再び問う。高氏殿がここまで拒否してもなお、そちたちはかの殿に家督を継がせたほうが良いと思うか。それとも、この場合は高国殿か」

師直と師泰の兄弟は、しばし考え込んだ。

「まずは師泰、此度はそちの意見を先に聞こう」

師泰はやや躊躇いながらも、こう口を開いた。

「甚《はなは》だ憚りながら、そこまで尻込みする御仁《ごじん》が棟梁になられても、武門の先々に良きことはありますまい……それがしは、高国殿でもよろしきように思われます」

それは困る、と咄嗟に感じた自分がいた。

この先で自分が仕えるのに、高国では何かとやりにくい。むろん好き嫌いの問題ではない。職務に私情は持ち込まない。純粋にゆくゆく家宰となった立場から見て、高国では不都合だと思っている。

ふむ、と父は師泰の意見にいったんはうなずき、次に師直に顔を向けた。

「では師直、おぬしはどうじゃ」

うまくこの心情を説明できるか——。そんなことを思いながら口を開いた。

「それがしが愚考致しまするに、かのお方、高国殿は何事につけても自分なりのこだわりがあり、そのせいでやり方の些細な違いにも、いちいち我《が》を立てられるきらいがあるように思われます」

言い出すうちに、次第に自らの考えが明確になってくる。

「確かに、大方の場合は間違ったことを申されてるわけでありませぬ。が、そこまで細々としたことを指図されると、やがて郎党たちは首領たるお方の気持ちを都度忖度《そんたく》しすぎるようにもなり、先々では武門の切り盛りにも弊害が多きように思えます」

そうだ。簡単に言えば、あの高国では、仕える者たちの気分が窮屈になる。

この意見には、父も大きくうなずいた。

「なるほど。これは師直の意見にも一理ある」それから弟のほうを向いた。「師泰よ、この兄の意見をどう見る」

すると師泰は頭を掻いた。

「……それがしは、そこまで頭が回りませなんだ。言われてみれば、確かに兄者の申されるとおり、棟梁として担ぐには、なにやら高氏殿のほうが良さそうに思えてきまする。失礼ながら、高氏殿は頭陀袋《ずだぶくろ》のようなものかも知れませぬな。何でも好き嫌いなく包み込む。入れる物に応じて、いかようにも形を変えられる——そう見れば、まさに担ぐには重くもなく、ほどよき大風呂敷にも思えてきまする。我ながら、知恵が浅かったように感じられまする」

内心で思わず笑った。頭陀袋、とはなかなかに言い得て妙だ。肝心の中身はまるでない。弟にしては、珍しく冴《さ》えたことを言う。気づくと、目の前の父も苦笑していた。

ふと思い、師直は尋ねてみた。

「父上は、この件をどのようにお考えですか」

「わしか。このわしに、意見はない」

「はい？」

この意外な返答には、兄弟そろって声を上げた。

「わしは、あくまでも大殿の代の家宰なのだ。おぬしらももう三十間際と、充分に大人になった。じゃから、貞氏様が今度隠居される時が来れば、わしも即座に引退する」

そう、さらりと重大なことを口にした。

「次の棟梁には、師直、師泰よ、そなたらが直に仕える。特に師直よ、おぬしは次代の家宰となる。だから新しき棟梁はおぬしらが決めたほうが良い。足利家のために仕え易いと思ったお方を選べばいい。そのほうが、そちたちのためでもある。隠居するわしの意見は関係ない」

師直はやはり、この父の言うことの筋道の正しさ、明断《めいせき》さには感心せざるを得ない。

さすがにあの情緒の不安定な貞氏を支えて、ここまで足利家を無事に切り盛りしてきただけのことはある。

「もう一度聞く。そなたらはどちらを、棟梁として望む」

「私の考えは、同じです」

師直は即答した。呼応するように、師泰も言った。

「兄者の考えには、すとんと腹に落ちるものを感じました。それがしも、高氏殿のほうがよろしかろうと存じまする」

父は、再び大きくうなずいた。

「相分かった。では、そのように大殿にはお伝えしておく」

それからしばらくして、鎌倉府でも同様の決断が下されたことを、師直は知った。

北条高時は、貞氏から家督相続に関しての一連の経緯を聞かされ、まずはこう発言したという。

「弟に家督を譲ろうとするなど、さても無欲な若者である。されぱこそ、そのようなゆかしさを持つ者こそ、足利家の当主にはふさわしい」

あの愚劣な男にしては、まともなことを言ったものだ。

これに、内管領である長崎円喜・高資の親子も和した。

「これにて、柳営に対する高氏殿の二心が無きことは、はっきりと致しましたな」

引付頭人《ひきつけとうにん》の安達時顕も、穏当な反応を示した。

「武門の切り盛りというものは、当主だけにあらず。家宰、郎党の尽力を含めて初めて成り立つものでありまするゆえ、高氏殿の足らぬところは他の者が補えばよろしいでしょう。

むしろ、皆の総意の上に成り立つ棟梁こそ、家中に波風が立たぬものでござる」

悪く言えば、人畜無害の当主だからこそ皆が盛り立てやすいし、鎌倉府の今後の脅威にもなり得ぬということだ。

それはそうだろう、と師直も感じる。謀反などという極端な企ては、凡庸な当主の元ではまず生まれない。さらに言えば、家中の総意形成の過程でも生まれにくいものだ。

最後に、北条高時は貞氏にこうも聞いてきたという。

「高氏は、見目《みめ》を好むか」

ようは、見目麗《うるわ》しい女を好むか、と聞かれた。そんなことを嫁探しの第一の基準として出すとは、いかにも浮薄な高時らしい。

貞氏もこの問いかけには面食らった。武門の婚姻は惚《ほ》れた腫《は》れたではない。家同士の契《ちぎ》りなのだ。

ただ、確かに不器量な女子より顔立ちの整った相手のほうが、高氏も多少は乗り気になるやもしれぬと感じた。挙句、無難な言葉に逃げた。

「されば、我が愚息も男でありまするゆえ」

よかろう、と高時は即決した。「我が一門からじっくりと吟味《ぎんみ》をし、鎌倉一の麗《うるわ》しき女子を見つけてやろう。それを、高氏の嫁にする」

「……はい」

こうして、高一族と鎌倉府の意向により、高氏が次代の当主になることが、ほぼ正式に決まった。

9

師走も半ばに差し掛かったころ、高国の身に思わぬことが起こった。

なんと、朝廷から従五位下、兵部大輔《ひょうぶのたいふ》に任ぜられたのだ。

一門、家人が会したその祝宴の席で、兄の高氏は久しぶりにはしゃいでいた。

「わしと同じじゃ。高国よ、おまえもわしと同じになった」

その意味は分かる。自分より器量が上だと買っている弟が、こうして官位でも肩を並べた。それが、兄には我がことのように嬉しいらしい。

こんな時、兄貴は本当にいいやつだなあ、とつい感じてしまう。とにかく人に対する邪気というものが一切ない。見事なほどに人柄が丸い。

この兄ほどではないにせよ、従兄弟であり、幼馴染みである上杉憲顕と重能も、高国の任官を手放しで喜んでいた。

高国、高国よ、と彼らも満面の笑みで呼ばわった。「我ら上杉家の者としても、いとう鼻が高いわ」

みんな、自分の任官を素直に祝ってくれている。そのことは高国にも嬉しい。

けれど、そう感じる反面で、高国は今の事態を冷静に見て取ってもいた。

おれが官位を貰えたのは、兄の家督相続がいよいよ正式に固まりつつある証拠だ。足利家の棟梁の弟ともあろう者が、ただの地下人・高国では、今後において何かと都合が悪いからだ。

それは、師直が上座に居る高国の杯を受けに来た時にも感じた。いつも多少傲岸《ごうがん》な部分のある師直が——ほんの一瞬だが——いかにも含みがありそうに目元で笑ったのだ。

何故か、やや得意そうな笑みだった。

直後、高国は自分でもよく分からないが、むっとした。

ややあって、はっと気づいた。

自分のこの官位拝領は、おそらく家宰である高一族の意思が強く働いている……まず間違いない。

そう感じると同時に、それまでの多少は浮き立っていた気分も台無しになった。

くそ……これではおれも、高一族の手のひらで踊らされているようなものだ。ていのいい操り人形ではないか。

そう感じると、自分が宴席の主賓《しゅひん》であるにもかかわらず、上座からすぐにでも逃げ出したくなった。子供の頃から感じている自分の存在の虚しさというものを、この時もはっきりと味わった。

一方で、兄の気鬱《きうつ》な日々は高国の祝宴が終った後も、相変わらず続いていた。

得宗家の肝煎りで、いよいよ高氏の嫁探しが本格的に始まったと父から聞いたからだ。

「高氏よ。以前に申し渡した通りだ。もはや料簡《りょうけん》せよ」

そう厳《おごそ》かに言い渡された時の兄の顔は、越年して嘉暦二（一三二七）年になった今でもはっきりと覚えている。

冷雨に打たれ続ける野良犬のような表情だった。

そして今年の初めから、兄は用もないのにふらふらと家を空けることが多くなった。ごくまれには、他家の娘のところへと夜這《よば》いもかけているらしい。

この夜這いの件を家人の噂に聞いた時、高国は我がことのように憤慨《ふんがい》した。

兄の不本意さ、やりきれなさは自分なりに分かる。同情もする。しかし、その鬱屈や不安を、他の女子の体を求めて紛わそうなどとはあまりにも不甲斐なく、愚劣極まる行為ではないか。

ついに、意を決して高氏に言った。

かといって夜這いの件を責めたのではない。それは表層に過ぎない。原因ではない。

「兄者、そこまで気乗りせぬというのなら、家督のこと、そして北条一門からの嫁のこと、改めて父上に膝を詰めて強談《ごうだん》し、断りを入れましょうぞ。わしも加勢いたしまする」

「本気か」

高国はうなずいた。

「どうしても嫌なことは、断固として退ける。これはこれで一個の男児として筋が通っております。もはや細々とした事情など、どうでもよろしい」

「されど、話がここまで進んでいる以上、断れば得宗家に恥をかかせることになる。鎌倉府は、怒るぞ」兄は、いかにも気弱そうに言った。そして、高国の顔を覗き込んできた。「最悪は高国よ、おまえも官位を剝奪され、ただの地下人に落とされる。鎌倉では、一生顔を上げて歩けぬようになるのだぞ」

むろん、それくらいは覚悟の上で言っていた。一方で、弟である自分の先々も含めて密かに思い悩んでいたのかとも感じ、いささか心を揺さぶられた。

そう感じると、さらに気負いこんでしまった。

「むしろ、絶えず他人の顔色を窺《うかが》って生きることこそ、男児として恥でござる。この高国、そもそもが足利家の枝葉に過ぎず、位階や官職などは、無くて元々」

そう言い切った高国を、兄はしばらくぼんやりと眺めていた。

ややあって相手の顔が歪《ゆが》み、落涙《らくるい》した。

「わしは、おまえのような弟を持って果報者じゃとつくづく思う。何かにつけて勇気づけられる」

高国は、驚いた。長じてから兄の泣く姿を初めて見た。人並みの感情があったのだ、と思った。

とはいえ兄は結局、父に訴え出ることはなかった。

「何故です。まことは嫌なのでしょう」

それとも、やはり鎌倉府を怒らせるのが怖いのか。自分の身が可愛いのか。

そのことも暗に聞くと、兄はさすがに苦笑した。

「世に立つことが望みなら、そして得宗家の機嫌を取るのが大事ならば、初めからさっさと家督の話は受けている」

それはそうだ、と感じ、つい黙った。また兄に対し、失礼なことを言った。

「すみませぬ」

「まあ、よい」再びやんわりと笑った後、こう言った。

「昨年、父上に言われたことを覚えているか」

「はい？」

「父上は、確かこう申された。『自分の先々は、存外に己の料簡では決められぬ。周りにいるすべての人々の思惑、時代の潮流……そのようなもので大方が決まる』と」

その言葉は、高国もはっきりと覚えていた。

父は、続けてこうも言っていた。武門に生まれた者は、婚姻でさえ自儘にはならぬ。好きな女子を正室に迎えることさえ叶わぬ、と。

今にして思えば、あれは我らの母・清子のことを言っていたのではないか。もしそうなら、父は己の感情より家の保全を優先したのだ。そして北条家から正妻を迎えた……。

「兄者は、父上でさえ我慢されたのだから、自らも北条家からの嫁は甘んじて受け入れる――こう、言われますか」

違う、と高氏は珍しくはっきりと首を振った。「わしは女子というものは、嫌いでさえなければ誰でもいい。それは器量良しに越したことはないが、正直、どれもそんなに変わらぬものじゃと思うておる」

これには思わず笑った。もし鎌倉中の気の強い女が聞いたら、それこそ全員が怒り狂うだろう。自らに対しても他人に対しても期待値の過小な、いかにも兄らしい意見だ。

が、兄の次の言葉には、再び真顔になった。

「わしが言いたいのは、さらなる父上の言葉だ。『人は皆、様々なものが絡み合う浮世の奔流に、絶えずあちらこちらに流されていくものだ』と……。以来、この言葉が折に触れて思い出されてきた」

「何故でござるか」

すると兄は、こちらを見て再び笑った。

「高国よ、覚えておるか。まだほんの子供のころ、よくおまえと海に行った」

「――はい」

「由比ガ浜に行けば必ず、波間を漂う木っ端の動きの当てっこをやっていた」

……確かにそうだった。あの遊びで、兄は常に自分に圧勝していた。だが、どうしてそうなったのかは、今でも分からない……。

「思えば、わしはあの頃、自分を木っ端のようなものだと感じていた。十五年近くが経った今日《こんにち》でも変わらぬ。又太郎は、高氏と名乗りが変わっても所詮、根っこは又太郎よ」

新鮮な驚きだった。この兄も、自らの生い立ちに虚しさを感じていたのは、自分と一緒だったのだ。

だから、あそこまで熱心に木っ端の動きを見つめていた。

しかも、その思いを今も引き摺《ず》っている——そんなことを内心で感じている間にも、兄の言葉は続く。

「木っ端の形に多少の違いはあれど、所詮は波の動きには勝てぬ。波の動きさえ懸命に見極めれば、右に行くか、左に流れるかは、たいがいは分かる」

「……」

「わしは、裕福な武門に生まれた。誰からも期待はされておらぬが、それでも住む場所、食べる物には一切困らず育ってきた。取り潰しにあった牢人《ろうにん》一家や、小作や、そんな世間の暮らしに比べれば、はるかに恵まれている」

兄は最後に、ため息をついた。

「今さらこの育ちは返上できぬ。木っ端がいかに抵抗したところで、波には逆らえぬ。だからここはひとつ、父の申された定めとやらに甘んじて乗ろうと思う。もう、自儘は言わぬ」

つまり、不本意ながらもようやく腹を括《くく》った、ということなのだろう。

事実、それから兄の夜遊びはぴたりと止んだ。

が、この年の七月、不測の出来事が高氏の身に起こった。


越前局《えちぜんのつぼね》という、さる大家の後家がいた。

かつて、一度だけ夜這いしたことがあるという。

後家、とは言っても元は側室で、子も成さなかったので、その武門の棟梁——夫が死んだあとは、捨扶持《すてぶち》を貰いながら鎌倉の外れでわび住いをしているという。

身分は、ないに等しい。

その女が、なんと高氏の子を身ごもったというのだ。

「しかし、わしは一度しか通っておらぬのだ」

兄は、掻き口説くように高国に訴えた。この不慮の事態に明らかに慌て、取り乱している。

「そのたった一夜限りのことで、子を孕んだというのだ」

言う相手が間違っている、と高国は苦々しく思った。弟に必死に言い訳したところで、何の足しになるというのか。

ともかくも、聞くだけのことは念入りに聞いた。

「一晩とはいえ、確かに抱かれたのですな」

「抱いた」

「……むろん、その女性《にょしょう》の中に精も出された」

「出した」

分かってはいても、やはりげんなりとした。一夜限りとはいえ、やるべきことはすべてやっているではないか。これでは子を孕んだと告げられても、文句は言えぬ……。

そんな高国の様子を見て、兄はさらに懸命になって言い訳を繰り返した。

「されど、あの局は『私はどうやら、石女《うまずめ》のようでございます』と申したのだ。それが証拠に、側室を務めておった時も子は出来なかった。だから、安んじて出したのだ」

この浅薄な言い訳には、さすがに高国も腹が立った。

「されば、石女でなければ精は出さなんだと申されるかっ」

すると高氏は、一瞬黙り込んだ。

挙句、蚊の鳴くような声で答えた。

「いや……石女でなくとも、たぶんつい出したと思う」

無思慮極まりないとは思う。思うが、こういうところは相変わらず自分に正直だった。兄の唯一の可愛げだ。高国の怒りも、いくぶんか和《やわ》らいだ。

「いずれにせよ、これは我ら兄弟のみで解決できることではござらぬ。父上に、判断を仰《あお》ぐしかありますまい」

兄は、いかにも悲痛そうな顔をした。

「やはり、そうなるか」

「むろんでござる」

「気が進まぬ。我らだけで、なんとかならぬものかのう」

「兄上、それは無理というものでござる」

高氏が再び悲しそうな顔をして訴えかけるようにこちらを見たが、高国は敢えて無視し、こう最終宣告をした。

「さ、父上の許《もと》に参りましょうぞ」

父の貞氏は、既に五十五になっていた。死んだ高義と同様、元々頑健な質でもなかったが、この頃はいよいよ気力、足腰ともに見るからに弱ってきており、昔のように癇癪《かんしゃく》を起こすことも滅多になくなっていた。

が、兄から恐る恐るこの報告を受けた時には、さすがに身を震わせて怒り出した。

又っ、と父は高氏をその幼名で怒鳴りつけた。「このたわけがっ。おのれは、得宗家がわざわざ嫁探しをやってくれている最中に、なんという考えなしのことをやらかしてくれたのだ。足利家が代々、いかに北条一門に心を砕いてきたかは、おまえもよくよく弁《わきま》えておろう。いったいおまえには分別というものがないのかっ」

兄は、高国に言った時と同じ弁明を、しどろもどろになりながらも繰り返した。当然、父はさらに激昂《げっこう》した。

「いちいち言い訳など見苦しいわっ。それを、脇が甘いと世間では言うのだっ」

兄は言葉もなく、べったりと板間に平伏した。その様子を、母の清子も高一族の師重、師直親子も、呆れ果てたように見遣《みや》っている。

母が、いかにも情けなさそうに口を開いた。

「高氏よ、此度はほとほとそなたを見損ないましたぞ」

それを聞き、兄の頭はますます低くなり、とうとう搗《つ》き立ての餅のようにぺちゃんこになった。これでは、次期棟梁の面目もへったくれもない。

ややあって、師重が口を開いた。

「ともあれ、得宗家からの嫁が決まる前のことで、まだましでございました」

あ、と高国は感じる。それはそうだ。北条一門からの嫁が正式に決まった後でこのようなことを仕出かせば、それこそ得宗家は顔に泥を塗られた形になる。未来の嫁に、何ぞ不満でもあるのかと取られかねない。

父もそれを聞き、多少は気を静めた。

「なんにせよ、その越前局とやらが身ごもった子は、おまえの種であろうな」

「……少なくとも、相手はそう申しております」高氏は、いかにも自信がなさそうに答えた。「何度も念を押しましたが、そうだと言い張りまする。が、私にはそれ以上、確かめようもございませぬ」

父は、思い切り顔をしかめた。

「このような陋劣《ろうれつ》な話、わしはもう金輪際、聞きとうない。また、直に関わるのも気が重い」

それから脇の高親子を見て言った。

「これからの次第は、師重よ、そちに一任する。件《くだん》の女子から改めて話を聞き、しかと真偽を見定めよ」

これには師重も、やや戸惑ったような表情を浮かべた。

「されど、もし嘘のようでなければ、どうなされます」

父は一瞬空を睨《にら》み、深く長いため息をついた。

「もしそうなら、この足利家で哺育《ほいく》するしかあるまい。ただし男児なら、五、六歳を過ぎれば、どこぞの寺の喝食《かつじき》に出す。そのまま坊主にする。女子なら、長じたのちに一門のいずれかに縁付ける」

「はっ」

師重は父に頭を下げたあと、ちらりと横の師直を見た。それを受け、師直もかすかにうなずき返す。

高国には、それでぴんときた。

――ははあ、そういうことか。

10

ふう、と師直は一つ吐息を洩らした。

まったく、間抜け極まりない役目を背負わされたものだ。

よりによって何故このおれが、あのような『極楽殿』の火遊びの後始末をせねばならぬのか……。

とはいえ、理屈では分かっている。あの軟弱な高氏がいかに詰問したところで、相手の女子からは、

「あなたの子だ」

と再び言い張られるだけだろう。そうかも知れないし、そうでないかも知れないから、高氏も一度だけとはいえ抱いた弱みもあるので、それ以上強くは言えない。

すると、誰か他の者が出て行って真偽を確かめるしかない。それにはやがて足利家の政務を宰領していくこのわししかいない。おれが先々での家宰として、その腹の子を足利家で扶持するかどうかを決めるしかない。

そういうことだ、と再びため息を洩らした。

しかし、気が重い。だいたい、その越前局とやらの許に出向いたとしても、究極の真偽など、分かるものか。

というか、師直に限らず、世の男どもにも永遠に分からない。そもそも誰が父親かを本当に知り得るのは、その子を、腹を痛めて産んだ女だけなのだ。男などは、その相手と寝食を共にして、やがて子が生まれた時に（これが我が子か――）と、それら暮らしの来し方から初めて実感するだけに過ぎない。我が身を顧《かえり》みてもそうだ。


ともかくも師直は、そんなわけで相手の女の家に行くことに気が進まず、またこの件で様々に思案することもあり、数日は家でまごまごしていた。

そんなある朝、不意に高国が高家を訪ねてきた。

珍しいこともあるものだ、と思い、客間に赴《おもむ》くと、確かにそこには高国が座っていた。

師直も高国も、すでに充分に大人だ。たとえ互いに苦手意識はあろうとも、少なくとも表面上は穏やかに会話を出来るようになっている。

「これは、わざわざお越しいただき……お一人でござりますか」

そう微笑むと、高国もまた、穏やかに答えた。

「ちと相談したき儀があり、一人で来た」

「して、その御用件とは」

「兄のことだ」高国は答えた。「もし五郎が件《くだん》の局の許にまだ行っておらぬようなら、わしも同行させてもらおうかと思い、参上した」

なるほど、と無難に相槌を打つと、高国はさらに言った。

「兄の仕出かしたことは、すなわちこの愚弟の不始末でもあると感じておる次第。されば、五郎に何ぞ困ったことがあるようなら、わしで良ければ加勢しようかと思うての」

ふむ。相変わらず兄のことに関してはお節介が過ぎる弟だが、この場面では、これが高国の良さだとも思った。実直で、過剰なほどに責任感が強い。しかも、常に高氏を我がことのように心配している。その赤心《せきしん》は、師直も認めざるを得ない。

そう感じると、この時ばかりは相手に好意を持ち、胸襟を開く話をしてしまった。

曰《いわ》く、誰の子かを本当に分かるのは、男ではなく、その子を身ごもった女当人でしかないという自分の考え、だからこそ、どう話を切り出して、ある程度の見定めを行うか、そのやり方にいまいち確信が持てないこと、されば、まずはその局の近所に住む者たちに話を聞き、ここ数年の男出入りの有無を聞き込んだ上で、会いに行こうかと思案していることなどを、順を追って話した。

「なるほど、それは妙案」高国は、即座に膝を打った。

「もし男出入りがあったならば、しばし話をしたのちに、不意にこの話を持ち出し、その反応を見る」

平仄《ひょうそく》を合わせるように、師直も答えた。

「もしうろたえたり、目を逸らすようなら、おそらく高氏殿の種ではござらぬ。如何か」

これには高国も、大きくうなずいた。

「まったくの同感である。されば、五郎は先に局に尋常な話をして、途中から詰問する役目は、それがしが引き受けよう。わしは、それまで黙って脇に控え、頃合いを見ていきなり切り込む……これで、どうか」

確かに、その役割分担だとより効果的だろう。師直もうなずき返した。

「いつ、まずは下調べへと参りましょうか」

「ここまでやり方が煮詰まっておれば、ぐずぐずしている必要はあるまい。五郎さえよければ、今からでも」

これまた自分と同意見だった。

早速二人で客間を立った。外に出る途中で、ふと思った。たしかに高国は、学問や武芸、打てば響くような明晰な会話と、何をやらせても有能だ。こういう俗世の物事でも、てきぱきと即決し、行動に移すことが出来る。当の高氏が女にまったく抗弁できず、しかも解決のための良き手も、いつまで経っても思いつかない体《てい》たらくとは大違いだ。

かと言って、だから高氏より次期棟梁に相応《ふさわ》しいとまではやはり思わなかったが、それでもあの『頭陀袋殿』の許でこの高国と組めば、先々での足利家の切り盛りは、ずっとやりやすくなるのではないかと、束の間感じた。

越前局の庵は、鎌倉の町の外れにあった。

二人は終日、その周囲の屋敷、商家、あるいは近所を歩く行商人などに聞き込みをかけた。

暑い夏の盛りだ。小素襖《こすおう》を汗みどろにしながらも、師直は、こんな愚かしいことで大の男が二人、必死に動き回っていることに、多少の馬鹿馬鹿しさを感じなくもなかった。

それでも苦労したぶん、甲斐はあった。

聞き込みの結果、局にはここに住み始めてからの数年で、四、五人もの男出入りがあったことを知った。近隣の住民が気付いていない男も入れれば、おそらくその数は十に迫るのではないかと感じた。言い寄る男があれば、誰彼構わず閨《ねや》に受け入れている。

「どう、思われます」

師直がそう聞くと、高国は早くも憤慨したような表情で、こう言い切った。

「どうもこうもない。とんだ淫婦《いんぷ》だ。まったく兄も、ろくでもない後家に引っかかったものだ」

師直も、確かにそうは思う。しかし他方で、今年に入ってからの男の出入りはまったく聞かれなかった。むろん子を孕んだせいもあるだろうが、年初からは、ずっと孤閨《こけい》を託《かこ》っている様子だ。これを、どう見るか……。


ともかくも翌日、二人は越前局の元を訪ねた。

初めて見た局は、おそらく歳の頃は二十三、四だろうか。

「……立ち話もなんでございます。まずは、中へ」

そう言って、二人を家の狭い奥間に通した。相手は対面して座った後も、明らかに緊張している面持《おもも》ちであった。

そして礼儀正しくはあるものの、やや不機嫌そうでもある。

それはそうだろう、と師直も我が身をやや情けなく思う。当の本人からでさえ詰問されるのは不快であろうに、今日こうして来た者たちは、その当人ですらない。

そんなことを思いながら、越前局の顔をその正面から、初めてまじまじと見た。

不覚にも、ほう、これは、とつい感じ入った。

世に言ういわゆる美人ではないし、相変わらずニコリともしないが、それでも目元には独特の艶《つや》が漂っている。口元の形も良い。元は北陸の産だと噂には聞いていたが、肌も抜けるように白く、うなじを見るにその肌理《きめ》も細かそうだ。体全体にもほどよく脂《あぶら》が巻いている様子で、これは抱き心地もさぞ良かろうと踏んだ。

女好きは、師直の泣き所だ。これは、高氏でなくても欲しくなる女子だわい、とつい生唾《なまつば》まで呑んでしまった。

ともかくも、師直は尋常に挨拶をし終った後、

「さて、当家の高氏殿のことでござる」

と、話を切り出した。相手はますます面持ちを硬くしながらも、我慢強く師直の話を聞いている。曰く、正確には一月のどの辺りで高氏と知り合ったのか、本当に高氏の種であるという確信はあるのか――そんなことを出来るだけ相手を刺激せぬよう、慎重に言葉を選びながら尋ねた。

が、いくら丁重に聞いたとしても、どだいは失礼な内容の話だ。もし腹の子が高氏の種であったならば、過去に男出入りはあったとはいえ、この女に対してはさらに非礼千万な仕様でもある。

案の定、師直の話が長引くにつれ、相手の女はいよいよ苛立ってきていた。黙っていても、その佇《たたず》まいからひしひしと伝わってくる。

やはり、高氏の種ではあるまいか。でなければ、ここまで必死に怒りを押し殺している気配は滲み出ないはずだ。

そう感じるにつれ、師直は自分の口調がますます弱々しくなってしまうのを、どうすることも出来ない。

そう思った矢先に、ついに越前局が口を開いた。

「情けなや」

まずはそう一言、叫ぶように声を上げた。

「ここまで自らが疑われておるとは、もはや笑うしかござりませぬな」

そう啖呵《たんか》を切った声も、怒りに震えている。

「されど、後家殿よ――」

慌ててそう言いかけた師直を、相手はぴしゃりと抑えた。

「そちら様方にはお分かりにならずとも、私めには、この子が高氏殿のお種であるということには、しかと心当たりがございます。口にするのも癪ではございまするが、その日もいっそ、申し上げましょう。あれは一月の、十日の晩のことでございました」

その言いようは、生まれは越前とはいえ、気の強い坂東女そのものだ。

「ここまではっきりとしておりますることを、しかも御当人だけではなく、係累の方々にまで疑念を持たれておるとは、まことに身の置き所もなく、無念至極でございまする」

その剣幕には、つい師直も怯《ひる》んだ。

と、ここで初めて横の高国が口を開いた。

「ですが、局殿よ、まことに申し上げにくい儀ではあるが、聞き及んだところによれば、局殿は以前から我が兄の他にも、多少の男の出入りがあったかと存ずるが」

「はい？」

越前局は、きっとした表情でこちらを見た。が、こういう時も生真面目一途な高国は、少しも臆《おく》した様子がない。

「噂では他に五人ほどの相手とも契りを結んでおられたと、近隣では聞き申しております。この件は、如何か」

この礼を失したあまりの愚直さには、ついに相手も怒りを爆発させた。

「私の身辺を洗ってからここに来られるなどとは、なんと卑劣なことをなさるのですっ」

「……いや、しかし事実は事実でござろう」

「事実でござります」相手は、はっきりと答えた。「ですが、それがどうだと申されるのですか。私は独り身を託っており、義理立てする哀《かな》しき相手もおりませぬ。たまには一人寝の淋《さび》しさに、言い募ってきた相手を好ましく思ってしまうこともございます。高氏殿もそのお一人であられました。それが、女子としての罪だとでも申されまするか」

「いや、そこまでは言わぬが、この数年で耳に入っただけでも四、五人とは、多少、その数が多いような気がいたす」

あわあわ、と師直は慌て出した。いくら相手に疑わしき部分があるとはいえ、男女の事にはモノの言いようというものがある。それを、この朴念仁《ぼくねんじん》は鉈《なた》で薪《まき》でもかち割るように、率直に疑念を口にする。

この返しには、相手も怒りを通り越して呆れたようで、とうとう笑い始めた。

「そこまで仰せなら、こちらも正直に申し上げさせていただきまする。ここで暮らし始めてからの三年で、私めに言い寄られた殿方は、九名いらっしゃいます。最後の高氏殿まで含めれば、十名……そのご厚意を受けた方もあれば、やんわりとお断りした方もいらっしゃいます。いかがでしょう、これで、ご満足でしょうか」

「いや、満足とか、そういうことではない」

「ならば、さらに得心《とくしん》がいかれるまで申し上げましょう。この三年で、六名の殿方と御関係を持たせて頂きました。足繁く通って来られた方もおられまするし、高氏殿のように儚《はかな》くも一度で終わった場合もございまする。されど、私はこれまで一度も子を成したことがありませなんだ」さらに越前局は言葉を続ける。「それはむろん、以前に数年、側妻《そばめ》を務めさせて頂いていた折も、同様でございます。ですから私は、自らをずっと石女だと思っておりました」

師直はもう、耳を塞ぎたくなった。女子に、このようにあられもないことを言わせている。居たたまれない。

「それが、ようやく子を成すことが出来たのです。私は今年に入ってからというもの、高氏殿しか屋内に受け入れたことがございませぬ。身ごもったかも知れぬと感じてからも、誰一人として殿方を寄せ付けてはおりませぬ。これら経緯も、さらに詳しく近隣で聞き込まれれば、すぐにお分かりになることかと存じます」

そう、自らの恥部を隣近所にさらに晒《さら》すことにもなりかねぬことも、堂々と言い切った。

充分だ、と師直は感じた。

おそらくこの局が言っていることに、嘘はない。そして、これらの話が本当なら、早産でさえなければ今年の十月の半ばから十一月にかけては子が出来よう。その生まれた時期が、この女子の真実《まこと》を物語ってくれる。

そこまで考え、思わず師直は口を開いた。

「相分かり申しました。少なくともそれがしは、後家殿のお言葉を受け入れたい」

そう一旦は告げ、恐る恐る隣の高国を見た。この男、女子にここまで秘事を打ち明けられてもなお、まだ何事かを言い募るつもりか。

しかし、意外にも高国は板間に両手を突いた。次いで、がばりと頭を下げた。

「まずは局殿よ、このわしの数々の御無礼、いくらお役目とはいえ、許されよ」

この態度の急変には、さすがに相手も驚きに両眼を瞠《みは》った。高国の言葉は続く。

「局殿の言われること、伺えば伺うほど、いちいち明白で、道理も通っておりまする。この源高国《みなもとのたかくに》、兄に成り代わり、しかと合点した次第でござりまする。これまでの非礼、まことに相済《あいす》みませぬ。どうか、堪忍して頂きたい」

なるほど。これがこの男の思考法か、と鮮やかに感じ入った。

道理や理屈に合わぬことなら、一切の妥協なく相手を問い詰める。しかし、一旦自らが納得したなら、その筋道に従って然るべき態度に改める。私情は一片も差し挟まない。

されど、この魑魅魍魎《ちみもうりょう》の跋扈《ばっこ》する浮世では、かえってそのような廉直さが仇《あだ》となることもある。

その不条理を、まだ二十歳を過ぎたばかりのこの若者は、おそらく知らない――。

そんなことを師直が感じている間にも、高国は早くも怒り始めていた。

「それにつけても、まことにもって情けなきは、我が兄のことでござる」そう、憤然とした口調で言い出した。「自らに甘く、だらしなく節度もなく、面倒なことが起これば、すぐに知らぬ存ぜぬを決め込もうとする。およそ恥というものを知らず、武士たるものの風上にも置けませぬ」

さらにひたと相手の顔を見て、こうも告げた。

「この高国、お約束は出来ませぬ。しかとした約定《やくじょう》は出来ませぬが、それでも生まれ来る赤子のために、出来るだけのことはやらせていただく所存でござる」

越前局は、しばし茫然《ぼうぜん》とした様子で、高国を眺めていた。

ややあって、今まで張りつめていた気持ちが緩んだのか、ついに涙を滲ませた。

「むろん私にも、身持ちの悪きところ、石女だと思っていたがゆえに放埒《ほうらつ》になっていたところもございました。されど——今さら身勝手を申すようですが——生まれ来る子には、何の咎《とが》もございませぬ。はきとした父に認められぬような先々を、送らせとうはございませぬ。世間に身の置き場のない生き方をさせとうはございませぬ……事実、私がそのような生い立ちでございました。遠き故郷から厄介《やっかい》払いに鎌倉へと傍女《そばめ》に送られましたのが、そもそもの始まりでございました」

この最後の言葉には、師直もかなり心を揺すぶられた。ようやく腑に落ちた。だから、このように必死に抗弁してきたのか。隣を見ると、高国もいたく感銘を受けている様子だった。


越前局は、涙ながらに深々と頭を下げてきた。

「これらご事情を、何卒お含みいただき、よろしくお願いいたしまする」

越前局の家を出たあと、師直は高国を見た。

「如何か。もう少し詳しく、近隣に聞き込みを続けることも出来まするが」

念のために尋ねつつも、気はまったく進まなかった。もう充分だ、と再び感じた。

いや、と高国も首を振った。「女子にあそこまで言わせたのだ。そこまでする必要はなかろう。これ以上、越前局に恥をかかせるのは無道でもある」

「されば、あの腹の子は高氏殿の種ということで、よろしゅうござるか」

高国は足を止め、こちらを見た。

「五郎は、どう思う」

「まずは九割九分、間違いござりますまい」

うん、と相手もはっきりとうなずいた。「わしも、そう思う」

それから二人はまた、無言になって歩き出した。

11

この五日ほど、高国は兄に対して怒りっぱなしであった。師直からの報告を受け、父の裁定は既に出ていた。以前に言っていた通りだ。生まれた子がそれなりに育った頃合いを見て、男なら寺の喝食に、女子なら養女として引き取るということだった。

それでも高国は不満だった。

だいたい高氏が我が子だと潔く認めさえすれば、越前局を側室として子種ごと、誰に憚ることもなく足利家に迎え入れることも出来るのだ。腹の子が高氏の種であるということが明白な今、そのことに何の遠慮がいるというのか。

むろん高国も、最初に近隣で噂を聞き込んだ時は、越前局のことをとんだ食わせ者だと思っていた。初見で相手を見た時にも、その印象は変わらなかった。

しかし話を聞くにつれ、この女は嘘を言っていない、と次第に思い始めた。高国が敢えて非礼な問いかけをぶつけた時も、うろたえることも、こちらの情に訴えることもなく、毅然《きぜん》と自らの恥部を晒し、それに応じた。

多淫な女子である、という印象は変わらず残っていたものの、明晰な物言いにも感心した。これは、この女の言うことが道理である、と……その分だけ相手に好意を持った。だから、素直に頭を下げた。

そして最後、相手が涙と共に語った過去には、それまでの疑念も完全に吹き飛んだ。彼女の生い立ちに、自らの過去を重ね合わせて同情の念を禁じえなかった。

この女が多淫になったのは、なったなりの訳がある。子宝に恵まれる体質でもなく、先々に明るい見通しがあるわけでもなく、ただ徒《いたずら》に一人で朽ちていくのを待つだけの人生だ。好ましく思う男との逢瀬にしか、日々に生きる虚しさを紛らわす手段というものがない。

その挙句、ようやく身ごもった子が、その実父にすら認められぬ存在とは悲しすぎる。

そこまでを反芻《はんすう》し、高国は再び決意を新たにした。

ここはいっそ、あの女のために一肌脱いでやろう。

足利家へと戻り、まずは兄に会った。越前局とのやり取りの一切を詳しく報告し、その上で告げた。

「兄者、もはや腹を括られよ。拙者と五郎の見るところ、あの局の子が兄者の種であることは、もはや明々白々」

が、兄は即座にこう言ってのけた。

「嫌じゃ」

「は？」

「だから、嫌じゃ」

「何故でござる」

「わしの他にも何人もの男を咥《くわ》え込んでいたと言うではないか。そのような汚らしい相手の子など、欲しゅうない」

これには高国も心底呆れた。それはそうだったとしても、この兄と知り合う前の話ではないか。それに兄も、子を孕ませても仕方のないことをちゃっかりとやってしまっている。まったくもって自分勝手なものだ。

湧き上がってくる怒りを押し殺しながら、高国は言った。

「生まれ来る御子には、何の罪もありませぬぞ」

「罪はある。淫婦の子であるというだけで、その罪はその子が背負わねばならぬ」

かっとした。なんという無慈悲なことを言うのか。一瞬、兄の首に両手をかけて、絞め上げてやろうかとさえ思った。

「身勝手なことを申されるなっ。それともあれでござるか、やはり北条一門との婚姻の手前、この件はまずいと思い、なかったことにされるおつもりかっ」

これには珍しく高氏も言葉を荒らげた。

「だから、それは関係ないと以前から言うておろうがっ。わしは、そこまで姑息ではない」

「いいや。姑息でござる。卑怯《ひきょう》でござる」

「卑怯でもない。嫌なものは嫌なだけだ。気乗りもせぬ」

この最後の一言には、さらに頭に血が上った。

「気乗りがせぬなどという安き言葉を、いったいどの口が申すのでござるかっ」

「正直な気持ちだ。仕方がない」

「馬鹿な、兄者はとんだ腰抜けじゃっ。いとう薄情者でもある」

「何を言うか」

挙句、大喧嘩になった。

それでも高国は懲《こ》りなかった。連日のように兄に会い、越前局の子を自分の種と認知せよと強談した。

自分たち兄弟もそうだった……。

側室の子に産まれ、一門の誰からも期待を受けぬまま、大人になった。それがどれほどまでに人格の形成に歪《ひずみ》を与えるか、自負心を持てぬ者になるかは、この兄にも我が身に照らし、充分に分かっているはずだ。

ついに五日目には口論の末、そのことまで口にした。

「兄者、我ら以上に虚しい生い立ちを、日陰を歩く道を、その子にも背負わせるおつもりか」

すると兄は、束の間黙り込んだ。

「如何か」

高国はさらに念を押した。

ややあって、兄はため息と共に口を開いた。

「だからこそだ。人は、その生まれは選べぬ。どのみちわしが実子として認め、足利家に受け入れたとしても、『あれよ、淫婦の子である。素性の定かならぬ女子の産である』と家人や一門から陰口を叩かれよう。まさしくおまえが言う通り、我ら以上に辛い生い立ちを背負わせることになる。だからわしは先日、その罪はその子が背負わねばならぬ、と言った。気乗りもせぬとも申した」

この見方には、虚を突かれた。

思わず言葉を失った高国に、さらに兄は語った。

「確かにわしは、あの局のことは話を聞いて、ますます嫌いにはなった。じゃが、こんなわしでもその件と、子のことは分けて考えておる。この足利家で侮蔑の目を向けられて育つより、母子二人で余計な人目に晒されず、ある程度まで育ったほうが、まだはるかに幸せというものだ」

その年の十月下旬、越前局は子を産んだ。男児だった。

世に生まれ出た時期からしても、誰の子かは明らかだ。

この前後、高国は何度も局の家を訪れていた。師直と一緒の時もあり、一人で赴くこともあった。そしてその都度、噛んで含めるように得宗家と足利家の事情のこと、さらには自分たち兄弟の生い立ちのことも語った。我が子を思うならばこそ、足利家には入れるべきでない、と。

「むろん、寺も足利家と所縁《ゆかり》のある、格式の高い大寺を選びまする。さればこの赤子が、先々で辛酸を嘗《な》めるということはありますまい。安んじてその後を見届けられまする」

事実そうだ。寄進さえ欠かさず行っておけば、寺はその稚児を大切に育ててくれる。

そう高国が付け足すと、ようやく越前局も赤子の先々での処遇を、ひとまずは納得してくれた。胸に抱いた赤子をあやしながら、こう深い吐息を洩らした。

「たしかにそちらのほうが、身の置き所もなく育つより、この子にとっては良きことかも知れませぬな」

高国もうなずいた。

「その上で、赤子が長じたのち、どうしても僧になるのが嫌だと申すようなことがあれば、この高国が出来る限りのことは対処いたします。その質《しつ》を見て、良きように身の振り方を善処させていただきまする。如何か」

そこまで心を砕いた言葉を発すると、越前局も、既にこの頃には高国の気骨を相当に見込んでくれていたようで、今度こそは完全に愁眉《しゅうび》を開いた。

「ほかならぬ高国殿のお言葉ならば、心強い限りでございます。どれだけ感謝の言葉を連ねても連ね切れませぬ。誠に、ありがとうございまする」


年が明け、嘉暦三（一三二八）年になった。高国は二十二歳、兄は二十四になった。

その寒さも緩んだ頃になって、ついに鎌倉府から正式な通達が来た。

高氏の嫁が、正式に決まったという。嫡流である得宗家を除けば、北条一門でも随一の名門である赤橋《あかはし》家の娘だ。名を、登子《とうし》という。

この人選には、高国も腰を抜かさんばかりに驚いた。

既に、北条高時は二年前に執権職を退いていた。

直後から、内管領の長崎親子と引付頭人である安達時顕との間で、次期執権職候補を巡って内紛が起こった。結果、長崎高資が押した金沢流の北条貞顕《さだあき》は、安達一族の反対で、わずか十一日という在位期間で十五代執権職を辞した。

この内紛の余波を恐れ、得宗家も含めた北条一門には、執権職に推挙されても尻込みする者ばかりで、誰も敢えて火中の栗を拾おうとはしなかった。


当時、この話を聞いた時も、鎌倉府の根太《ねだ》はいよいよ傾きつつある、と高国は感じたものだ。

ともかくも、すったもんだの末、一門の中でも由緒ある赤橋家の当主が、十六代目の執権に就任することになった。三十代前半の穏やかな人柄の男で、この穏当な人事には、府内での騒動もひとまず収まった。

それが、今も執権職を務める北条守時《もりとき》である。赤橋守時。登子の実兄である。

つまり兄は、現執権の妹を娶ることになるのだ。

赤橋守時はむろん、彼の背後で引退後も政治に容喙し続ける北条高時も、ずいぶんと思い切った決断に踏み切ったものだ。おそらくは、それだけ昨今の時流に関する警戒心が強い。鎌倉府の土台も徐々に揺らぎ始めている今、一気に足利家との関係を深めておこうという算段だろう。

が、その再婚相手の人選を聞いても、兄は相変わらずのほほんとしたものだった。

「登子とは、どのような女子か」

そう、いかにも気がなさそうな口調で師直に聞いた。

「子細なことはまだ存じませぬが、なにやら噂では、この鎌倉でも三指に入る美人だという話でございます」

「ふうん……」

やはり高国が見るところ、兄の反応は薄い。一旦は腹を括ったとはいえ、相変わらずこの再婚話には気が乗らぬと見える。それ以上に、次期棟梁として鎌倉府とこれから関わっていくことが嫌なのだろう。

登子の歳は、二十三だとも師直は言った。

その点に、高国は多少ひっかかるものを感じた。普通、武家の女子は、十五、六歳から遅くとも二十歳前には他家に縁付くのが通例だ。事実、兄と高国の妻も十代で足利家に嫁してきていた。その登子とやらがそれほどの美人ならば、過去に縁組の話はいくらでも持ち込まれていただろう。しかし、今までどこの武門にも一度も縁付いていていない。

その事実が、高国には多少引っかかった。

一月後、その登子といよいよ対面する日がやって来た。

足利家がいかに武門の大家とはいえ、この鎌倉の門地では、得宗家に次ぐ家格を有する赤橋家には及ばない。さらに守時は執権職でもあり、当然こちらから初対面に赴くような下手の形となった。

父の貞氏は兄と高国、そして家宰である師重と師直を伴って、市中の赤橋家に向かった。父はもう、この頃には騎馬するのもままならぬほどに体力が弱っており、牛車《ぎっしゃ》に乗っていた。

その後を、高氏以下の四名が騎馬で続いていく。

「気が、進まぬのう」馬打ちのまま、隣で兄が小さくぼやいた。「もう女子は、懲り懲りじゃ」

「兄者、この晴れの日に滅多なことを申されるな」

低い声で、高国はたしなめた。

赤橋家の門をくぐると、当主である守時がわざわざ玄関から出て来て、出迎えてくれた。

牛車から降りた父も、この現執権の歓待ぶりにはさすがに恐縮しきりの様子だった。

「相模守《さがみのかみ》殿、痛み入ります」

すると守時は、いかにも人の良さそうな笑みを見せた。

「こちらこそ、御家人随一の家門であられる足利殿とこうして深く誼を結べること、嬉しく存じております」

たしかに高ぶったところの一切ない、気さくな人柄のようだ。

そんなことを高国が感じている間にも、赤橋家の奥の間へと通された。

いよいよ驚いたことには、酒肴《しゅこう》の膳も整えられていた。

「ささ、どうぞ。お近づきのしるしに、まずは一献」

そう守時自らが膝を進めてきて、父の盃に酒を注ごうとする。これには高国も思わず目を瞠った。守時は今後の政権運営で、よほど足利家を頼りにしているのかも知れない。

この度外れた待遇には、父も感激を通り越して、傍目にも気の毒なほどにうろたえた。

「そのような……執権殿から直々に杯をいただくなど、恐れ多くももったいのうございます」

「何をおっしゃいますか。我が妹にとっては岳父《がくふ》になられるお方。されば、それがしにとっても同様でございます」

守時はそう言って父に酒を注ぎ、さらに高氏、高国、はてには高親子にも、自ら酒を注いで回る。その丁重さには高国を始めとした一同も狼狽し、さかんに畏《かしこ》まった。

兄は、いつの間にか先ほどまでの不機嫌な様子が消え去っていた。しばしして緊張がほどけた後は、時おり、ほのかな笑みを浮かべて守時を見ていることもあった。

守時に好意を覚えた様子だ。

「高氏殿、それがしの妹を、ぜひよろしく頼みまするぞ」

そう守時が再び杯を勧めると、

「いや、これは――」と、兄も珍しく慌てた素振りを見せた。挙句、こう言った。「拙者のような馬鹿男になど、そもそもがまことにもったいなき話でございまする」

この言葉通りの間抜けな言いようには、さすがに守時も笑い出した。けれど、その笑った分だけ、相手も兄に対して好感を深めたようだ。

「これ、誰かある――」そう手を打ち、隣室に向かって呼ばわった。「誰ぞ、登子を連れて参れ」

いよいよだ、と何故か高国は我がことのように身が引き締まった。

ややあって、華やかな唐衣に身を包んだ小柄な女が侍女に傅かれて姿を現した。

登子だ。

相手が深々とお辞儀をした後で面《おもて》をはっきりと上げた時、ほう、と高国も思わず内心で唸った。

巷の噂に間違いはなかった。これほど見目の麗しい女子には、確かにこの鎌倉でも滅多にお目にかかったことがない。全体の雰囲気だけではない。目鼻立ちも完璧といえるほどに整っており、およそ人というものの生臭さを微塵も感じさせない。まるで、雛壇《ひなだん》に飾られた姫人形のようだ。

「お初にお目にかかりまする。私めが、赤橋家の登子にてございまする」その声も、ほどよく湿り気を帯びて心地良い。「この登子、至らぬことも多々あるかとは存じまするが、足利家の皆々様におかれましては、これよりどうか、よろしゅうお引き回しのほどを願い申し上げまする」

兄の守時も、いそいそと言葉を合わせる。

「我が妹の申す通りでござる。不束《ふつつか》な点もあろうかとは存じまするが、どうかお方々のご厚意にて、足利家に嫁いだ後は、なにとぞ奥としてのご指導を賜《たまわ》りたい」

ふと気になって、隣の兄を見た。

高氏は、半ば口をぽかんと開け、相手の美貌に呆然と見入っている。首も、若干前のめりになっている。

高国は、以前に見た越前局の悲しげな面影を思い出し、ちくりと腹が立った。さらには先ほどの往路での会話のこともある。いくら相手が美しいとは言え、このように無防備に相手に見とれるとは、まったくもってだらしがない。現金なものだとも感じた。


その後、翌年の祝言《しゅうげん》を迎えるまでの間、高氏は、それまでの気鬱が打って変わったように陽気になった。

「いやあ……この世にはまことに美しい女子というものが、本当にいるものじゃなあ」

挙句には、

「あれほどの女子を正妻に迎え入れられるのなら、家督を継ぐこともまんざら悪くはないとさえ、思えてくる」

調子よく、そんな戯《ざ》れ言《ごと》を何度も呟《つぶや》いた。

その能天気な様子を見て、高国はさらに腹が立った。今までの本妻や越前局のことは、極楽蜻蛉の舞い上がるその頭の中の、一体どこへ消し飛んでしまったのか。

腹が立つのには、別の訳もあった。

実はあの対面以降、高国は兄に伴われて、何度も赤橋家に赴く羽目となっていた。行く時に、高氏が決まって高国を誘うからだ。

「兄者の嫁でござる。それがしは余計と言うもの。兄者が、一人で行かれればよろしかろう」

そう言って何度も拒んだが、その度に兄は次のようなことをのたまった。

「いや、それが実際にあれほどの美貌を目の当たりにすると、未だに身が固まり、思うように言葉が出ぬ。じゃによって、二人のみじゃと気づまりでもある」

まったく、浅ましいばかりの惚れ込みようだと、ほとほとうんざりする。

……それに、あの女と会って気づまりになるのは、なにもその美貌のせいだけではないのだ、とも密かに思い始めてもいた。

不思議なものだが、登子に会うたびにその美しい横顔が、何故か次第に薄くなっていくような印象を受けた。

そして半年が過ぎる頃には、登子のことを傍から仔細に観察し尽くして、その恐ろしいまでの美貌以外は、実はさほどの女子でもない、と感じるようになっていた。一通りの学問と教養はあるようだが、そういう問題ではない。

中身がない。

荒く一言で片づければ、そういうことになる。

むろん馬鹿でもないが、何を聞いても退屈極まる型通りの返事しか返ってこない。その反応の端々にも、人と人の機微も感じられなければ、そこから転じた可笑しみもない。

実の兄妹で、これほどまでに人間の出来栄えが違うのかと愕然とさえした。

おそらくは金糸銀糸《きんしぎんし》に包まれるようにして後生大事に育てられてきたせいで、己の存在の虚しさや儚さというものを、その根本から疑ったことがない。この浮世の無常を、我が実感として捉えたこともない。

だから、今こうして高国が必死に思い出そうとしても、登子の言葉には鮮やかな印象として残っているものが何一つない。人としての奥行きが浅く、薄《うす》い。

まさしく紙でできた、美々しい雛人形そのものだ。

が、そのことは兄には口にしなかった。

今さらそれを知ったところで、既に断りようのない縁組だからだ。ならばいっそ、このまま出来る限り長く惚れさせていたほうが、まだ兄にとっても幸せというものだろう。

だいたい兄には、昔から人の好き嫌いというものがほとんどないのだ。清濁併《せいだくあわ》せ呑むと言えば聞こえはいいが、高国とは違って精神の強い傾斜による独自の人の好みというものが、ほぼ皆無に等しい。それは、女子に関しても同様のようだ。

ふと兄が以前に言っていた言葉を思い出し、一人笑った。

「わしは女子というものは、嫌いでさえなければ誰でもいい。それは、器量良しに越したことはないが、正直、どれもそんなに変わらぬものじゃと思うておる」

確かに、そうだった。そもそも兄は、自らの生について はむろんのこと、女子を含めた他人にも、何か特別なものはまったく期待していないのだ。

期待しない午後の海の底にある、暮夜のような平穏。

だからこそ、登子が美しい——少なくとも外面的な器量良しというその一点のみで、もう充分に満足している。

ならば、それでいいではないか。

高国はそう自分に言い聞かせつつも、反面では我がことのように絶望の淵に沈み込んでいく気持ちを、どうすることも出来なかった。

おれは、明らかに自分を持て余している……。

翌年の元徳元年、高氏と登子の祝言が、足利一門と赤橋家、そして得宗家の肝煎りで盛大に執り行われた。

いつの間にか父は、ようやく肩の荷を下ろしたような穏やかな表情に変わっていた。母の清子もまた、我が子の晴れの宴席に終始笑みを絶やさなかった。

しかし高国には、ほとんど何の感慨も湧かなかった。

さらに元徳二年の夏、登子との間に子が生まれた。またしても男児だった。足利家の期待を一身に背負ったその赤子は、千寿王《せんじゅおう》と名付けられた。

いい名だ、と高国は思った。いかにも縁起がいい。

一方で、越前局との間に生まれた子とは、何もかもが大違いだと感じた。

あの子には、誰も進んで名付け親になろうとする者がいなかった。だから、越前局は高国とも相談した上で、我が子に新熊野《いまくまの》と名付けた。非公式ながらも、半ばは高国が名付け親になったようなものだ。

元徳三年も半ばを過ぎた、とある暑い日のことだった。

京の六波羅探題から鎌倉へと早馬がやって来た。

都で、二度目の事変が起こったという。後醍醐天皇が再びの倒幕を図り、それを今度は実際に行動に移した。山城国は笠置《かさぎ》山にて、三千の兵を率いて挙兵した。

この天地驚愕の報に鎌倉中が騒然となる中で、父の貞氏は足利家の奥の間で、その生をひっそりと終えた。

享年五十九。

第二章　波上

1

笠置山で倒幕の狼煙《のろし》を上げた後醍醐天皇に呼応して、河《かわ》内《ち》国の山城——赤坂城でも、楠木正成《くすのきまさしげ》という男が挙兵した。

高国が、この男の名を初めて聞いた瞬間だった。鎌倉の噂によれば、そもそもは北条一門の被官の末席に名を連ねていた人物で、河内国一部の地頭職を務めていたらしい。

その正成が率いた兵の数は、わずかに五百。後醍醐天皇の兵三千より、はるかに少ない。京の六波羅探題が畿内周辺から徴募した御家人勢七万五千に比べれば、まさに両名の軍勢とも、牡牛《おうし》の蹄《ひづめ》の前の蟻《あり》に等しい。

が、そのような数の問題ではないのだと、高国は思う。

いくら末端の人物とはいえ、本来は御内人であるはずの男までが、天皇の呼びかけに応じて挙兵している。

さらに言えば——同じ御家人としては実に情けないことだが——この少数の倒幕勢に対して、六波羅軍の七万余は、九月も十日を過ぎた今でも両山城を攻めあぐね、徒に時を重ねている。

それも当然かもしれない、と感じる。

長らく続いた得宗家の粛清で、六波羅でも、戦の差配をする大将級の人材が払底《ふってい》している。

現在、府内でも急ぎ援軍を送ることが決定し、鎌倉中の御家人に徴募がかかっていた。九月の半ば頃には、関東一円や奥州からも御家人たちが率いられるだけの郎党を引き連れて、続々と鎌倉府に集結しつつあった。

むろん、足利家も例外ではない。

それどころか、貞氏の死で地滑り的に当主になった高氏には、得宗家から鎌倉遠征軍の大将の一人になるよう、正式に要請が来ていた。

けれど、肝心の兄の様子は一向に捗々《はかばか》しくない。

「まだ父上の喪も明けきらぬうちから、わしは戦場へなど出とうはない」

「わからぬか、わしは大いに悲しいのだ。今もそうだ。尻の穴から臓腑《ぞうふ》が抜け落ちそうな辛さだ。とても刀槍を持つ気にはなれぬ」

そんな愚にもつかぬことをぐずぐずとこぼしている。

事実、父が死んだ直後の兄の悲嘆に暮れるさま、うろたえようは、傍から見ていても気の毒を通り越して、異様なほどであった。

高国は、不思議に思ったものだ。

というのも、いかに実の親子とはいえ、そこまで生前に自分たち兄弟と父との関係が密であったのかと言えば、むしろそんなことは全然ない。特に高国などは、父のことを遠い親類の伯父くらいの肌感覚で捉えて育ってきた。

なのに兄は、馬鹿馬鹿しいほど大げさに嘆き悲しむ。

ひょっとしたらこの兄は、親の死という状況に酔っているだけではないか——。

「兄者、しかとなさりませ。親の死というものは、そもそもが順送りでござる。そう考えれば、いくら悲しんだところで詮無《せんな》きことでござる」

高氏は泣き腫らした目を上げて、珍しく憤然と言った。

「馬鹿な。高国よ、おまえには分かっておらぬっ」

「何がです」

「女子は事情により、いくらでも代わりが現れよう。子も同様。これからもその気になれば、何人でも出来よう。しかし、父はこの世に一人しかおらぬのだっ。母もそうだ。高国よ、おまえがわしにとって無二の弟なのと同じだっ」

そうか、とこの時ばかりは兄の理屈のそれなりの明晰さに、高国も感心したものだ。


これが、兄の肉親に対する考え方か。

と同時に、自分のことも唯一無二の存在として捉えている兄のことが、なんとなく可愛くも思えた。時に間抜けで時に愚劣なことを仕出かしても、やはり憎めぬ——。


ともかくも、鎌倉府からの度重なる出陣要請にもかかわらず、まったくやる気を出さない兄を、高国も、新たに家宰になった師直も相当に持て余した。激しく苛立った。

挙句には、現執権の赤橋守時までが義兄弟という名目で足利家に乗り込んできて、高氏の説得に必死に努めるという始末であった。

「この遠征軍の大将の一人は、あくまでも高氏殿でなくてはなりませぬ。御家人随一の勢力を持たれる足利殿以外に、誰が大将になられるのか」

「されど、大将はそれがし以外にも、大仏殿《おさらぎ》と金沢殿がいらっしゃるではございませぬか」高氏は言った。「二人も総大将がいれば、充分ではありませぬか」

人材の払底しかけた鎌倉府においても、大仏貞直《さだなお》と金沢貞冬《さだふゆ》はそれなりの人物であると高国も噂には聞いている。

これには赤橋守時も、一瞬黙り込んだ。しかし、ややあって声を低くして言った。

「確かにお二人とも、北条一門では傑出した人物であられる。しかし、ご両名とも身上《しんしょう》は小さく、一門以外の御家人勢を率いて行かれるには、やや力不足でござる」

つまり、小宅《こやけ》の平氏には、そもそもが源氏系の有力御家人を完全に制御できないのではないかと、暗に言っている。その血筋の元が、全然違う。

「さればこそ、最も由緒正しき源氏の血筋であられる足利殿に、遠征軍の大事な一翼を担っていただきたいのでござる。また、これは崇鑑《そうかん》殿はじめ、長崎殿や安達殿の総意でもあります。ゆえに、この守時からもしかとお願いしたい」

崇鑑とは、前執権である北条高時のことである。

その意味では、守時も辛い。現在の執権職とはいえ、鎌倉府の実権は未だ北条高時と元側近たちに握られており、守時は実質彼らの使い走りのようなものである。

守時の口にした源氏の血への道理と、さらにこの義兄弟の苦しい現状には、高氏も首を縦に振るしかなかった。

そのようなわけで高氏を含めた三人の大将が、二十万余という遠征軍をはるばる畿内まで率いていくことになった。

鎌倉からの出立は九月二十日。

箱根の峻険を越え、駿河《するが》、遠江《とおとうみ》、三河へと大軍勢は進んで行く。

その旅塵《りょじん》の中には、高国や師直の姿はむろん、従兄弟の上杉憲顕や重能、その父である憲房や、吉良貞義《さだよし》や斯波高経《たかつね》、細川和氏《かずうじ》といった他の足利一門の姿もあった。

高氏は行軍中も、弟の高国といつも一緒に居たがった。

おそらくは初めて与えられた大任に心細く、また、その立場自体にもやはり納得がいっていないのであろう。

時に夜陰、横に寝ている兄がぼやくことがある。

「あの帝を討つなど、気が乗らぬなぁ」

その気持ちは、高国にも多少は分かるつもりだ。

まだ高氏が何者でもなかった高氏の頃、たとえ歌道の世界での話とはいえ、この世で初めて兄個人を広く評価してくれたのは、あの天皇であった。

少し考え、高国は答えた。

「兄上、兄上もすでに足利家の棟梁であり、さらには二十万余を率いる大将の一人であられる。されば、お気持ちはお気持ちとしても、お役目はしかと果さずばなりますまい」

薄闇に、兄のため息が洩れる。

「……分かっておる」

ややあって、兄の寝息が聞こえ始め、それが次第に絶え間ない高鼾《たかいびき》へと変わる。いつものことだ。

これには高国も閉口した。まったくもって連日連夜、寝不足もいいところだった。本当に心底から天皇のことで思い悩んでいるのかと疑問にも思う。

高国はその寝不足から、日中にかなり苛立つこともあった。むろん、苛立つには苛立つなりの他の要因もあった。

関東と奥州一円から集まってきた源氏の御家人たちは、足利家ほどではないにしても、皆それなりの所領と勢力を持っている。出自に対する相応の自負もあり、さらには言動も土臭く粗野で、他家に対する口の利き方というものも、まったくなっていない。

当然、軍議の席順や夜の陣屋の場所取りなどで、しばしば御家人同士のいざこざが起こる。

高氏は、これら気性の荒い源氏系御家人たちの取り仕切り役として大将に任じられている面もあるのだから、その諍《いさか》いの場面をうまく収めなければならない。

まあまあ、と興奮する両者を取りなすような態度で臨む。すると、たいがいの御家人は、今度は高氏に向かって愚痴を並べ立てたり、文句に近いことを言ってのけたりする。

時に、

「されどですな、御曹司殿――」

と口走ったりもする。

これには、高国もかっと来た。

御曹司とは、そもそも家督を継げない部屋住みの次男三男以下に使う言葉である。いくら「殿」という敬称を付けてはいても、今では実質的に家督を継ぎ、こうして遠征軍の大将に座っている兄に使っていい言葉では、断じてない。

なのに、これら無作法極まりない蛮族同然の御家人どもは、興奮し切っていることもあるのか、兄を昔の呼称でうっかり呼んでしまう。

さすがにこの非礼千万な態度には、一門の吉良貞義や細川和氏らはむろんのこと、従兄弟である上杉憲顕や重能でさえも色をなす時がある。

「卒爾《そつじ》ながらそのモノの言いようは、かりにも我ら御家人勢の総大将であられる高氏殿に向かって、如何なものか。時と場を弁えられよ」

すると相手は、あっ、と言う顔をして、恐る恐る高氏の顔を見上げる。

けれど、こんな時も兄は不思議と怒らない。

まあまあ、といつもの口調を繰り返すだけだ。

「よい。良いのだ。わしはまだ正式には家督を継いでおらぬ。だから、御曹司でもよいのだ。呼称など、皆が仲良くなればどうでも良い」

これには、それまで闘犬のように猛り狂っていた御家人たちも、一気にしゅんと大人しくなる。

また、夜の陣屋取りで互いに唾を飛ばし合いながらの諍いが起こった時にも、

「疲れて、そんなに良き寝床が欲しいなら、わしの陣屋ではどうか。いつでも場所を代わってやろう。それなら、双方とも納得できよう」

などと、およそ一軍の将とは思えぬ言葉を口にする。

これまた御家人たちの興奮は一瞬にして冷める。高氏のあまりに野放図な態度に、かえって毒気を抜かれてしまう。

そして、そんな高氏の逸話は、辛い行軍中に何の楽しみもない御家人たちの間を、早春の空を舞う燕《つばめ》のように駆け巡った。

源氏系御家人たちは気性は荒くても、その実、根は単純で素朴だ。

結果、近江《おうみ》に入る頃には、これら闘犬どもの集団はすっかり兄の高氏に懐《なつ》き、昔からの飼い主に対する犬ころのように従順になっていた。

「いやはや、まさに御大将の器にふさわしきお方でござる」

「人徳と言うのは、足利殿のためにあるお言葉ではあるまいか」

「我らは、あのようなお方を将に戴《いただ》けて、幸せ者じゃ」

「人への差配、心配りが、いかにも見事であられる」

そんな御家人たちから盛んに上がり始めた賛辞の声を、高国は心中、複雑な思いで聞いていた。

……違う、と密かに思う。

兄は、何も考えてないだけだ。

自分の立場などまったく眼中になく、いつものようにごく自然に他人に接しているだけだ。ましてや敢えての人心掌握など、夢にも思ったことがない。

それが、何故にこうなってしまうのか……。

一方で、そんなことをつい感じてしまう自分に、そこはかとない後ろめたさも覚えた。

挙句、上野《こうずけ》あたりの御家人がわざわざやって来て、

「さすがに足利家の新棟梁であられる。高国殿も、いたく良き兄上をお持ちになられましたな。羨ましゅうござる」

などとのたまわられた時には、高国は正直、その場からすぐにでも逃げ出したい心境だった。

相手の誉め言葉に表面上は盛んに頭を下げながらも、『辟《へき》易《えき》する』とは、まさしくこういうことだとも感じた。

しかし、何に対してうんざりしているのかは、自分でもよく分からなかった。

数日経って、ようやく少し見えたような気がした。

むろん兄のことは好きだ。今も大好きだが、おそらくそれは、一向にその物事の本質を見極められない、また真剣に見定めようともしない、この浮世全般というものに対してではないか……。

2

時に近江に入ってから、二日が経つ。

京まではもう目と鼻の先の瀬田も、過ぎようとしていた。

師直はここまでの陣中にあって、今までの認識を改めざるを得ない。

――どうやら高氏は、自分が想像していたより、はるかに人の上に立つ器のようだ。

しかも、単なる将器ではない。それら武将の上に立って軍全体を取りまとめる総大将の任に、まさしくふさわしい。最適である、と。

しかも、その総大将たる模範となるべきような言動を、素のままで出来る。

これは凄い、とさらに感じ入る。

鎌倉に居た頃は高氏の欠点ばかりに目が行き、近隣に侍《はべ》る師直はむろんのこと、家中の誰一人として気づいていなかったが、おそらくは生まれながらにして、既に万人の上に立つ資質、器量を持ち合わせているようだ。

その意味で、あるいは百年に一度現れるかどうかの、稀代の人物なのかもしれない。

現に十月一日、笠置山を囲む六波羅軍から急ぎ早馬がやって来た時もそうだった。

その使者が息せき切って地べたに片膝を突き、口上を述べるには、なんと、去る九月の二十八日に、既に笠置山は陥落したという。

これには高氏も諸将も、一斉に驚きの声を上げた。

さらに仔細を聞くには、こうした次第だった。

鎌倉遠征軍が、軍を進めながらも山城での戦況を気にかけていたのと同様に、笠置山を囲む六波羅軍も、鎌倉遠征軍の進み具合を耳にするにつけ、炮烙《ほうらく》で炒られる豆さながらに、絶えず焦燥に駆られていたという。

無理もない、と師直は感じる。

噂に聞く笠置山が、いかに全山が岩肌の剝《む》き出しになった急峻な要塞とはいえ、七万余の武士からなる正規軍で、わずか三千の、しかも天皇が率いる公卿や青侍、僧兵などの非正規軍を相手に、一月近くの攻防を経てもなお攻め落とせないとなれば、世間への聞こえはどうであろう。

悪いに決まっている。

まったくもって、日ノ本中のいい笑いものだ。

仮に後日、鎌倉遠征軍が到着し、敵方の約百倍にあたる三十万近くの味方をもって笠置山を落とせたとしても、六波羅軍の面目は丸つぶれのままになる。

それもこれも、六波羅の軍を率いる北条一門の諸将に、適任の者がいないからだと師直は感じる。

使者がさらに述べるには、笠置山陥落の当日——二十八日の夕刻に、鎌倉遠征軍がいよいよ近江の辺りまで来てしまっているという報告が、六波羅軍に届いた。

この報に奮起した、備中の御家人が二人いる。

陶山義高《すやまよしたか》と小宮山次郎《こみやまじろう》という両名は、もはや六波羅の愚劣な指揮官などは当てにならぬと思い立ち、同族の中から五十人の決死隊を募った。彼らは、彼らの力のみで晴れて武名を上げ、顔を上げて故郷に帰ることだけを念じた。

なるほど、と師直は少し感動した。弱腰で無能揃いの将の配下にも、このように充分に野趣を残した田舎御家人が、やはりいたのだ。

ふと横を見ると、高氏も隣の高国も似たようなことを感じているのか、その頬にわずかに笑みが浮かんでいた。

二十八日の夜は、幸いにも雨になった。

五十名の決死隊は、濡れた岩肌に絡まる蔦《つた》や木の根を手掛かり足掛かりとして、およそ二刻も滑ったり転んだりを繰り返しながら厭《あ》くことなく登頂を続け、夜半には笠置山の頂《いただき》近くに達した。さらに敵兵に成りすましながら籠城方の誰何《すいか》を幾度《いくど》か潜り抜け、ついに天皇の仮御座所《かりござしょ》と思しき場所まで辿り着いた。

あとはもう、簡単だった。気組みの問題だけだ。

その御座所の周辺にあった舎堂や櫓《やぐら》などに次々と火を放ち、わずか五十名にも拘わらず蛮勇を発揮して、一斉に鬨《とき》の声を上げながらそこら中を駆けずり回った。

不意を突かれた天皇の籠城軍は、脆《もろ》かった。そもそもが戦に長けた正規軍でもない。幕府軍が闇夜の雨に紛れて大量に侵入してきたのだと勘違いした。次々と兜《かぶと》や鎧《よろい》を脱ぎ捨てながら、てんで散り散りになって御座所から逃げだした。むろん、後醍醐天皇もその中にいた。

中には果敢に抗戦する者もいたが、その頃には山頂の炎を見た幕府軍が、

「これぞ千載一遇の好機」

とばかりに、一斉に全軍を登坂させていた。

結果、笠置山はそれまでの抗戦が嘘のように、一夜にしてあっけなく陥落した。六波羅軍は、その備中御家人の気

概に乗じて、ようやく勝ちを拾ったのだ。

後醍醐天皇はわずか二名の従者と共に、山城と大和の国《くに》境《ざかい》付近の山中をさ迷っていたらしい。

翌日の九月二十九日、有王山《ありおうやま》の中腹にある持仏堂の中で仮眠を取っていたところを、六波羅軍に捕縛された。

けれど、この早馬からの報告を受け、鎌倉遠征軍が心底喜んだかと言えば、微妙な結果であった。

遠征軍は、当初に想定していた最大の攻撃目標を失った。

残る反乱軍は、河内は赤坂城に籠る楠木正成以下五百名のみである。後醍醐天皇の子である護良《もりよし》親王も、この砦《とりで》同然のちっぽけな山城に籠っている。既に九月の中旬には六波羅軍の別動隊が攻撃を仕掛け始めていたが、楠木の巧みな奇策により散々な痛い目に遭い、落城させられぬまま、ずるずると十月に入っていた。

しかし、楠木がいかに戦巧者《いくさこうしゃ》であろうとも、既に反乱の本拠地である笠置山は落ち、孤立無援の状態である。さらには六波羅本軍が旋回して本格的な総攻撃を仕掛ければ、わずか五百名の反乱軍などひとたまりもないだろう。残るは、時間の問題だけである。

そう考えれば、この遠征軍の軍事的価値など、既に宙に浮いている。わざわざ鎌倉からやって来たのに、まさに間抜け極まりない事態となりつつある。

案の定、その後の軍議で源氏の諸将たちは騒ぎ始めた。

「わしらは、何のためにはるばる近江まで来たのか」

「もはや、鎌倉に帰還するに如《し》かず」

「されど、反乱軍の残党はまだ赤坂城におるのじゃぞ」

「馬鹿馬鹿しい。わずか五百の兵を、我ら二十万で攻め立てるのか。六波羅軍に任せておけば、充分である」

「そうじゃ。なにやら弱い者いじめのようで、世の聞こえも悪い」

「しかし、我らのお役目はどうなる」

などと喚き合うばかりで、今後の軍事方針が決まる気配は一向にない。

北条一門の大将、大仏貞直と金沢貞冬は無言のまま、しかし始終はらはらした表情で、時に隣席の高氏を見遣る。

無理もない、と師直は感じる。この遠征軍においては北条一門の軍勢など、端数に過ぎない。源氏系御家人で圧倒的多数が占められている。そして、それら御家人たちを実質的に取り仕切っているのは、高氏だからだ。

しかし、肝心の高氏もまた無言だった。ぼんやりとした顔で、諸将たちの喚き合う姿をしばらく見ていた。

おそらくはこれも演技ではない。師直は感じる。

本当に無心のまま、阿呆《あほう》のように御家人たちの言い騒ぐ様子を眺めているだけだ。

が、最初のうちは盛んに不満をまくし立てていた諸将も、やがて口が疲れてきたのか、次第に静かになり始めた。

徐々にその衆目が、上席に座る三人の大将、特に高氏に向かって集まり始める。

その時点でようやく高氏は、自らに多数の視線が注がれていることに気づき、不意に眠りから覚めたような表情になった。どうしたら良いものやらと、いかにも物問いたげに隣席の大仏と金沢の顔を窺う。

しかし両名もまた逆に懇願するかのように、高氏に向かってわずかに頭を下げてきた。この場の下駄は預ける、とにかく取りまとめてくれ、という意味なのだろう。

高氏は一瞬、困ったような顔をした。やはり、何も考えていなかった。

「えーっ、と……」

総大将の第一声は、そんな間の抜けた言葉で始まった。

くる――

と、何故か師直はわくわくする。来る。来る。

絶対に、この場で最初に思いついたことを素で口にする。

問題は、そのごく自然な第一声を、これら気性の荒い御家人たちがどう受けるかだ。

「まずは、帝のことであられる」

高氏は言った。

そこか――この軍の、これからの事ではないのか。

師直が愕然とする間にも、言葉はゆるゆると続いてゆく。

「いかに敵であられたとはいえ、一月にわたる六波羅との激しい攻防にお耐えになられたこと、あるいは我ら武士以上に性根のお据わりになられておられたお方かと、正直、頭が下がる思いである」

直後、御家人たちは、ほう、という表情を一様に浮かべた。意外にも、高氏の言い出したことに感心している。

ごもっとも、ごもっとも、という声が、漣《さざなみ》のように軍議の場を満たしていく。

「さすがに、心根のお優しい足利殿であられる」

「まったく。負けたお相手にも、いとう心延《ば》えが爽《さわ》やかでござるな」

そんな感想も、師直の周辺からひそひそと漏れ聞こえた。

今までの殺伐《さつばつ》とした雰囲気が、一気に和《なご》み始めている。

「今後はどうなるか、わしにも分からぬ」高氏は、再び思いつくままを語っている。「分からぬが、わしは未だ京の都というものを見たことがない。おそらくは、ここにおられるお方々の大半も、そうでござろう」

これにも、諸将の大多数がほぼ一斉にうなずく。

「されば、ひとまずはすぐそこの京に向かおうかと思案しておる」高氏は、小石でも蹴るように言った。「その上で、六波羅軍が赤坂城を落としておるようなら、しばし物見を楽しんで鎌倉へと戻ればよい。おらぬようならば、六波羅のお方々とご相談の上、今後のことを改めて決めればよい」

何の気負いも衒《てら》いもない平易な言葉に、御家人たちの顔がさらに穏やかになる。

高氏は最後に軍議の場を広く見まわし、こう付け足した。

「――とまあ、わしは今、そんなふうに考えておるのだが、おのおの方は、どう思われるか。さらに良き案があれば、わしはその意見に従う」

うまい、と思わず師直は心中でつぶやく。

ここまで懇切丁寧に問いかけられて、賛同しない人間などまずいない。しかも高氏自身が心底そう思っているから、その言葉の持つ温もりが相手にも実感として伝わる。

最初に平伏したのは、高氏の最も近くにいた上野の御家人だった。

「足利殿の申されること、いちいちごもっともでござる。拙者は、源氏の御大将殿に従い申す」


その平伏が、夏の葦原《あしはら》を渡りゆく風の如く、次々と下座まで靡《なび》いていく。

決まりだ、と思った。

そして確信する。

神は、その中身がないからこそ広く人に愛され、様々な便利使いの願掛けにも使われるのだ。少なくとも、この日ノ本ではそうだ。

高氏も、同じだ。虚無だからこそ、頭の中が頭陀袋同然であるからこそ、かえって万人に受け入れられる。

その人の世でも起こる凄味を、師直は今まざまざと目の当たりにしている。

軍議が終わり、諸将たちが完全に去った後で、大仏貞直と金沢貞冬が交互に高氏の手を押し戴くようにして、深々と頭を下げていた。

二人にしてみれば無理もない。下手をすれば危うく四散しそうになった遠征軍を、これで無事に京まで引っ張っていくことが出来るのだ。

3

まったく、この人の世の仕組みというものは、どうなっているのか――。

そう、時に高国は首を傾げざるを得ない。

十月四日に逢坂《おうさか》の関を越えた鎌倉遠征軍は、すぐに洛東にある六波羅探題に入った。

翌日、六波羅の面々と現状の確認と、今後の方針の摺り合わせになった。

時に、河内の赤坂城は未だ落ちていない。楠木正成という元御内人が、恐るべき粘り強さで六波羅の大軍と対峙したままだ。

実は、鎌倉ではあまり知られていなかったのだが、六波羅探題では、すでに十年近くも前からこの楠木が容易ならざる人物だということを、充分に把握していたらしい。

元亨《げんこう》二（一三二二）年、六波羅の命を受けた楠木正成は、摂津住吉の大豪族・渡辺党《わたなべ》を一気に屠《ほふ》り、続けざまに紀伊国の湯浅《ゆあさ》氏を下した。さらには南大和の越智《おち》氏を完膚なきまでに叩き潰している。いずれも各所に大いに勢力を張っていた豪族で、むしろその強さには以前から六波羅も散々に手を焼いていた。

それを、この楠木という男は少数の手勢で、しかも短期間のうちにことごとく壊滅させた。

稀代の戦上手で、その当時から畿内の一部では軍神とも仰《あお》がれるような存在となっていたようだ。

六波羅探題北方の北条仲時《なかとき》が言った。

「そういう訳でござりまして、いかに楠木方が寡兵《かへい》とは申せ、六波羅軍のみでは容易に抜くことは出来ますまい」

探題南方の北条時益《ときます》も、平仄を合わせるように続けた。

「さればこそ、是非にも鎌倉軍のご助力を賜りたい」

ようは、戦の才覚で敵わぬのなら、今よりも勝る圧倒的な兵数で押し潰してしまおう、という考えのようだ。

脇で聞いていた高国は、嘆息したい気持ちに駆られる。

この発言をもってしても、探題筆頭のこの二人の器量など、たかが知れている。

対して、鎌倉軍を率いてきた同じ北条一門の大仏と金沢は、高氏の反応を、恐る恐るという様子で窺っている。

不思議なものだ、と高国は思う。今や鎌倉軍の源氏系御家人だけでなく、この同じ大将級の二人でさえ、何事かの問題にはすぐに高氏の判断を仰ごうとする。

けれど兄は、相変わらずぼんやりとした表情で、対面する二人の探題筆頭の頭上辺りに視線を泳がせている。

奇妙なものだ、と再び感じ入る。

兄の高氏は、大将としてはむろんのこと、そもそも一個の武者としても、生まれてこのかた一戦も敵と矛《ほこ》を交えたことはないのだ。

そんな実戦経験皆無の大将が——少なくとも遠征軍の中では——どういう訳か、その楠木とやらに勝るとも劣らぬ軍神に近い存在として早くも崇め奉《たてまつ》られつつある。

二人の探題筆頭も、やがて遅まきながら、その事実に気づいた。気づいた後は、高氏のことを半ば拝み倒すようにして、是が非でも足利殿のご英断を賜りたい、と何度も繰り返した。

ああ、これはまずい、と高国は我がことのようにうろたえる。

兄の唯一の、そして最大の美点は、底なしに人が良いというその一点のみだ。ここまでひれ伏すように人から頼まれて、到底断れるような兄ではない。

しかし、それを受けて実戦をまったく知らぬ兄が、どう戦略を立てて実行に移すかということになると、甚だ心許ない。その時にこそ、この似非《えせ》軍神の化けの皮がついに剝がれるのではないか——。

案の定、しまいに高氏はうなずいた。

やっぱり、と高国はまたしても絶望的な気持ちになる。

が、兄は意外なことを口にした。

「されど、鎌倉軍の者たちは長路の行軍続きにより、いささか疲れておりまする。されば、この京にて四、五日の猶《ゆう》予《よ》を賜ったうえで軍を再編し、改めて河内に向かいたいと思っておりまするが、如何でありましょうか」

「あ、それは……」

と、両名の探題筆頭は渋い顔をした。それはそうだろう。戦いは今も続いている。子供の遊びではないのだ。

兄は、またしても変なことを言い出した。

「いずれにせよ、やがて赤坂城は落ちましょう。ようはそれが十日後か、二十日後かという違いでござります。ところで甚だ卒爾ながら、その暁《あかつき》には、鎌倉軍に御恩賞はお出しになるおつもりでありましょうや。いや、それがしの事ではありませぬ。わしは要りませぬ。されど、組下のお方々へ、しかとした褒美《ほうび》はあるのでございましょうや」

二人は、さらに絶句したような表情を浮かべる。

無理もない。楠木を滅ぼしたとしても、その没収できる所領などたかが知れている。朝廷の直轄地もまた然りで、まさか取り上げるわけにはいかない。だから、仮に褒美があったとしても、鎌倉及び六波羅軍三十万のすべてに配る物など、粥《かゆ》一杯がいいところだろう。

「足利殿、それは御無理な相談というものでござる」

さすがに不快な顔をして、探題北方の北条仲時が言った。

すると兄は、思いのほかすんなりとうなずいた。しかも、いかにも当然だ、というような顔つきで。

……ん？

何故か、あの青砥藤綱の銭の逸話を、不意に思い出した。直後、あっと高国は悟った。

それだ――たぶんそれもある。いや。絶対にそれがある。何故、六波羅軍が笠置山で一月近くも振るわなかったのか。どうして遠征軍の初期に、あんなにもいざこざが絶えなかったのか。

皆、決して口にはしない。さすがにあさましいから声には出さないが、この一連の反乱鎮撫《ちんぶ》にいくら必死で武者働きをしようとも、どうせ恩賞など出ぬことに、うっすらと気づいている。

現に、話に聞く二度の元寇が、そのいい例だ。その時も、命懸けで戦った御家人たちには恩賞も知行地も与えられなかった。当然だ。そもそも与えるものがないからだ。そしてその後、幕府に対する不満が大いに高まった。

はたして兄は、ゆるゆるとこう言った。

「柳営のご事情はご事情として、お察し奉る次第でござりまする。されど、休みもなしということでは、遠路はるばる引き連れて来たお方々が、やや気の毒というもの……」

これは兄にも兄の立場なりの理がある、と高国は感じた。

……違う。理ですらない。

高氏は、戦略戦術以前の問題として、組下の諸将に対する自然な気持ちを淡々と語っている。

そこまで言われて、ようやく両名とも事の次第を悟ったらしい。

「足利殿――」

そう一言呼びかけると、あとは再び絶句した。

その一瞬の沈黙を縫うようにして、すかさず大仏と金沢が交互に仲裁に入った。

「いや、これは足利殿の申されることも、ごもっともである。どのみち攻城戦に向け、軍の新たな組み割りをせねばなりませぬ。仮に半分の十万を引き連れていくとしても、三日はかかりましょう。それを、一日延ばすだけでござる」

「両筆頭殿、たしかに軍は疲れておりまする。遅かれ早かれ、大軍に囲まれた赤坂城は落ちまする。さすれば足利殿、大仏殿の言われること、ある面でごもっともでござる」

ごもっとも。

足利殿の申されること、確かにごもっとも。

高国は、軽い眩暈《めまい》さえ覚える。

この兄に対する言葉を、これまでの行軍でいったい幾度聞かされたか分からない。

ともかくも急転直下、鎌倉軍は軍の再編成という名目で、この京にて四日の休息を与えられることになった。

その休息のうちに、軍は南下する経路ごとに四師団に再編成された。これにより、既存の三人の大将の他に、新たな大将を拝命した北条一門の武将がいる。

名越時見《ときみ》という男だ。名越は、この拝命を一門の者として名誉なことだと思ったようだ。

さらには、新たに編成された自軍の士気を高めるため、また、名越自身もこの案には同感だったという意味を込めて、こう組下の諸将に語った。

「そもそも、この京にての休みは、足利殿が我ら諸将を労《ねぎら》われて、六波羅に発案された結果である。されば、そのご厚意に報いるためにも、我らは懸命に働かずばなるまい」

当然のように組下の諸将――特に源氏系御家人たちは感激した。

「なんと、慈悲深きお方じゃ」

「足利殿こそ、まさしく摩利支天《まりしてん》の再来ではあるまいか」

噂は、一日にして他の師団にも伝わった。

ここでも兄の評判は騰《あ》がりに騰がった。特に高氏自身が率いる組下では、さらに天井知らずにうなぎ上りであった。

「我らは、あのような源氏の御大将を戴けて、まことに幸せ者である」

中には、兄のこの心配りに感極まり、泣き出す田舎御家人までいた。

その爪の舞い上がるような歓喜の渦の中にあって、高国はまたしても居心地の悪さを感じざるを得ない。

けれど、その摩利支天の再来とやらは、これまでに一度も実戦を経験したことがないのだ。

軍神は、なにも考えていない――。

そう悪意ではなく思うにつけ、どうにもこの陣中にはふさわしき臀部《でんぶ》の置き場所がない。

4

高氏率いる軍は、伊賀路をやや南下したのちに西進し、十月十六日に河内の東端にある赤坂城に到着した。

早速、既に到着していた他の三師団及び六波羅軍の諸将たちと軍議になった。

すぐ目前に、比高二十丈ほどの小山がある。

赤坂城である。楠木以下五百名ほどが籠ったこの掘立小屋のような砦は、未だに落ちていない。

当然のように、軍議は紛糾した。

「ここまでお味方が膨らめば、もはや平押しに押し潰すに如かず」

「それは早計というもの。現に六波羅のお方々が散々に攻められても、都度に手痛く撃退されておられるでないか」

「しかし、このまま十万を超える幕府軍が、座して手をこまねいたままであれば、我らは世上の良い笑いものじゃ」

　そんな積極派と消極派の応酬を、高氏の背後に侍る師直は、鏡のような冷静さで聞いている。高氏の反応を、ただひたすらに観察している。

　やはり、諸将たちの意見を間延びした顔で黙って聞いているだけで、いつもと少しも変わったところはない。

　しかし、そのうち彼らは高氏にも水を向ける。

　問題は、高氏がその時にこの場をどう捌《さば》くかだ。

　軍議は時の経過と共に、赤坂城を包囲したまま干乾《ひぼ》しにするという意見のほうが過半を占めつつあった。

　それはそうだろう、と師直も思う。

　武士とは本来、命を懸けて所領を増やす者のことを言うのだ。世間への聞こえは聞こえとしても、その矜持は矜持としても、恩賞もろくに出ぬであろうこの戦いで、誰も進んで命を落としたいとは思わない。

　となれば、最終的には、より安全に勝てばいいだけの話ではないかと感じる。

　勝った者が残る。勝てば官軍である。残るは、今この場にいる武士たちの面目だけである――。

　案の定、やがて軍議の衆目が、依然無言を保ったままの高氏の許に、次第に集まり始めた。

　それでも高氏は、視線を時おり宙に泳がせたりするだけで、口を開かない。

　ついにたまりかね、大仏貞直がこう尋ねた。

「足利殿は、どう思われるか」

　途端、諸将たちは水を打ったようにしんとなった。

　高氏はやや小首をかしげた後、あっさりと言った。

「まずまず、お二つのご意見とも、それがしには納得がいき申しまする。されど、敵方も当面は必死に守ることは出来ても、まさか我らに勝つことは出来ますまい」

　そこで何故かため息をつき、さらにこう続けた。

「勝つことが自明であると分かっておる相手に、敢えて戦いを仕掛けるのも大人げなく、また幼き子供を虐《しいた》げるようにて、なんとのう気が進みませぬ。されば、ここはゆったりと構えてこそ、我ら武士というものの名分の立ち方もあるものかと、こう思案する次第でござる」

　うまいっ、と師直は危うく声が洩れそうになった。

その通りだ。

……積極派にも本当は分かっている。

はやって攻城を仕掛けても、どのみちその結果は変わらぬことを。

武士という自分たちの矜持を保つために声高に攻城戦を叫んでいたことも、内心では充分に分かっている。引くに引けぬ。さらには引くに足る名目もない。

だからこそ表面では声を上げながらも、密かに落としどころを探っていたはずだ。

その場面に今、目の前にいる即席の摩利支天が、非戦派への格好な口実を提示した。

「いや――これは感服つかまつりました」

既に六波羅での軍議以来、半ば高氏の幇間《ほうかん》と化している金沢貞冬が、最初に口を開いた。続けざまに、

「お見事でござる」

と、大仏貞直が膝を打てば、

「我らお味方にも、さらには敵にもお優しゅうあられる」

「卓見でござる」

そう、諸将たちも雪崩を打つように感嘆の声を上げた。

別に卓見ではない、と師直は感じる。

この足利家の新当主は、気持ちのままを口にしているだけだ。それが結果として武士の面目を救うことになった。

彼らも心底では、ほっと胸を撫で下ろしているに違いない。

だからこそ凄いのだ、とさらに感じ入る。

ごもっとも、ごもっとも。

足利殿の申されること、まことにごもっとも。

そんな例の囁《ささや》きが、再び漣のように広がっていく。

漣……水のうねり。

不意に、はるか昔日の記憶が、師直の脳裏に鮮やかに蘇《よみがえ》ってきた。

もう、二十年近くも前のことだ。

又太郎と次三郎の兄弟を呼びに、よく由比ガ浜に迎えに行かされていた。たかが庶弟を、とその度に師直は苦々しく思っていたものだ。

何故かあの頃の兄弟は、磯臭い海が好きだった。

特に、兄の又太郎のほうはそうだ。飽くこともなく、ただひたすらに海原を眺めていた。

ようやく、何事かが少し腑に落ちたような気がした。

高氏は、波だ。

に逆らわない。

大勢《たいせい》の意見に、ごく自然に従う。決して、その場の流れ
人々の欲望や矜持や狡《ずる》さや、様々な思惑というもので成り立っている大波のうねりそのものに、楽々と乗っかっている。その頂点から右なら右、左なら左へと滑《なめ》らかに動いていく。

むろん本人には、動いているという意識すらないだろう。水に、実態がないのと同じだ。高氏もまた、飯を食い、女を抱き、糞便を垂れては眠るという有機体に過ぎない。人としての精神的実体はまるでない。その意味では、相変わらず愚人そのものである。

だからこそ偉大なのだ。

師直はもう、二の腕まで肌が粟立《あわだ》っている。その要因が感動か、はたまた恐怖によるものなのかは分からない。

物言わぬ鏡面にありありと映し出すかのように、さらにはっきりと見えてくる。

高氏を、一個の人間として捉えてはならない。それでは判断を踏み誤る。高氏という存在は、今まさに人々の交錯する煩悩《ぼんのう》の上に飛沫《しぶき》を散らしながら大きく逆巻《さかま》こうとしている、高波そのものである——。

5

兄が提案したように、幕府軍はちっぽけな赤坂城を幾重《いくえ》にも取り巻き、完全なる兵糧攻めに出た。

「どのみち城は落ちる。おのおの方も徒《いたずら》に命を落とすのはお嫌でござろう。気長に構えられよ」

高氏は組下の諸将に穏やかに、しかし繰り返し諭《さと》した。

が、すぐに意外なことが起こった。

赤坂城を重厚に包囲し尽くしてからちょうど五日目の、十月二十一日の未明のことである。

「あれは、なんぞっ」

「燃えておる」

と口々に叫ぶ声に、高国は叩き起こされた。むろん、隣で眠っていた高氏も、いかにも大儀そうに身を起こした。

「なんであろうな、この夜半過ぎに」

「ともかくも、外に出ましょうぞ」

二人揃って仮小屋の外に出ると、目の前の山頂が赤々と紅蓮《ぐれん》の炎に包まれていた。

それも赤坂城そのものと思しき場所が盛大に燃えている。

これには高国も腰を抜かさんばかりに驚愕した。

あれだ、と直後には悟る。笠置山陥落の時と同じように、

きっと組下の源氏系諸将の中に、ここぞ名を挙げんとばかりに、夜襲をかけた者どもの同族集団がいる。

そのことを急ぎ兄に話すと、

「で、あろうか」

と盛んに小首をかしげるばかりで、一向に埒が明かない。まだ完全に寝ぼけている。

高国は苛立った。どう考えてもこの摩訶不思議《まかふしぎ》な事態には、それしかないではないか。

ともかくも、誰が蛮勇を振るって夜襲をかけたかの詮議など、あとですればよいことだ。現に、目の前の赤坂城は今、燃えに燃えている。

そうこうするうちに、大仏や金沢らの諸将が高氏たち兄弟の許に集まってきた。この軍議とも言えぬ陣幕脇のやり取りで、一気に軍の方針が決まった。

「これぞ絶好の好機でござる。もはや細々とした戦略など要り申さぬ。全軍に下知《げち》を下し、すぐに動ける者から平押しに頂まで攻め登るに如かず」

お椀を伏せたような目と鼻の先の小山を目指し、動ける将から一斉に殺到し始めた。

すでに東の空から徐々に夜が明け始めていた。次第に周囲が明るくなってくる。


高国が呆然として眺めている間にも、目の前の小山は味方の武者で埋め尽くされ、まさしく黒山の人だかりとなりつつあった。

けれど、不思議なことに、どこからも鬨の声が上がらない。名乗りの声や、喚き声すらもしない。無言のまま、黒い蟻どもが小山の上で絶えず蠢《うごめ》いているように見える。

なんなのだ、これは……。

つい、そう気味悪く思わざるを得ない。

あるいはこれはまた、楠木とやらの巧妙極まる罠なのか。

日が完全に昇り切った後に、高氏を始めとした大将たちが山頂に上ってみた。

焼け落ちた砦の中に、敵兵と思しき焦《こ》げた死体を、数十体発見した。

手持ち無沙汰《ぶさた》のままぼんやりと焼死体を見ていた将の一人が、高氏に口を開いた。

「楠木正成の一党は、どうやら城に火を放ち、自害したようでありまするな」

誰かも神妙に言った。

「ここまで幾重にも包囲されておれば、すでに逃げる場所とてなく、ここが末期と腹を切ったのでございましょう」

いずれの口調にも同情するような響きが滲んでいた。

「敵ながら寡兵にてここまで戦い抜いたこと、あっぱれでござった」

そう、大仏貞直もつぶやいた。大仏はよく歌の道にも通じ、時にものの哀れを感じる気持ちが強い。

その大仏の言葉が、その場に居た諸将の胸懐を代弁するような格好となった。

しかし、高氏一人は無言で、じっと焼死体を見下ろしたままであった。

下山する頃になっても、高氏はこれら楠木一党の死体に、なんら感想を洩らすことはなかった。

それが、高国には奇異に感じられた。

普段の兄なら、諸将たちの感慨にすぐに同調しているはずだ。共感性が高いのは、兄の際立った特徴の一つだ。また、それが大将として配下たちに見せる、潔く自死した敵に対する態度でもある。

陣中に戻って二人きりになった時、そのことを聞いた。

すると、兄はこう答えた。

「わしは、その楠木とやらに会ったことがない。その顔も体つきも知らぬ。じゃによって、あの中に楠木がいたかどうかは、しかと確かめようもないわい」

それは、厳密に言えばそうだ。しかし状況は、楠木が死んだことを濃厚に物語っているではないか。そのことを口にすると、さらに兄は淡々と答えた。

「まあ、どちらでも良い。どのみち城は落ちたのだ。そして我らは幸いにも無傷のまま、鎌倉へと帰ることが出来る。お役目は終えた。だから、これで良い」

幕府軍は、京に凱旋《がいせん》した。

しかし、大仏や金沢ら他の諸将とは違い、高氏のみは花《はな》園《その》上皇に戦勝報告をすることもなく、すぐに帰還の準備を始めた。足利一族を率いて、さっさと鎌倉へと帰ろうとしていた。

このそっけない態度には、赤坂城攻略の仮の総大将であった金沢貞冬も慌て、高氏の袖を引くようにして懇願した。

「源氏の御大将が、それでは困りまする。足利殿はそれがしと共に、朝廷から御馬を賜る次第になっておりまする。是非にもお留まりあれ」

が、高氏はいつになく頑《かたく》なに首を振った。

「わしは、何もやっておらぬ。笠置山は鎌倉軍が着く前に落ちていた。赤坂城も、取り巻いている間に勝手に落城しただけだ。褒美など、貰ういわれはない」

これには、金沢も一瞬言葉に詰まった。

「……それは、そうかも知れませぬが、それでも幕府軍は勝ち申したし、これはいわば、その骨折りに対する朝廷からの労いの下賜《かし》でありまするゆえ」

既に金沢は、兄に心酔し切っている。なんとしても高氏を、自分と同じ栄誉に与らせようと必死になっていた。

しかし高氏は、さらに首を振った。

「金沢殿のご厚意には、深く感謝申し上げまする。されど、それでもわしは、なんとのう気乗りがしませぬ」

そう再び拒否し、結局は鎌倉に向かって出立した。それに従う坂東武者も、かなりの数に上った。

後日聞いたところによると、花園上皇はこの高氏の自儘な行動に呆れ果てたらしい。

一方で、帰還に同行した源氏系御家人たちからの評判は、さらに騰がった。坂東武者は、それが善行であれ悪行であれ、潔いことを第一義の旨とする。

「足利殿は貪《むさぼ》られぬ。いかにも出処進退が鮮やかである」

「奥ゆかしき気持ちも、お持ちであられる」

不思議なものだ、とふと高国は感慨に浸る。

兄の高氏は、家中では『極楽殿』と子供の頃から憫笑され、常にその愚かしい言動を馬鹿にされてきた。

なのに、このわずか二月の陣中で、兄は足利家の郎党からはむろん、源氏系御家人のことごとくからも、もはや軍神に近い扱いを受けるようになってしまっている。

一門の者も同様だ。吉良貞義や斯波高経、細川和氏などは、鎌倉を出る前までは高氏のことを頼りない、なにやら目方の軽い男だと捉えている節が、しばしば見受けられた。

特に吉良貞義と斯波高経には、その傾向が甚だしかった。

吉良家は、そもそもが足利家三代目の長子から分派した家であり、斯波家は四代目の長子から分かれている。足利宗家は、この三代目と四代目の時に、長子以外を嫡男として据えており、それが今の足利家の流れになっていた。故に吉良貞義と斯波高経には「おれたちは本来、足利家以上に由緒正しき血筋である」という自負が常にあり、それが時として兄への高ぶった態度にも出ていた。

それが今ではこの二人も、ごく自然に足利一門の新棟梁として高氏を立てるようになっている。

今、兄は高国の横で――秋の陽光をほっこりと背中に浴びながら――時おり鞍《くら》の上で大きく舟を漕いでいる。危うく落馬しそうになり、その都度はっと目を覚ましている。

その軍神の間抜けな様子を見るにつけ、高国は再び首をかしげざるを得ない。

そもそも隣を進むこの摩利支天とやらは、戦の最初から最後まで、とうとう采配《さいはい》さえ握らなかったではないか――。
が、まあ、それはそれでいい。
実は高国も、高氏がようやく周囲から敬《うやま》われるようにな
って、内心ではけっこう嬉しい。
ただひとつ、多少寂しく感じるのは、この帰路の陣中に
幼馴染みでもある従兄弟の、上杉憲顕と重能の兄弟の姿が
見えない事であった。
公卿の流れを汲む上杉憲房の親子は、京にしばし残ると
言った。係累や縁者への挨拶回りをしてから、鎌倉へと戻
るのだ。
あの二人とは、高氏の評判がどうしてこのような短期間
にうなぎ上りになったのかを、この帰路で是非にも話し合
ってみたいと思っていたのに、残念だった。
そうだ……。
そう言えばもうひとつ、解せない事が残っていた。
三河から駿河に入るあたりで、その疑問を聞いてみた。
「兄者は何故に、朝廷からの下賜を断ったのでござるか」
「気が、進まなかったからだ」高氏は、先日と同じ答えを
繰り返した。「なんとのう嫌だったからじゃ」
直後に、ぴんときた。高国の中で何かが繋がった。
ははあ――ようやく納得がいった。

周囲に聞こえぬよう、声を低くして聞いた。
「本当は、あの帝を討伐する手伝いをしたが故に、気が乗
らなかったのでありましょう？」
すると高氏は、しばらく黙ったまま何事かを考えている
風情であったが、やがて口を開いた。
「なにやら、そう言われてみれば、そういう気もする」
そして高国を見て、溶け出すように笑った。
「高国よ、おまえは相変わらず頭が良い。わしでさえ分か
らぬ我が心を、掌《たなごころ》を指すように腑分《ふわ》けしてくれる」
それを聞き、高国はすっかり嬉しくなった。
やはり兄は、二十七になった今でも素のままの自然児だ。
帰還した鎌倉では、若宮大路に各武門の家人、女房など
が盛大に出迎えに出ていた。その歓喜の人波の中を、高氏
率いる鎌倉軍が粛々と進んでいく。
築地塀《ついじべい》からその枝ぶりを盛んに突き出した楓《かえで》も、至ると
ころで真っ赤に染まっていた。

明けて元徳四（一三三二）年の正月早々、高氏は正式に
足利宗家の家督を継いだ。
その前後に、師直が家人たちを集めて諭している言葉を、

偶然に聞いたことがある。

「もはや高氏殿は、当家の棟梁であられる。であるに、『殿』と正式にお呼びせよ。以降、わしもそうする。また、此度の戦では鎌倉軍の大将として大いにご活躍なされ、この坂東はおろか、奥州一円の御家人のお方々からも軍神と見間違うばかりに、たいそうに敬われるお方となられた。すなわち、今では足利家の棟梁はおろか、名実ともに源氏の御大将とおなりになられた」

たまたま隣室にいた高国にも、その師直の朗々とした声がよく響いてくる。

「じゃによって、今後もし『殿』にいささかでも不敬な態度を取るような者がおれば、その時にはわしが躊躇《ちゅうちょ》なく斬って捨てる。このこと、しかと肝に銘じよ」

そうだ……そう言えばこの師直も、畿内への遠征中に高氏に接する態度が大きく変わった。

一度目は、京に入る直前辺りからだった。

どういう訳か、心底から次期家宰として高氏に仕え始めたように思えた。

二度目は……確か、河内に着いた辺りからであった。

ある日を境に、さらにがらりと変わった。それまで時に見せていた傲岸さも、高氏に対する限りは一切影を潜め、あたかも神仏を拝み伏すような敬虔《けいけん》な態度で接するようになった。

しかし、何故にそうなったのか、その師直の突然の心境の変化は、高国にもよく分からない。

分かったのは、これまた正式に家宰に就任した師直が、ここまではっきりと兄を棟梁として立てていく以上、もはや新生足利家の先々は盤石であろうということだけだ。

けれども兄は、鎌倉での平穏な暮らしに再び馴染《なじ》むにつれ、以前のものぐさで怠惰な自然児へと戻っていった。和歌や田楽《でんがく》などの遊興にうつつを抜かし始めた。

それでも家人たちの規律がいささかも緩まなかったのは――認めるのは少々癪《しゃく》だが――ひとえに家宰である師直の献身のおかげだと言わざるを得ない。

兄は、所領地や菩提寺などの細々とした管理業務を面倒くさがって、武門の棟梁としての家政すべてを師直に丸投げした。書状にもろくに目を通さず、師直から差し出されるままに、花押《かおう》を書きなぐるだけであった。

それでも師直は、この新当主に対する恭《うやうや》しい態度を微塵も崩さなかった。

その様子が、高国にはますます不可思議に感じられた。

六月、高氏は朝廷から、従五位上の位階を授与された。

6

鎮火したと思っていた火種は、まだ燻《くすぶ》っていた。

簡単に言えば、そういうことになる——師直は思う。

時に、元徳四年の四月のことである。

昨年に自害したはずの楠木正成とその一党が、河内に忽《こつ》然《ぜん》と姿を現した。そして、瞬《また》く間《たた》に以前の根城であった赤坂城を奪還したという。

その京からの報に触れた時、鎌倉中の御家人は一様に驚愕した。まさに亡霊の復活であった。

師直も、驚くには驚いた。一方で僅かではあるが、あるいは、とも心のどこかで危惧していた。

翌月になり、詳しい経緯を畿内からの風聞で知った。

その手勢は相変わらず僅少でしかなく、五百程度であったらしい。しかし楠木は、今回も軍神さながらの手腕を発揮していた。

配下と共に兵糧を運び込む人夫に化けて、赤坂城に忍び込むや否や、城内外から同時に鬨の声を上げ、新城主となっていた湯浅宗藤《むねふじ》と郎党を全面降伏に追い込んだ。

湯浅一族は、十年ほど前にも楠木の一党に完膚なきまでに打ち負かされている。湯浅宗藤は当時の苦い経験も記憶に新しかったのだろう、ろくに抵抗もせずに白旗を上げた。

あの楠木の生死に多少の危惧を覚えていたのには、覚えていたなりの理由がある……去年の記憶がまざまざと蘇る。

赤坂城の攻防の直後、高国が珍しく師直に対して愚痴をこぼしてきた。

「兄者は、その楠木とやらには会ったことがないから、あの焼け跡の中に死体があったかは分からぬと申しておる」

確かにこの発言は、師直にとっても意外だった。思考の肌理《きめ》が粗いあの男が、こと戦術に限ってはそんな神経の細かいことを言ってのけたのかと、物珍しくも感じた。

「ははぁ——」

師直が返答に困り、つい間の抜けた声を上げると、さらに高国は言い募った。

「されど、あの焼け跡は、楠木が自害したことを多分に物語っておろう。そうではないか、師直」

「それは……そうでござるな」

「なのに兄者は、せっかくの勝利に水を差すようなことを言うのだ」さらに憤慨したように、一気にまくし立てた。

「城は落ちたのだから、楠木とやらが死んでいいようがいまいが、どうでも良い事だ——そう、大将として風上にも置けぬようなことも口にする。万が一にもこのような投げやりな述懐を陣中で聞かれでもしたら、我らは幕下の者に示しがつかぬ。ではないか、師直」

これまた高国の言うことにも一理ある。

「左様、でござるな」

そこまでのやり取りを思い出し、師直は吐息を洩らした。

しかし結局は、あれこれと理屈の立つ高国より、高氏の何気ない一言のほうが正しかったのだ。現に、こうして楠木は生き残っていたのだから。

とはいえ、一個の器量才幹として見た時、高氏のほうが高国より上かと問われれば、むしろそんなことは全然ない。この浮世での倫理観、物事を粘り強くやり通す意志力、先々を生き抜いていく上での気概、そのどれを取っても、弟のほうが兄よりはるかに優れている。

その高国の資質に比べれば、高氏など泥人形《どろにんぎょう》そのものだ。以前にも感じたが、人としての精神的実体はまるでない。

中身が空っぽだからこそ、見たまま感じたままを子供のように素直に口にする。

「楠木など見たことがないから、わしには分からぬ」

などと、およそ一軍の将としては弟にも言ってはならぬことも、平然と口にする。

行動もそうだ。飽きたとなれば、武門の棟梁としての政務も平気で師直に丸投げしてくる。煩雑なこと、面倒くさいことが重なると、急速に関心を失くしていく。そして、そんな自己規律の緩さを恥ともしない。

自己愛自負心が薄く、自らのことに関しても他人事で、その意味で高国の放った『投げやり』という言葉は、まさに言い得て妙だ。

高氏は、その時々の感情と感覚のままに動く。己はこうありたい、先々こうなりたいという、本来は人にあるべき志向もほぼ皆無で、やはり水のように、依然としてその輪郭は捉えられない。

けれど、だからこそやはり凄いのだ、という思いは変わらない。

一旦それなりの立場を得て、この時代の高波というものの頂点に浮かび上がった時、高氏はあたかも世間の蠢きそのものであるという印象を、見る者に与えるであろう——。

一方で、師直がそんな感慨を反芻している間にも、畿内の情勢は刻々と変化していた。

楠木の一党は、どういう手を使ったのか、降伏した湯浅宗藤を味方に引き入れ、その宗藤を通して、紀伊国を中心に一大勢力を張る湯浅一族と反幕の共同戦線を張った。軍の規模も二千五百を超え、一月経たない間に河内と和泉《いずみ》の二か国を席巻した。

この恐るべき手際の良さと軍事行動の迅速さには、六波羅も鎌倉府も大いに戦慄した。

五月下旬、六波羅探題は五千からなる討伐軍を編成し、河内へと派兵した。

が、この敵に倍する討伐軍も、楠木正成の巧みな戦術のもと、ほぼ一撃で粉砕される。六波羅軍は多くの者が討ち取られ、生き残った者は一目散に京へと逃げ帰った。

まったくだらしのないことだ、と感じる。六波羅や鎌倉府には、もはや将器の人材がいないのだ。師直でなくとも、多少の慧眼《けいがん》を持つ御家人なら、誰しもそう感じているであろう。北条一門が長年の粛清を続けてきた附けが、ここに来てはっきりと出てきている。

だが、その人材もまだわずかに残っていたらしい。

坂東一の弓取りとも以前から称されていた、宇都宮高綱《うつのみやたかつな》である。宇都宮は六波羅から新たに与力された兵団を、

「腰の据わらぬ将兵など、いくら居ても役に立ち申さぬ」

と、一言の許に拒絶し、自軍わずか七百騎を率いて、楠木一党が陣を張る摂津四天王寺に赴いた。

その逸話を聞いた時、さすがに宇都宮という人物は戦の機微というものがよく分かっている、と師直は感心した。

ともかくも今度は、反乱軍に対して討伐軍の規模が三分の一以下であるという奇妙な逆転現象が生じた。

しかし、高綱が率いる宇都宮家の精鋭部隊「紀清両党《きせいりょうとう》」は、坂東でも有数の武勇をもって鳴る。我が武名を揚《あ》げるためには、戦場で命を散らすことなど屁とも思っていない。そのような気組みを持つよう、常に宇都宮高綱は配下を鍛錬しているという世評だった。

どうやら楠木の一党も、高綱が率いる紀清両党をそう見たらしい。いくら相手が寡兵とはいえ、初めから命を捨てる覚悟で出張って来ている敵とまともに戦うなど、良将の取るべき道ではない。

宇都宮もまた、楠木軍を容易ならざる敵と捉えていた。ただでさえ自軍は敵の三分の一以下である。ましてや相手は稀代の戦上手とされる楠木である。気組みは気組みとしても、下手に戦を仕掛ければ瞬く間に壊滅させられる。

両軍が睨み合ったまま、徒に時は過ぎていった。

宇都宮にすれば、楠木軍に「これ以上、京に近づくな」と威武《いぶ》さえ張れれば、京防衛の任を果たしたことになる。

敢えて戦を仕掛けるまでもない。

楠木もまた、それ以上西進する気はなかったようだ。

師直の推し量るところ、双方は互いの兵気に、そのような暗黙の了解を感じ取った。

七月二十七日の夜、まず宇都宮が兵を引き、京へと戻り始めた。楠木軍は、紀清両党が陣を張っていた四天王寺に入った。が、楠木はやはりそれ以上自軍を動かさなかった。

そこまでの経緯を、師直は八月になってから知った。


一方で、このような畿内での動乱を、鎌倉府が指をくわえたまま見ているだけだったかというと、いくら愚昧《ぐまい》な北条高時と長崎一派であろうとも、当然そんなことはなかった。再び本格的な討伐軍を編成することが決まった。

とはいえ、反乱相手の中核はそもそもが元御内人の一被官に過ぎないし、東海筋から坂東、奥州にかけての御家人は昨年の遠征で疲弊し、財政的に逼迫している武門もある。そのような事情もあり、今回は畿内と中国筋、南海道の御家人を主軸として、軍を編成し始めた。

遠征軍の主だった大将は、すべて北条一門で固められた。大仏貞直、金沢貞冬、名越時見の三人は、去年に引き続いてその任に就いた。さらに阿曾《あそ》治時《はるとき》や伊具《いぐ》有政《ありまさ》の他、大仏一門や名越一門の庶流がその組下の将に抜擢された。

北条氏の御内人からは、平氏の流れを汲む千葉貞胤《さだたね》や、長崎円喜の息子である長崎高貞《たかさだ》、藤原南家の系譜である工藤高景《くどうたかかげ》らが将として選抜された。御家人勢からは、これまた藤原南家を祖とする二階堂貞藤《にかいどうさだふじ》、小山秀朝《おやまひでとも》、結城《ゆうき》親光《ちかみつ》らといった小宅である。

が、それら大将の中に、足利家の名前はなかった。

……師直は、密かに思う。

確かに、昨年に遠征した源氏系御家人の疲弊も鑑《かんが》みて、足利家やそれに準じる武門の大家を大将に選抜しなかったという理由もあるだろう。

しかし、それだけではない――。

高氏は、昨年の遠征で実質的には何もしていないにもかかわらず、既にその名声は騰がりに騰がっている。特に源氏の諸将が高氏を仰ぎ見ること、あたかも神の如くである。

おそらく得宗家は、足利家の声望がこれ以上に膨らむことを危惧している。万が一にも鎌倉府の屋台骨が揺らぐような事態が出来《しゅったい》した場合、得宗家に取って代わるような巨大な勢力になることを、ひどく恐れている。

さらには、高氏個人に対する、別の評判もある。

高氏が後醍醐天皇に寄せているほのかな好意を、今では鎌倉中の御家人で知らぬ者はない。昨年の行軍中、高氏が敗軍の首領である後醍醐天皇を褒めちぎったことは、大仏貞直、金沢貞冬も隣席で直に耳にし、鎌倉府内でも周知の事実となっている。

　さらには先年、上杉憲房、憲顕の親子が遠征軍に遅れること一月ほどして、鎌倉に帰って来た時のことだ。憲房は高氏にこう告げた。

「京の噂によれば、幽閉中であられる帝は、高氏のあの近江での言葉にいたく御心を打たれたご様子である。『敵将とはいえ源《みなもとの》高氏の申すこと、人としていかにもゆかしげである』とのお言葉を発されたとの由」

　その伯父の言葉に対して、高氏は手放しで喜んだものだ。

「帝はわしに対して、そのような過分なことを仰せでありましたか」

　そして、傍らにいた師直に、

「いかに敵味方だったとは申せ、こうしてもったいなくも直々にお言葉を賜ったこと、我が足利家の誉だとは思わぬか。のう、師直？」

　そう大きく鼻の穴を膨らませ、能天気に問いかけてきた。

　馬鹿馬鹿しい、と師直はその発想のあまりの稚気さ加減に、その場から立ち去りたくなった。

　この足利家の棟梁は先年、朝廷の勝者の側である花園上皇からの御馬の下賜の話をあっさりと蹴り、鎌倉への帰路へと就いた。それが今、敗者に過ぎぬ天皇の洩らした単なる感慨には、こうして無邪気に押し戴くような態度を取る。

　この男にはいったい、鎌倉府における自分の立場というものが分かっているのか。

　むろん、そんなことは夢にも考えたことがないのだろう。高氏の心中には、この浮世における人間力学への配慮などまったくなく、単に、人への素朴な好悪《こうお》の情だけがある。足利宗家の惣領になったというのに相変わらずの極楽蜻蛉ぶりだった。

　そしてどういう訳か、高氏の中では後醍醐天皇に対する好意の総量は、去る六年前に勅撰和歌集に載せてもらって以来というもの、いついかなる状況の流転の中でも、しっかりと固定化されているらしい。

　これが世間か、人の世の蠢く高波そのものなのか、と自らの高氏への捉え方を思わず疑わざるを得ない。

　ともかくも、高氏のことが師直一個の解釈の問題で済んでいる間なら、まだいい。

　上杉憲房は京洛の噂で、天皇の高氏に対する言葉を知ったという。つまりは京童の間でも、この逸話はあまねく流布しているはずだ。それを、鎌倉府の出先機関である六波羅探題が聞き逃すはずもあるまい。

おそらく楠木の一党は、極秘裏に隠岐《おき》の後醍醐天皇と今も繋がっている。だからこそ二度目の反乱を起こしている。

その楠木を退治する討伐軍の大将に、このような噂のある高氏を推戴《すいたい》することなど、危なっかしくて到底できたものではない。少なくともおれが北条高時や長崎円喜なら、そう判断する。たとえ現実としての高氏に、明確な倒幕の意思などないにせよ、だ。

というか、そもそもこの男には倒幕に限らず、浮世に生きるはっきりとした指針などあるはずもないのだ。万事がその時の気分次第、行き当たりばったりというところだ。

それなのに、この『頭陀袋の神』の言動は、意図せずして周囲からことごとく壮大な意図を蔵しているように錯覚される。その高氏の実像と、世間が受ける印象との乖離《かいり》に、またしても摩訶不思議なものを感じる。

……肝心の高氏本人は、この討伐軍の大将に選ばれなかったことをどう思っているのだろうか。

試みに、討伐軍の編成が終わりかけた九月上旬、高氏に聞いてみたことがある。

「いよいよ、鎌倉軍の出立が近づいて参りましたな」

うん、と相手は、茶でも飲むように気軽に答えた。「確かに、いよいよであるな」

相変わらずその返答にも、中身がない。師直の問いかけたことを、鸚鵡《おうむ》返しにしているだけに過ぎない。

「殿は、此度の討伐軍の大将には選ばれませなんだな」

「そうじゃの」高氏はこれまたあっさりと答えた。「まあ、柳営の決められたことである。わしらは、その判断に従ってさえおればよい」

それでも師直は、敢えて言葉を続けた。

「源氏を率いる御大将として、出陣するおつもりはなかったのですか」

わしがか、と高氏は心底驚いたように師直を見た。「考えたこともない。それに昨年の行軍では懲りた。色々と煩《はん》瑣《さ》なこともある。大将など、やはりわしには荷が重いわい」

どう聞いていても、本心のようだった。いつもながらの自己愛の薄さと無欲さだ。

「大将には、大仏殿も金沢殿もおられる」そう、高氏は淡く微笑んだ。「昨年に続いて、あのお二人が采《さい》を取られれば、まず間違いあるまい」

なるほど――昨年の遠征以来、大仏貞直と金沢貞冬は高氏に滑稽なほど心酔し、足利家の近くを通りかかれば、必ずと言っていいほど高氏の許に挨拶をしに来る。そんな彼らの丁重さに、高氏もすっかり好意を抱いている。

が、高氏の言うような気楽な見通しにはなるまいよ、と師直は感じる。

いくら幕府軍が膨大な数とはいえ、所詮は武門同士の寄り合い所帯、その料簡や兵気も微妙に異なる烏合《うごう》の衆である。また、先年に続いて勝利を収めたとしても、今回も恩賞など出るはずもない。そんな事情もあり、今回の討伐軍も戦意はその初手から甚だ振るわないだろう。

九月二十日、鎌倉府は関東八か国からなる三万余の大軍を、畿内に向けて派遣した。

7

まったく、なんという体たらくなのだ――。

時に高国は、我がことのように憤慨する。

むろん、幕府軍のことだ。秋が過ぎ、年を越して正慶二（一三三三）年になっても、時が止まっているかのように戦況は遅々として進まない。

むろん、津々浦々から畿内に集まってきた御家人たちの、煩雑な組割りもあっただろう。十万という総数をうまく機能させるには、それなりの軍編成も必須となる。また、主力である畿内と中国筋、南海道の御家人たちに加え、北陸道や九州からも五月雨《さみだれ》式に御家人が集まって来たから、その都度に編成を組み直す必要もあったのだろう。

それにしても、実際の軍事行動に移るのが遅すぎる。鎌倉の出陣からもはや三月以上も経っているではないか。

楠木軍は既に、赤坂城のある金剛山系を大規模に作事していた。上赤坂城、千早城という二つの新たな城を築き、それを既存の（下）赤坂城と連携させて絶妙な要害とした。千と三百名という寡兵ながらも、幕府軍の到来を手ぐすね引いて待ち構えていた。

さらに昨年の十一月には、この楠木軍に呼応して、大和国は吉野で護良親王が兵三千を率いて挙兵していた。

これにより、楠木の一党が籠る金剛山系を総攻撃しようとしていた幕府軍十万は、個別作戦を余儀なくされた。

二月には吉野へと六万の別動隊を割き、まずは護良親王の籠る金峯山《きんぷせん》城を、数にモノを言わせて陥落させた。

が、別動隊の大将である二階堂貞藤は、肝心の護良親王は取り逃してしまうという大失態を犯した。

一方、大仏貞直、阿曾治時らの率いる三万余の本軍は、依然として金剛山系の楠木軍と対峙し続けていた。

敵の最前線である下赤坂城だけは、力技でなんとか落とすことが出来た。しかし、敵兵わずか三百名ほどが籠るこの城を落とすのに数千もの死傷者を出し、陥落させるまでに一月近くもかかってしまうという攻撃の疎漏さ、手ぬるさだった。

幕府軍はさらに、残る上赤坂城、千早城の二つに波状攻撃を始めた。しかし、その都度に楠木正成以下の千名は巧みな詭計《きけい》を弄《ろう》した。藁《わら》人形を使った囮《おとり》作戦や、不意を突いた夜襲、火計や投石、巨木を使った圧殺劇、果ては糞尿まで浴びせかけて、討伐軍を散々に手こずらせた。

何度攻撃をしかけても敵城攻略は一向に捗々しくなく、徒に死傷者が出るばかりであった。

翌閏《うるう》二月になり、ついに将の一人であった長崎高貞が大将の大仏、阿曾らに進言した。曰く、このままでは味方の損傷が大きくなるだけであり、重厚な包囲網を張って、気長に敵を兵糧攻めにしてはどうか、と。

結果、その進言は実行された。

何のことはない、とその風聞を聞いた時、高国はさらに呆れた。

それは、つい二年前の兄の攻城案を、そっくり真似ただけではないか。まったく幕府軍も軍略に綾がない。それぐらいのことを、あの軍神とも誉れの高い楠木正成が、想定しないとでも思っているのか、と。

だいいち過日の楠木は、兄の干乾し作戦に撤退を余儀なくされたのだ。それに懲りて、今回の籠城では十二分な兵糧を用意しているか、幕府軍にも容易に見つけられない糧道を確保しているに違いない。

案の定、しばらく経っても上赤坂城、千早城の様子に特段の変化はなく、以降の戦線は完全に膠着《こうちゃく》した。

戦果も上がらないまま長引く攻城戦に、将兵たちは暇を持て余した。当然、軍の士気も規律も著しく低下した。

長崎高貞の連歌好きに感化されて、陣中では連歌会が盛んに催され、他にも将棋や囲碁を打つ者や、双六《すごろく》、お茶の飲み比べで遊ぶ者、さらには摂津の江口、蟹島、神崎にある遊女の里からわざわざ遊び女を呼び寄せて色欲に耽る者なども続出した。

また、大将の一人である名越時見が率いる軍では、高国も俄《にわ》かには耳を疑ってしまった事件が起こった。

同じ一族の名越宗教《むねのり》と、その甥である兵庫助《ひょうごのすけ》という将同士が双六で遊んでいた時に、出た賽《さい》の目のことで諍いになり、互いに刺し違えて死んでしまった。さらには双方の郎党が主の仇とばかりに斬り合い、計二百人以上の死傷者が出るという、なんとも愚劣極まりない惨劇が起きた。

これら一連の報告には、普段は温厚な義兄である赤橋守時も、さすがに激怒した。北条高時も反応は同様で、

「おのれらが陣中にあるのは何のためか。戦もせずに遊興に耽り、挙句、味方同士で斬り合うとは何事か。恥を知れ。即座に城を攻め立てよ」

と、憤怒《ふんぬ》に塗れた下知を河内の遠征軍に下した。

まったくだ、とこの時ばかりは高国も幕府側の言い分にいたく共感を覚えたものだ。坂東武者の名折れではないか、世間へのいい恥晒しである、と激しく憤慨した。

その頃から鎌倉では、もはや更なる援軍を即刻送るに如かず、という世評がじわじわと立ち始めていた。

高国は、密かに危惧した。もしそれが現実になるなら、我が足利家もまず無関係ではいられまい――。

これが、三月初めのことである。

一方で畿内では、鎌倉府からの激烈な叱咤《しった》に、幕府軍も一旦は再奮起したらしい。が、実際の攻城戦では、楠木正成の奇策に相変わらずいいように振り回され続けた。

加えて、幕府軍への兵站《へいたん》が滞《とどこお》り始めるという不思議な現象が起こり始めていた。

ややあって原因が分かった。大和一国の野伏《のぶし》たちが楠木の一党に味方し、糧道を各所で遮断していた。むろん、その背後には吉野から逃げ延びた護良親王の暗躍があった。

果たして幕府軍は、次第に飢え始めた。欠乏に耐えかね、各地から徴募した御家人たちも日を追うごとに消え去った。五十騎、百騎、二百騎と、夜陰に紛れて陣を引き払っているらしい。

これは、と高国は未だ他人事ながらも、初めて多少の戦慄を覚えた。

このままでは幕府軍が、下手をすれば自壊しかねぬ、と。

そして、一昨日のことだ。

鎌倉府が終始懸念していた事態が、ついに起こってしまった。楠木軍の奮戦以上に鎌倉中を震撼させる一報が、京から舞い込んできた。

山陰の隠岐に流罪になっていた後醍醐天皇が密かに島を脱出し、伯耆《ほうき》の船上山《せんじょうさん》にて倒幕の兵を挙げたという。これで、三度目の謀反だった。

さらなる続報によれば、去る閏二月二十四日には、配所の幕吏の目を逃れて荒れた寒中の日本海へと小舟を漕ぎ出し、逆巻く波濤の十六里（約六十五キロ）も渡り切り、命からがら伯耆国の海岸へと辿り着いたらしい。

むろん高国も、この貴種の蛮勇には腰を抜かさんばかり

に驚愕した者の一人であった。同時に、かのお方も四十六歳と、もはや初老もとうに越しているというのに、なんという飽くなき執念、精気、敵愾心《てきがいしん》であろうかと呆れもした。

二年前に兄は言っていた。遠征軍を率いていた折だ。

「あるいは我ら武士以上に性根のお据わりになられておられたお方かと、正直、頭が下がる思いである」

その通りだ、と、その徹底した肝の据わりように、改めて怖気《おぞけ》さえ覚える。

ともかくもこの報を受け、未だ幕府の中核で権勢を振るい続ける北条高時の一声で、新たな討伐軍が結成されることとなった。その命を受け、執権である赤橋守時が、残る東国の御家人たちにせっせと陣触れを出し始めた。

むろんその陣触れは、足利家にも真っ先に届いた。高氏に、遠征軍の大将を再び司るべしという依頼状であった。

当然だろう、と高国も思う。

兄は、その内面の動きはともかくとして、結果として先の遠征軍の大将の任を見事に務め上げた。事実上、源氏系御家人の総大将の地位を確立した。

もはや鎌倉府も、これ以上に高氏と足利家の名声が上がることを恐れてはいられない。幕府崩壊の危機は今、畿内と山陰筋で現実問題として差し迫っているのだ。


さらに言えば、赤橋守時は登子を通じて高氏と高国の義兄に当たる。それら経緯と鎌倉府との関係性を踏まえても、この軍令は至極当然の流れであった。

が、肝心の兄ときたら折からの風邪を拗《こじ》らせ、ここ五日ばかりは床に臥《ふ》せったままであるという体たらくだった。

間が悪いとは、まさしくこのことだ。

今もそうだ。絶え間なく出る鼻水に人中《じんちゅう》が爛《ただ》れ、目も幼子《おさなご》のように始終潤んでおり、時に目尻から涙を零《こぼ》す。高熱にも苛《さいな》まれ、布団の中であうあうと息を乱している。

案の定、師直が恭しく差し出した陣触れを、兄はこう撥《は》ね付けた。

「わしはもう、明日をも知れぬ身じゃ。とても総大将の一人など務まらぬ」

「されど殿、せめて今一度、じっくりと御披見《ごひけん》を――」

そう師直が促すと、兄はその赤い目を家宰に向けた。

「この様を見よ。この有様を、とくと見よ」と、怒りを若干含んだ声で繰り返した。「わしはもう、遺書をもしたためねばならぬとさえ思っている。もはや危篤である。これで、遠征軍の大将が務まるとでも思うか」

大げさな、と高国はこの時も内心で眉をひそめたものだ。兄ももう三十も間際になり、気力体力ともに最も横溢《おういつ》している時期に差し掛かっている。それを、いくら質が悪いとはいえ、たかが感冒で死ぬことなどあるものか。おそらく病状は今が峠だ。あと数日もすれば快方に向かう。

なのに兄ときたら、遺書をしたためねばならぬほどである、危篤である、と大げさに自己申告をしてくる。だいたい本当に重篤なら、こうもべらべらと喋ることが出来るものかと、我がことのように苛立つ。

兄の眼中には、鎌倉の危機など皆目ない。ひたすらに自らの体の危機だけがある。まったくもってだらしがない。

挙句、足利宗家の棟梁としては、さらにとんでもないことを言い出した。

「大将など、わし以外の誰かがなれば良い。尾張守高経殿でも、上総介貞義殿でも良いではないか」そう、足利一門の斯波高経や吉良貞義の名を口にした。さらに、ふと思いついたようにこう続けた。「そうじゃ。同じ源氏の血筋と申せば、上野《こうずけ》の新田殿もおられるではないか」

馬鹿な、と高国はさらに憤慨する。斯波高経と吉良貞義は、既に高氏に対する往時の対抗心を亡くし、今ではすっかり足利家の軍門に収まっている。

さらには、上野国新田荘の新田義貞のことだ。

新田氏は、今より二百年ほど前に源義国の次代から分かれた家だ。義国は、源氏の棟梁として今もその勇猛さを語り継がれる八幡太郎義家の実子である。

その義国の長子・義重《よししげ》が新田家を立て、次子である義康が足利家を興《おこ》した。血筋の序列だけで見れば、新田家は足利家と同格か、若干格上にも見える。さらに言えば高国も、なるほど義貞のいかにも坂東武者然とした骨柄《こつがら》、言うことの明晰さには以前から好感は持っている。

しかし、鎌倉幕府創業後の新田家は、初代頼朝とも後の得宗家とも折り合いが悪く、今日までの武門の凋落《ちょうらく》ぶりは目を覆うばかりであった。累代の度重なる領地経営の失敗もあり、現在の新田家は新田荘にわずか数郷を有するのみだ。義貞自身も既に三十二、三になるというのに、未だ無位無官の徒である。

そんな人間が、足利家の代わりとして無事に大軍を率いていけるものかと感じる。実際、二年前の戦の折も、義貞は大番役として在京していたが、鎌倉府は彼には出陣命令を出さなかった。

つまりは幕府からその程度にしか見られていない人物を、高氏は新たな討伐軍の大将として推している。つらつらと思い付いたままの人物名を、無責任に口から放り出しているに過ぎない。

つい高国は、きつい口調で言い立てた。

「兄者、兄者が立たずば、いったいこの討伐軍はどうなるのでござるか」

「別に、どうもなりはせぬ」兄は答えた。「わしがおらずばおらずで、柳営もそれなりに絵図を描くであろう。代わりの大将など、探せばいくらでもいる」

この発言には、高国もさらに呆れ果てた。腑抜けもここに極まれり、だ。人としての矜持というものがないのか。

さらに師直が、数度にわたり懇願しても無駄だった。兄は布団の中から、頑として総大将就任の要請を断り続けた。なにも体調だけの問題ではないのかもと、密かに感じる。

畿内での幕府軍の醜態はともかくとして、今度も源氏の総大将として兄が立てば、おそらく討伐軍は再び一つにまとまる。ほとんど何一つとして取り柄のない兄だが、不思議とこれだけには高国も確信を持つ。理屈はよく分からないが直感のようなものだ。

そうすれば反乱軍に再び勝つのは、双方の兵の多寡《たか》を考えても分かり切っている話だ。おそらくは兄にも、無意識にそのことが見えている。

後醍醐天皇は、一度目の謀反は不問に付され、二度目の挙兵では隠岐に流された。そしてこの三度目が失敗すれば、鎌倉府の堪忍袋の緒も完全に切れる。十中八九、六波羅に秘密裏に謀殺される。

そのことが、この鈍い兄にもなんとなく分かるからこそ、気が乗らないのだ。

――ふと、思い出す。

兄は幼い頃、多少の熱があろうと腹を下していようと、稀に高国が海に行こうと誘えば、喜んで一緒に行っていた。砂浜で下痢の便を垂れても、その後はうっとりと海を眺め続けていた。

一方で、少しでも気が乗らぬ写経や槍の修練を積まねばならぬとなると、微熱でも大げさに騒ぎ立て、なんとかその務めから逃れようとする。ようは、今回も半ばは仮病だ。

そう、はたと思い至った高国は再び声を上げた。

「兄者、しかとなさりませっ」

「わしは、しかとしておる」兄は、即座に答えた。「本当に、具合が悪いのだ」

大丈夫だと言いつつも、具合が悪いという。いったいどっちが本当なのだ、と思わず面罵してやりたくなる。

まったく、なんということだ――。

高国はもう、ほとんど絶望に近い気持ちで、布団に包まったままの兄を眺めている。下手をしたら兄の自儘のせいで、日ノ本全体の命運が変わるかも知れないのだ。なのに、総大将などとても務まらぬと駄々をこね続けている。

この愚にも付かぬ高氏の言動により、師直は数日間、鎌倉府と足利家の間をせわしなく行き来することとなった。柳営が引き続き要請を出し、兄はまた拒み続ける。その繰り返しだった。

しかし師直は愚痴一つこぼさず、この無意味な往復を淡々とこなした。

その様子が、高国には再びなんとも奇異に感じられた。以前の傲岸な師直からは、思いもつかない忠勤ぶりだ。

そうこうするうちにも、畿内での戦況は急激に悪化の一途を辿っていた。さらに幕府軍を逃げ出す御家人が続出した。詳細を聞けば、此度は戦に召集されていた新田義貞ですら、無断で陣を引き払ったらしい。

『それがし新田小太郎《こたろう》は病《やまい》にて候《そうろう》。即刻帰国するに如かず』

と、そっけない置き文が残されていたという。

この報に触れ、高国はますます愕然とした。あのいかにも武断派らしい義貞までが、兄と同じように仮病を使ってまで急ぎ帰郷の途に就いたとあれば、討伐軍はかなり抜き差しならぬ事態にまで追い込まれている。

当然のように、幕府の焦りと苛立ちも頂点に達した。

朝夕に矢のような催促が足利家に来るようになり、ついには義兄の赤橋守時も堪りかね、新たな軍編成に忙殺されている合間を縫って、足利家へ単身駆け込んできた。

「高氏殿、頼み入りまするっ」寝所に入って来るなり、守時は悲痛な面持ちで両手を合わせ、臥している高氏に拝み込んだ。「これは、現執権職としての申し入れではありませぬ。互いに義兄弟として憎からず過ごしてきた間柄でありまする高氏殿に、この守時一個が、伏しての願い事でありまする。もし、それがしのことを少しでも憐《あわ》れだと思し召すようであれば、此度の要請をお聞き入れいただきたく、何卒お情けを賜りたいっ」

そう声を上げ、次に床に両手を突いて平身低頭した。

こんな場合ながら、高国はその懇願の仕方には、変に感心した。さすがに普段から懇意にしているだけあって、守時には高氏の急所というものが分かっている。立場論や理屈ではなく、以前からの情誼《じょうぎ》によって兄を口説き落とそうとしている。

対して、大好きな義兄にここまで無様《ぶざま》な姿を晒させておいて、とても平然と構えていられるような兄ではない。

果たして高氏は半身を起こし、いかにも弱々しい口調で弁解した。

「しかし義兄上《あにうえ》、それがしは病気でござる……」

これに守時は、

「まさに、そこでありまする」と、すかさず和してきた。

「卒爾ながら、『病は気から』という言葉もござります。拙者が常々愚考いたしまするに、心に病むことがござれば、治る体もなかなかに健やかに戻らぬものにてありまする」

お。これは――。

その話の流れに、高国はつい前のめりになる。

ひょっとして、義兄にも分かっているのか――。

戸惑う兄に、果たして守時は言った。

「あれでござるか、高氏殿にはよほどその身に打ち堪《こた》えておられるご心労がおありなのかと、先日からご思案申し上げておる次第。もし左様であれば、この守時にも遠慮なく、お悩みをがっさい打ち割られよ」

「………」

「さあ、高氏殿――」

そう繰り返し、守時はさらに高氏を追い詰める。もはや義兄も必死である。

それでも高氏はやや俯《うつむ》いたまま、無言を貫いている。

それはそうだろう、と高国も兄の立場になって感じる。

いくら親しい義兄とはいえ、まさか後醍醐天皇が大好きだから戦をしたくないなどとは、時の執権を相手には、やはり言い出しにくいものだ。兄もそこまで面《つら》の皮は厚くない。

おそらくはそんな理由もあって黙り込んでいた高氏に、不意に、守時はため息をついた。

「これよりは、守時の独言でござる」

その意外な言葉には、兄もさすがに顔を上げた。

「ここにおられまする皆々様方も左様にお心得いただき、今よりそれがしの呟きは、この場だけにてなかったことにして頂きたい」

守時はなおも思案しつつ、躊躇いがちに言葉を続ける。

「先の帝は、これにて三度目の御謀反であられる」

やはり、義兄にも分かっていた――。

「されど、御謀反は御謀反として、戦に勝利した暁《あかつき》には、さらに今一度、事後の処置は穏便にすませる腹積もりでござる。少なくともそれがしは、そう密かに心に決めておりまする次第」

今度こそ兄は、はっきりと物問いたげに守時を正面から見た。義兄もまた高氏に大きくうなずき、

「もしそのことが通らずば、この守時、柳営にて腹を掻《か》っ捌《さば》いてもよろしゅうござる。その覚悟で、戦後の事にあたりまする。以上でござる」

そこまでを一息で言い切ると、兄に口を開く間も与えず、俄かに立ち上がった。

「では、それがしもそろそろ府内へと戻り、軍の組割りを急がねばなりませぬ。高氏殿、どうかお早めのご回復をお祈り申し上げております」

そう深々と一礼すると、さっさと寝所を出ていった。

見事だ、と高国は危うく膝を打ちそうになった。

守時は今、自分の独言を完全に己一人のみの言葉として納めた。寝所に居る誰にも賛同させず、もしこの言葉が外に露見した場合、足利家に累が及ぶのを毅然として防いだ。

万が一にも腹を切るのは、自分一人だけでいいということだ。

その立ち居振る舞いの鮮やかさに、思わず喝采を送りたくなる。逆に、そこまでしても高氏に総大将として立って欲しいと考えている。

果たして翌日の昼前のことだ。

高氏はのそのそと寝所から這《は》い出てきた。

台所に向かうその足取りが、まだ多少ふらついている。

確かに自己申告通り、半ばは重篤だったのかも知れない。

「兄者、大丈夫でござるか」

つい高国が問いかけると、

「うん……もう大過ない。多少、怠《だる》くはあるが」

と、言葉少なに返してきた。

高氏は台所に入り込むや否や、櫃の中の冷や飯を大量に椀によそい、それに熱い茶をかけて一気に掻き込み始めた。

「病後の大飯は、良くありませぬぞ」

「構わぬ」兄は、昨日までの醜態が嘘のように淡々と答えた。「わしは、早く力を付けねばならぬ。義兄上にあそこまで言わせて、恥をかかせるわけにはいかぬ。このまま座して、守時殿の窮状を眺めているわけにはいかぬ」

なるほど。

この兄にもまた、義兄である守時の赤心は紛れもなく響いたようだ。かつ、後醍醐天皇の助命の言質《げんち》も取り、ようやく総大将の任を受ける気になった。

そう高国が感じている間にも、高氏は早くも二杯目の飯を椀によそい始めていた。ふらついていたのは、寝過ぎで足萎《あしな》えになっていただけなのだと見える。

8

三月も中旬に差しかかり、討伐軍に参加する御家人たちが鎌倉に集まり始めた。

師直もまた、足利一門の徴募を急いでいる。

その間にも、畿内での戦況は刻々と悪化の一途を辿っていた。さらに西方の中国筋でも、幕府にとってはますます容易ならぬ事態が発生していた。

まずは山陰筋だ。後醍醐天皇が土地の豪族である名和長年《なわながとし》に仰がれ、船上山にて既に挙兵していたが、そこに、隠岐守護である佐々木清高《ささききよたか》が日本海を渡海して攻め寄せた。

佐々木清高は先月、後醍醐天皇をみすみす隠岐から脱出させてしまうという大失態を犯している。鎌倉府への面目の手前、前天皇を奪還しようと躍起になっていた。伯耆国内の有力豪族、小鴨元之《おがもももとゆき》や糟屋重行《かすやしげゆき》なども与力して、佐々木方の軍勢は三千ほどになった。

対して船上山に籠る後醍醐軍は、数百名であるという（後日、さらに詳細が明らかになった時には、その数はさらに少なく、僅かに百五十名であったことが判明した）。

実際、師直も名和長年などという伯耆御家人の名は聞いたことがなく、ややあって京から流れてきた風聞によれば、名和一族はそもそも武士ですらなく、日本海の海運業で財を成した単なる地方の一有力者であるということだった。

その時点で師直は、畿内のことはともかく、この山陰筋での戦いでは幕府方が難なく勝つだろう、と踏んだ。

正規の武士団が、元天皇を始めとした戦のど素人を相手に、しかも敵の十倍以上の軍勢で戦いを挑んで、およそ負けるということがあり得るだろうか、と感じたものだ。

しかし、結果は師直の予想に反したものだった。

佐々木清高率いる幕府軍は、先月の二十九日に船上山頂への総攻撃を開始した。

が、開戦早々に佐々木弾正左衛門《だんじょうざえもん》という武将が、天皇側が岩陰から放った流れ矢に当たって討ち死にをするという不幸が起こった。小鴨元之や糟屋重行らの援軍は無駄死にするのを恐れ、攻撃の手をいったんは緩めた。

それを知らぬ清高率いる本隊のみは、船上山頂を目指して遮二無二《しゃにむに》駆け上がった。折悪く、山頂に到着した直後の夕刻から、激しい風雨となった。その暮夜と風雨に乗じた名和軍の巧緻な襲撃を受けて大恐慌をきたし、逃げ惑う多くの兵が船上山の断崖から滑落死した。むろん清高も、命からがら逃げ出した。佐々木軍の本隊は半ば壊滅し、清高は船上山戦線からの全面撤退を余儀なくされた。

この後醍醐側の意外な勝利に、それまで静観を貫いていた山陰筋の御家人たちも動いた。出雲《いずも》の富士名義綱《ふじなよしつな》、塩冶高貞《えんやたかさだ》らである。

彼らは後醍醐天皇からの綸旨《りんじ》を一旦は受け取りつつも、

師直と同様に佐々木軍が勝つと予想し、さりとて畿内の情勢なども鑑みて、どちらにも与力していなかった。

が、この幕府方の大敗を機に、一気に後醍醐側へと馳せ参じた。

さらにこれに追随する出雲、伯耆、因幡《いなば》の御家人が続出し、それら幕府方から寝返った勢力を背景に、後醍醐軍は一転して攻勢へと出た。

結果、佐々木清高と糟屋重行は伯耆国での居城を追い落とされ、もはや山陰に居場所もなく、命からがら京まで逃げ延びた。孤立無援になった小鴨元之は、白旗を上げて後醍醐側に付いた。

師直は思わず、一人ため息をつく。

まさしく、時代の潮目が一気に変わりつつあるのかも知れない――。

さらに山陽道では、後醍醐天皇のような反幕の象徴的存在こそいないものの、鎌倉府にとってはこれら山陰筋の騒乱より、はるかに危機的な事態が出来かつ進行していた。

播磨《はりま》国の西部にある佐用《さよう》郡に、護良親王からの綸旨を受け取って、奮起した老御家人がいる。

男は、これぞ衰微しかけた自家を興す千載一遇の、そして自らの代では最後の好機だと捉えたようだ。

名を、赤松則村《あかまつのりむら》という。

法体《ほったい》名は円心《えんしん》。

この五十代も半ばをとうに超した御家人は、どうやら一月の下旬には早くも挙兵していたらしい。鎌倉府まで知らせが遅れたのは、一月中の円心は幕府方である周辺の一族と局地戦を繰り広げていたからだ。そして、畿内より離れた山陽道の出来事であったこともある。

二月になり、ようやく六波羅がこの事態に気づいて、備前守護の加地《かじ》氏に円心の討伐を命じる。

が、円心率いる赤松軍は、逆に機先を制した。間を置かず備前東部へと攻め込んだ。加地軍を、その本拠地であった三石《みついし》城もろとも、あっさりと一蹴した。

さらには加地軍の大将であった伊東惟群《いとうただむら》という武将を言葉巧みに口説き落とし、伊東の守備する三石城を、西国から幕府の徴募に応じて上ってくる御家人たちの防御とした。

そこまでの下準備をこしらえた上で、円心は播磨西部沿岸にある室山《むろやま》城にて、改めて大々的な挙兵の声を上げた。その挙兵に賛同した周辺の豪族たちを糾合し、二千の兵とすぐに東上を開始した。

円心は、早くも二月の上旬には播磨から越境し、摂津の中央部にある摩耶《まや》城まで進んでいた。なお、この城は、予《あらかじ》め円心が先々の戦況を見込んで、長子である範資《のりすけ》に急造させていた砦であるという。

師直はそれらの続報を、十日から半月ほどの遅れで次々と耳にした。

その恐るべき迅速さ、戦いようの手堅さよ、と敵ながらも妙に感心したものだ。相当な戦の手練れであり、かつ、一旦は敵だった相手を味方に引き込む人的な手腕も、未だ河内で戦い続けている楠木正成と酷似している。

やはり、世は大きく崩れ始めている。

だからこそ、この赤松円心にせよ名和長年にせよ、平時は市《し》井《せい》に埋もれていた軍才異才を持つ者どもが、この乱世の暗暁《あんぎょう》にわらわらと湧き出てきている。

師直は、鎌倉府の先行きを危惧する一方で、これら時代の胎動を目の当たりにして、つい武士《もののふ》としての血が騒いでしまうのを、どうにも抑えることが出来ない。

……おれは今、もしかしたら数百年に一度という時代の潮目に直面しているのかも知れない。

そんなことを時折思っていた三月の初旬のことだ。

去る閏二月中旬に、六波羅が河内の攻城軍から二万の兵を割き、摂津に陣取る赤松軍に向かわせたとの報が入った。これもまた、敵に十倍する数だった。

だが師直は、それでも円心は相当に善戦するのではないかと感じた。

果たしてその十日後に鎌倉に届いた報では、円心率いる赤松軍は、八面六臂《はちめんろっぴ》の戦の手腕を満天下に見せつけていた。

六波羅の大軍を前に遊撃戦——奇襲、待ち伏せ、後方部隊の攪乱《かくらん》作戦などを小気味よく仕掛け続け、小規模な戦闘局面を絶えず複数個所に作り出した。小回りの利かない相手を散々に苛立たせ、悩ませ、時に大いに慌てさせた。

そして陣形の大きく乱れた敵に対して一度だけ乾坤一擲《けんこんいってき》の総攻撃をしかけ、ついには幕府軍を摩耶山の東部周辺から撃退してしまった。

ある意味では籠城戦に徹する楠木軍以上の戦巧者ぶりで、円心という人物は、まったく大した古強者《ふるつわもの》であることよ、と敵ながらもあっぱれに感じ入ったものだ。

現在、勝ちに乗じた赤松軍は、摂津東部の尼崎まで進軍して来ているという。

この間にも、鎌倉府の軍編成は着々と進んでいた。

討伐軍の総大将には、二名が就くことになった。高氏と共に、北条一門から名越高家《たかいえ》という、二十歳そこそこの若者が内定した。つまりは御家人と御内人から、それぞれ一人ずつという総大将の人選だ。

が、この人選を聞いた直後、師直は自分の顔に馬糞でも塗りたくられたような、不愉快極まりない気分になった。

それは足利一門の吉良、細川らの諸将も同様のようで、特に、高氏の実弟である高国の憤りは甚だしかった。

「いったい、尾張守（名越）高家殿とは何者か――」本当に怒った時の高国は、言葉に一切の遠慮というものがない。この相手と名越一族のことごとくを散々にこき下ろした。

「いくら北条一門のお方とはいえ、見れば、未だ髭も生え揃わぬ嘴《くちばし》の黄色い若者ではないか。かつ、その質は粗忽《そこつ》、短慮であるとも随所から聞き及んだ。それに先の討伐軍の折も選出されずじまいのお方である。今の名越家のお歴々でさえ、江間入道《えまにゅうどう》（名越時見）殿の御器量の悪さのせいで、麾下《きか》の親族同士が喧嘩から刺し違え、家臣まで殺し合うという醜態を晒し、世のいい笑いものになっている。当然、高家殿もこれら愚劣な面々と同等か、それ以下のお骨柄と見るのが自然であろう。そのような者を総大将の双璧に据えるなど、鎌倉府はいったい何を考えておるのかっ」

まったくそのとおりだ、と師直も思う。

さらに高国は腹立ちに任せて言い募った。

「また、この人選は我ら足利家に対する軽い侮辱でもある。兄者に対して、そのような目方の軽い若者を一方の総大将として立てるなど、柳営はこの期に及んでもなお、得宗家の面目などを悠長に考えておるっ」

これまた高国の鬱懐《うっかい》、もっともだ。

既に畿内と中国筋では、幕府方にとっては絶望的なほどに戦況が悪化している。なのに鎌倉府は未だに北条一門からの統率力を重んじ、あろうことか世間の物笑いの種になっている名越一族から再び総大将を選出してしまっている。

一方で、軍編成のために足利家と鎌倉府との間を足繁く行き来している師直からすれば、府内の苦しい懐事情も分かる。先年の討伐軍結成の折、ある程度の人材は既に一門から出し尽くしているのだ。とはいえ、討伐軍の総大将を源氏系の御家人だけで固めては、万が一の場合は後醍醐側に寝返られ、鎌倉府は寝首を掻かれるかもしれない。

だから、名越高家ぐらいの尻の青い若者でも、無理やりに総大将の一人として押し立てるしかない……。

別に柳営を庇う訳でもないが、師直はそれら府内の事情を詳しく説明した。

すると高国は、一旦は口ごもった。

「確かに、それはその通りかもしれぬが――」

次に左右を見回して、その場に誰もいないことを確信した後、声を潜めて言った。

「師直よ、このままでは新たな討伐軍も敗れるかも知れぬ。下手をすれば、柳営は瓦解するぞ」

そう、鎌倉府に仕える御家人の端くれとしては、絶対に言ってはならぬ一言を口にした。

だが、師直はそれを聞いた直後、潰れるものならいっそ潰れてしまえばよい、とつい感じてしまった自分がいた。

ほんの一瞬だが、確かにそう思った——。

ともかくも、このような人選と戦況を、当の高氏はどう思っているのであろうか。今後の遠征のこともある。一度はその本音を、とくと膝を詰めて聞いておく必要がある。

そんな訳もあって、二人して高氏の許に赴いた。

「柳営の決められたことである。仕方があるまい」

それが、高氏の第一声であった。さらに淡々と続けた。

「尾張守殿のお骨柄がどうであれ、我らは、我ら足利家に与えられた任を粛々と務めるまでだ。まさか柳営も、わざわざ戦に負けるために高家殿を選んだわけでもあるまいよ」

そう、この人選の危惧を、あっさり他人事として退けた。

迂闊だった、と師直は思わず内心で苦笑する。そもそもこの巨大な洞男《うろおとこ》に、秘した本音などあるはずもないのだ。

「しかし兄者、此度の討伐軍もまた、敵に散々に手こずり、泥沼の長期戦になるかも知れませぬぞ」高国は焦ったように言った。「最悪は、この坂東でも反乱軍の勢いに乗じた者が群がり出て、万が一にも我らが留守中の鎌倉に攻め込んでくるやも知れませぬ」

「そこである」高氏は、珍しくはっきりとうなずいたものだ。「それらの事は、わしも心配している。だから、此度の戦には登子と千寿王も伴おうかと思案しておる」

「は？」

高国が愕然とした表情をすると、高氏は繰り返した。

「だから、登子と千寿王を連れていくのだ。さすれば後顧の憂《うれ》いなく、わしは戦に専念することが出来る。戦況がどう転んでも、我が許で守ることが出来よう」

この発言には、さすがに師直も高国も呆れた。

ふと思い出す。

高氏の先妻——加古氏が生んだ今年十三歳になる竹若丸は、既に足利家嫡男の座から外れ、今では僧になるべく、熱海は伊豆山にある走湯権現《はしりゆごんげん》で寝起きしている。だから高氏は、この本来は嫡男だった長子と実母の境遇をさかんに気の毒がりながらも、ひとまず命の心配はしていない。

対して、登子と千寿王が寝起きしているこの足利家は、鎌倉府の東部にある。さらに東にある朝夷奈切通《あさいなきりどおし》（市中へと通じる道）から反乱軍が踏み込んで来れば、おそらくはひとたまりもない。

たぶん高氏は、そこまでのことを考えて、今こうして妻子を伴うと言っている。

しかし、仮にも討伐軍の総大将ともあろう者が、肝心の軍編成には微塵も興味を示さず、まずは家族の安否を第一義に考えているとは、まったく情けない。

「どうじゃ。高国、師直よ、なかなかに良き案であろう」

そう、高氏は二人を見て満面の笑みを浮かべた。いかにも褒めてもらいたそうな面持ちでもあった。

この無邪気な能天気さには、師直も高国もすっかり反論する気力を失くし、高氏の前からそそくさと退出した。

師直の自室に戻った直後、

「やはり、兄はいかぬ」高国は絶望的な声音を上げた。

「この段になっても、相変わらずの腑抜けっぷりである」

「まったく――」

つい師直も、ぽろりと本音を漏らした。しかし、このつぶやきは、自分の思考に夢中になっている高国には幸いにも聞こえなかったようだ。

「かくなるうえは、師直よ、おぬしとわしの二人で兄に立ち替わり、足利家の今後のことを練っておく必要がある」

その後、二人で先々のことを話し合った。まず、この討伐軍が苦戦し、相当な長期戦になるだろうことでは、やはり双方の読みが一致した。その長期戦のために、予め畿内での兵站を充分に整えておく必要がある。

「その件は、わしから上杉の伯父殿に頼んでおこう」高国はてきぱきと決裁した。上杉憲房は、今でも京や丹波に濃厚な地縁血縁を持っている。「その上で、憲顕か重能を先発隊として派遣しておけば、彼らは上手くやるはずだ」

この案には思わず師直も膝を打った。高国は、昔から彼ら従兄弟とは非常に仲が良い。彼らに兵站をやらせておけば、まず間違いはあるまい。

「それは、良き案でござる」

言いつつも、ふと思う。

この高氏の弟は、たまに扱いづらい時もあるが、やはり兄とは違って頭が切れる。時に応じてその動かし方を知っている。その面では優秀な実務家でもある。

師直と高国がそのような戦の下準備を進めている間にも、西国筋での状況はさらに悪化の一途を辿っていた。

尼崎にいる赤松円心は、四国から襲来した幕府軍に一時は苦戦するものの、結局はこれを撃退した。次に瀬川宿に陣を布いていた六波羅軍一万をも、激戦の末に潰走《かいそう》させた。

連戦連勝の余勢を駆り、赤松軍の規模は既に五千近くにまで膨らんでいた。そして去る十二日に、円心はついに摂津を越え、山城の西端である山崎まで進んで来た。もはや京は、赤松軍にとって目と鼻の先である。

この前後、四国でも伊予の河野《こうの》一族が蜂起していた。後醍醐天皇からの綸旨を掲げて周辺の豪族を次々と打ち破り、倒幕の機運は燎原《りょうげん》の火さながらに讃岐、阿波、土佐にまで燃え広がった。四国全土は、ほぼ反幕勢力になった。さらに河野一族は瀬戸内海を渡って、備後《びんご》の鞆《とも》を占領した。

師直は思う。これで山陽道は、備前と備後の二か所の往来を、反乱軍によって遮断された。幕府方は、西方からの御家人の徴募が完全に出来なくなった。

さらには九州でも、肥後の大豪族である菊池《きくち》武時《たけとき》という者が反乱を起こしたという。

これらの報告に、鎌倉府の不安と焦燥は頂点に達した。

そんな状況の中、高氏は討伐軍の総大将として、遠征の事前打ち合わせのために柳営にようやく出向いた。

そして帰り際、現執権である義兄の赤橋守時に対して、妻子を畿内に同伴したい旨をぬけぬけと申し出たらしい。

数日後、鎌倉府からの回答が来た。

「ならぬっ」

そう、北条高時は一声上げたのだという。さらに、

「治部大輔は、戦場に妻子を引き連れてゆきたいなどと、いったい何を考えておる。物見遊山《ものみゆさん》ではないのだっ」

そう、荒々しく左右に一喝したらしい。

師直は、あの得宗家の親玉など好きではないが、さすがにこの時ばかりは高時の言い分、もっともであると感じた。

しかし、その報告を受けた高氏の反応は、相変わらず危機感の欠片《かけら》もないものであった。

「わしは、柳営から必死に懇願されたからこそ、こうして病み上がりの体をおして、総大将として立とうとしている」そう、師直に対して不満を訴えてきた。「先の戦の時もそうだ。父上の喪の悲しみを押し殺し、討伐の途へと就いた。これで二度目だ。それなのに、何故こればかりのささやかな願いが聞き入れてもらえぬのか」

挙句、こう言った。

「師直よ、すまぬが義兄上のところへ行って、もう一度柳営を説得するように伝えてはくれぬか」

その指示通りに赤橋家に向かいながらも、まったくなんということだ、と師直は、この時ばかりは我が身の情けなさに天を仰ぎたくなった。

おれは今、足利家の軍編成とそれに伴う一門の調整だけで、夜もろくに寝られぬほどに忙しいのだ。なのに何故、

こんな馬鹿げた役目まで背負わなければならないのか。

確かに、前執権の高時は性愚昧との評判がしきりだ。だが、足利家の棟梁はこの種の愚かしさ加減では、さらにその上を行く。こんな総大将に引き連れられていく御家人たちこそ、まったくいい面の皮である。

そう、歩きながら、ため息をつきたくもなった。

一方で、やはりこの源氏の総大将が立てば、今度も幕府軍が勝つであろうという確信は、不思議と揺るがない。

だから、高氏を是が非にでもやる気にさせるために、言われた通りに赤橋家へと赴いた。

時に、討伐軍の編成はいよいよ最後の追い込みに入っていた。これまた師直以上に連日の激務に追われている守時に、面会を求めた。そして、忸怩《じくじ》たる思いを抱えながらも高氏の言葉を伝えた。

が、守時は目の下に隈《くま》が浮き出ているその表情に、意外にも感動した色を差し上らせた。

「この火急の折に、我が愚妹のことを再びそこまで気にかけてくださるとは、やはり高氏殿は、なんともお優しい。先に我が願いを聞き入れてくださったことと言い、まさに総大将に相応しき御器量のお方であられる」

忘れていた……この現執権もまた、熱心な高氏信者の一人であった。

よろしいでしょう、と守時は即決した。「それがし、今より得宗家に向かい、崇鑑（高時）殿に再度の願い入れをしてまいる所存」

この反応には、かえって師直が慌てた。

「しかし赤橋様、お役目のこの御多忙な折に、大丈夫でござりまするか」

そのようなもの、と守時は疲れ切った顔に、いかにも人の好さそうな笑みを浮かべた。「このわしが徹夜すれば済むことである」

これには師直も思わず二度、三度と平伏した。

一刻ほどして、守時は柳営から青い顔をして帰ってきた。聞けば、北条高時はさらに激昂して喚き散らしたという。

「ならぬものは、ならぬっ。この鎌倉存亡の危機に、足利の新棟梁は何という頭のふやけたことを申しておるか。馬鹿も休み休み言えっ。守時よ、その尻馬に乗るおぬしもおぬしじゃ。そう治部大輔に、とくと伝えよっ」

ややあって少し冷静になり、

「それとも、あれか。ここまで執拗《しつよう》に妻子の一事を願い出るとは、先に総大将の任を散々に渋ったことといい、逆賊となられた先帝を以前に褒めまくっていたことといい、まさか治部大輔は、この鎌倉に対して異心を抱いているのではあるまいの」

そう、ひどく暗い目つきで問いかけてきた。

これには、さすがに守時にも返す言葉がなかったという。

「面目ないが、そのような次第である。高氏殿には、この件は何卒《なにとぞ》ご容赦頂きたいとお伝え願いたい」

師直は、再び平身低頭した。

翌日、この件に関して鎌倉府からの正式な書状が足利家宛てに改めて届いた。使者に聞けば、高時の言葉を側役の長崎円喜が書き起こしたものだという。

出陣も間近に迫った、三月二十三日のことだった。

高氏は、その書状を一読するなり、なんとも奇妙な呻《うめ》き声を上げた。そんな高氏の反応は、初めてであった。

むろん師直と高国も、急ぎその書状に目を通した。口調こそ丁寧だが、要約すればこんなことが書かれていた。

「北条と足利の両家が、このようなことで痛くもない腹を探り合い、仲たがいする必要はまったくございませぬ。さればこの一事は、人々の疑いを晴らすためでもありまする。どうか、謀反の心がない旨を起請文に起こし、奥方とお子を鎌倉に留め置かれまするように」

……なんだ?

思わず愕然とする。腹を探り合うとか、疑いを晴らすであるとか、起請文であるとか、これは、いったい何なのだ。

案の定、我に返った高氏も悲痛極まりない声を上げた。

「わしは柳営の言いつけに従って、嫌々ながらも総大将の任を受けたのだ。今もこんな役目など賜りたくはない。なのに、そんなわしは得宗家から疑われておるっ」

高国もまた慌て、兄の袖を引かんばかりに言い募った。

「兄者、兄者、落ち着かれませ。どうか心を、穏やかに保たれませっ」

しかし高氏は激しく首を振った。

「これが平静でいられようか。わしは何もしておらぬっ。なのに妻子まで留め置かれるほどに、鎌倉のみんなから疑われておるっ」

まったくだ。これでは実質的な人質ではないか、と師直もこの時ばかりは高氏の立場にいたく同情した。

「兄者、それでも鎌倉府の御下知《ごげち》は御下知でござる。自儘は言われぬものです」

「自儘ではない。わしは、当然なことを言っておる」

その通りだ、と再びこの頭陀袋の神を気の毒に思った。

高氏は、今も府内での立身の野望はおろか、倒幕の意図すら夢にも抱いたことがない。それどころか、昔から足利家の棟梁にさえなろうと思ったことはなかった。すべては嫌がる本人を周囲が散々に説き伏せ、奉り、今の立場にまで仕立て上げてきた結果に過ぎない。それなのに、この鎌倉府の言いようは、まるで逆心を宿した罪人同様の扱いではないか――。

直後に、ふと感じる。

以前から、高氏の素のままの言動は、常に周りから曲解されてきた。現に今もそうだ。期せずして巨大な思惑を蔵しているように捉えられ、世間から仰ぎ見たその虚像が、ますます大きくなっていく。人々の猜疑《さいぎ》、戦慄や欲心といった五蘊《ごうん》の上に、まるで夕暮れの東方に煌々《こうこう》と輝き始めた寒月さながらに、ぽっかりと浮かび上がっていく。

しかし、何故にこうなってしまうのか――。

すったもんだの挙句、高国がこう提案した。

「かくなる上は仕方がありませぬ。即刻にも誓文を起こして柳営へと届け、出陣の際は妻子を鎌倉に残し置くしかありませぬな」

しかし高氏は、まだぐずぐずと文句を垂れ流した。

「わしは、何もしておらぬ。なのに何故、このような扱いを受けてまで総大将の任を務めねばならぬのか」

半刻後、師直と高国の二人は別室に移った。師直の懐には、高氏に半ば無理やり書かせた起請文が入っている。

「これで、とりあえずこの一件は落ち着きまするな。あとはそれがしが、これを柳営に届けるだけでござる」

高国もまた、ほっとしたようにうなずいた。

「兄も迂闊だったとは申せ、まったく柳営も柳営である」

師直もうなずき返した。そして多少気が抜けたせいもあってか、つい思うがままを口にした。

「まあ、此度の戦が終った後も、これで済めばよいのですがな」

ん？　という顔を高国がしたので、何の気なしに話を続けた。

「古来、一度でも心底を疑われた武門は、その後の柳営との談判が相当に難儀するということでござる。古くは、鎌倉創業期の梶原景時殿も、比企能員殿もそうであられた。畠山重忠殿や和田義盛殿もご同様。得宗家にいったん嫌疑をかけられた有力御家人たちは、ことごとく一族もろとも誅殺され申した――」

高国は師直の顔を見つめたまま、熱心に耳を傾けている。

なおも師直は他の一族の滅亡を語りながら、むしろこれはいい機会である、と感じた。

高氏はこれからも不用意な言動を次々と仕出かして、また鎌倉府のあらぬ嫌疑を招くかも知れぬ。それを未然に防ぐためにも、このしっかり者の弟と協力し合って、高氏の一挙手一投足を今後はさらに引き締めていく。

だからお互いに、これらの故事は改めて肝に銘じておく必要があると思いながら、師直はさらに言った。

「一方で、まさかこの足利家までそうなるとも思えませぬが、二代目の当主であられた義兼様は、得宗家を恐れられて出家をなされた。四代目の泰氏様もまた然り。さらには、五十年ほど前の『霜月騒動』の折もそうでござる」

やや青ざめた表情で、高国は聞いてきた。

「――六代目であられた、我が祖父のことか」

師直はうなずいた。

「ご存じの通り、報国寺（家時）様は、安達一族の累《るい》が当家にまで及ぶのを恐れ、二十四歳の若さで自死なされた」

ようは自らに非はなかったにも拘わらず、詰め腹を切った。そこまでして足利家の安泰を図った。

あとはもう詳しく語らずとも、この高国にも分かるだろう。ここまで念を押しておけば充分だ。

しかし、高国は意外なことを口にした。

「我が祖父は歴代の当主のように、北条一門の御腹から生まれたお方ではない。兄と同じように、上杉家の母から生まれた。だからか」

あるいは、そうとも言えるだろう。もし家時の血が北条家に濃厚に繋がっていたのなら、自決までして当家を守る必要はなかったのかもしれない。

だから、再び軽くうなずいた。

「その件も、おそらくは絡んでおりましょうな」

すると、今度こそ高国の顔から血の気が一時に引いた。表情も巌《いわお》のように激しく強張《こわば》った。

あ……。

師直はややうろたえた。薬が、少し効き過ぎたようだ。

同時に、この相手の赤心もはっきりと見て取れた。

高国には、あわよくば足利家の棟梁に取って代わろうとする邪念など微塵もない。ただひたすらに、兄の今後を案じている。

いい弟だ、と我知らず爽やかな感動を覚える。改めてこの高国の実直さと純心さを見直す気にもなった。

それにしても、と師直は奇妙な感慨に囚《とら》われる。

この高国といい高氏といい、足利家のような武門の大家に生まれながら、揃って野心や欲望の欠片《かけら》もない浮世離れした兄弟に育ってしまったのは、どういうわけか――。

9

高国は今、絶えず憂鬱な旅塵の中にいる。

兄もまた完全にやる気をなくした様子で、兵を率いて行軍を続けている。無理もない。鎌倉府に心底を疑われたまま、総大将を任されているのだ。屈辱の旅路でもある。

その兄が率いる討伐軍が鎌倉を出陣したのが、三月の二十七日のことだ。足利一門三千騎を率いての出陣だった。二日遅れで、名越高家が率いる第二陣も鎌倉を出立するという。その軍勢は七千騎。

鎌倉府での出陣式の時に、甲冑姿に身を固めた名越高家を改めて見た。

「なんと、華美な出立ちであることよ」

そう従兄の上杉憲顕がつぶやけば、

「あれではまるで、敵から狙ってくれと言わんばかりの格好ではないか」

と、伯父の憲房も呆れた。

むろん高国もそう感じた。色とりどりの威毛《おどしげ》の甲冑を身にまとい、兜の前立ても陽光を受け、異様なほどに光り輝いている。腰に吊るした金銀拵えの太刀もそうだ。まずは目立つこと、武者振りを上げることを第一とした格好で、実戦には何の役にも立たない装飾品ばかりだった。

しかし、この武者姿の雛人形が今回の主力軍を率いるのだ。兄の高氏はもう一方の総大将であるにもかかわらず、いつの間にかその先発隊という位置づけになっていた。

やはり、鎌倉府から異心ありと疑われたままなのだ。だからこそ、こうして数でも劣る兵団を率いて先発することになったと感じざるを得ない。

高氏の率いる軍勢は箱根を越え、伊豆の北端を掠《かす》め過ぎた後も、とぼとぼと駿河路の長路を進んでいく。この後、三河と尾張で吉良や斯波、細川、仁木《にっき》や今河《いまがわ》といった一門の地元軍勢を吸収する。それでやっとこさ、名越高家が率いる後発軍の数に迫って六千となる。

時に高国は後方を振り返り、行軍の様子を見遣る。

将兵たちの足取りも、やはり心なしか元気がない。兄の熱意の無さ、やる気の無さが兵気に直に響いている。むろん彼ら一門の郎党も、総大将である高氏の妻子が鎌倉に人質に取られていることは知っている。なおさらやりきれない気分になっているのだろう。

その間にも畿内の情勢は、京からの早馬によって随時もたらされていた。

なんと赤松円心の軍は、桂川を挟んで対峙していた六波羅軍一万五千を再び痛烈に撃破したのだという。その勢いのまま、京洛へと一気に侵攻した。大路小路の至る所に火をかけつつ、探題のある東山へと肉薄したらしい。

六波羅の二人の探題筆頭――北方の北条仲時と南方の北条時益も、さすがにこの事態には危機感を露《あら》わにした。大《だい》内裏《だいり》から光厳《こうごん》天皇、後《ご》伏見《ふしみ》上皇、花園上皇を六波羅へと迎え入れ、この本陣を仮御所とした。

一方で六波羅探題は、さらに一万五千の新たな軍勢を戦線に投入した。総力三万である。これには赤松軍五千も相当な痛手を負い、一時は京洛から兵を引いた。

それでも赤松軍は、なんとか石清水《いわしみず》八幡宮辺りに踏みとどまった。脇を通る西国街道と淀川の交通を遮断した。

これで六波羅軍は、完全に山陽道からの兵站の道を閉ざされた。見事な戦術眼であった。

一方、南部の河内でも、楠木軍は依然として幕府の大軍を向こうに回し、籠城戦を続けている。呼応するように、大和でも幕府軍の後方を攪乱する動きが頻発している。

高国は、思う。

以前から、兄さえ立てば討伐軍は今回も絶対に勝つだろうと踏んでいた。

しかし、西国の津々浦々で倒幕の気運が文字通り星火燎原となった今では、その確信もやや揺らぎつつある。

むろん、高氏自身とその兄が率いる軍勢の覇気のなさもある。これではまるで、勝負に出る前から負け戦の軍行ではないか。

さらには此度の戦いで勝ったとしても、今後の兄の身が絶えず気にかかっている。

先日、いみじくも師直は言った。

「得宗家にいったん嫌疑をかけられた有力御家人たちは、ことごとく一族もろとも誅殺され申した」

その通りだ、とそれら謀殺誅殺の歴史を振り返るだけで、我が身も震える。

鎌倉府は一度でも疑った者に、二度と気を許すことはない。挙句には難癖を付けられて一族もろとも滅ぼされるか、良くてもかつての祖父のように、詰め腹を切らされる。

だから北条高時一派から「二心アリ」と疑われている今、この一連の征伐が終った後で、兄もまた謀殺されるかもしれない。祖父と同様、血統が直には得宗家に繋がっていないからだ。

「狡兎《こうと》死シテ走狗《そうく》烹《に》ラル」

という唐の諺《ことわざ》を思い出す。狩る兎がいなくなれば、猟犬は用済みになって食われてしまうという。高氏という半謀反人も、またそうだ。散々に便利使いされた挙句、あっさりと殺される公算が高い。

その先々を想像するだけでも、高国の心は今にも恐怖で自壊しそうになる。

いざという時は、と高国は時に思わないこともない。

そう……いざという時は、いっそ鎌倉府を見限り、後醍醐天皇の側についてしまってはどうか――。

しかし、やはりそんな大それた謀反を想像するだけで、腋下《えきか》に嫌な汗をびっしょりとかいてしまう自分がいる。

遠州路に入った頃、試みに兄に尋ねたことがある。

「兄者、この戦いが終った後、当家は一体どうなるのでしょうな」

「そのようなこと、今は考えても仕方がない」兄は冴えない表情で、ぶつぶつと答えた。「疑われているのなら、その疑いを晴らすべく、華々しく戦功をあげるしかなかろう」

違う、と高国は内心で、その血の巡りの悪さを激しく罵《のの》りたかった。

以前から、どういうわけかこの兄の武名は騰《あ》がりに騰がっている。ここでまた圧倒的な戦果を挙げ、鎌倉に凱旋したとする。もはやその名声は、鎌倉府の威勢と同等か、それを凌《しの》ぐこととなるだろう。そのような源氏系御家人の存在を、果たして鎌倉府が許すか。

答えは、断じて否《いな》だ。

「兄者、いっそのこと――」

ついにはそう口にしかけたこともあった。

ん？

と、兄は何気ない様子で、団子鼻を高国に向けたものだ。

「いっそ、何か」

そう、ぼんやりとした表情で問いかけてきた。

この時ほど、その大きな団子鼻や、眉間からやや離れた垂れ気味の両眉が間抜けに見えたことはない。

やはり兄には分かっていない。単純に鎌倉府に疑われたことが不満なだけで、ゆくゆくはその身に差し迫ってくる危機を露ほども感じていない。

馬鹿な兄貴だ、と心底うんざりとする。

かと言って高国自身にもどうしたらいいか分からない。また、このような大それたことを誰かに相談できるものでもない。

そのようなますます気鬱かつ絶望的になる気分を抱えたまま、三河へと入った。

四月十日、軍勢は三河中部の矢作宿《やはぎのしゅく》にまで辿り着いた。

この矢作宿から次の投宿地である八橋《やつはし》にかけて、三河を本貫とする足利家の支族——細川、仁木、吉良、今河の四家の本軍が合流することになっている。

その矢作宿での、暮夜のことであった。たまたま高国が居た陣幕の外で、不意にざわめきが聞こえた。

見ると、細川一族の棟梁、細川和氏がこちらに向かってやって来ている。その背後には伯父の上杉憲房と、息子の憲顕の姿もある。

が、ざわめきの正体は彼らではなかった。

さらに三人の後には、今は京で兵站を整えているはずの従弟、上杉重能の姿もどういうわけかあった。その顔も服装も旅塵に塗れている。

不意に胸騒ぎがして高国は声を上げた。

「如何した。京で何かあったのか」

が、伯父の憲房と息子の憲顕は、強張った顔のまま無言であった。

「高国殿、何卒お人払いを」

そう細川和氏が声を潜めて言った。背後の重能もまた、黙ってうなずいた。

言われた通り、周囲から家来を退け、四人を幕内へと招き入れた。細川和氏が口を開いた。

「つい今日の昼しがた、この重能殿が京からわしの館へと急ぎ参られた」

すると、重能が懐から一通の文を取り出した。

「まずは、この添え状を御披見あれ」

そう言われ、高国は何の気なくその書状を開けた。

一読して仰天した。

なんと先の帝、尊治《たかはる》様からの綸旨であった。後醍醐前天皇のことである。

内容は簡潔かつ明晰であった。棟梁である高氏を動かし、得宗家の北条高時一派を朕《ちん》に成り代わって討て、としたためてあった。

聞けば重能は、高氏宛ての正式な勅諭《ちょくゆ》もその懐に忍ばせて来ているという。

「この勅諭もまた、尊治様からの御使者から同じ内容であると聞き及んでいる。高氏殿に、北条高時殿の一派を討つようにと命じてあるらしい」

そう重能は、声を低くして言った。

が、依然として高国は激しく混乱したままであった。つい先日までは、

（いっそのこと……）

と思案していたにもかかわらず、いざそのことが一気に

現実味を帯びてくると、どうにも膝の震えが止まらない。

まさかこのような綸旨を、今は朝敵となっている後醍醐前天皇から賜るとは、夢にも考えたことがなかった。足利家は様々な経緯がありつつも、累代が北条一門との婚姻を重ねた由緒正しき鎌倉御家人の武門である。ましてや兄は、その朝敵を討伐する軍の総大将なのだ。

それなのに前天皇である尊治様は、兄に向って鎌倉府を潰せ、と言ってきている。しかし、これでは御家人の大家としての存在意義もなくなり、その拠って立つべき柳営もこの日ノ本から消えてしまうことになるではないか——。

散々に狼狽した挙句、伯父の憲房を見た。

「高国よ、迷う気持ちは分かる。怯える気持ちも充分に察する。わしも、お読みした直後はそうであった」憲房は重々しく断言した。「だがこれは、今では『異心アリ』と疑われている足利家を確実に救う、唯一の方法である」

細川和氏もまた、この伯父の意見に和した。

「上杉殿の言われるとおりである。さらにこれは、我が足利一族が栄《は》えある武門の頂点へと君臨する、千載一遇の好機でもある」

………。

は？

またしても、言っている意味がよく分からなかった。

幕府があってこその御家人であり、武門である。その頼朝公以来の鎌倉府が滅亡すれば、御家人という武門の階級そのものも崩壊するではないか。そして、その身分が消えて無くなれば、我ら単なる武士団は、長らく鎌倉府から認可されてきた正式な所領も失う。かつての平安朝のような律令《りつりょう》の世に舞い戻った後は、再び朝廷の奴婢《ぬひ》同然に扱われる屈辱の昔日に舞い戻る。

そのような貧民武士団の頂点に君臨して、いったい何の意味があると言うのか。どこが、栄えあるなのか。まだしも今の体制のほうがましではないか——。

そもそも、よしんば足利家が決起したとしても、この幕府を滅ぼす企《くわだ》てに、世のいかほどの御家人の賛同が得られるのか。おそらく先々で蘇る律令体制の世を見越せば、同時に正式な所領も身分も失くすことも考えれば、ほとんど賛同は得られまい。

つまり、勝算は皆無だ。

それなのにこの綸旨のどこが、いったい千載一遇の好機なのか。

そんなことを咄嗟に思案した直後、伯父の顔色が不意に変わった。

「高国よ、おぬしは何か思い違いをしているのではないか。しかとせよ。鎌倉の歴史をよく思い出せっ。頭を冷やせっ」

そう何故か苛立ち、半ば叱咤するように低く叫んだ。

「御綸旨を改めて披見せよ。しかと見よっ。ここには、我ら足利一族に対しては北条高時の一派を討てと命じられてはいるが、鎌倉府を滅ぼせとは、寸分たりとも書かれていないではないかっ」

史実もそうであった。

この時の高氏宛ての綸旨には、北条高時一派を討てとは書いてあったが、鎌倉政権を打倒せよとは、一行たりとも命じられていなかった。

あっ――。

高国は頭をぶん殴られたような衝撃を覚えつつも、ようやく事の真相に目覚めた。

確かにそうだ。言われた通りだ。おれは危ういところで勘違いをしていた。

物心が付いた頃から、鎌倉府はすなわち得宗家であると、ごく自然に思い込んできた。高国の記憶にある限り、鎌倉の中枢には常に得宗家が居据わり、その要職もほぼすべて北条一門で占められ続けていたからだ。

だが、それらの現状は伯父が言った通り、よくよく考えてみれば違う。そもそも鎌倉府とは、源氏の棟梁であった頼朝公が起こした政権であり、その源氏の嫡流が三代で途絶えてからは、北条家の嫡流である得宗家が変則的にその実権を握り続けているに過ぎない。

逆に言えば、平氏である得宗家には、鎌倉府を引き継ぐべき正当な資格はない。古来より源氏と摂家の公卿、そして皇族にしか、征夷大将軍に就任する血の資格はない。

その事実を、得宗家自身も密かに弁えている。だから、四代目以降の歴代の征夷大将軍には、すべて朝廷から招いた摂家や皇子が就任してきたのだ。その上で、本来は鎌倉府の頂点に君臨するはずの将軍職を傀儡として、得宗家は実権を握り続けてきた。いわば鵺《ぬえ》だ。

だから、北条高時の一派を討つことは、鎌倉府を打倒することにはならない。

そのことが、故事や物事の道理に通じた伯父や細川和氏にはよく分かっている。

震える手で、もう一度綸旨を見る。

確かにこれは、倒幕を命じた書状ではない。北条高時の一派を討て、と明確に断じた綸旨だ。幕府の体制はそのままで、北条高時の得宗家のみを滅ぼすのだ。

ようは、得宗家を滅ぼした後釜に足利一門が座って、幕府の体制をそのまま引き継げばいいという事だ。それだけの話だ。鎌倉府も無くなりはしないし、御家人という身分もまた消えない。

それを、先の帝であられる尊治様も、暗にお認めになられている。

その上で、改めて兄が征夷大将軍に任じられれば良い。

鎌倉幕府という器そのものを引き継げばよい。

我が足利家は、源氏の嫡流に最も近い血筋の御家人である。いや……むしろ本来は、平氏の木っ端に過ぎなかった得宗家以上に、鎌倉府を引き継ぐ資格がある。だから名目も充分に立つ。

この血の道理には、御家人の圧倒的多数を占める源氏系武門の諸氏も、諸手を上げて賛成するだろう。平氏から、本来は正当な幕府の持ち主であったはずの源氏の準嫡流へと盟主が代わるだけだからだ。おそらく挙兵さえすれば、世の御家人たちの大半は得宗家を見限り、我が足利家へと与する。

高国にとって何よりも重大だったのが、もしそうなれば兄の高氏は未来永劫、得宗家に命を狙われることは無くなるという現実だった。また、この種の危惧と恐怖には、他の御家人たちも絶えず心を痛めてきた。

高国自身は別に今以上、足利家の栄華も個としての立身も欲しいと思ったことはないが、この一事だけでも充分に事を起こすに足り得る、と感じた。

そう思った時、高国の腹は決まった。

「伯父殿たちの申されるとおり、まことにこれは、良きこと哉《かな》」そう声を上げた。「それがしの腹もたった今、据わり申した」

これには伯父の憲房も細川和氏も、我が意を得たりとばかりに大きくうなずいた。

直後、高国は不意に焦った。

まさかとは思うが、念のために重能に確認した。

「この事、兄にはまだ知らせてはおらぬな」

重能は少し笑った。そして大きくうなずいた。見れば、横の憲顕もやや苦笑を浮かべている。

彼ら上杉家の従兄弟は、幼い頃から自分たち兄弟と共にじゃれ合いながら育ってきた。当然、兄の頓馬《とんま》な性格もよくよく承知している。

もし重能が先に兄に綸旨を見せてでもいたら、

「やあ。なんとわしは、天皇からの御綸旨を賜ってしまったぞ」

などと、内容には当惑しつつもどこかで嬉しがり、辺りかまわず騒ぎ出していたかもしれない。そうなれば噂は陣中から洩れ、得宗家の知るところとなる。その瞬間に、足利家は一巻の終わりだ。さらに新たな追討軍を差し向けられる。得宗家にとって正真正銘の賊《ぞく》に変わる。

これらの流れが、二人の従兄弟にも分かっている。

その後は、ではどうやって得宗家を滅ぼすのか、という話になった。足利軍は今は京に向かっている。まさかすぐ鎌倉に舞い戻るわけにもいかない。後続には名越高家の率いる軍七千騎がやって来ている。鎌倉に戻る前に彼らと鉢合わせになる。

高国は言った。

「まずここに、師直を呼びましょうぞ」

師直は家宰として此度の軍編成を仕切っていた。何か妙案を思い付くかもしれぬ。この発案には他の四人もすぐに賛成した。

高国もまた従兄弟や伯父たちと同様、期せずして兄への報告を後回しにした。そして幕外へと出て、郎党に命じた。

「すぐに師直の陣所へと参れ。急ぎの用である。誰にも告げずに、一人でここに来るようにと伝えよ」

郎党が去った直後、入れ違いに兄から自分を呼ぶ使者が来た。

聞けば、いつものように夕餉に呼んでいるという。そしていつものように高国を相手に、長ったらしい泣き言と愚痴を垂れ流すつもりだ。

「わしは今、咳《せき》が出始めている。おそらくは風邪だ」咄嗟に嘘をついた。「万が一にも病後の兄に移さば大事である。であるに、今晩の夕餉はともに出来ぬ、とお伝えせよ」

おそらく兄は、がっかりする。夕餉から臥所《ふしど》に就くまでの夜を一人で過ごさねばならぬのかと、いたく寂しがる。が、この一大事を前にしては致し方がない。ひよひよと淋しさに耐えかねて鳴きたいのであれば、今夜一晩は兄に勝手に鳴かせておけばよい。

そうこうするうちに、師直が一人でやって来た。そして幕内に入るなり、驚いた顔をした。無理もない。高国が一人で待っていると思っていたところに、四人の親族が同席している。本来なら京に居るはずの上杉重能の姿もある。

「これはいったい、何事でござるか」

高国はその問いかけを無視して、添え状を差し出した。

「まず、これを読んでくれ」

一読した後、師直の顔から一瞬にして血の気が引いた。

「こ、これは、まことでござるか」

そう、上ずった声で高国に問いかけてきた。高国ははっ

きりとうなずき、

「まぎれもなく先の帝、尊治様からの添え状である。兄上宛ての正式な御綸旨も、重能が持っている」

「いや、しかしまさかこれは……」

と、師直は珍しく、なおも動転した様子を隠そうともしなかった。すかさず伯父の憲房と細川和氏が熱弁を振るい始めた。

曰く、得宗家はこの百年以上というもの、不法に鎌倉府を私物化しているだけに過ぎない。それが証拠に、傀儡の将軍を立て続けている。だから得宗家を滅ぼすことは、鎌倉府に対しても全国の御家人に対しても不義ではない、云々……。

次第に、師直の表情が平静に戻ってくる。

最後に憲房は、宣告するようにこう言った。

「今、我らはありがたくもこのような御綸旨を賜った。かくなるうえは、源氏の嫡流に最も近い足利一族が得宗家を滅ぼすことに、何の不都合があろうか。討伐し、足利宗家が鎌倉府を引き継ぐに如かず」

師直もようやく納得した表情を浮かべた。

「確かに。まさしく道理でござる」

そう力強くうなずいた。


よしっ——。

高国は思わず膝を打ちそうになった。足利家の家宰もまた、得宗家を討つことに賛同した。足利宗家の総意は、これにてまとまった。

その後に議論になった戦術論でも、師直が卓越した意見を述べた。

ひとまずは京へと入って、念のためにさらに情勢を観察する。世の趨勢《すうせい》がますます反北条に傾いているようなら、その勢力を糾合してまずは六波羅を滅ぼす。そうなれば畿内と西国筋は完全に掌握でき、さらに圧倒的な軍勢になる。

「あとはまあ、いかようにもなりましょう」師直はあっさりと結論付けた。「我らが鎌倉まで行軍するのも良し。それら大軍を背景に畿内から下知を出し、坂東中の御家人を蜂起させるも良し。いずれにしても勝算は高うござる」

この話し合いの間にも、仁木氏と今河氏の地元の軍勢が着々とこの矢作宿に到着しつつあった。

彼らの首領である仁木頼章《よりあき》と今河頼国《よりくに》の二人を、続けて幕内へと密かに呼び込んだ。師直の時と同様に、綸旨を見せた後で鎌倉府における源氏の血の道理を説いた。その上で足利一族が得宗家に成り代わって鎌倉府を引き継ぐ旨を伝えると、この二人も諸手を上げて賛成した。

「我が足利一族の栄えある先々は、今この地より始まる」

そう仁木頼章が低い声で叫べば、今河頼国もまた、

「八幡太郎義家公以来の由緒ある源氏の血統が、ようやく表舞台へと戻りゆくのだ」

と、感に堪えぬようにつぶやいた。

二人は、今引き連れてきた郎党の他に、ありったけの在郷の兵を率いて改めて出直すという。

「これは、一族にとっては百年に一度も訪れぬ潮も潮、大潮である。されば我らも大勝負に打って出る。改めて明日には戻る所存」

そう言い残し、二人は急ぎ幕内を出て行った。

これで上杉、細川、仁木、今河といった一族の過半も味方につけた。あとは、この三河南部の吉良貞義と尾張の斯波高経を口説き落とすだけだが、これは足利宗家に準じる家格の家柄だけに、高氏自ら直に説いてもらうほうが良い。が、吉良貞義も斯波高経も、まさか反対することはあるまい。足利家の繁栄と源氏の復活を願う本然は、一族共通の気持ちとして持っているはずだ。

一方で、宗家の棟梁である兄の高氏には未だ一言も伝えていないことに、多少の疚《やま》しさは感じている。

仕方がないではないか、と自らを慰める。兄は人柄だけは底抜けに良いが、世に対する定見も信条も皆無の、優柔不断極まりない男だ。

確かに、後醍醐前天皇からの綸旨は、我が身の栄光として有難く賜るだろう。だが、その下知を即決で受けるかどうかという事になると、はなはだ心もとない。事の重大さと鎌倉府に対する後ろめたさに思い切り腰が引け、なかなか決断に至らぬ可能性がある。

だが、それはまずい。この三河か、最悪でも尾張に至るまでに腹を決めさせないと、吉良家と斯波家からの賛同を正式に得ることが出来ない。両家からの大幅な兵の増員も期待できない。

だからこそ、今こうして外堀を必死に埋めてきた。一族の大半を味方につけ、明日の投宿地である八橋に着いた後で、兄に寄ってたかって決起を促すのだ。最悪、散々に迷った挙句に決断をこちらに丸投げしてくれてもいい。その時は、おれと師直が率先して軍を指揮していく。

何よりもこれは、兄の命を未来永劫守るためでもあるのだ、と鼻息荒く思った。

四月十一日の夕刻、八橋に着いた。

終日高氏に会わなかった高国は、師直や伯父、二人の従

兄弟、細川和氏を引き連れて、兄の陣幕を訪れた。

果たして兄は、元気そうな自分を見て喜んだ。

「案じておったのだぞ」と、両手を握らんばかりに近づいてきた。「その顔色からして、幸いにも一日で治ったか」

が、高国に続いて師直、細川和氏、上杉親子が幕内に入って来た時には、さすがに怪訝そうな表情を浮かべた。

「重能よ、おぬしは京にいたのではなかったか」

高国は兄を床机《しょうぎ》に座り直させ、声を潜めて言った。

「兄上、内密の話がござる。ついてはお人払いを願いたい」

「何事か」

「殿。まずは、何卒お人払いを」

師直も和した。細川和氏も上杉親子たちもまた、大きくうなずく。高氏は、なおも不思議そうにしながらも、結局は言われた通りに幕内から家来を退けた。

重能が高氏の前に進み出て、懐から文を取り出した。例の勅諭である。

「高氏殿、まずはこれを御披見あれ」

「何か」

「御披見あれ」

文を差し出したまま、重能は繰り返した。

高氏はその文を開いた。一読したと思しき後、瞬時にその身が固まった。さらに内容を再読した後、ようやく高国を見上げてきた。

「こ、これはまことか」

そう、激しく上ずった声で問いかけてきた。

「まことでござる。先の帝、尊治様からの御綸旨でありまする」

高国は答え、懐から添え状を取り出した。

「これは、京にてその御使者から重能が受け取った書状でござる。御綸旨とまったく同じ内容だと、聞き及んでおりまする」

兄はその添え状もまた、食いつくように読み込んだ。さらには束の間、恐ろしく真剣な面持ちで、添え状と綸旨を交互に見比べてもいた。

そこまでして、兄はもう一度顔を上げた。案の定、顔から血の気が完全に引いている。赤子のようにひどく怯えてもいるようだ。

「同じ内容である」兄は震える声で言った。「尊治様はあろうことか、このわしに幕府を滅ぼせとお命じになられておられる」

そう、当初の高国とまったく同じ反応を示した。

「高氏よ、それは違うぞ」すかさず伯父の憲房が切り込んだ。「尊治様は、鎌倉府を滅ぼせとお命じになられているのではない。単に、北条高時の一派を討てと御下知されておられるのだ」

「同じではござらぬか」なおも激しく混乱した様子のまま、高氏は繰り返した。「得宗家を滅ぼすも、鎌倉府を滅ぼすも、同じではござらぬか」

「だから、違うといっておろうがっ」

伯父は一喝するように声を上げ、さらに昨日の、得宗家の鎌倉幕府における不法私物化論を縷々《るる》と述べ上げた。

「――よって、鎌倉府と得宗家は、本来まったくの別物である。然《しか》らば得宗家を討つことは、鎌倉府に対しても全国の御家人に対しても、不忠でも不義でもないっ」

兄も、ようやくその道理だけは腑に落ちたような顔をした。しかし直後には躊躇いがちに口を開いた。

「されど、我が妻子は、登子や千寿王は、どうなるのでありましょうや」

この疑問にも、師直が即答した。

「畏《おそ》れながらそのご懸念、この師直が事前に鎌倉の家人へと指示を飛ばし、必ずや奥方様と千寿王殿を府中からお逃がし奉りまする。我が身に代えてもお誓い申す所存」

だが、束の間静まった後の兄の反応は、意外なものであった。

「……得宗家を滅ぼしたとして、では、その一門の者たちはどうなるのであろう」

そう、呟くように言った。さらに続けた。

「一門に連なる義兄上《あにうえ》は、どうなるのか。守時殿の立場は、どうなる」次第に焦ったように、その口調が早口になった。「大仏殿や金沢殿もそうだ。いったい彼らの命は、どうなってしまうのか」

これには高国も思わず絶句した。

予想もしていなかった盲点だった。この兄の愚かしいほどの人懐っこさを、迂闊にも見逃していた――。

高氏は先の遠征で同じ釜の飯を食ったせいもあり、大仏貞直や金沢貞冬とはすっかり懇意になってしまっている。いわんや赤橋守時とは、以前から互いを敬い合う義兄弟の間柄である。そもそも兄は、この大好きな義兄からのたっての懇願があったからこそ、嫌々ながらも総大将の任を受けた。守時もまた、先だっての妻子の件でも見られたように、陰に陽に鎌倉府から兄を庇い続けてきた。

「いったい守時殿は、どうなってしまうのか」兄はなおも興奮して、叫ぶように繰り返した。「わしには義兄上を裏切るような真似など出来ませぬ」

これには高国はむろん、伯父の憲房も細川和氏にも、すぐには返す言葉が見つからなかった。

……まずい。これは、非常にまずい。密かに臍を嚙む思いだった。

むろん高国も、義兄のことは好きだ。好きだが、それはそれ、これはこれだ。武門の料簡とはまったく別問題の話ではないか。

このときに機転を利かせたのは、またしても師直だった。

「奥方様と千寿王殿を落ち延びさせたあと、密かに赤橋様にも使者を遣わせ、鎌倉からの即時退去を勧めまする」

しかし高氏は激しく首を振った。

「あの篤実《とくじつ》な義兄上が、そのような申し出を受けるとでも思うか。おそらく宗家と共に戦い、敗れれば腹を切ろう」

確かにこれは、あの守時の骨柄を考えればさもありなんだった。だが、即座に憲房が反論した。

「そのようなこと、勧めてみねば分からぬではないかっ」

そう苛立ったように声を上げた。「仮におぬしが言うように赤橋殿が断ったとしても、それは、赤橋殿が自らの御料簡でお決めになられたこと。我らが関与できることではないっ。さらに申せば大仏殿や金沢殿は血縁ですらない。我が一門の敵になるか味方になるかはそれぞれの存念に任せるべきで、配慮は無用であるっ」

何事かを反論しようとした兄に、細川和氏も被せた。

「高氏殿、宗家の長とは、何を措《お》いても一族の繁栄を第一義とせねばならぬのだ。そのためには、時には情誼にも目を瞑《つむ》る。その責を負ってこその棟梁である」

これには高氏も、さすがに言葉に詰まった。

それでもややあって、弱々しく答えた。

「……ですが、やはり義兄上の行く末が気になりまする」

直後、憲房はうんざりしたように他の五人――高国や細川和氏、師直、二人の息子を見た。そして吐き捨てるようにつぶやいた。

「まったく、なんという男だ」

その通りだと高国も思う。この兄は、武門の棟梁としては滅多にいない不覚者《ふかくもの》だ。たとえ親が死に、子が息絶えても屍を越えて戦い続けるのが、我ら坂東武士の本懐ではないか。しかも、ここで決起できなければ、今後の兄は自らの命が危うくなるかもしれないのだ。それなのに実質は血が繋がらぬ義兄のことまで気に病んで、謀反の腹を括ることが出来ない。およそ度し難いほどの馬鹿だ。

だが反面では、何故か感動に似たような気持ちも多少は覚えていた。

これが、兄なのだと思う。この自他の利害を微塵も考えぬ無責任かつ優柔不断な優しさこそが、人がついかまってやりたくもなり、見る者を惹きつけて止まない要因なのかも知れない。

さらに言えば、先には討伐軍の総大将として立てと周囲から懇願され、今はその幕府を裏切れと迫られている。これでは、ただでさえ芯のない兄が混乱するのも当然だ。

その後も伯父や細川和氏、そして新たな増員軍を率いてきた仁木頼章と今河頼国をも幕内に呼び込み、一族が総出になって兄を説得し続けた。

が、兄はその後も、なかなか首を縦に振ろうとはしなかった。たまに、救いを求めるように高国の顔を見てきた。

が、敢えて高国は無視し、無言を貫いた。

なによりもこれは、兄の今後のためでもあるのだ。気の毒だとは思いつつも、救いの手は一切差し伸べなかった。

ともかくも高氏の煮え切らぬ態度には、周囲はさらに激しく苛立った。

彼らにしてみれば無理もない。今ここで棟梁である高氏の同意を完全に取り付けなければ、足利一門の栄えある先々は、永久に高国たちの掌中から零れ落ちてしまうのだ。

とうとう憲房は、一喝するように声を上げた。

「今、おぬしは私情に惑わされ、我が一門に連なるすべての者たちの命運と、血の繋がらぬ義兄、単なる朋輩《ほうばい》二人の先々を秤《はかり》にかけておる。その愚劣さが、分からぬのかっ」

すると高氏は、珍しくはっきりと問い返したものだ。

「一門のすべてとは、吉良上総介殿や斯波尾張守殿も含んでいるのでございますか」

そう、一門の中でも最大勢力の双璧である吉良貞義と斯波高経の名を口にした。

憲房は即座にうなずいた。

「むろん、そうだ」

「しかし、上総介殿と尾張守殿が、まだこの決起に賛同なさるかどうかは分かりませぬ」

詭弁《きべん》だ、と高国は感じた。

この兄は、苦し紛れに詭弁を弄している。もしこの決起が失敗に終わった場合は、吉良家も斯波家も足利宗家に準ずる家門として反逆の罪に連座することとなるだろう。

となると、ここまで話が煮詰まった以上は、彼らも賛同するしかない。のるかそるかの大博打に出るしかない。

だが、意外にも兄の屁理屈に、憲房は怒らなかった。

「そうか――」そう一言洩らし、改めて高氏を見た。「ではおぬしは、上総介殿と尾張守殿が我らに同意すれば、決起するというのだな」

「…………」

「決起するのだな」

が、兄はなおも躊躇した。憲房も今度は本当に大喝した。

「いい加減にせよっ。おぬしは武門の棟梁ではないかっ」

これには兄もさすがに首を縦に振った。

「……はい。であれば、致し方ありませぬ。決起致しまする」

高国は密かにため息をつく。この消極性、やる気の無さよ、と感じる。これではまるで子供が親に怒られて、嫌々ながらも従ったようなものではないか。

ちょうどこの時、吉良家の軍が八橋に続々と到着しつつあった。

「良い機会である。吉良殿も早速ここに呼んで、その左右を伺おう」

そう言って憲房は、二人の息子に呼びに行かせた。ちなみに今回の吉良軍では、棟梁である貞義は高齢もあって出陣はせず、長男の満義《みつよし》が兵を率いてきていた。

吉良家の次期棟梁である満義は、高国たち兄弟とはほぼ同年である。また、親の貞義とは違って、宗家への対抗意識も見せたことがない。そういう気さくな性格もあって、自分たち兄弟とは昔から仲が良い。

その満義が、二人の従兄弟に伴われて幕内に入ってきた。

満義もまた、後醍醐前天皇からの綸旨には腰を抜かし、初めに高国の顔を、次いで高氏を見た。

「まことの勅諭である」高国は念を押した。「得宗家を滅ぼせとお命じになられておられる」

「――いや、しかしこれは……」

そう言って満義が絶句した直後から、例によって憲房と細川和氏がまくし立て始めた。時おり高国も口を挟み、源氏の血の正統性や得宗家すなわち鎌倉府ではないことを、噛んで含めるように補足した。

次第に満義の顔が紅潮し始め、しまいには伯父たち以上にこの決起に乗り気になった。

「たしかにこれは、二度とない好機でありまするな。我ら吉良家も大潮に乗りとうござる」

「で、あろう」

と、細川和氏を始めとした面々も大きくうなずいた。

しかし、

「ひとつ、問題がありまする」その満義の言葉に、不意に高氏が顔を上げた。「それがし一個はむろん賛同致しまするが、この件は、棟梁である父にも正式な許可を仰がなくてはなりませぬ」

「上総介殿は、今どこにおられる」

そう憲房がせかせかと尋ねると、

「本城の西条城におりまする」打てば響くように満義も答えた。「馬で駆ければ、一刻もせずに着きまする」

つまりは満義も、早く貞義の了承を取り付けたい。

高氏は再び俯いた。

「わしも一緒に、上総介殿に会いに参ろう」憲房は即決して、満義を促した。「遅くとも夜半には戻る」


夜露が天幕を湿らせ、月が天中に昇り切った頃、憲房と吉良満義が戻ってきた。

「上総介殿は、こう申された」幕内に入って来るなり、伯父の憲房は息を乱したまま言った。「『此度の決起は、まことにお目出度きこと。されば我が吉良家も、すぐにありったけの援軍を編成し、明朝には八橋にて合流させる所存』とのことであった」

この報告に、高氏を除いた一同は歓喜の声を上げた。

高国は、感慨深く思う。

これにて決起は、ほぼ決定事項となった。あとは尾張の斯波家が残っているのみだが、斯波高経は足利宗家以上に源氏の血の正統性を重んじている家柄だ。心底では得宗家の血筋など何とも思っていないだろう。万が一、決起の成否を危ぶんだとしても、足利一門の足並みがここまで揃った以上は、もはや斯波高経も従うしかない。

そこまで考えて、ふと兄の高氏の顔を見遣る。高氏もまた、縋るような目つきで再び高国を見てきていた。いよいよ進退窮《きわ》まっている。

多少は可哀そうだとは思いつつも、こう言葉を改めた。

「兄上、よくお聞きくだされ。『大行《たいこう》は細謹《さいきん》を顧みず』とも史記にござる」そう、後世にも残った有名な言葉を吐いた。「我ら源氏の先々のためには、時として私情を押し殺さねばならぬ場合もありまする。永らく日陰の身であった御家人たちのためにも、是非にも腹を括っていただきたい」

高氏は一瞬、いかにも困惑したような表情を浮かべた。

ややあって、ぽつりとつぶやいた。

「わしは、どうすればよいのか」俯いたまま、なおもぼそぼそと言葉を続けた。「仮に、もしこの挙兵がうまく行き、足利家が幕府を引き継ぐとする。されど、このようなわしに柳営を差配し、この日ノ本の御家人たちをうまく率いていくことが出来るとは、とうてい思えぬのだ……」

あっ、と高国は愕然とした。

ようやく遅まきながら、これまた二つ目の真相を悟った。これだ。

むろん、義兄の今後の心配もある。あるが、他方では、この先々への漠然とした不安と懼《おそ》れこそが、兄の偽らざる心情なのだ。御家人たちを司る征夷大将軍の任、その上で幕府を司る立場を想像するだけで、兄はその重責に怯え、さらには自信もさらさらなく、今にもこの場から逃げ出したくなっている。

実に情けない。だが、やはりこれが兄という人間なのだ。

「高氏よ、おぬしはなんという――」

そう、憲房が声を震わせながら何かを言い出そうとした矢先、思わず高国は早口で言った。

「兄者、もし兄者が我ら一門と共に立ち上がってくれさえすれば、この高国、生涯をかけて兄者を支えていく所存でござる。決して兄者一人に重荷は負わせませぬ。この事、今この場でしかとお誓い申し上げる。それならば如何か」

そう言い切った直後、高氏は大きく目を見開いた。

「如何か」

そう繰り返すと、ようやく兄は口を開いた。

「その言葉、信じてよいのか。生涯をかけてだぞ」

高国は、大きくうなずいた。

「本心でござる。兄者が死ぬるときは、それがしもまた共に死ぬ――その覚悟で、今後の事に当たりまする」

すると高氏は、明らかにほっとした顔つきになった。

やはりだ。この兄は、たった一人で浮世の責務を負うことに耐えられないのだ。だからこそ誰かが常に兄の右腕になってやる必要がある。絶えず傍らに居て励まし、手取り足取り盛り立ててやらねばならぬ。しかし、それは自分一人だけの力では無理だ。もう他方の左腕も必要だ。

高国は、ふと伯父の憲房を見た。その気持ちが伝わったのか、憲房もまた励ますように口を開いた。

「高氏よ、なにも高国だけではないぞ。我ら上杉家も、おぬしを終生支え続けていく。ここまで一門の総意がほぼ極まった以上、要らざる心配は無用である」

その言葉に、細川和氏も賛同の声を上げた。

「高氏殿、高氏殿は御舎弟殿と同様、常に我ら一門の者と共にある。ご安心召されよ」

結果として、これが決め手になった。

兄は、ようやく気弱な笑みを洩らした。

「皆々様のあと押し、まことに心強き限りでありまする。されば不肖ながら高氏、今ここに決起を誓い奉りまする」

再び周囲から、歓喜とも安堵《あんど》とも付かぬ声が湧いた。

「高氏殿、それでこそ宗家の棟梁である」

そう吉良満義が感に堪えぬように言えば、

「わしも、京から骨折りの甲斐があったというものだ」

と、重能も喜びの声を上げた。

高氏はそんな周囲の人間を眺めながら、なおも弱々しい笑みを浮かべている。

――ん？

直後に高国は、なんとも奇妙な既視感に襲われた。

幕内の四隅に、切灯台《きりとうだい》が立っている。灯心の灯りに、喜色を浮かべている皆の顔が鮮やかに照らし出されている。

その中で何故か兄の姿だけが、急激にその陰影を失くしていく。はにかんだような横顔が妙にぼやけて見え、灯りの届かぬ薄闇へと溶け出していく。

むろん錯覚だ。現実問題としてそんなことはありえない。けれど、どこかで見たことがある――。

そう感じながら再び見た高氏の顔は、皆と同じように四隅の灯りからくっきりと照らし出されていた。輪郭が蘇った三十間際の男の姿が、そこにはあった。

その後、一門で決起の杯を交わし合った。

途中で兄は、脇に侍っていた師直に口を開いた。

「いずれにせよ、義兄上には出来るだけのことをしてやりたい。くれぐれも頼む」

「承りました」

師直は簡潔に、だが力強く答えた。


この決起が決まった翌朝、続報が京からの早馬によりもたらされた。

四月八日、後醍醐前天皇の近臣である千種忠顕《ちくさただあき》の軍は、山陰道を進みながら兵を募り、その約一万の兵力で、丹波路から一気に京洛へと侵攻した。しかも他の勢力と連携を取ることもなく、単独でだ。

千種忠顕という公卿のなんたる無謀さか、と高国は呆れたものだ。

案の定、その結果ときたら粘りに粘った赤松軍の時とは違って、六波羅軍によって手もなく粉砕された。泡を食った千種は、洛南に滞陣する赤松円心の許に逃げ込んだ。

千種とかいう宮人《みやびと》は、すべての物事を軽く、また甘く捉えている。その軽率さは、おそらくはあの護良親王にも通じるものだ。なるほど、何度敗れても立ち上がる不屈の闘志には頭が下がる思いだが、逆に言えば、それは挙兵する度に失敗しているからに他ならない。

やはり公卿や皇族たちには、戦などとうてい無理なのだ。

……ふと我に返り、高国は一人苦笑を洩らした。

おれは、いつのまにか後醍醐前天皇の側になって、物事を見るようになっている。だからこそ彼らの粗忽な軍事行動にもこうして苛立つ。


四月十三日、知多半島の根元を抜けて、尾張で待っていた斯波軍と合流した。

斯波高経は、兄と同じ嘉元三（一三〇五）年の生まれだ。今では共に二十九歳になる。だが、武門を継いだのは、父の宗氏《むねうじ》が早世したこともあり、高氏よりはるかに早い。同年としての対抗意識もあり、以前は足利家への敵愾心を剝き出しにしていた時期もあった。

だが、この高経も一門の決起には即座に賛同した。

「わしも高氏殿と共に、この挙兵に命運をかける所存」

そう言って高経もまた、動かせるだけの兵を新たに総ざらいして従軍させた。この時点で、足利軍の総数は後発の名越軍の規模を超え、八千騎へと膨れ上がった。

十六日、近江の鏡宿で、再びの軍議を開いた。機を見て後醍醐前天皇側に付き、まずは六波羅探題を殲滅するという戦略が最終確認された。

高氏は、その旨を書いた後醍醐前天皇宛ての文を起こした。そして重能に持たせ、京へと先行させた。

不思議なのは八橋の密議以来、一門の者ほぼすべてが足利家の今後に関しては、棟梁の高氏にではなく、高国にあれこれと相談を持ち掛けるようになったことだ。

「そのようなこと、兄に聞いてみなければ分かりませぬ」

戸惑いがちに高国が答えても、吉良満義や細川和氏、仁木頼章や今河頼国らは、こう口を揃えて答えてくる。

「確かに高氏殿は、宗家の棟梁であられる。他家からも軍神のように崇められてもいる。されど、その棟梁を動かして宗家を差配しているのは、実は高国殿、おぬしである」

これには高国も正直、面食らった。

おれには、そんなつもりは全然ない。また、兄に成り代わって宗家を動かそうとする野望なども、夢にも持ったことがない。それ以上に関心もない。ただ兄の身を案じているだけだ。なのに何故、皆が皆そんなことを急に言い出すようになったのか。

人の習性、風紀というものは、どうやらすぐに伝染するものらしい。挙句には斯波高経まで、あれこれと一門の些事を尋ねてくるようになった。

この不可解な現象には、高国も相当に辟易《へきえき》した。

おれは、兄の執事ではないのだ。単なる弟だ。連枝には何の独立した権限もない。皆、何かを勘違いしているのではないか。

ついそのことを師直にこぼすと、

「左様、いかにもそれがしが、足利家の執事でござる」

と、相手は珍しく大笑した。

「師直よ、笑い事ではない」

高国が口を尖らせると、師直もまた、こう答えたものだ。

「まあ、良いではござらぬか。一門の皆さまは、高国殿を頼りにされておられる。少なくともこのような火急の折は、それで良いではござらぬか」

改めて言われてみると、なんとなくそういう気もした。だから高国も不承不承うなずいた。

最後に師直は、こうも付け加えた。

「高国殿、高国殿とそれがしは、今しばらくの間は、足利家をただひたすらに走らせ続ける両輪とならねばならぬ。言っている意味が、お分かりか」

あの頼りない兄を補佐して、ということなのだろう。

「……おそらく」

師直は、大きくうなずいた。

「であるに、高国殿は今まで通り、思ったままを口にされればよろしい。それが当家のためでもあり、誰にも遠慮は要りませぬ。むろん、それがしに対しても」

そんなものかと思う。が、この十ほども年長の師直が言うからには、たぶんそうなのだろう。


四月十九日、京の東郊にある六波羅探題に足利軍は到着した。

が、高国は師直とも相談した上で、二日後に名越軍が着くまでは、二人の探題筆頭――南方の北条時益と北方の北条仲時には、兄を会わせないこととした。

「あの兄者のことだ。どこでどううっかり口を滑らせて、両筆頭に心根《こころね》を疑われるようなことを口走らぬとも限らぬ」高国は先に師直から言われた通り、思いつくがままを言った。「幸いにも兄は、出立前に病であった。それで総大将の任を受けることが大幅に遅れた。これら風聞は探題にも届いているはずである。だから、行軍中の無理が祟《たた》って風邪がぶり返したことにしよう。されば探題も疑わぬ」

師直は、これまた相好を崩して賛成した。

「先だっての重篤が、初めてここで役立ちましたな」

二十一日の夕暮れに、名越軍七千が洛東に到着した。翌日、その名越高家を含めて六波羅探題での軍議が開かれた。

兄には事前に、出来るだけ余計な意見は差し挟まないようにと、口を酸っぱくして言い聞かせていた。

「わしと師直、それに伯父上らが出来るだけ受け答えをするように、軍議を持っていきまする」仮にも武門の棟梁に対して失礼だとは思いつつも、高国は再度、兄に念を押した。「兄者はまだ体が優れぬことにして、なるべく言葉少なく、頷くだけにしてくだされ」

が、高氏は別段に機嫌を悪くすることもなく、すんなりとうなずいた。

「分かった。そのようにする」

その幼子のような素直さには感謝しつつも、手取り足取りとはまさしくこのことだ、と高国はうんざりとした。

しかし、結果としてその心配は杞憂《きゆう》に終わった。

既に六波羅探題では、鎌倉府から細々とした戦略の指示までを受けていたようだ。

六波羅の上席である北方筆頭の北条仲時が、まず初めにこう告げた。

「崇鑑（北条高時）殿からのご指示が先だってあり、伯耆へと向かう討伐軍は、二手に分けたほうが良いとのことでござった」

南方筆頭の北条時益もまた、その後を継いだ。

「西国街道から山陽道を経て伯耆へと攻め入る軍は、名越殿。そして、丹波路から山陰道を通って船上山に至る経路は、足利殿に託したいとの御下知でござりました」

さらに名越軍には、新たに六波羅軍一万が付与された。

他方、足利軍への与力はなく、自軍だけで丹波路へ進めと言う。

「幸いにも、丹波路には赤松軍のような敵は存在致しませぬ」やや気の毒そうな口調で、北条仲時が鎌倉府の方針を補足した。「何かとご苦労もあるとは存じまするが、途中道々で新たな討伐軍を徴募しながら、北進して頂きたい」

馬鹿な、と高国は内心憤慨したものだ。

いかに名越家が北条一門の名門とは言え、棟梁である高家ときたら、今回その姿をまじまじと見ても、いかにも軽躁そうな若者ではないか。さらには実戦での指揮経験も皆無だ。そんな青二才の大将に、今も京の南郊に踏み止まっている赤松円心の相手が容易に務まるものかと感じる。

ここはどう考えても、先の遠征で華々しく名を上げた兄の出番ではないのか。そのほうが討伐軍の士気も格段に上がる。また、率いてきた自軍の数も多い。

それでも鎌倉府は、敢えて名越高家を赤松軍に当てることを命じている。

疑われているのだ、と直後には悟った。

やはり兄は、得宗家からその心底を不審に思われ続けている。もし高氏を南進させた場合、鎌倉府と六波羅を見限って赤松円心に与する場合もあると危惧されている。

くそ——。

これでは軍議もへったくれもない。足利家は半ば見限られたも同然だ。そう思った瞬間、高国は完全に腹を括った。

足利軍の陣中に戻った直後から、師直と今後の策を急速に煮詰めた。

「今なお当家がここまで疑われている以上、もはや猶予はならぬ」半ば焦りながら、高国は言った。「我らが六波羅を攻撃する時と相前後して、坂東でも誰ぞを挙兵させる必要がある。それも、源氏の嫡流に近い者を」

そう口に出した時点で、高国の人選はほぼ決まっていた。

すると案の定、師直もその名をすぐに出した。

「上野の新田殿、ですかな」

高国は大きくうなずいた。新田義貞に白羽の矢を立てたのは、血筋の正統性以外にも理由がある。

第一に去る三月、河内の戦線を六波羅府に無断で離陣し、勝手に帰国したことだ。

ひょっとしたらあの時点で、既に護良親王から令旨《りょうじ》を受け取っており、密かに後醍醐天皇側に与したのではあるまいか。

第二に、その態度を大いに不服とした鎌倉府から、義貞は膨大な矢銭を要求されている。戦いに出ぬのであれば、討伐軍の軍事費ぐらいは即刻にも負担させるべきだという天役《てんやく》を、柳営が正式決定していた。

それが、高国たちが鎌倉を出立する直前のことだった。

問題は、その天役の額だ。なんと六万貫にものぼると耳にしていた。が、そんな膨大な銭を、あの懐事情の苦しい新田家が用意できるはずもない。おそらくは義貞に対する懲罰の意味もある。これにて新田家は進退窮まるだろう。

さらに言えば、ただでさえ新田家は鎌倉府の創業以来、得宗家に冷遇され続けてきている。払えぬとあれば、新田荘の領地没収もあり得るのではないか——高国はそんなことを思いながら鎌倉を後にした記憶がある。

それら事情を鑑みれば、新田家が足利家の誘いに応じて決起する可能性は非常に高い。

「新田荘の岩松郷《いわまつ》には、たしか経家《つねいえ》殿がおられまするな」

師直がそう、足利家の支族である岩松経家の名を口にした。

「この経家殿を動かして、新田家を説得しては如何か」

妙案だ。渡りに船というものだ。これには高国も思わず膝を打った。同時に、兄の妻子を含めた処遇も閃《ひらめ》いた。

「兄の奥方と千寿王を、新田荘へと逃そう」高国は即座に自分の考えを述べた。千寿王は四歳になる。「義貞殿に千寿王を大将として担ぎ上げてもらうのだ。さすれば、源氏の嫡流に最も近い両家が決起したことになる。六波羅の攻略さえ成《な》れば、坂東中の源氏たちも付き従うはずだ」

「確かに」師直も大きくうなずいた。「まことに良き策でござる」

その後、兄を含めた一門の者を密かに呼び出し、改めて軍議にかけた。

高国と師直が交互に言葉を尽くして現状を説明すると、皆、この鎌倉府への戦略にはすぐに賛意を示した。

「兄者、このような次第と相成り申した」高国は、一人だけ呆然としている高氏の方を向いた。「まずは岩松殿に、文《ふみ》を書いてくだされ。新田殿に決起を促す書簡を、即刻」

兄は未だ戸惑いながらも、今朝とまったく同じ言葉を繰り返した。

「分かった。それも、そのようにする」

まるで操り人形のようだったが、それでも兄はすぐに文書を起こした。義貞宛てに、もし六波羅陥落の報を聞いたならば、千寿王を奉じて、周辺の御家人を糾合しながら得宗家討伐に向かってもらいたい旨《むね》をしたためた。

ちなみに、この高氏が書いた陰暦四月二十二日付の御内《ごない》書《しょ》は、今も現存する。

その密書を持った使者が、この日の夜半遅くに京を出た。同時に鎌倉へも、別の文を持たせた数名の使者を送り出した。足利一門の妻子に、すぐにでも鎌倉を退去するようにと指示した密書だ。むろん高国の妻も例外ではない。

五日後の二十七日、足利家と名越家が率いる両軍は、六波羅をほぼ同時に出陣した。

高氏率いる足利軍八千は、七条大路を西進して丹波路へと入った。

名越高家が率いる六波羅軍一万七千は、まず九条大路まで南下した。そこから赤松軍が陣取る山崎を目指して、さらに西国街道を進んでいった。

六波羅軍の動きを察知した赤松軍と千種軍残党の計八千も、即座に動いた。山崎からやや北上した久我畷《こがなわて》へと姿を現し、六波羅軍が桂川を渡河《とか》して来るのを待ち構えていた。

高国は、その両者の様子をやや北方の上久世《かみくぜ》辺りから眺めていた。足利軍は既に、桂川の上流を渡り終えていた。

名越軍は自軍の数を恃《たの》んでいるのだろう、次々と桂川を渡っていく。

が、対岸に敵が待ち構えている川を渡ってはならぬというのは、兵法の初歩も初歩である。相手と当たっていざ形勢が不利になった場合、逃げ場がない。そのうちに味方は恐慌をきたす。そんなこともあの若者には分からないのかと唖然《あぜん》とした。

両軍が激突した初手では、数で勝る名越軍が押していた。が、どういうわけか四半刻《しはんとき》も経たぬうちに、六波羅軍は一気に総崩れになった。

そこからは遠目に見ていても、六波羅軍の地獄絵図だった。逃げ惑う騎馬武者たちが次々と桂川に飛び込み、水面《みなも》を激しく泡立てる。それらの頭上に、敵の放った無数の矢が追い打ちをかける。逃げ惑う将兵たちは、ますます浮き足《うきあし》立った。落馬する者も、馬ごと倒れる者も続出している。無数の飛沫が立ち上り、大気に溶け、桂川の川面に一気に霞《かすみ》が湧いたように見えた。その煙霧の上に、さらに大量の矢が降り注ぐ。

終わりだ。あそこまで陣形が崩れた以上、もう立て直せない。

後に知ったのだが、この時、既に名越高家は死んでいた。桂川の西岸で戦局が優勢に進んでいた時に、高家は勇んで最前線へと飛び出していた。勢いに乗り、一気に勝負を決しようとしたらしい。

しかし赤松軍も、前線で采を振るっているこの煌《きら》びやかな若武者に目を付けた。赤松家の武将が狙いを定めて放った矢が、名越高家の眉間を撃ち抜いた。当然、即死した。

幸運にも東岸まで辿り着いた六波羅軍の生き残りは、てんでばらばらに京洛の方角へと逃げ散っていった。対して桂川の西岸には、赤松軍がびっしりと押し寄せて来た。

が、赤松軍はそこから動かなかった。渡河して追い打ちをかける様子を微塵も見せない。

やはり、赤松円心という男は分かっている。

風聞には聞いていたが、確かに空恐ろしいほどの老獪《ろうかい》さ、戦の手堅さである。

何故なら、こちらから赤松軍が見えているのと同じように、赤松円心からもこの足利軍が遠望できているはずだ。もし長蛇になって足場の悪い川底を渡河し始めた時、その脇腹を足利軍に突かれたらひとたまりもない。

だから、円心は動きを見せない。

この時、兄の高氏が初めて口を開いた。

「誰ぞ、赤松軍に使者を立てよ」と、無表情のまま言った。

『我ら足利軍は赤松殿に敵する者に非ず。伯耆の朝廷軍へ与する者である』。そう、かの円心殿に伝えよ」

殿、殿、と師直が慌てたように言った。「それでは六波羅に、足利家が謀反を起こすと事前に報せるようなものではございませぬか」

そのとおりだ、と高国もこの時ばかりはひどく狼狽した。

今までこの決起の件は、ごく親しい身内の将だけの極秘事項になっていた。それを兄は今、大勢の兵の居並ぶ前であっけなく口にした。自然、この言葉は陣中から洩れて、すぐに六波羅に知られることとなる。不用意極まりない。

が、そんな高国の思惑に反して、高氏はいかにも面倒くさそうに言った。

「我らは名越軍が総崩れになった時に、助けに行かなかったのだ。見殺しにした」兄は、ますます不機嫌そうな口調になった。「わしが使者を立てずとも、どのみち六波羅には完全に心根を疑われる。ならばいっそ、こちらからその流れに乗ったほうが良い。『丹波にて決起し、新たな兵を糾合した上で、改めて京に舞い戻る所存』――そう、加えて円心殿に申し伝えよ。この言葉すら、むしろ周辺の武門に伝わったほうが良い」

なるほど。言われてみれば確かにその通りだ。

その通りだが、何故だろう、そう言い放った兄の姿が、ふと周囲の諸将から五寸ほど浮かび上がったように思えた。

その姿が次第に色彩を失い、薄くなっていく。遅い朝の、眩しい大気の中に溶け込んでいく。

まただ。またあの忌々《いまいま》しい錯覚がやってきた。けれど、やはりどこかで見たことがある。

虚《うつ》ろの王……不意にそんな言葉が脳裏を過った。

自分にすら何も期待していない男。万事に行き当たりばったりだ。

四年前もそうだ。登子を嫁に貰うことを散々に嫌がっていたにもかかわらず、その嫁が美しいというだけで、掌《てのひら》を返したように無邪気に嬉しがっていた。他人にもこの世にも、本質的には何も期待していない。徹頭徹尾、表層だけで生きている。

あの時にも感じていた兄の虚無――古井戸の底知れぬ深淵を垣間見たような仄暗《ほのぐら》い気持ちが、まざまざと蘇ってくる。

そう……兄には、人としての実体がまるでない。

だが、直後だった。

「道理でござるっ」

そう吉良満義が賛辞の声を上げれば、

「先見の明である。されば、まさしくここが決起の時」
と、細川和氏も喜色の表情を浮かべた。高国の漠然とした不安とは裏腹に、周囲の一門の兵たちからも一斉に歓声が湧き上がった。

足利軍八千は、それからも丹波路を粛々と進んだ。沓掛《くつかけ》を過ぎ、老ノ坂を越え、夕暮れ前には丹波の東端にある篠《しの》村《むら》八幡宮へと辿り着いた。

八幡宮は、全国に群居する清和源氏の氏神だ。祭壇に鎮座する八幡大菩薩は、足利家を始めとする源氏系御家人たちの守護神である。

また、この篠村は丹波路を通じて上杉家の荘園にも近い。それら地縁血縁を使って、重能が事前に兵站を頼んでいたこともある。加えて、京へも容易に引き返せる場所にある。

氏神に対する信仰心だけは篤《あつ》い高氏は、六波羅を出立する前、篠村にある八幡宮で正式な挙兵を表明することを、珍しく自分から言い出していた。

境内の北に、楊《やなぎ》の巨木があった。

その頂《いただき》に、足利家の家紋である『二引両《ふたつびきりょう》』と、源氏の象徴である白旗を高々と掲げた。これから集まって来るであろう御家人たちの目印とした。

兄は師直に言われるがままに、膨大な数の軍事催促状を各地の武門に向けて精力的に書き始めた。

曰く、当家は伯耆の帝より勅命を蒙《こうむ》りし候。これは、鎌倉府を滅ぼす挙兵に非ず。正当な継承者であった源氏を差し置き、柳営に巣くう得宗家のみを討ち申したく候也《なり》。それ故に貴殿の御奮起を是が非にも願い奉りたく、云々……。

その文面の出だしはいつも同じだった。近江の京極《きょうごく》氏や美濃の土岐氏、播磨の島津《しまづ》氏ら畿内周辺国の武門は言うに及ばず、石見《いわみ》の益田《ますだ》氏、九州は豊後《ぶんご》の大友《おおとも》氏、果ては奥州の結城氏らといった遠国《おんごく》の御家人にまで、せっせと催促状を書き続けた。そして最後に花押を入れ、それらの文書を次々と使者に託しては出立させた。

この一連の作業が、二日後の二十九日までひっきりなしに続いた。相変わらず下手な文字だし、両手も墨で派手に汚してはいたが、それでもここまで懸命な兄の姿勢は、かつて一度も見たことがなかった。また、この激務にも愚痴ひとつこぼさなかった。

「あの様子たるや、なにやら物の怪にでも取り憑かれているようであるな」

そう、従兄の憲顕がこっそりと耳打ちしてきた。

確かにそうだ。兄はもう、半ば捨て鉢になっている。それまでともすれば躊躇しがちだった気持ちを、やけくそになったことで完全に振り切っている。

その間にも、高国たちの陣取る篠村八幡宮へと、近隣の武者たちが続々と集まりつつあった。

真っ先に到着したのは、丹波の住人、久下《くげ》時重《ときしげ》であった。二百五十名の配下を率いてきた。その笠印に、何故か皆『一番』という奇妙な家紋が描かれていた。

師直が言うには、源氏の棟梁であった源頼朝がかつて伊豆にて挙兵した時、真っ先に馳せ参じて来たのが、この久下家の祖先だったらしい。頼朝は非常に喜び、それより久下家の家紋は『一番』になったのだという。

その故事を聞くと、高氏は久しぶりに笑みを洩らした。幸先がいいと思ったようだ。だが、久下時重に挨拶をした後は、すぐにまた社務所に戻って催促状を書き続けた。

二十九日の昼過ぎには、集まってきた近隣の武門の数は三千騎を超え、足利軍を併《あわ》せれば一万一千となった。だが、赤松軍の八千と併せても、まだ二万には足らない。

対して六波羅探題の本陣には、常備軍と逃げ帰った名越軍も含めて、四万ほどの兵は居る。ここに馳せ参じて来る者たちを、さらに待ち続ける必要がある。

その二十九日、高氏は、八幡宮の社前で戦勝祈願の願文を読み上げた。挙兵を正式に表明した。

さらに願文に添えて、一本の鏑矢《かぶらや》を見るからに恭しく奉納した。鏑矢とは、戦いの合図に敵陣に射込む最初の矢のことだ。先端の鏑が大気を切り裂いて盛大な音を立てる。

この時、ふと師直が耳元で囁いた。

「高国殿も、続けて上矢を献納しなされ」

高国は驚いた。

「わしもか」

「よいから、献納しなされ」

有無を言わせぬ口調で、師直は繰り返した。何か思惑があるようだ。

高国も仕方なく社前に進み出て、自らの上矢を続けて奉納した。

すると、斯波高経、吉良満義らの一族も、ごく自然に高国の行動に倣った。それぞれの上矢を続々と奉納し始めた。

これを見ていた他家の御家人たちも、足利一門に釣られるように我も我もと矢を捧げ始めた。社壇の前には、見る間に鏑矢の山が積みあがった。矢塚のようになった。

師直の読みは当たった。居並んでいた諸将のすべてが、ごく自然に決起を誓い合うような格好となった。

おそらくは、その後に駆け付けてくる御家人たちも、この先例に倣って次々と鏑矢を社前に捧げることとなる。着くや否や、ごく自然に足利家の決起に賛同したことになる。

五月二日、丹波の北部で味方の兵を募っていた重能が、二度目の追討の綸旨を運んできた。得宗家を討て、と再度そこには書かれていた。しかし、内容は今回もそれだけだ。相変わらず簡素極まりなく、その内容も大味に過ぎる。

ふと、千種忠顕や護良親王の負け戦ぶりを思い出す。おそらくは伯耆の帝も、所詮は同じようなものだろう。万事につけて思考の肌理が粗く、世の物事は下々の者に命じさえすれば、自分の思惑通りに軽々と動くと、ごく自然に思っている節がある。

が、その間にも近国からさらに馳せ参じてくる御家人は増え続け、ついに一万を超えた。

五月六日までに篠村八幡宮に集まってきた御家人の総数は、一万五千となった。足利一門の八千を併せれば、二万三千騎である。

さらにこの日、赤松軍からも早馬がやって来て、新たに膨らんだ自軍の数を報せてきた。足利家決起の噂を聞きつけて、山崎に陣取る赤松円心の許にも、近隣の土豪、悪党や、千種軍のさらなる残党が次々と集まって来たのだという。その数は七千。これで赤松軍も一万五千に増えた。併《あ》わせれば三万八千になる。六波羅軍とほぼ同数になった。

円心からの早馬を待たせたまま、即刻に軍議となった。

「もはや、出陣の頃合いである」

そう斯波高経が重々しく口を開けば、

「左様。今ここでぐずぐずしておれば、好機を逃しかねぬ。六波羅が、河内から攻城軍の一部を呼び戻さぬとも限らぬ」

と、吉良満義もその考えを支持した。

この時、高国はまたしても非常に居心地の悪いものを感じた。

というのも、他家の御家人たちはそれら両名の意見を受けて、ひたすらに高氏一人の反応を窺っているのだが、足利一門の者——細川和氏、仁木頼章や今河頼国と言った面々は、兄と高国の顔を交互に見比べていたからだ。

が、兄は薄ぼんやりとしている。先日、集中的に軍事催促状を書いた直後から、その疲労が祟ったのか集中が切れたのかは知らないが、すっかり魂が抜け落ちたような顔つきになっている。あるいは義兄の赤橋守時や大仏や金沢のことを、まだ気に病んでいるのかも知れない。

次第に一門の顔が、高国のみに集中し始めた。

高国は、ますます困惑する。

どうしておれが、この差し迫った軍議の席で、出陣の決め手となる重要な第一声を発しなければならぬのか。むろん、してもいい。してもいいが、それは連枝として見れば、明らかに越権行為である。腑に落ちない。それは、兄が決めることだ。まったく癪に障る。

反面、赤松円心の早馬には今も足利軍からの返答を待たせたままだ。夜も迫っている。もはや時間の猶予はない。焦りに焦った挙句、つい救いを求めるように師直の顔を見た。

すると師直は、わずかにうなずいた。言え、遠慮なく決め手の第一声を発せよ、とその表情が雄弁に物語っている。

一瞬考えた挙句、高国は兄に問いかけた。

「兄上、それがしは、出立は明朝がよろしかろうと考えておりまするが、如何でしょう」

そう出陣することを前提として、刻限も明示して問いかけた。これならば兄も余計な頭を使わず、賛同するだけでいい。しかも源氏の総大将としての顔も立つ。

直後、兄は夢から覚めたような表情になり、居並ぶ武将にはっきりと宣言した。

「斯波殿、吉良殿らの申される通りである。各々《おのおの》の殿ばら方、我らは勅命を奉じ、明朝から六波羅の総攻撃に移る」

かろうじて高国と口にしなかっただけ、まだましだった。

その軍議が終った直後、高国は幕内を飛び出て早馬に回答を伝えた。明日の早朝、両軍が同時に出陣することを示し合わせた。六波羅を、北と南から攻撃する。

五月七日の早朝から、足利軍二万三千は老ノ坂を越え、京へと進軍を開始した。

丹波路から洛中に向かって桂川を再び渡っていた時だ。

高国はその下流に、西国街道からやって来た赤松軍一万五千の姿を遠望した。下久世のあたりから続々と渡河している。昨夜に申し合わせた通り、符丁は見事に合っている。

足利軍は丹波路から続く七条大路を途中で北進して、大内裏の南端に陣を張った。六波羅の北西に当たる。対して赤松軍は、九条大路をそのまま進んでいき、東寺《とうじ》の脇に布陣した。こちらは六波羅の南西に位置する。

足利軍が大内裏に布陣した直後、見知らぬ兵団が白旗を掲げて北西からやって来た。その数は五千。

誰何すれば、若狭と北山城からやって来た御家人たちの混成軍だった。

それら諸将が懸命に願い出るには、かねてより足利殿の御高名は御家人たちの間で耳にしており、決起の噂を聞きつけて我らも是非に与力したく、昨夜までは洛北の外れにある鷹ヶ峰に隠れていたのだという。

そんな彼らに、高氏は穏やかに言った。

「まことに有難きこと哉。ですが、我ら足利軍より少なき兵にて六波羅に挑まれるお方が、東寺におられる。それがしなどより戦にははるかに老練な、赤松円心殿であられる」

さらに高氏は続けた。

「そちらに与力してもらうほうが、より穏当であろう。かつ、おのおの方の働きぶりは後日、この高氏めが円心殿にお伺いを立て、しかとこの胸に刻み込む所存。じゃによって、安んじて赤松殿に与力してもらえればありがたい」

この自軍への無欲さと友軍への公平性には、彼ら混成軍の将も感動の色を露わにした。

「まことにお噂通り、足利殿は戦果を貪られぬ」

「人に、お優しゅうござる。いとう奥ゆかしくもあられる」

「戦場においてもなお、お心遣いが行き届いておられる。我らも奮起の甲斐があったというものでございまする」

そんなことを口々に言い立て、勇んで東寺へと南下した。

ふと気づけば、篠村八幡宮から付き従ってきた丹波と丹後、但馬の御家人たちも、一様に感銘を受けたような表情で兄を仰ぎ見ていた。

こんな場合ながら、高国は妙に感心する。

二年前の遠征の折もそうだった。兄はその持ち前の愛想の良さと奇妙な優しさで、一時は闘犬のように猛り狂っていた坂東武者たちを瞬く間に心服させ、従順な犬ころ同然に飼い転がした。以降、彼らは熱狂的な高氏信者となった。

彼ら畿内の御家人たちもまた、そうなるだろう。そして未だ見ぬ赤松円心も、思わぬ馳走《ちそう》の兵を兄から贈られたことで、いたく恩に着る。しかも、

「それがしなどより戦にははるかに老練な、赤松円心殿であられる」

との讃辞まで添えた上で、それら兵団を送り出している。おそらくそれを聞いた円心は、兄の度量のようなものに、実際に会う前からさらなる好意を抱く。

さらにはこれら一連の言動が、この兄には嫌味もなく何の考えもなく、ごく自然に出来る。

……なんだ。

これは一体、ある種の才能なのか――？

そうは思いつつも、普段の兄をよく知る高国には、やはり不思議でたまらない。

が、一方では、確かにこの兄さえ決起すれば、道理で戦

には勝つはずだとも感じる。総大将にとって最も大事な資質とは、その実質がどうであれ、配下の者や友軍の将に、絶対的な『信』を持たれることである。どんなに苦しい戦況に陥っても、総大将が必ずや助けに来てくれることを信じて、逃げずに踏ん張りぬくことが出来るからだ。

そして、そのような将としての人心を勝ち得ることが、兄には何故か安々と出来る。

――やはり、この乾坤一擲の大勝負も、兄さえ居てくれれば絶対に勝てる。

そう、高国は確信した。

戦いはすぐに始まった。膨大な数の六波羅軍が足利軍に向かって攻め寄せてきた。あたかも高潮が次々と岸辺に打ち寄せてくるようであった。たちまちのうちに激しい乱戦となった。

が、高氏はその乱戦の様子を見ても、別段の指示は出さない。その敵のうねりを、節穴のような目でぼんやりと眺めているだけだ。

……よく考えてみれば、兄は実際の合戦を指揮するのは初めてなのだ。しかも高国と違って、幼い頃から兵学の勉強も散々に怠けてもいた。今でも兵書を開いている姿など、一度も見たことはない。

不意に愕然とする。ひょっとして、指揮の取りようが分からないのかも知れない。

それでも、兄さえいればこの戦は勝つという高国の思いは、何故か揺るがない。

そして仔細に戦況を観察するに、兄がいちいち指示を出さなくても、敵の攻撃に対して味方同士は互いに連携し、助け合っている。苦しそうな部隊には、必ずやどこかの部隊が駆け付けて敵の横っ腹を突いていた。個の功名を競い合っていない。ごく自然に補完し合っている。

いい。いいぞ、と高国は思わず期待に胸を高鳴らせる。戦いは、味方が一体化しているほうが最後には優勢になる。これは勝つ。必ずや、こちらが勝つ。

そんな高国の思いが通じたのかどうか、果たして昼過ぎには、徐々に味方が六波羅軍を押し返し始めた。再びよく見ていると、味方同士が敵の陣形の綻《ほころ》びに交互に波状攻撃を仕掛け、ますますその亀裂を大きくしている。

敵軍は大いに陣構えを崩しつつ、さらに後退を続けた。ついに夕暮れの迫る頃には十町ほども後退し、六波羅方面に向かって総退却を始めた。

その後を追って、足利軍も進軍を始めた。ただし、勝ち戦の勢いに乗ってやみくもに追うようなことはなかった。

兄が、こう言ったからだ。

「皆も終日戦い、疲れたであろう。川向こうの六波羅には、日暮れまでにゆるゆると着けばいい。どこぞの辻に、伏兵が隠れているやもしれぬ。そのような者のために命を落としてもつまらぬであろう。だから、周囲を良く見回しながら、ゆっくりと進めばよい」

その一声だけで、血に飢えたように殺気立っていた将兵たちの顔が、一瞬にして和んだ。皆、出がらしのお茶でも啜《すす》っているような好々爺《こうこうや》同然の顔つきになった。

確かに三刻ほどにも及んだ激戦に、彼らも疲れ果てていた。だから、誰もが高氏の言葉を素直に受け入れた。

それにしてもこういう拍子の人心の攬《と》りようは、やっぱり兄の独壇場である。しかも、それを本音で言える。

もはや神がかっている。


内裏から南下して、三条大路まで来た時のことだ。南方からやって来た血塗《ちまみ》れの大軍と遭遇した。

赤松軍だった。

やって来た使者から話を聞くに、どうやら東寺では、足利軍以上に激戦が続いた模様だった。赤松軍も夕暮れ前に六波羅軍を打ち破ったのは同様だったが、そこからの対応は違った。円心は、退却する敵に向かって苛烈《かれつ》なまでの追い打ちをかけたらしい。挙句、鴨川《かもがわ》の西岸まで追い詰め、矢を散々に射かけた上で、渡河しかけていた南方の六波羅軍を半壊させた。

やがて、首領である赤松円心が騎馬にてやって来た。

高氏もまた、床机から立ち上がって出迎えた。

円心は、時に五十七歳。噂に聞く通り、初老もとうに通り越した痩《や》せぎすの、しかし予想に反して一見はいかにも温厚そうな老人だった。

「此度はもったいなくも、足利殿から思わぬ馳走を賜りました。この円心、まことに感謝の念に堪えませぬ。おかげさまで、こちらも勝ち戦でござった」

そう言って、三十近くも年下の高氏に、両膝に手を当てて深々と頭を下げてきた。

「いやいや、そのようなことはございませぬ。円心殿の、これまでの御奮闘があってこその、今の我らでありまする」高氏もまた、その人柄にはひどく好感を持ったようだ。普段からの丸い物言いが、さらに柔らかくなる。「ささ、存分な槍働きにて、さぞお疲れでござりましょう。どうか、これへとお座りくださりませ」

そう、自らの隣にある床机へと腰を下ろすように促した。しばしの挨拶の後、すぐに今後の戦術の話になった。当然だ。六波羅軍は総退却したとはいえ、その本陣は厳然として川向こうに存在する。

が、これまた二人の見解は、奇妙なほどに符合した。

「窮鼠《きゅうそ》に、猫を噛ませてはなりませぬ」

まず円心は言った。口調こそ穏やかなものの、この一言目には円心の強烈な自負心を感じた。あの六波羅軍を、既に自らの前では逃げ場に窮した鼠賊《そぞく》も同然だと断じている。

さらに、この老練な武将は言葉を続けた。

「これより六波羅の三方を囲み、東に向けてはわざと逃げ口を開けておきとう存じまするが、足利殿は如何」

「残る戦意を挫《くじ》き、敢えて逃がす……まことに良案でございまするな」高氏もまた、打てば響くように即答した。が、その続きの理由が、いかにも野放図な兄らしかった。「逃げる者には勝手に落ち延びさせ、降伏する者は受け入れればよいのでござる。彼らもまた我らと同様、好きで戦っていたわけではありませぬゆえ」

これには円心もさすがに苦笑を浮かべた。

「なるほど。たしかに世評に聞きまする通り、足利殿はお優しゅうござるな」

ある意味その通りだ、と高国も感じる。円心は軍略の合理論でそれを述べ、兄は敵味方を問わぬ相手への懐っこさで、同じ結論に至る。

両軍は、早速行動に移った。三条大路を東へと進み、鴨川を粛々と渡った。

六波羅軍本陣の三方を四万五千の軍勢で重厚に取り巻き、一刻ほど無言の圧をかけ続けた。

昼間の合戦が嘘のように、周囲は静まり返っている。五月とはいえ、今年は閏月《うるうづき》があった。もはや初夏である。どこぞから鈴虫の音色が聞こえてくる。

六波羅探題の西方に本陣を据えたまま、高氏はのんびりと口を開いた。

「まだ、動きませぬな」

円心もまた、いかにも気楽そうに答えた。

「左様。ですが、そろそろ頃合いでござる」

その円心の読みは、見事に当たった。

ややあって赤松軍の斥候《せっこう》が報告に来た。六波羅の兵団が、東の山科に向けて続々と落ち始めていると言う。

「ようやく、動き始めましたな」

兄は円心を見て、にっこりと笑った。

翌日の夜明けを迎える頃には、六波羅探題は完全に自壊した。畿内を司る宮府は、もぬけの殻となった。その巨大な建造物の跡に、足利軍と赤松軍は悠々と入場した。

数日後、六波羅軍の悲惨な末路を、高国は耳にした。降伏してきた近江半国守護の六角《ろっかく》（佐々木）時信《ときのぶ》らを始めとした敵将たちが、涙ながらに語ってきた。

探題南方筆頭の北条時益は、東山を越している時に野伏の襲撃に遭い、矢を胸に受けて、あえなく死亡。

北方筆頭の北条仲時とその配下は、光厳天皇、花園上皇、後伏見上皇の三人を伴って山科《やましな》を抜け、近江へと出た。六角時信の軍に一里ほど離れた後方を守らせながら、はるばる鎌倉まで落ち延びるつもりであったらしい。

しかし、美濃との国境に近い番場宿まで辿り着いた時、行く手を三千ほどの正体不明の武装集団に阻《はば》まれた。

六角氏の同族である京極高氏が反乱軍に与することを密かに決め、その集団の裏で糸を引いていたようだ。

京極高氏。別名を佐々木道誉《どうよ》と言う。

進退窮まった仲時は、ここが死に場所と覚悟を定め、まずは天皇と上皇たちを安全な場所に逃した。その後、番場の蓮華寺にて腹を掻き切った。一族四百三十二人も共に自害した。

この報に触れた兄は、痛ましい顔をした。いくら敵になったとはいえ、かつては軍議の場で何度も言葉を交わした相手でもあった。

河内の攻城軍に参加していた大仏貞直と金沢貞冬の二将は、足利軍の反逆を知った直後から、鎌倉へと急ぎ戻り始めていた。生前の、北条仲時と時益の指示によるものであった。

大仏と金沢の二人は配下を引き連れ、京に寄ることもなくただひたすらに東海道を駆け下り、五月の十日過ぎには鎌倉に帰陣した。

その鎌倉府でも騒動が持ち上がっていた。足利一門の主だった家門の妻子が鎌倉から逃げ散り、行方知れずになっていたからだ。師直の鎌倉への差配は、確実だった。

さらに鎌倉府は、上野の新田義貞も挙兵したことを知る。

実はそれ以前に義貞は、矢銭六万貫を強硬に要求してきた鎌倉府の二人の使者と散々に揉め、挙句には一人を斬り殺し、残る一人を幽閉していた。牢に閉じ込められた金沢親連《ちかつら》は、高氏とも親しい金沢貞冬の親族である。

激怒した北条高時は、新田家の領地没収を即断した。

この前後、高氏の書簡が岩松経家を通して届いていたこともあり、義貞はついに挙兵の意を固める。数百という僅かな配下を率いて決起し、利根川を越えて武蔵国に入った。その武蔵国の北部で、鎌倉から逃げてきた登子と四歳の千寿王と合流した。

義貞は、高氏の要望通りに千寿王を大将として戴き、源氏の中で最も由緒ある足利家と新田家が共に挙兵したことを、周辺国の武門に決起を促す檄文を飛ばして知らしめた。

この源氏準嫡流の挙兵には、近隣の源氏系御家人も即座に呼応した。新田軍はすぐに、二万以上の軍勢に膨れ上がった。その余勢を駆り、義貞は武蔵国を南下していった。

随所で鎌倉から出張ってきた北条一門の軍と戦いを繰り広げながらも、新田軍の数はさらに五万近くまで膨らんだ。

五月十六日、義貞は多摩川を渡河して鎌倉府の本拠地である相模国に入った。相模北部でも再び北条軍を撃破した。その頃には、義貞の軍勢は既に十万を超えていた。

新田軍は、十八日の早朝から鎌倉への総攻撃を開始した。

義貞は軍を三手に分け、それぞれの兵団に、府内へと通じる三つの主要な切通《きりどおし》──巨福呂《こぶくろ》坂、化粧《けわい》坂、極楽寺坂を突破するように命じた。

対して、鎌倉府から南方の極楽寺坂を死守するように命じられたのは、大仏貞直とその配下であった。

大仏は、攻め寄せてくる数倍もの敵にも怯まずに、数日間奮戦し続けた。一時は敵将の大舘宗氏《おおだちむねうじ》を討ち取り、新田軍を極楽寺坂の周辺から押し返した。

しかし、新田軍はすぐに巻き返した。義貞の実弟である脇屋義助《わきやよしすけ》を新たな将に任じ、極楽寺坂に再度の攻撃を仕掛け始めた。

同時に義貞自身もまた、干潮時を狙って極楽寺坂の南方にある切り立った海岸──稲村ヶ崎の波打ち際を突破した。大仏貞直らの側面を脅かしつつ、由比ガ浜へと突き進んだ。そこで、鎌倉の軍勢と激突した。二十一日のことである。

その頃にはもう、大仏軍は幾度にも及ぶ攻防戦を経て、当初は八千だった兵数も、既に三百を切っていた。それでも大仏貞直は、ただひたすらに面前の敵と戦い続けた。

二十二日、大仏貞直は、ついに脇屋義助の手の者によって討ち取られる。

日頃から和歌にも堪能だった貞直は、一片の辞世の歌すら残さなかった。付き従っていた一族も全滅した。

貞直の死の同日、義貞が率いる新田本軍は由比ガ浜での激闘を制し、周辺の民家に放火を繰り返しながらも、若宮大路を北へ北へと進んでいった。府内の深奥《しんおう》を目指した。

この日の由比ガ浜には、朝から激しい南風が吹きつけていた。その潮風に乗って、炎は瞬く間に府中全体へと燃え広がった。

鎌倉中の空が煙に包まれる中、新田軍に降伏する者も続出した。例えば北条高時お気に入りの寵臣で、常日頃は剛勇をもって知られていた島津四郎《しろう》とその配下は、戦わずして兜を脱いだ。あっけなく降伏した。

反面、最後まで抗戦した者もそれ以上に存在した。

金沢貞冬もまた、その一人であった。金沢流北条家の面々と共に、迫りくる新田軍に対して散々に市街戦を繰り広げた。しかし、一族がほぼ壊滅した直後、父と共に自害して果てた。

同日の夕刻、北条高時を始めとした得宗家の一族は、戦況がこれ以上好転するはずもないことを悟った。彼らは敵と一度も槍を交えることなく、屋敷の東にあった東勝寺へと逃げ込んだ。剣戟《けんげき》と馬蹄《ばてい》の音が周囲に鳴り響く中、最初に高時が腹を切った。一族もそれに続いて次々と自刃した。その数は六百名とも八百余名とも言われる。

これにて事実上、鎌倉府は滅んだ。その末期《まつご》の美醜こそあれ、誰もが敗軍の将として無言のうちに死んでいった。

が、その滅亡前の言動が六波羅まで伝わってきた者も、わずかながらに存在した。

この鎌倉府滅亡から遡《さかのぼ》ること、四日前のことである。


高氏が敬愛して止まなかった義兄、赤橋守時は、鎌倉北部の切通――巨福呂坂の守将として敵の先鋒を迎え撃ち、新田勢の堀口貞満《ほりぐちさだみつ》と激戦を繰り広げていた。

守時は、それ以前に師直が密かに遣わした密使の口上にも、首を縦に振らなかった。

その時の様子を、鎌倉から帰還した使者から聞いた。

「わしは、一門の中でも得宗家に次ぐ家格である赤橋家に生まれた。その当主として育った。逃げるような真似は、出来ぬ」

まずは厳しい口調で、そう断言したという。

しかしその使者は、困惑しながらも守時に切々と訴えた。

「されど、登子さまと千寿王さまは、既に鎌倉を御落去あそばされておられまする。また、赤橋様は我が大殿とも義兄弟であられます……そのような赤橋様お一人が、今ここにお残りになられたとしても、得宗家からの心証は如何ばかりのものでしょうか」

すると守時は、少し微笑んだ。

「そのようなこと、分かっておる」

そして、穏やかに言葉を続けた。

「高氏殿は、我が愚妹のことはおろか、今は敵となったそれがしにまで、まことに情深《じょうぶか》きお方であられる。ありがたくお気持ちだけ賜っておく。そう、高氏殿に申し伝えよ」

「で、ですがそれでは――」

使者がそう言いかけた直後、守時はさらに首を振った。

「もうよい。わしの心は、変わらぬ」

これには使者も、つい継ぐべき言葉を失くした。

ややあって守時は、再び頬に笑みを浮かべたという。

「さ、そろそろ登子たちの落去も、柳営に露見する頃合いであろう」そう柔らかな声音で、使者を急かした。「この屋敷にもいつ詰問の使者が訪れるとも限らぬ。そなたも早く、鎌倉を離れよ」

そこまでを高国と高氏の前で語った時、不意に師直の使者は泣き出した。

「赤橋様は、それがしのような陪臣《ばいしん》にまで、いとう心配りをなされてくださりました。我ら足利一族に対して、愚痴ひとつ恨み言ひとつ、最後までお洩らしになりませなんだ。節義もあり、まことにお優しきお方でござりました」

そう言葉尻を震わせ、さらに泣き崩れた。

守時は、新田軍が鎌倉府に迫り来る頃には、既に自らの死を覚悟していたようだ。

現執権の身でありながら柳営に志願して、鎌倉の北端に位置する巨福呂坂の守将となった。北方からの敵を想定するに、死守するに最も困難な切通だ。赤橋家にかかった汚名を濯《すす》ぐつもりだったのだろう。

果たして守時の守る巨福呂坂に、敵の主力五万が殺到した。去る五月十八日のことである。

守時は、敵の先鋒隊である堀口貞満からいかに分厚い攻撃を仕掛けられても、引き下がらなかった。自らも槍を取り、一昼夜に渡って最前線で奮戦し続けた。さらには五倍する敵を、一時的には洲崎という場所まで押し返した。が、さすがにそこで力尽きた。守時の率いる兵は、いつの間にか一万から九十余名にまで激減していた。

守時は周囲を敵の大軍に取り囲まれながら、この洲崎にて自害して果てた。北条一門の主だった武将のうちで、最も早く死んだ。おそらくははなから、そのつもりだった。

その壮絶な最期を聞いた時、兄の高氏は半狂乱になった。口惜しさと悲しみに地団太を踏み、意味もなく部屋の中をぐるぐると歩き回った挙句、さらに取り乱して大泣きに泣いた。

「わしが、代わりに死ねばよかったのだ。わしさえ得宗家を裏切らずば、義兄《あに》が死ぬこともなかった。鎌倉から命じられたままに戦い、さっさと討ち死にすればよかったのだ」

その言葉を傍《かたわら》で聞いていた高国は、身を切られるように辛かった。ひどく面目なくもあった。

このおれが、最終的には兄に決起を詰め寄ったのだ。そして、その結果としての義兄の死も、半ばは予期していた。だから義兄の死は、おれのせいでもある……。

さらに訃報は続いた。

高氏の長子、竹若丸である。

兄は登子と結婚した後も、嫡男から外されたこの長子のことを、常に気にかけていた。新しい正妻にはなにかと遠慮しつつも、高国と二人だけの時は、しばしば竹若丸のことを口にした。

「竹若は、鎌倉を遠く離れて、心許なくはなかろうか」

「あのような鄙《ひな》びた場所で、寂しがってはおらぬだろうか」

などと、自分たち兄弟の日陰の生い立ちに照らし合わせて、盛んにその境遇を憐《あわ》れんでもいた。

竹若丸は、京で父が鎌倉に反旗を翻《ひるがえ》したことを知り、伊豆の走湯山《そうとうざん》を密かに抜け出した。まだ十三歳ながらも山伏姿に身をやつし、父に会いに行こうと上洛を試みた。

箱根から続く伊豆山系を越えて、駿河国の三島へと至り、さらに浮嶋《うきしま》ヶ原という広大な砂州の一本道に出たところを、幕府の伝令に見つかった。

伝令の一団は、当初は京へと向かっていた。その途中で京からの早馬に会い、足利軍の蜂起が確実なことを知って、再び鎌倉へと急ぎ舞い戻っている最中だった。

一団は、逃げ惑う竹若丸を取り囲んだ挙句、刺し殺した。その上で首を刎ねた。

高氏はこの訃報を耳にした時、顔から一気に血の気が引いた。無言のまま六波羅の奥にある寝所《しんじょ》に引き籠り、数日出てこなかった。水すらもほとんど飲んだ形跡がなかった。

兄個人にとって得宗家を裏切った代償は、とてつもなく高いものとなった。

第三章　朝敵

1

謀《はか》られた――。

一言で言えばそういうことになると、師直は思う。

時に、元弘三（一三三三）年の秋のことである。

そもそもあの男――後醍醐天皇には、足利家に幕府を引き継がせる気などさらさらなかったのだ。最初から幕府を潰す気でいた。御家人という身分もまた然りだ。武士などは公卿の犬同然に扱われていた頃の、かつての律令の世を蘇らせるつもりでいたのだ。

そう……幕府など、二度と開かせるつもりはない。

そもそも半年ほど前の三河で、あの綸旨を見た時から、わずかに疑問には思っていた。

本気なのか。

先の帝には、足利家に鎌倉幕府を本当に継承させる気があるのだろうか……。

が、その疑問を口にすることはなかった。細川和氏を始めとした足利家の一門が、

「八幡太郎義家公以来の由緒ある源氏の血統が、ようやく表舞台へと返り咲く機会がやって来たのだ」

「これは、一族にとっては百年に一度も訪れぬ潮も潮、大潮である。されば、我らも大勝負に打って出る」

などと、いかにも感に堪えぬように言い騒ぎ、興奮し、やる気も自信もない高氏を一族が総出で鼓舞し、勇気づけ、ようやく決起させようとしていた矢先だったからだ。

その一門の異常な盛り上がりようを見て、師直は思った。

ともかくも、綸旨にある通り、まずは北条高時が率いる得宗家を滅ぼすことだ。その先で、たとえ武士の世界が鎌倉府と朝廷の二重政権のようなものになるにせよ、だ。

だから、その疑問は口にしなかった。敢えてこの気運に水を差すこともあるまいと感じていた。

しかし、結果ときたらこの始末だ。

後醍醐天皇は、鎌倉府が行ってきたそれまでの制度や決まり事を、すべてひっくり返した。無効であると宣告した。さらに、朝廷で長らく続いてきた摂関政治や院政をも、完全に否定した。

そして、今から四百年ほど前の平安中期に、醍醐《だいご》天皇、

村上天皇《むらかみ》が自ら行ったと言われる親政——延喜天暦《えんぎてんりやく》の治世を理想として、天皇が直接この国を治めることを宣言した。

この皇位に返り咲いた天皇は、我が足利一族の腑抜け将軍とは違って、新時代への気概とやる気に満ち溢れていた。

それ以上に、したたかな策士でもあった。

後醍醐天皇があの綸旨に含みを持たせたのは、つまり幕府を倒せと明言しなかったのは、そうでもしなければ、御家人たちが得宗家を討つ気にならぬと分かっていたからだ。

いわば、方便《ほうべん》だ。だから、結果として幕府が有名無実化するような綸旨を全国に乱発した。

そう考えてくれれば、血気盛んではあるが、朴訥《ぼくとつ》そのものである我ら坂東武者を操るなど、五百年以上も権謀術数の渦巻く王城の地で産湯《うぶゆ》に浸って育ってきた後醍醐天皇からすれば、まるで赤子の手を捻《ひね》るようなものだっただろう。

くそっ——。

師直はさらに憤然としながらも、つい五月前の出来事を思い出す。

五月上旬の六波羅探題の陥落後、足利軍と赤松軍はすぐに京洛に臨時の軍政を敷いた。そうでもしなければ、この都は完全な無政府状態に陥っていただろう。

いや……事実、六波羅陥落の直後から、既に洛中の治安は恐ろしく悪化していた。公卿宅や土倉への押し込み強盗、辻斬りや強姦事件などが横行し、これらの被害を受けた京童たちが、六波羅に陣取る足利軍と赤松軍の許に、人命と家産の保護を泣きつくようにして拝み込んで来ていた。

が、肝心の高氏ときたら、平時のこういう細々とした軍務になると、相変わらずからきしだった。また、興味もまったくなさそうであった。

挙句、高国と師直にこう丸投げした。

「わしにはよく分からぬ。よって、円心殿ともよく相談した上で差配せよ」

さらに高氏は、円心本人にもこう頼んだ。

「我が弟と家宰のこと、なにとぞよしなにお願いしとうござります」

ようは、軍政の主導権の半ばを円心に譲ろうとした。

この権力欲への恬淡さよ、自己肥大感覚の皆無さよ、と師直はこの時も妙に感心してしまうやら、呆れてしまうやらであった。

高氏は既に従五位上という位階に叙位され、その領土は下野国足利荘を始めとして荘園も全国各地に点在し、御家人では随一の勢力を誇る。三河や尾張などに根を張る一族の所領も含めれば、さらに広大なものになる。

そして、今回の六波羅陥落の最大の立役者と言えば、この足利家の棟梁であることは衆目の一致するところだった。

また、この六波羅陥落の直後に、関東でも新田義貞が千寿王を奉じて挙兵し、鎌倉に向かって日々軍勢を膨らませながら進軍を続けているとの報が届いていた。これもまた、足利家の坂東各地への働きかけによるところが大きい。

対して円心は、播磨国佐用郡というちっぽけな荘園の一地頭で、無位無官の老人に過ぎない。

ようは、武門としての権勢、そして世間での名声にも雲泥の差がある。

それでも物事の判断にも長けた年長者ということで、ごく自然に円心を敬い、この老人を立てていこうとする。

この高氏の無欲さと慇懃《いんぎん》な態度には、円心はさらに好意を持ったようだ。

「まことに足利殿は、懐の深き御仁であられる。いついかなる時も、決して高ぶられぬ。その御器量、あたかも大海《たいかい》の如くであられる」

聞きながら、師直は少しおかしかった。というか、この足利家の棟梁には、相模湾のような茫洋たる大《おお》らかさしか能がないのだ。

が、円心はなおも感じ入ったかのように、こう続けた。

「よろしゅうございます。不肖ながらこの円心、足利殿のお気持ちに報いさせていただくためにも、御舎弟殿、家宰殿と共に、鋭意この京洛の警護に努めまする所存」

既に六波羅の周囲には、降伏した御家人たちを含めて十万近くの軍が駐留していた。さらには高氏の軍事督促状に応じて、全国の御家人たちが兵団を率いて陸続と京に集結しつつあった。六波羅陥落から半月も経たないうちに、在京する武士は計十五万を超えた。

それら武士団への監理監督や市中の治安維持に、師直、高国、円心の三人は、たちまちのうちに忙しくなった。

当初は軍務を師直たちに丸投げしようとしていた高氏も、その埒外ではなかった。

上京してきた武士たちが、次々と到着状や軍忠状を提出してきたからだ。彼らの誰もが暗黙の了解として、滅んだ得宗家の後釜に座って今後の御家人を率いていく武門は、足利家を措いてないと踏んでいるようだった。

高氏は瞬く間に、これら書状に次々と証判を書き連ねる作業に追われた。そして、このひっきりなしの作業に早くも数日で音を上げた。

「これは、たまらぬ。師直、高国よ、わしの代わりに証判を書いてはくれぬか」

が、さすがにこの花押だけは本人に書いてもらう必要がある。代理の花押が書かれた証判状など、誰がありがたがるものか。また後日、その証明効力を問われた場合、代理人の署名では明らかに弱い。

高国が、厳かに言い渡した。

「兄上、懈怠《けたい》は申されぬものです。これもまた篠村での督促状と同様、武門の棟梁としては大切なお仕事でござる」

しかし、結果として師直と高国も、それら書状を差し出してきた武士たちの身分、本人確認の精査作業に追われることとなった。

高氏が、それら到着状と軍忠状を途中からろくに披見もせず、次々と花押を殴り書きしている現場を押さえてしまったからだ。

そんなわけで、師直と高国は日々の軍務にこの高氏への補佐業務が加わり、さらに仕事に忙殺されることとなった。

そこで、高国とも協力して、仮の奉行所を設立した。その組下に足利一門の者を置き、市中警護と武士団の監理業務を一族で分担した。兇徒退治の沙汰を発し、軍内外を問わず、洛中で乱暴狼藉《ろうぜき》を働いた者たちの交名注進《きょうみょうちゅうしん》（名簿作成）を命じたりした。

細々とした政務に追われながらも、時に師直は思う。

既に六波羅は、足利家に随身《ずいじん》を誓う御家人たちで溢れ返っている。みな、足利一門の軍令に唯々諾々《いいだくだく》と従っている。

鎌倉府は未だ北条家の支配下にあるが、少なくともこの六波羅を中心とする畿内に限っては、あたかも足利家を主体とした幕府が、忽然と成立したような観を呈している。

そのことに、満足を覚えた。

ともかくも、そうやって立て続けに兇徒、狼藉者を捕えて罰しているうちに、ある重大な事件が発覚した。

円心の配下に、殿《との》の法印《ほういん》という者がいる。

そもそもは天台座主《てんだいざす》であった護良親王に仕えていた僧侶で、本名を二条良忠《りょうちゅう》という。山門の僧兵頭でもあった。

二年前、殿の法印はそれら僧兵を率いて、天皇親子の挙兵に付き従った。そして笠置山と吉野の戦いで幕府軍に立て続けに敗れてからは、護良親王の令旨の絡みもあって円心の配下に加わった。六波羅陥落の時は、赤松軍の二番隊として七百名の兵を指揮していた。

ただし、殿の法印の配下には野伏上がりのならず者が多く、兵団の質は極めて低かった。

土倉からの訴えによると、この殿の法印の配下が、六波羅陥落時のどさくさに紛れて彼らの屋敷に次々と押し込み強盗を働いていたらしい。さらには抵抗する家人をも斬り殺したという。調べてみると、確かに事実であった。

万事について謹直な高国は、この所業に激怒した。

「本来なら京の治安を守るべき者が、あべこべに狼藉を犯すとは何事かっ」

そして狼藉を働いた二十数名の者を、殿の法印の抗議を無視して捕縛した。

「円心殿、今後の市中への聞こえもございます。我ら両軍の公明正大さを示すためにも、即刻この者たちを打ち首にするに如かず」

が、円心の反応は、やや歯切れが悪かった。

「されど彼らは、そもそもが宮様（護良親王）のご配下にて、六波羅攻撃の直前から我が軍に与力してきたばかりの者。いわば友軍で、厳然たるそれがしの組下ではありませぬ。故に、即断は難しゅうござる」

ようは、親王の了承をまず取り付けてから処罰すべきだというのが、円心の意見のようだった。その様子からは、以前に令旨を受け取った護良親王への遠慮も感じられた。

しかし高国は、断固とした口調でこう言ってのけた。

「円心殿、お言葉ではござりますが、物事の是非を判断するに、いずこに属する者かということは関係ござりますまい。また、正義を断ずるに、忖度も必要ありますまい」

この正面切った正論には、円心も黙り込むしかなかった。

高国は件の二十数名を斬首に処し、その首を高札と共に掲げて六条河原に晒した。

曰く、
大塔宮《おおとうのみや》の候人《こうにん》、殿法印良忠《とののほういんよしただ》が手の者ども、於在々所々、昼強盗を致す間《あいだ》、所誅也《ちゆうするところなり》。

大塔宮とは、護良親王の別名である。

つまり、護良親王の配下で、殿の法印の手の者たちが、市中の複数個所で白昼強盗を働いたので誅殺した、と書き連ねた。

さすがにこれはやり過ぎであると感じて、師直は高札を掲げる直前に、高国に忠告した。

「もう少し、その責の所在をぼやかしたほうが、穏便ではござるまいか」

が、この時も高国は鼻息荒く言ったものだ。

「我ら坂東の駐留軍が、この王城の地でさらなる信任を勝ち取るには、誰の配下だったのかを明快にしておく必要がある。宮様にはやや気の毒ではあるが、我ら足利軍が狼藉をしたと勘繰られてはかなわぬ」

「…………」

「師直よ、古くは平家や木曾義仲《きそよしなか》の例を引くまでもなく、この京で思うがさまに振舞って、その勢力を長く保った者はおらぬ。そのことは京童でも知っておる。兄の今後のためにも、そのような印象を世間に与えたくはない」

これまたある意味で、足利家の立場から見れば正論だった。だから師直もまた、黙り込むしかなかった。

ところで六波羅陥落の直後、師直はすぐに高氏に申し出て、伯耆の後醍醐前天皇に早馬を出していた。

その後の関東での挙兵の件も、追って早馬を出した。

当然、この時点では後醍醐前天皇も、六波羅は陥落したものの、坂東は未だ鎌倉府の支配下にあることを知っていた。それでも船上山を下りて伯耆国を出た。畿内までの道のりは、彼にとって安全であると踏んだからだ。

前天皇は、名和長年の軍に守られながら美作《みまさか》の北部を抜け、播磨の山岳地帯へと入った。そして、五月の二十五日には摂津の海岸部、湊川《みなとがわ》にある福厳寺へと入った。

この福厳寺で、後醍醐前天皇は驚くことに、鎌倉府によって擁立されていた光厳天皇の即位自体を否定した。

廃位を命じたのではなく、そもそも光厳天皇の存在自体がまやかしで、自分は常に天皇の座にあったと言い出した。

「朕は、隠岐から伯耆へと旅に出ていただけだ。それだけの話だ。朕が旅に出ている間、誰もその後の皇位に就いてなどいない」

そして元号も変わっていないとして、光厳天皇が立てた正慶という元号を廃し、後醍醐前天皇が隠岐に追放される以前に使っていた元弘に戻した。

つまり、今年は正慶二年ではなく、いきなり空白の間を置いて元弘三年になった。光厳天皇は、初めから存在しない人物となった。

この言い分には、さすがに師直もたまげた。

皇室の二つの系譜――後醍醐前天皇の属する大覚寺統と光厳天皇の持明院統《じみょういんとう》は、累代が朝廷で勢力を争ってきた。とはいえ、あまりにもそのやり方が強引過ぎる。そして話の筋にも無理がある。

が、後醍醐天皇は、平然とその理屈を押し通した。

さらには、関白である鷹司冬教《たかつかさふゆのり》を即時解任する命を下した。摂政はこの時存在していなかったので、この時点で摂関政治は事実上、廃止された。

五月二十九日、赤松円心が京を発った。湊川の後醍醐天皇に伺候《しこう》するためである。

翌日、鎌倉から早馬がやって来て、鎌倉府の陥落を足利軍に報じた。

が、その勝利の喜びも束の間だった。

高氏は、義兄である赤橋守時の死と、長子の竹若丸が殺されたことを、ほぼ同時に知った。直後から半狂乱の体《てい》に陥り、六波羅の奥の部屋から出て来なくなった。

そしてその状態は、六月一日の夕刻に円心が帰京した時も続いていた。

円心は、湊川で後醍醐天皇に拝謁した折に、

「ようやった。恩賞は望みのままに取らせる。むろん、源高氏も同様である」

との言葉を賜った。そこで、急ぎ高氏にもこの言葉を伝えようと、喜び勇んで京へと舞い戻ってきたのだ。

が、当の本人が肉親を失った悲しみに六波羅の奥に引き籠ったままであることを知り、顔を曇らせた。

六月二日、ようやく奥の部屋から出てきた高氏に、まるで父親であるかのように慰めの言葉をかけた。

「足利殿、どうか英気をお戻しなさりませ。帝も、恩賞は望みのままぞ、と仰せであられました。我ら御家人の栄えある先々のためにも、しかとお気を取り直しなさりませ」

しかし高氏は、再び涙ぐみながら答えた。

「円心殿、それがしはこの世での栄華など、一度も望んだことはありませぬ。故に、帝のお言葉はありがたく賜りたいとは存じつつも、未だひたすらに悲しゅうござる」

こんな場合ながら、聞いていて師直はつい馬鹿馬鹿しくなった。

この高氏という三十間際にもなる男は、歴とした武門の棟梁である。

にもかかわらず、一族や郎党の先々のことなどこれっぽっちも念頭になく、ただ自分一個の悲しみに浸っている。

が、円心の受け取りようは、また違ったようだ。五十代の半ばを過ぎても未だ世俗欲の衰えぬこの老人は、むしろ自らがそうであるからこそ、高氏のおよそ浮世離れした無欲さ朴訥さを目の当たりにして、感動の色を露わにした。

「足利殿は、まことに万人の上に立つべき稀有なお人柄であられる。されば、それがしはいついかなる時も、これよりは足利殿と共に歩を進めて参る所存。足利家を中心とした源氏の世のために、微力ながら力を尽くさせていただきまするぞ」

ああ、と師直は何故か嘆息したい気持ちになる。

またここに、熱狂的な高氏信者が一人、誕生した……。

さらにはこういう直《す》ぐな部分、円心は戦には恐ろしく老

練だが、年甲斐もなく多分に子供っぽい。時に軍才とは、少年のような無邪気さと同居するものなのかもしれない。

しかし、師直が後で振り返るに、この円心の言葉に嘘はなかった。

赤松円心は、これ以降どんな時も――高氏が朝敵になり九州に落ち延びた時も、足利家が二つに割れた内乱の時も、その生涯にわたって高氏を支え続けた。


ともかくも、そんな毒にも薬にもならぬやりとりを円心と高氏が繰り広げている間にも、事態は刻々と進んでいた。

円心が湊川を去った直後の六月一日、新田義貞からの使者が、後醍醐天皇にも鎌倉府陥落を報せた。

後醍醐天皇は、六波羅に続いて鎌倉府までもが、こんなに呆気なく崩壊するとは夢にも思っていなかったようだ。

「源小太郎義貞の功績、無類のものである。されば、恩賞は望みどおりに取らせる」

さらに歓びのあまり、その使者にまでこう告げた。

「そちにも、恩賞は望みのままぞ」

当然、使者は気死するほどに喜んだ。

六月二日、河内から楠木正成が旗下の膨れ上がった兵七千を率いて、湊川に着いた時もそうだった。

「橘朝臣《あそん》正成、此度の戦果は、ひとえにそちの働きによる。恩賞は、望みのままに申すがよい。すべて思うようにする」

ようは、まだ帰京もしてないのに、会う相手すべてに、早くも恩賞の空手形を乱発し始めていた。

しかし正成は、そんな前後の経緯など、この時はまだ知らなかった。しかも非公式であるとはいえ、天皇が正成を朝臣と呼んだことにより、これより先での恩賞はむろん、位階の叙位も確約されたに等しい。

得宗家から見れば単なる悪党に過ぎなかった正成は、いきなり宮中に昇殿を許される雲上人となった。

また、正成は以前から皇別氏族である橘氏の末裔《まつえい》を自称していたが、天皇が直々にこの姓を呼んだことにより、それが結果として追認された。大変な栄光と言っていい。

正成は感動のあまり、落涙《らくるい》した。その身と一族が続く限り、後醍醐天皇に伺候していくことを御前《ごぜん》で誓った。

これまた円心と同様、戦場では並外れた知略を見せるが、根は直ぐな男だった。そして、この男の悲劇の始まりであった。

六月三日、後醍醐天皇は楠木軍と共に上洛の途に就いた。そして翌四日には、洛中南部の東寺へと入った。

帝の父である後宇多《ごうだ》上皇は、十年近く前に崩御《ほうぎょ》していた。後醍醐天皇は、光厳天皇の存在を無視したのと同様に、持明院統である花園上皇の存在もなかったこととした。後伏見上皇は後難を恐れて出家した。上皇そのものが朝廷に居なくなった。これにて院政も、自然に廃止となった。

師直は、やや感慨深く思う。

これで天皇自身が行う親政と、今は機能停止している鎌倉府、六波羅探題だけが、この国の政治を司ることになる。あとは、この二機関のもぬけの殻に、足利一門が座ればいいだけの話だった。

六月五日、二条富小路内裏《とみのこうじだいり》に入った後醍醐天皇に、いよいよ足利家が拝謁することとなった。高氏と共に、弟である高国も伺候するように命じられた。

天皇は既に、重能など上杉家を通じた公卿たちからの連絡網により、足利家の内実を摑んでいたようだ。此度の決起で足利家を動かしたのは、実は棟梁の高氏ではなく、実弟の高国だということを前々から知っていた節がある。

でなければ、足利家の連枝に過ぎぬ高国を揃って昇殿させるはずもない。

事実、天皇の推測した通りだと師直も感じる。

高国こそが一族の総意を取りまとめ、半ば強引に兄の決起を促した。そして足利一族が動いたからこそ、得宗家の天下は一気に覆った。

そう考えてくれれば、まさに高国こそが得宗家を滅ぼし、前天皇を檜舞台に復帰させた最大の功労者ではないか。

ちなみにここまでの時点で、高氏の官位は従五位上、治部大輔であり、高国は従五位下、兵部大輔であった。源氏系御家人の中では、その身分は群を抜いている。そして此度の拝謁により、さらにこれら位階と官職が進むのは、まず間違いない。

高氏は、まだ長子や義兄を失った悲しみに浸りながらも、後醍醐天皇への拝謁自体はひどく心待ちにしている様子であった。

「わしは、とうとう帝にお会いすることが出来るのか」

と、そわそわとした様子で、前日から何度も同じ言葉を繰り返した。

過日に、高国から聞いたことがある。

かつて高氏がまだ何者でもなかった部屋住みの頃、たとえ歌道の世界でのこととはいえ、この世で初めて高氏の資質を認めてくれたのは、この天皇であった。自分という存在がこの世で初めて認められたというその時の感動を、高氏は可憐にもずっと忘れずに、天皇への思慕として持ち続けているという話だった。

一方の高国はと言えば、この拝謁にはあまり気乗りがせぬ様子であった。

「わしも、行かねばならぬのか。足利家の栄誉は、兄一人が受ければ充分ではないか」

挙句、こうも言った。

「連枝は、縁の下の力持ちであればいいのだ。栄華など不要のものである」

この、あまりにも謙虚というか後ろ向きな態度には、師直もついため息をつきたくなる。

この男は兄の先々のことになると躍起になって動き回るくせに、いざ自分の立場を押し出すような場合になると、途端に尻込みする。兄を差し置いて、自分が派手に立ち回ることを異常に嫌う。

あの篠村八幡宮でもそうだった。高氏がぼんやりとして、いつ軍を動かすか結論がなかなか出ずじまいだった時も、師直が散々にうながすまで口を開こうとはしなかった。

鏑矢を納める時もそうだ。何故おれまでが矢を納めねばならぬのか、兄に対して越権行為ではないか、というような顔をして師直を見返した。


が、これが高国の良さだとも改めて感じる。

……。

ようやく少し、この兄弟の本質が見えてきたような気がした。

高氏はそもそも何も考えていないし、自分に期するものも皆無だから、浮世のことすべてにおいて欲も関心もない。

高国は、兄と足利家のことだけは夢中で守ろうとするが、こと自分の利害に絡むこととなると、まるで能無し同然だ。足利一門内で自分がより優位になるような立ち回り方も、微塵もしない。おそらくは夢にも考えたことがない。

こと自らに関する限り、まったく欲のない兄弟。

だからこそ、世俗の欲に塗れた者どもは、水が低きに流れていくように、この兄弟の無欲さに惹きつけられ、集まってくる。無欲さという水穴《すいけつ》に、次々と呑み込まれていく。

違うのは、その範囲だけだ。高氏は接した世間の者すべてから、高国の場合は一族のすべてから信任を勝ち得ることが出来るのだ——。

この足利兄弟の天皇への拝謁を、師直は見ることは出来なかった。

いかに足利家を取り仕切る家宰とはいえ、朝廷から見れば師直など、そもそもが無位無官の陪臣に過ぎない。昇殿が許される身分ではない。

　別に構わぬ、と師直はごく自然に思っている。

　地下人同様の身分では天皇になど興味の持ちようもないし、そもそもが拝謁出来たところで、顔を上げて直《じか》にその御身を拝むことは出来ないのだ。仮に拝面を許されたとしても、相手の姿は薄暗い御簾《みす》の向こうにある。とても見えたものではない。

　ただ、後醍醐天皇がどういう人物かということは、京に来て様々な風聞を聞き、よりはっきりとしてきていた。

　鎌倉にいた頃は、北条氏の天下を三度も覆そうとした事実からも、単純に不撓不屈《ふとうふくつ》の男であるという印象をぼんやりと抱いていた。恐るべき精力漢だと言い直してもいい。

　が、この王城の地に来て分かったことは、それは私生活にもまったく当てはまるということだった。現世欲も色欲も、およそ皇族育ちとは思えぬほど人並み外れて強い。

　現天皇は、師直が聞いている限りでも皇后以外に二十数名の女性と関係を持ち、皇子十七人、皇女十五人、計三十二人という途方もない数の子供を作っている。

　それだけではない。天皇に即位後、後宇多上皇の中宮の一人と懇《ねんご》ろになった。つまりは父の側室を寝取った。それが元で父と大喧嘩を起こしている。

　この逸話には、師直も腰を抜かすほどに驚いた。

　師直自身、多少女好きのきらいがあるとはいえ、そこは一夫一婦制の厳格な坂東で生まれ育ったから、過去に浮気が露見した時も、妻に土下座をして平謝りに謝ったものだ。また、このような放埒な性生活を夢想だにしたこともなかった。

　さらには、権力欲の部分である。

　後醍醐天皇は即位後四年目に父の院政を廃止して、自身の親政を開始した。朝廷を完全に自分の支配下に置いた。

　次に、鎌倉府の実権をも手中に収めようとして、九年前の正中の変を起こした。このあくの強さが、笠置山での二度目の蜂起、先日の三度目の蜂起へと繫がっていく。

　実は後醍醐天皇は、後宇多上皇の次子である。異母兄である後二条《ごにじょう》天皇が若くして崩御し、その第一皇子である邦《くに》良《よし》親王、第二皇子である邦省《くにみ》親王のどちらかが無事に成人するまでの、繫ぎの天皇に過ぎなかった。

　その件を父に確約させられた上で、最初の皇位に就いていた。

　惜しくも邦良親王は夭折してしまったが、邦省親王は成長して今も生きている。もはや三十を過ぎている。

が、その約束も、こうして自らが天皇に返り咲くことにより、完全に反故《ほご》にした。

それればかりか帰京後すぐに、故・邦良親王の長子である康仁《やすひと》親王の廃太子（皇位継承権の廃止）を宣言していた。たとえ同じ大覚寺統の皇室といえども、自らの直系以外には、今後の皇位を譲る気は一切なさそうであった。

このすさまじいばかりの世俗欲には、さすがに師直も辟易した気分にならざるを得ない。

しかし師直は、これらの話を高氏には伝えなかった。なんとなくだが、この足利家の棟梁に、この手の話を聞かせても仕方がないように感じていた。

代わりに、高国には包み隠さず伝えておいた。

高国は結婚後約十年が経つが、正妻との間に相変わらず子供はいない。それでも一切、側女を置こうとしない。

男女関係においても潔癖過ぎるこの男は、師直が天皇の不義姦通の話をしている時点で、早くも顔をひきつらせ始めた。そして最後まで話を聞くに及び、明らかにひどく幻滅した様子だった。ややあって、

「帝ともあろうお方が、なんたることか……」そう、ぼそりと呟いた。「我欲に塗れておられるではないか」

参内に気が進まなかったのは、帝に対する生理的な嫌悪の情もあったのだろう。

内裏の外で高氏兄弟の退出を待ちながらも、ふと冷静になって考えた。

高国の指摘通りだと感じる。ここまで我欲に塗れた天皇が、果たして得宗家の後釜に足利家を座らせて、すんなりと鎌倉府の実権を譲渡してくれるものであろうか。

やはり師直は、多少の危惧を覚えざるを得ない。

この日、足利兄弟は天皇から直々にお言葉を賜った。

「源高氏、ならびに同高国、そのほうたちの功績は最も大なるもので、天下に朕の面目を施すものである。よって、まず源高氏を鎮守府《ちんじゅふ》将軍に任ずる。位階の叙任、恩賞は、追ってすぐに沙汰をする」

少なくともこの兄弟に関する限り、その言葉に嘘はなかった。七日後の十二日、さっそく天皇からの宣旨《せんじ》が下った。

「源高氏を従四位下、左兵衛督《さひょうえのかみ》とする。舎弟高国を、左馬頭《さまのかみ》に任ずる。恩賞として、源高氏には武蔵、常陸《ひたち》、上総《かずさ》の三か国、さらに伊勢は楊御厨《やなぎみくりや》の他、二十九か所の地頭職を与える。また、高氏は上総と武蔵の守護職も兼ねる。源高国には遠江一国を与え、地頭職として相模は弦間郷《つるまごう》の他、十四か所の地頭職を与える」

これにて、元々富裕であった足利家の兄弟は、一瞬にしてさらに途方もない領土と権益を持つ身分となった。北条家追討での功臣のうち、誰よりも遅く拝謁したのにもかかわらず、いち早く膨大な恩賞と位階を拝領した。

これら素早い経緯と恩賞の内容を見ても、後醍醐天皇が足利兄弟を最も高く評価していることは、紛れもない事実であった。

当然、高氏は感涙にむせんだ。

「反旗を翻してまだ一月のわしが、帝にここまで厚く遇される。その配慮は深山《しんざん》の如くにお深く、徳は天よりも高くあられる。わしは、この御恩を一生忘れぬ」

かと言って特段、その身の栄華を感謝しているわけでもなさそうで、かつて勅撰集に自分の歌が選ばれた時のように、自分という存在が再び帝に認められたことが、単純に嬉しいだけのようであった。

かたや高国は、足利家の連枝に過ぎぬ身で新たな官職を拝領し、さらには足利家の旧領にも匹敵する恩賞まで貰ったというのに、相変わらず浮かぬ顔をしていた。

「師直よ、兄は鎮守府将軍に任じられた」

「左様ですな」

「しかし、足利家が鎌倉府を再興することを考えれば、このようなまどろっこしい段階を踏まず、すぐにでも征夷大将軍に任じられて然るべきではないか」

もっともだ、と師直も思う。

鎮守府将軍などと言えば世に聞こえはいいが、その実は何の権限もない「お飾り」の武門職である。全国の御家人に正式に号令をかけるためには、一日も早く武門の最高職であり、実権を伴う征夷大将軍に任じられるしかない。

が、三河での決起以降の足利家の一縷《いちる》の希望は、この師直と高国との会話からわずか二刻後には、あっけなく打ち砕かれることとなる。

きっかけは、護良親王だった。

元弘の乱以来、鎌倉府に反旗を翻し続けてきた親王であるが、何故か彼は六波羅が陥落した後も、大和と河内の国境にある信貴山《しぎさん》の毘沙門堂で陣を構え続けていた。

さらには後醍醐天皇が無事に入京した後も、近隣から盛んに兵を徴募し、未だ戦闘準備を続けていた。今や、その旗下の兵は三千名以上にまでに膨らんでいるという。

そして、高氏兄弟の叙任から遡ること二日前の六月十日、突如としてこの親王軍が動き出していた。

翌日には、京の南郊にある巨椋池《おぐらいけ》まで進軍して来ていた。

意図は、依然として不明だ。

そしてこの十二日の夕暮れに、朝廷の動向に詳しい上杉憲房が、息急き切って六波羅に駆け込んできた。

俄かには耳を疑う話だった。

なんと護良親王に、征夷大将軍就任への内示が下されているとのことだった。むろん後醍醐天皇の決定である。

これには高氏も、つい先ほどまでの感動が消し飛んだような顔つきをした。

「大塔宮様が、征夷大将軍の任にお就きになられるのか」

しかし、その驚きのわりには、さほど憤慨もしておらぬような顔つきだった。

代わりに怒り出したのが、足利一門の面々であった。

「源氏の新しき棟梁たる兄者を差し置き、これはいったいいかなることか」

そう高国が珍しく顔を真っ赤にすれば、

「このように重大なこと、何故に朝廷からの事前のお報せがないのだっ」

と、細川和氏を始めとした支族も憤懣の声を上げた。

「帝は、我ら足利一族をお騙しになったのではあるまいか」

そんな声も満座から次々と上がった。

これらの反応に対して、上杉憲房も憤懣やるかたない口調で、この決定に至るまでの経緯を説明し始めた。

どうやら護良親王は、六波羅陥落直後から高氏の許に続々と集結する全国の武士団を見て大いに不快に思い、

「何故に彼らは、元弘の乱以来の功臣である自分の許には、拝謁にやって来ぬのか」

と、足利家に対する警戒感を一気に強めていったらしい。

その不愉快極まりない気持ちに、いっそうの拍車をかけたのが過日の事件である。

殿の法印配下の狼藉者を梟首《きょうしゅ》に処し、高札に責任の所在を掲げたあの出来事だ。

殿の法印は、梟首事件の直後から京を抜け出して、信貴山に籠る護良親王の許に直行していた。

親王は、高札に我が名まで掲げられたと聞いて激怒した。

「源高氏は、満天下にわしの恥を晒しておる」

しかし念のため、殿の法印にこう尋ねたらしい。

「して、おぬしの配下が狼藉を働いたというのはまことか」

「とんでもない。すべては憶測に過ぎませぬ」

殿の法印は兵団監理の責を免れようとして、自分に都合のいい嘘をついた。真に受けた親王は、さらに怒り狂った。

「良く調べもせず、そのような沙汰を下す。これは、わしを陥れようとする罠に等しいではないかっ」

これにて親王の、高氏ならびに足利家に対する憎しみは

決定的なものになった。

　護良親王は鎌倉府の陥落を知った直後から、もはや今後の脅威は足利家のみとばかりに、あべこべに畿内での臨戦態勢を整え始めた。

　師直はそこまでの話を聞き、だから言わぬ事ではなかったのだと、この処断を下した高国の顔を密かに見た。

が、高国もまた、自分の料簡にて勝手に怒り出していた。

「おのれ。あの比叡の僧兵頭は、自らの罪を逃れんとして、そのような世迷言を親王に注進したか」

　そう、面《おもて》に義憤を漲《みなぎ》らせた。

　ともあれ、さらに上杉憲房の話は続いた。

　後醍醐天皇は入京した直後から再三再四、信貴山の息子に向けて、

「もはや天下も静まったのだから、兵を集めるのは止めよ。速やかに出家剃髪して、元の叡山座主としての行に専念せよ。兵を解き、信貴山を降りて帰京せよ」

　と呼びかけていた。

　これに対する護良親王の答えは、ある意味でなかなかにふるっていた。

「私はこの数年間、常に幕府軍と前線で戦ってきた。昨日今日に決起したような源高氏とは違う。その私には兵を解けと命じ、源高氏にはそのまま六波羅にて大軍を任せ、駐留させる。これは、筋が通りませぬ」

　さらに親王は、京に向けて信貴山から喚き続けた。

「そもそも足利ノ高氏とは、何者か。つい先日までは鎌倉府の最も大なる御家人で、かつ累代が北条一門と婚姻関係を結び続けてきた。いわば、得宗家の飼い犬も同然だった男ではないか。そのような者がこの私を差し置き、京で幅を利かせている。わずかに六波羅を滅亡させたという一戦の功をもって、天下万民の上に立とうとしている。この一事、前代未聞である。ゆくゆくは北条高時よりも巨大な敵となりかねず、その勢いはかつての得宗家のように日ノ本を覆うかも知れぬ。されば、この私を征夷大将軍に任じてくださりませ。源高氏とその一党を、わしの旗下へと位置づけられよ。ならば私は、山を下りて入京する」

　この親王の強談には、またしても高国が憤然として噛みついた。

「いかに宮様とはいえ、この足利家を得宗家の飼い犬も同然だったとは、何事かっ」

　そう、怒りに声を震わせながら言った。

「そもそも我が一族は、頼朝公以来の由緒正しき源氏の血統である。本来ならば、元は平氏の木っ端に過ぎなかった

得宗家に成り代わって、鎌倉府を司るのが当然の血筋であったのだ。時勢の運なく下風に甘んじることになってしまったが、それは、朝廷も同様ではないか。常に、得宗家の顔色を窺っておられたではないかっ」

高国はまだ湧き出した怒りが収まらぬらしく、さらに理路整然とこう言い放った。

「また、こう申すも憚りながら、大塔宮に何の戦功があったというのか。なにやら前線に長年おわしたというのがご自慢のようであられるが、二年前の笠置山で負け、楠木殿の赤坂城に逃げ込んではまたしても負け、さらに今年の初めには、吉野の金峯山城でも負けておられる。負けに負け続けておられるではないかっ。その体たらくで、よくもまあ六波羅と鎌倉府を陥落させた当家を、こうも悪しざまに罵ることができたものだ。かのお方に、我ら一族と同等の戦功があったとでも申されるおつもりかっ」

まったくだ、と師直も感じる。

結局あの親王がやったことはと言えば、天皇の真似をして令旨をやたらとばら撒《ま》いただけだ。確かにそれにより幕府軍が苦戦した面もある。円心が蜂起した事実もある。しかし高国の指摘通り、護良親王自身には何の戦功もない。

案の定、この高国の発言には、仁木頼章や今河頼国らからも賛同する声が次々と上がった。

「そうである。かの親王には何の戦功もない。だから上洛した御家人たちも、宮様の許へは寄り付こうとせぬのだ」

「甲斐性の無い大塔宮の、醜い妬心《としん》である。自らが浮かび上がりたいがばかりに、我が一族の功を必死に貶《おとし》めようとしておられるのではないか」

「いかに皇族とは言え、その質は驕慢《きょうまん》そのものであられる」

が、これらの声に対して、憲房が苦虫を嚙み潰したような表情で、ぼそりと言った。

「されど、その親王には既に、征夷大将軍の内示が下っておるのだ。対して高氏は鎮守府将軍に過ぎぬ。この現実は、今さら変えようがなかろう」

さすがにこの発言には、束の間その場が静まり返った。

ややあって吉良満義が疑問を呈した。

「しかし、大塔宮は皇族であられるのに、何故に朝廷内の栄華ではなく、わざわざ我ら武門のような立身《りっしん》を、ここまでに求められるのか」

この疑問には、再びみんな黙り込んだ。ほとんどの者が、その動機には見当がついていないようだ。

しかし師直には、その親王の事情についてはことここに及んで、ようやくおぼろげながらに察しがつき始めていた。

師直はつい先日、上杉重能から聞いた話があった。

護良親王は後醍醐天皇に似て性格が激しく、当然のように言動のあくも強く、かつ、好色に端を発した家族規範の緩さも父親に瓜二つで、かつては曽祖父である亀山《かめやま》天皇の側室に盛んに手を出していたこともあったようだ。

ようは、あらゆる意味で似た者同士の親子であった。

そんなこともあり、かえってこの親子は以前から反りが合っていないという。

加えて阿野廉子《あのれんし》という、天皇の寵姫《ちょうき》の問題も絡んでいた。天皇はこの側室を、流罪になった隠岐にも伴って行くほどに気に入っていた。廉子との間に三人の皇子を儲けてもいた。彼らを溺愛し、ゆくゆくはその長子である恒良《つねよし》親王を自らの後継者に据える気でいた。

護良親王も既にそのことには気づいており、皇位に就くことは諦《あきら》めているという話だった。

だからこそ、と師直は推測する。

この護良親王は北条家追討の褒美として、朝廷の侍大将とも位置付けられる征夷大将軍の職だけは、我がものにしようとしたのではないか。

何故ならば、仮に天皇が足利家に鎌倉府の運営を任せるとしても、その時には以前は傀儡であった皇族将軍たちとは違って、今度こそ本来の征夷大将軍職として、護良親王自らが鎌倉府の実権を握ることが出来るからだ。

その上で、足利家は――いみじくも親王が父に要求した通り――自らの下風で、これまた本来は将軍の補佐役であった執権として機能させればよい。

ちょうど、今の高氏兄弟と家宰の師直の関係のようにだ。

もし、鎌倉府と六波羅を新生幕府がそのまま受け継ぐことになれば、護良親王は実質的に朝廷よりも大きな武権と土地の権益を手に入れることが出来る。

さらには将軍職の権限として、先々で執権の首を挿《す》げ替えることも可能だ。

それは別に、絶対に足利家である必要はない。此度の鎌倉府攻略で大功のあった新田家でも、過去に北条家に楯突いた三浦家や千葉家、安達家の一族でも構わない。

ようは自分が将軍として使いやすい武門を、適時に執権に選べばよく、取捨選択はまさに自由自在だ。

そう考えてくれれば、だからこそ後醍醐天皇も、この息子の要求をすんなりと呑んだのではないか。

いくら折り合いが悪いとはいえ、そこは自分の息子である。さほどよく知りもせぬ坂東武者に鎌倉府を任せるより、実子に切り盛りをさせた方が安心に決まっている。

結果、天皇は征夷大将軍の実父として、以前は手の届かなかった幕府にまで自らの意向を強く及ぼすことが出来る。だからこそ親王の申し出を、わずか五日ほどで受けた。

つまり、そういうことだ――。

師直はいつも、こういう足利一族の話し合いの場では、滅多に口を開くことがない。宗家の家宰として、常に控え目に末席に座っているだけだ。

だが、この考えるだに末恐ろしい先々の可能性だけは、まだそれと気づいていない足利一族の面々に、直ちに伝えておく必要があるのではないか……。

と、それまで他人事のようにぼんやりとしていた高氏が、久しぶりに口を開いた。

「師直よ、どうかしたのか」

「はっ」

「おぬしは額に汗をかいておる。首筋にもだ。どこぞ、体の具合でも悪いのか。京の水に腹でも下しているのか」

正直、この間抜けさ加減には心底がっかりとした。

「……いや、さにあらず」

しかし、そう応じた時には既に腹は決まっていた。むしろ声をかけられ、衆目が自分に集まっている今こそ、ちょうどいい機会だ。

「実はそれがし、僭越ながら皆々様に、是非にも申し上げたき儀がござりまする――」

そう前置きをして、自分が危惧している鎌倉府の先々での地獄絵図を、合切《がっさい》ぶちまけた。

話し終えた後、またしても一同は騒然となった。

「馬鹿なっ」そう最初に憤然と声を上げたのは、斯波高経であった。「それでは我らは、いったい何のために決起したのかまったく分からぬではないかっ」

「くそっ。まんまと親王と帝にしてやられた。わしらは、いいように利用されたのだっ」

細川和氏も、拳を板間に激しく打ち付けた。

高国も一瞬は呆然としていたが、直後には、むしろ彼ら以上に怒りを露わにした。

「今にして、ようやく分かった。わしは腑に落ちた。だからこそ帝は『北条高時の一派を討て』としか繰り返されなかったのだ。『鎌倉府を滅ぼせ』とは、決して明言されなかった。そのようなことを明言すれば、我ら足利家を始めとした御家人たちの賛同は絶対に得られぬことを、充分にお分かりだったからだ」

さらに、憤懣やるかたなく言葉を続けた。

「その上で鎌倉府を潰せなくとも、自らの傀儡政権と出来るような道を、密かに探られていたのだ。最初から得宗家に成り代わって、この日ノ本全体の武権を手中に収めらるるおつもりだったのだ。まったく、何というお方なのだっ」

そう結論付けるに及び、一同はますます興奮して、もはや収拾のつかぬ騒ぎとなった。

「やはり、謀られていた。すべては計算ずくだったのだ」

「この我らの哀れな有様ときたら、どうだ。いいように嬲《なぶ》られている未通女《おぼこめ》に等しいではないかっ」

翌日の十三日、護良親王は旗下三千の兵を率いて東寺の南までやって来た。

この南郊で後醍醐天皇旗下の千種忠顕らの兵団の迎えを受け、そこに、赤松円心の軍も加わった。

円心は、この前日に足利一族内で起きた激しいやり取りを、まだ知らなかった。

だからこそ、自らが令旨を賜った護良親王の入京に、ごく自然に付き従った。また、かつての配下であった殿の法印からの、執拗な随行願いもあったらしい。

護良親王は、それら数万の兵団を引き連れて意気揚々と大宮大路を北進し、二条富小路内裏へと入った。清涼殿にて、後醍醐天皇から征夷大将軍の職に任じられた。

同時に、兵部卿の官職をも拝領した。

兵部卿とは、兵部省の長官である。そして兵部省とは、諸国の兵士・軍事に関する一切のことを司る朝廷の行政機関のことだ。むろん、高氏の拝領した左兵衛督や高国の左馬頭よりも、はるかに格上で、その内実もある。

これで護良親王は、朝廷でも先々の新生鎌倉府においても、一躍軍事方の頂点へと躍り出た。

六月十五日、後醍醐天皇はいよいよ念願であった親政を始動させた。後世で言う、建武の新政である。

朝廷の中に記録所、恩賞方、武者所といった機関を設置し、高氏、楠木、赤松、千種らの武家や公卿が居並ぶ前で、こう声高らかに宣言した。

「これより国の政《まつりごと》は、すべて朕の綸旨によって決める。恩賞宛行《あてがい》、所領の安堵や裁定も例外ではない。武家、公卿、寺社、あらゆるいっさいのものを朕が直に結審する」

さらに同日、親政の大方針を続けざまに発令した。

滅んだ得宗家、北条一門を始めとする朝敵の所領没収令、同一門に与した寺領の没収令、すべての武家の所領の再審、旧幕府が決めた事柄への誤判再審令などである。

ようは、得宗家や鎌倉府の許で定まっていた諸制度のほとんどを、一旦は無効にすると決めた。新たに設置した『記録所』で、一から再審するということらしい。

この宣言には、平伏していた高国もいよいよ肝を潰したという。衝撃のあまり、一瞬気も遠くなりかけた。

ややあって高国の中で、先日以上の戦慄と憤懣が、じわじわと募り始めた。六波羅に帰って来ても興奮冷めやらぬ体で、師直に語った。

「これはもはや、鎌倉府を我が足利家が継承するしない以前の一大事である。十中八九、鎌倉府や六波羅そのものもなくなる。万一に残ったとしても、帝はその中身を骨抜きになさるおつもりだ。あらゆる生殺与奪権を、帝自らがお持ちになられる。我ら御家人など、不要の世の中となる」

これには師直も、愕然とした。

公武の二重政権ではなく、完全にこの国を朝廷――いや、後醍醐天皇ただ一人が、その手中に納めるということか。

しかし、まさか。

いかに帝とはいえ自分の恣意《しい》のままに、たった一人でこの国のすべてを差配することが出来るものだろうか……。

ふと、護良親王のことが脳裏を過った。

「大塔宮は征夷大将軍の任に就かれましたが、あれもまた、有名無実にてござるか。殿の鎮守府将軍職と同じく、虚名の官職であると思し召されるか」

「鎌倉府の実態がなくなる限り、おそらくはそうだ。お飾りの将軍に過ぎぬ。帝はそのお力を誰にも、そして寸分たりとも割譲されぬおつもりなのだ。大塔宮はむろん、我ら足利家や他の御家人にもだ。この国を、お一人のみにて占有なさるのだ」

さらに驚愕する。これは得宗家以上の完全な独裁制であると感じ、今度こそ恐怖に全身の肌が粟立った。

「た、高国殿、我らは一体どうすればよいのか」

「どうにも、出来ぬ」高国は絶望的な面持ちで首を振った。「我ら兄弟は既に官位のみならず、帝から直に膨大な恩賞と地頭職を拝領している。これにて正式な朝臣となってしまっている。その御心に逆らうことは出来ぬ。座して、事の成り行きを見守るしかない」

師直は絶句した。

この時点で、後醍醐天皇の発した真の意味を摑んでいる在京の武士は、この高国ただ一人しかいなかっただろう。

一方、兄の高氏ときたら相変わらず呑気なものであった。

「そうか……これからは帝自身が鎌倉府に成り代わって、世の事を正していかれるのじゃな」

そう、帝の宣託を額面通りに受け止めただけだった。怒りもしなければ、焦った素振りもまったくない。

　この様子には、高国が憤然として嚙みついた。

「兄者、何を悠長な。そうなれば我ら御家人――武士は、もはやこの世に不用の者となるのですぞ」

　すると高氏は、やや戸惑ったように答えた。

「されど我らは今、帝より広大な領土を賜った。しかも足利家は恩賞の代わりに、得宗家に成り替わって政務など請け負わなくてもいいのだ。そのような面倒なことは、すべて帝がおやりになられる。むしろ、良きことではないのか」

　この理解力の短絡さ、思考の肌理の粗さには、師直も高国も怒るよりもむしろ呆然とした。

　やはり、事の本質をまったく理解していない。

　当座は、確かにそうだろう。足利家はぬくぬくとこの広大な恩賞の上で遊び暮らすことが出来る。また、そんな暮らしは、この足利家の棟梁の気性に合ってもいよう。

　しかし歴史を紐解けば、膨大な封土の上で平然と徒食し続けた者が、累代に渡ってその武門をまっとう出来た例は、皆無に近い。

　狡兎死して走狗烹らる、の諺通りだ。

　世に不用となった存在は、その封土が大きければ大きいほど、やがては生殺与奪権を握っている主君――政務者に、真っ先に滅ぼされる。

　現に、頼朝公亡き後の鎌倉府がそうだったではないか。世が泰平を迎えた後、得宗家の牛耳る鎌倉府は、有力な御家人を次々と粛清していった。この足利家も危ういところで何度も取り潰されそうになり、その度に歴代の棟梁が自死するか、隠遁《いんとん》した。

　だから、面倒でも煩瑣でも、武門の存続権は、絶対に朝廷ではなく、武士団自らが握っておく必要があるのだ。源氏の新棟梁と世間から目されている足利家なら、なおさらだ。また、それが出処進退の真の自由というものでもある。

　しかしそのことは、天皇に心酔し切っている高氏には、やはり言いづらかった。

　言えば、天皇が、やがては足利家を取り潰すことを示唆することになる。高氏はその可能性を容易に信じないだろう。さらには、それをどこぞで迂闊に口にしないとも限らない。そうなれば足利家は朝廷から一気に警戒される。だから師直も高国も、口ごもるしかなかった。

　ところでこの前後、高氏はようやく楠木正成とじっくりと話す機会を持った。

　その現場には、たまたま師直も執事として居合わせた。

今や高氏と同様、正成の名声も騰がりに騰がっている。毘沙門天《びしゃもんてん》の再来であると、京童たちもしきりと噂している。

正直、この二大巨頭の初対面には、師直もいささか緊張するものがあった。

が、実際に会った楠木は、見れば見るほど拍子抜けするほどに小柄な中年男であり、かつ物腰も顔つきも柔和で、稀代の軍神と言うにはほど遠い印象であった。

事実、大阪府河内長野市にある観心寺には、今も正成の鐙《あぶみ》が現存しているが、当時の日本人の平均体格を考慮してもかなり小さい。

この男もまた、剛腕任せの武勇ではなく、円心と同様にその緻密な武略で世に立っているのだ、と師直は感じる。

ともかくも正成は、こうにこやかに頭を下げた。

「世に名高い左兵衛督（高氏）殿と、こうして直にお話しできまするこど、我が身に余る光栄でござりまする」

人から褒められると、身も蓋《ふた》もなくすっかり嬉しがってしまうのが、高氏のいつもの癖だ。

「いやいや、それがしなどまったくたいした者ではありませぬ。ゆえに、そのように頭を低くされるなど、どうか無用の事にて」

確かに実像は、師直や高国から見ればその言葉通りなのだが、正成はかえって高氏の謙遜、慎み深さとして受け取ったようだ。さらに感心したような面持ちになった。

「あぁ、確かに世評通りにて驕《おご》らず、高ぶられず、左兵衛督殿の御度量、まことに海の如くであられる」

またか、と師直は、前にも感じたように多少の馬鹿馬鹿しさを感じざるを得ない。

が、しばしのやり取りの後、正成が高氏に好意を持っている訳が、ようやく分かった。

「実は拙者、風聞にて足利殿のお言葉はお伺いしておりました。二年前、それがしが死んでおらぬと申された事。耳にした時には正直、背筋が冷たくなる思いでござりました」

「ん？」

「あの、焼けた赤坂城のことにてござる」

すると高氏は、またしても慌てた。

「いやいや、死んでおられぬとは言っておりませぬ。わしはまだ、楠木殿とは既知ではありませなんだゆえ、遺体が楠木殿かどうかは分からぬと、こう申しただけにてござる」

しかし、正成の笑みはますます深くなった。

「されど、そのようなご慧眼をお示しなされたのは、あの当時、足利殿だけにてござりました」

なるほど、と師直はようやく合点がいった。だからこの男は、高氏のことを最初からひどく買っているのだ。

と同時に、何故か再びげんなりとする。

まったくこの正成といい、円心といい、他の有象無象の御家人たちといい、いつの間にか高氏の虚像は、世間ではとてつもなく大きなものになってしまっている。世の中の人を見る目というものは、まるで節穴だった。


しかし、全国から京へ馳せ参じて来た節穴たちも、過日の後醍醐天皇の宣言の重大さに、ようやく気付く時が来た。天皇がある日、再び自分の前に居並んだ武士たちを前に、こう語ったからだ。

「皆、御家人という自称は止めよ。もはや鎌倉は滅び、そちたちは朕の直臣となったのだ。実に喜ばしきことである」

そう、幕府の滅亡を宣告した。故に、鎌倉府の作った御家人という身分も無くなったのだと伝えた。

これまでの御家人は、得宗家を介して朝廷に間接的に仕えていた。朝廷から見れば、帝の家臣である得宗家の、そのまた家来ということになる。つまりは陪臣だ。それが鎌倉府と得宗家という介在者が滅亡したことにより、朝廷と全国の武士たちが直に繋がることとなった。その意味で旧御家人はすべて、晴れて天皇の直臣になった。

だから喜べ、という論法らしい。

が、彼ら武士たちは、この宣告には腰を抜かさんばかりに驚いた。

むろん、いい意味ではない。

皆、先祖からの言い伝えで、鎌倉幕府発足以前の武士というものが、いかに朝廷の奴婢同然に追い使われていたかを知っている。

その屈辱の暗黒史を、鎌倉幕府が塗り変えた。初代征夷大将軍である源頼朝が、武士の土地所有を正式に守る法制度を確立した。以来、御家人たちの権益は、常に鎌倉府の許で保持されてきた。逆に言えば、権益を幕府から守られてきた武士たちを、御家人という。

そんな彼らが幕府滅亡を聞いて、一気に騒ぎ出した。

師直が思うに、当然の帰結だ。

「なんと――。得宗家の代わりに足利殿が府中にお座りになるのではないのか。鎌倉府そのものが無くなると仰せか」

「では鎌倉府の代わりに、誰がわしらの土地を守ってくれるというのか。朝廷か。されど、そんな話はついぞ聞いたこともない。第一、そのような武力も周旋《しゅうせん》の力も、今の内裏にはなかろう」

「もしそうなるとしても、我らは公卿ではない。武士が、どう朝廷に仕えればいいというのか」

「朝臣になったと仰せだが、御家人という身分を無くした我らには、そもそも何の発言権もない」

「そうじゃ。昔のように土地私有を認められず、都人の下風にて犬同然に扱われるのが関の山ではあるまいか」

そんなことを、口角泡を飛ばしながら言い合った。

が、むろんそれら下々の声が、帝に届くはずもなかった。

武士は皆、既に絶対王権を手中にした後醍醐天皇を恐れ始めていた。それに、現状では領地を取り上げられたわけでもない。だから先行きを盛んに不安がりながらも、公卿筋を通じて敢えて上申する者は誰もいなかった。

しかし、後醍醐天皇はそんな武士たちの恐れと憤懣も知らず、得々としていた。

むろん高国も、この宣告には思い切り苦虫を噛み潰していた一人だ。

「師直よ、やはり思っていた通りだ。帝には幕府を再興させるおつもりは、最初からさらさらなかったのだ」

これには師直も、黙してうなずいた。この宣旨を受けて喜んでいるのは、以前から祖先は朝臣であると自称していた楠木正成ぐらいなものであろうと、悪意ではなく感じる。

実はこの頃、鎌倉でもちょっとした問題が持ち上がっていた。

今も鎌倉に駐留している新田軍は、荒廃した同地の治安維持に努め、さらに北条一門の残党を虱潰《しらみ》しに探し出しては処刑するなど、戦後処理を粛々と行っていた。

その新田義貞の許に、奥州、関東から遅れて馳せ参じた御家人たちが次々と軍忠状や到着状を提出し始めているというのだ。義貞もまた彼らに対して証判を書き連ね、新田軍が本陣を置く勝長寿院は、あたかも第二の鎌倉府のような様相を呈し始めているらしい。

ようは、この京において足利家が源氏の盟主に成りかけている立場と、酷似していた。

対して、高氏の嫡男・千寿王とその僅かな郎党が陣を置く二階堂永福寺の門前は、寂しいものであるという。

鎌倉駐留軍の名目上の総大将は千寿王であるが、当然この四歳の子供に軍の指揮が出来たとは誰も思っておらず、実際の総大将が新田義貞であったことは、衆目の一致するところだった。だから多くの者は義貞のみに軍忠を誓った。

もし義貞に野望があるなら、足利家を差し置いて新田政権を鎌倉に樹立することも、あながち夢ではあるまい――。

師直は一瞬そう勘繰ったが、さりとて天皇が幕府の滅亡を宣言した今となっては、新しい鎌倉府など打ち立てようもないだろう、と思い直した。

だから、一応の連絡事として高国に伝えた。

しかし、その報告をした直後、高国の顔色が少し変わった。ひどく思案顔になったまま、しばらく黙り込んだ。

が、やがて口を開いた。

「師直、誰か一族の者を早急に、鎌倉へと遣わす必要がある。兄や、我ら足利一門の総代としてだ」

「はい?」

「だから、代理を派遣して、小太郎（義貞）殿に流れている御家人たちを、わが足利陣営へと引き戻す必要がある」

それでも師直には、言っている意味がよく分からなかった。そんなことをわざわざやったとしても、いずれは皆、朝廷の支配下に入るのだ。第一、高国の言う御家人という身分は、もう無くなっているではないか。

その意味のことを縷々と述べ、

「それは、無駄ではありますまいか」

と、自分の意見を締めくくった。

高国は束の間、師直の顔を穴の開くほどに見つめてきた。

つい堪りかね、師直は言った。

「拙者、何か思い違いをしておりまするか」

いや、と高国は首を振った。「思い違いは、しておらぬ」

「では、何でありましょう」

すると高国は、躊躇いがちにこう答えた。

「……師直よ、たとえ今はそうなると思っていても、実際の先々は、その時が来てみなければ本当には分からぬものだ。浮世とは、そうしたものである。現に、在京の武士たちの間では、早くも帝に対する不満が渦巻き始めている。むろん、我が足利一門でも然り。この日ノ本は、いつか収拾のつかぬ混乱に陥るかもしれぬ」

なおも、ひどく言いにくそうに言葉を続ける。

「であるに、その万一の場合に、今から備えておく必要がある」

「備える?」

そうだ、と高国は大きくうなずいた。

「そのためにも我が足利家は、新田家の下風に立つようなことがあってはならぬ。特に、鎌倉ではだ」そして早口で、さらにこう付け加えた。「もはや察せよ、師直」

あっ、と、ようやく高国の言わんとすることを領解した。

この男はあろうことか、その万一の事態が訪れた時には、鎌倉府を再興するつもりなのだ。そして三河で当初に示し合わせた通り、その頂点には足利家が立つことを考えている――。

しかし、それは結果として、現天皇への反逆を意味する。下手をすれば朝敵となり、得宗家の二の舞となる。だからこそ、この男はひどく言いにくそうに、かつ核心をぼやかして言っているのだ。

やはり師直は愕然とせざるを得ない。その思惑の危うさと畏れに、ともすれば膝頭まで震え出しそうになる。

しかし一面では、まったく高国の言う通りだとも感じる。鎌倉創業以来百五十年間も政治機能を失い、得宗家の木偶《でく》同然だった朝廷に、今さらこの国を仕切ることが出来るとは、師直にも到底思えない。いくら後醍醐天皇一人が奮起しても、徒食でふやけ切った公卿が配下では、どうしょうもないだろう。

そしてもし国が混迷すれば、その事態を収拾出来るのは我ら武士しかいない。しかし、彼らを取りまとめる盟主には、小宅の新田家では荷が重い。規模名声共に、この足利家を措いてない。高国はおそらく、そう言いたい――。

「師直よ、どう思うか。この話、了解してくれるか」

一瞬、師直は迷ったが、怯懦《きょうだ》を振り払い、きっぱりとうなずいた。

「承知仕《つかまつ》りました。その万一に備えて、今より筋道だけはつけておきましょうぞ」

高国は明らかにほっとした顔をした。

「うむ……すまぬな」

その後は、一門の誰を鎌倉へ派遣するかという話になった。しかし、この人選にも既に高国は答えを用意していた。

「この任には細川殿しかないと思うが、どうか」

これには師直も思わず膝を打った。

細川和氏は、この高国や上杉親子と共に、高氏に最も熱心に挙兵を促した者の一人だ。三河での決起以来、よく高国の考えを理解してもいる。さらには斯波家や吉良家とは違い、得宗家時代は鎌倉に常駐していたから、武門の知り合いも多い。千寿王のもとで、間違いなく足利一門の総代として御家人たちを取りまとめることが出来る。

「まさに、適任でござる」

事実、これ以外にはないという人選だった。

……ふと思う。

兄の高氏は、一私人としてはどうしようもない泥人形だが、人を惹きつけ、その声望を意図せずして勝ち得るという部分では、まぎれもなく異常人だ。人誑《ひとたら》しの天才だ。

だが、この弟もまた、別の面でそうだ。

先々を読む力、それに備えようとする周到さ、人への優れた目利き、そして、それらの事柄を順序立てて考え抜く思考の堅牢さ、いずれをとっても常人とは桁違《けたちが》いだ。また、このような仄暗い策謀、政治能力を有する者には必須の、人格の清廉さも持ち合わせている。

決して私欲によって、自分の能力を使おうとはしない。

だからこそ、その読みも冴え渡る。これもまた万人に一人……いや、百年に一人の逸材ではないか。

現に、師直が目の覚めるような思いで高国を見つめていると、当の本人は、次第に居心地が悪そうな顔つきになった。両手をもぞもぞと動かし、師直が聞いてもいないのに、いかにも歯切れ悪く、こう弁明し始めた。

「……誤解しないで欲しいのだが、わしは何も、小太郎殿が嫌いなわけではないのだ。むしろ、得宗家から冷遇されてきた新田家を、祖を同じくする者として昔から気の毒に思っていた。人としてもそうだ。いかにも坂東武者然とした小太郎殿には好感を覚えてもいる。事に及んでは果断で、武略もある。だからこそ鎌倉は、ああも簡単に落ちた」

が、ここで話は急転し、高国はこう結論付けた。

「だが、後々の事を考えれば、無位無官の新田家では、世の武士たちの声望を長く担うことは出来ぬ。そこを考えても、やはり鎌倉に二人の船頭は要らぬのだ」

やはり、そう考えていたのか、と師直は感じる。だから忸怩たる思いを抱きながらも、義貞の両手から鎌倉を取り上げ、足利家の一元管理の下に置こうとしている。

しかし、よりによって元は庶子だった兄弟二人が、揃いも揃ってこういう異能者に生い立ってしまったのは、どういう訳だろう――。

ともかくもその後、すぐに細川和氏を呼んだ。予想していた通り、高国が鎌倉の現状と、その予期される先行きを伝えると、和氏は早くも焦ったような顔つきになった。

「高国よ、確かにおぬしの申す通りだ、鎌倉のことは、あくまでも我ら足利一門が取り仕切っていかねばならぬ」

高国も、またうなずいた。

「此度の論功行賞は、京にて帝が直々に行われる。既に新政は始まっており、小太郎殿が皆に代わって上申されるのではない――そう、鎌倉の者たちにお伝えくだされ。さすれば武門の棟梁たちは小太郎殿の許を去り、大挙してこの京へと向かう。また、小太郎殿にも、こうお告げ下され。今は気前のいいことを仰せの帝だが、その実、恩賞には限りがある。所詮は北条一門から取り上げた土地を、分配するしかないのだ。早い者勝ちでもある、と。さすれば小太郎殿自身も、早急に上洛せざるを得ませぬ」

「了解した」

　細川和氏は、頼春、師氏という二人の実弟を率いて急ぎ鎌倉へと下った。

　そして六月も末頃になると、案の定、鎌倉の武士たちが陸続と上洛してきた。そしてやや遅れ、新田義貞も彼の地を離れてようやく六波羅へと到着した。

　この時の義貞への対応は、高氏がやった。師直と高国は、黙って高氏の両脇に控えていただけだ。

　何も知らぬ高氏は、こう朗らかに話しかけた。

「小太郎殿、先だっての鎌倉攻めは、ひとえに小太郎殿の戦果であられる。我が愚息、千寿王に成り代わって御礼申し上げますする」

　いかに義貞の戦功が華々しくとも、取りようによっては千寿王が鎌倉府の主《あるじ》である、足利家が新田家より格上だと、ごく自然に言っているに等しい。が、高氏は前後の事情を知らない。だからこそ悪意にはなりにくい。

　この天真爛漫《てんしんらんまん》な態度には、義貞もさすがに尋常な挨拶を返すしかなかったようだ。それに今では共に朝臣となり、従四位下、左兵衛督となった高氏の前では、無位無官の小太郎に過ぎぬ義貞は、自然と遜《へりくだ》らざるを得ない。

「はい。それがしにとりましてもあの頃は、得宗家に追い込まれておりました矢先……そこで、千寿王殿を奉って鎌倉に入場できましたことは、僥倖にも等しいありがたきことでござりました」

　そう、武張った顔をおとなしく床の上に伏せた。

　そっと隣の高国を見る。この弟は無表情のまま、平伏している義貞を眺めていた。師直は、結果として鎌倉を追われた義貞のことが、少し気の毒になった。

「小太郎殿、長旅でややお疲れでもあろうが、明日にでも内裏に参られたほうがよい」高氏は義貞の元気のなさを気遣ったのか、なおも親切心丸出しで言った。「わしのほうからも、軍功に見合った恩賞を帝から賜れますよう、しかと公卿筋にはお口添えしておきまするゆえ」

　これにはようやく、義貞も笑みを覗かせた。

「はっ。足利殿の御厚意、まことに感謝の念に堪えませせぬ」

　七月、楠木正成は足利家に続いて二番目に早く、恩賞を拝領した。畿内商業の中心地である河内、摂津、和泉の三国の守護職と、検非違使《けびいし》の官職を天皇から押し戴いた。これは、本来は鎌倉府の悪党に過ぎなかった正成には、法外な喜びであったことだろう。

　そして翌月の八月五日、後醍醐天皇は再びの叙位、除目《じもく》を大々的に発表した。

まず高氏は、先の恩賞に加えて従三位へと位階が跳ね上がり、武蔵守の国司をも拝領した。

さらに天皇は、こう高氏に語りかけた。

「源高氏よ、もはや北条高時の一派も滅んだ。それが、いつまでも昔の名では都合が悪かろう。よって、我が諱《いみな》の一字を遣わす」

そう言って尊治の『尊』の字を高氏に与え、北条高時から貰った『高』ではなく、これからは『尊氏』と名を改めるように命じた。

官位や領土など栄華欲、物欲には関心の薄い高氏も、この諱の拝領にはいたく感激した。

「なんと、わしはもったいなくも、帝のお名前を拝領してしまったぞ。これは古来、武家には稀なることである」

そう、高国や師直を始めとした周囲に、盛んに言い騒いだ。そして早速、小鼻を膨らませながら、その名を証判に書き連ねていった。

ともかくも高氏は、『尊氏』となった。これをもってしても、後醍醐天皇が今の政局の中で、いかに足利家の棟梁が重大な人物かという事を認識していたことがよく分かる。

それは正成も同様で、この時もまた追加の恩賞を拝領した。先の守護職に加え、河内、摂津の国司も兼任することとなった。この破格な厚遇に、正成はまたしても落涙した。

「わしは帝の御為なら、もはや命も要らず」

そう、周囲に公言して憚らなかった。

ちなみに国司とは、朝廷の地方官のことで、行政権、租税徴収権を含めて、その一国の支配を委任された官職のことである。対して守護職とは、幕府が任じた地方官の名残であり、該当国の治安、武家の統率という警察権を持つ。当然、律令の世に戻った現在では、国司が守護職よりはるかに格上である。

新田義貞もまた、多大なる恩賞に与った。従四位上に叙され、左馬助に任官した。さらには足利家のように私的な領土こそ拝領できなかったものの、上野介《こうずけのすけ》、越後守と二か国の国司を拝領した。その実弟であり、大仏貞直を極楽寺口の攻防で討ち取った脇屋義助も、駿河守となった。これにて僻地の一地頭に過ぎなかった新田家は、一躍三か国の支配者となった。

義貞は、見た目通りの質朴な人柄である。口添えがあったものと見て、素直に尊氏に感謝した。

天皇に伯耆から同行してきた名和長年も、伯耆守と因幡守護の任を押し戴いた。長年は、正成と同じく身分定かならぬ出自で、そもそもは海運業から成り上がった豪族だけに、その喜びようもひとしおであった。

そして師直にも、予期しなかった吉報が舞い込んできた。なんと、三河権守《ごんのかみ》を拝領したのだ。国司の次官であり、ある種の名誉職ではあるのだが、それでも足利家の家宰に過ぎぬ陪臣の自分までが、このような栄誉に浴するとは夢にも思っていなかった。この任官には正直、喜びよりも気が動転する思いが先に立った。

しかし高国は、笑ってこう言ったものだ。

「足利家の家宰として武士たちを率いていかねばならぬ者が、ただの五郎左では、これからは何かと支障が出よう」

その瞬間、師直は悟った。この任官は、おそらくは高国が猟官運動をして実現させたものだと。

後日に調べてみると、案の定だった。伯父の上杉憲房を盛んに動かして、師直の任官に漕ぎつけていた。

しかし、この高国自体には、何の追加の恩賞もない。そのことを暗に問うと、

「わしは連枝に過ぎぬ。そのような者には、これ以上の領土も権勢も不要である。足利家にもまた、二人の船頭は要らぬのだ」

そう、唐竹でも割るように自らのことを断って捨てた。逆にそこに、高国の精神性の凄みを感じた。やはり徹底している。断固として兄の下座から動かぬつもりだ。

ところで、倒幕に功のあった武将たちが次々と多大なる恩賞に与る中で、ただ一人、この処遇はあまりにも寂しすぎるのではないかと感じた人物がいた。

赤松円心である。

この老人は、同時期に功臣が次々と手厚い領国を拝領する中で、播磨の守護職に任命されたのみだ。ようは、元からの佐用荘以外に領土は増えず、播磨国の武家の旗頭に任じられたに過ぎない。しかも、播磨国司の官職は空席になったままだというのにだ。むろん官位もない。

この円心と他の功臣とのあまりの格差には、在京の武士たちも盛んに噂し合った。

「これは面妖な。足利殿や楠木殿、新田殿に比べ、赤松殿への恩賞は少な過ぎはしまいか」

「朝廷は、依怙《えこ》贔屓《ひいき》をなされておられるのだ」

「いや、必ずしもそればかりではなかろう。恩賞を出す土地が足らぬからだ」

事実、後醍醐天皇は親政の直後から、北条一門から取り上げた土地を、何の戦功もない公卿や京の寺社などの自分

に近しい者に、まずは手厚くばら撒いていた。

続いて、自らが遣わした綸旨で立ち上がった武門――足利、新田、楠木、名和などに優先して大量の封土を与えたものだから、円心のように護良親王の令旨のみにて立ち上がった者には、既に薄くしか恩賞を配分することが出来なかったようだ。

しかし円心は、つい二か月前には帝から、

「恩賞は望みのままに取らせる」

と、並み居る武門の中で真っ先に確約されていたのだ。

武士が恩賞の多寡に拘るのは、必ずしも領土欲からばかりではなく、その拝領した封土の大きさが、個の武勇、功績の証明になるからだ。すなわち恩賞の大きさとは、武士の名誉そのものである。それを思えば、世間に対する円心の面目は丸潰れであった。

尊氏は、円心とは相変わらず仲が良い。そしてこの人だけは無責任に良い源氏の盟主も、円心の不遇をさかんに気の毒がった。そして珍しく義憤を発した。

「円心殿、これは円心殿の功績に対して、あまりといえばあまりの仕儀。さればそれがし、我が封土に代えてでも、円心殿の加増を朝廷に無心致しまする所存」

すると、この現世欲の未だ旺盛な老人は、尊氏の変わらぬ厚意にはさすがに目元を潤ませた。

「あぁ、足利殿からそう言われただけで、それがしは救われた思いにてござる。そのお気持ちだけで充分にて、どうか軽挙妄動はお控えられよ」

「されど――」

しかし、円心は重ねて首を振った。

「この都は古来、魑魅魍魎の蠢く土地柄でござる。特に今の内裏には、性悪の女狐が巣くっておる」そう突如として怒気を発し、天皇の寵姫である阿野廉子のことをこき下ろした。「さればその火の粉が、足利殿にも降りかかって来ぬとも限りませぬ」

確かにその一面もあるだろう、と師直は感じる。

阿野廉子は、我が子である三親王の先々をより確固としたものにすべく、護良親王の力を削ぐために宮廷内で暗躍しているという話だった。それには、護良親王派の武家を台頭させぬことが最も有効である。

後醍醐天皇自身もまた、そもそも先の戦の時から、自分の許可も得ずに盛んに令旨を乱発した護良親王のことを苦々しく思っていた。だから阿野廉子にも焚き付けられて――半ばはこの長子に対する当てつけのように――円心には薄くしか恩賞を与えなかったという経緯もあるらしい。

しかし同時に、それだけでもないと師直は考える。恩賞を与える土地がもはや底を突き始めているというのが、やはり根本の問題だった。

今や京は、坂東に限らず津々浦々から急ぎ駆け付けて来た武士で溢れかえっている。

先に天皇が、こう声高らかに宣言していたからだ。

「武家の土地所有や恩賞にかかわる裁定は、すべて朕の意向、綸旨によって決める」

だから、元御家人たちが所領の再安堵や戦での恩賞を求めて、一気に京へと殺到した。彼らが連れてきた郎党や家人も大量に流入した。その需要やおこぼれを見込んで、周辺国から行商人や浮浪者、細民も集まってきた。

人の数が急増し、明らかに洛中の収容力を上回った。

しかも、大多数の武士はまだ恩賞を貰っていないのだから、生活に困窮する者が続出した。市中に金が出回らず、行商人や浮浪者たちもその当てが外れた。

結果、京はたちまちのうちに食糧難に陥った。当然、一時は沈静化していた治安も、再び凄まじく悪化し始めた。

この惨状には、入京直後から駐留軍を管轄していた師直も、天皇から武者所の頭人《とうにん》（長官）に任命された新田義貞と共に、市中の治安維持業務に日々追われることとなった。


このような中で天皇は自らの宣言に忠実に、武家への恩賞を文字通り一人で審査していた。

しかし、当然のように膨大な数に上る武士への恩賞授与は、いかに天皇とはいえ、ただ一人の決裁能力では遅々として進まなかった。また、既に決した恩賞に関しても、その査定はひどく粗雑なものであり、円心と同様に恩賞の不公正さや過少さに憤る者が後を絶たなかった。

彼らの多くが六波羅にやって来て、尊氏に憤懣を訴えた。

しかし足利家には、政に関して何の決裁権もない。

尊氏は戸惑いながらもひたすらにそれら武士たちを宥《なだ》め続け、他方の高国はといえば、ますます苦り切った顔を見せるだけだった。

さらにこの恩賞の問題以上に、天皇が頭を悩ませていた案件がある。

武家の所領再安堵の裁定である。これもまた天皇がその近臣を使ってほぼ一人で審査していたが、この裁定を司る記録所には、むしろ恩賞方以上の凄まじい量の訴状が集まっていた。当然、記録所では恩賞方以上にその裁定がほとんど進捗しなかった。

そうこうするうちに、九月になった。

しかし、武士たちは所領の再安堵を結審してもらわねば、とても安心して故郷に帰れたものではない。依然として京洛に滞在する圧倒的な人馬の数で、京の浄化能力もついに許容量を超えた。大路小路は至る所で牛馬や雑人《ぞうにん》の垂れ流した糞尿塗れになり、もはや六波羅を一歩出ると、鼻を摘ままずには洛中を一町も進めないという有様だった。

住居も足りず、廃屋や空き地を不法に占拠して住み始める地方の下級武士や雑人、賊徒も次から次へと現れ始めた。義貞や師直たち武者所の必死の奔走にもかかわらず、市中の治安はいよいよ悪化の一途を辿っていった。

後醍醐天皇の理想とする親政は、早くもその足元から瓦解する兆《きざ》しを見せ始めていた。

事ここに及んで、焦りに焦った天皇は、ついに苦渋の決断を下した。前言を一部撤回した。

武士階級の所領再安堵に限っては、記録所とは別に新たな機関を作って、そこに決裁権を委譲することとしたのだ。

雑訴決断所の発足である。

この新組織の構成員の過半は、天皇お気に入りの廷臣や公卿から成り立っていた。残る全体の三割ほどは、先の戦で功績のあった武門から選出された。これまた天皇お気に入りの楠木正成や結城親光、足利家からは上杉憲房、師直の弟である師泰などである。

しかし、肝心の足利家棟梁である尊氏の名はどこにもない。むろん、高国の名前もだ。また、この兄弟はあれほど得宗家の滅亡に貢献したのにもかかわらず、名和長年が務めている恩賞方の構成員にも、今は新田義貞が就いている武者所の頭人にも、ついに選ばれずじまいであった。

この親政において、足利家の兄弟は膨大な恩賞を拝領しながらも、依然として無役のまま放置されている。

そこに師直は、天皇の心底をありありと見る思いだった。

足利家の家人は百歩譲って朝廷の構成員にしても、武士たちの中心に座るこの二人だけは、絶対に権力の中核には近づけさせぬ、ということだろう。天皇は、その功績は功績として評価しつつも、足利家の影響力と名声が、これ以上に京で大きくなるのを明らかに恐れていた。

朝廷や洛中で、「高氏ナシ」という揶揄《やゆ》がしきりに囁かれ始めたのもこの頃だ。

武門の功臣の中で、もう一人無役のままの人物がいる。

赤松円心だ。この老人もまた何の役職も与えられず、六波羅にて無聊《ぶりょう》を託っていた。護良親王派の筆頭だったからだろう。先に恩賞でも大いに肩透かしをくらっていたから、当人がさらに心外に感じただろうことは、想像に余りある。

それでも円心は、なおも公的な場では身の不遇に必死に耐え続けていた。

が、お互いに暇人のままの尊氏と一緒の時だけは、その憤懣をぶちまけた。

「この親政は、いったいどうなっておるのでありましょうか。どこもかしこも依怙贔屓の人選や裁定ばかりにて、のっけからその根太が腐りきっておりまする」

確かに円心の言う通りであっただろう。

新たな雑訴決断所もまた、一部しか上手くは機能していなかった。構成員の過半を占める廷臣や公卿たちが、それぞれ自分の料簡に基づいて、その時々で好き勝手な裁定を下していたからだ。

特に公卿や寺社と武士の領地争いには、あからさまに前者の肩を持つ場合が多かった。賄賂も横行した。

公卿や寺社の間には、寄進を受け取る見返りに相手の便宜を図るという風習が昔からあり、贈収賄という行為には、互いに罪悪感が薄かった。

対して武士たちは、前幕府の裁定が廉潔だっただけに、このような贈賄行為には慣れていなかった。それ以前に贈賄で裁定が変わるとは、夢にも考えたことがなかった。

結果として武士たちは領地を失う者が続出し、彼らの朝廷に対する怨嗟《えんさ》の声は、早くも京洛に満ち満ち始めた。


「我らは、何のために命懸けで戦ってきたのか。普通なら加増を受け、どんなに悪くとも、今ある領地を守るためではないかっ」

「恐れていた通りだ。やはり朝廷など、我らの土地を守ってはくれぬっ」

などと言って悔し涙に塗《まみ》れる者もあれば、

「このようなことになるなら、まだ鎌倉府の許で御家人として庇護されていたほうが、はるかにましであったわ」

「我らはやはり、公卿の下僕同然に成り下がった。この有様では、戦で死んだ父にも弟にも顔向けが出来ぬっ」

と、憤りに地団太を踏む武士も数多くいた。挙句には、

「このような親政なら、いっそ潰れてくれたほうが世のため人のためであるっ」

そう、物騒なことを喚きたてる者も、六波羅内でちらほらと散見されるようになった。

が、尊氏はこのときも幼い頃からのしきりに困ったような表情を浮かべるだけで、彼らの不遇を再び宥め続けた。

「帝は、まだ政に慣れておられぬのだ。公卿もまた然り。されば皆、もう少し堪えてはくれぬか。このわしが参内して、廷臣にそちたちの声を届けるゆえ」

尊氏は従三位の貴族——殿上人として、既に眉を落とし、

歯には鉄漿《おはぐろ》を塗っている。そして、どう見ても間抜けなその丸顔と団子鼻に、参内する時はさらに薄化粧を施し、まだ馴染まない冠や袍《ほう》を身にまとい、ぎこちなく笏《しゃく》を手に取って内裏へと向かう。

その様子は、師直から見てもなんとも無様で、ある意味では滑稽極まりなかった。

高国も、吐き捨てるように感想を洩らしたことがある。

「兄の誠意にこう申すのもなんだが、正直、あの斑化粧《まだらけしょう》の公卿面《くぎょうづら》を見るだけで、気分が悪くなる。あまりの情けなさに、眩暈すら覚える」

この辛辣《しんらつ》さには、武士たちの悲惨な状況にもかかわらず、師直もつい笑い出しそうになった。

しかし、尊氏がわざわざそこまでして朝廷に訴え出ても、後醍醐天皇にその声が届くことはなかった。天皇の側近たちが同胞の公卿たちのために、尊氏の訴えをことごとく握り潰してしまったからだ。

武士たちの怨嗟の声は、またしても朝廷内の暗黙の空気に呑み込まれてしまった。

そんなことも露知らぬ後醍醐天皇は、これで所領再安堵の件はゆくゆく落着とばかりに、残っていた恩賞問題にも、凄まじい大鉈《おおなた》を振るった。

九月下旬、護良親王の発した令旨は無効にすると、突如として宣言したのだ。その言い分はこうだった。

「大塔宮の令旨は、朕の許しを得ずに発したものである。かつ乱発に継ぐ乱発を重ね、故に記録所、雑訴決断所の決裁が大いに遅滞している」

これには、足利一門を含めた六波羅中の武士が驚愕した。

「なんと――今頃になって令旨は無効と仰せあるか」

「では大塔宮を奉じてきた武士は、どうなるのだ」

「乱発に継ぐ乱発と仰せだが、帝の綸旨も同様ではないか」

「帝が、二枚舌を使われるのか」

結局は、護良親王の令旨を信じて決起した武士たちこそ、まったくいい面の皮であった。

が、天皇はさらに驚くべき決断を、立て続けに下した。

「大塔宮においては、征夷大将軍の任を解くこととする」

その理由も、再びしっかりと公言した。

「宮は本来、比叡山の天台座主という世外《せいがい》の者であった。また、還俗しても皇族には変わりない。そのような者が、戦が止んでも依然として私的な兵団を擁し、無頼漢の頭目を気取っている。配下もまた、白川あたりで乱暴狼藉を働いている。本来、征夷大将軍とは凶賊を平らげ、この国の治安を守るべき者であり、このこと、言語道断である」

これは、確かに天皇の指摘通りであった。

護良親王の兵団は、以前には令旨によって集まった武士も含まれていたが、その後の親政の混乱ぶりを見て、ほとんどが尊氏の許に馳せ参じていた。頼むべきは、やはり源氏の棟梁である、ということだろう。

そのような訳で、親王の兵団はいよいよその質、量ともに低下した。親王は、せめて兵団の規模だけでも維持しようとして、武芸が多少出来ると見れば、そこらあたりの破落戸《ごろつき》や野伏上がりの者でも構わずに兵団に招き入れた。

これらが僧兵たちとつるんで、夜な夜な洛東に出没し、面白半分に辻斬りを働いていたのだ。相手が僧や尼、女子供でもお構いなしであった。

さらに親王は、配下の悪行には見て見ぬふりをしたまま、白拍子や遊女と連日のように痴態を繰り広げてもいた。

師直や新田義貞ら武者所の必死の奔走にもかかわらず、依然として洛中の治安が回復しなかったのには、このような理由もある。

だが、事の本質は他にも二つある、と師直は思う。

もはや恩賞に配る土地が、本当に雀の涙ほどしか残っていなかったからだ。だから、護良親王の令旨に振り向ける恩賞は、敢えて切り捨てることにした。

次に、たとえ血を分けた息子であっても、気に入らぬ者には寸分たりともその権力を移譲せぬ、ということだろう。

この二点では、高国とも完全に意見が一致した。

「やはり帝は、恐ろしいまでの我欲に満ち溢れておられる」高国は深い吐息を洩らした。「肉親にさえそうなのだから、我が足利家にも政の中枢を任せられるおつもりは、さらさらない。おそらく征夷大将軍の職も、これっきりで誰にも任じられぬ」

「で、ありましょうな」

師直が相槌を打つと、やや躊躇いがちに高国は言った。

「……それでも、この国がなんとか回っていくのなら、我ら武士は、敢えて下風に甘んじてもいい」

つい師直は、先走った。

「されど現状を見るに、今や京だけでも施政は混乱の極みである。そしてこの混乱は、我ら武士の憤懣を通じて津々浦々に広がっていく。やがては全土が、収拾のつかぬ地獄絵図になる、と?」

そうだ、と高国は重々しく断言した。「今の親政の有様では、間違いなくそうなる」

十月に入った途端、天皇はさらに驚きの人事を発令した。

武者所の頭人を務める新田義貞を、播磨介に任じたのだ。

つまり、国司となった義貞は、守護職である円心の上席に座ることになった。逆に円心は、播磨のことに関しては、絶えず義貞の意向を窺わなければいけない立場になり、その唯一の恩賞まで実質的に取り上げられてしまった。

どうやら天皇は、親王から令旨と征夷大将軍の職を取り上げたのを機に、この親王派の功臣の力まで、徹底して削ぐ気のようだった。

この仕儀には、今まで必死に屈辱に耐えてきた円心も、ついに大っぴらに怒りを爆発させた。

「おのれ——帝は、わしを老い先短い年寄りと見て、そこまで侮《あなど》るか。いったいあの髭面《ひげづら》の君《きみ》には、信義というものがないのかっ」

そう、これまでは決して口にしなかった天皇への敵意も剝き出しにした。

この頃、尊氏は円心とは暇人同士で長らく語り合う機会も増え、ますます昵懇になっていた。その睦まじさたるや、あたかも仲の良い宗家の甥と分家の叔父のようだった。

そしてこの甥っ子は、ますます面子《めんつ》が丸潰れになった叔父に対し、以前にも増してひどく同情心を示した。

が、不思議と先のような義憤を発することはなかった。

我が長子にさえ手のひら返しをするような天皇だ。まして や公家でも近しい近臣でもない尊氏の声に耳を傾けることがあろうはずもないことが、このいささか想像力に乏しい男にも、ようやく現実として分かってきたようだった。

それに先日の嘆願を、結果として無視されたこともある。

それでも尊氏は、天皇の悪口だけは絶対に口にしなかった。三つ子の魂百までとはまさにこのことだと、師直は密かに感心するやら呆れるやらだった。

ところで、この円心以上に痛手を被り、名実ともに両翼の力を捥《も》がれた男がいる。

むろん護良親王だ。親に似て性欲と不屈の精神だけは異常に旺盛なこの若者は、早速その怒りと屈辱を再び尊氏への敵愾心、復讐心に変えた。

親王は、令旨の件も含めて征夷大将軍の任を解任されたのは、武者所から天皇への告げ口にあると見た。武者所の兵の多くを占めるのは足利家の郎党で、師直自身も義貞の補佐官を務めている。だから親王は、殿の法印の時に続いて、またしても尊氏が師直を通じて、自分を嵌《は》めるために報告を上げたのだと推測した。

それは、結果としてはそうなる。しかし、師直もわざとそうした訳ではない。職務柄、市中の事件は朝廷に逐次《ちくじ》報告せざるを得なかった。この経緯に尊氏は絡んでいない。

しかし親王は、当然そうは取らなかった。間を置かず自身の復讐心と実益が綯《な》い交ぜになった策略――足利家の勢力を削ぐ権謀に、いよいよ本格的に情熱を注ぎ始めた。

親王は、鎌倉が既に足利家の実効支配下にあることを知っていた。そして鎌倉の影響力は、坂東一円はおろか、陸奥と出羽《でわ》からなる奥州の武士たちにまで遠く及んでいることも認識していた。さらに陸奥国には、足利一門である斯波家の領地も、数多く散在している。

親王はこの奥州を、足利家の影響下から切り離すことを考えた。熟考を重ね、まずは自身の正室の父――舅《しゅうと》である北畠親房《きたばたけちかふさ》と、その長子である顕家《あきいえ》を呼んだ。

北畠親房は有力公卿の筆頭であり、以前から天皇の信任が厚かった。また、親房自身も廷臣の常として、足利家の威勢を密かに憂慮する者であった。

親房の息子、顕家は幼少の頃から神童との誉が高く、長じるにつれて才気はいよいよ輝きを増し、これまた天皇のお気に入りであった。去る八月五日には、尊氏や新田義貞、楠木正成らと共に、顕家もまた弱冠十六歳にして従三位、陸奥守に任命されている。

この三人の密談は、たちまちのうちにまとまった。

天皇の皇子で、義良《のりよし》親王という六歳の少年がいる。阿野廉子が産んだ子の一人だ。

陸奥の国司である顕家と親房親子が、この義良親王を奉じて陸奥国に下向し、出羽国も含めて奥州全体を管轄しようという壮大な策であった。

後醍醐天皇への献策は、北畠親子だけで行われた。

護良親王は、朝廷の表舞台には出なかった。自らが親から嫌われ抜かれていることを、今では肌身に染みて実感していた。それでも舅と顕家という義弟が広大な奥州で実権を握ってくれれば、この二人を動かして、先々では再び自身の勢力を盛り返すことも夢ではないと考えた。

天皇は、奥州全体を直に朝廷の支配下に置くことの出来るこの案には一も二もなく飛びついた。即刻、北畠顕家を正三位へと昇進させ、鎮守大将軍に任命した。次いで義良親王を陸奥太守として、共に下向させることも即断した。

さらには顕家に、陸奥国における恩賞宛行の権利も委譲した。また、国府の多賀城に政所、侍所《さむらいどころ》、式評定衆を置くことも許可した。ようは、奥州における行政、司法、立法権のすべてを北畠親子に与えた。その制度は鎌倉府をそっくり真似たもので、実質的な奥州幕府の誕生であった。

これほどの重要な案件が、十月に入ってからのわずか四、五日のうちに決まった。先の護良親王への令旨の取り消しや将軍職の解任といい、幕府の体制を否定して鎌倉府を潰した上での、この奥州府の新設といい、後醍醐天皇にとっての政とは、子供の玩具遊びに等しかった。

当然、この決定は足利一門にさらなる激震をもたらした。

「なんということだ。朝廷が直に武士の領土を支配すると言われるのか。鎌倉から奥州を取り上げると申されるか」

そう、仁木や今河が動転したように叫べば、

「わしの飛び地でも、同様な仕儀に相なると申されるか。されば、これまで斯波家に従っていた被官たちも義良親王と北畠殿の旗下となるではないかっ」

と、斯波高経も実害を被ったこの処断には逆上した。

しかし、一門と同様に激怒すると思っていた高国は、何故かこの時は不気味なほどに終始黙りこくっていた。

尊氏もまた、相変わらず困ったような顔をしていたが、こちらもまた、いつものように明確な態度は示さなかった。

後刻に二人だけになった時、高国は深いため息とともに、まずはこう口を開いた。

「大塔宮の執念たるや、まさに山椒魚《さんしょううお》の如き御仁であられるな」

「は？」

「どんなに手足を捥がれても、すぐにまたにょきにょきと新しい手足が生え出ておわす」

この感想には師直も笑いを堪え切れず、とうとう噴き出してしまった。

まったくこういう場合の高国の辛辣さと表現の冴えには恐れ入る。むろん護良親王の新しい手足というのは、奥州に下る北畠親子のことであろう。

そんな師直を見て、高国は思い切り顔をしかめた。

「笑い事ではない。わしはそれほど、あの御仁が不気味なほどの精力漢で、かつ今回の黒幕であると言いたいだけだ」

今度もまた危うく笑い出しそうになりながら、辛うじて居ずまいを正した。

ややあって、高国が再び口を開いた。

「ところで、わしは来たる十日に、さらに位階が正五位下へと進む」

そう、突然妙なことを言い出した。確かにあと数日後の十月十日に、清涼殿にてその越階の儀式が執り行われる。

「その越階の前に、わしは改名をしようと思う。先に変えた忠義《ただよし》の『忠《ちゅう》』をさらに改め、そうだな……『直ぐ』と書いて、読みは同じく直義《ただよし》と名乗ることにする」

実は高国は、先に兄が尊氏と改名したしばらく後に、自らも忠義と改名したばかりであった。

が、足利一門の者は皆、この間の激動の世相に振り回され、その改名の印象がすっかり霞《かす》んでしまっていた。現に師直もそうだ。今もこの尊氏の弟を以前の通り、高国としてごく自然に見ていた。

今それを、改めて忠義から直義に変えるという。

そこに高国の心情を、おおよそ推し量ることが出来た。

つまり、河内源氏の通字である義はそのままに、天皇への忠誠はもはや諦め、ありのままの直ぐな源氏に立ち帰るという意味を込めて、直義としたのだろう。

しかしもしそうなら、この足利家の舵取り役の改名は、今後の朝廷との関係において重大な意味を持つことになる。

けれど、自分の思い違いということもわずかに考えられる。試しに聞いてみた。

「されど、何故に同じ呼び方に？」

すると高国は微笑んだ。

「どちらも読みは『ただよし』だ。誰かに殿中で呼ばれても、朝廷が気づくことはない。よしんば書面にて気づいても、そこは連枝の改名である。誰も気にかけぬだろう」

やはりだ、と背筋にやや悪寒を感じながらも確信した。

この男は、朝臣という身分を自ら捨てる気でいる。朝廷とは袂を分かち、源氏の盟主・足利家の家人として世に立つことに、いよいよ本格的に覚悟を切り替えた——。

ついそんな感慨に浸っていると、不意に高国が問いかけてきた。

「どうか。良き名であるか」

その隠喩の意味は、明らかであった。朝廷への反逆に同意するか、ということだ。

一瞬躊躇した。それでも師直は勇気を振り絞り、はっきりと答えた。

「まことに、良き名でありまする」

すると案の定、高国の笑みは深くなった。師直という足利家の家宰もまた、自分の決断に明確に賛同したのだと考えたようだ。

それを受けた高国は、口にすることが急に鮮明になった。

「では、まずは早速、鎌倉のことである。この白河以南の坂東一円は、なんとしても朝廷の魔の手から死守せねばならぬ。間違っても、奥州の二の舞になるようなことがあってはならぬ」

「足利家の主導で、さらにしっかり保持するということでござりますな」

高国はうなずいた。

「その上で、次に雑訴決断所の話に移る。先日の令旨の取り消しを受けて、今の決断所は更なる混乱の極みにある」

確かにそうだ。後醍醐天皇の政策変更のおかげで、今や雑訴決断所には所領安堵の他に、令旨無効の苦情を持ち込む者も殺到している。師泰や上杉憲房はその対応に追われて、まさに六波羅に帰る暇もないほどの忙しさだった。

「このままでは、雑訴決断所は遅かれ早かれ政務が崩壊する。そこで、だ。鎌倉に雑訴決断所の分局を作るように上申する。これにて、せめて坂東の武士からの訴えだけでも大幅に軽減することが出来まするると、説得を試みる」

さらに高国は、師直が言葉を挟む暇もなく矢継ぎ早に言葉を続ける。

「その分局を監督するために、わしが鎌倉へと下る。むろん、周辺国をも統括する武官として赴くのではない。そのお役目には、三位局《さんみのつぼね》（阿野廉子）様の、残る二人の皇子のいずれかを押し戴く。坂東一円の武士たちを統括する皇族将軍として担ぎ出し、わしと共に鎌倉へと下向していただく。つまりわしは、将軍の管理下にある鎌倉分局の、単なる吏官に過ぎぬ。これならば帝も警戒を解き、三位局様もまた我が子たちの更なる立身栄華のために、夫である帝を盛んに焚き付けるであろう」

見事だ、と師直は感じる。

ぎりぎりの針の穴を通す、卓越した策略である。

高国は口でこそ自分は将軍の下で働く一吏官に過ぎぬと言っているが、おそらく鎌倉分局を通じて武士たちの所領安堵権、恩賞宛行の権利を完全に牛耳《ぎゅうじ》るつもりだ。

その上で、自らの上には皇族将軍を押し戴いたまま、事実上の執権の地位を手に入れようとしている。

「師直よ、どうか。この案をどう見るか」

高国が問いかけてきた。

しばし考えて、師直はこう答えた。

「されど、その分局を監督し、坂東の武者たちをさらに心服させるためには、ご自身にもいま少しの箔《はく》が必要であるように思われます」

打てば響くように、高国も答えた。

「今はまだ、鎌倉のお膝元である相模の、国司の官職が空いておるな。それならば、どうか」

師直もまた、この妙案には大きくうなずいた。

「相模守ともなれば、少なくとも坂東の畏敬を集めるには、充分にてござりましょう」

さらに気づき、念のために言った。

「帝の廷臣と、三位局様の近臣に手配りする口添え金は、今からそれがしが至急、各地から調達致しまするる」

するると、この我が身の振り方には相変わらず清廉な男は、一瞬だけ、暗い目をした。しかし直後には、師直に向かって神妙に頭を下げた。

「分かった……よろしく頼む」

十月九日、高国は足利一門の前で、更なる改名を披露した。忠義とは敢えて同じ読みの『直義』という新名には、一門の皆も何かしら先々に期するものを感じたようだ。

「直ぐな源氏、という意味にてござるな」

「なかなかに字面もよろしきように思われる」

尊氏もまた、この日は久しぶりに弾んだ声音を出した。

「うむ。その名は、より高国には似合っておるようにわしにも思える。まことに良き改名である」

この兄ときたら、昔から弟のすることには、常に反対したことがない。というか、いついかなる時もほぼ無条件に弟の味方だ。

これにて高国は、直義となった。そしてその後の生涯を、この名で通すことになる。

翌十日、直義は内裏にて、正五位下の位階を拝領した。

十日後の二十日、北畠親子が義良親王を戴いて、奥州へと下向した。

これで足利家の動きを厳しく監視する者は、朝廷の蚊帳《かや》の外に置かれた護良親王のみとなった。

三日後の二十三日、直義は尊氏と共に再び参内し、雑訴決断所の分局の件を願い出た。今年八歳になる阿野廉子の第二皇子、成良《なるよし》親王の件も申し出た。親王将軍としての鎌倉への下向を求めた。

直後から、師直は上杉親子と共に精力的な朝廷工作を始めた。天皇の近臣と阿野廉子の侍女たちに、口添え金を盛大にばらまいた。

十一月に入り、ようやく天皇は決断を下した。

鎌倉における雑訴決断所の分局設置を認め、同時に成良親王を鎌倉府将軍に任命し、自らの近臣の一部を帯同させて、関東一円を管轄させることとした。また、直義がその下で鎌倉分局の長を務めることも認可した。

さらに十一月八日、直義は相模守の官職を拝領した。すべてが師直と直義の目論見《もくろみ》通りとなった。

しかしこの決定を受けても、直義は鎌倉へと急いで下る気配を一向に見せなかった。

そうこうするうちに十一月も末になった。普段の直義の言動からすれば、およそ想像も出来ぬ緩慢さである。

ついに十二月に入り、師直はしびれを切らして言った。

「直義殿、それがしがこう申すもなんでござるが、早《と》う早《と》う鎌倉へと下向されてはいかがでござるか」

すると直義は、珍しく鷹揚《おうよう》に笑った。

「師直よ、わしにはいま一つ考えがある」

「何でありましょうや」

「頼朝公が、毎年元旦に行われていた垸飯《おうばん》の儀式である。わしは、その先例を真似る。じゃによって、大晦日に鎌倉へと着くように、出立を調整している」

これには師直も、我知らず両手で袴《はかま》の裾を掴んだ。

垸飯の儀式とは、源頼朝が朝廷から鎌倉幕府を正式に認められた出来事に由来する。喜び勇んで京から鎌倉へと帰還したその日が、ちょうど大晦日であった。そこで頼朝は翌日の元旦に、数多くの御家人たちと共に幕府成立の盛大な祝宴を開いた。以降この祝宴は、源氏の盟主と御家人たちがその紐帯《ちゅうたい》を確認し合う、年初の恒例行事となった。

その先例を、直義は真似るという。

ようは元旦の鎌倉で祝宴を開くことにより、暗黙の裡《うち》に実質的な鎌倉府の再興を広く坂東中の武士に知らしめるつもりなのだ。

なんという知恵深さだ、そして思考の寸法の長さだ、と改めて感じ入った。そして、この時に初めて直義に対して、何故か怖れにも似た感情を抱いた。

十二月十四日、直義は成良親王と共に、ようやく京を出立した。

「師直よ、これよりわしは当分、この王城の地を踏むことはあるまい。くれぐれも兄のこと、よろしく頼む」

そう言い残し、一路東へと馬上の人となった。

そして翌年以降、鎌倉自治府にて事実上の執権の地位を確立した。

2

新年を迎えた元弘四（一三三四）年の正月早々、尊氏は正三位の位階を拝領した。

得宗家が鎌倉を治めて以降、朝廷内でこれほどの高位にまで昇りつめた源氏はいない。

しかし師直の見るところ、この団子鼻の棟梁の顔色は、相変わらず冴えない。昨年十二月の半ばごろから、心なしかずっと元気がない。

弟が尊氏の許を去って、鎌倉へと下ってしまったからだ。

「直義は、元気にしておるのだろうか。親王や取り巻きの公卿に追い使われて、苦労しているのではあるまいか」

師直の顔を見れば、一日に一回は必ずそう口にする。

この見当違いの心配には、正直げんなりとした。

そんな馬鹿なことがありうるものか。だいたい直義は望んで下向したのだ。

けれど考えてみれば、この兄弟が離れて暮らすのは初めてのことだった。幼い庶子の頃から一つ屋根の下で双子のようにして育ってきた。尊氏はその三十年という人生の中で、ものごころがついてから初めて直義が身近にいない。

武門の棟梁とは孤独なものだ。ましてや源氏の盟主ともなれば、なおさらだ。近臣が知らぬ間に佞臣《ねいしん》になる可能性もある。だから、いつも一人で飯を食わなくてはいけない。

ようは、一見は直義のことをしきりに心配しているようでありながら、その実は実弟の不在に、身の置き場がないほどに寂しがっているだけだ。

が、東方の直義はそうでもないだろうと、師直は感じる。

鎌倉府の再興に燃える直義には、この兄のような暇人の感慨に浸っている余裕はない。きっと今頃は雑訴決断所の鎌倉分局にて、実務の出来ぬ無能な公卿たちを尻目に、武士たちへの所領安堵権、恩賞宛行の実権を握る手筈を無我夢中になって整えているはずだ。

「殿、そのご杞憂は、まず心配なきものかと思われます。直義殿ほどの御器量であれば、きっと鎌倉でも気丈にお過ごしになられているに相違ありませぬ」

すると、これには尊氏もすんなりとうなずいた。

「うん。確かに直義の器量は万人に優れている。たまたま兄に生まれたわしなどより、はるかに上だ」

危うく笑い出しそうになった。その通りだと感じつつも、さらにこう付け加えた。

「殿、殿がこれよりはお一人で、一門はおろか在京の源氏を率いていかねばならぬお立場であられます。されば、直義殿のことはひとまず脇に置かれ、この六波羅の手綱をしかと引き締めて参られることが、まずは肝要かと存じます」

「……分かった」

しかし、直義が去った後の六波羅は、その後も色彩を徐々に失っていった。特に足利一門の者たちがそうだった。

吉良満義は上洛以来、直義とはすっかり仲良くなっていた。直義もまた、満義の人柄には信を置いている様子だった。だから鎌倉下向に際しては満義を同伴していた。細川三兄弟と同様、吉良一族もこれまた京を去っている。残っている斯波高経や仁木頼章、今河頼国の主だった親族は、師直が見ていても、どことなく元気がなかった。いかにも所在なげに巨大な屋舎の中をうろついているだけだ。

無理もない。彼らは今、その一門内での強力なご意見番、指導者を失ってしまった。かといって棟梁の尊氏ときたら、むしろ彼ら以上に定見というものがまるでないから、これまた相談の持ちかけようもない。

そのようにして、直義なき後の六波羅は、次第に活気を失くしていった。

師直は、直義という存在の大きさを改めて実感した。

一月も末に近づいた二十九日、後醍醐天皇は元号を、元弘四年から建武元年と改めた。

建武の新政である。

もはや騒乱の時代は過ぎ、これからは朝廷のみがこの国を統べるということを、この改元で再び宣言したつもりなのだろう。

無理だ、そして無駄だ、と師直は思う。

いくらこの気概に満ち溢れた天皇が人々を囃《はや》し立てようとしても、世間はそう都合よく踊り出してはくれぬ。

現に雑訴決断所の裁定は、未だに遅々として進まぬではないか。出鱈目《でたらめ》な判決も相変わらず横行している。

特に厄介だったのが、所領再安堵の問題だ。処理しきれぬ未決裁の案件が、決断所には堆《うずたか》く積まれていく一方だった。その裁定をじりじりとして待っている武士たちの憤懣と苛立ちも、時の経過と共にさらに大きくなっている。

昨年の冬頃になると、この世間知らずの天皇も、遅まきながらようやくその現実に気づいた。そしてついに、

「所領の再安堵は、以前までの土地を保証する」

と、宣告した。

が、結果としてはこの判断が、さらなる混乱を招いた。

「以前までの土地を保証する」というが、これまでの所有者が法的に確定していない土地は、それこそ全国に星の数ほどあった。彼らは互いに自らの料簡にて所有権の正当性を主張し、時にいがみ合い、時に紛争を起こし、それがまた新たな訴状として決断所に大量に持ち込まれた。

決断所の三番所（山陰・山陽道担当）を務める上杉憲房は、師直にしきりにこぼした。

「帝は、津々浦々のややこしく入り組んだ所領の内情を、まったく御存じでない。鎌倉府の往時ですら、容易には長年解決出来なかった案件ばかりだ。それらに一気にけりを

付けられようとなさるから、このような仕儀に相成る」

それは四番所（西海道・南海道担当）の弟の師泰も、同様だった。師泰は本来が武官であり、こういう細々とした政務にはからっきし向いていない。当然、弱音を連発した。

「兄者、わしはもはや、このお役目は御免蒙りたい。公家の依怙贔屓にも腹が立つし、武家同士の争いでも、一方を立てれば他方は立たぬ。かといって両方を立てるという訳にもいかぬ。やればやるほど泥沼にはまっていく」

そして、珍しく観念的なことを言った。

「我ら武士にとって所領というものは、命の次に大事なものだ。だからその腫物《はれもの》には、くれぐれも慎重に触らねばならぬ。その執念が分からぬまま、帝のように一刀両断のご判断をなされば、必ずや双方に血が流れるし、現に今も各地で争いの血が流れている」

その通りだ、と師直も感じる。

後醍醐天皇は、はるかなる延喜天暦の頃の治世が、今でも通用するものだと思っている。公的な所領としては朝廷と公卿、寺社領しかなかった当時なら、彼らが額に汗して開墾した荘園でもないし、その所領を与えた天皇の号令の許、裁定もある程度は一刀両断に出来たのかも知れない。

しかし、今の世は違う。

武士とは本来、自衛武装した開拓民のことを言う。自らが身を粉にして必死に荒れ地を開墾し、その所領を生み出してきた。さらに戦いに際しては、我が命を賭け物にして勝利すれば、新たなる領地を得る。逆に負ければ、それまでのすべてを失う。

それら武士たちの、所領への汗と血に塗れた情念というものを、天皇はまったく実感として捉えていない。ある意味で既に時代錯誤の道化師だと感じる。

やはり、時は巻き戻せない。よしんば多少は揺り戻しが起こったとしても、長い目で見れば必ずや先へ先へと進んでいく。武士の世へと戻る――。

現に、二月に入って鎌倉から来た直義からの手紙も、その師直の推測を裏付けるものだった。

「やあ。直義からわしに文が来た」尊氏は手放しに喜んだ。

「師直よ、おまえにも別にあるぞ」

そう、師直宛ての幾重にも封をされた手紙を渡してきた。

ふと予感がして、別室に籠り、一人でその文を読んだ。

文面には、変わらず自分は健勝であること、垸飯の儀式も滞りなく終わったこと、鎌倉分局も順調に回り始めていること、坂東の武士たちが徐々に足利家に心服しつつあることなどが、順を追って滑らかな文体で書かれていた。が、その現状報告は最後の一枚で、いきなり今後に起きうる事態と、それへの対処法へと変わった。語り口もそれまでとは打って変わって、ことごとく根太に杭でも打ち込んでいくような記述へと変化した。

要約すると、こうだった。

「東海道筋でも、親政に対する不満と怨嗟の声は武士たちの間にことごとく満ち満ちていた。この鎌倉でもそうだ。先々で反乱がおこる公算が、思っていたよりも高い。そうなったら帝は必ずや、源氏の新盟主たる兄に討伐を命じる。しかし、それを機に兄が征夷大将軍と総追捕使《そうついぶし》に任ぜられるまでは、兵を動かすことは絶対にならぬ」

……言っている意味は、分かった。

征夷大将軍だけが、真の意味でこの国の武士全体を率いる資格を持つ。次の総追捕使とは、朝廷の許可を経ずに、独自に恩賞宛行の権限を持つ官職のことを言う。

だから、この二つの官職さえ手中にすれば、足利家による新たな幕府を開くことが実質的に可能となる。

ふむ――。

が、文面の末尾まで読んだ時、師直はつい一人で笑った。

「なお、兄への文では、この最後のことには触れておらぬ。それ以前の紙面で綴った、わしと鎌倉の現状を述べた書簡のみである」

ふと、ある可能性に気づく。直後には最後の一枚だけを封に入れ、膝下《しっか》に置いた。

その後すぐに尊氏が、師直の居る部屋へと入ってきた。

「師直よ、そちへの文は、如何であった」

そう言って、さらにぐいぐいと顔を近づけてくる。いかにも師直宛ての文まで読みたそうな表情だった。おそらく直義もこれを予測していた。だから最後の一枚だけに、別の話をまとめた。

師直は手に持っている数枚の文を、尊氏に差し出した。

「もしよろしければ、御披見くだされ」

「よいのか」

しかし、そう問いかけて来た時には、尊氏の手は既に師直の持つ文へと伸びていた。

それら数枚を斜め読みした尊氏は、再び無邪気に笑った。

「うむ。わしの文面とほぼ同じだ。直義は確かに元気そうである。わしに心配をかけまいと嘘はついておらぬ。なによりだ」

師直は内心でなおも笑いを堪えつつも、この時になって初めて、目の前の無能極まる男が、何故に数多くの人から慕われるのかが、少し分かったような気がした。

尊氏は、いつぃかなる時も、自分の気持ちに素直に従って生きている。それは、多くの者が大人になっていくにつれ、この浮世での立場と利害関係を得るにつれ、どこかに置き忘れていく生き方でもある。

皆、尊氏の中に、かつての若かりし頃の自分を見る。愛《あい》嬌《きょう》を感じる。尊氏は、立場や利害によって人を見ない。だから皆、安心してすり寄ってくる。集まってくる。


ところでこの同じ二月、楠木正成が従五位下の位階を朝廷から拝領した。

むろん、尊氏の正三位の位階に比べればはるかに下位であるし、新田義貞の従四位上と比べても同様であるが、それでも正成はそもそもが地下人に等しい男だったから、これは破格な扱いと言っていい。さらに正成は、先に検非違使にも任官されている。

天皇は正成に関する限りは、「恩賞は望みのままぞ」というかつての言葉を、あくまでも忠実に履行していた。己の寵臣として着実に育て始めていた。

一方、天皇の言質がほぼ空手形のままで終わっている功臣もいる。


赤松円心だ。

円心はこの時も、恩賞の加増はおろか、官位に叙することもなかった。依然としてただの円心であり続けている。

さすがにこれはかの老人に対して、あまりにも酷《ひど》過《す》ぎる扱いではないか、また甚だしく不公平でもある、と師直もひどく義憤を感じた。

当然、尊氏も再びそう思ったようで、しばしば六波羅内の円心の陣所に顔を出しては、またしてもしきりとこの不遇な老人を慰めた。

すると円心は、いかにも寂しそうに笑った。

「足利殿、よいのです。わしはもう、帝には何も期待しておりませぬゆえ」

が、円心がそのような殊勝な態度を見せるのは、在京する武士の中でも、尊氏ほぼ一人に対してだけであった。

この頃になると師直にも、平時の円心が、いかに人に対する好悪の激しい人間かということが次第に分かるようになってきた。その基準も明確だった。

「わしは、馬鹿と話している時ほど、この世を虚しく感じることはない。およそ人の上に立つ者で、馬鹿ほど無用の存在はない。相手をするだけ、時の無駄というものである」

そう、尊氏以外の相手には公言して憚らなかった。

「どこぞの内裏も、その馬鹿どもの寄り集まりである。そのような鈍牛《どんぎゅう》の群れに混じるくらいなら、いっそ無官のまま、我が足先でも舐《な》めていたほうが良いわ」

このきつさよ、と師直もさすがに辟易する場合がある。

しかし、円心は目の前に足繁く現れる鈍牛――尊氏には、何故かその料簡をあてはめようとはしない。

それは、楠木正成の尊氏に対する見方も、同様だった。

正成は、雑訴決断所の三番所で、上杉憲房と同僚でもある。その異常なる多忙さゆえ、尊氏と顔を合わせる機会は滅多にないが、それでも憲房には折りに触れ、尊氏について感想を洩らすことがあるらしい。

「足利殿は、やはり稀有なお方である。それがしがこれまでにお目にかかった方々の中でも、万人に優れた御器量をお持ちの御仁であられる」

「方丈記という随想に『ゆく河の流れは絶えずして、しかも、もとの水にあらず』という出だしがござる。この世の真の在り様を語ったものでござるが、これは、まさに足利殿のためにあるお言葉ではないか」

これには正直、憲房もかなり戸惑ったらしい。

もはや一門内では、尊氏より直義の考えを皆が当てにしているという事実は、憲房も充分に承知している。

そもそもはこの憲房が最初に直義を焚き付けたからこそ、尊氏も嫌々ながら朝廷に与する決起へと動いたのだ。

それに、その方丈記の冒頭の例えの意味も、憲房にはよく分からなかった。

ややうろたえた挙句、ついこう口にした。

「されど、先の戦での大功というところでは、新田の小太郎殿もおられますが……」

これに対して正成は、一瞬黙り込んだ。ややあって、慎重そうな口ぶりで言った。

「――新田殿は確かに無類の戦上手で、事に及んでは果断でもあられる。だからこそ今は武者所の長を務められておられるのであろう。その性も質朴であられ、信用も置ける」

しかし、正成の言葉はそこで止まった。それっきり新田義貞についてはロをつぐんでしまったという。

師直もまた、この逸話には違う意味で言葉を失った。

三年前の赤坂城攻防での記憶が、まざまざと蘇ってくる。正成の言う水とは、すなわち師直が錯覚した波のことではないか。つまり正成は、あの時に自分が感じたことと同じ感想を述べている。

流れゆく水のように、尊氏には人としての実態がまるでない。定まった形がなく、それでいて尊氏そのものである。

だが、だからこそ凄いのだと正成は言っている。

状況に応じて、いくらでもごく自然にその形を変えていける。その生き方に、無理や力みが一切ない。流れ流れて、いつかは目も眩むような大海へと漕ぎ出していく――。

そこまでを領解した時、師直は改めて全身が粟立った。

むろん正成という男に対してだ。

こと尊氏に関する限り、正成はどうやら師直よりもさらに深いところまで、その人品を考察している様子であった。

その上で義貞がいくら武士としては優秀でも、所詮は尊氏には敵わぬと暗に仄《ほの》めかしている。

しかし、尊氏との僅かな接触でそこまで見切るとは、やはり正成は只者ではない。単なる天皇好きの男ではない。

けれど、正成はそこまで褒め上げながらも、自分から進んでは決して尊氏の許に近寄ろうとしない。

おそらくだが、師直が尊氏を持て余しつつもどこかで畏怖しているように――正成も一見は褒めつつも、遠目から密かに警戒しているのではあるまいか。

一方、性格に多少難のある円心は、相変わらず尊氏とはべったりだ。双方、無条件に相手のことを気に入っている。

ふと、直義からの文を思い出した。

この好き嫌いの激しい老人をひとたび敵に回せば、先々で相当に厄介になるだろうことは、昨年の戦でも充分に証明されている。逆に味方にしておけば、この男ほど戦場で頼りになる武将もまずいないだろう。そして直義の見解によれば、動乱の気配は再び近づきつつある……。

だから師直はその後、尊氏の尻馬に乗り、努めて円心と昵懇になるように心掛けた。

円心はこの頃、我が身の不遇がよほど辛かったのだろう、自らに近づいてくる人間には、開けっ広げに好意を剝き出しにした。

「ああ、世が広しと言えども、このわしを認めてくださるのは、足利家の御大将と、そこもと権守だけにてござる」

などと言い、時に感涙にむせんだ。

円心にある魅力は、その素直さからくる可愛げのようなものだ。戦時の軍略とは打って変わり、平時には老獪な部分が全くない。とても六十間際の老人とは思えない。その落差に、かえって師直も本気で好意を持つようになった。

春が過ぎ、不穏なままの夏もじりじりと経過していった。

八月、二条河原にこのような落書が立った。

「此比《このごろ》都にはやる物　夜討《ようち》強盗《ごうとう》謀綸旨《にせりんじ》　召人《めしうど》早馬《はやうま》虚騒動《そらそうどう》
生頸《なまくび》還俗《げんぞく》自由《まま》出家《しゅつけ》――」

召人とは、師直らが捕まえても捕まえてもどこからか湧き出してくる罪人、生頸とは女郎のことである。食うに困り果てた市中の女たちが辻々に立つようになっていた。

この前後、後醍醐天皇は遅々として進まぬ土地問題にさらに業を煮やしたのか、雑訴決断所の大幅な増設を決断した。それまでの四番制から地域を二倍に細分化した八番制へと改編され、人員も飛躍的に増えた。

師直にも決断所の三番（東山道）へと着任するように、朝廷からの内示が来た。この職務に辟易していた師泰は、師直と入れ替わるようにして辞任希望を受け入れられた。

新たに着任した他のめぼしい者には、五番（山陰道）の名和長年や、六番（山陽道）の結城親光がいる。楠木正成は、それまでの旧三番から改編された一番（畿内）へと異動になった。いずれも天皇のお気に入りだ。八番（西海道）の担当には、佐々木道誉も入った。

円心は、またしてもこれら新人事の蚊帳の外に置かれた。天皇は、護良派の筆頭武将であるこの老人を、徹底して朝廷の中枢から排除し続ける気のようだった。

これにはもう、円心も怒りを通り越して、再び苦笑するしかなかった。

「どうやらわしは、相当に疎まれているようであるな」

そう、尊氏と師直にこぼした。これには二人とも、以前にも増して慰めの言葉もなかった。

ともかくも師直が武者所を辞する時、いつもは寡黙過ぎるほどに無口な義貞から、こんなことを言われた。

「権守よ、同席だった誼で密かに申すが、ご注意召されよ」

「何に、でござりましょう」

「東郊の動きには、ここを去った後も留意されたほうがよい。白河以東のことである」

その一言を残し、義貞はそそくさと師直の許を離れた。

師直はすぐに悟った。白河より東に陣を構える者と言えば、護良親王とその兵団以外にはない。親王は、またしても足利家に仇するようなことを企んでいるのだろう。

おそらく義貞は、武者所の長官として、配下から上がってくる報告により何かを摑んだ。そして去年の尊氏の、天皇への口添えの件を未だに恩に着ている。だから、このようなことを師直に告げた。

その後、師直は決断所の激務をこなしながらも、手の空いた師泰に、護良親王の兵団の動向を探らせた。

すると、案の定だった。護良親王旗下の破落戸どもが、

「尊氏、殺すべし」

「天下安泰、国体のためである」

と、盛んに気炎を上げているという。

むろん、天下国体などという言葉を、その多くは野伏上がりの彼らの素養で、自ら思い付いて口走るはずもない。誰かからの受け売りだ。そして唯一、そのようなことを公言出来る立場の者と言えば、護良親王を措いてない。

師泰は政務と違い、こと軍務に関しては打つ手が素早い。

「兄者、この余所者も数多駐留する六波羅では、殿を全《まった》くには警護できませぬ。されば、この六波羅よりやや南郊に広大な廃園がござる。そこに足利家の本所《ほんじょ》を移し、殿の身辺を我ら郎党で厚く固めとうござるが、如何」

「では、そのようにせよ。が、わしだけはここ六波羅に残る」師直は即決し、同時にこう付け加えた。「大塔宮が殿を殺《あや》めようとされている、その確たる物証も手に入れよ」

そうだ――。相手がここまでの手段に出て来ている以上、こちらももうあの天皇家の連枝に遠慮などはしていられない。あの親王を、なんとしてでも潰すしかない。そのためにはまず、暗殺計画のしかとした証拠を握る必要がある。

この時、師直ははっきりとそう腹を括った。

ともかくも急ぎ、尊氏に廃園に陣所を移してもらうことを求めた。尊氏は、六波羅を出ることに難色を示した。

「何故に大塔宮が、わしを殺めようとなさるのだ。訳が分からぬ。それに藪蚊《やぶか》の舞う場所になど、行きとうはない」

この思考の肌理の粗い男に、いくらその理屈と経緯を説いてもおそらくは納得しない。だから敢えてこう言った。

「殿、そもそもがこの世とは、訳の分からぬこと、理不尽なことで満ち満ちているものでござる」事実、この足利家の棟梁への人望を含めてそうだ。「さればこそ、その道理を考える前に、大事へと至らぬように動くが肝要というものでござる」

さらに念のため、こうも付け加えた。

「もしここに、殿の御弟君《おんおとうとぎみ》がおわされても、それがしと同様のことを申されます」

尊氏にとって、実弟・直義の意見は絶対だ。元弘の乱以来、尊氏は常に直義の意向に従って動いてきた。今さらその習性を変えられるはずもない。

案の定、尊氏は渋い顔をしたまま黙り込んだ。抵抗する術《すべ》がなくなった。

よし――。

「では、そのようなことで、宜《よろ》しいですな」

そう改めて要請すると、尊氏はいかにも気乗りがせぬ様子でうなずいた。

「……分かった。そのようにする」

このようにして尊氏は師泰に伴われ、その本陣を六波羅から南郊へと移した。

九月に入り、天皇が突如として行幸《ぎょうこう》の計画を発表した。建武の永らかなる治世を祈願するために、二十一日に石清水八幡宮、二十三日に東寺、さらに二十七日には賀茂神社にも、立て続けに参拝するという。

そして警護役の大将には、直々に尊氏が命じられた。一見すれば、足利家にとっては非常な名誉である。が、まさか、と師直は感じた。

いや……しかし――そのようなことがあり得るのか。

だが、状況はひとつの可能性を濃厚に物語っている。

護良親王による暗殺計画が進んでいるとほぼ同時に、実父である天皇は三度の行幸を発表した。さらには警護役に尊氏を選んだ。

しかし尊氏は、今までの親政で、円心と同じく一度も役目にありついたことはない。むしろ警護役にはその本来の役目がら、武者所の長官である新田義貞か、検非違使の官職を持つ楠木正成のほうが、誰が見てもふさわしい。

なのに、いきなりのこの辞令だ。

師直は、両手の震えを抑え込みながらさらに想像する。

尊氏は天皇の行列を守るために、郎党と共に縦に長く薄い陣形を取るしかない。当然、自らの警護も二の次となる。どこぞの辻で兇徒に横から一突きされれば、心身ともに動きの鈍い尊氏など、ひとたまりもないだろう。しかも天皇の計画によれば、その機会が三度《みたび》も設けられたことになる。

やはり、可能性は濃厚にある。

天皇は、実子である護良親王のことを嫌い抜きながらも、足利家の排除という思惑では利害が一致し、密かに親子ともども裏で手を握っているのではないか――。

今度こそ、腹の底から喉元まで黄水がせり上がってきた。その恐怖に一人では耐えきれず、上杉憲房と師泰を急ぎ自分の許へと呼んだ。

「これは、あくまでもそれがしの憶測でござるが――」

そう前置きをしたうえで、二人に自分の推測を語った。

果たして師直が語り終えた直後から、両者はむしろ師直以上に興奮し、同時にいきり立った。

「兄者っ、もしこれがまことならば、親政の第一の功労者たる我ら足利家への、明白な裏切り行為ではないかっ」

そう、まずは師泰が口元から泡粒を湧き立てながら、喚き散らした。人間、本当に激怒すると口から泡を吹くと聞いてはいたが、今、それを目の当たりにした。

足利兄弟の伯父もまた、相当に怒り出しながらも、師泰よりはまだしも落ち着いていた。

「師直よ、おぬしはもう決断所の仕事で、そう多くは動けぬだろう。されば、わしが、朝廷筋には出来うる限りの探りを入れる。あわよくば、確たる証拠を押さえる」

そう言われ、師泰もやや冷静になった。

「わしも今まで以上に、大塔宮の身辺を徹底して洗う。先に兄者が申された通り、しかとした物証を必ずや握る」

ふと気づく。いつの間にか自分の憶測が、取り違えようもない現実として、この二人には認識され始めている。

が、それでも良いと感じる。現実の問題として必死に動いてくれた方が、足利家の危機はより確実に防げる。

「尊氏にも、このことは早速報せねばならぬな」

憲房が早速立ち上がろうとしたその袖を、師直は咄嗟に摑んだ。

「それは、なりませぬ」

「何故だ。尊氏自身の危機であるぞ」

「殿は帝を敬うこと、厚うござる。故に、このような策謀を到底お信じにはなりませぬ。あべこべに何かの間違いであろうと、誰彼構わずに喚かれるのが関の山でござる」

言いながらも不意に思い出す。一年前、三河での直義の気苦労が、今はっきりと我がこととして偲ばれた。

このような考えなしで不甲斐ない棟梁だからこそ、直義はまずは尊氏抜きで決起の根回しを懸命に行った。そして一族という外堀を完全に埋めた上で、尊氏に奮起を迫った。

その時の経緯を縷々と説明し、

「――故に、今度もまた確たる証拠を握らねば、さらにはその証拠を握って一族の合意を取り付けた上でなければ、殿の御心を覆すことは叶いませぬ」

すると、これには憲房も深い溜息と共に座り直した。

「……言われれば、確かにその通りであったな」

結果として師直は、あの時の直義とまったく同じことをやった。一族の危機を前に、再び尊氏を蚊帳の外に置いた。

仕方がないではないか、と師直は自らを慰める。

尊氏には気の毒ではあるが、それもこれも、すべては足利家のためなのだ。

その後の憲房と師泰は明白な証拠、文のようなものを手に入れようと懸命に動いた。

が、その努力も虚しく、時は刻々と過ぎていった。依然として物証は手に入らないまま、ついには九月の半ばを超えた。最初の行幸まで、既に五日を切ろうとしている。

師直は憲房と師泰とも検討した上で、ついに決断を下した。斯波高経や仁木頼章、今河頼国らを集め、おそらくは濃厚に存在するであろう暗殺計画の合切をぶちまけた。その上で彼らに護衛の協力を仰いだ。

彼らもまた大いに怒り、一族を挙げての尊氏の護衛には、諸手を上げて賛同した。

そこまでのお墨付きを取り付けた上で尊氏に会い、こう説得した。

「殿、何事も殿をお守りするためにてござります」

が、尊氏は戸惑った表情を浮かべ、首をやや傾げた。

「しかし、帝の御一行を、それよりはるかに多い我ら一門で警護するとなれば、不敬にはあたるまいか」

くっ——。

一瞬、二の句が継げなかった。

この阿呆《あほう》は、いったい何を悠長なことを言っているのだ、おまえの命がかかっているのだぞっ——そう面と向かって怒鳴り散らしたいところを辛うじて堪え、即座に否定した。

「不敬にはあたりませぬ。それほどまでに帝のお命は、我が足利家にとっては大切であると、かように上申されればよろしいわけです。また、市中の治安はかつてないほどに悪うござります、兇徒が次から次へと現れて来ぬとも限りませぬと、重ねて申し上げられませ」


と、帝への上申の仕方までを手取り足取り教えた。

護良親王の策謀を敢えて上申させなかったのは、それをせずともここまで掻き口説けば、後醍醐天皇も首を縦に振るだろうと思ったからだ。仮に天皇と親王が手を組んでいたとしても、この尊氏の珍しく強い押しには、自らの後ろめたさに折れざるを得ぬとも感じていた。

果たして翌日、尊氏が内裏にて要請したこの願い出は、すんなりと通った。


二十一日に始まった石清水八幡宮への行幸で、足利家は在京のありったけの旗下四千弱を率いて警護役を務めた。

露払い役である先鋒千五百は、師直と師泰が足利宗家の郎党を率いて務めた。尊氏は、それら郎党たちのど真ん中にいる。周囲をびっしりと家臣たちに守られている。

続けて天皇の行列の左右に、宗家と一門の兵を縦に長く三百ずつ配置した。殿《しんがり》は斯波高経が、残る親族の兵千五百を率いていた。

この威容には、どこからか隙を窺っていたであろう護良親王の配下も、当然なす術がなかった。

このようにして、二十三日の東寺、さらに二十七日の賀茂神社への行幸も、何事もなく終わった。

が、師泰はその後も護良親王への監視を一切緩めなかった。東郊に居座る兵団を常に配下に見張らせていた。それほど、この師直の実弟は、なおも激しく怒り続けていた。

師直もまたそうだ。あの親王を朝廷から排除せぬ限り、我が足利家はこの先でも安泰ではいられぬ、枕を高くしては到底眠れぬ、とも確信していた。だから、今はまだ徒労に終わっている弟の探索を、常に励まし続けた。


十月も上旬を過ぎた頃、師泰の苦労がようやく実った。

先に尊氏の暗殺に立て続けに失敗した護良親王は、さらに兵団の士気が落ちて配下の数も激減し、焦りに焦っていたようだ。挙句、ついに最終の禁じ手に踏み切っていた。あろうことか護良親王は、足利家打倒の令旨を諸国にばらまき始めていたのだ。

昨年に後醍醐天皇から令旨の無効を宣告され、さらにはこの実父から、

「今後、勝手に令旨を出すことはまかりならぬ、勅命を出す者は帝たる朕、ただ一人である」

と、念を押されていたにもかかわらずだ。

師泰は、未明に各地に向かおうとしていた密使数人を一時に捕まえ、彼らの懐から令旨を奪った。そして息せき切って六波羅に駆け込んで来るなり、

「兄者、ついにやりましたぞっ」

と、三通の令旨を見せた。

「これで殿は、内裏に堂々と苦情を申し立てられまするな」

しかし、それら令旨の内容をざっと披見した師直の考えは違った。

令旨の中には、届ける武門によっては尊氏に事前に密告されるのを恐れたのだろう、

「我、大塔宮は事ここに及び、挙兵する。されば力を貸せ。即時に兵をまとめて上洛せよ」

とだけ、その内容を曖昧《あいまい》に書かれたものがあった。

が、このぼやかし方はむしろ好都合だ、と師直は感じた。既に去る正月、立太子の儀により、阿野廉子の第一子である恒良親王が皇太子に定められていた。つまり、次期天皇ということである。阿野廉子は天皇の寵愛をいいことに、実子の先々での足場を着々と固め始めていた。

円心の罵っていたあの女狐を利用するのだ。この令旨を、阿野廉子を通じて天皇に届けさせる。そして、

「大塔宮に、帝への謀反の疑いあり」

と讒言《ざんげん》させればよい。事実、天皇から禁じられた令旨を一時に捕まえ、

使って兵を募っているから、尊氏自身が自らへの殺害計画という苦情を申し立てるより、よほど効果的だ。

「師泰よ、上杉殿を伴い、内裏の奥へと参れ」

今までに阿野廉子付きの侍女や青侍には、憲房や子の憲顕、重能を通じて、散々に賄《まいな》いを送ってきた。直義の相模守任官の件では、特にそうだ。

「そして三位局に、この令旨を手渡してもらえるよう、願い出るのだ。その口上は、こうだ――」

そう、護良親王が天皇への反逆を目論んでいることを、既成事実として報せるように命じた。

「それは、まさに妙案でござる」

師泰はそう答え、早速、上杉憲房と内裏奥へと出向いた。

翌日以降、近国の武門からも、護良親王からの令旨を貰ったという報告が、続々と足利家の許へと集まってきた。

ふむ、と師直は一人、ほくそ笑む。

世間は、そして世の武士たちは、既に護良親王を完全に見放している。親王より、明らかに足利家に忠誠を誓うことを望んでいる。師直は念を入れ、その内容の曖昧な令旨をも、さらに阿野廉子の許に届けさせた。

一方、上杉憲房からも、朝廷内での動きが逐次上がって来ていた。

阿野廉子はこちらの目論見通り、天皇に幾通もの令旨を差し出し、こう告げていた。

「これは、皇位簒奪《さんだつ》のための謀反にてございます。これらの文が、何よりの証拠にてございます」

果たして後醍醐天皇は、激怒した。自分に対する明らかな越権行為だと見做《みな》したのだ。ただし皇位簒奪のための謀反と見たかどうかまでは、定かではなかった。それでも、

「朕は、再三再四繰り返した。にもかかわらず、またあやつは令旨をばら撒きおったか」

という一言を発したという事実は、憲房も確認していた。

さらに天皇は、こうも言い放った。

「大塔宮は、そもそもが天台座主であった。その時点で既に皇室に籍はなく、また座主という身分に戻らぬ以上は、世外の者でもない。朕の度重なる要請を無視し、未だに兵団を抱えていることと言い、もはや武家そのものである」

つまりは皇族としての我が子の梯子を完全に外し、尊氏と同じ武家の身分であると明言した。

しかし、何故そのようなことまでを明言したかは、この時点での師直にはよく理解できなかった。

が、やがてその言葉の真の意味が、分かる時が来た。

十月二十二日のことだ。

天皇はこの日、清涼殿で和歌や管弦の催し事を行うとして、護良親王を東郊から呼び寄せた。そして、のこのこと昇殿してきた親王を、子飼いの武士である名和長年と結城親光に取り押さえさせ、武者所の牢へと幽閉した。

ちなみにこの時、楠木正成は北条氏の残党狩りのために紀伊国に出兵し、京を離れていた。

十月末、足利家の許に、護良親王の身柄を足利家に引き渡すという報せが、朝廷より来た。

ようは、この世間知らずの天皇も、令旨の一件は、さすがに朝廷そのものに対しての反逆行為だとは見ておらず、武家である足利家と既に武家そのものである護良親王の、私闘であると見做したようだ。その意味では師直の当初の目論見は外れたが、当時、武家同士の諍いは、危害を加えようとした者を、被害に遭った者に引き渡して処分を委ねるというのが、慣例になっていた。

天皇は、その慣例に倣った。

あるいは裏で手を組んでいたにしろ、護良親王にはもはや尊氏を討てる力はないと見て、寵姫の長子を皇太子に立てた以上は、親王を完全に用済みと考えたのかも知れない。

かといって今さら朝廷内に引き取っても処遇に困る。だから、足利家に身柄を引き渡すことを決めたのではないか――。

そう師直は推測し、自分が仕組んだことながらも、天皇の実子への冷酷さ、非情さには血も凍る思いだった。

その感慨は護良親王もまた同様だったらしく、武者所の牢に入れられた時に、こう呟いたらしい。

「尊氏よりも、むしろわが父の方が恨めしい」

この捕縛直後、天皇の命により、親王の配下も徹底した処分を受けた。兵団は解体され、主だった配下である南部《なんぶ》某、工藤某という者たちは、市中の治安を乱した元凶であるとして、六条河原で梟首に処された。

なお、足利家との一連の諍いの元となった殿の法印は、すでに親王の捕縛直後に行方を晦《くら》ましていた。

狡猾《こうかつ》な奴ほど逃げ足は早いものだ、と師直も一門の者も散々に地団太を踏んだものだ。

ともかくもその後、棟梁の尊氏を含めた一門内で、今後の親王を、どう取り扱うかという議案が持ち上がった。こちらで引き取るとしても、まさか殺めるわけにもいかない。

師直もどう処置すればいいか見当がつかず、十月末に鎌倉へ向けて早馬を飛ばした。直義に判断を仰いだ。尊氏への暗殺計画が露見して以降、師直は鎌倉の直義に向けて、事ある度に自分の対応を報告してもいた。

そして鎌倉からの返信が届いたのが、つい昨日の十一月十日だった。直義の文には、こう書かれていた。

「よければ、大塔宮の身柄は鎌倉で預かる。この地ならば足利家のお膝元である。わしの目の届く所で幽閉すれば、宮への内通者も現れまい」

直義の言う通りだ、と師直は感じた。そしてこの案を、会合の場で披露した。

皆、思わずと言った様子で膝を打った。

「これは、まさに良き案」

「さすがに御弟君でござる。常に、先を考えておられる」

尊氏もほっとした顔をして、能天気な感想を洩らした。

「直義は、いついかなる時も頼りになるなぁ」


十一月十五日、護良親王は京を追われた。足利家の郎党の厳重な警備のもと、鎌倉へと配流されていった。

紀伊国から帰陣した楠木正成は、この一連の顚末を聞いて、呆然としたらしい。正成はそもそもが後醍醐天皇派であり、好んで護良親王に肩入れする者ではなかったが、今回の処分はあまりにも非情かつ不当であるとして、雑訴決断所と検非違使の役目を辞任してしまった。

宮廷の良心と呼ばれていた公卿、万里小路《までのこうじ》藤房《ふじふさ》という中納言も、同様だった。この処置を含む親政の在り様に完全に失望し、これまたすべての職を辞して京からも失踪した。

もう一人、親政を見限って、京を去った人間がいる。

赤松円心である。

円心もまた正成と同様、護良親王の令旨をたまたま先に受け取ったから挙兵しただけで、決してその実は護良親王派の人間ではなかった。

が、天皇は依然としてそうは見ておらず、また、円心の朝廷に対する悪口も聞き及んでいたようだ。だから、この護良親王の配流に伴って、あろうことか円心に与えた唯一の恩賞、播磨守護職を取り上げてしまった。

円心とその郎党は、得宗家時代の、佐用庄のちっぽけな一地頭に過ぎぬ赤松一族に戻った。

けれど円心は、もう愚痴も泣き言も一切口にしなかった。

「もはや、これまでである」

そう一言だけ静かに述べ、淡々と京を去る準備を始めた。

尊氏と師直は、そんな円心を前にしてかける言葉もなく、ただおろおろとするばかりだった。

無理もない。足利家が親王を失脚させた。結果、円心までもがとばっちりを食い、完全に没落させられたのだ。いわば足利家の策が、円心を今の窮状に追い込んだに等しい。

加えて師直は、この頃には尊氏と同様、この性格のきつい偏屈な老人をすっかり好きになってしまっていた。少なくとも師直は、いかにも品行方正な人柄と知性を持つ正成より、軍略以外では欠点だらけの円心のほうがはるかに好みだった。その骨柄の癖の強さ、人としての欲望の直情さに、独特の味わい深さすら覚える。

師直は意を決し、床に両手を突いて円心に頭を下げた。

「申し訳ありませぬ。それがし、円心殿にはお詫びのしようもございませぬ」

が、円心はこの時も珍しく穏やかに笑ったものだ。

「降りかかる火の粉を自ら防ぐは、武門に生きる者としては当然のこと。足利殿のせいではない。すべては、あの帝のやり様《ざま》が悪いのだ。その器量に非ざる者が、万民の上に立っている。このことが、すべての元凶である」

そして尊氏の手を握り、こうも言った。

「足利殿、それがしは夢半ばにしてこの京を去りまするが、これよりも播磨より、足利殿の御健勝を一途にお祈り申し上げていく所存」

これには尊氏も目元を潤ませた。

「円心殿、わしは寂しゅうござる。これでわしの話し相手は、誰もいなくなってしまう」

うっ——。

この予想外の返答には、つい師直も噴き出しかけた。

そこか。それでおまえは目元まで潤ませるのか。まるで五歳の子供だった。

円心もまた、堪らずに明るい表情で破顔した。

「あぁ、やはり足利殿のようなお方こそ、万民の上に立つべきお人柄でござる。この老体を最後まで嬉しがらせてくれる。一時でも、わっ、と気分が明るくなる。そのようなお方に、人は吸い寄せられていくものでありまするよ」

そう意味深な言葉を残して、京を去っていった。

正成もまた、天皇に憤慨して滅多には朝廷に出仕せぬようになってしまっている。が、かと言って、尊氏にも腹を立てているかと言えば、どうやらそうでもなさそうだった。

どこかで偶然に尊氏と相見《あいまみ》えれば、以前と変わらぬ澄んだ笑みを見せる。挨拶も愛想よく長々と交わす。足利家を警戒はしつつも、尊氏自身のことは明らかに嫌いではない様子だった。

十二月、鎌倉の直義より文が来た。

護良親王の身柄を、確かに預かったという報せだった。

そしてその文末には、このようなことが書かれていた。

「大塔宮を伴ってきた郎党によれば、東海道筋ではわしが一年前に下った時より、朝廷への怒りの声がさらに大きくなっている。世情も然り。風紀も治安も乱れに乱れている。このままでは日ならずして、反乱は必至であろう。されど、いま一度繰り返す。兄が征夷大将軍と総追捕使に任ぜられるまでは、帝の指示に従うことは、絶対にならぬ」

ふう――。

師直は思わず、深いため息をついた。

怒りとは、そして不満とは、すなわち煩悩に基づく。所有欲、栄華欲、自己顕示欲、立身欲、名誉欲、社交欲、すべてだ。悲しいことに人の多くは、それなくしては生きられない。浮世に生きるべき道標を見つけられない。自分もまた、おそらくはその一人だろう。

欲望が、この世を激しく突き動かしている。水平線の彼方で今まさに盛り上がりつつある高潮が、またしても此岸《しがん》に押し寄せ、すべてのものを洗い尽くそうとしている。

直義はその激浪が押し寄せてきた瞬間に、尊氏という波をも同調させようとしている――。

3

建武二（一三三五）年が明けた。

直義が鎌倉に戻ってから、ちょうど一年が過ぎた。

その自治府の様相は、直義が見るに、ますます足利一族にとって盤石なものになりつつある。

細川和氏の三兄弟も吉良満義も、直義の両腕となって着実に実務をこなしてくれている。特に満義は、直義とはほぼ同年で、何かと相談が持ち掛けやすかった。

同時に、細川三兄弟が直義に先立つこと半年前、この鎌倉に来て地均《じなら》しをしてくれていたからこそ、自分はこうもすんなりと坂東での覇権を手中に出来たのだと感じる。

一方で、将軍としてやってきた成良親王下の取り巻きの公卿ときたら、やはり政務に関してはからきしだった。

特に親王は、まだ十歳だ。この年齢では、実務もへったくれもあったものではない。

坂東の者たちが頼るべきは、公家ではなく我が足利一族なのだと改めて実感する。それはこの鎌倉だけではなく、京でもそうなりつつあるようだ。

直義は今も、在京の師直から事ある度に文を貰っている。

昨年の一年間は、その手紙を貰うたびに、親政の疎漏さ、朝廷内部の腐敗ぶりにはひどく腹を立てていたものだ。

そしてその怒りは、昨年の夏から秋にかけて立て続けに来た報せにより、頂点に達した。

尊氏の暗殺計画のことだ。

幸いにも、師直の必死の奔走もあって二十日ほどで暗殺は未遂に終わったが、帝と護良親王という親子ぐるみでの所業と分かった時には、さらに激しい憤りを感じたものだ。

畿内でも武士の憤懣が高まっていく一方なのは、そもそもは帝と朝廷の政が愚劣極まりないからだ。その根本を顧みようとは一向にせず、源氏の盟主たる足利家へと衆望が集まることに危機を覚え、あろうことか我が兄を暗殺しようと試みるなど、いったい何事かと、喉元にまで吐き気がせり上がってくるほど臓腑がむかついた。

後日、さらなる師直からの文により、足利家に対する巨悪の根源であった護良親王の尻尾《しっぽ》をとうとう摑んだという報告が来た。さらに直後には、朝廷への裏金が効いて、足利家に親王の身柄を引き渡すことが決まったとの連絡も続いた。また、この親王の件をどう処置すればいいのかも、同時に聞いてきた。

師直は、やる。やるやる――。

直義はこの足利家の家宰の機敏な動き、そしてあくまでも直義との連携を図りながら事に当たっていこうとする姿勢に、いたく感心した。

加えて、おれが得手とせぬ裏工作のような汚れ仕事や猟官運動も、進んでやってくれる。

現に先年、鎌倉在住のままの細川和氏が、尊氏の決起を二年前に促した功績で、阿波守に任官されたこともそうだ。直義の予想をはるかに超えて実務能力が高い。

この時、しみじみと思ったものだ。

師直を兄の許に残してきて、本当に良かった。もしこれが兄だけだったら、人を疑わぬ雛の如く、朝廷からとっくの昔に絞め殺されていただろう。

ともかくも、良ければ鎌倉で引き取る旨をすぐに返信し、去る十二月に、護良親王が鎌倉へと送られてきた。

直義は護良親王には会わず、親王をそのまま府庁内の獄舎へと繋いだ。正直、顔を拝みたいとも思わなかった。あのような印地《いんじ》さながらの親王などに今さら会って、何を話すべきことがあろうか。そして厳重に監視を付けた。

ただし、異母弟である成良親王への配慮もあって、同時に配流されてきた護良親王の寵姫、南《みなみ》の方《かた》の牢獄への出入りだけは許可した。

これが、結果として裏目に出た。

一月も下旬になり、満義が慌てた様子で直義の居室に駆け込んできた。

「大変である。大塔宮が脱獄を図ろうとした」

「なんと――」直義は、その護良親王の飽くなき執念に、またしても怖気をふるった。「されど、いかようにして破牢できたのだ」

満義によれば、便宜を図ったのは南の方だった。懐に匕首《あいくち》を忍ばせ、入牢時にこっそりと親王に渡した。それを隠し持っていた親王は、食事を届けに獄に入った足利家の郎党の喉を、掻っ捌いた。

が、獄舎から脱出した直後を、たまたま運よく他の郎党たちが発見し、刀槍で散々に追い詰めた挙句、再び親王を牢へ繋いだという。

「くそっ」

直義は激高のあまり、拳を文机に叩き付けた。あの忌まわしい親王のせいで、何の咎もない足利家の郎党が、むざむざと殺されてしまったのだ。

いっそ報復に、親王を処刑してやろうかとも考えた。また、その判断は既に帝から足利家に委ねられてもいる。

しかしそれは、この期に及んでも躊躇われた。腐っても現在の帝の長子である。

結局、成良親王の取り巻きの公卿たちに報告を上げ、こう脅し文句を付け加えた。

「もし大塔宮が再び破獄を図られ、野に放たれて再び謀反の旗を掲げられたとなれば、この鎌倉に対する帝の心証は、如何ばかりのものでございましょうか」

案の定、公卿たちは困惑した表情を浮かべるだけで、何の判断も出来なかった。むろん、既にこの反応を予期していた直義は、腹案を提示した。

「今の獄舎に、南の御方を一切近づけさせぬ。あるいは、二丈（三・六メートル）ほどの深い土牢を穿って、大塔宮にそこにお移り戴く。この二案のいずれかでは、いかがでありましょうや」

二案目ならば、たとえ南の方が凶器を届けようとも、訪れた後に土牢へと下る梯子《はしご》を外してしまえば、護良親王は土牢の底である。脱獄することは出来ないはずだ。

それでも公卿たちは、おろおろと互いに顔を見合わせるばかりだった。

「では、この件は、大塔宮自らにお決めいただきましょう」

実際にそうした。郎党を通じて二案の選択を迫った。

護良親王は、後者の土牢を選んだ。暗くじめじめした環境であろうと、寵姫と定期的に会うことを望んだのだ。以降、初夏を迎えるまで、護良親王が二度と破獄を試みることはなかった。

この半年ほどの間に、師直のさらなる朝廷工作により、上杉憲房の伊豆国地頭職への任官が決まった。師直自身も三河権守から武蔵権守へと転任した。官職の面でも、坂東での足利家の支配は着々と固まりつつあった。


六月末、京から汗まみれの早馬がやって来た。その師直からの報せに、直義たちは驚愕した。

西園寺《さいおんじ》公宗《きんむね》という公卿がいる。西園寺家は、かつての得宗家時代、幕府と朝廷の関係を取り持つ関東申次として、大いに栄えていた権門であった。それが建武の新政が始まるや否や、一転して甚だしい没落の憂《う》き目を見ていた。

その零落し切った家門を、故・北条高時の実弟――時興《ときおき》が密かに訪ねていたという。時興は鎌倉府滅亡の際に自害したふりをして、奥州に落ち延びていたのだ。

公宗は匿った時興と共に、各地の北条氏残党と密かに連絡を取り始めた。並行して後醍醐天皇の暗殺計画を進めた。計画が成った暁には持明院統の後伏見上皇を新しい帝に擁立し、今の親政そのものを覆す気だった。

その計画が、公宗の異母弟・公重《きんしげ》の内裏への注進により、露見した。

後醍醐天皇は武者所に急報し、公宗と時興を捕縛するよう命じた。

が、公宗は取り押さえたものの、時興は一足早く姿を晦ました後であった。

捕まった公宗は、洗いざらいの計画を自白した。

北条氏残党の最も大なる者は、信濃《しなの》に潜伏する故・高時の遺児である時行と、北陸に潜んでいる北条一門の名越時兼であるという。両名とも鎌倉陥落時には自害を装い、密かに落ち延びていたのだ。

特に時行のほうは、元は得宗家の御内人で、今も信濃にて強固な地盤を持つ諏訪《すわ》大社の神主・諏訪頼重《よりしげ》の許で匿われているという。京から遁走《とんそう》した時興は、おそらくはこの信濃に向かったのではないかということだった。

直義は驚きつつも、いよいよその時が来たのかも知れない、と半ばは感じた。

おそらく朝廷は、信濃と北陸に向けて討伐軍を結成する。兄の尊氏が総大将に任じられるかどうかは、それら残党の規模にもよる。もし敵が過少なら、後醍醐天皇は足利家にこれ以上の武功を立てさせようとはせず、楠木か新田を大将として派遣するだろう。

それでも直ちに師直へと文を送り、もし尊氏が総大将を要請されたら、征夷大将軍と総追捕使の職と必ず引き換えとすることを繰り返し命じた。

京から次報が届いたのは、七月中旬になってからだった。

この次報が異常に遅かったのは、北条氏の残党が、予想外の動きを起こしたからだ。かつ、後醍醐天皇率いる建武政権は、この前後で手痛い失態を二、三、犯していた。

第一に朝廷は、信濃に蠢く反政府勢力は、北条一門の残党のみの、数百ほどの小勢と軽く見ていた。しかしその実は、時行を神輿《みこし》に担いだ諏訪頼重や滋野《しげの》氏、保科《ほしな》氏ら、地場の豪族たちを主体とした数千の信濃武士であったことだ。信濃は、鎌倉幕府創業期の頃から北条家が代々に渡って守護職を務めていた国だ。今も得宗家時代の治世を懐かしむ武士が多い。故に、その代表格である諏訪頼重たちは、「事が露見した今、座して死を待つよりは、先に立つべし」と、時行を擁して立ち上がった。

彼ら反乱軍の動きは素早かった。瞬く間に国衙《こくが》を焼き、国司である公卿・清原真人《きよはらまひと》を自害に追い込んだ。同時に守護所をも襲撃して、守護・小笠原貞宗《おがさわらさだむね》の軍を壊滅させた。

この襲撃が成功した時点で、彼らの軍勢には周辺国の不満分子が広く加わり、五、六千の勢力にはなっていたようだ。

建武政権はその時点で、ようやく事の深刻さに気付いた。が、結果として朝廷は、ここでも再び判断を誤った。

信濃の反乱軍が、北陸の北条家残党を糾合した名越時兼と連携して、京に攻め込んでくると予期したのだ。

いったいなんという愚劣さ、判断能力の粗雑さかと、直義は我がことのように歯噛みしたものだ。

一見、地の利からすれば、信濃と北陸の勢力が連携して進むのなら、鎌倉より京のほうが距離としては近い。

が、ここまでの規模に膨らんだ反乱軍は、北陸の勢力を京への別動隊とし、本軍として個別に動く可能性が大きい。そして、信濃という東国に含まれる武士たちならば、かつての鎌倉幕府の成立を鑑みれば分かる通り、まずは鎌倉に反朝廷の本拠を構えようとするのが本筋ではないか。

現に直義もそう考え、二年前に鎌倉へと戻って来ていた。

案の定、諏訪頼重と北条時行は、信濃一円を制圧した後は、西でなく東を目指した。信濃と国境を接する武蔵の山岳地帯から、坂東へと侵攻してきた。

七月も半ばを過ぎて、信濃で蜂起した反乱軍が大規模なものであるという報告が、ようやく朝廷から来た。そしてその軍勢は、どうやら東進を開始したようだ、と。

その時点で既に反乱軍は、武蔵の北西に広大に広がっている秩父郡を制圧した後であった。

遅い。あまりにも連絡が遅すぎる、と直義は再びいきり立ち、鎌倉の武士たちから早急に討伐軍を結成した。

渋川義季《よしすえ》という若者がいる。妻・彰子の実弟で、直義とは義兄弟である。まだ二十二歳だが、彰子と同様に性格も篤実で、頭も良い。先の六波羅陥落の折には武将としての才幹も大いに見せ、今は関東廂番《ひさしばん》の筆頭を務めている。

この義季を総大将に任命し、先の鎌倉府陥落に功のあった岩松経家を副将として、即日に動かせるありったけの兵六千を貸与し、武蔵へと進ませた。

早く、一刻も早く反乱軍を鎮圧しなくてはならない——。

ちなみにこれが、七月十八日のことだった。

だが、おそらく敵は勝ち戦の勢いに乗っている。しかも進軍するにつれて制圧地の不満分子を取り込み、軍容も膨らんでいるかもしれない……。

翌日、さらに近隣から武士を掻き集めた。それら兵三千を、たまたま鎌倉に来ていた今河頼国の次弟・範満《のりみつ》に与えて、先発軍の後を追わせた。

同時に足利家の本貫《ほんがん》である下野へと急使を飛ばし、守護の小山秀朝に援軍を向かわせるよう命じた。

二十日には直義自身も、陣触れに応じて新たに馳せ参じて来た武士たち四千を率い、鎌倉を出陣した。

が、武蔵へと行軍していた翌二十一日の夕刻、北方から伝令がやって来て、こう告げた。

「申し上げますっ。渋川殿率いる先陣のお味方は、武蔵の高麗郡女影原《おなかげはら》にて、大敗のご様子にてございますっ」

なんと、と直義は愕然とした。続けて伝令が言うには、敵の反乱軍は、既に二万ほどに膨らんでいる模様だという。

結果として直義の対応も、後手々々《ごてごて》を踏んでいた。

大軍の敵に対して、五月雨式に部隊を繰り出すことは、兵法では下の下とされている。個別に撃破されていくのが落ちだからだ。そしてその都度、敵は連勝に勢いづく。

案の定だった。翌二十二日の未明には、今河範満の軍が入間郡小手指《こてさし》ヶ原《はら》にて、さらに正午には小山秀朝の援軍が武蔵の国府のある多摩郡は府中にて、立て続けに敗れたことを知った。

そのいずれの将も、討ち死にするか自害していた。まったくもって惨敗もいいところだった。

逆に反乱軍は破竹の勢いで武蔵を南下し、もはや多摩川の目前まで迫って来ているという。

　この状況に、直義は思わず歯嚙みした。

　傍らを進む吉良満義も、憂鬱そうにつぶやいた。

「多摩川を渡られたら、この相模は目と鼻の先じゃな」

　細川和氏も、即座に反応した。

「渡河は許すとしても、せめて国境――多摩郡の町田村辺りで、なんとしてでも食い止めるしかない」

　この二十二日の昼前、直義の軍は、北方から続々と落ち延びてくる鎌倉軍の敗兵を取り込んで一万ほどに膨れ上がっていた。相模から武蔵へと越境しながら、直義は必死に戦術を練った。

　こちらに倍する敵だが、やりようによっては、まだ勝算はある。

　錐《きり》状の陣形――魚鱗《ぎょりん》の陣を取り、先端を敵軍の中枢部まで、遮二無二揉み込む。目指すは北条時行の首のみだ。その神輿さえ潰せば、あとは所詮、勝ち戦の勢いに乗っただけの烏合の衆である。おそらくは蹴散らすことが出来る。

　天中から陽が西に半ばほど傾いた頃、町田村の井出の沢に着いた。

　夏の陽は長い。まだ日暮れまでには二刻ほどある。おそらくそれまでに敵軍は姿を現す。

　予想通り、それから一刻ほどして北方の平原に敵軍が進行してきた。

　遠望するに、やはり二万はいるように感じられた。雲霞《うんか》の如き大軍の広がりである。

　それでも直義は采を振り、一斉突撃を命じた。

「かかれっ。全軍突撃せよ。目指すは時行の首のみである。それ無くして、生きて今日の陽暮《ひぐ》れを拝もうとは思うなっ」

　むろん、直義も騎馬に鞭《むち》を入れ、中軍を進んでいった。いざ好機となれば、自らも率先して時行の首を取りに行く覚悟だった。

　時行の首と引き換えなら、このおれの命ぐらいは呉《く》れてやる……。

　既にこの頃には、義弟である渋川義季も、岩松経家も、女影原にて奮戦の末に自害したことを報告されていた。

　義季は自害する寸前に、新参の家来を呼んで、

「そちは、まだわしとは日が浅い。殉死するには及ばず。鎌倉へと急ぎ戻り、相州《そうしゅう》（直義）殿に敗戦の模様を伝えよ」

　と命じた。しかし、その家来はまだ二十二歳の義季の優しさに感動し、逆に真っ先に自害した。直後には義季自身も、潔く腹を搔っ捌いて果てた。

　これでは直義も、妻に合わせる顔がない。時行と刺し違

えられるのなら、むしろ本望である――。

しかし突撃していった鎌倉軍の先陣は、半刻後には敵方の分厚い攻撃に押し潰されていた。直義の居る中軍も押され始めた。一個が進み出ようとしても人馬の波に揉まれ、とうてい前線まで進めたものではない。

やがて本軍の陣形も、大きく崩れ始めた。

もはや劣勢を盛り返すことは出来ない……このままでは時行の首を取れず仕舞《じま》いで、我が鎌倉本軍も壊滅する。

辺りにも夕闇が迫っていた。日没後には敵も伏兵を恐れ、深追いはしないはずだ。ついに意を決し、直義は命じた。

「退けっ。鎌倉にて態勢を立て直す。全軍、隊ごとにまとまって、急ぎ退却せよっ」


直義たち鎌倉本軍は、汗と泥まみれになりながらも、夜半には鎌倉に戻った。点呼したところ、幸いにも兵の大半は生き残っていた。

大丈夫だ。改めて自分に言い聞かせる。少なくとも最悪の事態にはならなかったのだから。

しかし翌二十三日の朝から昼にかけて、武蔵南部の要所々に配置してきた斥候が、次々と鎌倉に駆け込んできた。

反乱軍は直義との戦勝にさらに勢いづき、既に多摩郡から都筑郡にまで侵攻して来ているという。武蔵国の都筑郡は、相模国の鎌倉郡と国境を接している。そして鎌倉郡には国衙であるこの鎌倉府がある。

つまり敵は、目前まで迫って来ている。

さらにその軍容は、鎌倉本軍までが負けたという噂を聞きつけた周辺の武士までが多数加わり、斥候たちがざっと見るところ三万から四万にまで一気に膨らんでいるという。対して、この鎌倉を守る味方は八千程度である。

くそっ。

世は、正義よりも付和雷同する者で動いている。時々の勝ち馬に乗ろうとする軽佻浮薄《けいちょうふはく》の輩《やから》で満ち溢れている。

当然、これでは再び負ける。得宗家の覆轍《ふくてつ》を踏む……。

慌ただしい軍議の末、細川和氏が提案した。

「もう、鎌倉を退去するしかないのではないか。西へ西へと落ち延びながら順次に敵の侵攻を食い止めつつ、京からの援軍を待つ。これしかないのではないか」

時に、師直からの使者はまだ来ない。兄が征夷大将軍に任命されたという報はまだ届いていない。京からの援軍がこちらに来ることは、当分期待できない。

気づくと満座の顔が直義に集中していた。吉良満義が静かに言った。

「直義よ、おぬしがこの鎌倉——相州の国司である。おぬしが決めよ」

散々に迷った末、直義は苦渋の決断を下した。

「我らは一時にせよ、この鎌倉を撤退する。皆、仕度を急いでくれ」


それから日暮れまで、鎌倉中は灰神楽《はいかぐら》が立ったような騒ぎとなった。武士たちは各々の家族を落ち延びさせ、直義は親王将軍を引き連れていく準備にも追われた。

一つ、気がかりなことがあった。

幽閉している護良親王のことである。

落去に同伴するには、あまりにも危険だ。あの抜け目ない獣のような男のことだ。この慌ただしい状況の中、兵の隙を見て逃亡を図るかも知れない。そして反乱軍の北条時行にでも投降されれば、事態は最悪となる。

いや……護良親王は以前から足利家を散々に敵視し続け、今では実父である後醍醐天皇までを恨んでいる。必ずや時行軍を目指して逃亡を図る。

その瞬間、両者の利害は一致する。時行は、親王を鎌倉府の親王将軍として立て、自らはその新政権の執権に収まろうとするだろう。そうなれば得宗家時代のように旧鎌倉幕府の体制が復活する。足利家にとっては、建武の新政よりも最悪な事態になる。

それでも直義は、しばらく躊躇した。

が、最後には腹を括った。

槍刀の扱いに長けた家臣、淵辺《ふちべ》義博《よしひろ》を密かに呼び出して、ある事を伝えた。


直義率いる鎌倉軍は、二十三日の夜には鎌倉から完全に撤退していた。

箱根の坂を越えた二十五日、久良岐《くらき》郡の鶴見村にて、最後の抵抗を試みていた佐竹義直《さたけよしなお》が討ち取られたという報告を受けた。万事休すである。鎌倉は既に陥落していることだろう。

それでも直義は京の師直に向けて、

「兄が征夷大将軍と総追捕使に任じられるまでは、軍を動かすことはならぬ」

という念押しの文を、敢えて送った。

心中、ある考えが閃いていた。

この二十五日、直義の推測通り、鎌倉は反乱軍により占拠されてしまっていた。連戦連勝にますます勢いづいた時行勢は、さらに直義軍を追走してきた。

二十八日、駿河の手越河原《てごし》にて、直義は五千まで減っていた鎌倉軍をようやく立て直した。

だが、駿河まで追い縋って来た時行軍は予想以上に多く、二万を超えていた。

直義軍は瞬く間に瓦解し、再び西へと潰走を始めた。

逃げながらも直義は京に向けて、二度目の急使を放った。兄の尊氏にではない。今度も師直ただ一人に対してだ。

直義は心中、既にある覚悟を決めていた。

兄が足利家の幕府を興す布石になれるのなら、我が命など惜しくはない――。

4

七月の下旬以降、師直は立て続けに鎌倉からの急報を受け取っていた。

鎌倉軍は、初戦の武蔵女影原の戦いでまずは敗れ、二度目の小手指ヶ原でも、三度目の武蔵府中でも立て続けに敗れた。挙句には、直義自らが率いる鎌倉本軍も、町田村井出の沢で完敗を喫していた。

まるでわざと負け続けているような、見事な負けっぷりであった。

しかし、と師直は思う。これは直義のせいではない。

それほどまでに反乱軍の勢いが盛んなのだ。敵の威勢は建武の新政に対する世の激憤の表れでもある、と。

この此岸を、荒れ狂う大波が再び洗い始めている。

この頃から、尊氏は盛んに騒ぎ出していた。

「このままでは鎌倉が落ちる。落ちるぞ。直義たちは死んでしまう」

師直も当然そう感じた。下手に鎌倉を死守しようとすれば、足利一門は全滅する。

が、陥落する直前に、直義の一党は鎌倉を捨てて西へと落ち延びた。

その報を、鎌倉から三日という驚異的な速さで上洛してきた早馬から、二十六日に聞いた。

この時も、尊氏は焦りに焦って出陣しようとした。

「もはや坂東の帰趨《きすう》は明らかである。悠長に帝の許可を待っている場合ではない」

確かに一面では、尊氏の言うことももっともである。

実はこの三日前、武蔵女影原の初戦で敗れた時点で、早くも尊氏に対して内裏から出兵要請が来ていた。後醍醐天皇も、これはさすがに容易ならざる事態だと見たようだ。

しかし師直は、直義とのかねてからの取り決めを忠実に守った。

「殿、殿が出陣して、膨れ上がっている反乱軍に間違いなく勝利するためには、征夷大将軍と総追捕使のお墨付きが是が非でも必要にてございます。出陣と引き換えに、そのように内裏にはご要請なさいませ」

尊氏は焦りつつも、師直の指示通りに朝廷にその旨を上申した。が、帝は上申を即座に拒否した。ただの足利尊氏のままで出陣するように、再度命じた。

「帝は、そう仰せである」

「なりませぬ」内心では多少迷いつつも、少なくとも表面上は、師直はきっぱりと言い切った。「これは、御弟君のかねてからのご指示でもありまする。現に、直義殿は生きて西へと逃れられておりまする。されば、いま一度上申なさいませ」

「……分かった」

尊氏は顔を引きつらせながら、内裏へと重ねて参内した。

しかし後醍醐天皇は、再び頑として要請を撥ねつけた。

師直には、天皇の内心が掌を指すように、はっきりと透けて見えた。

今迫り来る危機は危機としても、その後を見据えた場合に、何が何でも尊氏には新幕府を興させまいと固く決意している。

それが、つい昨日までの一連の出来事だ。

尊氏は身動きのとれぬ状況に、さらに焦燥感に駆られている様子であった。

翌二十八日、直義自らが起こした文が、ようやく師直の許に届いた。

「今、箱根を越えた。以前から申している通り、兄が征夷大将軍、総追捕使に任ぜられるまでは、兵を動かすことは絶対にならぬ。駿河は手越河原にて、いま一度軍を立て直す。わしのことには構うな」

まさか、と師直はその文面を読んだ時に、ちらりと感じたものだ。

一見は尋常な戦況報告に見えるものの、わしを案ずるな、ではなく、わしのことには構うな、と言ってきている。

しかし、まさか――。

七月二十九日、駿河は手越河原にて、またしても直義の軍が大敗したことを報せる早馬が来た。直後、直義からの文も再び来た。今度は長文だった。

「鎌倉将軍である成良親王を、先に京へとお返しする。朝廷にも、そう申し伝える文を同時に送ってある」

その出だしを読んだ時、いよいよ師直は背筋に冷たいものを感じた。

果せるかな、次には以下のようなことが書かれていた。

「自分はさらに三河の矢作宿まで進む。されど、この東国と西国の分かれ目を最後の防衛線とするつもりである。負けても、もはや引かぬ。討ち死にするまで戦う」

さらに文面は続いた。

「自分が死んで矢作宿を破られたら、京の陥落もいよいよ現《うつつ》のこととして差し迫ってくる。さすがに帝も兄からの上申を無視できまい。必ずや宣下は下る。繰り返す。兄が二つの官職にありつくまでは、出馬はならぬ。なお、このわしの覚悟はお前だけの秘め事とせよ。兄には決して気取《けど》られてはならぬ」

気づけば、落涙していた。

見事な男である、と思わざるを得ない。

直義は、兄が征夷大将軍に任ぜられ、新たなる鎌倉府を興すために、自らが進んで捨て石になるつもりなのだ。

むざむざ死なせるには惜しい、とは強烈に感じつつも、これが今、足利家の行く末を拓《ひら》いていく最良の道だということは、家宰である師直にもはっきりと認識できた。

だから、この手紙が来たことは尊氏には報告しなかった。

それでも、その日の夜は、まんじりともせずに夜明けを迎えることとなった。


……いつ、反乱軍と直義の軍は、矢作宿で激突するのだろうか。おそらくは四、五日後あたりだろう。そしてその報が師直の許に届く頃には、直義はもうこの世にはいない。

翌日の八月一日、師直はそれらの懊悩《おうのう》から政務がまったく手につかなかった。書面を読んでいても、読んだ端から記憶も思考も瞬く間に蒸発していく。そのたびに直義からの手紙を懐から取り出しては、何度も読み返した。

これしかないのだ、とは感じつつも、未だ激しく煩悶《はんもん》する自分がいた。

そんな夕刻、上杉憲房が六波羅に駆け込んできた。

「大変じゃぞ。成良親王が征夷大将軍の職に任じられたっ」

これには師直も、腰骨が抜けるほどの衝撃を受けた。しかもその親王たるや、まだ京に戻ってもいない十歳の子供ではないか。

我が足利家に対する、完全なる当てつけだった。帝はどのようなことがあっても、尊氏を征夷大将軍に任ずる気は毛頭ないのだ。

しかし、これでは直義の死が無駄になってしまう。

散々に迷った末、直義の秘事を上杉憲房に打ち明け、その手紙をも差し出した。

憲房も愕然とした表情で、慌ただしく文面を一読した。

直後には、激しく哭《な》いた。

しかし、その後の憲房が涙ながらにも語ったのは、師直とはまた違った意見だった。

「もしこの通りになれば、帝も今日の宣下をすぐに考え直さざるを得ぬ。我が軍が壊滅し、三河の防衛線までをも突破されれば、朝廷も面子などには拘っておられなくなる」

だから直義の死は無駄にはならぬ、と暗に語っていた。

足利兄弟のこの伯父は、甥を捨て殺しにするという悲嘆に暮れながらも、師直よりはるかに冷静に情勢を分析していた。道理で、尊氏も直義もこの男を慕うわけだと感じる。

すこし考え、師直は聞いた。

「成良親王への宣下のこと、もう殿には？」

憲房は首を振った。

「まだ伝えてはおらぬ」そして躊躇いがちに言葉を続けた。

「師直は、どう思うか」

再び激しく迷ったが、結局はこう言った。

「伝えられぬほうが、よろしいでしょう」

すると、憲房はその意味するところをすぐに察した。

「直義の決意に、従うということであるな」

師直は無言でうなずいた。

今すぐに伝えれば、尊氏は任官されるのを諦めて、必ずや暴発するだろう。どうせ征夷大将軍には任じられないのだと、実弟の危機に裸足のままで駆け出してしまう。

その出陣を、出来るだけ遅くする。出来れば、三河での決戦が終って朝廷がいよいよ恐慌をきたし、足利家が望んだ二つの官職への宣下が下った後に、尊氏が軍を発したほうがいい。

そこまでを考えて、師直はようやく口を開いた。

「殿には、明日にでも以前の陣所にお移り願いましょう」

尊氏は、あの護良親王の失脚以来、六波羅に戻って来ていた。すると憲房もうなずいた。

「しばらくは尊氏を、人の口の聞こえぬ場所に追いやるということであるな」

これにもまた、師直は無言でうなずいた。


が、結果として師直は、尊氏の焦燥を甘く見ていた。

翌朝、尊氏の居室を訪ねると、既に不在だった。

聞けば、最後の嘆願に、つい先ほど僅かな供を連れて内裏へと出向いたばかりだという。

まずい、と師直は思わず爪を噛んだ。尊氏はこの期に及んでも、まだ帝の気持ちに縋る気でいる。

尊氏が内裏に上がれば、成良親王の任官の事を知ってしまう。帰って来て騒ぎ出す。その時にうまく対応をしなくてはならない。おそらくはあと二刻ほどで帰ってくる。

おろおろとしながらも自室に戻り、一人で対策を考えた。しかし、一向に良い考えが浮かばない。気がつけば、つい懐から直義の文を再び取り出していた。

直義の決意を改めて読み込み、何事かの直感を得ようとしていた、その矢先だった。

突如、師直の居室の扉が大きな音を立てて開いた。なんと、内裏に入っているはずの尊氏その人が出現し、ずかずかと踏み込んで来るではないか。

師直よ、と尊氏は珍しく興奮した声を上げ、師直の前で仁王立ちになった。「成良親王が征夷大将軍に任ぜられたというぞ」

師直は動転し切っていたせいもあり、つい不用意な言葉を口走った。

「いつ、それをお知りになられました」

「内裏に向かう途中である。道端で楠木殿に出会った」

そう答えた直後、さすがにこの血の巡りの悪い男も変な顔をした。

「……おぬし、知っていたのか」

これには、思わず言葉に詰まった。

と、尊氏の視線が師直の手許に吸い付けられるのが分かった。

「それは、なんぞ」

尊氏が低い声で言った。

あっ、と思う。咄嗟に師直は文を懐に仕舞おうとした。

が、尊氏のこの時の反応だけは、驚くほど素早かった。気づいた時には文を持った手首を鷲摑《わしづか》みにされていた。

「その文字は、直義のものではないか」

これにも、師直は答えられなかった。ただ、この足利家の棟梁にだけは、絶対に渡してはならぬとも一瞬で感じた。だから、不敬とは分かりつつも、さらに両手を使って強引に自らの懐に捻じ込もうとした。まったくこの時の師直はどうかしていた。

直後には激しく突き飛ばされ、文も捥ぎ取られていた。

師直は部屋の隅で尻餅を突きながらも、呆然とした。

信じられない。ろくすっぽ槍刀の修練もしたことがないというのに、恐るべき馬鹿力だった。

尊氏は依然として突っ立ったまま、直義の手紙を貪るように読み始めた。案の定、すぐに顔色が変わった。

あぁ、と師直は祈るような気持ちで、思わず目を伏せた。

「これは、なんぞ」

その震える声に、目を開けて再び相手を見上げる。

そこには、いつものぼうっとした念仏面《ねんぶつづら》が嘘のように掻き消えて、不動明王さながらの憤怒《ふんぬ》に漲《みなぎ》った形相があった。初めて見る尊氏の激憤だった。

「何故に、このように大事なこと、わしに黙っていた」

声も怒りに震えている。びりびりとした波動が、この狭い室内を激しく共振させ始めている。

直後、その波動が炸裂《さくれつ》した。

「このわしに、直義を見殺しにせよというかっ」

その怒号に、ひっ、と師直は首をすくめた。が、尊氏はなおも手負いの鯱《しゃち》のように吠え続けた。

「幼き頃から共に育った弟を、たかが幕府再興などのために、みすみす打ち捨てよとでも申すかっ」

無念だがその通りだ、と言いたかった。すべては足利家のためである。しかも直義自身がそうせよと命じてきている。だから、おれの判断はまったく正しい。

「我が弟を捨て駒にせよというか。答えよっ、師直っ」

けれど、この怒鳴り声にも返事を出来なかった。

正直、天地が揺らぎ、今にも足元から裂けるかのようで、不覚にも我が身が震えた。人の発する怒りというものに、師直は生まれて初めて身の毛もよだつような戦慄を覚えた。

いや……。

人ではない。

改めて、鮮明に思い出す。

尊氏を、一個の人間として捉えてはならない。この男は、世間である。人々の喜怒哀楽が無数に入り混じった煩悩そのものである。その世の煩悩が今、高波を逆巻きながら、ひどく怒り狂っている。だからこそ、その憤怒は宇内《うだい》を覆い尽くす――。

気づいた時には思わず平伏して、こう口走っていた。

「御意。何事も、殿の思し召すままに」

再び目の端で見上げた時、尊氏はこう言い放った。

「直義を助ける。鎌倉を取り戻す」

有無を言わせぬ毅然とした口調だった。そして師直を冷然と見下ろした。

「一刻後には軍を発する。支度をせよ。遅滞は許さぬ」

「――はっ」

師直は、またしても即座に平伏した。

直後から六波羅中が蜂の巣を突いたような騒ぎとなった。

尊氏が大廊下を渡り行きながらも、大音声《だいおんじょう》で屋舎内の武士たちに喚き散らしたからだ。

「直義を助ける。鎌倉を取り戻す」

まずはそう、先ほどの言葉を何度も繰り返していた。

「我に続かんとする者は、すぐさま出陣の支度をせよ」

「いざ、源氏の都へと帰るのだ。弓折れ矢尽きようとも遮二無二突き進む」

それら大音声が六波羅内に響き渡る度に、足利一門を始めとした武士たちの歓声が、随所から沸き上がった。

その最中に、憲房が慌てふためいた様子で師直の部屋に駆け込んできた。

「師直よ、これはいかなることか」

観念して、正直に答えた。

「迂闊でした。直義殿からの文を読まれてしまいました……申し訳ありませぬ」

憲房は、顔をひきつらせた。その間にも、尊氏の喚き声はなおも六波羅内に響き続いている。

「わしは直義を救い、鎌倉を落とす」

「我ら源氏が、我らの故郷である鎌倉を取り戻す。一刻後には軍を発する。この京になど、もはや用はない」

尊氏は、直義の危機にだけは恐ろしく果断だった。また、その言うことも常に似ず、なかなかに勇ましかった。おそらくは頭にすっかり血がのぼっている。

そしてそれらの言葉で、またしても意図せずして、素朴な坂東武者たちの心を鷲掴みにした。

ある者は鎌倉という言葉に激しい渇きを蘇らせ、ある者は尊氏の実弟に対する深い情愛に感動し、またある者は、ようやくこの愚劣な親政に見切りをつけられることに甚だ溜飲を下げ、それぞれがそれぞれの理由で、子供のように嬉々《きき》として出陣の準備に取り掛かり始めた。

むろんそれら坂東者の心底には、それまでに培《つちか》われていた尊氏に対する圧倒的な人望もある。

一刻後、八月二日の陽が天空の頂点に達した。

尊氏は即座に動ける坂東武者二万騎を率いて、本当に六波羅を雷発した。

むろん師直も憲房も、一門の者も、この押し合いへし合いの即席の軍中にある。

山科を越えた前後、この坂東武者たちの一団に、尊氏を慕う畿内や西国の武士たちも大量に追い縋って来た。総数は瞬く間に三万騎を超えた。そして瀬田を渡り、近江の鏡宿を過ぎる頃には五万騎の兵団に膨れ上がっていた。

京からは、楠木正成や新田義貞、名和長年などの配下、旗下の勢力を除いて、ほとんどの武士がいなくなった。

この降って湧いたような突然の事態には、朝廷も後醍醐天皇も慌てふためいた。特に天皇は、尊氏が勅命も得ずに京を飛び出すとは、夢にも思っていなかったようだ。

が、これでは朝廷の面目もあったものではない。天下の万民に帝としての示しがつかない。そこで、尊氏の行動を追認する形で征東将軍へと任命した。

むろん、これまた虚名の官職で苦渋の妥協策であった。

5

そろそろ、反乱軍が来る。

斥候によれば敵は今、遠江の浜名湖を迂回《うかい》しながら進んで来ているという。明日か遅くとも明後日には、この矢作宿まで攻め込んでくる。

直義はいったんは討ち死にする覚悟を決めつつも、その場面を想像すると昨夜もろくろく眠れなかった。

時に、八月三日の夕刻である。

日没間際、六波羅から汗みどろの早馬が駆け込んできた。

「相州殿、御報告申し上げますっ」

師直からの使者が早口で語るには、兄の尊氏が朝廷の許可も得ぬまま京を飛び出したという。

直義は、愕然とした。

続けて師直からの文を急いで開いた。そこには数行、こう書かれていた。

「まことに相済みませぬ。それがし、相州殿からの最後の文を読まれてしまいました。はたして殿は、お狂いあそばされました。わずか一刻後には六波羅を雷発なされました」

なんという事だ、と直後には憤然とした。

兄は、このおれの身を案じて、あろうことかほぼ無官のままで京を駆け出していた。

さらに腹が立ってくる。

この二年間、一体おれが何のために汗水たらして動いてきたと思っているのだ。

初めに細川和氏らを鎌倉へと派遣したこともそうだ。次に朝廷に強談して雑訴決断所の鎌倉分局を作らせ、自らもその補佐職として鎌倉に赴いたこともそうだ。そして、繰り返し師直に征夷大将軍と総追捕使の官職を得られるように念を押していたこともそうだ。

すべては、このような事態が出来した時のためではないか。そして二つの官職の名のもとに味方を糾合し、敵を確実に仕留め、さらにその暁には晴れて正式に、鎌倉に足利家の幕府を再興させるためではないか。

だが兄は、一時の感情にかまけて、これら遠大なる計画をすべて台無しにしてくれた——。

一体、どこまで馬鹿なのだ、なんという考えなしの男なのだと、さらに怒り狂った。

ちなみにこれより以前に、吉良満義と細川三兄弟にだけは、密かに自らの決意を打ち明けていた。

直義はなおも腹立ちが収まらず、この四人を前に師直の手紙を見せ、再び怒りを爆発させた。

「見よ、これをとくと見よ。兄のせいで我らの目論見はすべて崩れた」次いで、とうとう禁句を口にした。「以前も今も、およそ度し難い愚か者であるっ」

気づくと四人は黙り込んだまま、ぼんやりとしていた。

違う。その四人の顔が、妙にぼやけて見えているのだ。

――あれっ。

直義は再び愕然とした。

なんだ。おれは泣いているのか――？

慌てて頬に手を当てると、確かに両目から涙が噴き出していた。

その直義の涙が感染したかのように、細川和氏も吉良満義も一斉に泣き始めた。

「尊氏殿は、まことに武門の棟梁たるにふさわしい。情愛の男である」

そう和氏が口を開けば、満義も感極まったように叫んだ。

「さればこそ、尊氏殿は信に値する」

馬鹿な、とさらに直義は憤然とした。皆、この兄の血迷った行動が先々でどのような結果をもたらすのか、分かっているのかっ。おそらくは今後、朝廷を正面切って敵に回すことになるのだぞっ――。

そう地団太を踏みながらも、なおも涙が溢れ出た。

一刻後、さらに第二の早馬が来た。山科から来ていた。軍は、既に三万まで膨らんでいるという。

さらに翌日、三人目の使者が来た。近江の鏡宿にて、味方はとうとう五万騎に達したという。

一方、反乱軍は浜名湖の西岸にある橋本に到着した後、何故かぴたりと軍行を止めていた。

おそらくは気づいた。相手もまた、この矢作宿に向けて、京からの大軍が駆け付けていることに勘づいた。

翌八月五日から六日にかけて、直義は試みに軍を動かしてみた。矢作川を越え、岡崎村まで僅かに前進してみた。が、やはり敵は橋本から動かない。微動だにしない。

間違いない。既に京から来ている援軍に気づいている。そして今頃は慌てて鎌倉へと増援を求めている。

「この戦、勝つわ」

細川和氏が、ぽつりとつぶやいた。

八月七日、ついに兄の兵団が西方から姿を現した。派手に飛沫を上げながら矢作川を越え、次いで砂塵と共に直義の軍前まで来て、一斉に止まった。

間近で仔細に様子を眺めれば、どの兵も甲冑が泥埃に塗れている。よほど道中を急いできたものと見える。

直義は憮然としたまま、自軍から一人、進み出た。

目の前の兵団が、引き潮のように左右に割れていく。直義のために、ごく自然に道を空けてくる。

進んでいくにつれ、既知の顔ぶれが見えてきた。上杉の伯父もいる。二人の従兄弟もいる。斯波高経も、仁木頼章、今河頼国の顔もある。皆、一年半以上も見ていなかった。

それら一門のさらに奥、既に下馬している師直の隣に、騎乗したままの兄の姿があった。

尊氏は、直義と目が合った直後、いかにも大儀そうに馬を降り始めた。こちらもまた相当に疲れている。

そんな兄に足早に近寄りながら、ついなじるような口調になった。

「文にも書きましたな。何故、来られたのです」

我ながらきつい物言いだと感じる。それでも舌先の動きは止まらなかった。

「止めたにもかかわらず、何故に、かような真似を仕出かされたのです。自分のやったことが、よくよくお分かりか」

尊氏は、会った途端にまさか実弟から詰問されるとは夢にも思っていなかったのだろう、直後にはあの昔懐かしい、例の戸惑ったような困ったような表情になった。

挙句、直義の機嫌を取るように、兜の庇の下からへつらうような笑みを覗かせた。

「すまぬ。じゃが、わしにもどうしようもなかったわい。体が、勝手に動いてしもうた」

くっ――。

相変わらずその行動原理には規矩《きく》もへったくれもない。何も考えず、常に感情のままに赴く。阿呆そのものである。

不意にその尊氏の輪郭が、ぐにゃりと歪んだ。

うっ……。

堪え切れなかった。

うう、うっ……。

両軍合わせて五万五千の兵団の面前にもかかわらず、またしても直義は泣き出してしまった。源氏のお膝元、鎌倉を預かっていた相模守ともあろう者が、まったくいい赤っ恥だった。


翌八日、足利家率いる討伐軍は、遠江にむけて一斉に東進を開始した。

「皆、我ら源氏の故郷《ふるさと》へと帰ろう」

その行軍中、総大将の尊氏は子守唄さながらに、何度も兵たちに優しく語りかけた。

「懐かしい鎌倉を取り戻すのだ。朝夕に、再び潮騒の音を聞く。そのためにも、命ある限りは前に進もう」

その度に、直義の周囲には鬨の声が盛大に上がった。

皆、鎌倉が恋しいのだ、と感じる。

無理もない。あのように不潔で猥雑な京で二年間も窮屈な仮住まいを余儀なくされていたら、誰だってそうなる。

八月九日、両軍は遠江国橋本で激突した。が、味方は五万五千、一方で、敵は二万と少々に過ぎない。その初手で、足利軍は反乱軍をあっけなく一蹴した。諏訪頼重と北条時行は、東へと逃げた。

十二日、遠江国東部にある小夜の中山で、今河家の棟梁・頼国が、敵の侍大将である名越邦時《くにとき》の首を討ち取った。またしても足利軍は完勝し、敵はさらに駿河へと潰走した。

十四日には駿河の清見関をあっさりと突破し、国衙である駿府をも一瞬で陥落させた。

まったく今までの連戦連敗が嘘のような快進撃であった。やはり兄である、と直義は頼もしく、そして我がことのように嬉しく感じる。平素はどうしようもない泥人形だが、こと戦となると、何故か別人になったかのような兵団への磁力を発揮する。

ちなみにこの頃には、既に北陸の反乱軍も鎮圧されたとの報が、京より届いていた。

十七日、足利軍は箱根の嶮山《けんざん》を越え、ついに相模国へと入った。ここまでくれば、もう鎌倉は射程圏内である。

翌十八日、相模川で再び敵と激突した。

が、この時の敵は相当に手強かった。鎌倉からの援軍が合流し、四万ほどに膨らんでいたせいもある。この河原で負ければもはや後がないことも充分に分かっていたのだろう。

相模川を挟んだ各所で、激戦となった。味方にも戦死者が続出した。

今河頼国も、最前線で敵の矢を雲丹《うに》のように全身に受け、絶命した。次いで頼国の弟である三男・頼周《よりちか》も、長兄を追うようにして討ち死にした。先に小手指ヶ原で戦死した次弟・範満を含めれば、今河家は五兄弟のうち、上からの三人を立て続けに失ったことになる。残るは二人だが、四男は既に出家して久しく、今河家に残った直系の血は、未だ前線で奮戦を続けている五郎範国しかいない。

尊氏も、そのことに気づいた。

「今河の血を絶やしてはならぬ。皆、揃って前線へと出よ。今河の兵団を助けよ」

結果として、この呼びかけが味方の勢いを盛り返すことになった。

夕暮れには、相模川周辺から敵を一掃した。足利軍は間を置かず、さらに東進を続けた。

十九日、敵方の実質的な総大将である諏訪頼重が率いる主力軍を、鎌倉から三里ほど西にある辻堂で、完膚なきまでに打ち破った。

南岸には、既に江の島が間近に見える。相模湾の眩しい陽光を受け、くっきりと洋上に浮き立っている。もはや鎌倉は、本当に目と鼻の先だ——。

二十日、足利軍は生き残った五万の兵団と共に、鎌倉へと入場した。

旧鎌倉府の東方にある勝長寿院にて、自決した死体が大量に確認された。そして、その殆《ほと》んどが面《つら》の皮を剝がされた後だった。これでは、誰が自害したのか分からない。ただし、その甲冑姿から諏訪頼重の死骸だけは、確認することが出来た。

北条時行は逃げたのではないか、という騒ぎになった。

が、尊氏は首を振った。

「たとえ逃れていようとも、もはや北条家の残党には再起する力はなかろう。この諏訪頼重らが神輿に担ぎ上げなければ、そもそも此度の決起すらできなかった。充分である」

そう、言い切った。

あるいは妻の登子や、死んだ義兄である赤橋守時への感傷もあったのかも知れない。少なくとも直義はそう感じた。

旧得宗家の亡霊たちは、鎌倉を保つこと二十日ほど余りで、由比ガ浜の朝靄《あさもや》のように四散した。

6

市中の治安をあらかた復活させた八月二十五日以降、尊氏は、鶴岡八幡宮の北東にある二階堂別当——永福寺に当座の居を定めた。

同時に、畿内から大挙して同行してきた将士たちに、東国の闕所《けっしょ》と思《おぼ》しき土地を恩賞として分け与え始めた。

が、この処置には当初、尊氏は難色を示した。

「恩賞については、帝が決められるものではなかろうか」

しかし師直は、既に直義とも密議を重ねた上で、この恩賞宛行は足利家が独自に断行せざるを得ないと決めていた。

まずは直義が、こう言った。

「兄上、恩賞は出来るだけ迅速に、そして皆に公平に出してこそ、武士の言う棟梁、『頼《たの》うだるお人』というものでありまするぞ。兄上は、京での親政のように武士たちに憤懣を抱かせた挙句、また此度のような反乱が起こっても良いと申されるか」

この脅し文句には、さすがに尊氏も首を振った。

「いや……それは、防がねばならぬ」

師直も、直義と示し合わせた通りの言葉を口にした。

「幸いにもこの東国――特に信濃と武蔵、駿河には、此度の北条家の残党に味方した武士たちの闕所が多数ございます。それら敵方の領地をまずは恩賞として与え、のちに朝廷から追認していただけば、どこからも不満は出ますまい」

そう述べつつも、思い出す。

いみじくも、あの三河で直義が涙ながらにも公言した通りだ。

確かに、尊氏が征夷大将軍と総追捕使の宣下を得ずに京を飛び出したのは、今後の幕府再建を考えれば、取り返しのつかぬ失策だった。

けれど、この足利家の棟梁が北条一門を二度までも滅ぼし、こうして凱旋将軍として鎌倉に戻って来た以上は、もはや理想論などを語っている場合ではない。

むしろ、この目の前の現実を千載一遇の好機として捉え、たとえ非合法な無理筋でも、足利家による鎌倉府を実質的に復活させるしかない。世のため人のためでもある。

現に直義も先日の密議の時、溜息交じりにこう言っていたものだ。

「あとのことはあとのことだ。もう朝廷にいちいち忖度などはしておられぬ。その場に応じて絵図を描いていくしかない。この期を逃せば、われら足利家による幕府再建の時は二度と訪れぬ」

そのようなわけで、上杉憲房や細川和氏らも巻き込んだ上で、盛んに尊氏を説き伏せた。

結局、尊氏は軍忠に対する恩賞を与え始めた。

むろん、その恩賞の審査は、直義が中心となって行った。

続く八月二十七日、尊氏は、武蔵国の佐々目《さきめ》郷領家職《りようけしき》を鶴岡八幡宮に寄進した。頼朝以来の故事である八幡宮座《ざ》不冷不断《さまさず》行法を復活するためで、これもむろん、直義の進言によるものだった。兄の尊氏を新たな征夷大将軍である「鎌倉殿」として、世に印象付けるためである。

いったん腹を括った以上、あくまでも直義は強気だった。

ところで、足利軍が本陣を張る永福寺と、先日まで護良親王が幽閉されていた東光寺とは、ごく近い。ほぼ隣同士と言ってもいい。

ある日、師直は戦後処理のぶっ続けの雑務にもいいかげん倦《う》み、気晴らしに東光寺へと歩いてみた。ついでに件の土牢も見てみようと、社殿裏手へと回り始めた。

小耳に挟むには、一月ほど前の鎌倉陥落時から、護良親王は行方知れずになってしまっていた。

と、社殿の裏手にある竹藪に、何故か直義の姿があった。

「おや。何用にてござるか」

師直はつい気楽に話しかけた。

「いや……」直義はそう一言返し、隣にいた大柄な武士――確か、淵辺とかいう宗家の郎党に顔を向けた。「そちは、もう戻ってよいぞ」

「はっ」

淵辺は一礼するなり、二人の許を去っていった。

師直のすぐ先に、土牢がある。入り口にある格子は、半ば開いたままだ。少なくとも内部から壊された形跡はない。

「大塔宮は誰かに手引きされて、破獄なされたのでしょうな」そう何気なく感想を洩らした。「されど、その後の消息を一向に聞かぬとなれば、やはりどこぞで御落命あそばされたか」

だが、これにも直義は、はきとした返事をしなかった。

この男にしては珍しいこともあるものだと感じ、つい相手の顔を見た。

すると直義は視線を逸らした。下を向いたまま、明らかに気まずそうな様子だった。

――ん？

ややあって直義が顔を上げ、ようやく口を開いた。

「師直よ、今より申すこと、わしとおぬしの間だけの話として欲しいのだが、よろしいか」

「はい？」

「よろしいか」

「……はい」

師直は仕方なくうなずいた。それでも直義はしばらくためらうような素振りだったが、ついにこう言った。

「大塔宮は、誰かに手引きされて行方知らずになられたのではない。わしが、殺した。鎌倉が落ちる直前、先ほどの淵辺に命じてお命を頂戴仕った」

「なんと――」

続く直義の話によれば、その次第はこうだった。

先ほどの淵辺が土牢の底へと降りた時、親王は咄嗟に危機を察知して、飛び掛かってきた。が、そこは半年以上の牢獄暮らしだ。足腰が弱っていた親王は、あと一歩及ばなかった。相手のよろめく膝を、淵辺は斬った。親王が転倒したところを、首元を目掛けて刀を斬り下ろした。親王は反射的に首を竦め、刃先を口で受け止めた。当然その口元は大きく裂け、鮮血が迸《ほとばし》った。それでも親王は、刃の峰をがっちり咥え込んだまま離さなかったという。

その執念と情景の酷さに、師直はぞっとした。

淵辺は、脇差を抜いて相手の心の臓を二突きし、首を挙げた。

土牢から出て来た淵辺が生首を改めると、絶命した親王は、未だに両眼をくわっと見開いていた。唐の故事では、眼を開けたままの生首は祟るという。淵辺はそれを直義には届けず、傍の竹藪に投げ捨てた。

「――そのようなわけで、腐《ほた》れ首を探しておったのだ」

そう、直義はため息をついた。

むろん、親王を暗殺した直義の意中は、師直にも理解できる。北条家の残党に、鎌倉府の将軍として担ぎ上げられることを恐れたからだろう。

それでも胃がむかむかするのを、どうにも止められなかった。戦場で槍刀を持った者同士が殺し合うのではない。それならば武士としての仕事である。だが、この場合の相手は丸腰で、弱ってもいた。

この男はいざとなれば、こういう非情なことも平然とこなすことが出来るのだ。

が、改めて冷静に考えれば、自分が直義の立場でも、同じことをせざるを得なかっただろうとも考え直した。

気を取り直した師直は、直義の先ほどの様子からこう結論付けた。

「……しかし、首は見つからなかったのですな」

直義はうなずいた。

「おそらくは野良犬だろう」

ちなみにこの二人のやりとりがあったのが、八月末のことである。後日、親王の首は、理智光院の僧により弔われていたことを知った。

九月五日、京から足利家の早馬が来た。先月の三十日、尊氏が勲功賞として、朝廷より従二位に叙されたという。

さらに九月中旬になり、天皇からの勅使、中院具光《なかのいんともみつ》が鎌倉までやって来た。

「東国が静謐《せいひつ》となったことに、帝は大いにお喜びであられます。ただし恩賞の沙汰については京にて綸旨で行うゆえ、取り急ぎ京に戻られますように、とのことでございます」

尊氏はあっさりと即答した。

「わかった。衆議にも諮《はか》り、なるべく早くそのようにする」

師直は、ちくりと腹が立った。一時は殺されかかったというのに、天皇の意向にはあくまでも驢馬《ろば》のように忠実な男であった。相変わらずの能天気さでもある。

そう感じた直後に、そっと直義を見た。直義もまた師直を見返して、一瞬顔をしかめた。

中院具光は尊氏の即答を受け、喜んで帰京の途に着いた。果たして尊氏は、その後の衆議にて騒ぎ始めた。

「帝への勅答のためにも、急ぎ帰洛する」

が、まずは直義がこれに猛然と反論した。

「上洛は、然るべからず。昨年は師直の働きもあって大事には至らなかったが、それ自体が僥倖でござった。此度の戦いで、さらに足利家の武名は世に騰がっております。帝がそれをお許しになられるはずもない。京へと行けば、必ずや殺されまする」

さらに鼻息荒く、最初の言葉を繰り返した。

「この鎌倉に、今のまま御座《ござ》然るべし。上洛はなりませぬ。取りやめるべきであるっ」

そう、きつく言い切った。

これには一門の者すべてが即座に賛同した。

「直義の言うとおりである。行けば、罠に嵌められる。謀殺される。そのような明々白々たる火中に、わざわざ好んで飛び込む馬鹿があろうか」

と、伯父の上杉憲房が辛辣なことを言えば、尊氏より十ばかり年上の細川和氏もこう強く諫《いさ》めた。

「そうだ。武運強く坂東まで下ることが出来たのに、再び大敵の中に身を挺する法はない」

吉良満義や斯波高経らも同様の意見を口々に言った。

この寄ってたかっての総攻撃には、尊氏もさすがに首を縦に振るしかなかった。もともと己の定見というものが一切ない男だ。先ほどは帝の勅使に即答したものの、こうして全員に反対されれば、悩みつつも結局は衆議に従う。いとも簡単に前言を覆す。

が、それでも後醍醐天皇のような頑迷な男が我らの棟梁であるよりはるかにましだと、この頃には師直も思い直すようになっていた。

周囲が道理を説いて導けば、この『極楽殿』は、必ずや皆の意見に従う。つまり、我ら世間というものがその道筋や判断を間違えない限りは、この男もまた結果として大局を踏み誤るということがない。

何故なら、尊氏は世間そのものだからだ。

その意味で、自分の理想に固執し、そのやり方にも徹底して拘る後醍醐天皇のような男より、はるかに良い。

その意味のことを、直義と二人になった時に伝えた。

「その通りだ」直義は即答した。「万民が担ぐに足る神輿というものは、その中身が軽ければ軽いほど、薄ければ薄いほどいいのだ」

そう血の繋がった兄に対して、実に酷いことを言った。

「さればこそ我ら担ぎ手も、いつまでも疲れずに担ぎ続けることが出来るというものだ」

この辛辣さに、師直は思わず笑い出しそうになった。

ともかくも直義はこれを機に、さらに活動を加速させた。反朝廷の動きを鮮明にした。目的意識が常に鮮明で、かつ行動力も兼ね備えたこの弟は、鎌倉での滞在が予想外に長引くためだと言って、若宮小路の旧将軍館跡に尊氏のための御所を新造し始めた。

さらに他武門が同席する場では、尊氏を「殿」ではなく、

「鎌倉殿」

と呼ぶようになった。そしてその呼び方を、一貫して親族にも強いた。

「我ら一門の者が率先してそう呼ばずば、いったい他武門の誰がそう呼ぶようになるだろうか」

そうして尊氏が実質的に武門の盟主になったことを、さらに世に印象付けようとした。

一方、肝心の尊氏はと言えば、一門の決定には従ってみたものの、新しい「鎌倉殿」という立場には、相変わらずどこか尻の据わり所が悪そうな様子であった。帝からの勅命違反を気に病み続けているのだろう。

そして、例によって武門の盟主としての政務に徐々に投げやりになった。特に苦手な事務処理では、師直が運んでいった恩賞宛行の文書に、ろくに披見もせずに袖判《そではん》を入れるようになった。

師直は、その政務の粗さを直義に報告した。

「殿は、内容も改めずに花押を書き殴っておられますぞ」

「むしろ、それでいいのだ」直義はこの時も即座に答えた。「従軍した武士たちへの恩賞は、我ら二人で充分に精査している。だから兄は、花押を入れてくれるだけでいい」

そして直義は京の朝廷に対し、さらに強気な態度に出た。

この前後、斯波高経から、奥州で奪われた利権を取り戻したいとの訴えが出ていた。

「ちょうどいい。物は試しだ。これにて帝の出方を見る」

直義はそう言って、多賀国府にいる陸奥守、北畠顕家に対抗させるため、斯波高経の長子・家長《いえなが》を奥州管領に任じ

るという書面を造り、それを兄の許に届けた。

が、さすがに尊氏もこの書面には珍しく反応した。文面の最初に、よく知っている斯波高経の嫡男の名が出て来ていたせいで気づいたのだろう。

「これは、尾張守（高経）殿に、朝廷が支配されている奥州の一部を割譲するということか」

「さにあらず」師直は、事前に直義と打ち合わせた通りに答えた。「陸奥太守であられます義良親王、鎮守将軍である公卿・北畠殿を、あくまでも武門の立場から斯波家が補佐するというものでございます」

「ふうん」

「さらには尾張守殿自身も、この任官を希望されております。斯波一族の此度の槍働きに報いるという意味もございます。されば朝廷から御下問があった場合は、この二点をお答えになれば、帝もご認可なされるしかありますまい」

そう、手前勝手な希望的極論、つまり大嘘を述べた。

「……ふむ」

結局、尊氏は書面に花押を入れた。

この九月の末前後にも、師直と直義、上杉憲房と細川和氏という四人の密談は続いていた。

朝廷からの制止にもかかわらず、足利家が依然として独自に恩賞を出していることに、おそらく帝は相当に激怒する。特に、斯波家への恩賞の件ではだ。自分の顔に泥を塗られたと感じる。足利家に向けて新たな討伐軍を差し向けられる可能性は、非常に高くなる。

では、京に残っている武将のうちで、誰が討伐軍の総大将として差し向けられるかという推論になった。

まず、千種忠顕はあり得ないということで、衆議は一致した。あの公卿崩れの武将は、他の『三木一草《さんぼくいっそう》』より明らかに武将としての力量は落ちる。というわけで『一草』はすぐに外された。残るは楠木正成、結城親光、名和伯耆守長年の『三木』、そして新田義貞である。

「この四人の中では、将器、名声共に楠木殿、そして新田の小太郎殿が飛び抜けておるな」

和氏がつぶやき、師直ら他の三人も即座にうなずいた。

「どちらが、帝から総大将に抜擢されるだろうか」

直義が聞いた。この質問には、多少意見が割れた。

「本来の力量から言えば、楠木殿のほうがはるかに上であろう」二年前、義貞を鎌倉から追い出した和氏が再び口を開いた。「なるほど新田殿の勇猛さ、兵卒への統率力は認める。が、あの御仁には、楠木殿のような戦時での気の利いた小技は使えぬ。帝が必勝を期すなら、楠木殿を差し向けるのではあるまいか」

しかし、これには憲房が反対意見を述べた。

「確かに武将としての器は、新田殿より楠木殿のほうが立ち勝るだろう。しかし、この場合は必ずしも力量だけの問題ではない。一に、新田殿のほうが楠木殿より坂東の情勢にははるかに明るい。次に、新田殿にはこの鎌倉を落としたという実績がある。そして三に、新田家も足利家も、共に義国公の次代より始まる。血の部分では同格である。元が北条家の御内人であった楠木殿では、西国の源氏の武将たちもそう多くは靡くまい。それを思えば、新田殿が総大将に任じられると、それがしは思う」

これは、憲房の言うことが確度は高いと師直は感じた。だが、絶対にそうだとも言い切れない。あの鬼神のような智謀を持つ楠木の目も、依然として捨てられない。

直義もそう感じたのか、今度はこのような言い方をした。

「では我らにとって、どちらが敵として与しやすいか」

これには二人とも、新田義貞であろうと答えた。

「師直は、どう思う」

その飛んできた問いかけに対して、自分の意見を述べた。

「拙者もまた、そうかと存じまする。坂東の情勢に明るく、鎌倉を落としたという経験では、我が殿も同様でござる」

そして多少迷ったが、こう続けた。「されば戦になっても、我が殿が新田殿に競り負けるとは、ちと考えられませぬ」

直義もまた、力強くうなずいた。

「わしもそう思う。楠木殿以外の相手ならば、兄は必ずや勝利を捥ぎ取るだろう」

これにて、衆議はいったん一致を見た。

和氏がさらにこう続けた。

「しかし、こちらの目論見通り、新田殿が総大将に任じられるとは限らぬぞ」

が、直義は即断した。

「ならば、そうなるようにこちらから仕向ければいいだけの話だ」

「とは？」

「まずは、小太郎殿を怒らせる。わざと新田家と事を構える」直義は冷然と言い放った。「朝廷と我が足利家の対立という構図を、足利家と新田家との私闘という絵図にまで落とし込む」

「されど、どのような方法でか」

和氏が聞いた。直義は直後に憲房を見た。

「幸いにも、小太郎殿が国司を務める上野国の守護職は空席である。伯父上、できればその職に、伯父上が名目上でも就いて頂きたいのですが」

「尊氏に、そのような恩賞宛行をさせるのだな」

直義が無言でうなずくと、憲房もまた即答した。

「わしは、構わぬぞ」

「では、初手はこれにて行きまする。さらにその後は、こうする――」

直義はなおも、その後の策略を話し続けた。

上野国と、義貞の実弟である脇屋義助が国司を務める駿河国には、反乱軍に加担した武士がいる。未だその領有権が曖昧な闕所もある。それらの所領を、彼ら新田兄弟の許可を経ず、恩賞として勝手に分け与えるというのだ。

なるほど、確かにこれなら義貞もさすがに怒り出すだろう。そして朝廷に向かって、足利家の非を打ち鳴らす。そして後醍醐天皇は、いざその時が来た場合には、義貞を討伐軍の総大将に指名する。

と同時に、義貞こそいい面の皮だとも師直は感じた。こちらの都合で、勝手に敵の総大将に仕立て上げられようとしている。気の毒でもあった。

密談が散会した時、つい直義にこう話しかけた。

「直義殿、直義殿の理屈の筋道は、分かり申す。拙者も討伐軍が来た折に勝つには、これしかないとは存ずる。それでも小太郎殿には、ちと不憫《ふびん》なような気がいたします」

すると直義は、その面《おもて》を伏せた。下を向いたまま、しばらく黙っていた。

なるほど。先ほどは当人もつい謀議に熱中するあまり、頭の回転に任せて即断してはみたものの、こうして改めて問われると、やはり内心は忸怩たるものを感じている。

が、やがて直義は顔を上げた。

「……本当はわしもこのような謀略など、好んで使いたくはない」

そう、別人になったかのように小さな声でつぶやいた。

師直はなおも無言のまま、直義の次の言葉を待った。

果たして直義は、言葉を続けた。

「されど、頼朝公と源ノ木曾義仲の例もある。さらには頼朝公と、源ノ新宮十郎行家《しんぐうじゅうろうゆきいえ》（頼朝の叔父）や義経公が争った経緯もある。先ほど伯父上が申された通りだ。船頭が二人は要らぬように、この世に同格の武門――源氏の棟梁も、二人は要らぬのだ。同じ源氏の血筋が相並んでおれば、遅かれ早かれ争うことになる。たとえ、お互いが相手をそれなりに受け入れていようとも、周囲がそれを許さぬ」

つい師直はその言葉尻を継いだ。

「かと言って、当家が滅びるわけにもいかぬ、と？」

直義は軽くため息をついた。

「その通りだ。だから朝廷に勝つためにも、まずは新田家という帝の片足を捥ぎ取る」


この九月末から十月の初めにかけて、尊氏はこれらの恩賞宛行に次々と袖判を入れた。

この頃には師直も、尊氏の署名時の癖をすっかり見抜いていた。よく見知っている人物の書面なら、それなりには読み込む。が、恩賞を与える相手があまり馴染みのない将士、あるいはまったく知らない場合には、文書に目を通すこともなく、次々と花押を殴り書きする。読んだところで当人の顔が思い浮かばないからだ。恩賞と相手の関係性が分からない。

そして憲房の上野守護の任官については今度も気づいたが、直後には一人納得したような表情を浮かべた。

「まあ、伯父上は小太郎殿の下風に立ち、上野国を共に治めるということであるな」

「左様でございます」

師直も咄嗟にそう答えた。

そう……これだけならば、新田義貞も多少は不快にこそ思え、おそらくそれほど怒り出すことはない。

が、彼ら兄弟が国司を務める国から勝手に恩賞を与えれば、憲房の上野守護任官の件と合わせて、話は自ずと別になる。義貞と義助の兄弟は、自分たちの面子と利権を踏みにじられたと思い、必ずや激怒する。

上野国と駿河国の恩賞宛行については、尊氏は気づかなかった。

当然だ。領地を与える相手を、師直は意図的に、尊氏のよく知らぬ将士にしたからだ。さらにはこの日だけ、膨大な量の文書を持って行き、それらすべてに署名を求めたこともある。特に上野国と駿河国の恩賞については、書類の山の最後のほうに回していた。

案の定、夕刻まで続いた披見に疲れ切った尊氏は、書面をろくに見もせず袖判を入れた。

よし、とそれら書類を押し戴きながら、密かに思った。

これで仕込みの前段は終わった。あとは、これら一通りの具を放り込む鍋が完成するのを待つだけだった。

十月十五日、その容器もついに出来上がった。落成した。むろん、若宮小路に出来たばかりの尊氏の新邸である。

直義は、相変わらず元気のない兄を半ば軟禁するようにして住まわせた上で、この新邸を、

「鎌倉御所」

と、鎌倉中の武士に盛んに呼ばせ始めた。京の朝廷に向かって鍋の底に火を付けてみせた。

仕込みはすべて完了した。あとはこの鍋に放り込んだ具が、ぐつぐつと煮え滾るのを待つだけだった。

十月も下旬に入ると、果たして京の帝が激怒しているという噂が、この鎌倉まで流れてきた。

当然だろうと師直は感じる。尊氏は結果として恩賞を出し続け、帝の使者にもすぐに帰京すると即答したのにもかかわらず、新邸を構えて鎌倉に居座っている。そしてその新居は今や、鎌倉御所とまで呼ばれている。

むろん、激怒しているのは、新田義貞と脇屋義助の兄弟も同様だった。特に義貞の怒りは甚だしく、その声が鎌倉まで聞こえてきた。

「おれは鎌倉を追い出された時も、新田家は足利家に対して小宅であるから我慢してきた。任官斡旋の恩もあった。だから大塔宮の策謀も教えた。なのに、この仕打ちはなんぞっ。武士にとっての所領は命にも等しい。さらには武門の大小の違いこそあれ、元はこれ同じ源氏の直系ではないか。しかも源義国公から分かれた時は、そもそも源氏の血筋としては、足利家よりも我が新田家が上であったのだっ」

これは、確かにその通りだった。新田家の祖である源義重は、足利家の始祖である義康よりも年上である。

そして義貞は、此度の意趣返しに、足利家が地頭職を務める越後、上野、駿河、播磨などの飛び地を新田家の家人に与えたという。

さらに義貞は、天皇にこう奏上した。

尊氏は旧得宗家に成り代わって、朝廷に反逆して幕府を興す気である。新居がなによりの証拠である、と。

事実、そうだ。

天皇はさらに憤激し、もはや鎌倉の足利家を討伐するとまで息巻いているらしい。

ここまでの噂が、一門はおろか尊氏の耳にまで入った。俄然、尊氏は慌てた。そして、依然として直義や師直たち近臣の策謀を知らぬままだったので――こちらもまた珍しく腹を立てた。

「これは小太郎殿の、足利家を陥れようとする陰謀である」

その腹立ちに任せて天皇への文を書いた。要約すれば、このような上奏文だった。

「新田小太郎は、我ら足利家の六波羅攻略を知って、初めて蜂起した。さらには千寿王を担ぎ上げたおかげもあり、坂東の武士たちを蜂起させ、鎌倉を落とすことが出来た。

されど今、足利家が乱を平らげ、東国の秩序を再び取り戻そうと苦労している間に、小太郎殿は何もせず、自儘に我が足利家の領土を分け与え、かつ、帝に讒言をなしている」

これに対して、義貞も即座に反論した。

「足利ノ尊氏はかつて名越高家の討ち死にを知り、その時に初めて行動を起こした。それまでは未だ向背《こうはい》が定まっておらず、この名越の討ち死にがなかったら、実際にどう動いていたのかは分からない。そもそも足利家の六波羅攻めは、一昨年の五月七日のことである。拙者はその十日ほど前に、得宗家からの使者を斬り、反幕の旗幟《きし》をいち早く鮮明にしている。かつ、新田ノ荘から軍を発したのは五月八日のことであるが、その前日の七日に京で六波羅攻略が始まったことなど、遠く離れた新田ノ荘では知る由もない。さらには、逃れてきた千寿王を我が軍に拾ったのは、五月十二日のことである。然るに、この時点での蜂起と断じられるのは、まったくの言いがかりである」

そして、ここまで往生際悪く言い訳をする（と勘違いした）尊氏に対して、まったく坂東武者にはあるまじき行為だと、さらに大激怒した。そして、ついに堪忍袋の緒《お》を切らし、後醍醐天皇に足利家の誅伐《ちゅうばつ》を求めた。

そこまでの経緯を聞き、師直は迫り来る動乱の気配をひたひたと感じながらも、反面ではひどく感心もしたものだ。見事だ、と感じる。

すべてが直義の描いた絵図通りに事は進んでいる――。

一方でその直義はといえば、義貞のこの逸話を聞いた直後から行動を起こした。そのための下準備も怠りなかった。予め書き起こしていた膨大な軍事催促状に、この知らせを知った当日の十一月二日という日付を入れ、坂東一円はおろか、四国、中国、九州にまで次々と発給し始めた。

その内容は、こうである。

「新田新右衛門佐《しんえもんのすけ》義貞を誅伐すべき也。然るに一族を相催し、下日馳せ参すべしの状、件の如し　源左馬頭直義」

尊氏の名での軍事催促状では、足利家棟梁の朝廷への命令違反が自明のものとなる。だから、むしろ直義が率先して前に出て、これは足利家全体と新田義貞との私闘であることを世に印象付けようとした。さらに言えば、兄には無断でこれらの催促状を発給していた。

汝ニ休息ナシ――。

不意にそんな言葉が、何故か師直の脳裏を過った。

むろん直義のことだ。

他方の尊氏はと言えば、確かに勇んで軍事催促状を書けるような精神状態でもなかった。先日、珍しく怒ったせいでその後にひどく腹を下し、また、天皇が激怒し続けていることを知って、すっかり意気消沈していた。

ただし天皇に対してだけは、まだ未練がましく筆を執った。自分は誤解されているのだとひたすら謝り続けた上で、尊氏もまた、新田家討伐を願い出る上奏文を京へと送った。

十一月六日、直義はやがて来る決戦に備え、師直の弟である師泰を侍所頭人として抜擢した。その師泰に、鎌倉への西方からの入り口である稲村ヶ崎の警護を固めさせた。

けれどもその後、十日ほどが経っても、後醍醐天皇が討伐軍を結成したという報せは、京から一向に届かなかった。

やがて、その詳細が分かった。

確かに、激怒していた後醍醐天皇は、すぐさまに義貞を総大将とした軍を発しようとはしていたらしい。

が、近臣たちがこれを危ぶんだ。あの尊氏に、果たして朝廷軍が勝てるかということである。もし負ければ、親政は存亡の危機に晒される。だから皆、この天皇の発案には押し黙ったままだった。

いたずらに時が過ぎゆく中で、坊門清忠《ぼうもんきよただ》という廷臣が、こう進言した。

「もし源義貞の上奏通りなら、足利家の罪過は重いが、まずは今一度、源尊氏の真意を問いただすべきでござる」

直後の八日、尊氏からの再度の奏上が、再び天皇の許に届いた。

これを一読した天皇は、やや怒りが和らいだ。

しかし、直後に情勢はさらにもう一変する。

師直も多忙にかまけ、この女性のことをすっかり失念していたのだが、なんと、護良親王の寵姫であった南の方は生きて鎌倉を逃れ、丁度この時期に、ようやく京にまで辿り着いていたのだ。

その南の方が、天皇に涙ながらに護良親王の消息の真相を上申した。親王は、戦乱に紛れて行方知らずになったのではなく、自分が隠れ見ている間に、足利家の郎党に刺し殺されたのだということを報告した。さらにはその首が、藪の中に投げ捨てられたことも暴露した。

天皇は、再び怒り狂った。

かと言って、親王を殺したこと自体に怒ったわけではない。殺したにもかかわらず、行方知らずになったと虚偽の報告をした直義に大激怒した。さらには天皇たる自分の子の首を、そこらあたりの地下人の生首のように打ち捨てたことにも、その自慢の髭を震わせて激昂した。

「あの男――直義は、朕の血筋をなんと心得ているのかっ」

そう、いきり立った。

運の悪いことは続くもので、さらにこの前後に、直義自身が発給した西国宛ての軍事催促状も、朝廷に与することを決めた武将により、その数十通が朝廷の手に渡った。

これら催促状を見た天皇の怒りは、頂点に達した。

「もはや、尊氏と直義の謀反は疑いない。その悪逆なること、古来にも稀である。故に朕が正義の鉄槌を下すっ」

そして新田義貞を呼びつけ、討伐軍の結成を鋭意急ぐように命じた。

「編成が終わり次第、足利家追討の綸旨を正式に起こす」

こうして急転直下、足利氏討伐の軍勢派遣が決定された。

さらに天皇は激憤に任せ、師直たちが予想もしていなかった次の手を打った。尊氏に与えた鎮守府将軍の職を剝奪し、これを陸奥の多賀国府にいる北畠顕家に授けた。そして顕家にも足利家討伐の綸旨を下し、討伐軍の編成が整い次第、南下して鎌倉を攻めるように伝騎を送ったという。

北の奥州と西の畿内から、足利家を挟み撃ちにする作戦である。尊氏と直義という害虫を、これ以上有無を言わせることなく、この世から完全に葬り去ることを決めた。

これら一連の知らせが、京での決定から五日ほど遅れた十一月十六日に、鎌倉へと届いた。

早馬の報告を受けた師直と直義は、新邸で半ば引きこもっている尊氏に会う前に、急遽《きゅうきょ》話し合いの場を持った。

師直はついため息を洩らしながら、直義に聞いた。

「ここまで帝がお怒りになることも、算段の上でござったか」

むろん、想定外だった奥州討伐軍のことだ。これで、足利家対新田家という単純だった対立構造は、脆くも崩れ去った。鎌倉は両面作戦を展開せざるを得なくなった。

そして、それ以上に先々のことも思いやられた。

これではもし朝廷軍に勝ったとしても、ここまで怒り心頭に発したあの天皇のことだ、自らに死が訪れるまでは徹底して足利家に抗戦するであろう。かと言って、まさか天皇まで殺すわけにもいかない。

「いや……」

直義は常とは違い、歯切れ悪く答えたものだ。そして、天皇を大激怒させた一番の要因を語った。

「まさかあの女性《にょしょう》が、大塔宮を殺す現場を盗み見ていたとは、思いもしなかった」

「されど、実際には見られていた――」言いつつも、師直は再びため息をついた。「万全を期すのなら、その南の御方とやらも、同時に始末されるべきでしたな」

すると、直義は下を向いた。無言のまましばらく黙り込んだ。気まずい時に、しばしば直義が見せる仕草だ。

この男は、と師直は半ば直感で悟り、内心で腹が立った。

本当は、その可能性に薄々気づいていた。だが、女までを殺すことには到底気が乗らず、この危険性に対して、無意識のうちに心に蓋をした。気づかないふりをした。

ふと、八年前の記憶が鮮やかに蘇った。

尊氏の子を身籠《みごも》った、あの越前局のことだ。今にして思い返せば、やはりあの子が尊氏の子種であることには相当な疑念が残る。

しかしこの男は、越前局の言い分を心底真に受け続けた。挙句、子供が生まれた後もあれこれと世話を焼き、新熊野という幼名を付けた時も、半ばは名付け親になった。さらには未だ身籠らぬ妻に対しても、浮気をすることもなく側室を置くこともなく、一筋に愛情を注ぎ続けている。しかし、我が子を成さずして、いったい直義を祖とする自家の存続をどう捉えているのか。

同じ男に対しては悪魔のような策謀を冷然と弄するくせに、女にはまったく色んな意味で甘い男だと、つくづく感じた。とことん初心《うぶ》なのだと、うんざりもした。

が、同時に自分なら南の方を始末できたかと問われれば、そこはさすがに自信がなかった。だから、これ以上問いただすのは止めにした。

その後も、さらに直義と今後の対策を練った。時間がない。いつ京と奥州の討伐軍が鎌倉へ向かって来るのかと思うと、気が気ではなかった。

具体的には親王暗殺の件を、直義が独断で出した軍事催促状の話も含めて、いっそ洗いざらい尊氏に打ち明けるかという話になった。

が、直義は首を振った。

「この二つの事実を兄が知れば、おそらくはこちらが悪いと、戦う前から帝に白旗を上げる」

「では、殿には聞かせぬということで宜しいのですな」

直義はうなずいた。しかし、こう気弱そうに付け足した。

「わしが出した催促状のことは、一門でも気づいている者が多かったから、ひょっとしたら兄も勘づいているかも知れぬが……」

「その件は殿に話した者がいるか、今からそれがしが確かめまする」

直後から師直は一門の者を訪ねて、鎌倉中を忙《せわ》しく駆けずり回った。上杉憲房と細川和氏は、尊氏に言っていなかった。他の吉良満義や斯波高経などは、そもそも尊氏には会ってもいないという。なんとかなりそうだった。

それら一族の長たちに緘口令《かんこうれい》を敷いた上で、尊氏を含めた一門の衆議の場を初めて持った。

案の定、この議事の初っ端でも、討伐軍の主力は京勢といえども、そこに奥州勢が別動隊として加わることが、一層にこちらの事態を混乱させているという話になった。

すると普段は無口な斯波高経が、自ら進んで口を開いた。

「奥州よりの討伐軍のことは、そこまで案ずる必要はなきものと存ずる」

吉良満義が首を捻った。

「何故、そう考えられるか」

「彼の地は、帝のお膝元である畿内とは違う。そもそも旧得宗家との絡みから、我ら足利一門に与する者が昔から数多存在する。昨日や今日に陸奥に下った北畠殿とは違う。故に、北畠殿が討伐軍を編成し終わるまでには相当に手間取るだろう。つまり、京勢とは同時期には進めぬ」

確かに、奥州の土地柄を冷静に腑分けしてみれば、その通りかも知れなかった。

「さらに今は我が長子、家長も管領職として陸奥の紫波《しわ》郡にある斯波館に下っている。この斯波館に従う武門は多い。この家長と被官の地縁血縁を使い、北畠殿の兵の徴募を散々に妨害させる。よって、鎌倉への南下はさらに遅れる。されば、ひとまずはこちらの総力を挙げて敵の分力——新田軍を急破することに、注力したほうが賢明でござる」

そう、頼もしく断言した。非常に明晰でもあった。

これには一同、なるほど、と感嘆の声を上げた。

この発言を受け、当面は京勢へと足利軍の大半を集中させることが決まった。

しかし京の新田軍だけでも、その討伐軍は相当な数に上るだろう。なにせ天皇直々の肝煎りなのだ。

かつ、京と鎌倉では、どんなに伝騎を急がせても五日ほどの時がかかる。時間のずれが生まれる。ひょっとしたら、もう討伐軍は出陣しているかも知れない。だから、その見えぬ相手への対応は早ければ早いほど良い。

そのような焦りも手伝い、骨の髄からの直義派である憲房、和氏、満義らは、朝廷への即時開戦論を主張した。

「このまま手をこまねいていれば、京よりの軍は、さながら無人の野を進むが如く、この鎌倉まで迫って来る」

と、満義が焦った声を上げれば、

「その通りである。三河の矢作川か、最悪でも駿河の薩埵《さった》峠までで防がねば、あとは箱根の嶮山を残すのみとなる。勢いに乗られ、ほぼ万事休すとなろう」

そう和氏も、東海道筋の防御の要衝である二つの場所を口に出して、尊氏に即刻の決起を促した。

さらに憲房も、ここぞとばかりに尊氏を急かした。

「尊氏よ、もはや一門の方針が明確になった以上は、直ちにおぬしが立つしかないのだ」

残った今河や一色、石堂、桃井《もものい》なども同様の事を口々に喚いて、尊氏に詰め寄った。

が、肝心の尊氏はといえば、相変わらず顔色が優れなかった。気乗りせぬ様子でもあった。まるで蒟蒻《こんにゃく》のような歯応えの悪さで、無言のまま周囲を見回していた。

ややあって、

「帝に弓引くことなど、やはりそれがしには出来ぬ……」

そう、ぼそぼそとつぶやくように言い始めた。「これまで帝の龍顔を昵近《じっきん》し奉《たてまつ》りて、勅命を拝して今の身になった……その恩言といい叡慮といい、いつの世いつの時なりとも、我が君の御《ご》芳志《ほうし》を忘れ奉ることは出来ぬ」

さらに、こう続けた。

「そもそも、帝がここまでお怒りになられているのは、大塔宮を我らが殺したと誤解されておられる件と、西国への軍勢催促の件である。そのどちらも、わしはやっておらぬ。おそらくは、また小太郎殿の讒言であろう」

見まい、見まいと自らに言い聞かせつつも、師直はつい誘惑に負け、直義の顔を盗み見た。

案の定、このような場合には兄をいの一番に叱咤激励するはずの直義は、正座した膝上に両手のひらを置いたまま、力なく下を向いていた。

その間にも、尊氏の言葉は続いている。

「いま一度こちらの事情を奏上奉れば、帝にもきっとお分かりいただけるだろう。ひたすらに恭順の意を示せば、許されるはずである。そこでわしは、今より政務の一切を我が弟、直義に譲る」

と、それまでもほとんどやっていなかった棟梁の仕事を放り出すことを宣言した。

これには、いつも一族の衆議には一切口を出さぬ師直も、思わず口を開いた。

「殿、では殿は、どうなさるおつもりですか」

「わしか」尊氏は、この問いかけにはすぐに答えた。「わしは、世に隠れる。帝のお怒りが解けるまで、どこぞの寺に籠って身を慎む」

「お待ちあれ」尊氏とは同い年の斯波高経が、憤然として叫んだ。「では、此度の戦はどうなさるのか」

「戦？」尊氏は高経を見て、淡々と言ってのけた。「わしはこれより蟄居する身である。戦など、出来ようわけがない」

この言葉には、さらに仰天した。むろん師直以外の一門の長たちも、一気に大騒ぎとなった。

当然だ。去る九月末の密談でも、師直と直義、憲房と和氏の四人は、尊氏自身が立つことを此度の勝利の絶対条件としていた。その気持ちは他の一門の者も同様であろう。

師直は再び直義の顔を見た。

直義もまた、呆然とした表情を浮かべている。

くそっ、と師直は内心で毒づいた。やはり直義は、二年前の殿の法印とのいざこざの時と同じく、やり過ぎていた。おかげであの後も、護良親王との確執が必要以上に大きくなった。挙句には、今度もこの始末だった。


尊氏は宣言した通り、鶴岡八幡宮の西にある浄光明寺へと、二、三の近臣と共に赴いた。

なんのことはない、と師直はうんざりとする。

その場所が新邸から寺に移り、さらに引きこもることを徹底しただけではないか。ようは、この腑抜けの棟梁は、どうあろうとも帝と事を構える気はないようであった。

その直後から、師直と直義、憲房と和氏といういつもの四人は、尊氏抜きでの戦略を練る羽目になった。が、徒に時が過ぎるばかりで、なかなかに良い案が出なかった。

そこに、いつまでも出陣命令が出ぬことにしびれを切らした佐々木道誉が、他武門の代表として乗り込んできた。

「いったい、足利家の御面々は何をやっておられるのか」

そう、大声を上げた。「今や朝廷軍は、既に京を発したとの憶測も流れている。いたずらに話し合いに時を取られておれば、機を逸するばかりである」

なおも道誉は、苛立ち紛れに言い切った。

「尊氏殿が隠遁なされた以上は、共に朝敵として名指しされた直義殿が、代わりに総大将としてお立ちになるしかござらぬではないか。あとのことはあとの事として、走りながら考えるしかないではござらぬかっ」

その通りだ、と師直も思った。この世に、完璧に行くことなどない。完全無欠な人生など存在しないのと同じだ。だから事の不備は当然のこととして、駆け続けながらも何とかやりくりしていくしかないのだ。

しかし、直義はそう詰め寄られても、何故か不安そうに曖昧な態度を取り続けた。

ふと感じる。

この男、珍しく臆している——。

思い返してみれば、この男が指揮を執った合戦は、負け戦ばかりだ。

　去る七月、武蔵女影原の戦いでまずは敗れ、二度目の小手指ヶ原でも、三度目の武蔵府中でも立て続けに敗れた。直義自らが率いる鎌倉本軍も、町田村井出の沢で完敗を喫した。五度目は駿河の手越河原にて、またしても大敗した。その間の、鎌倉を自ら放棄したことも負けとして捉えれば、なんとこの男は、七月の半ばから末にかけてのわずか半月の間に、なんと六回も負け続けていることになる。

　なんということだ、と師直は改めて愕然とする。

　この見るからに眉騰がり鼻筋も通り、口元も常に引き締まっている、いかにも武者面のいい男は、あろうことか戦が下手なのだと、改めて時系列をもって再認識する。

　本人もまた自らの将器のなさを、我が身をもって悟り始めている様子だった。完全に自信を無くしている。

　対して、あのいつも薄ぼんやりとした団子鼻の棟梁は、戦えば何故か、いついかなる時も勝つ。常勝将軍としての名声を、既にほしいままにしている。

　その対比に人というものの摩訶不思議さをつくづく感じながらも、師直は言った。

「それがしも、道誉殿の言われるとおりかと存ずる。事ここに及んでは、相州殿が総大将として立たれるしかありますまい」

　一瞬、直義が見捨てられた仔犬のような顔つきをして師直を見てきた。師直は、さらに早口で続けた。

「されど、まず第一陣として西へと向かう先鋒は、それがしと師泰の高《こう》一族が仕ります。相州殿は、その後から足利家本軍――第二陣を率いて来られては、如何？」

　すると直義は、今度は明らかにほっとした表情になった。

「それは妙案」憲房も即座に賛成した。「されば、師直たち第一陣が急ぎ出立した後も、直義は奥州への手当てを続けることが出来る」

「良き案である」和氏も続けて言った。「ちなみに師直は、いかほどの軍勢を率いていくつもりか」

　師直はすぐに胸算用を済ませ、こう答えた。

「僭越ながら、当家御一門の一部と、我ら高一族の面々、さらには道誉殿、土岐殿ら外様《とざま》のお方々を併せて、ざっと三万騎ほどにはなりますでしょう」

　こうして師直が先陣を率いていくことが急遽決まった。

　師直は自分の屋敷に帰り、師泰以下、重茂《しげもち》、師久《もろひさ》という弟たちにも事情を説明した。

「兄者、承知した」直後には師泰が即答した。「されば此度は、我ら高一族の武名の上げどころでござるな」

うむ、と師直はうなずいた。この急な決定にも怯むどころかかえって奮い立つところが、我が次弟ながらも頼もしい。重茂、師久も、師泰に倣って勇んだ声を上げた。

その後、家宰としての立場もあり、鶴岡八幡宮の西に位置する浄光明寺へと、師泰を伴って赴いた。この寺に籠った尊氏に、出陣の報告をするためである。

尊氏は、本堂の離れに居た。戸板を開け放った縁側に腰かけ、両足を宙にぶらぶらとさせたまま、一人ぼんやりと庭園の草木に見入っていた。まったくお気楽な蟄居ぶりもあったものだ。

尊氏は、まるで他人事のように師直の話を聞いた後、

「まあ、世に隠れたわしが言うことではないのかも知れぬが——」と前置きをした上で、こう言った。「先陣の大将は、師直より師泰が務めたほうがよかろう」

ほう、と師直は、その目の付けどころに感心した。

実は師直も、内心では自分よりも師泰のほうが一軍の将には向いていると、この年の鎌倉入りの時にも、二年前の六波羅攻略の時にも、妬心など微塵もなく感じ入っていたものだ。さすがに我が弟である、と嬉しかった。その師泰の将器に、どういうわけかこの男も気づいている模様だ。

また、師直が大将となって敵から総攻撃を受けた時には、敵の矢は自分に集中する。もし落命した場合は、足利家を切り盛りする大事な家宰を失う羽目になる。そのことも心配しているのかも知れない。

隣の師泰は、兄である自分に遠慮しているのか、しきりに恐縮している。師直は弟に優しく声をかけた。

「殿の命である。有難くお受けせよ」

「はっ」そして初めて、その面に激しい喜色を浮かべた。

「この師泰、足利家のために粉骨砕身務めさせていただく所存でござりまするっ」

すると、尊氏は久しぶりに淡い笑みを浮かべた。

「そう気張らずともよい。何事も命あっての物種であるぞ」

師泰はさらに感激したのか、さらに平身低頭した。

「ははっ」

「ところで、軍はくれぐれも慎重に動かすのだ」尊氏は、さすがに戦術に関しては指示が詳細だった。「わしは今も、帝に仇することには気が進まぬ。こちらから先に攻め込んではならぬ。出来れば矛を交えることなく睨み合いを続け、時を稼ぐ。相手へと無言の軍圧をかけ、帝の心変わりをお待ちするのだ。よって、直義の援軍が到着してさらに味方の軍勢が膨らむまでは、決して矢作川を越えてはならぬ」

「はっ。承知仕りましたっ」

かくして十一月二十日、高家が率いる足利家の第一陣は、ようやく鎌倉を出陣した。

箱根を越え、駿河を通って遠江に至ったところで、京からの伝騎に遭遇した。

去る十八日、後醍醐天皇は尊氏から届いた三度目の奏上文を無視した。そして翌日、ついに足利家追討の正式な綸旨を下した。

「源尊氏、ならびに直義の輩《やから》、反逆の企てあるの間、誅伐せらるるところなり」

と宣告されていた。直後から新田義貞率いる討伐軍六万余騎が京を出立した。東海道と東山道の二手に分かれて、鎌倉を目指し始めたという。

師直は、思わず吐息を洩らした。

つまりは直義も、兄尊氏と並んで反逆の張本人であると、朝廷から公式に断罪されたことになる。それなのに張本の両人とも戦いの最前線には出て来ず、こうして自分たち高家の兄弟が先陣を務めている。その点に多少の馬鹿馬鹿しさと、同程度の不安をどうしても感じざるを得ない。

二十五日の昼前から、両軍は矢作川を挟んで対峙した。

この川辺への到着は、わずかに足利軍のほうが早かった。

師泰も師直も、尊氏から言い諭されていた戦術を厳守しようと、東岸にある小高い崖の上に布陣した。ここならば、もし敵が渡河して攻めて来ても、相手が崖の上まで登って来るのは容易ではない。たぶん相手もそう考える。そのようにして西岸に渡ることなく睨み合いを続け、直義の第二陣が来るまで時を稼ぐつもりだった。

やや遅れて西岸に到着した新田軍は、高所から遠望するに、意外に少なかった。どう見ても二万騎前後にしか見えない。新田義貞は北条家残党の本拠であった東山道筋に、より多くの兵を振り向けているのだろう。対して、我が軍は三万騎である。

「兄者、これはもし当たっても、我が軍が勝ちまするな」

総大将の師泰がつぶやいた。師直はすぐに釘を刺した。

「わしもそう見る。が、殿の命である。我らはここから動かぬ」

「はい」

その会話の間にも、新田軍は西岸間際まで進んで来た。義貞もこちらの軍容を警戒したのか、それ以上は進んで来ない。先に渡河し始めたほうが川の流水に足を取られる。

進軍速度が落ちたところを攻撃される。さらに新田軍にとっては渡った先には崖がある。崖の上と下からの攻防戦では、足利軍が圧倒的に有利になる。

そのことを相手もよく分かっている。

そのようにして双方為すこともなく、二十六日になり、二十七日になった。我慢比べだった。ここまでは尊氏の目論見通りに進んでいた。

が、翌二十八日の朝から、新田軍はこちらに向かって一斉に矢を射かけ始めた。矢作川のここらあたりは、川幅が狭い。敵の矢が飛んできて、足利軍の上に雨霰《あめあられ》と降り注ぎ始めた。師直たちも応酬した。高台の上から盛んに矢を放ち始めた。

半刻ほど後には、こちらの矢の残りが乏しくなってきた。即席軍を急ごしらえし、取るものも取り敢えず慌ただしく出陣してきた者どもの悲しさだ。そのうちに兵たちの手持ちの矢も尽き始めた。

が、新田軍はなおも大量の矢を放ち続けてくる。義貞は京を出る時に、大量の矢を補充して来ていたのだと感じる。足利軍はこの空中戦に、防戦一方になった。

加えて厄介だったのが、敵の持つ投石機だった。なにせ矢作川の河原には、石は無尽蔵に転がっている。時が経つにつれ、中空を飛んでくる拳大《こぶしだい》の石が矢の数よりはるかに多くなった。

兵たちはこの攻撃を嫌がった。矢は飛んできても、顔や甲冑から出た手足に当たらなければ、なんという事はない。刺さらない。が、拳より大きい石は、当たれば衝撃は強く、下手をしたら骨を折るか、運悪く顔にでも当たれば死ぬ。

この攻撃により、陣中は次第に混乱を極め始めた。

「兄者、これはまずい」師泰が焦った。「このままでは徒に怪我《けが》する者が増えるばかりである。ひとまずはこの高台から、敵の攻撃の届かぬところまで後退してはどうか」

束の間考え、師直は言った。

「高台を退けば、容易に敵の渡河を許してしまう。東進を許すことになる。それはならぬ」

「されど、このままでは槍刀を交える前から、こちらの戦力は激減するかもしれませぬぞ」

後日に思い返せば、この頃から師泰と師直は、新田義貞の周到な戦術に嵌《はま》りつつあった。

重茂と師久も、盛んに慌て始めた。

「兄者、この高台を下り、東岸まで出て布陣を左右に広く取れば、如何か」そう口々に訴えてきた。「されば、敵の攻撃がここまで一か所に集中することもありますまい」

確かにその方法もある。師泰を見た。この次弟も、同じことを思案している様子だった。

一瞬迷った末、師直は言った。

「師泰よ、おぬしが此度の総大将である。おぬしが決めよ」

結局、師泰は高台を降りて、東岸に幅広く布陣することを決めた。実際にそうした。

しかし、降りた先の東岸でも、さらに敵の矢と石がまんべんなく広範囲に降り注いできた。

「兄者、これは堪らぬ」師泰はさらに絶望的な声を上げた。「もはや渡河して、敵を攻撃するしかないのではないか」

今度も師直はさかんに迷った。尊氏からは、直義が到着するまでは矢作川を越えてはならぬと厳命されていた。

しかしこの状況では、味方はますます弱まるばかりではないか。

挙句、師泰に諮り返した。

「どのようにするか」

束の間躊躇った後、弟はこう決断した。

「殿の命は命としても、臨機応変という言葉もござる。ここは総攻撃を仕掛け、彼我の兵力差で一気に相手を揉み潰すに如かず」

「……分かった。では、そうせよ」


これまた後日に振り返れば、この時点で足利軍は、既に義貞の術中に完全に嵌っていた。

ともかくも直後から、足利軍は矢作川を渡り始めた。中軍までが西岸に辿り着いた直後から、総攻撃を開始した。が、新田軍は固く陣形を固め、防御に徹し続けた。どんなに波状攻撃を仕掛けても、その前線に微塵の綻びさえ見せない。それでも足利軍は前後の兵を盛んに入れ替えながら、飽くなき総攻撃を繰り返した。

やがて、夕刻が近づいてきた。自軍の兵たちは足場の悪い川床を何度も往復し、甲冑と衣服も水を含んで重くなり、完全に足腰の動きが鈍くなった。師直自身も散々に水飛沫を浴び、冬の北風に体の芯《しん》まで冷え切っていた。

その弱り目を、体力を温存していた新田軍が一気に突いてきた。ここぞとばかりに一斉攻撃を仕掛けてきた。

結果、あっさりと東岸にまで攻め込まれ、数多の死傷者を出す羽目となった。挙句には高台にあった足利軍の本陣まで奪われてしまった。

師直や師泰たちは岡崎宿まで後退しながら、この緒戦での完敗に呆然とした。そもそもが尊氏の諭していた戦術を守らなかったが故の、大敗でもあった。そして敵に有利な陣地を取られてしまった以上、この矢作川周辺からは速やかに撤退するしかなかった。

「どこまで退いて、軍を立て直すか」

師直は弟たちに聞いた。

「敵を、勢いに乗せてしまったかもしれませぬ」初めての敗戦に、師泰がやや上ずった声で答えた。「いっそ三河を抜けて、遠江まで退きましょう」

それがいい、と重茂、師久も狼狽の色を隠せなかった。

「離れれば離れるほど、軍を立て直す猶予が出来まする」

結局、その日の夜半までかかって、はるばる遠江の鷺坂《さぎさか》まで撤退した。

が、そこでほんの一息ついたのも束の間だった。月明かりの中を、新田軍が白刃を煌《きら》めかせて追い縋って来たのだ。

「踏み止まれ。ここで踏ん張り、戦い抜くのだっ」

喚き続けた師泰の采配も虚しく、将兵たちは予期せぬ襲来に大恐慌をきたした。さらに東へ東へとてんでばらばらに逃げ始めた。もはや軍規もへったくれもない。足利軍は総崩れとなった。

くっ……。

まったく、何というざまだ。

師直も東へと馬に鞭を入れながら、自らの不明を呪《のろ》った。

これでは高家の武名を揚げるどころか、まったくもって赤っ恥もいいところだった。

おれも師泰も、直義の将器をとやかく言えたものではない。戦の初手から、こうも惨めな敗北を喫しているではないか。しかも、同日のうちに二回もだ。

……あるいは我らも直義と同じく、尊氏という守護神が背後に付いていない限りは戦には勝てぬのか――。

7

師直たち先陣が出立した十一月二十日から月末まで、直義は第二陣の出陣準備を急ぎながらも、念のために奥州の模様をしきりと探っていた。

斯波高経からの報告によれば、奥州管領に任命した高経の長子・家長の影響力もあり、陸奥と出羽の武将たちは朝廷軍に付くか足利軍に味方するかで、完全に二分されているという。そのために顕家は、討伐軍の徴募と編成に相当に難儀しているらしい。その上で高経は結論づけた。

「目下、奥州での事は、こちらの目論見通りに進んでいる。であるに、当面は心配ござらぬ」

となれば、やはり奥州のことはしばらく考えなくてもいい。第二陣も含めたこちらの総力を挙げて新田軍を撃破することに、引き続き集中しよう。

兄にはひたすら忠実な師直のことだ。命じられた通りに、こちらから不用意には仕掛けたりせず、自らの持ち場を死守しているに違いない。

しかし、夢想だにしなかった報が鎌倉へ飛び込んできた。なんと師直と師泰の率いる足利軍は、三河の矢作川にて新田軍に完膚なきまでに敗れたという。さらには後退した遠江の鷺坂でも見るも無残な大敗を喫していた。

早馬の報告によれば、先に手を出したのは我が足利軍であったという。挙句がこの立て続けの敗戦だった。

「なんということだ。五郎左（師直）の頭の中は、一体どうなっているのだっ」

直義は憤慨するあまり、今夏《こんか》の自らの惨敗も忘れて大声を上げた。

高経や上杉憲房、吉良満義らに個別の部隊編成を急がせながらも、兄の居る浄光明寺へと単身急行した。

けれど、この初戦での連敗報告を受けても、尊氏はまるで他人事だった。

「すまぬが、わしはおまえに政務の一切を譲った身である。であるに、今後も直義の良きように計らえばよい」

そう、いかにも太平楽なことを平然と口にした。これにはさらに憤慨した。

「そのような責の所在を悠長に言っている場合ではござらぬっ」直義は声を震わせながら喚いた。「兄者は、この足利家の存亡の危機を、いったいどう考えておられるかっ」

「しかし、我が足利家はまだ滅びてはおらぬ。鎌倉も未だ健在である」

「当たり前でござるっ」

そのように愚にも付かぬことを兄と言い争っていた最中、この浄光明寺へと旅塵まみれの伝騎が飛び込んできた。

聞けば、京からこの鎌倉までひた駆けに駆けてきたという。さらには鎌倉府に不在だった直義を探し当て、ここまで辿り着いていた。

「申し上げますっ。先月の二十六日、京の帝は、御屋形様――鎌倉殿が拝されておられました従二位、征東将軍ならびに左兵衛督の官位を、すべて抹消されたとの由。また、武蔵、常陸、上総らの国司職、上総、武蔵の守護職に関しましても、無きものにする旨を宣告されました」

かつ、『尊氏』の名も剝奪したという。

「また、御弟君であられます直義殿に関しましても、ご同様。従四位下、左馬頭、相模守、遠江守の官位のすべてを取り消されてございます」

これには直義も驚いた。あの帝は、そこまで我が兄弟を丸裸にしたか。

だが、ある面ではこうなることも薄々予期していた。

「委細、了解した」直義は敢えて淡々と答えた。「遠路ご苦労であった。下がって良いぞ」

使者が境内を出た後で改めて兄を振り返ると、直義の想像以上に、激しく打ちのめされている様子だ。

身を慎み、蟄居さえしていれば許されるはずである、という尊氏の望みは、この時点で木っ端微塵に砕け散った。その顔つきのあまりの無残さに、ついそれまでの腹立ちも忘れ、心配になって声をかけた。

「兄上、お気を、しっかりと保ちあれ」

しかし、尊氏はなおも表情を歪めたまま抗弁した。

「おまえはそう申すが、これが平静でいられようか」

さらに泣き言を、矢継ぎ早に並べ立てた。

「わしは今や『尊氏』でも『高氏』でもなくなった」その意味は分かる。もう一人の名付け親であった北条高時は、既にこの世にない。「故に、ただの『又太郎』に戻った。おまえもそうであるぞ。もはや高国でも忠義でも、直義でもなかろう。ただの『次三郎』である」

それは違うだろう、とさすがに直義は思った。高国はともかくも、その後の忠義や直義は自らが決めて改名した。だからおれは、今後も直義であり続ける。それ以前に名前などどうでもいいことではないか。

けれども、どうやら兄の混乱し切った頭の中では、不思議とそういうことになっているらしい。

しかも官位を剥奪されたことにではなく、名を失くしたという一点のみにそこまで悲嘆を催すのかと、心底呆れた。

「兄者、名などは今後、いくらでも改名できまするぞ」

「しかし、わしは『尊氏』という名が気に入っている。誉ある名前である」兄は、なおも愚かしい繰り言を口にした。「もう二度と『又太郎』には戻りたくない。おまえもそうであろう。誰からも相手にされず、日陰の石ころのような『次三郎』の、幼き頃の名に戻るのであるぞ」

そう、支離滅裂なことを言い続けた。

……いや、違う。

それほど支離滅裂ではない……。

ようやく兄の言いたいこと、恐れていることの真意が見えてきた。

あの二人だけで寄り添うようにして過ごしてきた幼少期に、自分と同じように底なしの無力感に苛まれてきた。

果てしもなく寄せては返す由比ガ浜の波。

その茫漠たる虚無の広がりを前にして、我が身を重ね合わせていた。人生など所詮はこんなものだろう、と密かに自らを慰めていた。

だから、あの海と陽光の広がりが、いつまで経っても好きだったのだろう。自らの心象を同化させることが出来る、唯一の場所だった。

逆に直義は、二度とあのような無力な存在には戻るまいと、必死に勉学と武芸に励んできた。自己研鑽を重ねてきた。磯臭さも砂塗れになるのも、無力感と虚無感に苛まれるのも金輪際ごめんだった。なんとしてもこの境遇から這い上がってやろうと、絶えず目端を利かせ、いかなる困難にも勇気をもって立ち向かってきた。

対して、その気概も根性も皆無な兄は、まずは保身から始めた。決して怒らず、誰に対しても無責任なほどに愛想が良くなった。

自らの許にさらに人が寄り付かなくなるのが、怖かったのだ。ひたすら恭順に振舞うことが、縋るに足る唯一の身上だと感じた――現に、今もそうだ。

気づけば尊氏の肩口に、がっしりと右手を置いていた。

「兄者、我らはもう子供ではない」直義は、そう励ますように語りかけた。「無力な頃の『又太郎』と『次三郎』ではござらぬ。たとえその相手が帝であられても、むやみに誰かの機嫌を取る必要はないっ」

そう言い切った。やや躊躇した末に、こうも付け足した。

「このわしが、必ずや兄者を守って御覧に入れまする」

途端、その言葉に尊氏は飛びついた。

「そこである。いっそ政務だけでなく、おまえに足利家の家督も譲ろう。正直、わしにこの荷は重過ぎる」そう、赤心を剝き出しにした顔で訴えてきた。「おまえのような者こそ、我が武門の棟梁には向いている」

直後に直義は、自分でも信じられないくらいの早さで、尊氏の肩から手を引いた。

再び腹の底からむらむらと怒りが込み上げてきた。重い荷など、今まで一度として担いだことがないくせに――。

そう罵倒できぬ代わりに、

「この期に及んで、そのような詮無きことを申されるなっ」と、突き放すように叱りつけた。「兄弟の序列は、今さら変えられるものではござらぬっ。兄者は、あくまでも兄者である。これまでも今よりも我が足利家の棟梁でござるっ」

そして尊氏が必死に引き留めようとするのを振り払い、逃げるように浄光明寺を後にした。

ふん――。

自ら望んで寺に蟄居したのだ。まさか境内を出て追い縋っては来るまい。いい気味だ。

鎌倉府に戻った直義はなおも腹立ちが収まらず、従兄弟の憲顕や重能、吉良満義ら同年代の親族に、尊氏との顚末の一切をぶちまけた。

すると満義もまた、直義と同じく呆れ返った。

「はてさて。まったく不甲斐なき棟梁もあったもの哉」

一方、憲顕と重能は白い歯を見せて笑い出した。

「その情けなき言いようは、いかにも尊氏殿らしい」

さすがにこの二人は、兄との付き合いが長いからよく分かっている。

ともかくも、此度も兄などは全く当てにならぬということで、直義たち三十前後の男たちは衆議の一致を見た。

「かくなる上は、我らが一丸となって師直らの救援に向かうしかない。なるべく早急にだ」

そう直義は結論づけた。打てば響くように満義も答えた。

「わしの一族は、出陣準備は整っている。斯波殿も、同様」

「他の今河殿や石塔殿、一色殿、桃井殿らの軍団は如何?」

「こちらもまた相州殿の号令を待つのみである」

「分かった。では明日の日の出に、八幡様（鶴岡八幡宮）の前に全軍が集合、決起した後には直ちに出陣とする。そう各々が陣触れしてくれ」

十二月二日の早朝、直義は三万五千の大軍を率い、鎌倉を出立した。

小田原ノ荘を過ぎ、箱根の坂を上り始めたところで師直のことを思い出した。

あの男の不明のおかげで、ただでさえ錦の御旗を振りかざしている新田勢をさらに勢い付かせてしまった。

一方で師直は、自分の身代わりになったのだとも感じる。

佐々木道誉に激しく詰め寄られた時、明らかに自分は臆していた。夏の連敗続きから己の采配に自信を無くしていた。それに師直は勘づき、先陣を務めることを申し出た。

そう思い返すだに、次第に師直への感情が和らぎ始めた。

二日後の四日には伊豆国を越えて駿河へと入った。

西方からの伝令によれば、師直たち第一陣は駿河中部にある手越河原にて、態勢を立て直し始めているという。

夕暮れが迫る頃、直義の率いる本軍は、高一族の第一陣に合流した。

「申し訳ございませぬっ」

直義の幕内に入って来るなり、師直は地べたに平伏した。

「殿のご指示を守らなかったばかりに、かくなる憂き目に遭い申しました。この師直、悔やんでも悔やみきれませぬ」

総大将だった師泰も、兄の背後で額を地面に擦り付けんばかりにしている。

「兄のせいではございませぬ。すべてはそれがしの采が稚拙な故に、連敗と相成りました。咎《とが》はことごとくこの師泰めにございまするっ」

二人の盛んに恐縮している様子を見るにつけ、さらに怒りが静まってきた。

「いいのだ。もう済んだことだ。勝敗は時の運とも言う」

直義は穏やかに言った。「次に勝てばいいだけの話だ。我らが共に戦えば必ずや勝てる」

すると明らかに二人は救われたような顔をした。相当な叱責を覚悟していたのだろう。

「ときに新田軍は、今どこにある」

これにはすぐに師泰が答えた。

「先ほど、藤枝宿を過ぎたとの報が入りました。明日の昼頃までには安倍川の西岸に姿を現しましょう」

直義はその答えに満足した。負けは負けとしても、戦の後もしっかりと斥候を出し、逐次に敵の動きを摑んでいる。

次に、安倍川を越えて陣を構えるか、という話になった。

「背水の陣を敷いて決死の覚悟を固め、必勝を期する、というやり方もござるが……」

師直が言いかけ、自信がなさそうに直義を見てきた。

こうして両軍が合流したことで、高軍が多少減って二万五千ほどになっているとはいえ、合計では六万ほどになる。対して、新田軍は二万ほどだという。こちらの三分の一だ。引かずに戦い続ければ、数で圧倒するこちらが勝つ。

が、直義は、即座に首を振った。何の自慢にもならぬが、負け戦の怖さは、誰よりも自分が身に染みて分かっている。万が一にもまた負けた場合は、我が軍は今度こそ壊滅する。

「こちら側――安倍川の東岸にて待ち、敵が渡河してきたところを一斉に叩く」

先の矢作川で相手が仕掛けてきた戦術を、こちらがやり返す。しかも三倍の兵力をもってだ。そうすれば安全に、かつ確実に相手を仕留めることが出来る。

夜に夜具に転がった時、直義は小さくため息をついた。

……おれは自らが采を取って、一度も勝った例《ため》しがない。だから此度の戦だけは、なんとしても勝つ。絶対に勝つ。

翌十二月五日の、天中に陽が差し掛かった頃だった。

西方の平原から、駿河湾から吹き流れて積もった砂塵を巻き上げながら、新田軍が姿を現した。

なるほど遠望するに、我が軍よりはるかに軍容は小さい。見ている間にも、急速に新田軍は安倍川まで迫ってきた。意外だったのは、東岸に位置する直義たちの大軍を見ても、まったく躊躇することなく、一気に渡河を始めたことだ。

くっ。

明らかに舐められている——。

縦陣になって渡ってきた先鋒を、まずは徹底して叩き始めた。このまま愚直に物量作戦を続ければ、必ずや敵のほうから先に兵力が尽きる。

ややあって、その敵陣が予想外に長いことに気がついた。けっこうな敵数が渡河して来たというのに、その後方にはまだまだ縦陣が続いている。ざっと十町ほどにはなる。どう見ても三万、いや、四万以上はいるように思える。

「これは、いかなるわけだ」つい直義は隣の師直を見た。負け戦ばかり味わった者の悲しさで、自分の声がやや上ずっている。「何故、こうも敵の数が増えているっ」

「謀られたかも知れませぬ」師直も引き攣った表情を浮かべていた。「敵が縦陣で行軍してきたのは、正面のこちらから、その数を過少に見せるためだったかもしれませぬ」

「……………」

「援軍が京から加わったのか、あるいは東山道を進んできた兵の一部が信濃から駿河まで南下し、合流したのか。南信濃の国境から藤枝宿までは、一日とかかりませぬゆえ」

そう考えれば、何故に新田軍が鷺坂で完勝した直後に、二度目の追い打ちをかけて来なかったのかも納得がいく。

しかし、師直はこうも言った。

「それでもざっと見たところ、我が軍より数で凌いでいるようには思えませぬ」

「その通りだ」直義は辛うじて気を取り直し、自らの希望も込めて強く言い切った。「されば粘り強く矛を交え続ければ、最後には我らが勝つ」

そうこうしている間に、新田の全軍が安倍川を渡り切った。主戦場はこの東岸に完全に移った。

直義は、自分が引き連れてきた三万五千の兵を前線に展開した。まだ一度も戦っていない新鮮な兵力をもって、新田軍の先鋒に当たらせた。

が、その後の四半刻ほど散々に槍を交えても、新田軍は怯むどころか次第に攻撃の圧を高めてくる。気づけば、自軍の前線がずるずると後退し始めていた。

くそっ。なんでいつもこうなるのだ。

「相州殿、前線の兵は疲れ始めております」師泰が言った。「されば、前後を入れ替えましょうぞ」

その通りにした。今度は高一族を主体とした二万五千を、入れ違いに前線へと投入した。

が、敵もそれに応じ、新手の後方部隊を繰り出してくる。一刻ほど、何度も前後の兵を入れ替えながら敵へと当たった。決して優勢でもないが、かといって劣勢でもない。

じりじりと、日が傾いていく。

そうやって十度ほども総攻撃を繰り返すうちに、太陽が西の地平に呑み込まれ始めた。

やがて沈み切った。

なおも暮夜の中を、両軍は飽くなき激突を続けた。

これで十五回目……いや、十六回目の突撃か。

痺れたようになってきている脳裏で、回数を数える。

それでも兵力で劣るであろう新田軍は崩れない。正直、泣きたくなるほどの粘り腰だった。

おれが、もう二度と負けるわけにはいかぬように、あの新田家の小太郎義貞も、決死の覚悟を決めている。足利軍が全兵力を投入してきたこの手越河原が、まさに切所《せっしょ》になるということが、よく分かっている――。

周囲の闇が深くなってくる。そしてついに二十間先の敵も見えなくなった時、不意に相手の攻撃が止んだ。

直義は思わずほっとした。次いで全軍をやや後退させた。

終わってみれば、信じられぬことに四刻も戦闘を続けていた。すべての兵が朝餉を取った後は何も口にせず、水もろくろく飲まずに戦い続けていた。兵の疲弊が著しく、死傷者も多数出ており、特にその傾向は、以前から戦ってきた第一陣の兵団に甚だしかった。

直義は全軍に夕餉を取る許可を与えながらも、更なる用心のために、兵団の配置替えを行った。直義が連れてきた直属軍を前面に置き、第一陣――高一族以外の外様の兵団を後方に配した。これならば再び夜襲をかけられたとしても、足利本軍でなんとか持ち堪えられると踏んだ。

が、後陣の兵たちから順に夕餉を取り始めた直後だった。後方部隊の両側の闇の中から、突如として大量の矢が射かけられ始めた。知らぬ間に新田軍が足利家直属軍を大きく迂回し、外様の兵団に忍び寄っていたのだ。

具足を脱いで陣中食を取っていた兵たちは、仰天した。必死で逃げ惑うも、左右は新田軍に塞がれている。前方には直義らの兵団がいるので進めない。結局、敵の矢を避ける逃げ場は、後方にしかなかった。兵たちは我先へと東へ逃げ出し始めた。

「逃げるなっ。踏み止まれっ」

そう直義は何度も叫んだが、後の祭りだった。

味方の腰が浮きに浮き立ったところを再び敵の矢が襲い、射殺《いころ》される者が続出した。結局、後方部隊はさらに追い打ちをかけられる形となり、大壊乱を起こした。

直義は腹立ちのあまり、軍配を地べたに叩きつけた。

負けられぬ。また負けるわけには、絶対にいかぬのだっ。

しかし、その時には直義らの本軍も、後方の壊乱に大いに動揺し始めていた。

「殿、殿っ、もはや我らも撤退するに如かず」

淵辺義博らの家臣たちが進言してきた。

「ならぬっ」直義はさらに喚いた。「我らは、ここで反撃に転じるのだ」

「されど、この闇夜では敵の居場所も定かならず」今度は師直が縋るように声を上げた。「どこに向けて反撃してよいかも分かりませぬっ」

これには思わず直義も黙り込んだ。今度は敵の矢が直義の本軍にも集中し、周囲でも射殺される者が出始めた。

「相州殿、早く全軍撤退の御下知をっ」師泰が喚いた。

「下手をすれば、全軍が壊滅します」

淵辺がさらに言った。

「殿っ、それがしに兜と采をお貸し候え。拙者が身代わりになり、しばし敵の攻撃を食い止めまするっ」


周囲から敵の鬨の声が響いてくる。しかし、依然として義貞の居場所は定かではない。

結局、直義は周囲から押し切られるようにして全軍の撤退を開始した。

その引き際を待っていたかのように、新田軍が左右と後方から一斉に襲い掛かって来た。

おそらく先ほどの鬨の声は、陽動作戦だ。足利軍を脅し、後退し始めた浮き足《うあし》を一斉に叩く。

そしておれは、まんまとその罠に嵌った……。

東へ東へと後退しながらも、直義はさらに不思議に思う。

何故だ。どうしてこうも続けざまに、おれは負ける?

＊　＊

二日後の十二月七日、直義は箱根山にいた。東西の平原を望む水呑峠に、自軍の要害を構え直していた。

東方の眼下には、芦ノ湖が満々とした水を湛《たた》えている。

反対の西方に広がる富士の裾野から三島にかけては、新田義貞が率いる大軍が黒々と広がっていた。

味方の撤退中、敵に投降した者は数知れなかった。新田軍は、つい先ほど東山道から合流して来た敵兵も併せれば、七万は優に超えているように見える。もしかしたら、八万ほどにはなっているかも知れない。

対して味方は今や、四万足らずまでに減っている。彼我の勢力は完全に逆転してしまっている……。

しかし直義は今度こそ、自分が討ち死するまではこの要害を死守する覚悟だった。もう二度と、決して退かぬ――。

結局、淵辺義博はおれの身代わりになって死んだ。

反対に投降者や裏切り者の筆頭は、佐々木道誉だった。今では旗印が新田軍の中にある。

それを見るにつけ、直義の腹は煮えた。

道誉め。出陣前はおれを散々に焚き付けておいて、いざ形勢が不利となれば六波羅陥落の時のように日和見《ひよりみ》した挙句、また裏切った。手越河原にて弟の貞満が討ち取られたと言うが、係累を失っているのは、皆同じではないか。

師直も、眼下に広がる敵をしばし無言で見下ろしていた。

「師直よ」幸いにも周囲には誰もいない。「わしは今度こそ、ここで死ぬるつもりである。我が命を張って、新田軍の鎌倉入りを阻む」

すると師直は顔をしかめた。

「そのように不吉なこと、滅多に申されるな」

「大丈夫だ。ここには今、わしとおぬししかおらぬ」直義は我がことながら淡々と答えた。「師直よ、しかしおぬしは生き残れ。生きて家宰として今後の兄を助けよ」

相手は今度、やや怒気を滲ませた。口調も荒くなった。

「今の当家を差配出来るのは、それがしに非ず。相州殿である。よって万一の場合、そのお役目は拙者が引き受ける」

「師直よ、それは料簡が違う――」

そう図らずも師直とやや押し問答を続けていると、峠の下から早馬がやって来ているのに気づいた。使者は山道の半ばで下馬し、こちらに向かってせっせと駆け上ってくる。

やがて兵に案内されてきた伝騎が、直義たちの前に姿を現した。

「上杉殿より、急用のご伝言を言付かって参りました」

鎌倉の留守を預かっている伯父、憲房からだ。

「その報とは、なんぞ」

そう直義が問いかけると、使者は自分を伴ってきた二人の兵を、ちらりと見た。たぶん人前では言いにくい内容だ。

「そなたらは、もう下がって良いぞ」

兵たちはその場を去った。伝騎は、ようやく口を開いた。

「されば、改めてご報告申し上げます。『鎌倉殿』は家督を相州殿にお譲りされる旨を宣言され、本日にも浄光明寺にて剃髪出家される由」

一瞬、意味がよく分からなかった。

「それは、どういうことか」

「……つまりは世俗を離れ、武門も捨て、僧にお成りになられるということにてございます」

これには直義も絶句した。ようやく事態を把握した。

「なんと――」

しかし、やはりそれでも二の句が継げなかった。

あの兄は、この足利家最大の存亡の危機を前にして、一体何を考えているのか。いや、相変わらず何も考えていないのだろう。だからこのような愚挙に出ようとしている。

直後、隣の師直が烈火の如く怒り出した。

「馬鹿なっ」

そう一言発すると、今まで文句ひとつ言わず忠実に仕えてきた尊氏に対して、初めてその憤懣を露わにした。怒りに声音を震わせながらさらに喚き散らした。

「殿は、戦に出ぬ代わりに坊主に成り果て、御弟君や我らの弔いでもするつもりかっ」

……………ふ。

こんな場合ながら、つい直義は笑ってしまった。

あの兄のことだ。きっと神妙な顔をして、我らの遺体の前で両手を合わせることであろう。ひとつには、既に自らの命を捨ててかかっている諦観《ていかん》もあった。

「相州殿、なにを笑み崩れておられるっ。笑い事ではござらぬぞっ」

師直が憤然として直義に噛みついてきた。怒りの矛先が、今度はこっちに来た。それでも直義は頬の緩みを引き締めることが出来なかった。

「すまぬ。確かに笑い事ではない」

師直は、ますます地団太を踏まんばかりに苛立った。

「まったく――殿も殿なら、直義殿も直義殿でござるっ。されればそれがし、これより即刻鎌倉へと駆け戻りまする。殿の首根っこを捕まえ、引き摺ってでも、この箱根まで伴ってくる所存っ」

そう言うや否や、馬を求めて本陣へと駆けだした。

あせあせと去っていく師直の後ろ姿を見ながら、直義は再び笑った。

師直に襟首を摑まれ、嫌々ながら戦場に引き摺り出される。その兄の姿を想像するだけで、やはり滑稽だった。

8

くそっ。

いったいどこまで阿呆なのだっ――。

むろん、尊氏のことだ。

残り一頭に減った引馬を連れながらも、師直は今、鎌倉に向かって駆けに駆けている。

そんなに俗世と縁を切りたいのなら、いっそおれがその首を刎ねて、まったき浄土に送り込んでやる。

反面では、尊氏の心情も多少は分かるつもりだ。三河では、決して先に手を出してはならぬと命じられていたのに、こちらが戦を仕掛けた。挙句には無様なまでの連戦連敗だった。そこで、あの甲斐性なしの棟梁はますます弱気になり、すっかり厭戦気分になっている。

だから、その責の大元は当然、自分と師泰らの兄弟にあるとも言える。

「………」

辺りに闇が迫ってきた頃、ようやく鎌倉の府中へと入った。浄光明寺の門前で最後の馬を乗り捨てるや否や、境内へと駆け上がった。

本堂から騒ぎ声がする。屋内に点る灯明の中、上杉憲房らが盛んに大声を上げている。その妹で、尊氏の実母の清子の顔もある。頬を涙で濡らしている。赤橋登子もいる。

草鞋《わらじ》を脱ぎ捨て、本堂の中へと乗り込んだ。

途端、師直の姿を認めた憲房が、

「師直、ありがたいっ。早々に駆け付けてくれたか」そう悲痛な声を上げ、本堂内の内陣を指し示した。「家宰の権限で、この痴《し》れ者《もの》を何とかしてくれっ。わしら身内ではもう、何ともならぬっ」

須弥壇《しゅみだん》の前を見遣ると、袈裟《けさ》姿になった尊氏が、恐ろしくかしこまった面持ちで住職の前に座っていた。その頭部を認めるや否や、さすがの師直も呆然とした。

既に、髪の元結《もとゆい》（髷《まげ》）を切り落としていた。見事なまでのざんばら髪が両肩にまで垂れ下がっている。

「殿っ」

思わず、そう大声を上げた。

すると、そのざんばら髪の間に見える間抜け顔が、こちらを振り返った。

「師直よ、堂内である。静かにせよ。それに、わしはもう『殿』ではない」尊氏は大まじめな顔つきで言った。「既に家督は、我が弟直義に譲っている。身は、もはや御仏《みほとけ》に仕える立場である」

くっ——。

この阿呆はあろうことか、世を捨てるという三文《さんもん》ほどにもならぬ安い感傷に浸り切っている。もはや足利軍の壊滅も目前だというのに、だ。

一瞬、怒鳴りつけるどころか、思い切り蹴倒《けたお》してやろうかという衝動に駆られた。

が、その衝動を辛うじて堪えた。

「殿、しかし相州殿は依然、家督を継ぐことを了承されてはおりませぬぞ」次いで、尊氏の最大の泣き所を口にした。「それどころか迫り来る新田の大軍を前に、討ち死にするお覚悟であられまする」

途端、清子が顔を両手で覆って嗚咽《おえつ》を洩らし始めた。

果たして尊氏の両目は、ちろちろと不安そうに左右に泳ぎ始めた。

よし。

さらに殺し文句を、生々しく続けた。

「直義殿は、それがしにこう申されました。『わしは今度こそ死ぬるつもりである。我が命を張って、新田軍の鎌倉入りを阻む』と。さらには、『師直よ、しかしおぬしは生き残れ。生きて家宰として今後の兄を助けよ』と――」

直後には奥に控えていた直義の妻・彰子までもが、はらはらと涙を流し始めた。

案の定、尊氏はますますそわそわとし始めた。

分かる。遁世の決意が早々に揺らいでいる。まったく分かりやすいまでに腰の定まらぬ男だ。

「して、そちは、その命に従って戻って来たのか」

師直はうなずいた。

「御弟君の厳命にてござりました。致し方ござらぬ」

と、ここは多少の嘘をついた。その方がより効果的だ。

「尊氏よ、おぬしは直義を死なせても良いのか」すかさず憲房が、声を励ますようにして叱りつけた。「この世で逆《ぎゃく》順《じゅん》の死というは、もっとも辛きものであるぞ」

清子も必死に訴えた。

「又太郎殿、たった二人の兄弟でありまする。そなたたちは幼き頃より、二人で一つでありまするぞ。なにとぞ、次三郎殿を助けてはたもらぬか」

これには尊氏も、明らかに怯んだ様子を見せた。清子は涙ながらに繰り返した。

「そなたたち兄弟は、二人で一つでありまする。どちらが欠けても、残った者は半身を捥がれたような思いで生きていくことになりましょう。又太郎殿は、そのような辛さに耐えられまするのか」

直後、尊氏の顔が大きく歪んだ。

「半身を、捥がれる……」

そう、ぼそりと呟くや否や、何かに弾かれたかのようにすっくと立ち上がった。

「母上、まさにおっしゃられる如くにてござります」

　まずは一言、そう口にした。続けてこう言い放った。

「我が弟あってこその、それがしでござる。直義とは足利家そのものである。然るに左馬頭が命を落とすようなことあれば、わし一人が生き残っても無益にてござる」

　こんな場合ながら、師直は変に感心した。

　この男、芯はどうにか抜け切ってはいないようだ。誰が足利家を実質的に回し続けているかを、意外や意外、その肌身で正確に感じ取っている。

　なお、『梅松論』では簡潔にこう書いてある。

「若《モ》シ頭殿《カウノドノ》（左馬頭直義）、命ヲ落《オトサ》ル事アラバ、我又存命無益也、タダシ違勅ノ事、心中ニ於テ発起ニ非《アラ》ズ」

　その原文の通り、尊氏はそそくさと直垂《ひたたれ》に着替えつつも、師直に弁解がましく言い立てた。

「されどわしの心中、帝に弓引くつもりは断じてないのだ」さらに反旗を翻す言い訳を繰り返した。「違勅の心は一切ない。それは八幡大菩薩もご存じである」

「はい」

　はい、はい、左様でござりまするな、と言い返したいところを師直はぐっと堪え、敢えて一言で済ませた。

　翌八日の早朝、尊氏は鎌倉に残っていた僅か二千騎の兵を、鶴岡八幡宮前に集結させた。

　が、ここで困ったことが判明した。

　尊氏が被っている兜の両脇から、まるで禿《かむろ》（前髪が無く、横髪は肩までで切り揃えた子供）のようにざんばら髪が垂れ下がっている。一軍の将としての容儀はむろん、仮に一《いっ》兵卒《ぺいそつ》として見ても、なんとも締りの付かない格好であった。第一、これでは陣内で異様に目立ってしまう。

　案の定、憲房も大きなため息をついた。

「間抜けそのものの姿《なり》はまだ許すとしても、あれでは新田軍の格好の標的である」

　師直もまた吐息を洩らしながら答えた。

「されど、切ってしまわれたものは、どうしようもありますまい」

　いや、と憲房は決然として首を振った。「確かにどうしようもないが、それでも尊氏を目立たなくする策はある。誰が大将かを紛らわす方法が、一つだけある」

　もしや、と師直は思う。もしや、それをするのか。

　が、案の定だった。憲房は兜を脱ぐや否や、

「むっ」

と、軽く声を上げ、小柄《こづか》で自分の元結をばっさりと切り捨てた。尊氏と同様、ざんばら髪になった。

棟梁の伯父にそこまでやらせておいて、まさか家宰たる自分が嫌だとは言えない。

結局は師直も泣く泣く、その「一束切《いっそくぎり》」に倣った。

……まったく、なんたることだ。

すると、そこにいたすべての将兵も二人の意図を察し、躊躇いながらも次々と元結を切り落とし始めた。皆、ざんばら髪を両肩に垂らしたままの兜姿になった。

こうして、世にも妙ちきりんな髪型の兵団が、日本史上に初めて誕生した。

この禿姿の騎兵集団は、それぞれが自分の様《さま》に非常に情けない思いを抱えながらも、尊氏の下知の元、西方の箱根へと急行し始めた。


なお、近年まで尊氏の肖像画——騎馬武者姿と言えば、京都国立博物館に所蔵されているものが有名であった。

兜を脱いだざんばら髪に、抜いた太刀を楽々と右肩に乗せたままの勇ましい姿が描かれている。

しかし最近の研究では、この騎馬武者の肖像画は師直ではないかとの説が最有力になっている。

というのも、刀の鍔《つば》や馬具の留金に『輪違《わちがい》』の家紋が確認されており、これは足利家の家紋『二引両《ふたつびきりよう》』とは明らかに違う。輪違紋は高家代々の家紋である。また、洒落者の師直は武者振りを上げるために髭を蓄えていたらしいが、肖像画の男も髭面である。さらに、尊氏はいつも栗毛の馬を愛用していたが、ここに描かれた騎馬は黒毛である。

そのような訳で、今では師直説が最も有力視されている。が、もし師直がこのようなものが後世に残って、今も万民に晒されていると知ったら、情けなさと口惜しさに、泉下にて散々に憤懣をぶちまけていることだろう。

9

十二月八日の昼過ぎ、箱根山に陣取る直義の許に、鎌倉から早馬がやって来た。

聞けば、師直の必死の説得もあり、ついに兄が軍二千を引き連れて鎌倉を発したという。さらに使者が語るには、

「我が弟あってこその、それがしである。故に、もし直義が命を落とすようなことがあれば、わし一人が生き残っても無益である」

と、決然と言い放ち、袈裟を脱ぎ捨てたらしい。

この自分に対する深い情愛には、再び胸に込み上げてくるものがあった。やはり兄である、と感動を新たにした。

その早馬が尊氏軍に戻ろうとした矢先、ついに眼下の新田軍がじわりと動き始めた。

伊豆の国府と思しき場所から、軍が二手に分かれていく。北の足柄峠方面には七千騎ほどを、直義の陣取る箱根峠に向かっては七万騎程度を、ゆっくりと行軍させ始めた。

むろん意図は直義にも分かる。

自分がこの箱根山に陣取っている限り、全軍を足柄峠に振り向けて相模国に入っても、鎌倉の兄と箱根山に居る自分から挟み撃ちに遭う可能性がある。だから義貞はまず、直義に七万の主力軍を充てて押し潰そうとしている。かつ、七千の別動隊にて足柄峠も抑えようとしている。

その相手側の軍容の意図を早馬に伝え、尊氏軍には足柄峠のほうに回ってくれるように要請した。さらに、わずか二千騎しか率いていない兄に対して、必要とあればいくらでも自軍を割く旨も伝えるよう、言い含めた。

兄の気持ちは有難いが、だからこそ、その気持ちに報いたかった。自らの玉砕《ぎょくさい》には改めて覚悟の臍を決めた。

七万の新田軍が、ゆっくりと三島大社を通過してくる。急いではいない。慎重に、そして確実に自分を仕留めるつもりだ。

夜になり、伝騎が尊氏軍からやって来た。使者が言うには、五千騎ほどもこちらに回してくれれば充分だと言う。

つい直義は声を上げた。

「馬鹿なっ。たったそれだけの援軍で、今の勢いに乗っている新田軍に勝てるとでもお思いかっ」

すると使者は、その理由を答えた。

「はっ。『鎌倉殿』は、かように申されました。わしは、敵の別動隊と互角の兵力さえあれば充分である。それでも左馬頭殿は三万五千ほどで、七万という倍の敵を迎えることになる。決して軽挙妄動は起こさず、箱根山を守ることだけを考えよ。さすれば――」

「さすれば？」

「さすればわしが、足柄峠から坂を駆け下るようにして別動軍を打ち破る。坂を上りながら戦うより、下る側が有利である。なんとかなるだろう。そして、敵の主力軍の背後へ回り込む。新田の小太郎殿は、挟撃に遭うのを嫌がるはずだ。逃げ場を失くす前に、退却を余儀なくされる」

ほう、とこんな場合ながら、兄の戦術の明晰さ、単純さに徹した手堅さには、妙に感心した。

戦とは本来、死を賭《と》して戦うことにではなく、今ある手駒を使ってなるべく簡単に、かつ確実に敵を追い落とすことにある。その本質を、何故か兄は分かっている。

しかし、兵書もろくに読んだことがないのに、どこでそんな知恵を拾って来たのか。

ひょっとしたら、いついかなる時も変に気負うことなく、常にぼうっとしているせいで、かえって彼我の状勢全体が良く見通せているのかも知れない。

ともかくもその挟撃作戦には、直義も大賛成だった。

兄は小田原にて、五千の援軍を待つという。

「いつ、小田原には到着するのだ」

「明日の昼過ぎには着かれるとのことです。そして明後日の夕刻までには足柄峠にて布陣されるとのこと」

翌九日の早朝、直義は選りすぐった精鋭部隊五千を、小田原に向けて下らせた。

十日、いよいよ新田の本軍が箱根山を本格的に登坂し始めた。そして十一日の早朝から、新田軍の激烈な攻撃が始まった。水呑峠から半里ほど下の山麓に布陣した自軍の前線が、早くもじりじりと後退し始める。

「あと一日だけ持ち堪えよ。明日まで我慢せよ。さすれば『鎌倉殿』が足柄路より回り込み、新田本軍の背後を突く」

そう、ありったけの伝令を使って兄が助けに来ることを全軍に周知徹底させた。

夜になり、箱根外輪山沿いの尾根道を通って兄からの伝騎がやってきた。

聞けば、本日の朝より足柄峠をやや下った竹之下という場所で、兄の足利軍と新田義貞の弟、脇屋義助が率いる新田軍別動隊が激突したという。尊氏軍が終始押し気味に戦を進めた結果、敵を藍沢原《あいざわがはら》の南部まで大幅に後退させた。

「されば、明日の昼頃には藍沢原からも敵を一掃し、伊豆の国府を見下ろす佐野山まで進軍する予定である、とのことでございました」

となると、明日にはこの峠からも、いよいよ尊氏軍が進軍してくる様子を見て取ることが出来る。

翌十二日、早朝からの新田軍の攻勢は、さらに苛烈さを極めた。新田義貞の家紋である『大中黒《おおなかぐろ》』を染め抜いた吹き流しが、山麓の至る所で小気味よく舞っている。じわじわと目前まで迫ってくる。

一刻後には、自軍の要害は壊滅寸前になるまで追い詰められていた。既に直義は、最前線の間際まで進み出て懸命に采を振るっている。

「耐えよ。やがては鎌倉殿があの佐野山に達する」そう、眼下の小山を指し示しながら、大声で喚き続けた。「それまでは敵の攻撃をなんとしても忍ぶのだ」

やがて陽が中天に差し掛かろうとした時だった。

彼方の藍沢原から続いている富士の裾野に、黒々とした塊が見え始めた。

直義は采を振るのを一時止め、目を可能な限り細めた。遠目を利かせた。

落ちてくる軍の旗印は、大中黒が過半を占める。つまりは脇屋義助の軍だ。明らかに敗走して来ている。さらに後方に目を転じると、足利家の家紋である『二引両』の軍が、大中黒の軍の最後尾に食らいついている。むろん兄だ。

「見よ。あれを見よっ」直義は今度こそ声を嗄《か》らして叫んだ。そして歓喜のあまり、ついぽろりと口にした。「鎌倉殿であるっ。我が兄が、新田の義助殿を追い落としている」

次いで自軍に、幟《のぼり》や旗指物《はたさしもの》、吹き流しを出来るだけ天空高くに掲げ、大きく躍らせるように命じた。むろん尊氏軍をさらに鼓舞する目的もある。が、それ以上に、眼下の新田義貞の注意を後方に振り向けさせる意図があった。

果たして直後から、峻烈だった義貞軍の攻撃が急に緩慢になった。四半刻後には、明らかに動きが止まった。

その間にも尊氏軍は南下してゆき、脇屋義助の軍をいよいよ佐野山の間際まで追い詰めた。二引両を掲げる兵団が、敵を圧殺するように全軍での突入を開始した。脇屋軍の陣形が大きく潰れる。もはや尊氏軍の勝利は目前だった。

これには義貞軍も堪らず、ついに兵を取って返し始めた。最後尾から少しずつ山を下り始めた。

が、その動きを見た脇屋軍は、何故かさらに大きく崩れ去った。

後刻に知ったのだが、藍沢原からの脇屋軍の敗走のきっかけになったのは、大友貞載《さだとし》と塩冶高貞という二人の武将の、尊氏軍への寝返りだった。この時点で尊氏軍は大幅に兵力を増やし、逆に脇屋軍は兵力を減じていた。

塩冶高貞は、宇多源氏佐々木氏の傍流である。そして塩冶と祖を同じくする佐々木道誉も、義貞軍の撤退開始を見て、再び尊氏軍へと寝返った。

これで道誉は、その時々の状勢により、三度も有利な側に寝返ったことになる。この道誉の寝返りが、佐野山まで追い詰められた脇屋軍の敗北を決定的なものにした。

日暮れが近づく頃には、脇屋軍は尊氏軍の猛攻の前に伊豆国府に踏み止まることも叶わず、西に流れる黄瀬川を越え、駿河湾沿いの浮嶋ヶ原辺りまで大潰走していた。

ふと思い出す。

今、夕日を受けて輝くあの湿原では、兄が常に心を痛めていた竹若丸が惨殺された。わずか二年前の出来事なのに、もうずいぶんと昔のことのような気がする。

尊氏軍は日没を迎える前に、伊豆国府を見下ろす佐野山に陣取り、盛んに篝火《かがりび》を焚き始めた。

十三日の朝になると、いよいよ新田本軍の下山は本格的なものになった。全軍を上げて整然と山麓を下っている。

直義と尊氏から挟撃されることを、明らかに嫌っている。

直義は、すぐには敵の最後尾に追い縋らなかった。敵の全軍が山麓の半ばまで降りた時に初めて、旗下の軍に要害を出て、ある程度の距離を置いた後追いを命じた。

兄からの伝令で、昨晩そのように指示されていた。

「至近にて追走すれば、今でも小太郎殿はそちらに倍する兵力である。反転され、再び襲撃される危険もある。逆に、今まで死守してきた水呑峠を抑えられる場合もある。それでは元も子もない」

さらに兄の言葉を、伝令は伝えた。

「わしは、小太郎殿の下山の動きが確実なことを待って、敢えて平場《ひらば》の伊豆国府へと陣を張る。それでも相手は十倍近い兵力である。おそらくは戦っても、中央を突破される。されど、そちたちの軍が背後に常に控えていることを知れば、我が軍を無理に殲滅しようとはせず、早々に突破して西に逃げた脇屋軍と合流しようとするだろう。それでいい」

なるほど、と再び感心したものだ。

兄は、自軍が勝ちを収めることを狙ってはいない。義貞の首を取ろうとしてもいない。その意味での一時の虚名など、今の状勢では要らぬと思っている。

単に、新田軍をこの坂東への『とば口』から追い払うことが出来ればいいと思っている。それなら局地戦では負けても、大局で見れば、新田軍を退けたことになる。世間は、そして朝廷と帝は、新田軍は負けたものだと見る。

その意味で兄は、より確実に、無理をせずして勝つことを目指している。

そう改めて諭されてみれば、何の変哲もない当然の理屈なのだが、肩の力を抜いたまま、こうも平明に物事を俯瞰《ふかん》するということは——特に戦場で頭逆上《ずのぼ》せしている将たちには——なかなかに出来るものではない。

……ふむ。

兄はやはり、物事を長い寸法で捉えた場合、生まれついての戦の天才なのかも知れない。

ただ、日頃からその愚かしい言動ばかりを目の当たりにしている我ら足利一門の人間には、兄の凄味がいまいち分かっていなかったのだろう。

だからこそ普段の兄を知らぬ他家の武将たちにとっては、伝令を通じた言葉だけを聞いていれば、あの楠木正成の前では鬼神にふれ伏すが如く、尊氏を摩利支天の再来のようにして仰ぎ見るのではないか——。

現に今、箱根山麓から平場に辿り着いた新田軍は、西方に陣取る尊氏軍に猪突猛進していった。

案の定、数で圧倒的に劣る尊氏軍は、その中央部の布陣をあっさりと突破された。

が、やはり義貞は、背後に控える直義軍が気になったのだろう、その場での乱戦には持ち込まず、尊氏軍を置き去りにするようにして、さらに西方へと向かった。

夕暮れが近づく頃、ようやく直義軍は、伊豆国府に陣取る尊氏の軍に合流した。

兄の顔を見ようと、そそくさと国府の建物内に入った。長廊下を、尊氏軍の首脳陣が居る奥の間へと進んでいく。

実はその間にも、何か周囲の兵たちの雰囲気が妙だとは感じていたが、早く尊氏に会いたい一心の直義は、迂闊にも気づかなかった。

そして奥の間に入った途端、直義は唖然とした。

中央に尊氏が座り、その左右には師直と伯父の憲房が侍っている。従兄弟の憲顕や重能、師泰を始めとした師直の弟たちの顔も、それぞれの下座に居並んでいる。

それらすべての者が、無残なまでのざんばら髪を両肩に垂らしたまま、盛んに笑っている。その灯明に照らし出された満座の様子たるや、まるで悪鬼どもが闇夜で跳梁しているような不気味さであった。

「よう来た。直義」

そう言って、禿の出来損ないのような髪型の尊氏が立ち上がり、いかにも嬉しそうに近づいてくる。

「無事で、何よりであった」

が、直義はその姿のあまりの異様さに、つい怯んだ。鉄漿の名残が、まだ尊氏の歯間に残っているせいもある。正直、気持ち悪かった。思わず数歩、後ずさりしてしまった。

「兄上、その髪型は、いったい何としたことぞ」

事情を聴いて、ようやく納得した。

同時に、再び兄には激しく失望した。

まさか元結まで早々と切り落としてしまっていたとは、なんという馬鹿なのだ。

おかげで尊氏軍の親族とその中枢部隊はすべて、このような間抜けそのものの髪型を世に晒す始末となった。先ほどの暮夜の中では、尊氏軍は兜姿だったからそれほど目立たなかっただけだ。このなりではせっかくの常勝将軍の名声も、形無しであると感じた。

その夜、尊氏は遅くまで、全国の源氏系武将に対して盛んに軍事催促状を書き始めた。例によって、直義と師直がその業務を補佐した。

まず尊氏は、播磨佐用郡の赤松円心に対して、いの一番に軍事催促状を書き起こした。

この夏、鎌倉に再び凱旋した後に、師直から聞いて知っていた。

兄は、あの播磨の老人のことが大好きであるという。京の六波羅に居た頃はお互いに無役の暇人同士だったせいもあり、始終べったりであったらしい。

それが直義には、なんとも不思議だった。

尊氏は、武門の棟梁としては例外的に、自己愛が非常に薄い。そんな人間の常として、他人に対する情愛も薄い。

そもそも庶子として日陰の身で育った幼少期から、自分のことなどどうでもいいと思っている節が濃厚にあり、当然そのような人間は、他人に対しても悪意はなく、基本的にはどうでもいいと思っている。それは、妻の赤橋登子に対しても例外ではない。単に、妻だからそれなりに扱っているに過ぎない。始末に負えぬ自己愛の薄さだ。

だからこそ逆に、一見は誰に対しても愛想が良く、無責任に八方美人でいられる。そして当然のように、実は一門以外の者には、特に昵懇にしている相手はいなかった。

が、どういう訳か、あの言動の矯激《きょうげき》な円心とだけは武門と年齢の差を越えて、友垣《ともがき》と言えるまでの間柄になってしまっているという。

円心の、強烈な自負心から来るあくの強さ、世俗欲に対する勁烈《けいれつ》さ、その激しさゆえの歳に似合わぬ単純さ、明るさや無邪気さに、ひょっとしたら強く惹かれているのかも知れない。自分にはまったく持ち合わせが無い「生の在り方への激しい拘り」に対する、ほのかな憧れなのかも知れない。

尊氏は今も、軍事催促状を熱心に書いている。

つい直義は聞いた。

「いよいよ朝廷を、倒すのでございますな」

うんにゃ（然《さ》に非《あら》ず）、と尊氏は首を振った。「帝には戦わずして降参してもらうため、こうして津々浦々から兵力を募っている。ならば朝廷も無駄に傷つくことはあるまい」

どうやら、帝への忠誠心は相変わらずのようだ。そして武門の棟梁としての野望の無さも、以前からのままだ。

　そんなことを、禿髪《かむろがみ》の後姿を眺めながら感じた。


　ちなみに、この十二月十三日に書き起こした尊氏の軍事催促状は、今も各地の旧家や博物館に現存している。これまた現存する直義が発給した十一月二日付の催促状に、遅れること四十日余である。

　これだけをもってしても、誰がその建武政権の頃から（後の）室町幕府の成立を目論んでいたかは、明々白々であろう。尊氏は、直義に引き摺られるようにして動いていたに過ぎない。

10

　足利軍は、十二月十四日も引き続き伊豆国府に逗留して軍議を開いていた。

　昨日、新田義貞の朝廷軍は、伊豆はおろか駿東《すんとう》郡からも後退していたが、問題は奥州にあった。

　いつ、北畠顕家が軍を動かすのか。その動向によっては、鎌倉に戻って坂東を固めるか、西進して京を掌握するかを、今ここで決めておかなくてはならない。

　師直は宗家の執事として、朝からほぼ無言のまま軍議のやり取りを聞いている。

　先ほどまでは、斯波高経が奥州の状勢を説明していた。

　曰く、陸奥国では今でも斯波高経の長子、家長の奥州鎮守府に対する牽制が利き、北畠顕家は未だ討伐軍の編成に手間取っているという。

　やはり奥州軍の出陣は、まだまだ先であるようであった。

　その状勢報告を受けて、直義や細川和氏、上杉憲房、吉良満義らは、即時の西進を強硬に主張した。

「この勝ち戦の勢いに乗らずば、いつ乗るのでござるか」

　が、肝心の尊氏ときたら、相変わらずのらりくらりとした、心太《ところてん》のような煮え切らぬ態度を取り続けた。

「されど、我らが留守の間に、奥州軍が鎌倉を襲った場合が心配である」

「西へ進めば進むほど、我らに与力する者が少なくなるのではあるまいか」

　そう、遠征すれば言わずもがなである現実を、愚図愚図《ぐずぐず》と繰り返した。

　ようは、わざわざ京まで出かけて行くのが面倒くさいのだ。かつ、自分が前面に出て天皇に歯向かうことにも一向に気乗りがしない。いったい、あの実弟の危機を前に立ち上がった一時《いっとき》の英傑はどこに行ってしまったのかと、つくづく師直は不思議に感じる。

これにはついに直義もしびれを切らし、尊氏に向かってこう言い切った。

「我らが京を制圧しようと西進する以上、仮に北畠殿が軍を動かしても、鎌倉を襲って占拠している暇などありますまい。そのまま素通りして、京へと急ぎ向かうは必定」

さらに声高にまくし立てた。

「先ほども申した通り、この西進が遅れれば遅れるだけ、我らに与力する者は過少になっていきまする。それでもよろしいのでござるか。さらには昨夜、兄上もこう言われましたな。我ら足利軍が京の至近から軍圧をかけねば、帝が自ら降参されることなどあり得ない、と」

「………」

「それともあれでござるか、兄上は、自らは鎌倉に留まったままでも、昨日の軍事催促状により、津々浦々の源氏が勝手に京に攻め入ってくれるとでもお考えか」

この真っ向からの正論には、尊氏もさすがにぐうの音も出なかった。

そのようなわけで、足利軍は一門の総意として西進することが決定した。

翌十五日には、全軍をもって伊豆国府を出陣した。そして途中途中で新田軍を離脱してきた将兵たちを吸収しつつ、軍容を次第に膨らませていった。

一方、足利軍が行軍に至るまでの間に、新田軍は駿河の富士川を渡り、国府の駿府をも過ぎていた。

義貞はその途中で、足利軍が自軍への追撃に移ったことを知った。そこで、さらに大井川を越えて遠江へと入った。

その遠江国の半ばにある天竜川で、浮き橋が流されていた。原因が何かは分からない。

義貞は、この天下の暴れ川に架橋することを命じた。そして三日後に橋が出来ると、自軍の部隊をすべて渡り終わらせるまで、自らは磐田郡側の東岸に残り続けた。

おそらくは迫り来る足利軍を警戒してのことだろう。

さらには、新田家の執事である船田《ふなだ》義昌《よしまさ》が、

「足利軍がこの橋を渡れぬよう、切り落としましょうぞ。その分、我が軍は時を稼げまする」

と献策したが、義貞は首を振った。

「新田家と足利家、この両源氏の戦いは、既に満天下の見るところである。そのような見苦しい小細工は、せぬ」

そう、静かに言い切った。

数日後にその天竜川までやって来た足利軍は、これら義貞の逸話を聞き及んだ。

師直は、敵ながらも義貞のあっぱれな態度にはつくづく感心した。

人は勝っている時ではなく、負けた時の態度によってその真価が問われるものだが、その点、義貞は古き良き時代の鎌倉武士そのものであると感じた。あくまでも自らの道義、信条に基づいて行動している。

それは尊氏もまったくの同感であったようで、師直や直義の前でこうぼやいた。

「小太郎殿は、わしなどにはついぞない義侠心と節義を弁えておられる」

これには師直や直義たち周囲の者も苦笑した。

が、だからこそこの男が最後には勝つのだとも、密かに感じた。

悲しい哉、戦とは道義や義侠心でやるものではない。

敵味方双方の流動的な動きの中で、確固たる行動原理の規矩を持たずに、逐次に勝機を見出していく者が勝つ。常に水の如く変化する尊氏のような者が、最後には勝利する。

新田義貞は、十二月の下旬に入った頃には尾張で踏み止まり、足利軍を迎え撃とうとしていた。

しかし、その義貞の決死の覚悟に、水を差した者がいた。

後醍醐天皇だ。義貞に対して、京への即時退去命令を執拗に出した。

義貞は、その戦略的な愚策には怒り狂ったが、さすがの勅命には逆らえず、泣く泣く帰京の途に着いたらしい。

この頃、天皇は箱根での新田軍の敗退を知って、各地で日和見をしていた守護大名たちに対し、足利軍討伐の綸旨を乱発し始めてもいた。加えて、それら綸旨には例の、

「もし足利軍に勝利すれば、恩賞も思いのままに出す」

という景気のいい前約束も付け加えていた。

しかし、この新田軍の更なる撤退を見た各地の源氏は、もはや戦況は足利家の圧倒的優位であると見た。現に、義貞が去った後の尾張に入った頃には、足利軍に合流してくる武士たちはあとを絶たず、その軍容は八万を超えていた。

師直は、ふと思う。

尊氏は、またしても期せずして時流の波に乗っている。

特に反逆の時流は西国方面において甚だしく、むろんその筆頭は赤松円心であった。

この尊氏の無二の親友は、

「帝の綸旨など、まったく当てにはならぬ。恩賞宛行の前約束も紙切れ同然である。このわしへの扱いが、何よりの証拠である。されば、『鎌倉殿』の御下知に従うことこそ

然るべし」

と、播磨の片田舎から山陽道の知り合いに向けて、散々に喚き散らしていた。

十二月の大晦日、新田義貞は京へと入った。

同日、足利軍の先陣も、近江の琵琶湖東岸まで達していた。さらには軍容も九万まで膨らんでいた。

年が改まって建武三（一三三六）年の一月一日になった。

「今ここに、烹雑《ほうぞう》があればなあ」

新年を迎えて三十二歳になった尊氏は、照り返す朝日の中でつぶやいた。烹雑とは、正月料理の雑煮のことである。

師直は敢えて聞こえないふりをした。京でいよいよ決戦を控えた双方の軍にとっては、元旦もへったくれもない。おせち料理の品目など、どうでもいいではないか。

間諜によれば義貞は帰京後、天皇から朝廷軍の総司令官の任をそのまま任されたようだ。

その義貞の指揮の元、東部の瀬田には名和長年の許に千種忠顕と結城親光が、南郊の宇治には楠木正成が、そして西方の山崎の淀川北岸には新田本軍が布陣したという。

足利軍は軍議の末、今では十万近くまで膨らんでいる軍を、相手に合わせて三手に分けることにした。

瀬田の攻略には、直義と師泰が率いる先発軍を、宇治には畠山高国が率いる他家が主体の遊撃軍を充てた。

そして、肝心の義貞が守る淀川の南岸にある石清水八幡宮へは、尊氏と師直が率いる本軍が向かった。

義貞の本軍は淀川北岸の大渡《おおわたり》に、そして背後の山崎には実弟の脇屋軍が控えている。

この淀川を挟んでの攻防戦こそが、天下分け目の戦いになる、と師直は改めて覚悟を決めた。

直義が指揮を執る瀬田での戦いは、一月三日に始まった。引き続いて、宇治でも大渡でも戦いが始まった。

師直がいる大渡の戦いでは、数日間激戦が続いた。後がない新田軍は頑強に抵抗を続け、とにかく淀川を渡らせまいとする。

「細川殿、四国からの援軍はまだでござるか」

そう、師直は焦って和氏に聞いた。

細川和氏は、去る親政では尊氏を決起させたことが高く評価され、恩賞に阿波守を拝領していた。そして和氏の従兄弟で、国司の代行を務めている細川定禅《じょうぜん》が、大量の阿波兵を率いてくる手筈になっている。

「もう、そろそろ頃合いだとは思うのだが」

と、和氏も苦しそうに答えた。

　ともかくも、なんとか淀川を渡りたい。そこで師直は付近の民家を倒壊させて大量の筏《いかだ》を造り、渡河を試みた。

　しかし、義貞は予め策を施していた。川床に無数の乱杭《らんぐい》を打ち込んでおり、筏はことごとくその杭に引っかかり、淀川のど真ん中で完全に身動きが取れなくなった。無防備な足利兵の上に、雨霰と敵の矢が降り注いだ。

　結果、この渡河作戦は大失敗で、一時に五百名以上の損害を出した。

　くっ、と師直は臍を噛んだ。

　認めるのは癪だが、やはりおれより義貞のほうが、軍才では一段立ち勝る……。

　そのように苦戦続きだった足利軍に、一月九日、ついに朗報がもたらされる。

　昨日の八日、阿波から摂津に渡海した細川軍は、播磨から西国街道を進んできた赤松円心の軍と合流していた。

　この両名からの使者が言うには、

「我ら両軍は、明日の昼前には摂津から国境を越えて山崎へと至り、新田殿の背後に陣取る脇屋軍を、一斉に攻撃する所存。優勢と決まれば、狼煙を上げまする。されば、この時に動かれれば如何か、とのことにてござりまする」

　おぉ、と師直も和氏も思わず歓喜の声を上げた。

　これには一緒にいた尊氏も、

「わしは、久しぶりに円心殿に会えるのか」

　と、さかんに嬉しがった。

　……なにか、喜ぶべき点が決定的に違うような気もするが、まあいいと思った。相変わらずやる気に乏しいこの棟梁が久しぶりに盟友に会い、少しでも戦闘意欲を増してくれればいい。

　翌十日、川向こうの山崎に幾筋《いくすじ》もの狼煙が上がった。細川定禅と円心が攻撃を始め、しかも目論見通り押している。

　ややあって淀川北岸の新田軍が、じわりと後退を始めた。

　この前と同じだ、と師直は直感する。あの箱根の時のように、義貞は前後から挟撃されることを嫌がっている。

　案の定、狼煙の位置が徐々に東の京へと近づくにつれ、新田義貞は全軍で撤退を開始した。その頃には、定禅と円心の連合軍は山崎の脇屋軍を退け、久我まで進軍していた。

　足利軍は、難なく淀川を渡り切った。そして細川と赤松の両軍に合流した。

　尊氏は、赤松軍の中から姿を現した円心に、嬉々として駆け寄っていった。

「円心殿、こうして再会できたこと、まことに夢のようにてござります」

その燥《はしや》ぎようたるや、まったく見ているこちらが恥ずかしくなるほどだった。

が、円心もまた今年六十になる顔をくしゃくしゃに綻ばせ、尊氏の手を握った。

「実に、一昨年ぶりでござりまするなぁ」

まるで双方とも、互いに会うためだけに京に進軍して来たかのようだった。

円心は、尊氏と師直の顔をしげしげと見て口を開いた。

「風聞には聞いておりました。時に元結は、まだ生え揃わぬようですな」

顔から火が出る思いだった。尊氏の部隊は相変わらずの禿髪を、未だ世間に晒していた。

新田軍は既に、京へと撤退し続けていた。

その後を追った足利軍は、途中で義貞の嫡男、新田義顕《よしあき》の部隊に行く手を阻まれた。

既に夕暮れが迫っていた。尊氏らの兵団は久我畷に陣を張って、一晩を過ごした。

翌日の十一日になると、新田義顕の部隊は久我畷の東方から姿を消していた。足利軍はさながら無人の野を行くが如く、すんなりと洛中へと入った。

直後に、師直は呆然とした。

中京の二条富小路内裏が、跡形もなく焼け落ちていた。

当然、天皇や公卿たちももぬけの殻で、新田軍に連れられて比叡山延暦寺《えんりやくじ》へと避難した後であった。

直義軍は一足早く、瀬田から洛中へと乗り込んでいた。

一瞬、彼らが火をかけたかとも勘繰ったが、さすがにあの謹直な男に限って、それはないだろうと思い直した。

案の定、落ち合った直義は開口一番にこう言った。

「名和殿の所業である。我らに内裏を陣所にされるよりはと思い、火をかけられたのだろう」

この点、宇治で奮戦していた楠木正成も同様である。宇治の市中を平等院を含めて焼き払い、比叡山の東麓《とうろく》へと退却していた。

尊氏や直義、円心らは仕方なく、洛中随一である洞院公賢《とういんきんかた》の大邸宅に本陣を構えた。

斥候によれば、新田義貞、楠木正成、名和長年らの主だった武将は、比叡山を東に下った琵琶湖西岸の坂本に陣を構え直しており、周辺から盛んに兵を募っているという。

これら延暦寺と坂本に拠った朝廷軍に対する、東郊での軍事拠点が必要だった。

軍議の席で、円心がこう口を開いた。

「大津に、三井寺《みいでら》という天台宗の伽藍《がらん》がありまする。そこを、我がほうの拠点とすれば如何」

これには諸将も思わず膝を打った。

琵琶湖南岸の商都・大津にある三井寺は、延暦寺と同じ天台宗の大伽藍である。大兵を容《い》れる規模も充分にあり、昔から同じ宗派である延暦寺には激しい対抗意識を燃やしている。新たな軍事力となる僧兵の数も多い。

円心の戦略眼は、以前と同様に冴え渡っている。

「それは妙案」

と皆は言い騒ぎ、さらに直義が具体的に進言した。

「三井寺に戒壇院《かいだんいん》を造営することを持ち掛ければ、より確実に味方に取り込めるのではありますまいか」

戒壇院とは僧侶たちに戒を授ける壇上のことで、この設備を持つことは、寺院の格式として延暦寺と同等になることを意味する。

翌日、三井寺は足利家の打診を快諾した。そして細川定禅が率いる阿波軍が大挙して三井寺に向かった。

が、数日後、その定禅から急報が来た。

琵琶湖に錦旗《きんき》を翻した夥しい軍船が浮かび、かつ比叡山麓と西近江路からも膨大な数の朝廷軍が南下して来ているという。至急の援軍を請う旨の使者だった。

しかし、この時は折悪《おりあ》しく、尊氏の周囲の参謀役——円心は洛北の下《さが》り松に赤松軍を布陣している最中であり、直義や師直たちもそれぞれが兵団を率いて粟田口《あわたぐち》や東寺口などの京洛の要所に駐留していた。残っていたのは尊氏の周辺を警護する師泰の兵団だけで、この師直の実弟は、実戦の駆け引きでしか頭を機敏に動かすことが出来ない。

結果、誰にも相談できなかった尊氏は一人で判断した。

「そこまでの大軍を擁しているのなら、小太郎殿はこの京を退いていなかったはずである。軍容を大きく見せるための偽兵であろう」

そう言って、定禅には各兵団の将が戻って来るまでのあと一日、北方の様子をさらに探るように告げたらしい。

が、定禅の報告は大げさではなかった。

この時、足利軍の誰もが相次ぐ転戦続きでまだ知らなかったのだが、昨年の十二月二十二日、北畠顕家はついに奥州軍を結成して京へと向けて進軍を開始していた。

尊氏のいない鎌倉を素通りし、ひたすらに東海道を西進し続け、去る一月七日には遠江を過ぎ、十二日には近江の愛知川宿に到着していた。むろん奥州馬の健脚も手伝ってだろうが、恐るべき進軍の速度であった。

さらに十三日、顕家は琵琶湖を渡海して坂本の朝廷軍に合流したばかりだった。

そして尊氏がこの判断を決めたのが十五日だったが、その夜に朝廷軍は三井寺を急襲した。

定禅は一晩猛攻に堪え続けたが、翌十六日の未明に、伽藍は陥落した。

同時刻、粟田口に居た師直は、東山山麓の朝焼けの空に、幾筋もの黒煙が立ち上っているのを見た。ちょうど大津の辺りからだった。

これは三井寺に何事かが起こったと見て、急ぎ軍を動かした。蹴上《けあげ》から山科へと入ったところで、続々と撤退してくる細川阿波軍と遭遇した。

「奥州の北畠殿がやって来ている」定禅は会うなり、師直に告げた。「恐るべき大軍であった。湖上に浮かぶ無数の錦旗と『笹竜胆《ささりんどう》』を見た」

その旗章は、確かに北畠家の定紋であった。

「して、その数は?」

「分からない」定禅は絶望的な面持ちで答えた。「が、奥州一円の兵である。五万やそこいらはいるであろう。徴兵に応じなかった者がいたとしても、三万は固い」

これには師直も即座にうなずいた。どちらにせよ朝廷軍は倍増していると見るべきだった。

まだ動ける細川軍の兵を吸収し、さらに東へと向かった。逢坂山《おうさかやま》にて、三井寺攻略の主力を務めた新田軍と遭遇した。師直と定禅の叱咤も虚しく、味方の前線は新田軍の濁流のような勢いにすぐ呑み込まれてしまった。

師直たちは少しずつ退却戦を開始した。尊氏には既に急使を飛ばしている。きっと今頃は、師泰が洛中に散らばった各兵団に集合をかけている。その各兵団が尊氏の元に再結集するまで、じりじりと退却を続けながら時を稼ぐつもりだった。

昼前には山科を過ぎ、蹴上を通って洛中の東郊へと出た。

師直の願い通り、三条河原の向こう岸には、膨大な数の足利軍が着陣していた。おおよそ六、七万はいる。対して師直たちをここまで追撃してきたのは、新田軍のみである。

早々に鴨川を渡り、尊氏のいる本陣へと全軍で逃げ込んだ。そして上申した。

「追ってきたのは、『大中黒』の兵団だけであります」

既に尊氏は、再結集した軍の総大将に師泰を抜擢していた。その師泰が答えた。

「となれば兄者、彼我の勢力差は明らか。大兵をもって返り討ちにするに如かず」

そう言って、今度は上座の床机に座る尊氏を仰ぎ見た。

確かに師泰の言う通りだろう。新田軍は鴨川の向こう、花頂山《かちようざん》に陣取ったまま、一向に動く気配がない。こちらが遠望している間にも、さらに山麓北部へと一部の布陣を伸ばしたが、そちらの別動隊も洛中へと攻め込んでは来ない。

尊氏はしばらく敵の布陣を眺めていたが、やがて師泰の献策にうなずいた。

「まあ、そうじゃな。師泰よ、一当て試してみよ」

と、のんびりとした声で同意した。

師直は、密かに嬉しかった。

三河や駿河での立て続けての連敗にもかかわらず、尊氏は相変わらず師泰の将器を認めてくれている。こと人に対する限り、一度や二度の失敗では簡単に評価を覆さない。

ひょっとしたら何も考えていないだけかも知れないが、それでもこの鷹揚さ、度量の底抜けな大きさは、やはり安んじて我が大将と仰ぎ見るに足る。

11

くそ――。またしても、義貞の老獪さにしてやられた。

そう直義は歯噛みした。

足利軍が鴨川を渡って総攻撃を開始したのは、陽が中天に達する前だった。そこから二刻ほどは遮二無二東山を登り始めた。

だが、戦いは思うように進まなかった。新田軍は地の利を巧妙に使い、草木や岩場の陰から盛んに矢を撃ちかけてくる。対して、ほぼ丸裸で登坂し続ける味方は徒に射抜かれるのみにて、戦況は一向に捗々しくない。

直義は副将を務めている。つい師泰に言った。

「どうする。これでは味方の被害が大きくなるばかりだ」

師泰も同様のことを気にしていたらしく、自軍の影が東へと伸び始めた頃、鴨川東岸までの一旦の総退却を命じた。

が、その退却の途中でまったく予期せぬことが起こった。味方同士の兵が突然、至る所で斬り合いを始めたのだ。

「何事だ。いったいどうしたのだっ」

そんなことを喚いているうちに、

「すわっ、裏切り者ぞっ」

どこからかそんな叫び声が聞こえ、それを機に兵団はますます大混乱に陥った。その弱り目を見て、山麓の新田軍が全軍で駆け下りてきた。

後刻に分かったことだが、新田軍は戦いが始まる前に、足利軍の中に大量の偽兵を忍び込ませていた。いくら直義と師泰らが窘《たしな》めても、もはや軍の統制などきかず、ほとんどの兵が命惜しさに我先へと鴨川を渡河していく。

――まただ。まったく情けない。

またしてもおれと師泰は、義貞の巧妙な罠にしてやられた。我が身の不甲斐なさに、今度も絶望的な気分になる。

そうこうする間にも、足利軍は洛中の西まで追い落とされていた。新田軍の追撃はなおも容赦なく続いた。味方はその圧に、ついに洛外へと逃れた。

尊氏は自分が総大将にもかかわらず、

「まあ、戦などしょせんは生ものだ。負けることもある」

などと言って、相変わらず呑気なものであった。

が、これに細川定禅が深刻な面持ちで答えた。この定禅は、細川一族の惣領、和氏よりさらに負けん気が強かった。

「そもそも此度の敗北は、我らが三井寺で負けたことに起因しまする。この汚名をそのままにして徒に日を置けば、我ら阿波兵は京童のいい笑いものとなりましょう」

ふむ、と尊氏は少し首を傾げた。「ならば、どうする」

「幸いにも洛北には、赤松軍が依然として無傷のまま駐留しております。古来より京はその地形から、攻めるに易く、守るには難いと申します。今、敵兵は市中に散らばっており、これを我が阿波軍と赤松軍とで急襲したく――」

戦略としては洛中を大きく迂回して下り松の赤松軍に合流し、そこから一丸となって洛中に南下するという。

「では、そうしてみるか」尊氏は優しく言った。「無理押しはするなよ。何事も命あっての物種である」

和氏と定禅はこの言葉を受け、勇んで細川兵を発した。

二刻ほど経ったとき、北東の夜空が赤々と照らし出されるのを遠望した。下賀茂神社のあたりからだった。味方は周囲に火を付けながら南下し始めている。

さらに一刻後、両軍からの伝令がやって来て、洛中をあっさり再制圧した旨を報告した。散らばっていた新田軍は、思わぬ方角からの大軍に泡を食って退却したという。

足利軍は暁闇《ぎょうあん》に失った京での足場を、夜半までに再び取り戻した。


小競り合いが十日ほど続いた後の二十七日、叡山に駐留していた朝廷軍が洛中へと大掛かりな侵攻をしかけてきた。洛北の下り松には楠木軍、名和軍、結城軍が姿を現し、洛東にある山科からは北畠顕家が、その旗下の兵とこぞって進軍して来ているという。

この頃、足利軍は東寺の周辺に滞陣していた。

「殿、我らも即刻軍を動かすに如かず」

そう師泰と師直が尊氏に進言した。

うん、と兄は素直にうなずいた。「では、そうせよ」

尊氏と直義を残したまま、高一族は足利軍の大部分を率いて三条河原へと進軍した。まずは北方の楠木軍を主力とした敵を打ち砕き、次に東の北畠軍を個別に撃破していくという作戦だった。

が、その後に来た伝騎からの報告は、一向に芳《かんば》しいものではなかった。時が経過するにつれて、洛北での合戦は不利に進んでいる。楠木軍は前線にびっしりと盾を並べ、その隙間から弓兵が矢を射続けるので、なかなか先へと進むことが出来ない。かと言って少しでも怯む素振りを見せれば、騎馬武者隊がすかさず突撃してくる。

正成の、相変わらずの戦巧者ぶりだった。

師直たちが率いる足利軍は、洛北の朝廷軍を打ち破るどころか、三条河原から四条河原へとずるずると後退していった。その兵団の脇腹を、粟田口から突入して来た北畠軍に痛烈に突かれた。既に陣形は大きく崩れつつあるという。

その急報を受けた時、焦った直義は尊氏に口走った。

「このままでは負けるかも知れませぬ。我らも直属軍と共に、助太刀に向かったほうがよいのではありませぬか」

けれど尊氏の反応は、いまいち鈍いものであった。

「新田軍の姿が戦場に見えぬ。一体どうしているのか」

「されど今動かずば、我が軍は壊滅してしまうかも知れませぬぞ」

しかし、さらに尊氏はぼやいた。

「じゃが、小太郎殿の動向も気になる」

「新田軍は先の戦で疲れ、出て来られぬのでしょう」

「疲れているのは我らも同じだ」

このしばしのやり取りに、二人の伯父である上杉憲房はとうとうしびれを切らした。

「尊氏よ、今まさに師泰、師直らは苦戦しておる。あとのことはあとの事である。このまま一族郎党を見殺しにすると言うかっ」

この一喝が、結果として尊氏を即座に動かすこととなった。直属軍は慌ただしく東寺から軍を発した。

四条河原へと着くと、そこは混戦の真っただ中だった。

尊氏と直義が到着して一時は勢いづいた足利軍だったが、序盤からの劣勢は完全には挽回できず、戦線は完全に膠着した。夥しい矢が天空を飛び交い、敵味方ともさらに血で血を洗う激戦になった。鴨川が赤く染まり、前線で直属軍を指揮していた直義も、しばしば返り血を浴びた。

それでも一方的に負けてはいない、と直義は自らを慰める。郎党たちにも次々と死傷者が出ているが、それは相手も同じだろう。ようは、この激烈な消耗戦に最後まで持ちこたえた側が勝つ。

そんなことを思いながら采を振るっていた時、兵馬の波を突っ切って真っ直ぐに進んでくる騎馬武者の姿があった。馬具の留金に『輪違紋』が見える髭面の男――師直だ。

「どうした。かような時に持ち場を離れて」

そう声をかけると、相手は早口で喚いた。

「斥候から急報が入り、新田軍が市中から迫っているとの事でござるっ」

聞けば、新田義貞は洛北から大きく軍を迂回させて朱雀《すざく》大路《おおじ》を南下し、今まさにこちらに向かって、五条通を驀進《ばくしん》して来ているという。

これには直義もぞっとした。北には楠木軍、東には北畠軍、そして南西からは新田軍と、今まさに自分たちは周囲を完全に取り囲まれようとしている。まさに袋の鼠である。

一瞬、義貞の動向をしきりと気にしていた兄の横顔を思い出した。

忸怩たる思いを抱えながら、師直と共に兄のいる後陣へと急行した。

が、尊氏は二人が即座の撤退を提案しても、首を縦に振らなかった。

「そこは小太郎殿である。我らが気づいて逃げ出すことも考え、市中に予め網を張っているに違いない」

「ならば、どうするというのです」

「しばしこのまま、ここで戦いを続ける」ここで何故か、尊氏は笑った。「そして新田軍がいよいよ至近に集結する時を待って、てんでばらばらに一斉に逃げ散る。さすれば小太郎殿にも、こちらのすべての動きは追えまい」

まるで子供のような作戦だったが、この場合はこれで良い、と考え直した。単に好き勝手に逃げ散るだけなら、誰にでも咄嗟に、しかも簡単に出来る。

「そうだなあ。桂川の向こう、再び久我畷あたりで落ち合うとしよう」

尊氏が遊びにでも行くように言葉を締めくくると、師直が師泰を見て言った。

「此度の事態は今朝、我ら兄弟が軽はずみに動いたために起こりましたもの。また、我ら高一族は、これまでも散々に小太郎殿にやられております。されば、ここでせめて一矢を報いたく、新田軍の正面突破を図りとうございます」

尊氏は、うなずいた。

「分かった。じゃが、おぬしはこれからも足利家を宰領する大事な立場である。あたら命を粗末にするなよ」

ふと思う。兄はこの種の言葉を以前からよく使う。そして相手は逆に奮起する。この時の師直もそうだった。

「なんの。武士《もののふ》は、命を懸《か》け物《もの》に生きてこそでござる」

すると、兄の隣にいた伯父の憲房までもがこう言った。

「新田軍の動きを見抜けなかったのは、わしも同様。さればその尻《けつ》をここで取る。我が上杉一族の死力を尽くして、新田軍の攻撃を阻む。出来うる限りこの場で時を稼ぐ。直義よ、おぬしはその隙に尊氏を守って洛西へと先に向かえ」

直義も、つい兄と同じような言葉を口にした。

「伯父上、何卒ご無理はなさらぬよう」

高一族と上杉一族は来たる新田軍に備え、西へと移動し始めた。そしてその戦力減の分だけ、敵の北と東からの軍圧はさらに増した。

堪えるのだ。耐えに耐えて充分に新田軍を引きつけた上で、一気に逃げる。

……。

おれもまた、その一人だ。この苦境の責は自分にもある。直属軍をあのまま東寺に駐留させておけば、このように容易に周囲を取り囲まれることもなかった。おれは兄の常勝将軍の名声に再び傷をつけた……。

「兄上、すみませぬ」

「何がだ」

「わしが進言したばかりに、かような次第と相成りました」

すると尊氏は、少し微笑んだ。

「我らは神でも仏でもない。一寸先のことなど、誰にも分からぬ」そして珍しく意味深げなことを言った。「生きるとは、その闇夜の先を手探りで進むようなものだ」

なるほど、と直義はある意味で納得する。

それで兄は、自ら考えるということの一切を放棄しているという訳か。が、それはそれでひとつの処世なのかも知れぬ、とこの時ばかりは感じた。

尊氏はさらに言った。

「戦も似たようなものだろう。蓋を開けてみるまで、どうなるのかは誰にも見えぬ。分からぬ。わしらに出来るのは、その場に居続けるということだけなのではないかの」

一瞬、その意味がよく分からなかったが、直後には自分なりに解釈した。

つまりはこの浮世の舞台に立ち続けていた者だけが、勝手に退出した者、退出せざるを得なかった者を尻目に最後まで残る。生き残る。

その当然かつ平易な道理を、兄は言っている。そう考えれば、兄がしばしば口にしている、

「何事も命あっての物種である」

「あたら命を粗末にするなよ」

などという一連の言葉の意味が、さらによく分かるような気がする。命とは、今生の舞台に立ち続ける種銭《たねせん》そのものだからだ。


四半刻後、新田の大軍が河原に現れた。案の定、周囲を囲まれた自軍の兵たちは大いに動揺した。

が、その兵たちを取り仕切る諸将には、予め洛西へと落ち延びるようにこっそりと指示してあった。

「みな、逃げよっ」

尊氏はこの撤退命令の時だけは、元気よく声を張り上げた。そして総大将にはあるまじき言葉を、この時も言ってのけた。

「次も戦はある。が、命は一つしかないのだ。無駄に意地を張り、落とすことはない」

その言葉に弾かれたかのように、皆がてんでばらばらに逃げ始めた。

直義もその一人だ。兄と直属軍を引き連れてただひたすらに南下し、九条大路から東寺へと至った。さらに西国街道を突き進み、桂川を越えた。


久我畷には既に夕闇が迫っていた。

その暮夜の中を、各将の率いる部隊が三々五々に集まってきた。むろん、師直たち高一族の姿もあった。

「無事だったか」

直義が声をかけると、師直は返り血を浴びた甲冑姿のまま、うなずいた。

「左様。多少の無理はしましたが、これにて新田軍がすぐに追い縋って来ることはありますまい」

それほどの激戦を経て、敵陣の只中《ただなか》を突破してきたということだろう。

周囲がとっぷりと暮れ切った頃になって、ようやく上杉家の部隊も直義たちの許に辿り着いた。

陣幕の中に姿を現した直義の二人の従兄弟――憲顕と重能は、師直たちよりもさらに無残な姿だった。兜の前立てが折れ、大袖《おおそで》や草摺《くさずり》にも刃先を受けた痕《あと》が無数にある。

……ん？

何故か二人は、諸将の居並ぶ前に出ても無言のまま、俯いている。

「伯父上は、どうしたのだ」

そう尊氏が聞いた途端、二人はその場に膝を突いた。

「父は、四条河原にて儚くなり申しました」

憲顕が、叫ぶように言った。

聞けば憲房は、総攻撃をかけてきた新田の大軍にも怯まず、最前線で盛んに采を振り続けていたという。そこに敵の矢が集中した。一の矢を太腿に受けた憲房は、それでも声を嗄らして叫び続けた。

「退くなっ。我らは、尊氏たちが無事に落ち延びるまでの盾となるのだっ」

新田軍から見ても、誰が部隊の長かは明らかだった。結果、ますます敵の矢が憲房に集中した。

従兄弟たちが父を前線から引き剝がそうとした矢先、胸元に一本の矢が吸い込まれた。動きの止まった胴体に、続けざまに無数の矢が突き立った。直後、憲房は崩れ落ちた。

「あとは、さらなる乱戦の中にて、父の末期を看取《みと》ることも出来ませなんだ」

そう憲顕は、涙ながらに言葉を締めくくった。

この報告には、その場に居た者すべてが言葉を失った。

むろん直義も、激しい衝撃を受けていた。

振り返れば憲房は、まだ直義と尊氏が次三郎、又太郎と呼ばれていた日陰者の時代から、陰に陽に常に自分たちに目をかけ、時に励まし、時に叱咤して来た。

特に兄の高義が生きていた幼い頃は、疎遠だった実父の貞氏に成り代わって、しばしば父親代わりを務めていたようなものだ。

恐る恐る尊氏を振り返った。

案の定、兄もしばし呆然としていたが、次いで激しく泣き出した。大粒の涙を、次から次へと両目から滴《したた》らせた。

しかし兄は、義兄の赤橋守時が死んだときのようには騒ぎもせず、また、取り乱しもしなかった。

ややあって、ぼそぼそと呟いた。

「伯父上は、まだわしが何者でもなかった頃、唯一血の巡りを褒めてくれた。十四の頃、青砥橋でのことだ。以来わしはそのことが、密かなる心の支えだった」

そう言われ、改めて思い出す。その昔、憲房は足利邸の近所の青砥橋を通りかかった時、

「みなは、この青砥橋の由来を知っておるか」

そう自分たち兄弟や従兄弟たちに尋ね、川の暗闇に落ちた十文を探させるために、五十文の松明を買った青砥藤綱の話をした。

直義や憲顕、重能にはその理屈は分からなかったが、兄だけは見事に藤綱の意図を言い当てた。

すると憲房は又太郎を褒め上げた。

「又よ、話の上辺に騙されずに、よう分かった。偉いぞ」

兄にしてみれば、誰かにその頭の巡りを褒められたことなど、後にも先にもなかったことだ。こうして足利家の棟梁はおろか、源氏の新棟梁と目されるようになった後もそうだ。誰もが尊氏の度量のようなものを慕いこそすれ、頭の出来を褒めそやす者はいない。

だからこそ兄は、後生大事にあの時の伯父の言葉を、心の片隅で温め続けてきたのだろう。

この尊氏の回想に、さらに従兄弟たちは泣き崩れた。

しばしして、逆に兄は泣き止んだ。

「わしは、伯父上を殺した新田軍を、断じて許さぬ。これより小太郎殿は、我が足利家の仇敵である」

そう静かに言い切った。

12

翌朝、師直は師泰と共に全軍の総数を点呼してみた。

意外にも味方の損害はかなり抑えられていた。むろん高一族と上杉一族以外の各部隊は、ということだ。

尊氏の咄嗟の機転が功を奏したこともあるが、鴨川があれほどの血で染まりながらも、この程度の被害に抑えられていたのは非常な幸運だった。

直義にとっても、この結果は思わぬものだったようだ。

「一見は我らが押されているように見えて、存外に敵方の損傷も大きかったということか」

おそらく、と師直もうなずいた。「まったく戦とは、分からぬものですな」

しばしして洛中に斥候を出してみると、さらに驚くべきことが分かった。

朝廷軍は昨日、あれだけの優位で戦を終えたにもかかわらず、その全軍が市中から比叡山麓へと撤退した後だった。

「これは、一体どうしたことか」

「何故に、勝っていたほうが退くのだ」

細川和氏や吉良満義などの諸将は言い騒いだが、しかとした理由は分からずじまいだった。挙句、斯波高経が直義と同様の推論を述べた。

「敵も相当に無理押しをして、むしろ我が軍以上に痛手を受けているのではないか」

その軍議の直後から、足利軍は師直たちの部隊を先頭に、恐る恐る洛中へと繰り出してみた。

尊氏が昨夜から、盛んにこう訴えていたせいもある。

「伯父上の亡骸《なきがら》を鴨川に晒しておきたくはない。早く見つけて、埋葬したい」

けれど師直は思ったものだ。皆、これまでの戦いで誰かしらの身内は亡くしている。親しい者を失くしたのは尊氏一人ではないのだ。

それでも居並ぶ諸将たちはすべて、黙々とうなずいた。どのみち市中には戻ると思ったからだろう。

確かに斥候が報告した通りだった。朝廷軍は一兵残らず市中から掻き消えていた。

代わりに至る所で目に付いたのが、焼け果てた辻々で死体漁りをしていた無数の僧侶たちだ。

兵卒たちがそれら僧に問いかけたところ、いずれもこう答えてきたのだという。

「上将軍（新田義貞）殿と河内判官（楠木正成）殿が、惜しくも昨日の合戦で儚くなられました」

「は？」

「されば、我らはその御霊《みたま》を弔《とむら》うために、こうして御遺体をお探し申し上げておる次第にてござりまする」

「な、なんと――それはまことか」

「嘘ではございませぬ。それが証拠に、錦旗の兵団は叡山へと退却なさっておられます」

その場に居合わせた兵たちは、みな仰天した。むろん師直もそうだ。早速、この報を持って本陣へと駆け込んだ。

直後から陣所では、上を下への大騒ぎとなった。

「あの厄介な二人が亡くなったということであれば、まさしく我が軍にとって僥倖である」

そう和氏が興奮して言えば、

「されど、まことかの。戦の手練れ二人が、揃って死ぬことなど未だに信じられぬ」

と、吉良満義は疑問を呈した。

他の諸将も、意見はおおよそこの二つに分かれていた。軍議の成り行きを見ていた直義が、尊氏の方を向いた。

「兄上は、どう思われる」

すると、伯父の死に意気消沈している尊氏もまた、次席に座る赤松円心を振り返った。

「円心殿は、どう考えまするか」

この老人は、楠木や義貞に勝るとも劣らない稀代の軍略家として、今では軍議の席でも半ば尊氏の実質的な謀臣となりかけている。尊氏が、事あるごとに自らの脳味噌《のうみそ》を預けっぱなしにするからだ。

それに伴い、円心の両頬は少年のように艶やかさを増している。親子ほども年の違う尊氏から己《おの》が才を頼りにされるのが、よほど嬉しいらしい。

「左様。それがしにもお二人が落命されたとは、容易には信じられませぬ。一方で、朝廷軍が市中を退いていることも、また事実。されば真偽を確かめるためにも、我らもお二人のご遺体を探したほうが賢明ではござるまいか」

この意見に、細川定禅が口を挟んだ。

「されど、見つからなかった場合はどうなさる」

すると円心は少し笑った。

「それはその時になって、初めて考えればよろしい。いずれの場合でも、その左右《そう》を受けてしか、我らには今後の打つ手を考える術がござらぬ」

この意見には、それまで黙っていた諸将たちも大いにうなずいた。


結果、足利軍は上杉憲房の遺体に加え、新田義貞、楠木正成の遺骸までを探し回ることに熱中した。が、終日探し回っても、ついにこの三体は見つからずじまいだった。

「やはり新田殿と楠木殿が死んだというのは、誤報ではあるまいか」

「しかし、現に敵方は叡山に引き籠ったままである。これを見ても、大将の二人は死んだと見るほうが自然である」

また、こう推測する者もいた。

「比叡の僧たちが一足先に見つけて、山門に持ち帰ったのかも知れぬ」

確かに、いつの間にか僧たちの姿は市中から消えていた。

ともかくも、夕刻の軍議も結論が出ぬまま、諸将たちは各兵団を率いて市中の要所の警備のために散らばっていった。直義と円心の部隊も同様だ。

本陣には、尊氏と師直兄弟が残った。

その後、尊氏はなにやら一人で懸命に考えている様子だったが、挙句には師直にこう言った。

「わしは此度、なんとしても新田軍に勝ちたい。そのために味方の兵を鼓舞したい。されば、ひとまずは景気づけのための方便として、小太郎殿と楠木殿に似た替わりの首を、市中に晒すというのはどうか」

「それは――」

師直は言いかけ、つい隣の師泰の顔を見た。

案の定、普段は些細なことに拘らぬ弟も表情を曇らせた。偽首《にせくび》など愚策も愚策、まるで子供騙しである、とでも言いたげである。その反応を見て、師直もはっきりと言った。

「殿、ですがそのような胡麻化《ごまか》しは、安直に過ぎまする」

が、尊氏はなおも熱心に語った。

「どのみち死んでいるのならば、同じではないか。味方の士気を上げるために偽首を晒しても、どこからも苦情は来るまい」

「されど、これは天下への信義の問題にて、何処《いずこ》から苦情が来る来ないの問題ではありますまい」

それでも尊氏は納得しなかった。

「だから、あくまでも死体が見つかるまでの一時の方便だと言っておる。ならば、良いではないか」

この時の尊氏はいつになく頑固だった。大切な伯父を殺され、珍しく新田軍への敵愾心に燃えている。それでこんな浅知恵を思い付いた。まったくろくでもない。

結局、師直たちは尊氏の熱意に負けた。挙句、市中に転がっている死骸の中から、義貞と正成に似た顔の者を、いちいち松明で照らし出しながら探し出すという愚劣極まりない作業に追われることとなった。

仕方がないではないか、と師直は自らを慰める。もし円心があの場に居れば諫めることも可能だったろうし、直義ならば真っ向から兄を論破していただろう。

だが、彼らと違って所詮おれは家宰——足利家の郎党に過ぎぬ。棟梁がどうしてもと言うのなら従うしかないではないかと、虚しい言い訳を自分に続けた。

明け方になって、ようやくこれは義貞と正成に似ている、という首が見つかり、尊氏に届けた。

「うーん……まあ、これでも良いか」

そう、尊氏はのたまった。自らが押し切った事案にもかかわらず、どことなく投げやりに答えた。おそらくは、もっと義貞と正成に酷似した首が欲しかったのだろう。

しかし、さらに偽首を探し続けるには、師直たちも気持ちの上で限界だった。

「では、これでよろしいのですな」

師直も尊氏に負けず劣らず、投げやりに言った。尊氏は再びうなずいた。

「うん。これでも良いのではないか。なあ？」

自分が決めたのに、再び師直たちに問いかけてきた。すっかり疲れ果てていた師直と師泰は、黙ってうなずいた。

それら二つの首を、本陣の近くの辻に高札と共に掲げた。昼過ぎになり、再度の軍議のために直義がやって来た。案の定、高札と晒し首を見て、思い切り顔をしかめた。

「師直よ、いったいこれは何の真似ぞ。いかなる猿芝居か。あるいは悪い冗談か」

師直は、つい自分の落ち度のようにうろたえた。元々自分が望んでやってのけたことでもないだけに、その不本意さ、我が身の哀れさには余計に恥ずかしく、身の置き所がなかった。

「いや、これは――」

渋々と言い訳のように事情を説明すると、果たして直義は烈火の如く怒り始めた。

「近頃は兄も分別に優れた大丈夫になられたと思っていたが、わしのとんだ見込み違いであったわ。昔も今も、掛値なしの極楽殿である」さらに腹立ちに任せて断罪した。「このような薄みっともない真似を仕出かして、もし両名が生きておれば、我が足利家は市中のいい笑いものとなろう。さすれば、末代までの恥であるっ」

言いつつ、本陣の奥へとずかずかと進んでいった。一瞬、引き止めようとしたが諦めた。師直には、ここで諸将を迎え入れる役割がある。

それに直義の怒りも当然だ。いっそこれを機に、あんなろくでもない高札などは取り払ったほうがいい。

案の定、すぐに背後の屋内から兄弟の言い争う声が聞こえて来た。むろん直義が一方的に責め立て、それに対して尊氏がおろおろと言い訳しているような様子であった。

その口喧嘩の途中で、今度は赤松円心の部隊が到着した。

「武蔵権守殿、これらの首と高札は、いかなる意図か」

師直は再び額に大量の冷や汗をかきながら、直義の時と同様の説明をした。

すると、円心は大口を開けて笑った。

「そこまでして、伯父殿の仇が亡くなったことにされたいのか。あは。いつにない敵愾心でござるな。こう申すもなんではあるが、足利殿は実に可愛げのある御仁であられる」

「されど実弟の相州殿は、この偽首にいとうお怒りでございます」そして続けた。「やはり、高札と首は取り下げたほうが穏当ではありますまいか」

「いや――」円心は即座に首を振った。「今さら取り払うのは、藪蛇《やぶへび》である。やはり偽首であったかと、かえって京童たちの失笑を買う。ならば足利殿が言われる通り、諸将への景気づけのためにも、むしろこのまま晒し続けたほうが良い」

直後に直義が戻って来て、慌ただしく高札と首を取り払おうとした矢先も、円心は同じことを言って、この尊氏の実弟を押し留めた。

「されど円心殿、これではもし御両名が生きていた場合、いい恥晒しでござる」

「取り払えば、既にこの高札を目にしている市中の者も多数おりましょう、今すぐに笑いものとなるは必至ですぞ。逆にもしお二人が死んでおった場合、首を差し替えるだけにて御家の面目は保てまする」

「さ、されど――」

「仮に後々で恥をかくとしても、大嘘でも堂々としていたほうがまだよろしい。足利殿の野放図な器量のようなものは、それなりに立ちましょう。それを、今さらこそこそと高札を下げれば、かえって御家の名が廃ります」

「……」

　結局、その後に集まってきた他家の諸将は、全員がこの高札と偽首を見ることになった。

　が、その大方の反応は、師直と直義の予想を裏切るものであった。

「これは、足利殿の『是が非でも敵方の首を取りたい』というお気持ちの表れであろうなあ」

「上杉殿の死により、珍しく気概を露わにされておる。頼もしい限りである」

「どのみち上将軍殿と河内判官殿は、亡くなっておられる公算が高い。ならば、先にこういった勝利宣言をしておいて、相手の出方を見てもよいではないか」

「そうだ。改めて首が見つかった時に、挿げ替えればいいだけの話である」

　そう、ことごとく円心に近い感想を述べた。

　これら意外な反応に、師直と直義はつい顔を見合わせた。

「存外に、あまり悪く言う者はおりませぬな」

　すると直義は、今日で二度目のしかめっ面をした。

「当たり前だ。もし二人が生きていたら赤っ恥をかくのは我が足利家のみにて、他家の武名にはいっこうに傷は付かぬ。兄が、馬鹿にされるだけだ。ならば真偽にかかわらず、いっそこの生首の縁起《えんぎ》を担ごうというわけだ」

　こんな場ながら、師直は少しおかしくなった。

「なるほど。少なくとも士気高揚の面では、殿のこの高札の意図は当たったというわけですな」

「師直よ、笑い事ではない」

「はい」


　翌日の軍議でも、諸将たちの表情はやはり明るいままだった。

　そして朝廷軍は依然として市中から撤退したままなので、いつの間にか新田義貞と楠木正成の死は、半ば既定事項として扱われていた。これで両名の件はもう一件落着とばかりに、いつ、この勝ち戦の気運に乗じて、市中から比叡の麓に向けて進軍していくかという議題に集中した。

　そして軍議は、明朝になってもまだ朝廷軍が比叡山から降りて来ぬようなら、まずは全軍で加茂川の西岸まで寄せて、さらに相手の出方を見るということで結審した。

ちなみにこの晩、直義はその部隊ごと尊氏の許に残った。

直義は、まだ高札の件で憤懣を燻らせていた。このような愚かな真似を兄に二度とさせないためにも今晩はここに残る、と鼻息荒く言っていた。

13

変化は、この三度目の軍議のあった一月三十日の夜に起こった。

比叡山麓の北方の尾根伝いに、無数の火が連なっていた。松明と思しき灯りが、北へ北へと伸びていく。

むろん直義も、その北進する火の連なりを見た。

「すわ、敵方の都落ちぞっ」

そう、まだ本陣に残っていた細川和氏が叫んだ。師泰も興奮したように続けた。

「やはり小太郎殿と楠木殿は死んでおる。でなければ兄者、さらに退くはずもない」

直義も、つい師直を見た。

が、師直は実弟の呼びかけにも押し黙ったまま、無言で伸び行く火を見ていた。

兄者、聞いておられるのか、とさらに焦ったように師泰が言った。「あの逃げる敵を、追わなくてもよろしいのか」

それでも師直は何故か、無言を貫いていた。

今度は和氏が、しびれを切らして尊氏を振り返った。

「兵衛府《ひょうえふ》殿、敵をこのまま逃げるに任せてよろしいのかっ」

が、兄もこの予想外の事態には、さすがに戸惑っている様子だった。

そうこうしている間にも尾根伝いの火は、ついに南方へも伸び始めた。

そこまでを見届けた尊氏は、ようやく決断した。

「どう考えてもこれは、敵方の都落ちのようである」そう、団子鼻の両鼻孔を大きく膨らませた。「されば敵の逃げ腰に乗じて、この京洛から追い払うに如かず。一気にけりを付ける。ありったけの兵を叡山へと向けよう」

直義は一瞬、そこまでするのは早計である、お止《や》めあれ、と言おうとした。兄のいつにない好戦的な態度に危惧を覚えた。伯父の死に、未だ心の平衡を無くしたままのようだ。

が、それよりもいち早く和氏と師泰が反応した。

「それがしは定禅と共に、南の敵を駆逐する所存」

そう和氏が言えば、師泰も即座に続けた。

「されば拙者は洛北の赤松殿と、北へと逃げる敵を追いまする」

　これにも尊氏は、即座にうなずいた。

「では、そうせよ。師直よ、そちも師泰と共に行くのだ」

「……は」

　その答え方からして、師直もまた自分と同様、この状況の真偽をまだ疑っているようだ。

　しかし結局、足利軍の主力を務める高一族と細川一族の部隊は、本陣を勇んで出ていった。

　兄と本陣に二人だけになった直義は、しばしして感じた。出陣前、戦の主務者である師泰は洛中の要所を守る一門や他家の部隊にも、一斉に叡山に攻め登るようにと伝令を出していた。

　となると今、市中における足利軍は、この本陣に残るわずかな宗家の郎党のみだ。我ら兄弟以外は、誰も洛中を守る者がいない……。

　時が経つにつれて、言いようのない不安が否応もなく増していった。静まり返った屋外の気配に、かえって不穏なものをひしひしと感じる。

　そして一刻も経たぬうちに、本陣の前に突然、馬蹄が響き渡った。

「大変であるっ」

　そう声高に叫びながら直義たちの許に飛び込んできたのは、粟田口を守っていたはずの吉良満義であった。

「『大中黒』の大軍が加茂川を渡り、すぐそこまで迫っている。既に斯波殿や一色殿も蹴散らされたっ」

「なんと――」直義は一瞬絶句し、それから改めて真相を悟った。「小太郎殿は、やはり生きていたのか」

　となると先ほどの松明は、間違いなく我が軍の主力を市中から散らす陽動作戦であったのだ。たぶん楠木正成も生きており、今まさに別の搦手《からめて》からこちらに向かっているか、既に洛西にて直義たち足利軍が落ち延びて来るのを待ち構えているのではないか。

　そのことを口にすると、おそらく、と満義も口元から泡を飛ばしながらうなずいた。

「このままでは我らは、間違いなく殲滅させられるっ」

　直後から本陣は、灰神楽が立ったような恐慌をきたした。直義は慌ただしく退却準備を指図しながらも、あの高札と偽首のことが気になった。

　あれをそのままにして退けば、足利家はまさしく市中のいい笑いものになる。まったく忌々しい。

「吉良殿、兄を奥間から連れ出してはくれぬか。この騒動でもまだ起きて来ぬところを見ると、ひょっとしたら転寝《うたたね》でもしているかもしれぬ」

「されど、直義殿は？」

「わしはちと外に出てくる。すぐに戻る」

言い捨て、本陣脇の辻にある高札に向かった。

が、松明で高札を照らした直後に唖然とした。いつの間にか墨痕鮮やかに落書《らくしょ》が記されていたのだ。

これは似た首なり　正しげにも書きたる　虚言《そらごと》かな

むろんその駄洒落は直義にも分かる。「似た」に新田を、「正しげ」に正成をかけてある。それにしても、都人《みやこびと》のこの底意地の悪さよ、と感じる。夜陰に紛れて我ら坂東者《いなかもの》を馬鹿にするにもほどがある。くそっ——。

怒りに任せて支柱を地べたから引き抜こうとした。が、郎党たちが杭を地中深くに打ち込んだのか、何度渾身の力を込めても引き抜けない。

次に引き抜くのは諦めて、柱ごと蹴倒そうとした。二度、三度と足裏で激しく蹴ってみる。それでも支柱はびくともしない。続けて四度、五度と試みてみたが、足が痺れるだけで無駄であった。今度も諦め、支柱の上の高札自体を外そうとしたが、つま先立ちにどんなに伸び上がってみても、高札には片手も届かない。

正直、直義は泣きたくなった。おれはこの火急の折に、こんな愚にも付かぬ後始末に追われている……。

すると、

「なんだ、直義。いったい何をしておるのだ」

そう、のんびりとした声が背後からかかった。振り返ると、兄が満義に伴われて路上に出てきたところだった。

ついせかせかと直義は言った。

「この高札を始末せねば、後刻に兄上の名を辱めまする」

すると尊氏は、いかにもつまらなそうにこう答えた。

「わしが阿呆……『極楽殿』であるのは、以前から衆目の一致するところである。今さら世評など、どうでもよい」

あっ、と直義は改めて愕然とする。時折り陰でそう呼ばれていたことを、兄は知っていたのか。

「さ、されど——」

「直義よ、恥をかけるのも生きておればこそじゃ。されば逃げよう。伯父上のこともあった。それ以上にわしは、おぬし無しでは成り立たぬ。我らは、常に一心同体である」

これには、さすがに直義もぐっときた。

「あ、兄上ぇ……」

直後、伝騎がやってきた。

「ご報告申し上げます。東の新田軍に加え、南郊よりも北畠軍が迫っておりますっ」

「直義よ、さあ、ぐずぐずせずにとっとと逃げよう」

直義は尊氏に首根っこを引き摺られるようにして、撤退戦を開始した。

だが果たせる哉、しばし進んだ西の行く手には松明に照らされ、幾筋もの菊水《きくすい》紋の旗がひしめいていた。楠木軍だ。

「兄者、軍を二つに分けて敵を南北から迂回しましょうぞ」

「いや……我らはただでさえ兵が少ないのだ。一丸となって南へと逃れ、七条通から丹波路を目指したほうがよい」

確かにその通りかもしれない。分かれて逃げれば、かえって個別に殲滅されるだけかも知れぬ。

直義は旗下の兵に七条通を目指すように命じた。

が、やはり相手もすぐに南下してきて、大路を西へと逃れようとする味方の側面を攻撃してきた。郎党たちも吉良家の部将も、次々と討ち取られていく。それでもなんとか応戦しながら、七条通をじりじりと進んでいった。

朱雀大路を過ぎて右京の開豁《かいかつ》な丹波路へと出た時、北からの楠木軍の攻撃は、さらに苛烈になった。時にはその尖兵がこちらの深奥――直義たちの周囲を守る親衛隊にまで突撃してくる。その度に味方の被害は大きくなった。

対して、敵の大将である正成の姿は、一向に前線に出てくる様子がない。おそらくは我らの惨め極まりない潰走ぶりに、自らが出るまでもなく殲滅できると思っている……。

直義は既に采を腰元に挟み、穂先で戦いを指揮していたが、ふと気づくと隣にいる尊氏も、いつの間にか覚束《おぼつか》ない手つきで槍を摑んでいた。

「兄上、それはいかなるおつもりか」

うん、と尊氏は答えた。「いざとなればこれで、わしら兄弟を襲ってくる敵を追い払う」

しかし、これにはさすがに直義も言葉に詰まった。以前にも思ったことだが、だいたいこの兄は、武芸の修練など一度もやったことがないではないか。

案の定、それと自覚したのか、兄も直後には苦笑した。

「が、考えてみれば、わしはこんなもの、ついぞ使ったことがないのだ」

これには傍《そば》にいた吉良満義も、釣られて笑い出した。

「で、ありましょう」直義もようやく答えた。「下手に振り回せば怪我のもとでござる。無事に落ち延びることを第一義としましょうぞ」

そう言った後で改めて認識する。そうだ。敵の攻撃に下手に応戦すれば、いちいち踏み止まることになる。行軍速度は都度に鈍くなる。敵はなにも右側の楠木軍だけではない。ぐずぐずしていると背後から新田軍も追いついてくる。

そこまでを一瞬で考え、直義は思い切った策を口にした。北側の防御にすべての兵を当て、がら空きになった南側を、尊氏を守る親衛隊と共にひた走る。南からの北畠軍はすぐに現れない可能性に、当座はすべてを賭ける。

この案に、満義もすかさず賛同した。

「直義殿、わしが殿《しんがり》を指揮する。お手前は兵衛府殿と共に、一足先に参られよ」

直義は、この頃には満義に友愛に近い感情を持っていたから、つい言った。

「死ぬなよ」

すると満義は再び笑った。

「なんの。今しがた、とくと可笑しがらせてもらったのだ。この縁起でまさか死ぬものか。さあ、行かれよ」

その声に押され、直義は兄と共に行動を開始した。洛西へと向かう行軍速度を最大限にした。逃げに逃げた。

四半刻後、直義と尊氏はなんとか桂川を越え、蔵王堂光福寺の北まで無事に到着した。わずか百ほどまでに減った郎党たちを小休止させ、しばし川向こうの様子を窺った。

ややあって月夜の中、吉良満義が率いる五百ほどの部隊が追いついてきた。吉良軍も大きく兵を減らしている。

「幸いにも楠木殿は、川向こうに留まった様子である」

その満義の言葉を受け、直義は聞いた。

「早暁には渡河して来るだろうか」

おそらく、と相手はうなずいた。「新田軍や北畠軍と合流し、明け方にも進軍して来るであろう」

が、その新田軍に押し出されるようにして、先に洛中の味方がこちらまで落ち延びて来るのではないか。

そのことを満義に問うと、こう答えた。

「わしもそう思い、配下の一部を逃げる時に市中に散らしておいた。他の兵団に出会ったら、ここ——丹波路の川向こうまで逃げてくるように言伝《ことづて》てある」

その満義の言葉通り、夜半までには味方の敗軍が、続々と直義たちの許に逃げ延びてきた。

斯波、今河、一色、仁木、桃井……どの一族もひどく死傷者を出していた。上杉兄弟も同様である。特に、主力である細川一族と師直たちが率いた足利宗家の兵団は、当分は使い物にならぬほどに損傷が甚だしかった。しかも他武門は大多数が落ち延びて来てもいない。新田軍、楠木軍、北畠軍の三方からの猛攻の前に、兵団も取りまとめられぬほどに散り散りになったたか、白旗を上げたのだろう。

尊氏もそれらの惨状を見て、こうつぶやいた。

「これではもはや、戦えぬなあ……」

すると、その前にいた師直と師泰がさらに頭を低くした。

「誠に、相済みませぬ。このような仕儀に相成り、我ら兄弟、面目次第もござりませぬ」

尊氏は少し微笑み、淡々と答えた。

「なにもそちらのせいばかりではない。わしも良くなかったのだ。伯父上の死で、かなり頭逆上《ずのぼ》せしていた」

だが、兄の言葉を聞きながら直義は思う。

これで立て続けに二度目の敗戦だ。そして今度ばかりは、味方は再起不能なほどに甚大な損害を被ってしまった。

しかし、何故だ。兄のせいばかりではない。これまで常勝将軍の名をほしいままにしてきた兄が、どうして此度ばかりはこうも負けてしまうのか。

が、尊氏はそんなことはどうでもいいらしく、ややそわそわとして師直にこう聞いた。

「時に、円心殿はどうしたのだ」

「はい。赤松殿とは市中で別れ、洛西のこの川向こうまで辿り着く所存であると申されておりました。そこまで撤退せねば、追手の攻撃はやまぬ、と」

尊氏は、明らかにほっとしたような顔をした。

「さすがに円心殿であられる。いかなる時も先々が良く見えておられる。咄嗟に二手に分かれられたのも、追手の兵気を散らそうとしてのお考えであろう」

ややあって、果たして北方から赤松軍の伝騎がやってきた。聞けば、ここより北に半里ほどの場所に陣を張ったという。さらに伝騎はこう続けた。

「我が軍の斥候によりますれば、敵は桂川の東岸に続々と集結している模様でござります。おそらくは夜明けを待って、一斉に突撃してくる意図かと存じまする。そう、鎌倉殿にお伝えするようにとのことにてござりました」

尊氏はうなずき、即座に判断を下した。

「されば、我らも直ちに動いたほうが良いな。どうせ撤退するならば、いっそ山城からも兵を退き、そうだなあ……我らが旗揚げの地であった丹波の篠村まで戻ろう。その旨、円心殿にもお伝えあれ」

明けて二月一日、直義たち足利軍は、丹波の篠村八幡宮に居た。朝廷軍は兵站と戦線が伸びきるのを恐れてか、やはり山城の国境を越えては来なかった。

夕刻に直義が境内に出ると、寒風吹きすさぶ椎《しい》の巨木の下で、師直と円心が突っ立ったまま、何事かを熱心に話し込んでいた。

ははあ、と感じる。兄と同様、師直もまたこの老人とは相当に仲が良いのだな。

そんなことを思いながら二人に近づいていく。

すると、まずは師直がこちらを振り返って、軽くうなずいてみせた。続いて円心も、こちらを見て声を上げた。

「ちょうどようござった。このこと、御弟君にもご相談申し上げたほうがよろしかろう」

なんだろう、とは思いつつ、三人で連れ立って社務所の一室へと入った。

着座して燭台に火を入れるなり、師直は口を開いた。

「先日と昨夜までの連敗を、この丹波で兵を募って挽回するか、それとも摂津まで下って赤松殿の摩耶山にて改めて再起をかけるかという、その件で話し合ってござった」

聞けば、篠村での再起案は師直からで、摂津での案は、当然のように円心から出ていた。

直義は、馴染みのあるこの地で挽回を図るほうが穏当ではないかと考え、その意見を口にした。

すると、円心は首を振った。

「ここ丹波で再起を図るには、兵が傷み過ぎております。加えて新しき兵を徴募するにも、既に朝敵とされてしまっている以上は、名目が立ちませぬな」

一面ではその通りであったが、直義は言った。

「しかし、仮に三草山《みくさやま》を越えて摂津に下ったとしても、新兵の徴募に名目が立たぬのは、同じではありますまいか」

「そこは一つ、奥の手がござる」円心は、急に声を低くして言った。「我らもまた、新しき朝廷軍になればよろしい」

束の間、相手の言っている意味が分からなかった。

が、ややあって、ある事実に気づいた。

まさかと思う。しかしまさか、それをやるのか——。

おそらくその時の自分は相当に表情が強張っていたのだろう、目の前の老人は、燈心の灯りの中でうっすらと笑みを洩らした。

「気づかれたようですな。左様、今の帝であられる尊治様の大覚寺統も皇室なら、もうひとつ、先の帝であられた（光厳）上皇の持明院統も、歴とした皇室でござる。じゃによって、我らはこの持明院統を正統な皇室として担ぎ上げ、新しき錦の御旗を掲げればよろしい」

そう、はっきりと言ってのけた。

やはり、と背筋に冷たいものを覚える。しかし、果たして我ら凡下《ぼんげ》の身分で、まさかそのような皇室弄《いじ》りのようなことをやってもいいのか。

　確かに、大覚寺統である今の朝廷に対して、鎌倉から反旗を翻すように促したのは自分だった。が、それはあくまでも足利家による幕府再興のためで、直義個人としては、今まで続いてきた両統迭立《てつりつ》の問題に、直に手を突っ込もうと思ったことは一度もない。あくまでもこの世は、朝廷と幕府からなる共同政権であるべきだと考えてきただけだ。

　一方で以前から、現天皇の我欲と現世欲の強烈さには辟易し、天下に公平たるべき帝の地位にはふさわしくない人物だと思い続けていた。それでもやはり、万民の血の盟主たる皇室の継承問題を足利家のために利用することは、あまりにも罰当たりで畏れ多いことではないか……。

　しかし、円心は、それを今やるべきだと言っている。

　思い出す。この円心は親政以降、後醍醐天皇に位階や恩賞の部分で不当に扱われ続けてきた。そして師直によれば、以前から我が身の不遇に憤り続け、時には朝廷と後醍醐天皇を散々に罵倒することもあったという……。

　ひょっとしてその恨みつらみもあるのかと勘繰り、もう一度円心の顔を見る。

　が、相手は、今もほのかな微笑を浮かべ、直義の答えを待っている。粘っこい負の感情など微塵も感じさせない。

純粋に、今後の戦略眼の観点から言っているようだ。

　それにしてもこの策は大胆過ぎる。後醍醐天皇の、いかにも頑迷そうな面構えを思い出す。こちらがそう出たからと言って、簡単に皇位を譲るはずがないではないか。

　なんと返していいのか分からず、つい師直の顔を見た。

　師直もまた、硬い表情のままこう述べた。

「そこまで事を割り切れるのであれば、持明院統からの勅命を得るには多少の時がかかりますでしょう、いったんは摂津まで退いたほうが、得策なのかも知れませぬ」

「……師直は、どう思うのか」

「それがしも、揺れておりまする」そう、直義の心を見透かしたように答えた。「さればこそ相州殿の意向を、とくと拝聴したく存じます」

「わしは――」

　そう言いかけ、また躊躇する。

「それはわしに、この議の判断をゆだねるということか」

　すると今度は師直と、円心までもがうなずいた。

　師直の言葉は続いた。

「今や赤松殿には、我ら足利一門に与力して頂いているお歴々の総意をお取りまとめ頂いております。対して足利一族の意向は――殿には甚だ失礼ながら――その実は相州殿のお覚悟ひとつで定まりまする。直義殿の得心されたことであれば、一門の棟梁たちは必ずや同意致しまする。実はそのことも、先ほど赤松殿にお話し申し上げました」

これにはさらに絶句する。

反面では確かにそうだろう、と自惚れではなく感じる。円心に自分が合意さえすれば、おそらくはそれが結果として味方全体の総意となる。あとは足利家の家宰である師直が、実務者として策を施す。

そう改めて考えをまとめれば、今ここにいるこの三人が、今後の足利家の行方を決定づけるのだ。事の重大さとは裏腹の、筋道のあまりの容易さに、さらに恐れ慄いた。

が、直後には腹を括った。

円心の言う通りだ。後醍醐天皇が率いる朝廷軍に勝つには、この秘策しかない。我らも新しき朝廷軍になるしかない。我らは朝敵である限り、負け続けるのだ。

「相分かり申しました」直義は忸怩たる思いに打ち震えながらも、清水《きよみず》の舞台から飛び降りるような気持ちで言い切った。「それがしも上皇を押し戴くこと、賛同致しまする」

この瞬間、これから半世紀以上も続く二つの朝廷の争い、南北朝の動乱が幕を開けたことを、むろん直義は知る由もなかった。


悲しいかな、すべての人はその時々の言動の、後々に生まれる意味付けにおいては不可知で、その意味で無力なものだ。誰も、未来から遡って今の言動の流れゆく先を推し量ることなど出来ない。

ともかくも、直義は円心の案に同意した。直後に円心は、つるりとその頭部を撫で上げた。

「相州殿の御決断、足利家と新生幕府のために、まことに喜ばしきこと也《なり》」

そして、いかにも満足そうに師直を見遣った。師直もまた円心に頷き返し、再び口を開いた。

「さて、かようにまで直義殿が腹を括られましたならば、拙者からも申し出たき案が、今一つござります」

――ん？

さらに、また何か別の秘策を蔵しているとでも言うのか。

「それは、いかなるものぞ」

「どのみち持明院統を押し戴いて、大覚寺統の朝廷には反旗を翻すのです。ならばいっそ、今の帝が決められた以前の所領没収令も、反故にしてしまうということでは如何か」

「……ようは、朝廷や公家、寺社領に取り上げられた武士たちの所領を、鎌倉の頃のままにそっくり返すということか。没収地返付令を出し、親政下で憤懣を募らせている武士たちを、新たなる味方に取り込もうという寸法か」

師直は、はっきりとうなずいた。ちなみにこれが、後世で言う『元弘《げんこう》没収《ぼっしゅう》地《ち》返付《へんぷ》令《れい》』である。

「さすれば、今は日和見をしている日ノ本中の武将たちも、新たなる朝廷軍として名目を立てた我らの許へ、堰《せき》を切ったように雪崩《なだ》れ込みましょう。さすれば我が殿は、東天に凍てつく満月のように、再び浮かび上がることが出来るのではありますまいか」

なるほど――。

奇妙な感慨と既視感を、直義は再び持つ。

兄は、世間の欲望の上にぽっかりと浮かび上がる、化身のようなものでもあるのか。

確かに、そうなのかも知れない。

三年前もそうだった。三河で寄ってたかって決起を迫り、兄が渋々と同意した直後、その横顔が何故か急速に陰影を失くして、薄闇に溶け出していくような錯覚を覚えた。

それからすぐの京の西郊、上久世でもそうだ。友軍の大将である名越高家が戦死した時、ついに兄は実際の反乱に踏み切った。あの瞬間も、朝の眩しい大気の中で足利尊氏という存在が、次第に色彩を失っていくように思えた。朝露のように無色透明に見えた。

そこまでをぼんやりと回想し、正直、何故か自分の存在までもが虚しくなっていくような脱力感を覚えた。

「……分かった。その件にも、わしは賛成である」

円心と師直は、即座にうなずいた。

「されば、明日の軍議では円心殿がまず、上皇を我らが御旗に押し戴く案を申されます」

うむ、と直義もやや気を取り直し、うなずき返した。さらに心を引き締め、辛うじて現実世界へと舞い戻った。

「帝好きの兄はどのみち、戸惑うであろう。が、そこはすかさずわしが同意を示し、我が一族の賛同を得られるように座の雰囲気を持ってゆく。されば他の武門の棟梁たちも、円心殿が言い出されたことゆえ、まさか反対する者はあるまい。そして次は、師直が発案する番じゃな？」

しかし、意外にも師直は首を振った。

「この没収地返付令の件は、直義殿に申し上げてもらうことこそ、然るべし。それがしはあくまでも家宰で、宗家の裏方でござる。一族からの信任の厚い相州殿が口を開くからこそ、満座を導けるというものでござる」

直義は、再びふわふわとした心持ちでうなずいた。うなずきながらも、またしてもある光景が思い出された。

あれは確か、自分がまだ六、七歳の頃だった。兄の又太郎と共に、暇さえあれば由比ガ浜へと遊びに出かけていた。

そんな、ある暑い夏の日のことだ。

先を歩いていく兄の背中が、まるで逃げ水のようにゆらゆらと揺れて、地表から少し乖離して見えた。幼い自分はその様子がなんとなく不安で、足早に駆け寄っていったものだ。あるいは本当に陽炎だったのかもしれない。

が、その真偽が問題なのではない。

そう……。

昔から兄は、この世の上澄みのような存在だったのだ。

＊　＊

翌日、早朝から軍議が始まった。

むろん議題は、この無残な敗戦からいかにして軍を立て直すかということだ。

昨日の打ち合わせ通り、ややあって円心が発案した。

「此度の連敗は、我らが朝敵とされたことに起因するは自明でありまする。合戦には、すべからく名分というものが必要でござる。相手方は錦の御旗を掲げているのに対し、我らはこれに対抗する旗印を持ちませぬ」

さればこそ、と円心は続けて語気を強めた。「我らもまた、持明院統の上皇より院宣《いんぜん》を押し戴き、もう一つの朝廷軍になるしかありませぬ」

満座は一瞬静まり、直後から大いにざわめき始めた。そこまでのことをやっていいのか、天皇家に対して畏れ多いのではないか、というような声もひそひそと聞こえる。

驚いているのは、兄の尊氏も同様のようだった。まさか右腕として一心に頼りにしてきた円心が、このような大胆な策を献じるとは思ってもいなかったのだろう。次いで、そわそわと直義のほうを見てきたのを目の隅で捉える。

が、直義は敢えて兄のほうを振り返らなかった。ごく自然に無視したまま、武将たちの様子を眺め続けた。

ややあって、吉良満義、斯波高経、上杉兄弟、細川和氏といった足利一族の主力の視線が、次第に直義の許へと集まり始めた。明らかに自分の意見を聞きたがっている。

ここが切所ぞ、と直義は改めて腹を括った。

「確かに我らは今、悲しいことに朝敵とされている。が、円心殿の言われる通り、それはあくまでも大覚寺統からの朝敵であって、持明院統のお方々からではない」

そう簡潔に言葉を発すると、一貫して朝廷との交戦派である細川和氏がまず口を開いた。

「相州殿の言われること、道理である。我らはなにも朝廷全体から敵と見做されているわけではない。今の帝から仇とされているだけだ」

和氏の言葉を受け、吉良満義も言った。

「そもそも朝廷は、二つに割れていた。新田の小太郎殿が大覚寺統の帝に味方するならば、我ら足利軍は持明院統の上皇に与すればよい。これぞ公平というものであり、皇室自体への不義理にはならぬ。何の不都合があろうか」

この言葉には、今河や一色、仁木、石橋《いしばし》、畠山、桃井といった面々も大きくうなずいた。

次に斯波高経が重々しく吐いた言葉が、一族の総意をついに決定づけた。

「今の帝の親政では、世は乱れるばかりである。されば天下万民のためにも、我らは上皇を奉ったほうが良い」

これには外様の諸将からも賛同する声が上がった。改めて問いかけるまでもなく、衆議は持明院統に与することに明らかに傾き始めた。

兄の縋るような視線が、未だ自分の横顔に貼り付いているのを感じる。さらに自らを励まし、その視線を振り切るようにもう一つの策を口にした。

「斯波殿も申された通り、世の武門の不満が鬱積《うっせき》しているのは、親政にて公平な恩賞が与えられなかったこともありまする。命を賭して戦った我ら武士たちの所領が、何の戦功もない寺社や公卿に数多分け与えられ申した」さらに続けた。「さればそれがしは、もしこの戦に勝てば、それら没収地の返付令というものも発案しとうござる」

直後には一同から、おぉ、という感嘆の声が次々と湧き起こった。

「それは、けだし名案」

「さすがに御弟君であられる。我らの苦悩と憤懣を、良くお分かりでござる」

今度は全ての棟梁たちが、一斉に賛同の意を露わにした。衆議はこれら二つの案に対して、完全なる一致を見た。

が、そのように褒め上げられても、直義は一向に嬉しくなかった。この案は師直が発案したもので、そもそも自分が思い付いたものでもない。

昨日、師直は言った。兄は東天に凍てつく満月のように、人々の欲望の上に再び浮かび上がることが出来る、と。

そして今、この浮世の人々が義や倫理ではなく、飽くなき欲望と、その自らの行動を正当付けてくれる大義名分に突き動かされているのだという現実を、まざまざと見せつけられている。欲と名分が綯《な》い交《ま》ぜになった俗世の推進力が、時代の大波を引き起こす。それが骨の髄から分かっていたからこそ、円心と師直はこれらの案を持ち出してきた。

直義は満座の声が静まるのを待って、兄を振り返った。

「さて……このように衆議はほぼ定まりつつありますが、『鎌倉殿』はいかに思し召されるか」

一瞬、兄は戸惑ったように直義を見てきた。議決には反対である、とその泳ぎ続ける瞳が雄弁に物語っている。

が、尊氏が口を開くより早く、一族の吉良満義や細川和氏がまたしても口を開いた。

「兵衛府殿、是非にもそうなさりませ。ここは、相州殿の申されるとおりにされたほうがよろしい」

「我が軍は今、存亡の危機に瀕している。形勢を立て直すには、この二つの案を受け入れるしかござらぬ」

途端、再び諸将から圧倒的な賛成の声が上がった。そしてこの二案を押すべく、皆が寄ってたかって兄に向って詰め寄った。

結局、尊氏は不承不承、一同の意向を受け入れた。

「……分かった。皆々様がそこまで申されるのであれば、それがしも従いまする」

そう、蚊の鳴くような声で言った。

直後から師直の朝廷工作が始まった。光厳上皇から院宣を賜るべく、持明院統と近しい公卿、日野資名《すけな》に協力を仰ぐ使者を送った。

大覚寺統の親政の許で逼塞《ひっそく》し切っていた資名は、

「されば一門の浮沈は、この時にこそある」

と声を上げ、精力的に活動を開始した。

ちなみにこの縁が契機となり、室町幕府の基盤が安定した後年、日野家は歴代の足利将軍家に次々と正妻を送り込み、公卿としての権勢を極めることとなる。三代将軍の義《よし》満《みつ》の代から始まり、史上もっとも有名な正室は、八代将軍足利義政《よしまさ》の妻、日野富子《とみこ》であろう。

むろん、直義と円心も自軍の劣勢を挽回すべく、即座に動き始めた。先の戦で四散した味方や、朝廷軍に降参して軍門に下った諸将たちに、次々と密使を送り込んだ。

その口上は当然、今後もし足利軍が勝利すれば、現天皇が断行した没収地の返付令を施行するというものである。

また、同様の内容を持たせた密使を、西国筋の守護たちにもあまねく遣わした。

ここまでの施策を一両日かかって終えた上で、直義たち足利軍は篠村八幡宮を発した。丹波と播磨の国境にある三草山を越えて、摂津の兵庫島へと入った。

この四、五日ほどの間にも、京や近隣の武将たちに放っていた密使が、行軍中の足利軍に続々と復命してきた。

結果は、予想をはるかに超えて上々のものだった。

返付令の内示を受けた諸将の大半が、夜陰に紛れて即座に京を脱し、摂津へと進む足利軍に合流することを確約したという。

それら畿内からの諸将が数日のうちに、直義たちの布陣する兵庫島へと続々と集結して来た。

さらには西国からも、新しい援軍が加わった。周防《すおう》の守護である大内長弘《おおうちながひろ》と、長門《ながと》国守護の厚東武実《こうとうたけざね》が、五百隻からなる一大船団を組んで瀬戸内を渡り、二月九日には兵庫津へと入港した。

結果、足利軍の軍容は瞬く間に八万を超え、再び旺盛な兵気を取り戻した。

対する朝廷軍はこれまでの足利軍と同様、度重なる合戦で多数の兵を失い、さらにはこちらに寝返る兵団も相次ぎ、どう控えめに見ても五万は割り込んでいる。

それでも直義は用心深く、師直と師泰の高兄弟に問うてみることにした。なにせ今ではこの三人とも、大将としては負け戦の常連になっている。特に新田義貞と楠木正成を相手にしては、事あるごとに負け続けている。

「……これで、朝廷軍に勝てるだろうか」

師泰もまた、度重なる敗戦にすっかり自信をなくしているのか、無言で兄の師直を見た。

おそらく、と師直が言葉少なに反応した。「数の上では勝っておりますし、京筋《みやこすじ》からの間諜によれば、朝廷軍の士気は相当に下がっているようにてござりまする」

さらに語るには、北畠軍を指揮する顕家の父、親房は、

「朝敵追討の一段、諸人意《こころ》を入れざるの条、不可説《ふかせち》に候也（朝敵を追討する戦いであるのに、皆の士気が上がらないのは、どうにも変だ）」

と、盛んに首をかしげて焦慮し、楠木正成もまた、

「敗軍の武家には在京の輩《やから》、扈従《こじゆう》して遠行せしめ、君の勝《かち》戦《いくさ》をば捨て奉る（負けたはずの足利軍に在京の武士たちは付き従って行き、勝ったはずの帝側を見捨てている）」

と、盛んに慨嘆しているという。

そこまでを聞き、ようやく直義は安心した。

確かに数も激減し、さらには士気も悲惨なまでに下がっているようだ。これならばまず勝てる、と踏んだ。

翌十日、足利軍は京を奪還するために東進を開始した。というより、軍の総大将は、直義が務めることとなった。というより、尊氏から半ば強引にその任を押し付けられた。

「もうおぬししか、おらぬのだ」

そう、泣きつくように懇願された。

確かにそうかもしれない、と直義は感じる。

高一族は無残なほどに兵数を減らしているから、軍の中核部隊にはなり得ない。自軍の諸将の中で相変わらず自信たっぷりなのは赤松円心だけだが、まさか外様の武将を足利軍の総大将に据えるわけにもいかない。となると、残るは自分しかいない……。

そのようなわけで直義がやむなく采を取り、摂津の東方にある豊島河原《てしまがわら》へと全軍を進めた。

奇しくも同刻、新田と北畠の連合軍も、足利軍に寝返った武将たちを追いかけるようにして京から進軍して来た。

その敵の軍容を遠目にした時、負けるものか、と直義は改めて覚悟の臍を固めた。相手は明らかにこちらより少なく、兵気も噂通りに奮っていないようだ。いくら自分が合戦下手《かっせんべた》でも、この圧倒的優勢の前では負けるはずがないのだ、と己に強く言い聞かせる。

「かかれっ。敵方は、我らの半数ぞ」直義は全軍に突撃を命じた。「この勝機をもって、必ずや過日の雪辱を果たす。京を奪い返すのだ」

直後から敵味方の両軍が、豊島河原の中央部を流れる箕面川《みのおがわ》を挟んでの激戦となった。

直義は「大兵ニ奇略ナシ」の兵法通り、味方の数を恃んで平押しに渡河していった。

けれど、敵の総大将である新田義貞の巧みな駆け引きにより、こちらの繰り出していった先鋒部隊はまたしてもいいようにあしらわれ続けた。合戦開始から二刻が過ぎても、未だ箕面川以東の敵陣を制圧することが出来ない。どちらにも戦局が傾かない状況が、じりじりと続いた。

そうこうするうちに日暮れが近づいてきた。日没直前には敵味方共に体力の限界を迎え、再び箕面川を挟んでの睨み合いに戻った。

暮夜に幕内で行った軍議で、直義は円心の考えを仰いだ。

「戦線の膠着具合を、いかにして打破すべきでしょうか」

すると円心は、意外にもあっさりと答えた。

「こうして両軍が平場で組み合っている限りは、兵力の大なるほうが最後には勝ちまする。いたって算術の問題でござる。故に、下手に戦の駆け引きなどはなさらず、明日もこのまま泰然と押していかれればよろしい」

そうか、と直義はつい感心する。

円心は、楠木正成にも劣らぬ局地戦、遊撃戦の名人であるが、このように味方が多い場合は、大鉈でも振るうように、単純に兵力差で押し切るべきだと言っている。自らの得意とする戦の仕方には、一向に拘らない。その思考の柔軟さたるや、とても六十を過ぎた老人のものとは思えない。

さらに円心はこう続けた。

「それよりも拙者は、未だこの河原に姿を見せぬ楠木殿の動向が気になりまする」

それは、直義も多少気になっていた。しかし師直の情報網によれば、正成は新田義貞に一日遅れで京を発したらしい。となれば当然、新田と北畠の連合軍に合流するのは明日になるだろう。

その予想を直義が口に出すと、円心はやや首を捻った。

「尋常に考えれば、そうでありましょう。しかし楠木殿の兵団は、新田殿や北畠殿に比べて小ぶりで、そのぶん馬速を稼ぐことが出来まする。であるに、この刻限には、こっそりと河原向こうに着陣しているかも知れませぬ」

「…………」

「さらに、わしがかのお方であれば、間を置かず次の動きに出まするな」

「次の動き？」

円心はうなずき、さらに淡々と語った。

「左様。夜陰に紛れて、こちらの軍の背後に回り込もうと致します」

この意見には、直義も思わずぞっとした。

言われてみれば、つい二月前の駿河手越河原でもそうだった。夜半に夕餉を取っていたところを、新田義貞にまんまと裏を取られた。挙げ句に軍は恐慌をきたし、大敗したばかりではないか。

くそ——。一体おれは、何という馬鹿なのだ。その時の教訓がまったく身に染みていない。我が身の想像力の乏しさと軍才の無さに、つくづく自分を呪いたくなる。だから、こんな総大将など引き受けたくはなかったのだ。

ともかくも、急いで北方へと夥しい斥候を送り出した。

結果は、最悪なことに円心の見立て通りであった。

菊水紋の軍旗を掲げた兵団が、はるか北の平原を急速に西進していた。

その報告を受けた時、直義はやや取り乱し、尊氏の脇に侍っていた高兄弟に問いかけた。

「どうする。攻撃するか」

が、あのたぐい稀なる軍神のことだ。こちらから攻撃されることも充分に想定の上で、自らが進んで別動隊になっているのに違いない。

手越河原や京で同じく散々な目に遭った師直も師泰も、この報告には顔を引きつらせていた。

「退こう」尊氏が二人に代わって、即断した。「北の敵を攻撃すれば、すかさず川向こうの本軍がこちらの背後を襲ってくるだろう。泥沼になる」

道理だ。直義はさらに聞いた。

「どこまで退きまするか」

「西宮、いや、いっそ湊川（神戸）まで逃げたほうがよい」

しかし、ここから湊川までは、どう考えても八里はある。そんな西方まで撤退するのか、と言いかけたところで、円心も口を開いた。

「そうでござるな。どうせ退くのであれば、楠木殿が追っては来られぬところまで、完全に撤退したほうがよろしいでしょう。下手に途中で留まれば、この夜半にも痛き目に遭うは必定」

逃げるなら逃げるで徹底しろ、と諭している。

しかし、それを聞いた直義は、またしても泣きたくなる。敵に倍する兵力を持っていながら、一度も優位に戦えずして退却する……この我が身の体《てい》たらくときたら、どうなのだ。まったくもって情けない。

そんなことを感じながらも、全軍の撤退をほぼ徹夜で指揮し続けた。


翌十一日の朝方になって、足利軍は強行軍と睡眠不足でへとへとになりながらも、湊川に到着した。が、敵もさるもので、既に西宮を越えてこちらに迫って来ていた。

そこで直義は全軍に命じて、再び攻勢へと出た。新田、楠木、北畠の連合軍との二度目の激突となった。

湊川での一日目の戦いは、ほぼ互角だった。

しかし二日目の陽が天中に達した頃から、相手が戦術をがらりと変えてきた。

直義が敵の前線を面として、連合軍をあまねく攻撃し続けているのに対し、相手はあくまでも直義や尊氏の居る本陣を目指し、深い縦陣の波状攻撃を何度も仕掛けてきた。鋭い錐でも揉み込むようにして、明らかに尊氏と自分の首だけを狙い打ちに来ている。

考えてみれば敵は、我ら朝敵二人の首さえ取れれば、それでよい。完全な「勝ち」となるのだ。だから、このように単純勁烈な戦術に徹することが出来る。

当然、都度に味方の本陣は後退を余儀なくされ、それに釣られて諸将たちの部隊も、徐々に後退していった。今度はその逃げ腰を、さらに敵軍が痛烈に叩いてくる。

もう直義はどうすれば良いか分からず、焦りに焦っている。太陽が西へと傾くにつれ、こちらがますます劣勢となり始めた。

しかし、辺りが薄闇に包まれ始めた時、不意に敵方からの攻撃が止み、西宮方面へと後退していった。

「円心殿、我らはどうすればよろしいか」

その晩の軍議で、直義は再び縋るような気持ちで円心に問うた。

が、相手が答えるより早く、尊氏が絶望的な声を発した。

「どうこうすれば良いという話ではない。二倍の兵をもってしても、やはり朝廷軍には勝てぬのだ」

「では、どうなさるというのです」

「いっそ、畿内からも撤退しよう」尊氏はあたふたと答えた。「播磨か備前辺りまで退いて、今後どうすれば良いかをじっくりと考える」

普段なら、この総大将にはあるまじき意気地のない提案には、一族や他の武将からも囂々《ごうごう》たる非難が湧き起こるはずだったが、今回は違った。高兄弟や細川和氏、斯波高経も押し黙ったままだ。京以来の度重なる敗戦に、全員がすっかり戦意を萎《な》えさせてしまっている。

その様子を見ていた円心が、ようやく重い口を開いた。

「確かに、それが良いかも知れませぬ。二倍の軍力でも敵わぬとなれば、我らはさらに三倍、四倍の兵数を集める。

それを、改めて西国筋にて行うしかないのやも知れませぬ」

結局は、この円心の言葉が軍議の総意となった。

直義は、結果的にまた負けた。

もう正直、この世から消えてなくなりたいほどの無力感と自己嫌悪を、心底から味わった。

幸いにも湊には、周防と長門から応援に来た軍船が五百艘《そう》もあった。兵たちを軍船に喫水線ぎりぎりまで詰め込み、夜半過ぎには慌ただしく兵庫島を後にした。

その海路、直義は懸命に考え続けた。

円心が示した今後の方針は、おそらく正しい。

では、どのようにすれば、西国筋から敵の三倍、四倍もの兵を、これからより確実に徴募できるのか……。

再び一昼夜ほぼ寝ずに、そのことに頭を絞り尽くした。

むろん戦の直後で、心身ともに未だ興奮し切っていたせいもある。敗戦の連続に、口惜しさと苛立ちが頂点に達していたこともある。

それら負の実感まで総動員して、自らの思考力へと変えた。脳味噌の汁が全身の毛穴から滲み出るほどに、さらに考え続けた。

十三日の夕刻になり、船団は播磨国の室津に入港した。

その直前、直義はようやくある具体的な策を考え付いていた。さっそく細川和氏と今河範国を呼び出し、下相談をもちかけた。

「うむ。それしかあるまい」

そう和氏が簡潔に答えると、範国もうなずいた。

が、直義はなおも用心深く、二人に対して釘を刺した。

「下手をすれば、我らは生まれ故郷を遠く離れたまま、虚しく土に帰ってしまうかも知れぬ」

今度は範国が口を開いた。

「人はどうせ、いつかは死ぬ。それがしもまた、兄弟のほぼすべてを先年の戦いで亡くし申した。彼ら御霊のためにも、わしはこの策に命を賭けたい」

二人の感触からして、この策が半ば成ったことを感じた。

次に尊氏の許に行き、自分の策を述べた。

すると兄は小首をかしげ、こう言った。

「うん。では播磨については、円心殿であるな。きっとその任を喜ばれよう」

予想もしなかったその第一声にはさすがに戸惑ったが、念のために聞いた。

「では兄上は、この策に賛成なのですな」

「賛成もなにも――」尊氏はやや戸惑ったように答えた。

「帝を一度、完全に降参させ奉るためにはそれしかなかろう。わしら兄弟が、いつかは鎌倉へ安んじて帰るためにも」

夜になり、室津での軍議が始まった。

直義はその初手から口を開き、慎重に昨日の軍議の再確認から入った。

「やはり我らは円心殿が申された通り、西国筋の国々をあまねく傘下に収めて、確固たる勢力を築かねばなりませぬ。それが、京から進軍して来る敵方からの防衛線にもなり、かつ、我らが再び京へと攻め上がる際の頼もしき兵力となりまする。これであれば、敵に数倍する味方をもって、再び京を奪還することも可能となりましょう」

そう前置きをしたうえで、四国、山陽道、九州の各国に、足利軍からの軍事司令官を、それぞれの兵団ごとに遣わすことを提言した。

まず、足利家への友好国には同地の守護と協調して、未だ去就が定まらぬ土豪たちを完全にこちらの味方へと変える。国全体を足利方の勢力として塗り替えてしまう。

逆に朝廷方の敵国に対しては、各兵団が武力を背景にして、こちらの味方に付くことを説得、あるいは強談する。最悪は、矛を交えてでも支配下に置く。

「そのためには我ら一門のお方々と、播磨の円心殿、および周防殿（大内長弘）、長門殿（厚東武実）の御配慮を、是非にも賜りたく存じまする」

続けて、こう語った。

第一に、既に阿波国を手中に収めている細川一族には、他の四国の地域――讃岐、土佐、伊予のすべてを足利家の勢力下に収めるべく、今後は活動してもらう。

次に西国筋は、山陽道の東から順に、まずは播磨国である。この地は、世間での名声、力量共に申し分のない円心を、新田義貞に代わる仮の守護として新たに任命する。軍事指揮官も兼ねて差配を任せる。

続く備前は、そもそも足利家に与している源氏系の守護、松田盛朝《まつだもりとも》の領地であるので、そこに足利一門のいずれかを派遣し、より一層の基盤を固める。

次に、朝廷方か足利方か向背定かならぬ備後であるが、ここには今河一族を上陸させ、足利家の基盤になるように奮闘してもらう。

安芸《あき》の守護は小早川《こばやかわ》氏で、これは一門の桃井義盛が以前からの知り合いであるので、これを大将として派遣する。

周防と長門に関しては、それぞれの守護である大内長弘と厚東武実の許へ、これも一門のいずれかの者を軍事指揮官として伴わせる。

これで四国と山陽道の国のほぼすべての軍事指揮権を、足利軍の許に置くことが出来る。

「最後に、鎌倉殿とそれがし相州の足利宗家でござりまする。我らは九州へと上陸し、一円の武将を心服せしめた後に、彼の地から再び東上を始めたく存じまする」

そう直義が声を励まして言い終わると、すかさず細川和氏と今河範国が賛同の声を上げた。二人は、足利宗家と並んで最も困難な地域を担当する。その彼らが即座に反応することによって、満座には、

「おぉ――」

という驚きとも感嘆ともつかぬ声が一斉に湧いた。

案の定、外様の諸将で真っ先に口を開いたのは、円心だった。未だ現世欲が衰えぬこの老人は、以前から地元である播磨の支配権を強く欲していた。それが元で後醍醐天皇に激昂し、現朝廷とは袂《たもと》を別《わか》った経緯もある。

「あは。さすがは鎌倉殿の御弟君、それがしの気持ちをよくお分かりであられる。されば、ここは拙者の踏ん張りどころでござるな」

と、尊氏の予想通り、小躍りするほどに喜色を露わにした。むろん自らの力量に照らし合わせて、播磨中の土豪たちをその旗下に従わせることに、なんの不安も感じていな

いからでもあろう。

さらに、一門のうちでは細川一族と並んで最大の武門を切り盛りする斯波高経が、こう切り出した。

「さればわしは、周防殿か長門殿のいずれかさえよろしければ、そのどちらかに伴って頂こうかと存ずる」

これら二人の発言によって、直義の提言した案は一気に決した。

厚東武実の長門に関してはこの斯波高経が下ることになり、さらに斯波一門の重鎮である石橋和義《かずよし》を備前へ、そして周防には、大島義政という、かつては新田一門で、今では足利家に帰順している武将を遣わすことになった。

こうして各国に、足利軍旗下の武将のすべてが出揃った。

ちなみにこれが後世で言う『国大将制《くにだいしょうせい》』と呼ばれるもので、過日の持明院統擁立、元弘没収地返付令に続いて、足利軍巻き返しのための第三の施策である。

むろんこの時の直義は、この第三の施策が先の二つの施策と絡み、後年に一門それぞれの武門が日本の各地域で絶大な権力を振るう契機を作ったとは、知る由《よし》もない。

以下、先々の話を多少割ることになるが、これより九か月後の十一月二日、後醍醐天皇を一時的に降伏させた尊氏と直義は、持明院統の新しい朝廷を成立させる。

続く同月の七日、直義が主幹となって新しい武家政治の基本方針である『建武式目《けんむしきもく》』を制定する。この瞬間、実質的な室町幕府が誕生した。

しかし、それを不満とした後醍醐（元）天皇は、十二月二十一日、突如として吉野に遷幸《せんこう》し、独自に別の朝廷を立てた。京の北朝に対する、南朝である。

そして翌年の建武四（一三三七）年から、大覚寺統と持明院統の朝廷が互いに皇室の正統性を争う、南北朝の動乱期へと突入する。

この後醍醐天皇が率いる南朝の力を削ぐために、直義が発案した国大将制が先例となった。尊氏と直義が作った室町幕府は、南朝勢力の跋扈する地域に、こうした一門の兵団を事あるごとに送り込んだ。

彼ら足利一門と足利宗家に与する武門は、ほぼ孤立無援の状態で、敵国に次々と侵攻していった。多大なる一族の犠牲を払いながらも死に物狂いで奮戦し、独力で各自の領国を切り取っていった。

尊氏と直義もまた、彼らが獲得した国々での既得権益を無条件で認めた。一門の嘗めた文字通り血塗れの辛酸を思えば、認めざるを得なかった。ゆくゆくは南朝を滅ぼし、自分たちが擁立した北朝の正統性を完全に確立するためでもあった。彼らを、彼らが征服した国々の新たな守護として即座に追認し、それら地域の統治権と軍事指揮権をそっくり一任した。

一方、細川和氏や上杉兄弟、斯波高経ら一門の初代守護とその子供たちも、尊氏と直義が仕切った初代将軍家との関係はともかく、二代目の義詮《よしあきら》の時代になると、

「我らが、肉親や郎党の屍の上に必死で築いた領国である。今の将軍家に、何の遠慮が要ろうか」

と、この苦労知らずのまま将軍職に就いた義詮に、反感を露わにした。御教書《みぎょうしょ》にも自分たちの不利益になることには従わず、傲然《ごうぜん》とした態度を取り続けた。

そのような経緯もあり、初期の足利将軍家は、彼ら守護職の剝奪権さえ実質的には持てなかった。

この当然の帰結として、細川氏、斯波氏、吉良氏、上杉氏、あるいは赤松氏などが獲得した広大な領国は、後年には将軍家から半ば自立化した勢力となり、大いに繁栄した。

例えば細川一族は、四国の阿波、讃岐、土佐、伊予の四か国と、淡路国、和泉、丹波、備中など膨大な領国を有し、その規模では足利将軍家の直轄地を抜いて、日本最大の武門となった。そして一族の宗家である細川京兆《けいちょう》家が、百三十年後に応仁の乱を起こす。

斯波氏は、本貫である尾張の他に、北陸全体を領土とした。その領土経営の中心地である越前で新たに家臣となったのが、朝倉《あさくら》家と織田《おだ》家である。越前斯波家は応仁の乱の後に、朝倉孝景《たかかげ》に滅ぼされたが、尾張斯波家は、その陪臣である織田弾正忠《だんじょうのちゅう》家から信長《のぶなが》が出るまで続いた。

赤松一族は円心の子の代に、播磨に加えて、摂津、備前、美作の四か国の太守となった。これまた戦国時代の後期まで続く。

吉良家は本貫の三河の他に陸奥国の過半を掌握し、少なくとも三河吉良家は、はるか後年の松平《まつだいら》家（徳川《とくがわ》家）に実効支配されるまで存続した。

今河氏は駿河と遠江の守護となり、やがて『今川家』と呼ばれるようになり、戦国後期まで東海地方で繁栄する。

上杉家は上野と越後を新田一族から奪い取って守護となり、さらには関東管領として、戦国期初頭に伊勢《いせ》新九郎盛《しんくろうもり》時《とき》（北条早雲《そううん》）が忽然と現れるまでは、坂東八か国をその実効支配下に置いた。その間、憲顕や重能たちから続いた子孫は、畿内の足利将軍家に公然と対抗し続けた。

それゆえに足利宗家が開いた室町幕府は、直轄地の少なさからくる財政難と武力基盤の脆弱性に、その発足当初から悩まされ続けることになる。かつ、彼ら有力守護大名た

ちの起こした謀反や政変、度重なる政治への容喙からくる政情不安にも、これより二百四十年後の幕府滅亡の時まで、絶えず付きまとわれることとなった。

が、これら大元の責を、尊氏と直義の二人だけに背負わせるのは、あまりにも酷というものだろう。

彼ら兄弟には、鎌倉幕府や江戸幕府、あるいは豊臣《とよとみ》政権とは違って、当初から滅ぼすべき朝廷が別途に存在した。加えて、その敵対勢力の頂点に君臨する後醍醐天皇は、皇室史の開闢《かいびやく》以来、最も世俗的覇気と獣のような生命力に満ち溢れた精力漢で、何度挫けても必ずや復活する超人のような存在でもあった。

その帝から見れば、直義は戦下手の、単に生真面目一本槍に生き続けた只人《ただひと》に過ぎず、ましてや兄の尊氏に至っては、野心の希薄さ、定見の無さ、精神面での惰弱《だじやく》さたるや、武門の棟梁としては生まれついての廃人そのものである。尊氏に多少ともあったのは、薄ぼんやりとした愛嬌と、それに伴う他者への度量のようなものだけだった。

……………。

足利兄弟を擁護するつもりで書いたのだが、何故か、また貶すことになってしまった。

しかし、そんな兄弟が、最後には後醍醐天皇が興した南朝に競り勝ったことに、この人の世の不思議さを思わずにはいられない。

ともかくも室津の軍議にて、国大将制を施行することが正式に決定された。そして同地より、円心と細川一族は足利軍の最前線の盾となるべく、それぞれの本拠地へと戻っていった。

続いて備前の吉井川河口で石橋和義の部隊を下した足利軍の船団は、二月十五日、備後の鞆の津へと入った。

この頃には師直の連絡網から、光厳上皇からの使者が、海路こちらに急行しているという情報を既に摑んでいた。

果たしてこの鞆の津で、京からの使者が直義たち足利軍にようやく追いついた。光厳上皇からの院宣をもたらした者は、日野家出身の三宝院賢俊《さんぼういんけんしゆん》という僧侶だった。

院宣は、持明院統の正統性を説き、かつ、足利家にその正統性に反対する勢力を討伐するように命じていた。

内容を一読した尊氏は、摂津での負け戦以来の気弱な笑みを、ようやく漏らした。

「これで我らはようやく大義名分を得て、九州へと下ることが出来る」

それでも直義が見るところ、兄はこの院宣を心底から嬉しがっている様子でもなかった。単に一時的に、ほっとしているだけのようだった。

その後の直義は、各地へと向かう一門には、ことごとく持明院統の錦の御旗を掲げるように命じた。

さらに兄の尊氏には、後醍醐天皇に与する九州の諸勢力を討伐するために、親足利派である少弐貞経《しょうにさだつね》・頼尚《よりひさ》の親子や、京で足利軍と共に戦って死んだ豊後の大友貞載の遺児らに宛てて、協力を求める手紙を書かせた。

そこまでの手配を終え、足利軍は瀬戸内の途中の国々で各兵団をさらに切り離しながら、本州最西端の地である赤《あか》間《ま》ヶ関《せき》に到着した。

時に、二月二十日のことである。

その時点で九州に渡って戦う足利本軍は、相次ぐ合戦で兵を激減させたままの足利宗家と高一族、それに吉良満義、一色範氏《のりうじ》、仁木頼章の兵団の生き残りの、僅か五百騎ほどでしかなかった。

14

建武三年の五月五日、師直たち足利軍は、九州から再び備後の鞆の津へと戻って来た。約三月ぶりの帰港である。

長かった、と師直は感じる。

実際の日々はそうでもない。しかし内的には、ここまで足利軍が復活してくる道程は、本当に長く辛いものであった。少なくとも一度は、心底から死を覚悟したものだ。

去る二月二十九日、九州の芦屋《あしや》に上陸した足利軍は、筑前国を南下して宗像《むなかた》へと進んだ。その中心地である宗像大社に、少弐頼尚が先発隊を率いて出迎えに来た。

直後に、頼尚の実父である貞経の悲報が届く。

肥後の大豪族に、菊池武敏《たけとし》という者がいる。三年前、後醍醐天皇の蜂起に与して討ち死にした武時の息子で、生粋の宮方《みやかた》である。この武敏が九州の諸勢力を糾合し、少弐氏の本拠地である大宰府《だざいふ》を襲ったのだ。そして大宰府は陥落し、少弐貞経は郎党と共に自害して果てた。

「なんと――」

実は師直たち足利軍は、この少弐氏に最も期待をしていた。少弐貞経もまた周辺から兵馬を募り、弓折れ矢尽きた足利軍のために大量の槍刀武具も調達していた。

それらがすべて、大宰府の陥落により消失した。

尊氏は、少弐頼尚の前では終始篤実な態度を崩さず、お悔やみと慰めの言葉を盛んに口にしていた。しかし頼尚が幕内から出て行くと、

「いったい今後、どうするのだ」と、左右を見て、早くも

泣き言を連発した。「少弐殿が五百、我らも五百で、千騎しかおらぬ。武具もない。これではは なから勝負にならぬ」が、そう愚痴をこぼされても、はるばる九州まで来てしまったものは仕方がない。

それに、足利軍が畿内まで再び巻き返すためには、日本の奥座敷である九州を完全に制圧して勢力下に加え、後顧の憂いをなくしておくことが必須の戦略であった。

「殿、気をしかとお整えあれ。友軍は、なにも少弐殿だけではありませぬ」師直は、駄々っ子でもあやすように言った。「豊後の大友殿や薩摩の島津殿、肥前の千葉殿らもいらっしゃいまする。必ずや多くの方々が追って馳せ参じられましょう」

一門の諸将も師直に倣い、尊氏を盛んに鼓舞し続けた。するとこの総大将は、やや気を取り直した。

「……それも、そうかも知れぬ」

こうして足利軍は、さらに西進した。三月二日には、多々良《たたら》浜を望む香椎宮《かしいぐう》に本陣を置いた。この前後には、大友や島津といった九州の武門が、足利軍に合流して来た。

一方、大宰府で大勝した菊池軍は、九州ほぼ全域の豪族、武敏と同国の阿蘇《あそ》氏や、筑前の秋月《あきづき》氏、筑後の蒲池《かまち》氏、星野《ほしの》氏、肥前西海の松浦《まつら》党らを糾合して、さらに勢力を大きく膨らませていた。それら二万を超える大軍は博多へ意気揚々と進軍して、多々良川の西岸に布陣した。

対して、足利軍の許へ集まってきた各武門の兵団は合わせても千騎ほどで、累計でも二千の軍容と、憐れなほどに少なかった。彼我の兵力差は、なんと十倍である。

師直が思うに、九州の豪族たちの大半は、畿内で足利軍が朝廷軍に負け、さらにはこの九州の初手でも少弐軍が敗れた結果、宮方の勢力が勝つと見込んでいるようだった。

敵の軍容を遠望した尊氏も、再び絶望の声を上げた。

「あわ――このような兵力差ではとうてい勝てぬ。もはや、これまでである」

そしてやにわに太刀に手をかけ、早くも自害しかけようとした。相変わらず現世への執着心が薄い。

直後、そんな兄を直義が蹴り飛ばすように叱りつけた。

「兄者っ、何を戯けたことを申されるかっ」

そう喚いて、尊氏の右手首をむんずと摑んだ。

「合戦の勝負は、彼我の兵数では決まりませぬ。現に、我らがそうだったではないですか。豊島河原ではあれほどの兵力を持ちながら、敗れたではありませぬかっ」

師直は、不謹慎にも笑い出しそうになった。

直義は、単純な兵力差だけでは勝ち負けは決まらぬことを、あろうことか自らの戦下手さ加減、これまでのへっぽこさ加減を例に挙げて力説している。

が、この言葉に少弐頼尚が意外にも頼もしく反応した。

「そうでござる。敵は恐るべき軍容といえども、所詮はその殆んどが勝ち馬に乗ろうとする日和見の衆。菊池本軍の郎党は、三百騎もおりませぬっ」

直義もまた、即座に反応した。

「兄上、さればそれがしが先陣を務めまする。兄上は師直と共に本陣を守り候え。もし拙者が苦戦するようなら、前後を入れ替わりましょうぞ」

が、その出陣直前、直義は師直を呼び出し、やや震える声で密かに告げた。

「わしがいかなる苦戦に陥ろうと、決して兄を出してはならぬ。そして死ねば、この場での戦いは仕舞いとせよ。おぬしは兄を守って、すぐさま宗像まで退くのだ。繰り返す。源氏の栄えある世を復活させるためにも、決して『鎌倉殿』を死なせてはならぬ」

師直は一瞬、呆然とした。こいつはもう、最初から死ぬ覚悟なのだ。その顔を恐怖に引きつらせながらも、もし自軍が潰えた時には尊氏を逃す時を稼ぐために、敢えて「捨て殺し」の先陣を務めようとしている。


けれど、直後には師直も腹を括った。

「相わかり申した。必ずやそのお言葉、お守り致します」

直義は無言でうなずくなり、全軍を振り返って魚鱗の陣形を取ることを命じた。敵に向かって全体の形が、鋭い鏃《やじり》のようになる。攻撃には特化しているが、防御にはまるで役に立たない。

その陣形の最前線まで、直義は騎馬でしずしずと進んだ。

「狙うは、肥後九郎《ひごくろう》（菊池武敏）殿の首のみぞ」直義は采を振り上げた。「それなくして、今日の陽暮れを迎えられると思うなっ」

そう檄を飛ばすなり、敵陣へと一斉に駆け始めた。

敵は、こちらを過少だと侮っているのだろう、左右に大きく布陣を広げている。鶴翼《かくよく》の陣だ。あわよくば直義たちを取り巻いて殲滅しようと待ち構えている。それでも直義の軍は、一向に馬速を緩める様子もない。僅か千五百ほどの味方が遮二無二駆け続け、敵の大軍に突っ込んでいく。

直後、師直たちの背後から北風が吹き始めた。瞬く間に激しく周囲の土埃を盛大に巻き上げ、多々良浜を這い滑っていく砂嵐へと変わった。

前方の景色全体が、次第に薄茶の一色に染まっていく。味方も敵も砂塵の中に呑み込まれていく。

昔、聞いたことがある……六十年前にもこの多々良浜で、まったく同じ事があったという。思わず師直は言った。

「殿、これはまさしく元寇の、『神風』の再来でござりまするぞっ」

が、尊氏はそんな師直の呼びかけなど聞いていなかった。隣でしゃがみ込み、一心に念仏を唱えている。両手を摺り合わせ、地蔵菩薩の名を口にし続けていた。

「直義を救いたまえ。我が生に代えてでも、なにとぞ救いたまえ――」

……これは今、何を呼び掛けても無駄だと感じる。大将たる者がろくに戦局も見ず、目を閉じたまま一心不乱に祈り続けている。まさに困った時の神頼みだ。

再び前方へと目を転じた。砂塵は今や巨大な幕となって天空へと立ち上り、多々良浜全体を覆い尽くしている。その中から、盛んに剣戟の音や鬨の声が響いてくる。

この神風のようなもので、直義たちは束の間、優位に戦うことが出来ているだろう。それでも最終的には、十倍以上もの劣勢が覆せるはずもない。

と、その砂嵐の中から一騎の若武者が飛び出してきた。こちらに向かって懸命に駆けてくる。

若者は師直の前に来るなり、片膝を突いてあるものを差し出した。見覚えのある直垂の右袖だ。直義のものだ。

「相州殿からの言伝でござりまするっ。ここで防ぎまするゆえ、早う早うお引き候え、とのことにてござりましたっ」

途端、尊氏が飛び上がった。同時に発狂した。

「わしは直義に誓った。我ら兄弟は死ぬまで同体である。見捨てられぬっ」

そう喚きながらも、普段は垂れている両眼が恐ろしく吊り上がった。太刀を抜き、さらに喚き散らした。

「もはや勝ち負けなどどうでも良い。わしは行くっ」

直後には師直が止める間もなく、騎馬に鞭を当てて砂嵐の只中へと単騎飛び出していった。

師直たちも慌ててその後を追う。くそ。これでは我が軍は、間違いなく全滅する――が、まさか足利家の棟梁を見殺しにするわけにもいかない。

残る全軍で、一面土埃に包まれた戦場の只中に突っ込んでいった。

意外だった。直義率いる足利軍は、未だ最前線で激しく矛を交えている。そして何故か、この砂塵の中で味方の勢いは増しているようだ。

少しして気づいた。肥前の松浦党がいつのまにか敵軍と交戦している。我が軍に寝返っていた。兜まで血飛沫を浴びている直義が、敵に槍を突き出しながら喚いた。

「我らは今や、持明院統の宮方なり。次なる朝廷の官軍である っ。改心するに遅からず。我に味方せんとする者は、直ちに朝敵、肥後九郎殿の首を取れっ」

その声に影響されたのか、さらに次々と旗を巻いて降参する者、足利軍へと鞍替えする九州の中小豪族が続出した。

少弐頼尚の言った通りだ。敵は殆んどが味方の数を恃んだだけの烏合の衆だった。

少弐頼尚の部隊が敵軍の中央部へと奥深く突進していく。大宰府で滅んだ実父や、郎党たちの仇とばかりに猛攻をかけ始めた。師直の周囲でも、今や九州の豪族同士が敵味方に分かれての乱戦となっている。

四半刻後、彼我の勢いがついに大きく逆転した。

まずは蒲池軍が、首領である武久《たけひさ》が討たれた直後から総退去を開始した。敵の有力兵団であった秋月軍、阿蘇軍、星野軍も、その様子を見て恐慌をきたした。泡を食ったように我先にと戦場から逃げ散っていった。敵軍全体が南方へと壊走を始めた。

終わってみれば足利軍の完勝であった。

師直はこれまでにないほどの地滑り的な大勝に、正直、喜びよりも先に拍子抜けがした。

あまりにもあっけない結末であった。

血塗れの槍を持ったままの直義もそうだ。

自らが主導した戦いながらも、その戦歴における初めての圧勝に、自身が呆然としている。

「助かった……が、これはどういうわけか」

それがこの男の、最初に洩らした感想だった。

その後、蒲池武久や秋月種道《たねみち》らの首級が幕内に届けられるにつれ、ようやく改めて勝利を実感し始めた次第だった。

同日の夜半になり、直義は師直にこうつぶやいた。

「わしは此度、ようやく分かったことがある――」

「なんでござるか」

直義は自分で言い出しておきながら、一瞬口ごもった。が、ややあって顔をしかめ、投げ出すように言った。

「頭の中に、いつも小理屈ばかりが詰まっている――つまらぬ男だ。ようは、わしのことだ」

予想外の告白に、師直は思わず言葉を失う。

「我が命を、どこまでも後生大事に棺《ひつぎ》まで持ち越していこうとする。気づかぬうちに、いつも己可愛《おのれかわい》さで手一杯だ」

さらに自らをこう切って捨てた。「そのような奴は、多少頭が回ろうが武芸に優れようが、所詮切所では勝てぬのだ」

「……」

「少しでも不利になれば、すぐに腰が引けてしまう。理屈が先走って命を張れず、挙句には成るものもならぬ。これは別に、戦でなくても同じだろう」

あぁ、と師直にもようやく腑に落ちるものがあった。

直義は今、自分の事を淡々と述べている。が、それは師直と師泰にも全く当てはまる。だから我らは上洛以来、ずっと負け続けてきたのだ。直義の言葉は、さらに続いた。

「されど、我が兄にはそれがない」

師直は、迂闊にも口走った。

「『極楽殿』、だからでござるか」

直義は、少し笑った。

「そうだ。兄は清々《すがすが》しいほどに何も考えておらぬ。いざとなれば自分のことすらすっかり置き忘れる。現に今日もそうだ。平然と自分の命を懸けものにした。が、たいがいの人というものは、そこまでは無心になれぬものだ。故に、これまでのわしのように半端に小賢しき者たちは、すべて兄の前に敗れて来た。おそらく、これからもそうだろう」

これには師直も、深々とうなずいたものだ。

正しい、正しい。

今、直義の口にしたことは、まったくもって物事の正鵠《せいこく》を射ている——。

ちなみに当の尊氏は、この日以降、生涯にわたって熱心な地蔵菩薩の信奉者となった。直義が救われたのは、地蔵菩薩に祈りが通じて神風を吹かせてくれたおかげだと、露ほども疑っていない様子だった。

それから尊氏は必須の日課として、何十体もの菩薩像を一枚の紙の隅々までちまちまと描き連ねるようになった。時には飽きて筆筋が粗略になることも多々あったが、それでも日々描き続けた。その線の荒い菩薩像たちの絵図は、令和となった今でも鎌倉市の浄妙寺や栃木県立博物館などで見ることができる。


その後の一月、足利軍は九州の各地を休むことなく転戦した。時折やや劣勢に回ることもあったが、結局はどの戦場でも不思議と負け知らずだった。

いや……何ら不思議ではない。

多々良浜の戦いの後からは師直も直義も、むろん師泰も、苦境でも一切浮き足立たずに戦うことが出来るようになった。粘り腰で必死に堪えることが出来るようになった。

競り合いで苦しいのは、殺される恐怖に怯えているのは、相手も同じだ。

本当にきつい時に、敢えて死地に向って一歩踏み出ることができるのか――。

その一歩さえ出れば、さらに一歩、また一歩と、続けざまにまた先へと踏み込んでいける。結果、敵は怖れをなして後退する。

自分を、護《まも》らない。だからこそ逆に拾える命がある。

直義の言った通りだ。

その生において慎重に橋を渡るばかりで、我が命を棺まで持っていこうとするような男には、戦いの女神、九天玄女《きゅうてんげんじょ》も微笑みはしない。今までの我らのことだ。

三月の末までには九州のほぼすべてを制圧した。足利一門の一色範氏を鎮西《ちんぜい》将軍として残し、それに仁木義長《よしなが》を付けて、今後の西海への抑えとした。

翌四月三日には、博多から東上を開始した。長門、周防、伊予、安芸と、海路を一月以上かけて進んでいく途中で、各国の足利一門の兵団を逐次に合流させた。それら一大船団を率いて、五月五日に備後の鞆の津まで再び戻って来た。

師直はこの二月の間にも、京の持明院統や日野家などの情報筋から、内裏の動向をかなり詳細に摑んでいた。

その中には、朝廷の今後を占うような興味深い逸話もあった。

去る正月、足利軍が鎌倉から京まで攻め上って来る直前、後醍醐天皇は動揺する朝廷軍を鼓舞すべく、雑訴決断所にある軍令を貼り出していたという。

「此度の戦いに忠功を尽くした者には、遅滞なく恩賞を与える」

すると、翌日にはその軍令の余白に、このような落書《らくしょ》が書きつけられていた。

「かくばかり　垂らさせ給う綸言《りんげん》の　汗《あせ》の如《ごと》くになど流るらん」

これを知った時、故事に詳しい師直は、思わず笑った。

「綸言、汗の如し」という唐の格言がある。

皇帝が一度発した言葉（綸言）は、垂れてしまった汗のように体内に戻すことが出来ない、苟《いやしく》もあとで取り消したり、訂正することは出来ない、という意味だ。

が、落書は、その垂らす綸言が汗を掻くばかりで、（約束が）どんどん流れていく、かつ、「垂らす」にも、「人を誑《たら》す、たぶらかす」という意味をかけている。

なかなかに洒落が利いている、と師直は再び笑った。

おそらくは雑訴決断所に足繁く通っていた公卿か、それなりの教養のある宮方の武士の仕業であろう。

続いて肝心の内裏でも、京での戦乱後、ひと悶着《もんちゃく》、さらに二悶着があった。

ちょうど足利軍が九州に上陸した二月二十九日のことだ。後醍醐天皇はこの二十九日に、建武の元号を延元へと改めた。建武政権が始まって以来の戦乱に次ぐ戦乱に、すっかり嫌になってしまったらしい。

しかし文章博士《もんじようはかせ》の平惟継《たいらのこれつぐ》が、天皇に噛みついた。

「私は二年前、建武という元号では、必ずや兵乱が起こると申し上げたはずでございます。建武、つまりは『武を建てる』という意味でございまするとお答え申したはず。にもかかわらず、陛下は建武への改元を押し切られました。それを今さら掌を返されまするのは、前後矛盾でございまする。常に一貫した方針の善政を敷かれてこその帝というものではありませぬか」

天皇は、そう言われればそういう気もしたらしく、広く呼びかけていた改元を、一旦は白紙に戻そうとした。

が、これにも公卿の多くが反対した。特に右大臣の洞院公賢は、

「そもそも此度の改元を推し進めるは、建武ではまずい、と言う声が天下にも満ち満ちているからにてござります。されば、民心を一新されるためにも初心を貫かれ、毅然として断行されるべきでござります」

と、激しく主張した。結果、再び改元の運びとなり、建武から延元へと改まったという経緯がある。

ようは、と師直は思う。改元反対派だった平惟継の異議も、推進派だった洞院公賢の意見も、詰まるところは天皇への「面当《つらあ》て」である。内裏の良識派の二人に共通する本心としては、常に政治方針をころころと変える親政に、ほとほとうんざりし切っているということだ。本心では、

「建武という元号が問題なのではなく、後醍醐天皇の専横政治の在り方自体がこの世の乱れの本質なのだ」

とでも、声を大にして叫びたかったのだろう。

朝廷内の公卿たちでさえそうなのだから、在京武士たちの憤懣は如何ばかりのものであろうかと感じた。

そのことを直義に話すと、九州で連勝を収め、再び以前の自信を取り戻したこの男も、

「さもあろう。落書にもあったように、世間は、既に帝の親政を見限り始めている」

と、いかにも確信ありげな口ぶりで言ったものだ。

「ところで、在京の武士団と言えば、新田の小太郎殿や楠木殿、北畠殿はどうなっておるのだろうか」

まず楠木正成の逸話が、ほぼ同時期に入って来ていた。

俄かには、耳を疑う話だった。

足利軍が都落ちし、さらに九州まで後退した直後、内裏は連勝の喜びに沸き返っていた。そんな折に正成が、帝や公卿たちの前でこう発言した。

「ちょうどよい潮目でございます。いっそこれを機に、弱り目になった足利卿を召し返して、君臣和睦されてはいかがでしょうか。よろしければ、使者は拙者が務めまする」

それを聞いた公卿たちは、正成の神経を疑い、嘲《あざけ》った。

「これは、不思議なことを言われるものよ。古来、勝者が敗者に進んで手を差し伸べるなど、聞いたことがない。楠木殿は、何か思い違いをなされているのではあるまいか」

それでも正成は怯まず、なおも献言を続けた。

「帝が幕府を滅ぼされたのは、ひとえに足利卿の働きによりまする。むろん新田殿も関東を攻略されましたが、今、天下の諸将は勝ったはずの我らを見捨て、ことごとく足利軍に付き従って西国へと下りましてござりまする。恐れながら、これを見ましても、もはや武士たちの心は朝廷の許を離れ、足利卿のお人柄へと草木のように靡いているものと存じまする」

この意見にも再び囂々たる非難が湧き起こったが、正成は執拗だった。さらに勇気を振り絞り、諫言《かんげん》し続けた。

「予言するようですが、兵衛府殿と相州殿は必ずや後日、山陽道、四国、九州の勢力を糾合し、再びこの京に攻め上って参りまする。その時には、彼我の勢力にはさらに大きな差が出来ており、もはや防ぎようはございませぬ。朝廷には朝廷なりのお立場の、深い御思慮があられるのでしょうが、こと武略の道においては、身分卑しきながらもこの拙者、正成の申し上げますることに間違いはございませぬ」

そう言い切ったが、これまた並み居る公卿たちから嘲笑されただけで、当然のように後醍醐天皇からも、にべもなく却下された。

師直は、雑訴決断所での正成の言葉を改めて思い出す。

「その御器量、あたかも水の如く」

と、盛んに尊氏のことを褒め上げていた正成であったが、返答に困った故・上杉憲房がもう一人の倒幕の功労者、新田義貞のことを持ち出すと、意外にもその評価はそっけないものであった。

今回もそうだ。一応、義貞の武功を持ち出してはいるものの、それでも天下の諸将は義貞ではなく、尊氏の人徳に靡くのだと断言している。そこに、尊氏への一貫した評価を感じる。

さらに感心したのが、尊氏と直義が京に攻め上ってくる、という言い方であった。正成は、明らかにこの兄弟の脅威を同列に扱っている。

分かっている、と感じる。確かに尊氏に人望はあるが、とはいえ単なる神輿であって、その動きを実際に指揮しているのは直義だということに、間違いなく気づいている。

さらに五月雨式に、新田義貞と北畠顕家の動向も師直の耳に入ってきた。

三月の初頭には、新田軍は播磨の赤松円心を討伐すべく、既に畿内から西進を始めていた。北畠軍も同様で、同月の後半には陸奥の斯波家長が率いる足利勢力を掃討《そうとう》するために、奥州へと帰還の途に着いた。

が、北畠軍は顕家自身が引っ張っていったが、新田軍は当初、義貞本人ではなく、新田家支族の江田行義《えだゆきよし》と大舘氏《うじ》明《あき》が一万の軍勢を率いて播磨へと乗り込んだ。

風聞によれば、去る二月、畿内の足利勢力を一掃して京に凱旋した義貞は、宮中随一の麗人と呼び名の高い勾当内侍《こうとうのないし》を帝から賜ったという。その女官を寵愛するあまり、自身の出陣をずるずると先延ばしにしているというのだ。

が、師直はその噂を一笑に付した。

敵ではあるし正成の評価も低いが、あの義貞が、そこまでふやけた男であるはずがない。これには必ずや裏があるはずだと、さらに日野家を通じて確度の高い情報を探った。

果たして義貞は、病であった。瘧《おこり》（マラリア）に罹患《りかん》し、激しい熱を出して長らく床に伏したままだという。

師直は、ようやく納得した。

そのようなわけで、義貞本人の出兵は遅れに遅れた。

対する赤松円心は、ここが自らの得意とする遊撃戦、迎撃戦の腕の見せどころだった。播磨から届いた文によれば、尊氏の期待に応えようとする気も満々のようだった。

「足利殿の東上までは、それがしにて播磨の守りは盤石と思し召されよ。安んじて上洛される万全の態勢を、西海にて整えられ候也《そうろうなり》」

そう、自信漲る文面が連なっていた。むろん、無二の親友である尊氏が手放しで嬉しがったのは、言うまでもない。

「さすがに円心殿、頼もしいばかりの鼻息であられる。宮方には楠木殿や小太郎殿がいるが、こちらにも『三つ巴』の軍神が付いている。かの老大人《ろうたいじん》が味方におられる限りは、まず我らも大丈夫であろう」

と、まるで他人頼みの感想を洩らした。ちなみに三つ巴とは、赤松家の紋章である。

円心は文面通り、新田軍が侵攻してくる頃には、播磨中に緻密な防衛網を築き上げていた。

　同国の中央部にある書写山《しよしやざん》には尖兵五百を配した第一防衛線を、揖保《いぼ》川沿いの城山《きのやま》には息子である則祐以下千名が籠もる第二防衛線を用意した。そして円心自身は、地元の佐用郡からやや南に下った白旗城に、二千名の兵と共に第三の防衛線を構築した。

　特に、この最後の砦である白旗城は、いざとなれば北の美作国、西の備前国から物資を調達できるという地理的な強みを持っており、実際に円心は、播磨国境に近い備前の三石城を守る石橋和義と、互いに密な連携を取り始めた。

　しかし三月六日、新田軍の先発隊はその緒戦で、書写山に布陣した赤松軍に快勝した。

　けれど、これは無理もない、と師直は感じた。一万対五百では、多々良浜の戦い以上に彼我の兵力が違い過ぎる。それに、円心自身が直に指揮した戦でもない。

　江田と大舘の両大将も、それ以上は西方へ向けての進軍を留まった。今や円心の武名は天下に鳴り響いている。敵陣の奥深くまで侵攻していくことに躊躇いを持った。

　両名は、その後十数日をかけて後続部隊を待った。かつて楠木正成とも互角に戦った剛勇の士、宇都宮公綱《きんつな》、冬綱《ふゆつな》の兄弟らが率いる二万の軍勢が到着し、計三万の軍勢にな

ってから、改めて西進を開始した。第二防衛線の城山と、さらにその西にある白旗城に、同時に襲い掛かった。

が、さすがにこの二城は赤松親子が直に指揮しているだけあって、十日余りが経っても平然と籠城戦に耐え続けた。逆に新田軍は、しばしば夜襲や搦手からの野伏攻撃を受け、散々な死傷者を出す始末だった。

　そこに、病み上がりの義貞がさらに三万の軍勢を引き連れて、ようやく駆け付けて来た。

　時に三月三十日のことで、ちょうど尊氏たちが九州一円を制圧し終わった頃だ。加古川中の山野が計六万の新田軍で溢れ返った。

　義貞は、約一月《ひとつき》も円心に翻弄され続けた自軍に激怒した。

「敵に十倍する兵力を持っていながら、この体たらくはいったい何事ぞっ」

　そう、新田一門の二人の大将を叱咤した。

　この逸話を聞いた時、正成の義貞への評価が何故低いのか、どうして尊氏のほうに人望が集まると言っているのか、その理由の一端が見えたような気がした。

　尊氏は、師直や直義たちがどれだけ負け込んでも、一度も怒ったことがない。正成もまた、配下に対してはそうだろう。たとえ戦下手でも、誰もが命懸けで戦っているのだ。

好きで負けている者などいない。それを、遠国まで噂が聞こえてくるほどに兵士たちの面前で叱りつけては、江田と大舘の面目は丸潰れだ。

ともかくも義貞は旗下の六万を用いて、城山と白旗城を火が出るように攻め立てた。さすがに二十倍もの兵力差の前には、赤松親子は城外に打って出ることも叶わず、籠城戦一辺倒になった。

義貞は、もはや落城は時間の問題だと見て、円心に降伏の使者を送った。

「円心殿、潔く降伏されよ。さもなくば殲滅する」

対する円心は、こう答えた。

「そもそもこの戦いは、わしの本意ではござらぬ。先の兵乱では帝のために武功を上げ奉ったが、その恩賞たるや不当極まりないものであった。挙句には、播磨守護職という唯一の恩賞まで取り上げられた。然るに、足利殿に与しているのである」

この返事に義貞は、では新たに播磨守護職を貰えれば降伏するのか、と問うた。

むろんである、と円心は即答した。

義貞は、この言葉を真に受けた。京の天皇まで使者を送り、円心を守護職に復帰させるように上奏した。

件の使者は京までの往復と、内裏から綸旨が下るまでに、十余日を要した。

そして四月の中旬に、義貞は天皇からようやく賜った綸旨を送り、こう円心に迫った。

「では、約定通り降伏せよ」

すると円心は、白旗城から高笑いをからからと響かせ、

「いまさら、こんな綸旨など要るものか。常に掌を返す帝の奉書《ほうしょ》など、もはや厠の落とし紙も同然である。守護職ならば、すでに足利殿から頂いている」

そう、傲然と言い放った。

実は円心は、この休戦期間を利用して、備前の石橋和義と北の美作から十二分な兵糧を蓄え、かつ、追加物資の兵站も整え終っていた。一時停戦に持ち込んだのは、円心のあからさまな時間稼ぎだった。

果たして義貞は、髪を逆立てるほどに怒り狂った。

「いったいお手前は、それでも武士かっ」

が、円心は再び大笑し、平然と言い返したものだ。

「古来、武士とは、どんな手を使ってでも戦いに勝つ者をいうのだ。楠木殿もまた然り。近くにおりながらそんなことも分からぬとは、新田殿はやはり青二才であるな」

そこまでの風聞を知った時、師直は思わず頬が綻んだ。

たしか円心は、今年で六十ちょうどになるはずだ。普通ならとっくに隠居して、下手をしたら老衰で死んでいてもおかしくはない。なのに、その言いようのきつさ、あくどいまでの俗っ気、天皇の権威さえ屁とも思わぬその不遜さには、まったく惚れ惚れする。

そう言えば過日、円心が持明院統の上皇を擁立し、その院宣を獲得するという大胆不敵極まりない献策をした時も、師直は密かに可笑しかったものだ。あっちが天皇なら、こっちは上皇だ。文句があるか、という理屈だ。

ともかくもこれで円心は、後醍醐天皇に対して二度の強烈な復讐をしたことになる。さぞや胸のすく思いであろう。

そう考えると、師直はさらに一人で相好を崩した。

願わくば自分も、円心のようないつまでも枯れぬ娑婆《しゃば》っ気にあやかりたい。

人間、煩悩がなくなったら終わりだ。少なくとも師直は、あと二十年ほども経った時に、いかにも世を達観したような訳知り顔の好々爺になり果てるなど、さらさら御免だった。臨終の間際までその時々の野望を追い求め、常に粘り気のある喜怒哀楽を味わいたい。それが、現世に生まれ落ちた冥利《みょうり》というものではないか。

一方、円心と義貞がこうしたやり取りを行っている間にも、足利軍は安芸まで海路を進んでいた。尊氏は、厳島《いつくしま》神社に立ち寄って戦勝祈願をした。

次いで備後の尾道《おのみち》まで進んだ時も、この上洛軍の総大将はわざわざ上陸し、浄土寺という古刹《こさつ》に詠歌を納めた。

当然その間にも、播磨での激烈な攻防は続いていた。義貞は搾《し》め木で圧殺するかのように、六万の軍勢で僅か二千の兵が籠る白旗城を攻め続けていた。

師直はさすがに円心が心配になり、尊氏に忠言した。

「もう少し、東上を急いだほうがよくはありませぬか」

すると、尊氏はあっさりこう答えた。

「円心殿なら、大丈夫である。いざ戦となれば、いかようにも泳ぎ方は心得ておられる」

尊氏の言葉通りであった。五月に入っても、ちっぽけな白旗城は兵気の弱まる気配すら感じさせず、相変わらず『三つ巴』の軍旗が天空に小気味よくはためき続けていた。

これに業を煮やした義貞は、さすがに再激怒した。挙句、この無口な男が、珍しく悪態をついた。

「おのれ――この死に損ないの爺ぃめが」

対する円心は、またもや義貞を嘲笑した。

「三十倍もの兵を用いながら、その死に損ないに五十余日も関わっているのは、どこの誰か」

これぞ足利方の老軍神の、面目躍如といったところだろうか。円心は尊氏のために義貞を煽《あお》り続け、六万もの大軍を未だ播磨の山奥《やまおく》に釘付けにすることに成功していた。

他方、京でも義貞と同様、播磨でのいっこうに捗々しくない戦況に珍しく怒り狂っている男がいた。

楠木正成である。普段は温厚なこの宮方の軍神も、腹立ちのあまり公然と義貞を非難し始めた。

「新田殿は上野《こうずけ》生まれゆえ、平場《ひらば》の懸《かけ》（平原戦）には長じておられるが、山岳戦は箱根竹之下での敗退でも見られた通り、苦手であられる。対する円心殿は寡兵とはいえ、生まれついての『山育《やまそだ》ち』ゆえ、複雑な地の利を生かしていくらでも遊撃戦を展開することが出来る。それが分からぬ新田殿でもあるまいに、未だ白旗城のみに固執されるは、かの方の自儘というものである」

そう義貞を断罪した。

が、周囲の武将にはその自儘という意味が、いまいち分からなかった。すると正成はさらに言葉を続けた。

「新田殿は今も、播磨の正式な国司と守護である。だからこそ勝手に守護職を誇称する円心殿を許せずにおられる。一文《いちもん》にもならぬ義憤と我が身の面目にて、徒に播磨の僻地《へきち》に拘泥し、挙句には足利殿の東上をみすみす許してしまっている。これを自儘と言わずして、なんと申すべきか」

まったくその通りだ、と師直も激しく同意の念を覚えた。

なるほど、ある面で確かに義貞は、古き良き時代の鎌倉武士そのものであろう。かつて天竜川の浮き橋を棄却しなかった時も、そうしみじみと好感を持ったものだ。常に自らの道義、信条に基づいて行動している。

が、だからこそ駄目なのだと、この時も義貞の精神的欠陥を痛感した。

武士としての面子や道理に拘るあまり、片片《へんぺん》たる小局《しょうきょく》に全神経を持っていかれ、結果として大局《たいきょく》を完全に見誤っている。正成も、その料簡の狭さを手厳しく指摘している。

新田軍にも、義貞の視野狭窄《しやきょうさく》をようやく指摘した者がいた。弟の脇屋義助である。

「兄者、円心の如き田舎者にこれ以上係り合っている場合ではござらぬ。かつての幕府が金剛山攻めに難渋したことをお忘れか」

と、正成討伐失敗による幕府滅亡の遠因を説いた。

義貞は、ようやく自らの失策を認識した。

そこからの判断はさすがに素早かった。自らは二万の兵で播磨の二城を引き続き攻めることとしたが、残りの兵団すべてを義助、江田らの一門の者に委ね、西進を命じた。

この四万の新田軍は即座に播磨・備前の国境へと雪崩れ込み、船坂峠を守っていた石橋和義の軍を一蹴する。次に義助は、足利方の拠点である三石城の攻城にかかった。同時に、周辺の豪族たちを続々と切り靡かせ始めた。江田軍は北部の美作へと侵攻し、大舘軍は先に備中まで進んで、福山城（江戸期の備後の同城ではない）を陥落させた。

が、もはや遅い。既に時を逸しつつある、と師直は義貞の武勇のためについ惜しんだ。

それ以前に鞆の津の足利軍は、九州、山陽道の兵に加えて四国の細川軍も合流し、既に十万近い軍勢にまで膨らんでいた。敵兵力の約二倍である。

そして大舘氏明が備中まで進んだ頃には、足利軍は鞆の津から東上を再開していた。ここから軍勢を二手に分け、山陽道は直義の指揮の許で進軍し、瀬戸内は尊氏が一大船団を率いていった。

陸海戦で足利兄弟が援護し合いながら、同時並行して進攻するという戦略だ。

高兄弟もまた、尊氏には師直が、直義には師泰が副将として付き従う。兄には兄、弟には弟がそれぞれ付いた。

師直と直義、師泰が何度も練り直した作戦で、これならば陸で戦っている敵は、常に洋上に控えている足利海軍の動向が気になって、どうしても直義軍に対し、果敢に打って出ることは出来ない。

五月十六日、その山陽道で戦いが始まった。直義はある程度の損害は覚悟の上で、大舘以下五千の籠る備中福山城を、昼夜を分かたずに攻撃し始めた。

やはり直義は分かっている、と師直は備中沖から感じた。

多々良浜の戦い以前の直義なら、味方の損害を恐れるあまり、こんな戦い方はしなかった。常に彼我の勢力差を勘案しながら、手堅く勝とうとする思考が先走っていた。故に、少しでも形勢が不利と見るや、すぐに後退する。諦める。むろん、これまでの師直もそうだ。それが結果として、敵の後手々々に回り続ける敗因となっていた。

だが今回は、足利軍と新田軍の大事な緒戦でもある。勝った方には必ず勢いが付く。その波に吸い寄せられるようにして、日和見だった周辺の土豪たちも味方に加わり、さらには敵も寝返ってくる。足利軍は、より肥え太る。

だからこそ直義も副将の師泰も、多少の無理押しは承知の上で力攻めに徹している。逆に上手くいかなければ、味方は多大な損害を被り、下手をしたら自分の命まで失う。

しかし武士とはそもそも、その切れるか切れないかの絹糸の上で、平然と命を懸け物に出来る者のことをいうのだ。

尊氏はこの時、船中で特にやることもなく日課の菩薩像を数十体、熱心に描いている最中だった。そして師直が戦況を報告すると、墨だらけの指先で紙片をはらりと持ち上げ、いかにも自信ありげにこう語ったものだ。

「大丈夫だ。我らにはこれだけの地蔵様が付いている。直義は、きっと勝つ」

その願いが通じたのかどうか、三日三晩ぶっ通しで攻城し続けた五月十八日、直義はついに福山城を陥落させた。生き残った大舘以下の千名は、直義軍の追撃をかわしながら隣国の備前へと逃れた。直義は相手が逃げるのに任せ、さらに備前の東部まで進軍した。その地で、未だ脇屋軍から三石城を死守していた石橋和義らの備前軍と合流した。脇屋軍と美作の江田軍は形勢が不利と見て、僅かな大舘軍と共に播磨へと後退した。

これで長門、周防、安芸、備後に加えて、備中、美作、備前が足利軍の手中に落ちたことになる。播磨自体も円心の奮戦により、未だ足利方の勢力下として機能している。結果、四国、九州、山陽道と、西日本の主要国ほぼ全てが勢力下となった。

直義は、七万にまで膨らんだ陸軍を播磨との国境間際まで進めた。同時にその国境沖には、尊氏と師直が率いる船団が、瀬戸内の潮流に乗ってぽっかりと洋上に浮かんだ。

新田軍は、円心の陣取る播磨の西部から順次に退却戦を開始した。備前以西での戦いで味方が随分と逃亡して、二万ほどが直義軍に降参していることもある。結果、四万ほどに減った新田軍は、十二万ほどの足利軍とは、今や三倍もの兵力差があった。

が、それだけが理由ではあるまい、と師直は踏んでいた。義貞は元弘以来、幾度もの戦歴を積んできた。それだけに目前の戦況のまずさが手に取るように分かっているはずだ。

もはや新田軍には、足利軍に両面作戦を展開するだけの兵力はない。陸戦に集中すれば、尊氏が海から攻めてくる可能性が大だ。かといって沿岸に打って出れば、山陽道を進んでくる直義の思う壺だ。だから、退かざるを得ない。

案の定、新田軍は瀬戸の引き潮のように、さらに播磨全体からも退却し、摂津へと国境を越えた。

かくして足利船団は、鞆の津を出て以来一度も戦うことなく、播磨中央部の沖まで楽々と進んだ。

他方、新田軍の総退却を知った京では、上を下への大騒ぎになっていた。後醍醐天皇以下の公卿たちは大いに震撼し、仮御所である花山院に楠木正成を呼びつけた。そして正成に対して、すぐに河内の兵を率いて摂津へと下り、新田軍の援護に回るように命じた。

が、正成は畏《かしこ》まりつつもこう応じた。

「今や宮方と足利軍の兵力差は、明らかにてござります。ましして相手は勝ち戦の勢いに乗っており、これを摂津にて防ぐことは到底叶わぬでしょう」

「では、どうすると申すか」

天皇の問いかけに対して、正成は次のように答えた。

「むしろ新田殿を京まで呼び戻し、以前のように比叡山へと臨幸《りんこう》されては如何かと存じまする。いったんは京を足利軍に明け渡し、周囲から兵糧攻めに致します。なにせ十万を超す軍勢でござります。すぐに身動きも出来ぬほどに干《ひ》上《あ》がりましょう。その弱り目を、比叡に布陣する新田殿と、河内にて控えたそれがしの軍で挟撃致しまする。さすれば今一月《こんいちがつ》のように、お味方の勝利は必定にてござります」

そう、力強く請け合った。

天皇も含めて一同が感嘆し、早くもこの策に戦略が決まりかけたところ、反対意見を述べた者がいた。大蔵卿の坊門清忠だ。少なくとも師直は、そう日野家より聞いた。

「上野守（義貞）殿の本軍は、まだ一度も朝敵である足利軍と矛を交えておりませぬ。その主力が戦わずして撤退すれば、宮方の面目は丸潰れでござります。なによりも一年のうちに二度も帝が比叡山に行幸するなど、それこそ天下に示しがつきませぬ」清忠は、さらに無茶苦茶な理屈を展開した。「帝の天運は常に理に適っており、故に、味方は少数といえども負けるはずがございませぬ」

続けざまに、正成の言った今一月を再び引き合いに出し、

「過日の洛中での戦乱を顧みても、戦いは京の外で行うべきであり、楠木殿は帝の御要請通りに、即刻にも摂津に下られたほうがよろしい」

そう、断言した。

言われた正成こそいい面の皮で、これは師直が考えるに、事実上討ち死にせよと宣告されたに等しい。

が、この坊門清忠の意見を聞いた天皇は、つい先ほど正成の献策に賛同したにもかかわらず、すぐに前言を翻した。

「大蔵卿の申すこと、もっともである。橘朝臣正成は摂津へと下り、上野守を助けるべし」

おそらくは、宮方の面目云々や、帝の天運は理に適う、などという言葉がお気に召したのであろう。今回も、その方針をころころと変えた。

正成はさすがに呆然として、しばし返すべき言葉を持たなかった。が、ややあってこう簡潔に答えた。

「此上《このうえ》ハ　サノミ異議ヲ申《もうす》ニ及《およ》バズ」

こうなった以上、自分だけが異議を唱えても仕方がない、という意味である。

しかし、君臣の感動譚や誇張表現を売り物にした流布本の『太平記』に対して、原態に近いとされる西源院本《せいげんいんぼん》の『太平記』によれば、正成はその御意《ぎょい》を一旦は戴きつつも、自分に「無駄死に」を押し付けるこの命を散々に批判した後、皮肉たっぷりにこうも付け加えたという。

「この朝臣正成に、『討ち死にせよ』という勅命を是非とも下して頂きとうござりまする。されば、見事そのご期待に応え、忠義に殉じてみせまするゆえ」

そう、あからさまに開き直った態度を見せた。

いくら天皇に最後まで節義を尽くそうと覚悟していても、さすがにこの朝廷の判断の愚劣さには、そうとう腹に据えかねるものがあったのだろう。

ここまでの情報を、新田軍を追って摂津の国境沖へと進んだ二十二日の夜に、師直は耳にした。そして二重の意味で、なんとも言えぬ気持ちになった。

むろん正成に同情したこともあるが、もう一つは、坊門清忠という公卿の言動に対してだ。

清忠は、これで二度、結果として足利家の危機を救ったことになる。

一度目は昨年の十一月だった。鎌倉での挙兵の動きに、後醍醐天皇が即刻にも討伐軍を遣わそうとした時、

「まずは今一度、源尊氏の真意を問いただすべきでござる」

と言って出兵を押し留めた。

そして再び、半年後の今回だ。足利家に何の関わりもない朝廷側の男が、足利軍のためにこうも立て続けに間違った判断をしてくれたことに、師直は感謝こそせずとも、人の巡り合わせの奇妙さというものを感じざるを得ない。

ともかくも正成は勅命通り、僅か五百騎の兵を率いて摂津へと向かった。この前後には新田軍からはさらに逃亡兵が相次ぎ、総兵数は二万までに激減していた。

正成は、摂津国に入ったばかりの桜井宿《さくらいしゅく》で、十一歳になる長子・正行《まさつら》に淡々と言った。

「どのみち死に戦になる。汝《なんじ》まで付いてくるのは、無駄である」

そう、河内へと帰るよう命じた。

正行は相当に嫌がったようだが、正成は少し笑い、問題の核心を語った。

「わしや新田殿は、戦の駆け引きに多少は長じているものの、所詮は人である。戦力が互角ならまだしも、ここまで

兵力差がある以上、人ではない足利殿に勝てるわけがない」

が、その意味は幼い正行には分からなかった。

「まあ、どうでもいい。ともかくもわしが死んだら、天下は必ず足利殿のものになると思え。それでもわしら楠木の一党は、今後も天皇家に忠誠を尽くすしか仕方がないのだ」

このあたり、正成の複雑な心中が垣間見える。そもそも正成は北条家の御内人であった。源氏はおろか平氏の陪臣か陪々臣で、詰まるところは素性定かならぬ即席の朝臣に過ぎない。その意味において、天下の大勢力である源氏系武士団を率いていける立場には、到底ない。

天皇にもその勘所《かんどころ》が充分に分かっているからこそ、正成の軍事《ぐんじ》的異能《てきいのう》は充分に認めつつも、朝廷軍の総大将は足利家と同じ源氏である新田義貞に、常に任せるしかなかった。

そのようなわけで正行は、泣きながら実父と別れた。

正成も、この折は相当に辛かったのだろう、次いで尼崎まで進んだ時に、腹立ちまぎれに天皇に対して再びの上奏を行っている。曰く、

「此度は君《きみ》の戦《いくさ》、必ず敗れるべし」

と、まずはいきなり結論づけ、

「かつて元弘の時には一個《いっこ》の計《はか》らいで挙兵したにもかかわらず、河内中の者たちが与力してくれた。されど今は、拙者が河内・摂津の守護として勅命により兵を徴募しても、一族係累ですら難色を示す。ましてや国人、土民は言わずもがなである。これを見ても、既に天下が帝に背を向け給うは明らかである」

そう縷々と悪罵《あくば》を叩き付け、末尾には、

「されば、それがし正成の存命《ぞんめい》は無益ですので、激しく戦って果てまする」

と、最後の当てつけを行った。

やはり、相当に腹を立てている。


五月二十五日の朝、足利軍は新田義貞の布陣する摂津湊川に乗り込んだ。

師直が沖から遠望した新田軍は、憐れなほどに少ない。世間は正直なものだ。これまで義貞に与力していた武士たちも、負け戦は必定と見て、ますます逃げ散らかしている。その引き潮とは逆に、足利船団は上げ潮に乗って沿岸に近づいた。

新田軍は、湊川の突端にある和田岬まで出張って来た。船団の先頭を走る細川水軍が、さらに和田岬の東へと進む。陸をやって来る直義軍と尊氏の海軍で、新田軍とそれに寄り添う楠木軍を挟み撃ちにする作戦である。

挟撃を嫌がった新田軍が和田岬を離れ、細川船団のさらに東へと移動し始めた。楠木軍はやや内陸の西宿《にしのしゅく》あたりから動かない。西から来る直義軍に当たるつもりだ。

その隙を突き、足利本軍はがら空きになった和田岬に悠然と上陸した。同じ頃、東では新田軍と細川軍の、西では楠木軍と直義軍の激突が既に始まっていた。

東方の敵と味方は、互いに譲らずほぼ互角に組んでいる。が、反対の西では、楠木軍が圧倒的寡兵にもかかわらず、徐々に直義軍を押し始めていた。正成の、相変わらずの戦巧者ぶりだった。師直が見ている間にも、戦線はさらにじりじりと西へと進んでいる。

結果として、新田軍と楠木軍の連携が東の間途切れた。両軍の間が空いた。

尊氏は鞆の津からの出航以降、なんら軍事的指揮をしてこなかったが、この時に突如として口を開いた。

「あれぞっ」そう、新田軍と楠木軍の間を指差して、こう続けた。「我ら本軍は、あの隙間に突入する。直義が押されている。援護するのだっ」

直後から足利本軍は内陸へと急進し、新田軍と楠木軍の間を完全に遮断した。東側では新田軍の側面を、西側では楠木軍の背後から攻撃を開始した。

それでも正成は、微塵も怯みを見せなかった。逆に今度は尊氏たちの軍に対して、果敢にも攻撃を仕掛けてきた。

師直は矢継ぎ早に指示を飛ばし、軍を散開《さんかい》させた。楠木軍の周囲を大まかに取り巻いた。しかし楠木軍は、こちらに対する攻撃の手を一向に緩める気配がない。

馬鹿な、と師直は敵ながらも正成のために、激しい苛立ちを覚える。今ならこちらの包囲網はまだ粗い。特に北なら、こちらの戦線を突破して逃げおおせることが出来る。なのに、正成はそれをやらない。あの男は帝に吐き捨てた通り、本当にここで討ち死にするつもりか──。

師直はそう思いながらも、打つべき手をその後も確実に打ち続けた。当初は粗かった包囲網を徐々に狭めてゆき、蟻の這い出る隙もないほどにびっしりと楠木軍の周囲を取り囲んだ。そして前線で疲れた兵は交代させ、順次に新しい兵団を楠木軍に繰り出した。

対する正成に、予備隊はない。疲れ、散々に深手を負いながらも、休みなく槍刀を振るい続けるしかない。

正成は驚くことに、直義との緒戦以降、三刻も戦い続けた。

が、やがて限界が来た。

七十騎あまりに激減した楠木軍は、家人が逃げて無人になった豪農の屋敷に入った。そのまま出てこなかった。

この時点で楠木軍は事実上、消滅した。正成たちの結末は、わざわざ乗り込んで見ずとも分かっている……それに東方には、まだ戦うべき敵が残っていた。

尊氏と直義の軍は、総力を挙げて新田軍への攻撃へと移った。

新田軍はなおも生田《いくた》の森を背景に、義貞自らが陣頭に立って戦い続けていた。

しかし、新田勢も控えの兵を持たず、さらには楠木軍も消えて多勢に無勢と見たのか、一刻ほどして丹波路の方角に撤退を開始した。

その時点で尊氏は、自軍の総指揮権を直義に渡した。直義は師泰と共に、ほぼ全兵団を率いて追撃戦に移った。

尊氏と師直は二千ほどの兵を率いて、西宿の外れにある件の農家まで戻った。

案の定だった。そこには腹を切った遺骸が七十体ほど、整然と並んでいた。正成もまた、弟の正季《まさすえ》と折り重なるように自害していた。おそらくは刺し違えて死んだ。鎧を脱いでいる正成の小柄な体には、未だ生々しい槍刀痕《そうとうこん》が他に十一か所もあった。

尊氏は、不意に涙ぐんだ。

「楠木殿は、今度こそ本当に亡くなられてしまわれたのう」

そう言われ、思い出す。五年前、焼け落ちた赤坂城跡で数十体の焼死体を発見した。皆、これは正成たちの遺骸であると言い騒いだ。けれど尊氏だけは「わしはその楠木とやらに会ったことがない。だから分からぬ」と語った。

そして建武の新政下で尊氏と同席した時、正成はその逸話を切り出し、「かようなご慧眼をお示しなされたのは、足利殿のみにてござりました」と、盛んに褒め上げた。

尊氏は慌て、次いで大いに照れたものだ。

以来、二人の間柄は立場の違いゆえに淡いものではあったが、互いに深い敬意と、それと同じぐらい、仮想敵としての畏れを抱いていた。

尊氏は、付近にあった阿弥陀寺に田五十丁を寄進して、正成の霊を懇ろに供養した。入京後、一旦はその首を六条河原に晒したものの、その後は河内の妻子の許に送った。

15

五月二十九日、直義率いる足利本軍は新田軍を追って京へと入った。

しかし、京の花山院はもぬけの殻で、後醍醐天皇の一行は新田義貞に守られて既に比叡山に避難した後だった。

それでも朝廷軍との戦いは既に峠を越えている、と直義は捉えていた。

楠木正成はもはやこの世になく、奥州の北畠軍も斯波勢力に阻まれてすぐには上洛することは出来ず、畿内に残っている宮方の兵は、新田軍の一万五千騎のみという有様だ。対して、こちらにはその八倍の軍勢がいる。いくら何でもこれほどの兵力差は覆せない。

洛中に軍政を敷いた後の六月五日、直義率いる足利軍は比叡山を取り巻いた。軍を二手に分け、洛外北東部の西坂本には直義の足利本軍が布陣し、比叡山麓を回り込んだ東坂本には、高一族が別動隊を率いて陣を構えた。

直義軍は麓にある延暦寺の別院、赤山禅院《せきざんぜんいん》をたちまちのうちに占拠し、ここを比叡山攻略の本拠地とした。二日後の六月七日には、雲母坂《きららざか》を守っていた千種忠顕を討ち死させた。さらに数日後には山頂近くの西塔まで肉薄し、境内を焼き討ちする寸前までいった。

東坂本の足利軍も、行く手に布陣する脇屋義助の軍に挑みつつ、他方では延暦寺東塔までの登頂を果敢に試みた。

けれども、そこからの攻防戦は一進一退を繰り返した。延暦寺の僧兵三千が、珍しく我が身を顧みずに抵抗し続けたこともある。普段は弱腰な僧兵たちも、この時ばかりは山門の存亡の危機とばかりに必死だった。加えて彼らは、比叡山の地形を知悉《ちしつ》している。それゆえ、新田義貞の軍も入り交じった敵方の遊撃戦には、相当に手を焼いた。

が、大丈夫だ、と直義は未だ冷静に戦局を捉えていた。このまま攻防戦を続けていけば、やがては敵の兵力が先に尽きる。

一方、兄の尊氏と師直は十四日、光厳上皇を奉じて洛中の東寺へと入った。

実は光厳上皇の持明院統一行は、後醍醐天皇が比叡山に避難する途中で行方を晦まし、これまでは直義の庇護の許、洛外にあった。師直はこの戦時下で、持明院統の新しい朝廷を立てる準備を整え始めた。

この事実を知った後醍醐天皇と新田軍は、ますます死に物狂いになった。

二十日、義貞は西坂本の守りを僧兵たちに任せ、弟の脇屋義助と共に東坂本への総攻撃を開始した。高一族の足利軍は、南方の白鳥山に控えていた名和長年からも側面攻撃を受け、東山麓からの全面後退を余儀なくされた。

この琵琶湖畔の高軍の総大将は、実は師泰ではなく、高兄弟の末弟である師久が務めていた。師泰は直義と共に入京した後、洛中洛外の治安を守っている。その代役だった。

師久はまだ若年ながらも武芸に秀で、東海道筋や九州での転戦でも槍働きは申し分なく、多数の兜首を討ち取ってきた。その上で師泰からの推挙もあって、別動隊の総大将として抜擢した。

しかし、新田軍と名和長年からの攻撃は、苛烈かつ執拗だった。撤退戦を最前線で指揮していた総大将の師久は、不運にも捕えられてしまった。

新田軍は師久を、延暦寺の大衆《だいしゅ》（下級僧侶）に引き渡した。大衆たちは師久を仏敵であると断罪し、即日磔刑《たっけい》に処した。

この惨事には、さすがに直義も衝撃を受けた。

我ら武士でも――合戦での殺し合いはするものの――捕虜となった丸腰の者を処刑することは滅多にない。むろん平素は人を殺しもしない。もしそんな武士がいたなら、単なる異常者に過ぎない。

また、僧兵ではなく、あろうことか御仏に仕える僧侶たちが公開処刑したという没義道《もぎどう》にも、激しい義憤を覚えた。

「おのれ。この青道心《あおどうしん》どもめ……」

そんな蔑称が、この時ばかりは口を突いて出た。

むろんその怒りは東寺にいた尊氏も同様で、師直や師泰においてはさらに甚だしかった。特に師泰などは、

「延暦寺の糞売僧《くそまいす》めがっ。この仕打ちは絶対に忘れぬ。後日彼奴《きゃつ》らに目にものを見せ、必ずや生き地獄へ叩き込むっ」

と、悪態を喚き散らしたらしい。高兄弟の極端な神仏嫌いは、この時から始まった。

東坂本の各兵団もこの出来事には激しく動揺し、肝心の総大将を失ったことも加わって、高軍は一時に総崩れとなった。こうして比叡山包囲網は、当日のうちに崩壊した。

直義は、それでも昔のようには慌てなかった。すぐさま伝令を東坂本へと折り返させ、全軍で東寺へと帰還するように命じた。同時に自らも赤山禅院を即座に引き払い、本軍を東寺へと撤退させた。

引く時は未練がましく中途半端に引かず、徹底して退《しりぞ》く。逆に攻め時には、味方の屍《しかばね》を乗り越えてでも攻め続ける。たったそれだけの簡単なことが、つい最近まで出来ていなかった……。

それ以降の六月後半、朝廷軍は市中までしばしば繰り出してくるようになった。

直義は師直、師泰、円心と協力し合いながら、その都度に洛中から宮方を追い払った。が、追い払うだけで深追いはしなかった。

というのも、この四人の軍議では事前にある戦略が決定

し、既にその策を履行しつつあったからだ。

円心は、軍議でこう語ったものだ。

「宮方に、既に楠木殿はござらぬ。総大将である新田殿は勇猛とはいえ、その性質《たち》が直《す》ぐであり過ぎる――」

その上で、こう続けた。

こちらは東坂本の敗北で勢いを失くしているという印象を与え続け、敵方をさらに調子づかせる。朝廷軍に与力する者すべてを、この東寺周辺まで誘《おび》き出す、と。

三十日、果たして朝廷軍は円心の策にまんまと嵌った。大和の興福寺まで味方につけて、洛外の南北から大掛かりな攻撃を仕掛けてきた。

南郊からは興福寺の僧兵が、大和、河内の土豪らを率いて進んできた。これら新しい宮方には、師直がその一族と土岐頼遠《よりとお》ら外様の武将たちと共に当たった。

洛北からは、義貞、脇屋義助、名和長年という古参の大将たちの軍が、次々と市中へと侵攻してきた。直義は細川、岩松、桃井、畠山など足利一族を主体とした兵団を散開させ、敵の各軍団に対応させた。

敵が南北から、じりじりと東寺に迫ってくる。足利軍は押され続ける。当然、敢えてそうしている。これもまた戦術の一つだった。この時点で足利軍は、まだ東寺内に充分な予備兵を残していた。

新田軍を充分に引きつけ、東寺のすぐ北まで迫って来た直後、直義は境内に温存していた兵を、一気に解き放った。それら味方の新手が、次々と敵の兵団に襲い掛かっていく。脇屋軍と名和軍は、この新手からの圧力を前にようやく前進が止まった。

しかし、新田の本軍だけはそれでも怯まず、血塗れになりながらも直義たちのいる東寺へと肉薄した。ついに東門のすぐ脇までやって来た時、義貞は大音声を上げた。

「天下の乱、止むこと無くして、罪なき人民、身を安《やす》くせざること年久《としひさ》し。これ、国王両党の御事《おんこと》とは申しながら、ただ義貞と尊氏卿の成す所なり。纔《わず》かに一身の大功を立てんが為《ため》に多くの人を苦しめんよりは、独身にて戦を決せんと思う故に、義貞自らこの軍門に罷《まか》り向かいて候也」

現代語で簡単に言うと、

「大覚寺統と持明院統の両皇室の争いとは言っているが、これはその実、義貞と尊氏の（源氏の名を賭けた）戦いである。その戦いで長年、罪なき人民が安心して暮らせていない。だから一騎打ちで決着を付けるために、この東門まで自らやって来た」

という意味である。そして尊氏に向かって同様の内容の矢文を敷地内に放ち、重ねて一騎打ちを要求した。

正直、これを聞いた直義は心底から呆れた。

義貞の内面というものは、実はこれほどまでに単純で幼いものか——。

なるほどその勇猛果敢さにはつくづく感心するが、今どき軍の総大将同士が一騎打ちを試みて、両軍全体の勝敗を付けようなどという話は、聞いたことも見たこともない。実は古来、そんな例はほとんどない。まるで子供騙しだ。

だいたい義貞の現実認識も、根本から間違っている。

この乱は足利家と新田家の、両皇室の名を借りた源氏の争いなのでは断じてない。あくまでも後醍醐天皇が率いる朝廷と、足利家が開こうとしている幕府、そのどちらがこの国を治めていくのかの「統治権」を賭けた戦いである。

その意味で義貞は、天皇の単なる手駒に過ぎない。ちょうど持明院統の上皇が、こちらの次期朝廷としてあるようにだ。それら四者の捩じれた相関関係を、まるで理解していない。

まったく赤子のような単純さだった。

が、こちらにも「赤子」がいることを忘れていた。義貞のこの子供騙しの呼びかけに、尊氏は珍しく大激怒した。

思えば兄は昨年の十月から、朝敵とされたのは義貞の陰謀であると（誤解して）腹を立てていた。そして今年の正月、伯父が討ち死にしたことでさらに怒りが倍増し、つい最近も尊氏が可愛がっていた郎党、師久が丸腰で殺されるに及び、兄の義貞嫌いは頂点に達していた。

「あの小太郎が、何を言うかっ」そう、初めて義貞を呼び捨てにした。「わしが帝の名を騙って、いつ一身の大功を立てようとした。そのような邪《よこし》まな野心を、いつ何時抱いたと申すかっ」

……これは、兄の立場になればその通りかもしれない。

兄には昔も今も、我が身の野望など一欠片《ひとかけら》もない。

この一連の乱は、自分と師直が新生幕府誕生のために策を仕組んで主導してきたことに、そもそもの端を発する。

兄はその内幕も知らないうちに朝敵とされ、戸惑い苦しんだ挙句に出家寸前まで行くも、実弟である自分の危機が迫って、やむを得ず立ち上がった。その後も周囲から寄ってたかって説得され、神輿に乗せられ続けてきただけだ。

円心から持明院統の擁立を進言された時も、足利家を存亡の危機から救うために、嫌々ながらこの提言を受け入れたに過ぎない。

加えて言えば、兄の脳味噌の粗雑さは、直義も子供の時から良く知っている。その肌感覚では、この騒乱は一方的な被害者である足利家の防衛戦である、と捉えるのが精一杯なのだろう。だから、このように激怒している。

尊氏は腹立ちのあまり、覚束ない手つきで槍を取り、門外に打って出ようとした。

それを、従兄弟の上杉伊豆守（重能）が慌てて止めた。

「落ち着きあれ。かつて漢の高祖、劉邦《りゅうほう》が楚の項羽《こうう》に一騎打ちを挑まれた時、『おぬしを討つのは罪人でこと足りる』と取り合わなかったことをお忘れか」

「なんだ、それは？」

尊氏は、この漢楚の故事を知らなかった。恐るべき無教養さだった。重能はさもうんざりしたように大きく顔をしかめ、重ねて強い口調で諭した。

「ともかくも、軽挙妄動はお慎みあれ。だいたい尊氏殿は槍刀の修練など、一度もしたことがないではありませぬか。下手に挑めば、新田殿から膾《なます》に刻《きざ》まれるのが落《お》ちでござる」

これには尊氏も返す言葉がなく、渋々と槍を置いた。

以降これが由来となり、現代まで東寺の東門は、「不開門《あかずのもん》」と呼ばれるようになった。

ややあって師直や土岐頼遠らが、興福寺の僧兵たちを駆逐して市中へと戻って来た。白兵戦を繰り広げていた味方に加わり、朝廷軍に激しい圧力をかけ始めた。


この総攻撃には新田軍らも堪らず浮足立ち、洛北へと後退を開始した。その逃げ腰に足利軍がさらに追い打ちをかける。師直や師泰たちの兵団は法成寺河原や竹田河原で数多の首級を上げ、敵は市中を脱出する前に総崩れとなった。

が、名和軍だけはなおも市中に踏み止まり、足利軍と果敢に交戦を続けた。

名和長年は、既に五十代の半ばを超えていた。

後醍醐天皇が寵愛した『三木一草』のうち、結城親光は去る一月の京の攻防戦で死亡しており、五月には湊川で楠木正成が、つい先日には千種忠顕も戦死し、唯一の生き残りは最年長だった名和伯耆守長年だけになっていた。

碧い日本海で育ったこの老将は、自分より年若い同僚たちを次々と先に逝かせてしまったことを恥じていた。乾坤一擲の勝負で負けるようなことがあれば、討ち死にするまで戦い抜くつもりだったらしい。

その覚悟通り、市中の三条猪熊《いのくま》にて戦死して果てた。

こうして朝廷軍は大敗北を喫し、再び比叡山へと逃げ込んだ。延暦寺に籠ったまま、軍事活動の一切を停止した。

対して、足利軍の畿内掃討戦は翌月も続いた。直義と師直は軍を率いて大和と河内に赴き、興福寺と彼らに同調した土豪たちを四、五日で完全降伏させた。

七月九日には、師泰が河内を越えて摂津国芥川《あくたがわ》まで出征し、僅かな朝廷軍の残党を一掃した。

宮方勢力の首領である義貞は、八月に入っても相変わらず山頂から動く気配を見せなかった。

動けるはずもない、と直義は感じる。朝廷軍は既に義貞以外、主だった将のすべてを失っている。

しかも間諜の報告によれば、新田軍は今や三千騎ほどまでに激減していた。延暦寺の僧兵を併せても六千ほどに過ぎない。この兵数では、再び洛中に出張って来たところで、十万余の足利軍には決戦など到底挑みようもない。

敵方にはもう、寡兵をもって遊撃戦を遂行する楠木正成のような知将はいないのだ……。

足利軍随一の知将である円心も、こう感想を洩らした。

「これで、ほぼけりがつき申しましたな」

直義も一旦はうなずきながら、念のために問いかけた。

「新田殿が今後盛り返す機会は、万が一にも訪れませぬでしょうか」

するとこの老人は、未だに皓《しろ》く頑丈な歯並びを覗かせた。

「左様。新田殿はよほどの援軍が現れぬ限り、戦を諦めざるを得ませせぬ。そして今、畿内にはそのような勢力は皆無でござる。然るに手も足も出ずに、徒に滅びを待つ次第となりましょう」

この円心の力強い確約を得て、直義はようやく安心した。

終った、と思わず胸を撫で下ろす。

これで、昨年から飽きることもなく続いてきた騒乱に、おおかたの決着がついた……。

だが、まだまだやることは山積みだった。今度は我らを正当なる朝廷軍とするべく、政治の舞台で土台を整えなければならない。

直後から直義と師直は、ほぼ一月をかけて新朝廷の樹立を急速に押し進めた。

八月十五日、光厳上皇による院政開始が正式に決まった。そして上皇の弟である豊仁《とよひと》親王が践祚《せんそ》し、光明《こうみょう》天皇となった。後に北朝と呼ばれる新朝廷の発足である。同時に元号も、延元から建武へと戻った。

ついに実現したこの新朝廷には、足利軍の将すべてが歓喜と感涙にむせんだ。

「我らはもはや、逆賊ではないのだ」

そう、細川和氏が感極まったように声を上げれば、

「鎌倉を出て以来の夢が、今ここに叶った。足利一門は、今や正式な錦旗を掲げる新たな朝廷軍となった。これ以上

の慶びがあろうか」

　と、吉良満義も目を赤くして言った。

　むろん直義もまったくの同感で、この日は久しぶりに晴れ晴れとした気分と達成感を味わった。

殿、殿っ、と師直も、珍しく興奮した様子で尊氏に語りかけた。「とうとう我らは先の帝を下し奉り、新しき鎌倉府への筋道をはっきりと付けたことに相成りまするぞっ」

けれど、尊氏の顔色は相変わらず冴えなかった。

「うん……」

　そう、素っ気なく反応を返しただけだった。

　思い返せば鎌倉で朝敵とされて以来、兄が朗らかに笑ったことなど一度としてない。いつも弱気かつ逃げ腰で、時に投げやりとさえ言える態度も、明らかに見せた。

　今日もその例に洩れない。足利軍全体が歓喜に沸き立っている中で、この源氏の新棟梁はただ一人、今にも道端の石ころでも蹴り出しそうな、つまらなそうな顔つきをぶら下げていた。

「三つ子の魂、百まで」とはよく言ったもので、兄は相変わらず後醍醐天皇に対しては良心の呵責《かしゃく》にも似た忸怩たる思いを抱いているらしい。

　そのうち、何か縁起でもないことを言い出さなければいいのだが、と密かに危惧した。

　果たして、その直義の嫌な予感はすぐに的中した。

　二日後の十七日、尊氏とその親友の円心、足利一門の棟梁たちは、清水寺《きよみずでら》へと赴いた。

　尊氏が新朝廷の樹立に伴い、是非にも願文《がんもん》を奉納したいと言い出したからだ。師直によれば、昨夜は夜遅くまでその神仏への願いを、何やら懸命に書いていたそうだ。けれど、肝心の中身は師直にも見せてくれなかったという。

「これは読み上げて奉じるまでは、わしだけの願文である」

　そう、頑として拒んだらしい。

　尊氏は直義たちの居並ぶ中、本堂の千手観音の前に進み出て、朗々と願文を読み上げ始めた。

「この世は夢の如くに候。尊氏に道心《どうしん》給ばせ給候《たまいそうらい》て、後生助けさせおわしまし候べく候。猶々《なおなお》、早く遁《と》世したく候」

　そこまでを聞いた時、直義は早くも冗談ではない、と感じたものだ。

　なお、現代語訳ではこうなる。

「この世は、夢のようなものでございます。この尊氏に悟りを求める心をお与えくださり、来世をお助けください。（一度は鎌倉で出家を覚悟したように）やっぱりまだ早々に世から隠れて、俗事との縁を切りたいのです」

あろうことか兄は、今まさに武門の栄華を極めんとする寸前まで来て、このような戯言を口にしている。

が、その後に続いた尊氏の言葉には、直義はさらに腰が抜けるほど驚愕した。

「道心給ばせ給候べく候。今生の果報に代えて、後生助けさせ給候べく候……」

と、今言ったばかりの願いを半ば繰り返した後、

「今生の果報をば『直義』に給ばせ給い候て、直義安穏に守らせ給候べく候」

そう、言葉を締めくくった。同じく現代語では、

「（どうか私めに）悟りを求める心をお与えになってください。現世での幸せの代わりに、来世をお助けください」

さらに、「（その代わりといってはなんですが、私の）現世での幸せは、直義にお与えいただき、直義を無事にお守りください」

となる。ようは神仏に向かって、

「自分はもういいから、その分の現世での果報を、直義に与えてくれ」

と、とことん虫のいいことを言っている。直義は瞬時に別の本質を悟った。そして今度こそ、心底から愕然とした。

ずるい、あまりにも狡すぎる――。

兄は言い方こそ殊勝だが、その実は新幕府の樹立に向けて、これから起こるであろう様々に煩瑣で困難な出来事を、あろうことかすべて自分に押し付けようとしている――。

むろん直義のみならず、他の一門の者たちも騒然とした。

「殿っ、殿っ、相州殿のことはともかく、いったい何たることを仰せかっ」

と、師直が尊氏の裾を摑まんばかりにして叫べば、斯波高経や吉良満義たちも大いに憤慨し、口々に喚き始めた。

「馬鹿なっ、鎌倉殿は気でも触れられたかっ」

「ここですべてを投げ出して、いったい我らにどうせよと申されるのかっ」

かと思えば、逆に円心などは、

「あぁ――やはり足利殿は、まことに無欲な方であられる。これぞ、真の大丈夫であられる」

と、神仏でも拝むように涙ぐむ始末だ。

この馬鹿馬鹿しくも愚かしい騒動の渦中で、尊氏はなおも神妙な顔をしたまま、そろそろと願文を千手観音の前に捧げ終えた。

願文奉納の直後、叡山の新田軍が動き出した。

新朝廷樹立を知った後醍醐前天皇が怒り狂い、最後の抵抗を試みたのだ。

八月二十日、新田軍は宇治へと下り、細川氏の四国連合軍と戦った。これは不幸にも細川軍の敗北に終わったが、続く二十三日の賀茂糺《ただす》河原の戦いでは師直が勝ち、二十五日の鳥羽でも師泰が圧勝し、二十八日も市中へ迫ってきた新田軍を、師直が再び難なく撃退した。

やはり先帝《せんてい》には、もう本格的に反撃できる兵力は残っていないのだ。

しかし、こちらがまだ新朝廷の土台を整えている最中に、こうも細々とした攻撃を受けては堪らない。

そう直義は判断し、比叡山の東部に残る延暦寺への糧道を断つことを決めた。

斯波高経の兵団を北近江へと派兵し、越前国境にかけての北国路を抑えさせた。かつ、近江の佐々木道誉と信濃国守護の小笠原貞宗には、東坂本周辺に至る琵琶湖の水運の一切を止めさせた。

九月も半ばを過ぎると、案の定、比叡山が飢え始めているという情報が舞い込んできた。このままさらに事態が進行すれば、飽食に慣れ切った皇族や公卿たちは、とうてい耐えることが出来まい。


そこで九月の下旬、師直とも下相談し、前天皇に講和の使者を立てることに決めた。まさか前天皇を弑逆《しいぎゃく》するわけにもいかなかった。講和の条件は、前天皇は持明院統の新朝廷を追認し、上皇となる。その際に、今の光明天皇に三種の神器を引き渡す、というものであった。

さらに尊氏にもこの講和の件の判断を仰いだところ、

「それは良き案だ」

と、こればかりは喜んで即答した。

「実はわしも、なるべく早く先の帝とは仲直りせねばならぬと思っていたのだ。加えて『もしこの和議を受け入れてもらえるのなら、官職や荘園もすべてお返し奉る。むろん、即位の順もこれまで通り、持明院統と大覚寺統の持ち回りと致しまする』としてはどうか」

直義は、思わずため息をついた。

今まで先帝には散々な目に遭わされて、こちらが勝っているにもかかわらず、お土産を付けてまで仲直りしようとする。まったく相変わらずの『極楽殿』だった。

十月に入るとすぐに、山門に講和の密使を送った。

返事は早くも数日後に来た。

むろんその内容は、和議に応じて比叡山を下る、というものだった。

が、この時点では直義も師直も、前天皇が新田義貞のことをいったいどうするのか、甘く見ていた。

嫌がる義貞を説得して、共に降参して叡山を下って来るのだろう。それぐらいに、なんとはなしに考えていた。

しかし、前天皇はあろうことか、義貞には無断でこの和議を受け入れていた。そして新田軍が東坂本に下ったまま、新たなる糧道を確保しようと躍起になって奔走しているのをいいことに、こそこそと隠れて下山準備を始めたのだ。

当然のように、この下山準備の噂は新田軍に流れた。義貞は、まさかそんなことはあり得るはずもない、と先帝を半ばは信じつつも、念のために旗下の堀口貞満という猛将を、急ぎ使者として山門に送った。

堀口が叡山に到着した時には、前天皇と取り巻きの公卿たちは、まさに還幸《かんこう》の儀式の真っ最中だった。宮廷貴族たちは皆、これでやっと飢えから解放され、都に戻れるのだと喜びに沸き立っていた。

これらの現場を目の当たりにした堀口は、呆然とした。次いで、烈火の如く激怒し始めた。

「ただのお噂だろうと思っておりましたが、まさか本当に都へ戻ろうとしておられるとは、一体いかなることにてござりましょうやっ」さらに言葉を続け、「何故に、我ら新田一族の多年の功をお忘れになり、大逆無道の尊氏卿に御心を移され給うのか。どうしても還幸なさると申されるのならば、我ら一族の首を悉《ことごと》く刎ねてから下山頂きたいっ」

と、悔し涙を流しながら前天皇に啖呵を切った。

このやり取りを聞き付けた義貞も、憤怒に塗れて延暦寺へと駆け付けた。

「我らを見捨て給《たも》うて、尊氏卿の軍門に下られまするのか」

高ぶる感情のあまり、そう声を震わせて前天皇の無節操を詰《なじ》った。「錦旗を失くした逆賊となり、どこぞの土地にて勝手に果てろとでも仰せあるか」

この猛抗議には、さすがに前天皇も困り果てた。挙句、こう言い逃れたらしい。

「源尊氏と和睦するのは一時のことであり、巻き返しを図るための方便である。しかし、それを黙っていたのは朕の過ちであった。折良く越前では、その巻き返しの気運が高まりつつある。然るに、そちには彼の地へと赴き、さらなる士気を高めてほしい」

これには、多少の事実も入っていた。越前・敦賀の金ヶ崎城周辺だけは、未だ前天皇の勢力地であった。

「されど、これから朕が都へと赴けば、そなたらは朝敵として扱われるだろう。そうならぬよう、即刻に譲位する。

新たに帝となる恒良、尊良《たかよし》と共に、そちは敦賀へと下るのだ。金ヶ崎城に仮御所を置き、更なる勢力を周辺にて扶植《ふしょく》するように努めよ。そなたの領国である越後は、出羽とも地続きである。奥州の北畠と連携を取りながら、京への捲《けん》土重来《どちょうらい》を図って欲しい」

そう言った直後には、天台座主として延暦寺を統括していた皇子・尊澄《そんちょう》、北畠親房、懐良《かねよし》親王の三人を、義貞の目の前に呼びつけた。そして尊澄と親房には伊勢の地へ、懐良親王には大和の吉野へと下り、この両地で共に反足利の勢力を培うことを命じた。

次いで、肝心の恒良親王も呼びつけた。俄かに受禅の式が行われ、親王は即席の天皇となった。

これで、義貞の怒りと疑惑は、ようやく解けた。新たな「天皇」と共に、旗下の軍を率いて越前へと向かった。

その北進を見届けた先帝は、一時は取りやめていた下山の準備を再び開始した。

直義がこの報に触れたのは、十月九日のことである。

ちょうど重能、憲顕、円心らと車座になって、義貞の今後の処遇をどうするか話していた時に、師直がこの報せを持って飛び込んできたのだ。

馬鹿なっ、と直義は驚愕と怒りのあまり、思わず叫んだ。

「先帝は、我らに降参したはずだっ。にもかかわらず親王を新たな大覚寺統の天皇として立て、あまつさえ新田殿と共に越前に下すとは、新朝廷に対する明らかな裏切りである。いったいこれが、和議と呼ぶべきものであろうかっ」

むろんその怒りは、後醍醐前天皇嫌いの円心においては特に甚だしかった。

「かのお方の、いかにもやりそうなことよ」そう、いかにも憎々しげに吐き捨てた。「常に二枚舌を使い、人を裏切り続ける。その心中たるや、常にその折々の自分可愛さのみで占められている」

まさしく本質はそこだ、と直義もまったくの同感だった。

一旦は本気で和議を受け入れ、下山しようとしていたにもかかわらず、義貞に死ぬ気で食ってかかられると、いともあっさりとその決意を覆す。新田軍を目の前から追い払うためだけに、恒良親王を半ば見捨てるようにして即位させ、共に越前へと追いやる。ついでに自らの言葉の念押しも兼ねて、伊勢や吉野にも他の我が子と近臣を送り込む。

結果として、こちらとの和議内容を根本から反故にし、さらには新たなる騒乱の火種を各地にばら撒いても、一向に頓着しない。どうせ一度は講和が成立したことだから、あとはなんとかなるだろうと高《たか》を括っている。徹頭徹尾、自分さえよければどうでもいいのだ。

このことを尊氏に急遽報告すると、さすがの兄も大いに呆れた。直後から、途端に投げやりになった。

「もう先帝のご奉迎《ほうげい》は、直義よ、おぬしの差配に任せる」

と、今まで嬉々として進めて来ていた前天皇の迎え入れ役を、自ら降りた。いつもの尊氏に戻った。

無責任という意味では、案外どっちもどっちだった。

が、むしろ直義はこれ幸いと、翌日の十日、多少の軍を率いて賀茂川を越えた。そして洛東の法勝寺周辺にて、叡山から下りて来た前天皇の一行を半ば取り囲んだ。

これは何事ぞ、と驚く先帝の一行に、直義は再度、和議の条件を突き付けた。即刻に三種の神器をこちらに引き渡すように要求した。さもなくば叡山へとお戻りになられよ、とまで言い渡した。

この時の直義は、昔からたまに発症する義憤にも駆られていた。

別に新田義貞のことなど好きではないし、むしろ親代わりだった伯父や師久を殺されたこともあり、最近では兄と同様、激しく敵愾心を燃やしてきた。

それでも義貞が、まるで子供の遣いのように無下に畿内から追い払われたことを、かなり気の毒に感じていた。

いくら皇族が尊く偉いものだとはいえ、我ら武士とて「虫けら」ではないのだ。この先帝にいつまでも正統なる皇室の証である神器を持たせていたら、またぞろ何を仕出かすか分かったものではない。

だから、このような強硬策へと出た。

その直義の気迫と、周囲に居並んだ兵たちの無言の威武に、たちまち前天皇は腰砕けになった。すぐに三種の神器を直義に引き渡した。

続けて直義は、越前へと入った新田義貞の対応に移った。師直とも相談した上で、北近江の斯波高経の許に師泰を主将とする兵団を派遣し、敦賀へと進撃するように命じた。

十一月二日、三種の神器授受の儀式が行われて、光明天皇は名実ともに正統性を持つ新しい帝となった。相前後して直義は、先帝を花山院に幽閉した。

尊氏は、途端にこの扱いを気の毒がった。そして後醍醐前天皇を上皇とし、皇子の一人である成良親王を皇太子とした。今後も両統を迭立する意思を、囚われの身の上皇に対して明確に示した。

「わしはこれで、先帝との和議の約束は果たした」

そう尊氏は、いかにも満足そうにつぶやいたものだ。

ちなみにこの時期ほど、直義はその生涯において忙しかったことはない。

旧朝廷勢力への対応と同時に、新生幕府を発足させるための前段階として、その法整備の検討にも移っていった。

いよいよ「王手」だ、と直義は感じる。

そしてそう自覚する度に、つい興奮してくる自分をどうにも抑えることが出来ない。

我ら足利一族が逆賊にまで成り果てても叶えたかった夢が、ついに目前まで来た——。

法案の起草は、明法道に明るい八人の僧侶や公卿たちに行ってもらった。その草案をもとに、直義を中心とした足利一門の細川和氏、上杉憲顕や重能、吉良満義、桃井直常《ただつね》らが、慎重に慎重を期して倦むほどに検討を重ねた。

実はこの法案を作成する際、兄の尊氏も当初は参加していた。しかし、法案作成は非常に地味で、そのわりには頭を懸命に使う。尊氏はたちまちのうちに音を上げた。

「わしには、このような難しいことは務まらぬ」

そう泣き言を言った兄を、直義は叱り飛ばした。

「初代の征夷大将軍にもなられようとするお方が、そんな性根でどうされるのでござるかっ」

けれど、兄は頑として首を縦に振らなかった。

「人には、向き不向きというものがある。わしにはこのような作業、とうてい向いておらぬ」

では、一体おまえにどんな作業が向いているというのだ。

そう面罵したいところをぐっと堪え、さらに懇々《こんこん》と説得を試みた。それでも兄は、これ以上草案に関わることを断固として拒否した。

「第一わしは、清水寺での願文通り、おぬしに政務を譲って隠遁することを決めている。かつて鎌倉の浄光明寺でも、そのつもりであった。だから、一任する」

……言われてみれば、確かにそうだった。あの時は自分の危機があったからこそ、兄は敢然として立ち上がった。それが結果として建武政権崩壊の起点になっただけで、そもそも兄には先帝に歯向かおうという気持ちも、幕府を再興するつもりも皆無だった。

直義はやや考え直し、最も大事な事案を一つだけ、質問することにした。

「では、新しい柳営の本拠地は、どこに置かれまするか」

「それはむろん、鎌倉である」兄は、こればかりは即答した。「頼朝公が開闢した累代の武家政治の中心地であり、我らの懐かしい故郷でもある。わしは早く、鎌倉へと帰りたい。陽光溢れる由比ガ浜でも眺めながら、のんびりと余生を過ごしたい。こんな腰冷《こしび》えのする京など、もう嫌だ」

後半は、またしても単なる泣き言になった。

けれど、その泣き言には、直義にもさすがに心に響くものがあった。

おれですら、本音ではそうだ。誰がこのような魑魅魍魎の跋扈する都に、いつまでも居たいと思うものか――。

が、そうするには、依然として天下の情勢は予断を許さなかった。越前では今もなお義貞との交戦が続いており、奥州にも北畠軍が無傷で存在している。伊勢や吉野でも先帝の皇子や公卿たちが暗躍を続けている。

さらには最近になって発覚したことだが、前天皇は下山前に、河内にも近臣を遣わしていたらしい。そのせいで一旦は消滅したと思っていた楠木の残党が、またしても息を吹き返しつつある。

そこで、草案の最も重要な第一項を、

「本来なら幕府は鎌倉に置くべきであるが、暫時《ざんじ》、京に拠点を定めるものとする」

とした。さらに続く項目で、質素倹約の旨、守護職には利権を貪る者ではなく人徳と器量のある者を選任する、賭博の禁止、僧侶の政治不介入などの、十七条からなる式目を制定した。これが、後世で言う建武式目である。

そして陰暦十一月七日、これらの式目を居並ぶ十万以上の諸将の前で大々的に披露した。

彼ら全国の武士たちは、建武の新政の在りようにほとほと愛想を尽かし、かつ、それ以上に怒り狂ってきた。新しい武家政治の出現を長らく待ち焦がれてきた。そして当然の如く、再び感涙にむせびながら狂喜乱舞した。

その様子を眺めながら、直義もまた哭いた。

彼ら武士たちの大半は、そもそもが根を洗えば、開墾者上がりの自作農たちが自衛のために武装化した集団である。それらが勝手に朝臣や源氏の経歴を詐称し、あるいはその系譜を猟官運動で手に入れ、やっとこさ一人前の「武士」となった。

むろん足利家は清和源氏の流れを汲む歴とした武門だが、それでもこのような大多数の土上《つちあ》がりの民《たみ》に支持されてこその政権である、と心底から思った。

政治とは、そして政権とは、今までの新政のように単なる上意《じょうい》下《か》達《たつ》のものであっては、決してならない。民が安んじて暮らせるようにしてこその政権である、とさらに確信するに至った。

尊氏はまだ征夷大将軍にはなっていなかったが、この瞬間に事実上の幕府が成立した。

『室町幕府』の誕生である。

気がつけば、兄までもがいつの間にか泣いていた。感動のお裾《すそ》分《わ》けからくる、単なるもらい泣きだろう、と感じた。


ところで、後醍醐前天皇のことである。

この先帝は、遅まきながらも花山院で建武式目発令の風聞を耳にし、またしても怒り狂った。近臣が諌めるのも聞かず、狭い屋内で暴れに暴れた。その生命力も野心の熾火《おきび》も、微塵も衰えを見せていなかった。なんとかこの幽閉先から脱出しようと、ますます躍起になった。

そして十二月二十一日の夜半、周辺に厳重な警護を付けていたにもかかわらず、楠木残党の手引きにより密かに京を抜け出し、以降しばらくは行方知れずになった。

直義は、慌てた。

そして冷や汗を大量に流しながらも、即刻、在京の武士たちすべてに捜索命令を出した。

むろん洛中も大騒ぎとなった。味方にも内応者がいたのではないか、また戦が始まるのではないか、などの流言が武士や京童たちの間で飛び交い、市中は大混乱へと陥った。

しかし尊氏だけは、一人恬《てん》として落ち着き払っていた。

「先帝がこのまま花山院においでになると、いつまでも警護を付けねばならない。このことを、かねてより煩瑣に思っていたのだ。また、費《つい》えの無駄でもある。かといって、かつての得宗家のように遠国へと移し奉るわけにもいかず、どうしたものかと困り果てていた最中だった。なので今、ご自身で何処かへと移られ給われたことは、ちょうど良かったのだ。先帝が今後どうふるまわれようとも、天下の情勢は落ち着くべきところに落ち着きつつある。あとのことはあとのこと。いかようにもなろう」

そう、悠然と言い切った。

円心を始めとした他家の諸将は、この言葉を聞き及び、

「さすがに、我ら武門を統べられる源氏の盟主であられる、大度量であられる」

と、またしても感心することしきりだったが、むろん直義の捉え方は違った。

違うっ、と激しく一人で憤った。

みんな、まったく間違っている。

兄は、単純にほっとしているだけだ。心ならずも反旗を翻して以来、常に忸怩たる思いを抱き続けてきた先帝が自分の目の前から消えてくれたことに、心底胸を撫で下ろしている。と同時に、どこかでは密かに、自由の身になった

先帝のことを嬉しがっている。

けれど、さすがにそう正直には言えないので（それくらいの分別は、むろん兄にもっこう）、取ってつけたような小理屈を並べ立て、武門の新盟主としての面目を保とうとしているだけだ。

まったく、どこまで無責任にお人好しなのだっ。


年を越して、建武四（一三三七）年になった。

年が明けた元旦早々から、忌まわしい先帝の足跡が判明した。楠木の残党に導かれるまま河内の東条を経て、一時は大和の賀名生《あのお》にもいたらしい。

が、この紀伊国もすぐ傍の深い山塊の中では京まで声が届かないと思ったらしく、改めてその本拠地を吉野へと移して仮御所とした。その直後から、

「直義に渡した三種の神器は偽物である」

と遠く離れた吉野の尾根から、声高々と叫び始めた。次いで、ここが肝心なところだと言わんばかりに、

「よって、源尊氏が立てた新朝廷も、まがいものであるっ」

そう、さらに声を励まして畿内一円に喚き散らした。

これらの声明には直義も師直も、心底から腰を抜かした。

まさか天皇まで上り詰めた皇族が、そんな姑息な手段を使っているとは、夢にも考えたことがなかったからだ。

さらに円心などは、またしても大いに憤慨した。

「かく遠吠えされる先帝こそ、そもそも人として紛《まが》い者ではないかっ」

しかし、意外にも他の在京の武士たちは、以前からの尊氏と同様、今度は不思議と静まっていた。

ややあって、

「新しき朝廷に『三種の神器』があろうがなかろうが、こうして武家の政権が成立した以上は、我ら武士には何ら関係なきことである」

「当然である。先帝がまた新たに戦でも起こされぬ限りは、どう動かれようがそれは内裏の問題であり、我らの埒外のことじゃ」

「我らが仕えるは、内裏ではなく、足利殿が興された柳営のみである。それが鎌倉以来の御家人の、本来あるべき姿というものである」

というような意見が、彼らの大勢を占めていることが分かった。

これを聞き、直義は目の覚めるような驚きと感動を覚えた。彼ら柳営下の武士たちは、幕府と朝廷、そのどちらに拠って立つ者であるのか、その線引きを、なまじ内裏の水

に片足を浸けた直義などよりはるかに明確に規定していた。

ようやく落ち着きを取り戻した師直もまた、別の感想を洩らした。

「円心殿の申される通り、在野の後押しなき遠吠えは、すでに声明にすらなっておらぬ、ということでござるな」

直義はその後、念のためにある事を試みた。

新朝廷へと参内《さんだい》し、上皇となっていた先帝を、「廃帝」としてもらうことを上申したのだ。むろん持明院統の光明天皇にも異存はなく、すぐにその上申は叶った。

この廃帝の件に関しても、やはり在京の武士たちは特に関心を示さなかった。心底から、どうでもよさそうだった。

直義は、これこそ武士《もののふ》たちの民意である、と再び満足の念を覚えた。


三月、新田軍の死守していた金ヶ崎城が、斯波高経と師泰の猛攻により、ついに陥落した。落城の際に義貞の嫡男である義顕と、新田家の郎党の大多数は討ち死にした。尊良親王も自害して果て、他方の「天皇」であった恒良親王は、足利軍により捕縛された。

この時、義貞は金ヶ崎城から北方十里にある杣山《そまやま》城に赴いていた。義貞は実弟の脇屋義助と共に、越前ではほぼ孤軍の状態に陥った。

だが、五か月後の八月のことだ。

脇屋義助と北陸伝いに連絡を取り合っていた北畠顕家が、ついに斯波家の奥州勢力をほぼ駆逐し、国衙を発した。その奥州軍は十万にのぼるとも、京には伝わってきた。

北畠軍は関東八州を抜くのに、この建武四年いっぱいを費やした。以前とは違い、足利方の関東での主だった拠点を虱潰しに粉砕していったからだ。

むろん鎌倉も例外ではなかった。奥州から先廻りして鎌倉入りしていた斯波家長は、戦死した。千寿王と、その後見役だった上杉憲顕、桃井直常、高重茂らは、鎌倉を捨てて上総へと脱出した。

年が明けた建武五（一三三八）年の一月、鎌倉を抜いた北畠軍は、東海道をひたすらに西進し続けた。

二十八日、北畠顕家は美濃の青野ヶ原で、鎌倉を再び取り戻して追い縋って来た桃井、上杉らの足利軍と、同国の守護である土岐頼遠の軍を、完膚なきまでに打ち破る。

が、快進撃もそこまでだった。

畿内へと入った顕家は、京に大軍を擁する足利本軍の攻勢に苦戦する。さらに大和まで追撃して来た鎌倉と東海道筋の足利一族の対応にも追われた。

その後、四か月に渡って大和、河内、摂津、和泉の各国を転戦した末、和泉国の石津にて、師直と師泰、細川顕氏《あきうじ》らからなる足利軍の総攻撃を受け、北畠軍は壊滅する。時に五月二十二日。顕家の享年は、弱冠二十一だった。

実は顕家は、死の七日前、建武の新政を批判した六カ条からなる諫奏文を書いていた。吉野の先帝へと向けてだ。内容としては、中央集権制ではなく（幕府のような）地方分権制を推進する事、無益な朝令暮改を繰り返すべきではない事、恩賞は天皇への忠誠心ではなく、職務への忠誠によって公平に行うべき事、佞臣を遠ざける事、厳しい租税を減じて奢侈《しゃし》を慎む事、などが縷々と綴られていた。

後日、この諫奏文の内容を聞き知った時、直義は思わず涙が滲んだ。

常に先帝に従順に従いながらも、あの若者は密かにこのような視線で新政を見ていたのか――。

そう思うと、さらに涙が溢れ出た。

一方、北陸の新田義貞のことである。

この北畠顕家の死の前後、義貞は加賀国にて盛んに兵を徴募し、勢力をやや盛り返していた。その新手の軍を率いて、越前北部へと再び侵攻した。

しかし閏七月二日、九頭竜《くずりゅう》川の南岸にある藤島という場所まで進んだ時、斯波軍の強力な歩射部隊に遭遇した。

義貞は矢の乱射を浴びせかけられ、騎馬もろとも深田《ふかだ》に倒れ込んだ。泥まみれになりながらも立ち上がろうとした四肢に、さらに二の矢が集中した。挙句、その全身が雲丹のようになった。それでも義貞の意識はまだはっきりとしていた。もはやこれまでと、深田の只中で腹を掻っ捌いて果てた。享年三十八。

義貞は、死に際して辞世の句を残さなかった。

「敗者に口なし」といったところだろうが、徒に自己憐憫《れんびん》に流されることもなく、坂東武者らしい朴訥で壮絶な最期を迎えた。少なくとも直義はそう感じた。

ともかくもこれで、足利家と戦ってきた主要な武門は、そのすべてが滅んだ。

八月十一日、尊氏は朝廷から、北畠軍追討の賞として、正二位に叙された。

そして同日、ついに新幕府の初代征夷大将軍に任ぜられた。これで名実ともに、足利家の新生幕府が誕生した。

在京の武士たちは皆、歓喜に沸いた。

しかし肝心の尊氏ときたら、なんとはなしに戸惑っているような愛想笑いを浮かべていただけだ。少なくとも建武式目を発した時のような感動は、兄を襲ってはいないようだった。

そして征夷大将軍という大任を預かった身でありながら、その後も相変わらず政務の一切を直義に丸投げにした。

「わしは、かねてから申している通り、細々としたことを裁量するは不向きじゃ。じゃによって、この大任は上辺上《うわべじょう》引き受けるが、その実は直義よ、おぬしがすべてを取り仕切ってくれ」

と、何の恥ずかしげもなく言い放った。

が、いくらなんでもそういう訳にはいかないだろうと、直義は憤然と抗議した。

第一、今や将軍家となった足利宗家の棟梁は、尊氏である。それを、いくら実弟とはいえ、連枝に過ぎぬ自分が兄を差し置き、天下の政務を執り行っていいはずがない。

「兄上、順列の乱れは、御政道の乱れのもととも申します。ここはやはり兄者が率先して政務を司るべきでござる」

すると尊氏は、いかにも不思議そうな面持ちを浮かべた。

「されど、今まではおぬしがしばしば、この足利家を切り盛りしてくれていたではないか」

「それは――」と直義は、一瞬言葉に詰まった。まさかこの兄が優柔不断すぎるからだとは、さすがに言えなかった。

「……それは、足利家が火急の折だったからでござる。新政の乱脈ぶりに苦しむ武士を見聞きし、しまいには朝敵とされ、足利家が存亡の危機に陥ったからでござる」

さらに直義は言葉を紡いだ。

「されど今、敵対する大なる武門はすべて滅び、吉野に廃帝ありとはいえ、もはや新しき朝廷に抗する力はありませぬ。ほぼ天下は平らかになり申した。それがし直義が務める役回りは、もう済んでおりまする」

そう言い切って、初めて自らの気持ちが分かった。多少の淋しさと共に、改めて自覚した。

……その通りだ。幕府がこうして無事に成立した時点で、おれの浮世での役割は終わっている。あとは国司を務める相州に帰って、鎌倉で静かに後半生を過ごしたい。それが、連枝たる自分のあるべき姿だろう。

思えば、妻の彰子にももうずいぶんと会っていない。子供もいないから、さぞや一人、つくねんとした思いで膝小僧でも抱えているのではないか――。

そういった郷愁も手伝い、ついその思いを口にした。

するとと尊氏は、意外にも怒り始めた。

「おぬしはわしを放り出して、一人だけ鎌倉へと帰るというか。それは、あまりにも卑怯というものではないかっ」

あ……と、直後には自らの迂闊さを激しく後悔したが、もはや後の祭りだった。

これ以降も直義は再三再四、尊氏からの申し出を固辞したが、尊氏も負けず劣らず「天下の御政道の事」を直義に実質的に司るようにと申し入れてきた。

そして直義が拒否する都度、先の言葉を連呼し続けた。

「それは、卑怯である。嫌がるわしをこんなところまで連れて来て、それは卑怯である」

どうやらこの「卑怯」という言葉が、随分と気に入ったらしい。そのたびに自分が、何も言い返せなくなるからだ。

とうとう直義は根負けして、政務を引き受けることを決意した。ただし、兄と共同でならば、という条件を付けた。

「兄上、くれぐれも共に、ということでござりまするぞ」

そう念を押すと、兄はこれまでと打って変わったように朗らかになった。

「分かっている。充分に、分かっている」

けれど、直義はやはり不安だった。

八月二十八日になり、朝廷が改元を行った。建武から暦応となった。

九月になり、十月が過ぎ、時の流れが急速にゆるやかになったように感じられた。

案の定、兄は「くれぐれも共に」という約束をしたのにもかかわらず、将軍家の軍務は師直と直義に半分ずつ、そして肝心の政務は、相変わらず直義一人に任せ切っていた。

半ばは諦めつつも、そのことを再び抗議すると、

「わしには教養というものがない。だから小難しい物事の裁量は、おぬしに任せているのである」

そう、以前の約束は忘れたかのように、平然と答えたものだ。さらには、こんな頓珍漢《とんちんかん》なことも言った。

「そもそもわしは、将軍という器でもない。であるに、これからも軽々しく振舞って、武士たちとの親睦をますます深めていこうと思う。それにより、幕府と朝廷を守っていこうと考えている」

嘘のような話だが、実際に尊氏は幕府が成立して以降、このような発言をしている。さらに尊氏の言葉は続く。

「然るに直義よ、おぬしは逆に重々しく振舞って、将軍家の威厳を保ってくれ。そのほうがおまえには合っている。一時でも遊覧にかまけることなく、政務に励んでくれ」

この能天気さと厚かましさには、直義も正直、開いた口が塞がらなかった。

暦応二（一三三九）年が明けた。

尊氏はその新年の吉書《かきぞめ》に、少し考えた直後、大真面目な顔つきで、

「天下の政道、私《わたくし》あるべからず。生死の根源、早く切断すべし」

と墨痕《ぼっこん》鮮やかに、一気に書き下した。

直義はその言葉を見て、兄も存外に複雑な胸中を抱え持っているものだと、多少は感心したものだ。少なくともその後半部に漂う虚無感と、生に対する執着の希薄さは、逆にありありと印象に残った。

ちなみに今正月《こんしょうがつ》で、先帝が吉野に拠ってから、ちょうど二年が経っていた。

直義は、この廃帝の存在を早くなんとかせねばと思い続けてきたが、同年の夏も過ぎ去った八月、意外な結末が逆に向こうから訪れた。

前天皇が病に倒れ、あっけなく崩御したのだ。享年五十二。死に際の言葉がある。

「玉骨は、たとい南山《なんざん》（吉野）の苔《こけ》に埋もるとも、魂魄は常に北闕《ほっけつ》（京）の天を望まんと思うなり」

尊氏はその冥福を祈り、十月から天龍寺の建立に着手した。京の高僧、夢窓疎石《むそうそせき》からの勧めでもあった。

暦応三（一三四〇）年になった。尊氏はこの年初にも、

「天下の政道、私あるべからず。生死の根源、早く切断すべし」

と、直義の目の前で書いた。

以降、元旦には必ずこの言葉を書き連ねるようになった。

恒例といえば、こんなこともあった。

毎年八月一日は八朔《はっさく》と呼ばれ、日頃お世話になっている人に贈り物をする習慣が、鎌倉にも、ここ京にもあった。

しかし直義は、それらの贈答品を一切受け取らなかった。

いつしか直義は、その京で定めた屋敷の地名を取って、「三条殿」と呼ばれるようになっていた。将軍の尊氏に成り代わり、実質的に幕府の政治を司る者として、すべての武士たちから畏敬の目で見られるようになっていた。

それ故に、彼らからの贈答品はある意味で自分への賄賂に繋がる、と感じていたからだ。

だから、無理やりにも押し付けて来た者には、後でそれぞれの家に送り返した。それでもまだ懲りずに再び送り付けられてきた品物は、一纏《ひとまと》めにして屋敷の外に放り出した。

が、直後にはたと気づいた。

まさかとは思いつつも、二条高倉にある尊氏の将軍家に急いで駆け込んでみた。時に夕刻のことで、尊氏は一人、奥座敷にちょこんと座っていた。その周囲には、明らかに贈答品と思しき品が、乱雑に置かれていた。

一瞬、目も眩みそうな絶望と怒りを覚えたが、それでもそれら物品は、自分の屋敷に送られてきた物より、はるかに分量が少なかった。微少、とすらいってもいい。

どういう訳かとたずねると、果たして兄は、むしろ直義以上に山のように送られてきた贈答品を、すべて大らかに受け取っていた。

「わざわざ訪ねて来てまで贈られた品物を突き返すは、失礼に当たるからの」

そう、まずは答えた。

「が、次にやって来て、いずれかの品を欲しそうに見ていた者には、すべてそれらの物を分け与えた。どのみち、わしには不要の品々である」

それで尊氏の周囲には、ほんの僅かな、そして些細な贈答品しか残っていなかったのだ。

これはこれで、自分とはまた違う政道の在り方なのかもしれない、とこの時も直義は妙に感心した。

兄は自らの命や栄華のみならず、物品に対しても執着は全くなさそうだった。生まれついての性格で、「天下の政道、私あるべからず」を地で行っている。そういう意味では直義と同様、全方位的に清廉潔白だと言えなくもない。

が、その後も時おり、尊氏は直義をひどく怒らせた。

ある時期に、尊氏は田楽に夢中になっていたことがある。そのせいで将軍家をいつも留守にしており、直義が政務の相談に訪れても、虚しく帰路に着くばかりだった。

が、この愚劣な往復が二月ほども続き、ついに直義は堪忍袋の緒を切らした。そして、まだ絶対に居るであろうと思しき早朝に二条高倉を訪れ、寝ぼけ眼《まなこ》で出てきた尊氏を怒鳴りつけた。

「兄者っ、将軍ともあろうお方が政務も顧みず、遊興にうつつを抜かされているとは何事かっ。これではいずれ崇鑑（北条高時）殿の二の舞となりまするぞ。少しはお慎みあれっ」

するとこの怠惰な兄は、いかにも面倒くさそうに答えた。

「わしはもう、天下の政道はおまえに一任しているのだ。このやり方で、現に政《まつりごと》もうまく行っている。それなのに役立たずのわしを、何故にこうも煩わせるのだ。すべてのことは、おまえと師直の二人で決めてくれればよい。そのほうが、きっとうまく行く」

　この自負心の無さには直義も心底から呆れ果て、少し考えてこう提案した。

「それでは兄上、田楽の合間だけでもよいですから、重要な案件のみは、それがしの話も多少はお聞き下され。在宅の日取りを、今ここで確実にお決めあれ」

　すると尊氏は、これにはすんなりとうなずいた。

「分かった。されど将軍たる者、他武門との付き合いもあるから、日取りは決められぬ。代わりに田楽見物は月に三日までとしよう。ならば、おまえも無駄足を踏むことは滅多にあるまい」

　さすがにこの大幅な譲歩には、かえって心配になった。

「それで、本当に良いのですか」

「良いのだ。どうせ付き合いがてらの、暇つぶしであった」

　さらに、こうもぽつりと付け加えた。

「田楽も、見ている間は楽しいが、終わってしまえばそれだけのことだ。すぐに脳裏からは消え去る。田楽に限らず、すべて世は、過ぎてみれば夢のようなものだろう」

　この時も直義は、兄の空虚さをしみじみと感じたものだ。


……尊氏は、我ら現代人によく似ている。


　確固たる生き方の規矩を持たず、現世での苛烈な野心も、我が生に対する使命感のようなものも格別にはなく、それゆえに自己の不在という虚しさに折り合いを付けることも叶わないまま、時に無気力になり、欲望が剝き出しの時代の中に漂い続ける。存在の希薄さゆえの、自己矛盾を抱え続ける。

　それでもなんとか人並みにさえ生きられれば、充分ではないかと願っている。実は『人並み』などという生き方は、どこにも存在しないと薄々気づいているにもかかわらずだ。

　このような精神構造の人間が中世に武門の盟主として実在し、逆に塩味《しおみ》のたっぷりと利いた後醍醐天皇を駆逐して、室町幕府の初代征夷大将軍に就任したこと自体、日本史上の奇跡ではないだろうか。

最終章　敵対

1

納屋の二階に上げられた途端、梯子を外された――。

例えて言えば、そういうことになる。

建武の新政と同様、この足利幕府の実際の在り様に関してだ。実際に蓋を開けてみれば、あまりにも意外な展開の繰り返しだった。

少なくとも、師直の立場ではそう感じる。それでも誰かが故意に、自分たち高一族を陥れたわけではない。

強いて誰が悪いのかを上げるとするなら、本来は武門の盟主たるべき尊氏の、政治への呆れるほどの怠惰さ、無関心さに起因する。


思い返せば数年前、光厳上皇と光明天皇からなる新朝廷を樹立した直後から、嫌な予感はしていたのだ。

尊氏は未だ征夷大将軍に任じられていなかったが、荒れ果てた世情に対して行うべき施策が既に山積みだった。特に土地所有権に関しては、相次ぐ戦禍でその利権が複雑に絡み合い、出来るだけ早く決裁を下す必要があった。

尊氏は直義と師直に急かされるまま、恩賞宛行の袖判下文《そではんくだしぶみ》（恩賞発給の承認文書）を出すようになった。また、軍忠への譲与安堵（所領・守護職や国司の保証）も行った。

それらの下文を、恩賞方の頭人を務め始めた師直が、正式な土地執行の強制力を伴う文書としての『執事施行状』として発給する。

が、この武門の棟梁はそれ以外の政務は、すべて直義に押し付けた。例によって丸投げにした。

当然、直義の日常は、以前にも増して恐ろしく多忙になった。

まず直義は、引付方（建武の新政時の、雑訴決断所に相当する機関）を慌ただしく設立し、ここで土地問題に関する多様な沙汰を行うようになった。

ちなみに直義は、安堵方（尊氏の安堵譲与の現地調査）、庭中方《ていちゅうかた》（引付方、安堵方の不正行為の防止）などの機関も並行して設立したが、最も重要な引付方の頭人（筆頭役人）には、師直を抜擢した。

これで師直自身も、足利家の執事役、恩賞宛行の執行、所領と官職の安堵、土地所有権の裁定、以前から携わっていた新朝廷との交渉役と、五つの業務を同時にこなすことになり、直義に負けず劣らずの忙しさとなった。

けれど、引付方の裁定では事あるごとに問題が発生した。尊氏は以前の戦時下の折、武功のあった諸将たちに恩賞の前約束である「軍陣の下文」を乱発していた。今はそれに基づいて、改めて恩賞宛行の袖判下文を出していた。

問題は、その以前の下文が土地所有権の精査もろくに行わず、相手の求めるままに恩賞を与えていたということだ。誰かに恩賞として与えたはずの土地が、既に他の誰かの所領地であるということが頻発した。当然、双方から苦情が舞い込んだ。

直義は、尊氏のこの適当極まる恩賞宛行には何度も業を煮やし、都度に額に青筋を立てて激怒した。

「兄者っ、ですから改めて袖判下文を起こす折は、前もってそれがしの引付方にご相談あれと、何度も申し上げておるではありませぬかっ」

そして師直もまた、尊氏の意向に従って作成した執事施行状を自らが反故にせざるを得ないという、非常に情けない雑務に追われた。

一方で、高一族は順調に任官を重ねつつあった。

建武式目の成立直後、師直は武蔵権守に続いて上総国の守護となり、師泰は三河権守に任官した。さらに北陸に出陣中である師泰には、新田家の領土である越後を征服し次第、越後守に転任することもほぼ内定している。

また、二番目の弟である重茂にも武蔵国の守護を、従兄弟である師兼と師秋《もろあき》にも、それぞれ三河と伊勢の守護になるように、任官地を調整中であった。一族の大高重成《おおたかしげなり》にも、若狭か丹後かの守護職を検討中であるという。

当然、尊氏と直義の指図によるものだ。我ら高一族の多年の骨折りに対し、ここまでの封土を用意して報いようとしてくれている。

が、肝心の足利兄弟自体は、新しい官位と封土をほぼ自らに与えていない。

尊氏は、新朝廷樹立の褒美として内裏から権大納言の官職だけは貰ったものの、それはたぶんに名誉職である。朝臣としてではなく、武門の盟主としてこの世に軸足を置く我が主君にとって、権大納言としての内実はないに等しい。位階も以前の従二位のままで、特に朝廷に対して任官運動もしていないようだった。

むしろ逆に、自らの封土である武蔵や上総の統括権を、我ら一族の者に進んで分け与えようとしている始末だ。その無頓着さはいかにも尊氏らしい。

直義もまた、そうだ。官位と封土は依然、建武の新政当時のままだった。そのことを遠回しに尋ねると、直義はあっさりこう言ったものだ。

「わしか。わしは今の従四位下、相模守で充分である」

この時も師直は、半ばは感心、半ばは呆れることしきりだった。

足利家の兄弟は、新生幕府に対する取り組み姿勢こそ陰と陽ほどに違えども、こと個人の栄華に関する限り、相変わらず揃って恬淡としたものであった。

ところで建武三年も、年末が押し迫った頃のことだ。

師直は恩賞に関する相談事で、将軍家を訪れていた。

しかし尊氏は留守にしており、帰宅を待っていた師直の許に、足利家の家人が慌ただしく姿を現した。

今、はるばる鎌倉から、尊氏に面会を求めてやって来た者があるという。

東勝寺の円林《えんりん》と名乗る者が、新熊野《いまくまの》とかいう十歳ばかりの喝食を伴って門前に控えているが、どう対処したものかという相談だった。

師直は束の間、その名前を聞いても誰のことだか分からなかった。

ややあって、遠い記憶がまざまざと蘇ってきた。

あれだ、と感じる。

あの越前局が生んだ、尊氏の隠し子だ。尊氏には認知されぬまま、直義がその存在を憐れんで名付け親になった。

確か、それが「新熊野」という幼名だった。そして五、六歳まで実母の許で育った後、足利宗家と所縁のある東勝寺に喝食として出された。そのまま足利家とは一切の縁を切って、僧侶の道を歩むことになっていたはずだ。

けれど、それがどうして今頃になって、はるばる上洛して来たというのか。

この時点で師直には、早くも悪い予感しかなかった。

「ともかくも『殿』にお会いいただく前に、一度わしが執事として対応しよう」

そう家人の者に伝えながら、これもまたおれの仕事の一部である、と自らに言い聞かせた。

廊下を進みながらも、さらに追憶に耽る。

越前局が涙ながらに抗弁した言葉の数々を、次第に思い出す。二十歳そこそこだった直義は、すっかり相手の気迫に呑まれて越前局を信じた。むろん、当時の師直もそうだ。その帰路で直義に改めて真偽を問われ、師直自身も「九割九分は尊氏の子種であろう」と答えた記憶がある。

だが、あれから約十年が経ち、師直も既に四十間際になっている。

その間に妻以外の女とも関わりをそれなりに持ち、男女関係に放埒な女子《おなご》というものの一部は、保身のためなら息をするように嘘をつき、平然と涙を流せるものだということも知った。特に、この都の女はそうだ。

むろん、自らの不徳の致すところだとは思うし、越前局までそうだとも限らないが、それでも今となっては、あの当時ほどの確信はない。

玄関脇の部屋に入ると、そこには鎌倉からやって来た二人が下座に控え、平伏していた。

「どうぞ、面を上げられよ」師直は、まずそう言った。「それがしが当家の執事、高ノ五郎左衛門尉でござる」

敢えて当家の、という言葉を使い、二人に暗に「おまえたちは、既に足利家の埒外である」という予防線を張ったつもりだった。

果たして二人が面を上げた。

途端、その少年の顔に師直の視線は釘付けになった。まだ十歳にしては口元がよく引き締まり、眉騰がり、顎の線も鋭い。いい顔つきだ。

が、その利かん気の強そうな凜々《りり》しい面構えが、かえって師直を混乱させた。

さらに少年が抑制の効いた所作でもう一度軽く平伏し、「お初にお目にかかりまする。私、新熊野と申しまする。こうして高殿に早速お目通りを頂けたこと、まことにありがたく存じます」

そう、きびきびとした態度で自己紹介するに及び、さらに愕然とした。

これは違う――。

尊氏に、まるで似ていない。

未だ鎌倉にいる千寿王は、その丸い顔といい、いかにも気弱そうな黒目といい、両眉も不自然に離れて垂れていることといい、父親にそっくりだ。性格も同様で、物事に煮え切らない、いかにも優柔不断そうな言動の芽生えが、五、六歳の頃から早くも見て取れた。

しかしこの少年は違う。まだ年端もゆかぬのに、毅然とした性格が小さな体からもはっきりと滲み出ている。

その後も師直は激しく狼狽したまま、少年の隣に座った円林の話に聞き入った。

概略は、どうやらこの少年が僧侶には向かぬこと、本人も僧侶ではなく、武士になることを望んでいること、今秋に越前局が病死し、もはや少年が鎌倉にいる必要もないこと、だからこうして鎌倉からやって来たことなどだった。

新熊野は、その円林の説明を微動だにせず、やや伏し目がちに聞いている。子供にはふさわしからぬその落ち着きぶり、肝の据わりようにも、師直は再び怖気をふるった。冗談ではない、と気づけば脇汗《わきあせ》を大量に掻いていた。

この少年が武者に向いていれば向いているほど、そして千寿王が尊氏同様に情けなければ情けないほど、我が足利家にとっては先々での相克《そうこく》の元となる。

第一、既に足利家は新たなる将軍家として動き出している。鎌倉に千寿王を居続けさせているのも、尊氏に続く新たな『鎌倉殿』として世間に認知させるためだ。既に、次期将軍としての道を歩ませ始めている。一門の賛同も得ているから、今さらこの既定路線は覆せない。

ましてや目の前の少年は、千寿王より三つばかり年上だから、（もし尊氏が、万が一にも我が子だと改めて認めるようなことがあれば）それこそ実質的な長子となってしまう。が、あくまでも庶子としての長子だ。なおさら今後の災いの種となる。

が、しばらくしてようやく平静さを取り戻した。

それもこれも、最終的には尊氏が判断することだ。おれは、その判断に黙って従えばよい。


二人には、我が主君が帰ってくるまでしばしお待ちあれ、と伝え、そそくさと部屋を後にした。

四半刻後、何も知らぬ尊氏が相変わらずの能天気な顔で帰宅した。聞けば、赤松円心の家に呼ばれて、楽しく長話をしていたという。

師直は早速、事の次第を説明した。果たして「新熊野」という言葉を聞いた途端、尊氏の顔は蒼《あお》ざめた。過去の亡霊にでも出くわしたような表情になった。

それでも尊氏は、そわそわとした様子で矢継ぎ早に聞いてきた。

「その少年の、子柄《こがら》はどうであるか。顔は、わしに似ているか。素振りや言動はどうか」

案の定、そこが気になっている。

気の毒だとは思いつつも、顔も性格も、そして立ち居振る舞いも「まったく尊氏には似つかず雄々《おお》しそうなこと」を、なるべく相手が傷つかないような言葉を選んで伝えた。

そこまで気遣いをしても、尊氏の顔からはさらに血の気が引いた。当然だろう。

ややあって震える声で、こう呟いた。

「やはり、わしの子ではなかったか……」

むろん師直もそう感じる。が、そこに敢えて自分の意見は差し挟まなかった。代わりにこう尋ねた。

「どうされます。円林殿と新熊野は、未だ別室にて控えておりまするが」

すると、こればかりには明確に答えた。

「我が子でもない者に、何故にわしが会う必要があるのだ」

「………」

「これまでも東勝寺に養い扶持を与え続けた。それだけで充分ではないか」

言われてみれば、確かに師直もそう感じる。

「ともかくもわしは会わぬ。円林とやらに、鎌倉に連れ帰るよう言ってくれ」

が、未だ激しく動揺しているのか、すぐに前言を翻した。

「いや、僧になる修行を続けるなら、このまま京に居ても良い。どちらでも良いことだ。ともかくもわしは会わぬ。そう二人に伝えよ」

と、わずかな間に会わぬ旨を三度も繰り返した。これは、足利家の棟梁の断固たる意志表示と見るべきだった。

「では、そのようにお伝え申しまするが、構いませぬな」

「構わぬ」しかしここでもまた、やや迷ったようなそぶりを見せた後、こう付け足した。「もし京に居ても、僧である限りは養い扶持を与え続ける。越前局とは一夜限りでも、わしは確かに関わりを持った。その誼である。そう伝えよ」

師直は尊氏の許を去り、玄関に向かいながらもふと立ち止まった。郎党を呼んで、円林だけを別室に移した。

尊氏の言葉を新熊野の前で伝えるのは何やら気の毒で、気が進まなかったからだ。

別室に通した円林と対面するなり、師直はこう告げた。

「大変お気の毒なことではござりまするが、殿は、新熊野殿にはお会いになりませぬ。また、その必要もなきこと、と申されてござります」

すると、円林は驚きを露わにした。

「それは、たとえ隠し子といえども、新熊野に対してあまりにも気の毒というものではありませぬか」

これには師直も即答した。

「わしも左《さ》に思えばこそ、こうして円林殿だけに直に話しておるのでござる」

「………」

「さらに申し上げまする。円林殿は我が殿を、鎌倉でお見掛けになられたことはござりまするか」

「それは、むろんござります」

「これもまた甚だ申し上げにくいのですが、新熊野殿のお顔は、殿にはまるで似ておられませぬ」

「さ、されど、子供の頃に親に似ぬ、という話はたまにあることにてござりまする」

「お言葉を返すようですが、『千寿王』――今の鎌倉殿は既に五、六歳の頃から、その所作も含めて、誰がどう見ましても我が殿に瓜二《うりふた》つでござりました」

さすがに、これには相手も言葉を失くした。

師直はさらに説明した。

尊氏は、会うこと自体は拒否したが、それでも鎌倉に戻れとまでは言ってはいないこと、京に居るも鎌倉に帰るも新熊野の自由であり、その上で僧侶としての修行を続けるのならば、これからも新熊野を扶持することを伝えた。その誼
「『越前局殿とは、一夜限りでも関わりを持った。その子である』……かように殿は申されておられました」

我が子ではないからと言って、決して無責任に放り出すわけではないのだ、と暗に言い含めた。

案の定、これにも円林は言い返す術を持たなかった。

その後、円林と新熊野は当初の目的を遂げることなく将軍家を後にした。

「どうであった」多少は気になって、師直は二人を送り出した家人に聞いた。「新熊野は、なにか申しておったか」

「いいえ、特には何も」家人は答えた。「うなだれ、ひどく元気のない様子ではありましたが、それでも大人しく円林殿と共に辞されました」

その経緯を、改めて尊氏に説明した。

尊氏は一通り聞いた後、しばし何かを考えている素振りだったが、ややあってこう言った。

「師直よ、やっぱりこれで良かったのだ。なあ？」

むろん、これには師直もはっきりとうなずいた。

すると相手は急に落ち着かぬ様子になり、小声で言った。

「この件があったこと、直義には申すなよ。言えばきっと、例によって義憤を発する」

正直、この発言にはびっくりした。そんな発想自体を思いついてもいなかった。

当然だ。いかに直義が半ば名付け親になったとはいえ、これは直義ではなく、尊氏自身の実子問題である。しかも約十年も昔のことで、直義も以降、新熊野には会っていない。さらに直義、師直共に死ぬほどに多忙な折に、いちいち報告するまでもないことだった。

その意味のことを伝えると、尊氏は明らかにほっとしたような顔になった。

「そうだ。そうであるな。師直の申す通りである」

師直はこの件の後も、すぐに多忙な日常へと戻った。

しかし、建武四年の春頃には、最も激務である引付方の仕事に、次第に納得できないものを感じるようになった。

引付方に持ち込まれる土地訴訟の多くは、公卿、寺社と、畿内武士団との間で起こっている土地問題だ。元弘以来絶え間なく続いた戦乱により、武士たちが兵糧米を確保するために、公卿や寺社の荘園を横領する行為が頻発していた。これら荘園問題の訴訟が、公卿と寺社から引きも切らずに持ち込まれ、当然のように畿内の武士たちには不利な裁定が下り続けた。

しかし師直は、それらの裁定には甚だ不満だった。

そもそも、この日ノ本のほとんどの田畑は、平安末期に武士が勃興してくる以前は、皇室と公卿の私的所有物、つまりは荘園だった。

とはいえ、現在の皇室や公卿も、根を洗えば太古に数多あった豪族の一つに過ぎない。その大なる豪族が他の豪族を滅ぼし、全国にあった田畑を強制接収していったのだ。

他方では、自作農たちが新しい土地を開墾して武装化し、『武士』になった。田畑の一部を朝廷、公卿、寺社に寄進し、ようやく私有地として認められてきた。

つまり、武士が昨今我がものとした田畑の大半は、元々は彼らが汗水たらして開墾した土地で、それら田畑を、既に統治能力を失った公卿や寺社から取り戻したに過ぎない。

が、しばらくは師直も、これらの裁定には我慢し続けていた。

そんな大昔のことを反論しても埒が明かないと思っていたし、当の武士自体が、このような経緯があったことを忘れている。

しかし、夏頃になると、公卿と寺社側はこれら圧倒的勝訴に気を良くして、鎌倉の時代に少しずつ侵食された荘園をも取り戻そうと、次なる訴訟を起こし始めた。

「これらは、鎌倉が興る以前は、我らの土地であった」

「その古文書も、しかと我がほうにはありまする」

と、百年以上も前の黴臭《かびくさ》い証書を次々と証拠品として持ち出してきた。

問題なのは、前天皇の設立した雑訴決断所とは違って、直義が設立した引付方が、本人の几帳面《きちょうめん》な性格と篤実な組織力もあいまって、きちんと機能していたことだ。

結果、その証拠に基づいて、鎌倉期の土地問題も武士に不利な裁定が下ることが頻発するようになった。

これには師直も堪らず、直義に直訴した。

「確かに大昔には、彼らの持ち物でありましたでしょう。されど、公卿や寺社はその荘園主としての務めをろくろく果たさずに、何百年も来たではありませぬか。縁故の貪官《たんかん》汚吏《おり》に荘園の管理を丸投げにし、百姓たちが野伏《のぶせ》りに襲われてもなんら庇護せず、凶作時にも年貢を安くすることすらせず、自らは在京のまま、我が世の春とばかりに徒食《としょく》し続けてき申した。その、よき報いではありませぬか」

直義も心情的にはよく分かるのか、渋い顔をした。

「分かっている。あの者たちの怠慢さ加減は充分に分かっている。じゃが、古文書を出された以上はそういう沙汰を下さざるを得ぬ。それが、御政道というものだ」

が、これにも師直には言い分があった。

「御政道とは、そもそも万民の暮らしを良くしてこそでござる。彼ら公卿や坊主たちに田畑を任せるより、我ら武士の庇護のもとで暮らしたほうが、百姓たちもよほど安んじて日々を送れまするぞ」

「そのことも、充分に承知しておる」さらに直義は苦々しく答えた。「されども法は法である。守らざるを得ぬ」

馬鹿なっ、とこの融通の利かなさにはつい大声を上げた。

「先年、延暦寺や興福寺が我らにしてくれたことをお忘れかっ。御仏に仕える身でありながら僧兵どもを動かし、政に容喙し、絶えず世を騒がせてき申した。あのような奴輩《やつばら》にこちらから進んで土地を呉れてやる料簡など、少なくともそれがしは欠片も持ちませぬぞ」

敢えて、実弟の師久が叡山の大衆に無下に殺された件は持ち出さなかった。言わなくとも、この相手にも充分に伝わっていると思ったからだ。

果たして直義は理解していた。そしてこう言ってきた。

「師直よ、むろんわしも叡山は憎い。が、だからこそ天下の御政道に私怨を持ち込んでもらっては、困る」

この反応には、まったくもって心外だった。おれは、そのようなつもりで言ったのでは断じてない。丸腰の人を殺すような者どもに土地を戻してやっても、さらに頭《ず》に乗って横暴を極めるだけだと言いたい。それをこのように曲解するかと、つい腹立ちに任せて、さらに声を荒らげた。

「それがしがいつ、私怨を持ち込んだと仰せあるかっ」

すると、直義も眉を怒らせて言い返してきた。

「何を言うかっ。たった今、叡山や興福寺などに土地を呉れてやる料簡など持たぬと申したのは、おぬしではないか」

師直は、再び怒鳴り散らしたいところをぐっと堪えた。

「……それがしが申したいのは、この世には法の他に人情や信義もある、ということでござる」

「はて。世の信義とは何ぞ」

師直は、ここぞとばかりにうなずいた。

「今般、新朝廷が成り、我らがこの京で勝ち名乗りを上げられたのは、武士たちが朝敵とされることも厭《いと》わず、我らに与力してくれたからでござる。それら武士たちへ不利な沙汰を下し続けることは、彼らへのこれまでの信義を欠く、と申したいのでござる」

これには、さすがに直義もしばし黙り込んだ。

が、ややあって口を開いた。

「それでも、法を上回ることがあってはならぬ。たとえ最初は善意からの信義でも、そのようなことから往々にして政道の乱れは発するものだ」

くっ——。

まったくなんという男だ。何故こうも己の正義の基準に頑ななのか。正論馬鹿《せいろんばか》とは、まさにこのことだ……。

憤懣を持て余すあまり、つい皮肉たっぷりに言ってしまった。

「相州殿は、まことに清廉潔白なお方であられる。あたかも湧水の如くで、そこに住めるは、せいぜいが山椒魚《さんしょううお》の如き者しかおらぬでありましょうな」

むろん、かつて直義が、大塔宮を山椒魚のようだと例えたことに当てつけている。そして公卿や寺社などの山椒魚もまた、こうして武士階級と利害が対立し続ける限りは、やがては直義が大塔宮を始末したのと同様に、結局はどこかで排除せざるを得ないのだと仄めかした。

この強烈な暗喩《あんゆ》には、直義もさすがに色をなした。

双方は大喧嘩になった。


かといって、直義を信用するに足らない人物だとは、その後も相変わらず思わなかった。

この喧嘩の直後、師直の二番目の弟、重茂は武蔵国の守護となって関東に下り、師泰は越前の金ヶ崎城を陥落させた功績で、越後守に就任した。師直自身も以前の武蔵権守から、さらに正式な国司たる武蔵守に就任した。むろん、上総国の守護も兼ねたままだ。

これらはすべて、直義の差配によるものだ。融通はまったく利かない男だが依然として篤実である、と感じた。


八月下旬になり、これら激務ではないどころの事変が持ち上がった。奥州の北畠軍が地元の斯波勢力を駆逐し、ついに京を目指して発したという報が舞い込んできた。

が、この時も尊氏は自ら動こうとはせず、

「すべて直義に任せてある。戦のことも、それできちんとまわっていくはずだ」

と、気楽に構えていた。はなから何もするつもりがなかった。

　直義は兄に代わっての軍事指揮に忙殺され、引付方の仕事にはほぼ手が回らなくなった。

　必然、その最終決裁権は、頭人である師直一人に集中することとなった。それをいいことに、とまでは自ら思わなかったが、公卿、寺社と武士たちの訴訟に関しては、次第に武士たちに有利な裁定を下し始めた。

　明らかに古文書通りで公卿、寺社側に有利な訴訟には、再審の手続きをかけて結審を引き延ばした。そして不安がる畿内の武士たちに問われれば、次のように言い諭した。

「ここだけの話ぞ。戦が始まれば、廃帝に味方する腐れ公卿や、延暦寺などの売僧どもがまたぞろ出て来ぬとも限らぬ。勝てば、その裏切りを理由に訴状を破棄する」

　また、どちらに理があるともつかぬ訴訟、あまりにもその証拠が古すぎる訴状には、既にこの所有権は無効であるとして、武士団に有利な裁定を下し続けた。特に、廃帝に味方した叡山に絡む訴訟には、かなり強引な沙汰を下した。

　一面で、そんなことを直義の不在の間に行っている自分に、多少の疚しさは覚えていた。

　が、それでも他方では、今後の足利幕府のためにはこうするしかないのだと、自分に言い聞かせた。

　悲しい哉、この世は直義の言うような法や、式目で高らかに宣言したような理想論では動いていない。師直の、十年ほど前からの持論だ。ほとんどの武士は旧朝廷より足利家を『頼《たの》うだるお方』と見込んだからこそ、命を懸け物にして戦った。新たなる恩賞や、最低でも旧領を安堵してもらうためだ。特に、この畿内の新興武士団はそうだ。

　だからこそ、我ら足利家に与力した武士団の利害を損ずることは、この新政権の支持基盤を自ら掘り崩していくことに繋がってしまう。

　建武四年も年末が迫った時点で、北畠軍は足利方の関東の拠点を次々と攻略し、鎌倉まで陥落させた。古来より機を見るに敏な畿内人たちは、その待遇が不満だと感じれば、いとも簡単に敵方に寝返る可能性がある。

　建武五年を迎えた。直義は、東海道筋を西進してくる北畠軍の対応にますます追われ始めた。

　師直は依然として引付方の仕事を一手に引き受け、武士たちに有利な審判を下し続けていた。

そしてその分、足利一門以外の武士たちからは全幅の信頼を寄せられるようになった。

「武蔵守殿は、まことに頼りになるお方である」

「さすがに足利殿の執事であられる。我らのために心を砕いてくださる」

特に、畿内の武士たちからの人望は急速に高まった。近江守護の佐々木道誉が師直に対して昵懇になり始めたのも、この頃だ。道誉は既に一昨年、若狭の守護も同時に兼ね、畿内武士団の太守的存在となっていた。

「武蔵守殿は、我ら『外様』の気持ちをよく分かっておいでになられる。ありがたきことである」

別に自分が持ち上げられるためにやっていることではなかったが、それでも足利政権の基盤がこうして固まっていくことは、やはり嬉しかった。

反面、公卿や僧侶、神官などからは、次第に素っ気ない態度を取られるようになった。

当然だろう、と師直は一人、密かに可笑しがったものだ。彼らには、こちらから喧嘩を売っているに等しい。だが、そんな暇人どもから嫌われても屁とも感じなかった。

そもそも今の公卿や皇族、僧侶の在り様ほど、この世に有害無益なものがあろうか――。


一月も半ばになり、ついに北畠軍は尾張まで到達した。これには直義もたまらず、師直を呼び出し、軍事面でも自らの補佐をするように要請してきた。

師直はその相談に与りながらも、ふと感じたことがある。本来ならこの直義の立場こそ、幕府の頂点に君臨する尊氏の許で、足利家の執事たる自分が務める役割ではなかったのか……。

この頃の京では、

「大御所《おおごしょ》（尊氏）殿は弓矢の将軍、三条（直義）殿は御政道」

などと、早くもその二頭政治の在り方が囁かれるようになっていた。

しかし尊氏は清水寺で宣言した通り、既に隠居同然の身になっており、せいぜいやることと言えば新恩給付の下文に袖判を加えることと、譲与安堵を行うことぐらいだった。その他の政務と軍務は直義がすべてを取り仕切っており、これら内実を見ても幕府の在り様は、とても「二頭政治」などと言えた代物ではなかった。

ただ、直義がその立場を自ら望んだかと言えば、むろんそんなことはない。尊氏に無理やり押し付けられ、甚だ不本意ながらも、それらの仕事を必死でこなしているだけだ。

けれど、そのような経緯を十分に理解しつつも、師直はなおも釈然としないものを感じる。

高家は足利家の執事ではあっても、この新生幕府の執事――つまりは昔の得宗家のような執権ではないのだ。現に執権の立場は直義が務めており、高家の棟梁であるおれは、単にその下で追い使われている吏僚に過ぎない……。

が、この件はしばらく放念しようと直後には決めた。

戦況は切迫している。北畠軍が畿内まで攻め込んできた時の戦略を、直義と練り始めた。

直義は、これだけ多忙の日々が続いているにもかかわらず存外に元気だった。鎌倉の危機にかこつけ、妻を急ぎ京へと呼んだからだ。この一途な愛妻家は、たちまち日に日に血色が良くなっていった。

ちなみに師直は、この北畠軍との合戦時に、それまでの戦場での因習を一変させる画期的な軍令を打ち出した。

戦場で兜首《かぶとくび》を討ち取ったら、それを軍奉行の首実検まで腰元にぶら下げて戦い続けるのではなく、周囲の味方に確認してもらえば充分な証明とするものだ。

「分捕切捨《ぶんどりきりすて》の法」である。これにより、味方は兜首をその場で討ち捨て、身軽に動き回ることが可能になった。

足利軍はこの機動力の高さをもって、大和の般若坂《はんにゃざか》で北畠軍を見事に退け、さらに敵が和泉国堺浦に転戦するに及び、顕家の首を挙げて北畠軍の主力を全滅させた。

だが、まだ北畠軍の別動隊が京の南郊にしぶとく残っていた。顕家の実弟である北畠顕信《あきのぶ》が、石清水八幡宮に籠って京の足利勢に睨みを利かせている。

師直と師泰は直ちに和泉から取って返し、石清水八幡宮を包囲した。が、この大社は、周囲を木津川と淀川に囲まれた男山の急峻な山頂にある。源平の頃より難攻不落の要塞として名高く、攻城は困難を極めた。そのまま攻城半月ほどが経ち、ついに業を煮やした師泰が言った。

「もはや、男山に火をかけるに如かず」

けれど、いくら無神論者の自分でも、清和源氏の氏神たる社殿に放火することには、さすがに躊躇いを覚えた。

そうこうしているうちに七月になった。

ついに尊氏からも、石清水八幡宮を速やかに制圧すべし、という軍令が届いた。おそらくは遅々として進展せぬ戦況を周囲から突き上げられ、仕方なく直々に命令を出した。

師泰も、とうとう苛立ちを爆発させた。

「兄者っ。兄者は常々、『神仏など無用の長物である』と仰せであるっ。それがしもそう存ずる。我ら武士は、戦えば戦うほど人を殺す。必定、地獄行きでござるっ。後生を恐れては、到底この渡世は務まりませぬぞ」さらに口角泡を飛ばして言い募った。「第一、師久があのような無残な最期を迎えたことをお忘れかっ。これを見ても、今や神官坊主などには一切の遠慮が要らぬ時勢であるということが、まだお分かりにならぬかっ」

ここに至り、ついに師直は焼き討ちを決断した。

南西からの風が強まった七月五日の深夜、男山の南と西から火をかけた。強風に乗り、火は瞬く間に全山を舐め尽くした。むろん社殿も焼け落ち、北畠軍の多くも焼死した。籠るべき社殿と兵糧米を失くした北畠顕信は、僅かな手勢を率いて北畠親房のいる伊勢へと落ち延びた。

畿内は再び足利軍の制圧下に戻り、師直以下の軍は京へと凱旋した。

八月、元号が建武から暦応へと変わった。尊氏は正二位に叙され、足利幕府の初代征夷大将軍に就任した。

その時、尊氏は師直にこう語ったものだ。

「わしのような格段の能もなき男は、以前の鎌倉幕府の『皇族将軍』のように、お飾りの将軍であればよいのだ」

この徹底して自負心のない男は、さらに言葉を続けた。

「わしという神輿の下に、実務を取り仕切る得宗家のようなものがあればよい。そしてその役は、これからも直義に任せる。篤実な相州に任せておけば、万事大丈夫である。のう師直よ、そうは思わぬか」

これには師直も、つい言葉に詰まった。

尊氏にはそもそも、

「足利家の執事たる高家が、今後の将軍家、つまりは幕府の執事（執権）も兼ねるべきものだ。それが、本来の宗家のあるべき姿である」

という発想は、微塵も思い浮かんでいないようだった。

尊氏は、さらに優しい口調でこう付け加えた。

「師直よ、だからおぬしも直義をよく補佐して、この新たなる将軍家を盛り立ててくれよ」

かように諭してくる本人にも悪意がまったく感じられないからこそ、師直はなおさら呆然とした。

尊氏は何故、おれに執務役を丸投げしてくれないのか。それならば直義は本来の望み通りにおとなしく連枝へと戻り、おれはこのお飾りの将軍の許で執権として辣腕《らつわん》を振るい、すべてが丸く収まるはずだったのに……。

我ら高一族とは、この新生幕府においていったい何者なのだ――。

以前に直義は、従兄弟である上杉憲顕を千寿王の後見役として鎌倉に送り込んでいた。今度はその憲顕を上野守として、新田家の封土を奪い取るように命じた。

直義は京ではむろん、鎌倉でも事実上の天下の執権としてその手腕を振るい始めた。

が、直義自身がこの事態を喜んでいたかといえば、むろんそんなことはない。尊氏に執拗に懇願されるままに、嫌々ながら実務役を引き受けたに過ぎない。しかし引き受けた以上は、懸命に職責を全《まっと》うしようとしているだけだ。

だから師直は、この直義に対しても悪意の持ちようがなかった。

そんな暦応元（一三三八）年も秋が深まった頃、師直は直義に呼び出された。

「実は、おぬしには伝えねばならぬことがあるのだが……」

そう、歯切れ悪く切り出された。

ようは、師直が務める引付方の頭人を解任するという人事通告だった。

「なんと――」

師直は絶句した。

直後には、むらむらと腹が立ってきた。別に官職を無心するつもりもないが、さりとてこうした扱いを受けるために、今まで命懸けで戦ってきたわけではない。師久を始めとした高一族の犠牲を払ってきたわけでも、断じてない。

師直は怒りを押し殺した声で、辛うじてこう聞いた。

「何故《なにゆえ》のご判断か、その次第をしかと承《うけたまわ》りたく存ずる」

とはいえ、直義の答えには既に半ば予想がついていた。

案の定、直義は不意に顔をしかめた。

「おぬしは、わしが引付方の仕事を任せ切っている間、武士たちに有利な裁定を散々に下していたというではないか。慌てて調べてみたところ、確かに事実であった。むろん、それを敢えて行ったおぬしの気持ちも過日に聞いておる。されど、これでは公卿や寺社筋からの申し入れを受け入れざるを得ぬ」

なるほど、やはりそうか――。あの「がらくた」どもから横槍が入ったから、この公明正大なる執権役は、わしを頭人から罷免せざるを得ぬというわけか。

けれど、この段階では師直もまだ我慢していた。確かに話の道理は直義にある。それがたとえ先々で幕府の墓穴を掘りかねない、ろくでもない道筋であったとしてもだ。

だから不貞腐《ふてくさ》れつつも、この人事を甘んじて受け入れるつもりだった。

しかし直義は、さらに口を開いた。

「それともう一つ。おぬしには、内裏との折衝役も降りてもらうこととなる」

「は？」

「だから、内裏との折衝役である。公卿や神官、僧侶たちは、おぬしが今夏、八幡宮に焼き討ちをかけたことに相当に怖気を振るっている。『神仏を恐れぬとは、かような者のことを言うぞ』などと散々な言われようである。また、先の裁定のこともあり、わしには申し開きのしようも――」

「お待ちあれ」非礼とは思いつつも、これには堪らず相手の言葉を途中で遮った。「我が処遇などは、どうでもよろしゅうござる。その上でさらに申し上げる。相州殿は、何故に我らが助け合ってこの幕府を発足させたのか、そもそもの初志をお忘れかっ。柳営は、内裏や寺社の権益を守るものに非ず。まずは武士たちの権益を守ってこそであり、そこまで内裏や坊主などに譲歩することはござらぬっ」

直義はしばらく黙り込んでいたが、やがてこう言った。

「師直よ、わしも出来ればそうしたい。が、吉野には今も廃帝がおわし、自らの正統性を主張し続けておられる。伊勢や越前も同様である。この周辺の敵方を屈服させるまでは、我らは京に本拠を置かざるを得ぬ。それ故に内裏や畿内の寺社とは、無用な軋轢《あつれき》は避けるべきである」

だから、それが武士団の権益に絡む限りは、無用な軋轢ではないと言うておろうがっ――。

ついそう怒鳴り散らしたくなったが、骨の髄から四角四面なこの男には、もう何を言っても無駄だと感じた。

なおも直義が話そうとするのも構わず、そそくさと直義の許を立ち去った。直義といると、以前のような当てつけをまた思い切り浴びせかけそうだったからだ。

この解任劇を知った師泰も、師直が想像していた以上にいきり立った。

「本来ならば兄者こそが、この幕府――将軍家の執権役であったはず。されど極楽殿《ごくらくどの》のご意向もあり、甘んじて連枝たる相州殿の下風に立たれた。その兄者の立場も慮らず、さらには柳営の先々への深慮も構いつけることなく、かように無体《むたい》なことをなさる。これは、取りようによっては我ら高家への甚だしい侮辱であるっ」

やはり高家の立場をそう見るか、と感じるとともに、改めて師直は我が身が情けなくなった。

怒りや不満、焦燥を露わにしたのは、なにも師泰を始めとした高一族だけではない。畿内の武士団も同様だった。

「武蔵守（師直）殿が引付方の頭人を降りられれば、我らは今後、誰を頼りにしてゆけばよいのか」

「その通りである。さらには内裏との折衝役も解かれたという話ではないか。幕府のすべてを三条殿に取り仕切られては、我らへの扱いは不利になるばかりである」

「先の戦では誰よりも華々しい武功を挙げられたというのに、何故に武蔵守殿だけが、このような憂き目に遭わねばならぬのだ。まったく解せぬ話である」

それら評判の一つ一つにも、師直は両耳を塞ぎたい気分だった。

足利家の執事たる自分の面目は、さらに丸潰れだった。

ちなみに佐々木道誉に会った時も、こう言われた。

「聞き及びましたぞ。叡山から相州殿に横槍が入り、武蔵守殿がかような仕儀に相なられたこと」

「あいや、それは――」

なにも叡山だけではないのだ。たしかにあの山門は憎いが、それは公卿たちも同様なのだ。

そう言いかけた師直に、道誉は軽く手を挙げた。

「すべてを申されなくとも、それがしにも分かっておりまする。充分に分かっておりまする。また、巷で言われているように、相州殿だけが悪きわけではござらぬと存ずる」

「……………」

「諸悪の根源は、あの売僧どもにある」道誉は断言した。

「ほんの数年前まで廃帝に味方し、散々に我らを手こずらせた挙句に降伏した。吉野に下った大覚寺統の奴輩と同様、いわば敗軍の徒党である。それらの経緯も忘れ、再び我ら武士に対して横車を押す。以前にも増して平然と利権を主張する。恥を知らぬとは、まさしくこのことでござる」

直後には不意に、師直の両手を軽く摑んできた。

「ご安心召されよ。やがてあの生臭坊主どもへは、それがしが目にものをみせてくれましょうぞ。また、そうでなくては我ら畿内武士団の面目が立ち申さぬ」

そう言い切り、そそくさと目の前から立ち去った。

師直は、道誉が何故そんなことを言ったのか、しばし考えた。

あの男は、そもそもが向背定かならぬ畿内武士の典型である。三年前、朝敵とされた足利家を散々に焚き付けた挙句、手越河原で新田軍に大敗した後はいつの間にか敵方に寝返り、その後、箱根でこちらが優勢になった時には、どさくさに紛れて再び足利家の味方に付いた。ようは、機を見るに常に敏な男で、形勢が不利と見れば、いとも簡単に味方を裏切る。あっさりと変節する。

それだけに道誉の言葉を額面通り義憤から発したものだと取るのは、さすがに憚られた。

さらに考え、ようやくある結論を得た。

道誉は近江の守護である。その南近江の版図は、東坂本の手前で比叡山の領土と接している。だから機会さえあれば叡山の勢力を弱らせようと、虎視眈々《こしたんたん》と狙っている――。

そんなことを思いつつも、直義と自分との距離が急速に離れていくのを、ぼんやりとは感じていた。

そして、その距離が私的にも決定的になった事件が、この暦応元年の年末に起こった。

ある日、直義は三条の邸宅で会うなり、目を怒らせた。師直を半ば拉致《らち》するようにして別室へと引き摺り込んだ。

「初めに申しておく。これは、幕府の政とは何の関係もなきことである。私事である」師直を対面に座らせるなり、直義は言った。「されば、このように二人だけにした」

「いったい何のことでござるか」

すると直義は、さらに怒気を発して切り口上に言った。

「とぼけるな。新熊野のことである。そちにもしかと覚えがあろう」

これにはまったく虚を突かれ、紡ぐべき言葉を失った。

「二年前、兄者が新熊野との面会を拒み、そのまま放逐したこと、つい先日に知った。わざわざ上洛して来た新熊野にその旨を伝えたのが、おぬしであったこともだ」

「……誰に、それを伺われましたか」

直義は一瞬迷ったような顔をしたが、直後には言った。

「独清軒玄恵《どくせいけんげんえ》殿からである」

これにはいよいよ意外だった。玄恵は、京でも三指に入るという学僧である。それ故に建武式目の起草にも力を貸し、直義や尊氏とも二年前からの知り合いであった。

が、その男が何故にこのようなことを直義に告げ、そもそも新熊野と足利家の経緯を知っていたのか。

すると直義は――こういう部分は相変わらず人の良い男だと感じるのだが――師直が黙っている間にも、なおも興奮冷めやらぬまま、自ら事の次第を話し出した。

聞けば、東勝寺の円林は新熊野を憐れみ、かつ、この喝食が鎌倉に帰るのを嫌がったため、京にて同じ臨済宗の縁故を頼ったらしい。東福寺の住持であった虎関師錬《こかんしれん》に行きつき、その師錬から実弟である玄恵を紹介された。新熊野は今、その玄恵の許で喝食を務めながら勉学に励んでいた。

玄恵はこの二年間、新熊野の日常を見て、これはやはり僧より武士としての見どころがあると感じたようだ。そこで再び新熊野を伴って尊氏を訪ねたが、たまたま折悪く、この来訪が正室である赤橋登子の知るところとなった。

師直の見るところ、顔が整っているだけで相変わらず中身の伴わない将軍家の奥は、果たして激昂した。そして夫に隠し子がいたことを散々に詰り、とっとと玄恵ごと新熊野を追い返すように詰め寄った。

むろん尊氏も自分の子ではないと信じていたから、軽々とその尻馬に乗った。これ幸いとばかりに対面もせず、再び二人を追い返した。尊氏は、日頃から腰の据わらぬ男によくあるように、恐妻家でもあった。

困った玄恵は、それでも新熊野の先々を諦めきれず、今度は単身で直義の屋敷を訪れた。

それが、つい三日前のことだったという。

その上で、直義が改めて聞いてきた。

「この二度目の件も、おぬしは知っていたのか」

いや、とさすがに冷や汗をかきながら師直は答えた。

「それがしも、初めて聞き申した」

事実だ。尊氏からはまだこの話を聞いていなかった。第一、師直も日々の雑務に忙しいから、この五日ほどは隠居同然の尊氏には会ってもいない。そのことも伝えた。

それでも直義は、なおも問うてきた。

「ではどうして一度目の折、わしに言わなかった」

「………」

「何故だ。正直に答えよ、師直」

が、ここまで詰問されても、尊氏から「直義には申すなよ」と口止めされたからだとは、まさか言えるはずもなかった。それでは主君との約束を裏切ることになる。

挙句、苦し紛れにこう答えた。

「あの新熊野は、殿のお子ではござらぬ」

「ん？」

「ですから、それがしが見たところ、殿にはまるで似ておりませぬ。越前局が生んだあの子は、おそらくは他の男の種でありました」

これには直義も再び怒り始めた。

「されどおぬしは十数年前、わしが問うた時に『まず九割九分は殿のお子でありましょう』と答えたではないかっ」

師直の立場はますます苦しくなった。これまたどう弁明していいものやら迷っていると、さらなる直義の念押しが飛んできた。

「すると兄は、おぬしのその言葉を真に受けて、我が子ではないと信じたのだな」

この言われようには、さすがに師直も腹が立った。

「殿は、そもそもが昔から自分の子ではないとお疑いでござった。かつ、会うことも嫌がっておられ申した。それがしは改めてその真偽を聞かれ、自分の思う所を述べたまでで、その上でどう判断なさるかは、殿のご勝手でござる」

つい、そう開き直ったような口調になった。すると直義はますます激昂した。

「だからこそ、それをおぬしの恣意であるというのだ。兄が直に会わねば、実際には分からぬ話ではないかっ」

これには師直もやや反省し、その出方を変えた。

「相州殿は、昔から律義なお人にておわします。人を裏切らず、嘘をつかず、さらには奥方のみを深く慈《いつく》しみ、人としてまことに正しく、清廉であられる」

ここまでは心底からの気持ちを素直に述べたから、さすがに直義も黙って聞いていた。が、この後につい言葉の勢いで続けた結論が、後から思えば非常にまずかった。

「されど、この世には平然と嘘をつき、保身のためなら涙も流す女子もおるのでござる。その一事が相州殿、お手前には分かっておいでになりませせぬ」

暗に、女房しか女を経験したことのないおまえには分からぬことだと、結果的に言ってしまったようなものだ。

これには一瞬、相手はびっくりしたように黙り込んだ。それから見る見るうちに顔色が青ざめた。

「すると、何か。わしがあまり女子を知らぬから、越前局の魂胆を今でも見抜けておらぬとでも申すか」

その低く抑えた声音が、怒りに震えている。


しまった、と激しく後悔したが、もはや後の祭りだった。

「彰子一人を哀しく思い続けて、何が悪い。人としてどのような落ち度がある。おぬしのように雑多な女子を食い散らさねば、その本念が分からぬとでも申すか」

この言いようも自分に対してたいがいだとは思ったが、最初に上からモノを言ってしまったのは、こちらだ。

だから、直後から平謝りに謝った。

が、直義は、いかにもうんざりしたように片手を振った。

「もうよい。わしもこのような女性《にょしょう》絡みのこと、おぬしに問いただしたのがそもそも間違いであった。これにて、新熊野の話はもう終わりだ」

そう、師直のことも含めてばっさりと切り捨てた。

それでも師直は、怒るに怒れなかった。当然だ。直義にはまだ聞くべきことがあった。

「あいや、お待ちあれ。どうかお待ちくだされ」直義がこれ以上突っぱねるのを恐れて、さらに早口になった。「もしや、新熊野には今後、会われるつもりでありまするのか」

「当然である」直義は即答した。「玄恵殿には来年の早々にも対面すると、お約束差し上げた。わしは越前局の赤心を今も信じておる。その上で、新熊野の子柄をしかと確かめる。もし法印殿の申された通り、武士に向くようなら、そのようにしても良いとさえ思っている」

「……」

「師直よ、敢えて言う。もう越前局は冥土《めいど》へと旅立っておるのだ。ならば残った名付け親として、せめてそれくらいの餞《はなむけ》はしてやってもよかろう」

今度こそ師直は全身に冷や汗をかいた。

あの新熊野のいかにも鋭《すすど》そうな様子は、たしかに武士に向いている。少なくとも尊氏の幼少期に瓜二つでいつも薄ぼんやりしている千寿王などより、はるかに向いている。

だからこそ、これは断じて防がねばならぬと感じた。

「お願いでござる。それだけはお止めくだされ」師直は必死に訴えた。「いかに新熊野が庶子とはいえ、その実は千寿王さまの三つも上の長兄でござるっ。いつぞや相州殿も申されましたな。『順列の乱れは、御政道の乱れのもととなる』と。そう言って、殿に成り代わって政務を司ることを断固として拒絶され続けておられました。さればこそ、同じ道理でござるっ」

けれど直義は、束の間訳の分からぬという表情を浮かべていた。が、ややあって再び両眉《りょうび》を激しく怒らせた。

「師直よ、おぬしはたった今、自ら認めたな。新熊野が千寿王より三つも上の長兄である、と。その実は兄との血縁を疑っておらぬようだ。このわしに、嘘をついておったな。だからこそ新熊野を、足利家から遠ざけようとするのだな」

あ――、思わず絶句した。半分は誤解で、半分は当たっているからだ。

たしかにおれは、新熊野が尊氏の子であろうとなかろうと、この足利家から遠ざけようとしている。万が一にも尊氏と血が繋がっていたならなおさらで、新たに将軍家となったこの家には絶対に近づけるべきではないと考えている。

その気持ちがつい、仮の話として喉元から出てしまった。

まったくこの時の師直は、どうかしていた。迂闊だった。

その失言を挽回すべく、ここからさらに言葉を尽くしたが、もはや直義は聞く耳を持たなかった。師直のことを、蛇蝎《だかつ》でも遠巻きにしているような顔つきで見遣ってきた。

当然だろう、となおも必死に弁明しながらも、自らを持て余す。嘘だと捉えられた以上は、このような見苦しく見える申し開きこそ、直義の最も忌み嫌うものだからだ。潔くない、と相手は感じている。

それでも師直は釈明を続けた。続けざるを得ない。これは、直義の言うような私事ではない。将軍家の先々を左右しかねない、重大な事案である。

しかし、やはり直義の表情は、硬く強張ったままだった。

やがて相手は深いため息をつき、しんみりと口を開いた。

「……師直よ、わしとおぬしの立場は、この柳営が出来て以来、少しずつ離れ始めていた。それでもわしはおぬしのことを、個としては信じていた。特に幕府を興すまでの年月では、唯一無二の同志であるとすら感じ続けてきた」

「――」

「なのに、このような当家の血脈のことで嘘をつく。悲しいぞ、師直」

その悲しみは、誤解されたままの師直も、全くの同様だった。だからこそ逆に、何も言い返せなくなってしまった。

さらに直義の言葉は続いた。

「もしこれより先、新熊野を武士にしたとしても、決して兄の宗家には籍を置かせぬ。千寿王の地位を脅かさぬように縛る。これだけは、約束しておく。わしが柳営の実務を仕切っても、断じて将軍たる兄に成り代わることがないように、である」

「………」

「だから、この件は、もうよかろう。師直よ」

よくはない、と本当は声を大にして叫びたかった。

直義には、欲に塗れたこの世の真の恐ろしさというものが、未だに分かっていない。たとえ今、直義と新熊野がそのつもりでも、新熊野の先々での出来が良ければ良いほど、そして千寿王が武門の棟梁として腑抜けであればあるほど、やがては欲心から新熊野を担ぎ出そうとする者が出てくる。

それは、必ずだ。

そしてその時には、直義も新熊野も、もはや周囲に群がってくる人々の舵取りをうまく出来なくなる。

が、やはり言葉には出来ない。

何故なら、この新熊野と千寿王の件は、尊氏と直義の関係にも、まったく同じことが当てはまるからだ。

たとえ直義に野心がなくても、尊氏が変わらずに将軍であり続けても、先々でこの兄弟の「二頭政治」の関係性に割れ目が出来れば、必ずや幕府の実質を仕切っている直義のほうを担ごうとする者が現れる。

そしてその時がくれば、おれは足利宗家の執事として、尊氏側に付かざるを得ない――。

だからこそ、なおさら言えるはずもなかった。

しかし、この師直の無言を、直義はなおも納得のいかない様子だと受け取ったようだ。

「もうよい」そう再び、投げ出すように言った。「依然として我らの糸は絡まぬようであるな。されど、今宵《こよい》はもうわしも疲れた。これにて、まことに仕舞いとしよう」

この最後通告には、今度こそ全身から力が抜ける思いだった。

師直は一条今出川にある自宅へと戻るため、肩を落としたまま、玄関へと出た。直義も無言で付いてきた。おそらくは見送りをするつもりなのであろう。このあたりも、相変わらず律義一辺倒な男であった。

門まで来た時に、ふと思い出したように直義が告げた。

「師直よ、これ以上は公卿や寺社を敵に回さぬほうが、実はおぬしのためだとも感じている」

「……何故でござるか」

すると直義は、薄闇の中で顔をしかめた。

「在野の武士の声は、後世までは残らぬ。ほとんどの武門がやがては滅び、泡のように消えゆくのみだ。だが、彼らは違う。いつの世もしぶとく生き残り、執拗に時々のことを日記や随筆に書き残す。おぬしはその死後まで、悪しざまに言われ続けるかも知れぬ」

不幸にも、この直義の予言は当たった。実際、公卿や寺社の残した記録により、今日《こんにち》までの師直の評価はあまりにも散々なものとなった。その中には石清水八幡宮の焼き討ちや、後日に起こす吉野行宮や蔵王堂《ざおうどう》の焼き討ちなどの史実に即した記述もあるが、他方では塩冶高貞という武将の妻に横恋慕し、これを我が物にするために塩冶一族を滅ぼしたであるとか、関白・二条兼基《かねもと》の娘を盗み出して子を孕ませたなど、大嘘の話もあった。確かに師直は女好きではあったようだが、それでも嫌がる相手に無体な行いを働いたことなどは一度もない。明らかに、師直に対する悪意の記述で満ちている。

が、これまた現在の師直の知るところではない。

直義にそう忠告された時の師直は、この男が自分を親身に心配してくれるのも、ひょっとしたらこれで最後になるかも知れぬな、とぼんやりと感じただけだった。

たぶん、おれたちの今後歩む道は、さらに分かれていく。建武の新政以降、あれほど互いを頼もしく感じ続けてきた日々は、もう二度と返って来ないだろう。

そう思うだに、夜道で何度も深いため息をつき、ついには堀川をまたいだところで、ぼんやりと視界が滲んだ。

2

暦応二（一三三九）年の正月が明けた。

その日、朝から直義は落ち着かなかった。自覚はしてなかったが、昼過ぎに彰子に指摘され、初めてそうと気づいた。

「何やら、そわそわとしておられるご様子ですな」

そう相手は口にし、くすりと笑った。

妻とは結婚してもう十五年になる。建武の数年を除けば、常に直義の傍に寄り添って来た。依然として子供は出来ないし、おそらく今後もそれはなかろう、と覚悟している。

それでも直義は、兄が足利宗家を継いで以降に持ち込まれてきた側室の話を、次々と断り続けてきた。

むろん、この京に住み始めてからも同様だ。直義の『三条足利家』を今後の権門勢家と見て、公卿筋からの縁談が山ほど舞い込むようになった。これらも断固として拒絶し続けてきた。

身籠らぬことを恥じた彰子からも、側室を持つことを何度か勧められた。直義はいつも、言葉柔らかに答えた。

「わしはこのままで満足である。要らぬ心配をせずとも良い」

けれど、ある時に彰子はさらにこう言った。

「このままでは直義殿のお家が途絶えまする」

これには思わず笑った。

「わしは元これ、鎌倉の宗家では石ころ同然であったのだ。子供の頃はやることもなく、いつも由比ガ浜の彼方ばかりを眺めていた」

「……………」

「今でもその実は、兄の単なる連枝に過ぎぬ。そんな我らの家系が途絶えても、誰からも文句は来るまいよ」

ふと、昨年末に言われた師直の言葉が過る。確か、こんな意味だった。

「女子を一人しか知らぬ相州殿には、悪辣《あくらつ》な女性もこの世には現におることが、分かっておられませぬ」

ふん、と改めて腹が立つ。

たとえ師直の言う通りだったとしても、別にそこまでして女子を知る必要はない。

師直は昨年、元関白の二条家から側室を貰っている。師直に限らず、在京の武士たちも公卿の娘たちを献上品同様に咥え込んでいる者が多い。が、少なくとも直義自身は、そこまでの無節操さ、厚顔さを持とうとも思わない。

そのようなわけで、彰子は相変わらず日々の関心事が、夫の一挙手一投足に向いているようだ。直義は世のたいがいの男とは違って、妻に疚しいところは寸分もなかったから、むしろその旺盛な観察眼が、自らの精神状態を知る上でもありがたかった。

「そうか、わしはそわそわと落ち着かぬか」

「やはり、どんな御子か気になっておられるのですな」

なるほど。たぶんおれは、もうすぐ伴われてくる新熊野のことが気になっている。だから朝から政務のことを考えても、いつものように考えがまとまらない。

やがて陽が西に傾き始めた頃、玄恵に伴われてその少年がやって来た。

直義は彰子とともにこの二人に対面した。そして新熊野の顔つきを、初めてまじまじと見た。

直後に、これは師直の言う通りだったと思った。過日に「おぬしは嘘つきだ」と責め過ぎたことを、多少後悔した。

相手の顔には、少年期の尊氏の面影などどこにもない。確か今年で十三歳になるはずだが、この子の秀眉や口元には、どんな困難にも敢然として立ち向かいそうな雄心《ゆうしん》の芽生えが早くも見て取れる。

玄恵に促されると、新熊野はいかにも律動の効いた所作で一礼し、落ち着いた声で自己紹介を始めた。

「畏れ多くも三条様が私めの名付け親になって下さったこと、今では冥土に参りました母より常々聞き及んでおりました。それがしの今がありますのも、三条様あってのことにてござりまする。まずは深く、深く御礼申し上げまする」

ふむ。声音にも独特の抑揚が感じられ、一言一句がはっきりと耳内に響いてくる。言葉への力点の置き方が分かっている。これは相当に頭も良かろう、とさらに感じ入る。

道理で玄恵が、先々を惜しむわけだと感じた。京でも名高いこの学僧が、二年もかけて観察し尽くした目利きだ。

新熊野の武士としての資質に、まず間違いはなかろう。が、だからこそ兄、尊氏の子ではなかったのかと、今さらながらに狼狽する。かといって越前局が嘘をついていたとは今も思えないから、心中の混乱は増すばかりだった。

と、玄恵がおもむろにこう口を開いた。

「さて。それがしはしばし席を外しまするゆえ、どうか、ごゆるりと心ゆくまで問い語りをなされては如何でしょう」

そう言うなり直義の返答も待たずに、そそくさと席を立った。屋外の庭へと出て行った。

この処置に、直義は当惑した。兄にまるで似つかぬ子に、一体何を聞いていいものやら見当もつかなかったからだ。

つい困り果てて隣を見ると、彰子は少しこちらに微笑んだ後、いつも内気な妻にしては珍しく、自ら口を開いた。

「新熊野殿は、東勝寺に入られてからも、母御前には会われておられましたのか」

「時折でござります」まずはそう簡潔に答え、さらに言葉を続けた。「托鉢《たくはつ》に出かけた折など、いけぬとは感じつつも、つい母の許に立ち寄っておりました」

「俗世と縁を切ったとは申せ、母に会いたきはごく自然の情。悪きことではございませぬ」

するとと少年は、少し俯いた。

「私には、仏道の世界も俗世に等しきものに映りました」

「……それは、お気の毒な」

その後も彰子は、普段とは人変わりしたように様々な問いを投げかけた。

二人のやり取りを聞いていて見えてきたことは、この少年が鎌倉の寺に入ってからも、およそ実母以外の人間関係には恵まれてこなかったということだった。

考えてみれば無理もない。寺には様々な武門の次子や第三子が喝食として送り込まれてくる。僧たちも、彼ら喝食の素性によって扱いを変える。いくら足利家の紐付きとはいえども所詮は私生児で、さらに実母には何の門地もなかったから、寺での扱いは相当に低いものだったに違いない。

この点には、直義も同情の念を多少覚えた。

最後に彰子は、こう問いかけた。

「新熊野殿は何故に鎌倉を出て、京にて武士を志そうとなされたのですか」

新熊野は今度も明確に答えた。

「……鎌倉には、母以外にあまり良き記憶がございませぬ。それに、仏道では家格の序列を飛び越えてまでの先々は中々に難しゅう、それを考えれば、やるせのうございました」そう答えにくいことを、訥々《とつとつ》とながらも口にした。

「ならば命を懸け物にして、自らの力で世に立つ術を得ようと思い至りました次第にてござりまする」

新熊野の上京の意図が、さらにはっきりとした。「命を懸け物」、「自らの力で」とまで言い切った。尊氏を親として全面的に頼ることは、最初から考えていなかったようだ。

これで、直義も質問をしやすくなった。

「それはつまり、足利家に子としてではなく、郎党として仕え、命懸けで槍働きをしても構わぬということであろうか」

そう、多少強引な念入れを行った。けれどこれにも、

「むろんでござります」と、新熊野は即答した。「別に、足利家でなくともよろしいのです。然るべき武門をご紹介いただければ、一から武功を積んでいこうと存じまする」

これには彰子も、大きくうなずいた。

「大丈夫の志とは、さようなものでありましょうな」

少年は再び俯いた。

「母も本来なら、私めにこのような生き方を望んでおられましたでしょう」

その言葉尻が、やや震えて聞こえた。

玄恵と新熊野が家を辞する時、彰子は少年に、また来るように言った。愛想ではない。今度は新熊野にのみ、しかも十日後にやって来るよう、はっきりと促した。

「なにやら彰子は、あの少年のことがいかい気に入ったようであるな」

二人だけに戻った時、直義は多少からかい気味に言った。妻も自らの積極性がおかしかったらしく、僅かに白い歯を覗かせた。

「されど、あの子は紛れもなく足利宗家の御血筋でありまするゆえ」

お、と感じる。

ここで初めて直義の主張に、唯一の味方が現れた。けれど直義自身は、新熊野の子柄を見た今となっては、多少その自信も揺らぎつつある。

「彰子は、何故にそう思うのか……あまり兄には似ておらぬようにも思えたのだが」

すると妻は、こう答えた。

「たとえ大御所（尊氏）様には似ておわさずとも、新熊野殿は、若き日の直義殿のお顔に生き写しでござります」

瞬間、頭を棍棒で殴られたような衝撃を受けた。

「さればこそ、間違いなく浄妙寺（足利貞氏）様と大方禅《おおかたぜん》尼《に》（上杉清子）様の御血筋であられまする」

直義は動転したまま、つい自分の顔をつるりと片手で撫《な》で上げた。

「……それは、まことか」

彰子ははっきりとうなずいた。

「お顔だけではなく、御気性、はきとした物の言いようまでもが、私には酷似しているように感じられまする。武士に、向いておられます」

その晩、直義は妻の手鏡を借りて、灯明の中でしげしげと自分の顔に見入った。

実は直義は元服するまで、ほとんど鏡を覗き込んだことがない。庶子の分際では手鏡など持てる身分ではなかったし、母に借りてまで顔を見るのは、男のくせに自分の容姿を気にし過ぎているようで気恥ずかしかった。

だから今、こうして自分の顔に見入ってみても、過日の自分の顔を思い出すことは難しい。印象としてはよく似ている、と感じたくらいだ。

けれども彰子の言うことだ。まず間違いはなかろうと感じる。婚姻の前からおれの顔を見てきたのだ。

十日後の昼過ぎ、果たして新熊野が単身やって来た。直義は彰子と共に、様々な話をした。相変わらず受け答えは明瞭であり、意見の方向性も確固としていた。日頃から、よほど一人で世の諸々のことを想っているからだろう。

さらに十日後も同様だった。今度は馬を二頭用意し、嵐《あらし》山《やま》まで轡《くつわ》を並べて遠乗りに出かけた。ちょっとした障害物を避ける時の手綱さばきも、見事なものだった。おそらくは武芸も、相当な修練を積んで来ている。

だが、何よりも直義が感じ入ったのが、この少年が時おり垣間見せる強情さだった。自らの考えに合わぬと感じれば、直義に対しても理が勝ったことを言い続ける。相手の顔色をうかがいながらも、納得するまでは頑なに自説を曲げない。

その可愛げのなさ、頑固さは、およそ十二、三の少年としては類がない。やや辟易しつつも、人に柔らかく接する商売の僧侶には、道理で向かぬわけだと感じる。

日陰の身に生まれ、万難を独力で排しながら育ってきた者に特有の、我《が》の強さだ。

反面、素直さがないわけでもない。こちらが言っていることに納得すれば、あっさりと自説を引っ込める。直義の意見に従う。頑迷さと従順さが、常に心中で同居している。

おれに似ている、と感じた。

その後に会った時々も、仔細に少年の素振りを観察した。予期せぬ出来事や言葉に出くわした時は、一瞬臆するような気配を見せる。子供の頃から不遇なことには数多く出遭っているはずだから、つい昔からの怯み癖として出る。

直後には、急に毅然とする。僅かでも腰が引けた自分を恥じて、敢えて勝気な姿勢に転じる。

この種の負けん気の強さも、自分によく似ている。彰子の言った通りだ。確かに武士にも向いている。ふむ……。

次いで、じんわりと腹の底が温まるのを感じた。

これは、父と母から受け継いだおれの血だ。その血が兄には出ず、何故か隔世でこの子に現れた。

それらのことを、夜に彰子に話した。

すると妻は、再び微笑んだ。

「私は、子を産んでおりませぬ。おりませぬゆえ、これは耳学問ではござりまするが、男の方は生まれた子を、当初は我が子と実感できぬそうです。ですが、徐々に仕草やその質に自分に似たものを感じるにつれ、ようやく我が子として肌身に感じるそうでござります」

なるほど、とこれには思わず膝を打った。

兄の尊氏もそうだった。「子など、その気になれば何人でも出来る」などと、若い頃は犬猫同然なものとして嘯《うそぶ》いていた。が、竹若丸や千寿王が大きくなって自分に似てくるにつれて、父親として親愛の情を示し始めた。

三月中頃まで新熊野を観察し尽くして、ついに直義はある決断をした。

兄が我が子として認めぬのなら、むしろちょうどいいのではないか。そして妻に相談した。むろん彰子は、喜色も露わに賛成した。

3

師直は土御門東洞院《つちみかどひがしのとういん》に出来た尊氏の新邸へと急いでいる。

尊氏は最近、将軍邸を新築し、二条高倉から土御門東洞院へと移った。以前の邸宅には、全国の武将が揃って年賀の挨拶に訪れた時など、手狭さを感じていたからだ。

新邸の前に立つと、なるほど以前の邸宅より一回りほど大きかった。

けれど、と師直は思う。三条坊門にある直義の邸宅も増改築を繰り返し、今や巨大な大廈《たいか》となっている。その規模も、新築した将軍家とほぼ変わらない。

今や直義の三条邸は、幕府の政庁として完全に機能している。日頃から引きも切らずに大勢の武将、公卿、僧侶たちが陳情書や訴状を持って訪れる。直義はそれを、自らが管轄する安堵方、引付方、庭中方などに振り分け、諸案件を次々と捌き続けている。

加えるに、本来なら征夷大将軍である尊氏が握るべき軍事指揮権も、北畠軍や新田軍との戦い以降、実質的には直義一人に掌握されてしまっている。

それゆえに、将軍家の管轄下にある侍所（御家人統率機関）はほとんど機能しておらず、現状は尊氏個人の持つ愛嬌だけで、全国の武士の信望をかろうじて繋ぎとめているという有様だ。

唯一、将軍家の機関として僅かに機能しているものと言えば、恩賞方くらいしかない。

そのようなわけで、師直が将軍家に来てやることと言えば、尊氏が出す恩賞宛行や所領安堵の下文に添えて、恩賞方の頭人である師直が、土地の強制接収力を伴う執事施行状を発行することぐらいだった。が、それすらも直義が率いる機関、引付方の審査や庭中方の再審などで却下されれば、実効を伴わない下知状となってしまう。

師直のその他の仕事といえば、足利宗家の執事役だけだ。仁政方《じんせいかた》（将軍命令伝達機関）の頭人、あるいは政所の長官として家政を司るという、以前からの雑務のみとなる。

そして今日は、足利宗家の執事役としての用で、尊氏に呼び出されていた。

尊氏は会うなり、あたふたと口を開いた。

「師直よ、聞いたか」

「あらましは、つい先ほど」

簡潔に答えると、尊氏は早くも泣き出しそうな顔をした。

「直義は、わしの言うことを頑として聞こうとせぬ」さらに繰り言を続けた。「あの新熊野を、あろうことか自らの養子にしてしまった」

師直は、直義が約束したことを思い出した。何故か、つい庇い立てするような口調になった。

「されどそれは、この将軍家の養子ではなく、相州殿の三条家のことであり、あくまでも連枝としての養子でござる」

そうだ。その意味で、確かに直義は自分との約束を守った。

が、尊氏は憤然として答えた。

「馬鹿な。いかに連枝の家であろうとも、新熊野を我が一族として正式に認めてしまったことに変わりはない」

「……」

「世間では、新熊野はわしの子ということになってしまっている。そのわしの子を、引き取ったということになる。そして連枝の子がやがて宗家を継ぐというのは、ままある話だ」

が、その後はうまく言葉に出来ないらしく、いかにも不満そうに黙り込んだ。

けれど師直には分かる。長い付き合いだ。つまりは千寿王が尊氏に似て「出来損ない」に育ちそうだからこそ、やがては頼りない千寿王を差し置いて、新熊野が宗家の棟梁の座を奪うかも知れないことを危惧している。

それを、相手が傷つかないような言葉で確認した。

「そうだ」尊氏は何の恥じらいもなく、即座にうなずいた。「事実、直義は『新熊野は自分にそっくりだ』と何度も申していた。わしにではなく、直義にだ。となれば、我が血を分けた千寿王よりも新熊野のほうが、優れているに決まっている。あの玄恵殿のお墨付きなら、なおさらである」

はぁ、と師直は妙な感心を覚える。

古来、ここまで自らの『無能さ』を断言できる武門の棟梁というのも、滅多にいないのではないか。むろん征夷大将軍としては空前絶後だろう……。

そう密かに思っている間にも、尊氏の言葉は続いた。

「しかし、たとえ武士として優れていようとも、わしの血脈でない者に将軍家を継がせるわけにはいかぬ」

これは師直も、当然だと感じた。

「して、それがしに何をせよと仰せられまするか」

「直義を、翻意させてはくれぬか」尊氏は必死な面持ちで訴えた。「新熊野を養子にすること、反故にするように言ってはくれぬか」

これには師直も言葉に詰まった。だいたい昨年末、新熊野を武士に取り立てる件については、自分の言い方の悪さから論争で完全に負けてしまっている。

そしてあの時の話は、養子にするという意味も暗に含んでのことだったのだと、今さらながらに感じてしまう。

「それは、難しゅうございまするな。相州殿のことでござる。それがしが改めて申し上げたところで、お考えを変えられるとは到底思えませぬ」

すると尊氏は、がっくりと両肩を落とした。

「……そうか。師直ですら、直義を説得するのは難しいか」

自分が言い出しておきながら、驚くほど諦めがいいのもこの男の特徴だ。元来、恬淡とし過ぎているのだろう。

けれど直後には、思い出したように改めて口を開いた。

「ところで、奥のことである。この件に関して、登子がかんかんに怒っておる。『どこの馬の骨とも分からぬ者を一族として迎え入れるとは、相州殿は気でも触れられたか』と喚き散らしておる」目の前の恐妻家は、さらに言葉を続けた。「であるに師直よ、せめて奥だけでも宥められるような良き方策を、考えてはくれぬか。登子と膝を詰め、よくよく話し合ってはくれぬか」

結局、師直は赤橋登子の住む将軍家の奥へと出向くことになった。

長く仄暗い廊下を進みながら、思わずため息をつく。

新政を打倒するまでの高一族の華々しい戦歴が、ふと脳裏を過る。畿内まで怒濤のように迫ってきたあの北畠軍を完全に壊滅させたのも、自分と師泰の戦果だ。それ以前にも足利家の執事として、遠く離れた鎌倉の直義と連携を取り合いながら、着々と新幕府樹立の布石を打ち続けてきた。

むろん困難極まりない道程ではあったが、それでも師直は、あの頃ほど自らの生というものに充実感を覚えたことはない。また、仕事のやり甲斐も十二分にあった。

が、今やそんなおれが——いくら主君の命とはいえ——たかが自分の妻の尻拭いも出来ぬ男の代わりに、その正室を宥める役回りに追い使われている。

本来ならば、自分と直義が今後も相互補完しながら、新生幕府をさらに盛り立てていくはずではなかったか……。

それを想うだに、やはり深い吐息しか出てこない。まったく我が身が情けなく、つい廊下の隅で蹲《うずくま》って泣き出したいほどだ。

加えて師直は、赤橋登子を以前からそんなに好きではない。足利家に嫁いできた当初は、その美貌に心惹かれる時もあったが、次第に苦手になった。

だから、余計に気が乗らない。

登子に会うと、果たして中身の薄いこの女は、直義と新熊野への悪罵を師直に向かって綿々とまくし立て始めた。

師直は、いよいよ憂鬱になってくる自分をどうすることも出来ない。だいたいこの主君夫婦の精神の洞《うろ》ぶりときたら、まさにどっちもどっちだった。

さらに嚙みしめるように愚かしく実感するのは、所詮男などというものは自分も含めて、女という思考回路のまるで違う生き物にとことん振り回され続けながら、一生を送っていくしか仕方のない存在だろうという諦観だった……。

そんなことを内心では感じながらも、少なくとも表面上は神妙な面持ちを取り繕って、登子の罵詈《ばり》雑言《ぞうごん》におとなしく耳を傾けていた。

が、登子は、この師直の態度も気に入らなかったらしい。

「当家の家令ともあろうお方が、そのようなはきとせぬ態度でおられては困りまする」と、怒りの矛先がこちらにも向いてきた。「現に師直殿も、相州殿の勝手な料簡により引付方の頭人を解任されたというではありませぬか。さらには内裏との折衝役を降ろされた件もござりましたな。そのように悠長に構えておられる場合ではありませぬ」

大きなお世話だ、と直後には思う。我が身の憐れさという生傷に改めて粗塩《あらじお》を塗り込まれたようで、かなりむっともきた。まったく、つくづく嫌な女だ。

だいたい話の筋も違っている。

これは表向きの幕閣の話であって、奥向きを仕切る登子が首を突っ込んでいい話題では決してない。そもそも新熊野の話と自分の更迭《こうてつ》の件は、まったく関係ないではないか。

その趣旨のことを、角が立たないよう控えめに反論した。

すると登子は即答した。

「関わりは、ございます」この件に関してだけは珍しく、明晰にその関連性を語った。「当家が将軍家になった以上、家政のことと幕閣のことは、もはや切っても切り離せませぬ。まず先だって相州殿は、千寿王の後見役に上野守（上杉憲顕）殿を付けられました。けれども本来、我が子の哺育は、次期将軍としての訓育《くんいく》は、当家の執事たる高家の方々が施されて然るべきです」

これにはさすがに師直も、言い返すべき言葉を持たなかった。まったくもってその通りだからだ。

「また、相州殿は、幕閣の執事役にも伊豆守（上杉重能）殿を抜擢なさいました。さらに今年に入ってからは師直殿の後釜に、まだ二十歳にもならぬ丹後守（上杉朝定《ともさだ》）殿をお据えになられましたな。されど、これら幕閣の重役も、そもそもは高家の方々が、鎌倉の千寿王との繋がりを保ちながら兼任されるお仕事ではありませぬか」

なるほど、とまたしても不本意ながら納得する。

たしかに年初、自分が解任された引付方頭人の後任に上杉朝定が就任したことには、師直もいたく驚いたものだ。

朝定は、重能、憲顕兄弟の従兄弟に当たる。三年前に戦死した上杉憲房には、夭折した重顕という実兄がいた。朝定はその嫡男で、未だ十九歳の若者だ。しかし年上の重能や憲顕より、上杉一族としては朝定のほうが嫡流に近い。

ちなみに、この朝定の子が二十数年後、関東に下って鎌倉の扇谷《おうぎがやつ》に住み着き、『扇谷上杉家』の祖となった。対する憲顕は鎌倉の山内に居館を置き、初代関東管領として『山内上杉家』の始祖となる。後年、両上杉家の子孫たちは京の将軍家に対抗意識を燃やしつつも、やがては関八州の領有権と関東管領の座をめぐって激しく対立した。特に応仁の乱後は、泥沼の勢力争いを繰り広げ、畿内の混乱に勝るとも劣らぬ戦禍の渦に坂東一円を叩き込んだ。

ともかくも師直が思うに、これで直義は自らの執事役、鎌倉での千寿王の後見役、柳営の最も重要な機関である引付方の頭人までをも上杉一族で固めることに成功した。直義の意を受けた三人の従兄弟たちを幕閣の要所に据え、鎌倉と京での勢力基盤をますます盤石なものにしつつある。

実際この人事には、こうして登子から指摘されるまでもなく、高一族からも憤慨する声が盛んに上がっていた。

「兄者、いかに政務を円滑に回すためとはいえ、柳営はまるで相州殿の私物のようではありませぬか」

そう師泰が怒気を発すると、師直の従兄弟である師冬も、

「三条殿は我ら一族を柳営から排斥し、将軍家の執事としてのみ、大御所殿の許に押し込めるおつもりなのだ」

などといきり立った。

その通りだ、と師直も感じる。だからこの人事を知った時は、脛《すね》に小便でもかけられた気分になった。

が、それでもまだ師直は我慢し続けていた。

直義とて悪意はないのだ。自分と直義とでは、政においての世の捉え方がまったく違う。直義は自らの理念に基づく政務を行うために信頼が置け、意を同じくする血縁を集

めているだけなのだ。

従兄弟の師冬は、まだ二十歳を少し超したばかりの若者であるが、建武の戦乱以降は師泰に勝るとも劣らない槍働きを発揮し、その資質を見込んで去年、師直の猶子《ゆうし》とした。

その師冬は、さらにこう嘆いたものだ。

「このような扱いをされるために、我が高一族が多年の犠牲を払って来たかと思うと、正直、泣けてまいりまする」

そして今、目の前にいる登子も高一族と同様、当初の幕閣の話題に戻ってきた。

「そもそも柳営の差配は本来、征夷大将軍たる大御所様が司るべきであり、連枝の相州殿が思うがままに動かしてよいわけでは決してありませぬ。このままでは千寿王は、相州殿の意を受けた上野守殿の薫陶を受け続け、大人になった後も、あのお二人の傀儡となることも充分にあり得ます。ましてや新熊野は、巷では大御所様の長子ということになっておるのですぞ。先々で二人の序列がどうなるのかを想えば、夜もおちおち眠れませぬ」

なるほど、と師直はようやく納得がいった。

登子もまた、新熊野が千寿王に取って代わる可能性を、師直より激しく危惧している。そして新熊野を憎悪するあまり、我が子でもないのに平然と呼び捨てにしている。

けれども、ならばこのように回りくどい話の仕方などせず、自分の更迭の件にも口を挟まず、結論を真っ先に言えばよいのだ。つくづく権高《けんだか》な女だ。

とはいえ師直も、この新熊野と千寿王の件に関しては同感だった。

実はこれ以前にも、今の鎌倉府の在り様には、別の理由で多少の危機感を覚えていた。

昨年、伊勢にいた北畠親房が先帝の命を受け、関東へと下っていた。常陸の小田《おだ》城へと入り、上野の新田家残党と連携して、坂東での南朝勢力を盛り返し始めている。

だが、この両勢力を駆逐するには、憲顕の器量では難しかろうと感じる。あの直義の従兄弟は政務には優れているようだが、こと戦に関する限りは、華々しい槍働きの話をさほど聞いたことがない。

ふむ……。

しばし考えた後、師直は鎌倉府における新人事を提案した。すると登子は、すかさずこの話に飛びついた。

4

三月の下旬になり、兄の尊氏が幕府樹立以来、初めて政治に口を出してきた。

千寿王の後見役として、鎌倉府の執事を務める憲顕に代わり、師直の猶子である師冬を下向させてはどうかという。

これには直義も驚いた。

憲顕は現在、足利一族の石塔義房《よしふさ》と協調して、関東以北の旧朝廷勢力との戦いを始めていた。憲顕自身は上野の新田残党と常陸の北畠親房を相手に、義房は奥州討伐軍の総大将として、北畠顕家軍の残党と掃討戦を続けている。

「これは、あの二人が互いに年も近い同族だからこそ、共闘させているのですぞ。足利家の家人である師冬は、年も少輔四郎（義房）殿とは十五以上も違いまする。これでは、つり合いが取れませぬ」

ようは、一族における立場も年も大いに異なっている、と反論した。

すると尊氏は、少し困ったような顔をした。

「実は、この件は奥――登子の望みでもあるのだ。『足利宗家の執事役は、この京でも鎌倉でも高家の者たちが司って然るべきでござります』と申し続けて聞かぬ」

これには直義も心底から呆れ果て、咄嗟に二の句が継げなかった。直後にはむらむらと腹が立ってきた。だいたいこの兄が政務全般どころか、妻の自儘ひとつ満足に捌き切れないから、こういう様《ざま》になる。

「幕閣の差配は表向きの仕事。たとえ将軍家の正室とはいえ、奥向きのお方が気安く口を挟む話柄ではござらぬっ」

そう語気強く言い放つと、尊氏は急に早口になった。

「わしもそうは申した。が、鎌倉の執事役は千寿王の哺育も兼ねるゆえに奥向きの仕事も含む、と登子は言うておる」

この取ってつけたような理屈には、登子がますます嫌いになった。

さらに尊氏が言葉を続けた。

「もし師冬で不足なら、師直を鎌倉に下らせても良い」

……ん？

師直ほど有能な執事が京から居なくなれば、途端に将軍家の家政は回らなくなるだろう。困るのは尊氏自身でないか。それなのに何故、このようなことを即断できるのか。

そう言えばつい先ほど、兄は「登子の望みでもある」と言った。が、この兄にそもそも自分の意思などあるはずもない。となると――。

「まさかこの案には、師直も絡んでおるのではありますまいの」

すると相手は、顔をしかめた。

「だいたいおまえが新熊野などを養子にするから、このような次第となるのだ」

そうこぼして、事の次第を洗いざらいぶちまけた。

ようは登子が、憲顕の許で千寿王が直義の言いなりになり、ゆくゆくは新熊野が千寿王の地位に取って代わるのではないかと勘繰った。そしてあろうことか、妻を宥めよと命じられた師直までもがその妄想を信じ、鎌倉の執事役の変更を思い付いた。

くそ――まったく馬鹿馬鹿しい。

直義は思わず舌打ちしたくなる。いくら新熊野が長子とはいえ、千寿王に成り代わって宗家を乗っ取るようなことがあるはずもないではないか。だからこそおれは、新熊野を連枝の養子という立場に縛り付けたのだ。そんなおれの気持ちも知らずに……と、さらに腹が立ってくる。

ともかくも、この万事が他人任せの兄では話にならない。だから尊氏に、もう一人の当事者である師直を直ちにこの場へ呼びつけるように依頼した。

すると尊氏がいかにも不安そうに聞いてきた。

「わしもその場に、居合わせたほうが良いか」

いや、と直義は首を振った。事の経緯上、登子の悪口を言うことになるかもしれない。それはさすがに兄の前では憚られた。「師直と二人だけで話をしとうござる」

尊氏は明らかにほっとした様子で、師直の一条今出川邸に早馬を出すことを命じた。直後には、そそくさと直義の目の前から立ち去った。

しばしして師直が尊氏に代わり、直義の前に姿を現した。その取り澄ました顔つきを見るにつけ、再びむらむらと腹が立ってきた。

「鎌倉の執事交代を言い出したのは、おぬしであったと言うではないか。新熊野を養子にしたことが、今もそんなに気に入らぬか」

すると師直も、負けずにむっとした。

「正直、拙者とて相州殿の幕閣の差配に気安く口を挟みとうはござらぬ。が、そうでもせねばあの奥方は今後、相州殿にどんな難癖をつけて来るか分かったものではありませぬぞ。真に恐るるべきは定見も倫理もなく、己の感情と恐れのみでこの浮世を計る相手でござる」そう、登子のことをばっさりと切って捨てた。「挙句には、足利家の乱れの元となる恐れもありまする」

これは、師直の言うことにも一理ある。

直義が黙っていると、さらに師直は言葉を続けた。

今の関東では、先帝の勢力が勢いを大いに盛り返し始めていることもある。だから憲顕に代わって、師冬を執事役として遣わしてはどうかと提案したという。

が、この物言いには、多少の引っかかるものを感じた。

「すると何か、おぬしは上野守より師冬のほうが、戦の器量では上回るとでも申したいか」

案の定、師直は気まずい顔をした。

「すみませぬ……出過ぎたことを申しました。もし師冬で不足だと感じられるならば、拙者が鎌倉に下ってもよろしゅうござる」

しかし、これはさすがに呑めない相談だった。師直には在京のまま、将軍家の家政を滞りなく見てもらいたい。

「いや……おぬしはこの京で、わしと共に兄上を補佐し続けるのだ。そのほうが良い」

すると師直は、直義から依然として頼りにされていることを感じ取ったのか、僅かに笑みを見せた。

「ともかくも千寿王殿が奥方の御子である限りは、哺育への言い分にも多少は耳を傾けざるを得ませぬ。かつ、奥方のお気持ちを早々に静め、相州殿や新熊野殿にさらなる反感を持たれぬようにすることも肝要でござる」

まったく忌々しいが、確かにその面はあるかも知れない。

「その上でもし師冬の器量に不足があるならば、再び上野守殿を鎌倉に遣わしては如何か。それならば奥方の面子も立ち申し、今後は相州殿に突っかかることもありますまい」


結局、直義はその案を受け入れた。

が、その後が大変だった。鎌倉の執事変更の件を重能に話すと、この幼馴染の従兄弟は激しく立腹した。

「奥方も奥方なら、武蔵守も武蔵守である。我が兄の上野守に、いったい何の落ち度があったというのか。ましてや兄の器量が若輩者の師冬よりも劣るが如き言いようには、とうてい我慢しかねるっ」

「言うな」直義は静かに諭した。「師直も兄の奥を鎮めるため、よくよく考えてこの策を申し出てきたのだ。将軍家とわしら幕閣の関係を悪くするは、上策ではない」

しかし重能の他にも、この人事に怒り出した一族の者がいた。直義の側近である吉良満義と畠山直宗《ただむね》、そして桃井直常《ただつね》である。

特に、桃井直常の師直に対する怒りようは甚だしかった。

「あの男は、またも人の事情も良く考えず、相手の面子を平然と踏みにじるようなことをしておるっ」

そう、人前も憚らず師直のことを罵った。

けれど直義が思うに、直常の怒りは当然だった。昨年の二月、師直が大和般若坂で鮮やかに北畠軍を撃破した時、直常はその旗下の将として獅子奮迅の戦いをした。

足利一族の家格としては血脈の順に、斯波、吉良、細川、畠山、一色、仁木と続き、桃井家は石塔家と共に、宗家との血縁が最も遠い一族となる。だから北畠軍との戦いの折も師直の旗下に甘んじていた。反面、直常は実弟・直信と共に、一族の中でも名うての戦上手である。

この点、奥州で北畠軍の残党と戦っている石塔義房・頼《より》房《ふさ》親子も相当な戦巧者で、桃井と石塔の両家は、戦場においては常に頼もしい戦力として活躍してきた。

しかし直常は、大和般若坂での華々しい軍功を師直に無視された。いや、師直もそのうちに軍忠には報いるつもりだったのかも知れないが、続く摂津、石清水八幡宮での北畠軍との戦いに追われるうちに、つい直常への恩賞宛行を怠ってしまった。あるいは宗家との縁が薄い故に、軽く見ていたのかも知れない。

直常は赤松円心と同様、戦の名手によくある直情径行型の武将で、果たしてこの師直の態度には激怒した。そして直義に向かって、憤懣やるかたなく非を打ち鳴らした。

直義もさすがに気の毒になり、庭中方でその戦功を再審査し、直常を間もなく若狭守護とした。佐々木道誉、斯波家兼（高経の実弟）と続いた守護職の、後釜に据えた。

直常は、これに感動した。

「わしは、相州殿のためなら命も要らぬ」

そう言って守護就任の直後、諱の改名を願い出た。

実は直常は、それまで桃井貞直《さだなお》という名乗りだった。が、その『直《なお》』が忌々しい師直の名前と被っているのを嫌い、直義にあやかって『直《ただ》』と読み直し、直常《ただつね》とした。実弟もそれに倣い、直信《ただのぶ》と名乗りを変えた。

大蔵少輔《おおくらしょうゆう》の畠山直宗も同様だった。直宗は美濃畠山氏の庶流の出身で四郎太郎という通称であったが、直義はこの四郎太郎の高い実務能力を買って、重能や吉良満義と同様の側近としていた。そして、以前から直義の言動に心酔していた四郎太郎も、桃井兄弟の改名の後に、直宗《ただむね》と自らの読み名を変えた。

そのようなわけで、将軍家との関係はともかく、少なくとも直義の仕切る幕閣内部においては、上杉重能、同朝定、吉良満義、畠山直宗、桃井直常と、全員が互いを信頼し合う揺るぎない人間関係を築いていた。

そして師冬に代わって失意の中で帰京してきた憲顕を、弟である重能と、従兄弟である朝定が盛んに慰めた。

直義もまた、こう優しく言い諭した。

「憲顕よ、そちに落ち度があったわけではない。あの奥方の横車ゆえである。折を見て、必ずやおぬしを鎌倉府の執権には復帰させる。それまではわしの許で我慢してくれ」

　これは直義の本心でもあった。確かに師冬ならば戦はそれなりに上手いかもしれないが、鎌倉府の政務まで司るにはいささか若すぎる。執権役として物事を捌く世間知も、官吏を束ねる素養も、憲顕に比べれば圧倒的に足りないだろう。おそらくは今後、鎌倉府はうまく機能しない。

　それを見越しての発言だった。

　この時期より、上杉兄弟の心は将軍家から次第に離れ始めた。尊氏に対しては元々が幼馴染でもあったし、そもそもが頼りになる人物ではないと知っていたので、多少よそよそしくなる程度だった。しかし、登子と、その意を受けて人事を断行した師直に対しては、あからさまに冷ややかな視線を向けるようになった。

　この暦応二（一三三九）年いっぱい、鎌倉に赴いた師冬は、常陸の小田城に拠る北畠親房と、城主である小田治久《はるひさ》を果敢に攻撃し続けた。

　けれども直義が予想した通り、さすがに師冬ただ一人では、小田城と連携する新田一族の残党狩りと、鎌倉府の執権、並びに千寿王の後見役という三つの仕事までは、完全に手が回っていなかった。

　そんな関東での状態が一年ほど続いた暦応三年の五月、直義は将軍家に行き、尊氏と師直に再び憲顕を関東に遣わすことを提案した。

　とはいっても師冬を更迭して、替わりに憲顕を下向させるのではなく、憲顕と師冬の二人で分業して関東のことを差配させてはどうかという話をした。これならば師冬の面子もさほど傷つかない。

「上野守には鎌倉府の執権役と新田家の残党狩りを行なわせ、師冬には千寿王の後見役と北畠親房の勢力に当たらせる。これならば奥方も満足されるかと思うが、如何か」

　むろんこの提案には、尊氏にも師直にも異存はなかった。あとは登子だけだったが、千寿王の後見役は今後も師冬が務めると聞いて、あっさりと直義の案を呑んだ。

　登子は、千寿王の後見役が直義派の者ではなく高一族でありさえすれば、それで良かったようだ……この反応には、普段は温厚な憲顕も不快極まりない表情をした。

「おのれ……そこまでわしら上杉一族を、信用できぬと見るか。だったら後見役など、喜んで師冬に譲ってやる。別に望んで就いたわけでもない」

　いや、違う、と直義は内心で思ったものだ。登子は新熊野を養子にしたおれを、早くも千寿王の不倶戴天の仇のように思っているだけだ。その憎しみの飛び火が、いよいよ憲顕らの上杉家にまで及んでいる。

かと言って、新熊野を放逐する気はさらさらなかった。

実際に養子に引き取って改めて実感したことだが、やはり玄恵の見立ては間違っていなかった。あの子の言動には、先々での将器の片鱗をつとに感じ始めている。兵書はむろん、孔子《こうし》、老子《ろうし》といった諸子百家への解釈の深さも尋常ではなく、共に暮らし始めてからの一年半ほどで、武芸の修練で見せる咄嗟の反射にも、ますます磨きがかかっている。

おれに似ている、と再び感じた。

その出来の良さが、というわけではなく、日陰者の生い立ちを跳ね返そうと、外界に向かって這い登ろうとするその懸命な様子が、若き頃の自分にそっくりだ。

そしてそう感じるたびに、じんわりと心が温まった。

彰子も新熊野の成長ぶりを見て、日々の生活に張りを見出しているようだから、なおさら手放す気はなかった。

ふん……。まあ、いい。

おれが将軍家の家政に口出しが出来ぬように、登子も我が家のことにはちょっかいを出せぬだろう。だったらもう、これよりあの女とは、千寿王、新熊野を挟んでの問題は一切無関係になる。むしろ、せいせいするというものだ。


六月、憲顕は再び関東に下向した。そして師冬と共に鎌倉府を仕切り、上野の新田一族の残党狩りを再開した。一方の師冬は、常陸の北畠親房への攻撃に集中した。奥州の石塔家との連携も以前のように繋がり始めた。

夏が過ぎ、秋になり、次第に鎌倉府は関東の南朝勢力を追い詰めていった。

そんな十月初旬、俄かには耳を疑う事件が京で出来《しゅったい》した。

きっかけは、楓であった。

十月六日、佐々木道誉が鷹狩《たかがり》の帰路、東山にある延暦寺の別院、妙法院の傍を通りかかった。土塀からせり出した楓の見事な紅葉があった。

道誉はそれを手折ってくるように命じ、家臣が境内に入って楓の枝に手を伸ばしかけた。

その現場を、楓を愛でながら歌会をしていた門跡《もんぜき》の法親王が見咎めた。後伏見天皇の第九皇子、亮性《りょうしょう》法親王《ほっしんのう》である。僧兵たちが件の家臣を取り囲み、権高に詰め寄った。

「不埒者めが、何故かような盗人の真似事をするぞ」

「畏れ多くも門跡様の楓である。それに断りもなく手をかけようとは、言語道断」

が、この道誉の家臣は平然とせせら笑い、

「ぬしらがかように申す門跡とやらが、今の世ではいかほどのものであろうか」

と、彼らの前で枝を折り取った。

そこまでの経緯を聞いた時、直義は早くも顔をしかめた。

まったく道誉も道誉なら、家臣も家臣である。

新幕府の樹立以来、足利家に与力して先帝と戦ってきた武士団の中には、朝廷や神社仏閣の権威を屁とも思わず、日頃から傍若無人な振る舞いをする者たちが大いに目立つようになった。師直とも親交の深い佐々木道誉や土岐頼遠らは、その典型であった。これ見よがしの豪奢な生活を送り、毒々しいほどの奇矯な衣服に身を包んで、事あるごとに質の悪い騒動を起こしてくれる。

いつしか彼らは「我らは婆娑羅者《ばさらもの》である」と自称するようになった。自分たちの放埒な言動にますます酔いしれ、日々の乱暴狼藉に拍車をかけるようになった。

挙句がこの始末だ。

当然と言えば当然だが、この道誉の家来は、怒り狂った僧兵たちから袋叩きにされた。そして先に自邸に帰っていた道誉に、襤褸《ぼろ》切れ同然の成りで事の顛末を説明した。

果たして道誉は、気も触れんばかりに激怒した。

「おのれ――この佐々木判官《ほうがん》の家臣と知った上での打擲か。であれば、眼に物を見せてくれよう」

そう言い放ち、直ちに三百余りの兵を集めて、夜中にもかかわらず妙法院へと繰り出した。大量の松明を境内に投げ入れ、火矢を放ち、紅蓮の炎に包まれ始めた伽藍に突入した。僧兵たちを斬り殺し、金品も強奪した。

亮性法親王はこの惨劇に肝を潰し、裸足のまま命からがら逃げ出したが、親王の実弟は憐れにも捕まった。道誉の息子である秀綱《ひでつな》に、

「さればおぬしが、(兄に替わる)我が家来の仇である」

と、殴る蹴るの暴行を散々に加えられた。

まったくもって無茶苦茶だと、直義は心底げんなりした。

そして現在、比叡の宗徒が朝廷と共に、

「道誉の親子を遠国に配流すべし」

と幕府に強訴してきている。

むろん、道誉がやってのけたことを考えれば、配流くらいは当然だ。が、初めに手を出したのは僧兵側で、しかも叡山の横暴振りには昔から目に余るものがある。また、朝廷までもが申し入れをしてきているとはいえ、武門の処置に関しては幕府の専有事項だ。下手に容喙させてしまうと、今後にまずい先例を作りかねない。

なるほど朝廷は尊ぶべきものだが、天皇や公卿たちに政を判じさせようとは寸分たりとも思わない。実際にそれを

やった無残さは、建武の新政がまざまざと証明している。

……そんなことを思案していた矢先、三条邸に師泰が珍しく姿を現した。

「佐々木殿を、内裏や山門の言いなりにしてはなりませぬ」

普段なら政治にあまり関心を持たぬこの男は、直義に会うなり断言した。そして直義とほぼ同じ叡山への見方を縷々と述べた後、こうも付け加えた。

「師久が丸腰のまま、叡山に殺されたことをお忘れか。それを想えば、たまたま我らの代わりに判官殿が、武門と事を構えることの恐ろしさを知らしめてくれたとも申せます」

むろん直義も、師久の無残な殺され方は忘れていない。このまま山門の言うなりになるのは、かなり業腹《ごうはら》でもある。

直義はこの師泰には、師直と距離が出来た今でも、未だに信を置いている。九州からの上洛戦で直義の副将として戦った時、師泰は直義の手足のように忠実に、そして頼もしく働いてくれた。加えて師泰の正妻は、実は母・清子の（恐ろしく年は離れてはいるが）妹でもある。その意味では、師直よりはるかに我が兄弟の身内とも言える。

「では師泰は判官のこと、どう差配すればよいと考えるか」

「内裏では判官殿を出羽に、左衛門尉（秀綱）を陸奥に流すべしと言ってきておりますが、そこまで遠国に追いやる必要はありますまい。せいぜい坂東あたりが穏当かと存じます。これは、兄の武蔵守もそう申しておりました」

直義はうなずいた。自分の考えていた落としどころと、ほぼ同じだ。

直後には師直とも話し合いをもった。そして道誉の親子を、師直が守護を務める上総国へと配流することに決めた。

が、道誉の親子は配流先に向かう際も、しおらしい様子は寸分も見せなかった。猿の皮を腰当てにして、京童に見せつけながら下向し始めた。猿は、叡山の社・日吉《ひよし》大社の神獣である。そして、こう公言して憚らなかったという。

「こんなものを拝む山門や日吉大社の『おめでたさ』も、当然の如く猿以下である」

この所業には、さすがに直義もひどく腹が立った。粋《いき》がるのもいい加減にしろ、と顔でもぶん殴ってやりたかった。

おのれらが、今の平和な京にて思うがさまに振舞い続けていられるのは、いったい誰のおかげか。それは今も我が足利一族が、先帝の南朝勢力と各地で血みどろの掃討戦を続けているからではないか。関東の憲顕や師冬は言うに及ばず、越前の北部では斯波高経が、奥州では石塔親子が、紀伊や大和では畠山国清《くにきよ》が、肉親や郎党の犠牲も厭わずに死に物狂いで戦っている。四国の細川一族や九州の仁木一族も、未だに点在する敵対勢力と局地戦を繰り広げている。

　そんな足利一門の血塗れの犠牲の上で初めて、お前ら武門の横道者たちは太平楽に「婆娑羅者」などと自称し、粋がっていられるのだと、さらに憤りを募らせた。

　その腹立ちに任せて、市中にいる武門という武門に、

「今後、一切の乱暴狼藉を禁止する」

　という回状をまわした。さらに建武式目にも追加項目として明示した。

　暦応四（一三四一）年になった。

　その夏も闌《た》けた頃、斯波高経と家兼の兄弟が、ようやく五年越しの越前平定を完了させた。相前後して関東の師冬も常陸の小田城を下し、北畠親房をさらに北方へと追いやった。従兄弟の憲顕も上野の新田残党を掃討した。

　直義は憲顕を越後守へと任官させ、新田家の旧領である越後への進軍を命じた。憲顕は家臣の長尾景忠《ながおかげただ》を守護代とし、共にこの北陸の大国へと乗り込んだ。

　この長尾家から、はるか後年に景虎《かげとら》という人物が現れる。衰微《すいび》した山内上杉家（憲房の関東管領家）から家督を譲られ、上杉政虎《まさとら》と改名し、さらに得度して謙信《けんしん》と名乗るようになる。上杉謙信である。これより二百数十年後の話だ。

　ともかくも畿内から北陸、関東にかけては、北朝側の優勢が確立した。山陽道筋と四国も既に足利一族が掌握し、残るは奥州と九州だが、これもまた時間の問題だろう。

　つまり、我が足利幕府の優位性は既に揺るがない。

　一方で婆娑羅大名たちは、市中での傍若無人な振る舞いをさほど改めようとはしなかった。

　尊氏と師直の計らいにより、佐々木道誉がわずか一年で配流先の上総から京に復帰したせいもある。

　特に、道誉や土岐頼遠を始めとした畿内武士団が師直に寄せている信頼は絶大だ。この将軍家の執事に泣きつきさえすれば、多少のことを仕出かしてもまた許されるだろうと、高をくくっている。その意味で師直は——たとえ本人にその気がなくとも——これら治安を乱し続けている狼藉大名たちの元凶とも言える。

　ふむ……。

　実は直義は、南朝勢力に対して完全に優位に立ったあかつきには、この幕府をかつての得宗家のような完全なる執権体制に移行させようと、前々から考えていた。兄に政治を司る気がまったくない以上は、直義自身の許で、将軍家以外の幕府のすべての機関を一元管理するしかない。

　そうすれば幕政もより円滑に行うことが出来るし、現在

は師直の許に集まっている畿内武士団の動きも、柳営下で掌握できる。さすれば市中の治安も劇的に改善するだろう。

第一、師直が今発行している執事施行状は、以前の鎌倉幕府の制度には存在しなかったものだ。恩賞宛行を迅速に行って戦時下での士気を高めるための、あくまでも臨時の非常手段でしかなかった……。

その後、直義は重能や朝定、さらに吉良満義、畠山直宗とも話し合いを持ち、執事執行状の停止を命じる幕府追加法の第七条というものを制定した。十月三日のことである。

しかし直義は、肝心の師直には相談をしなかった。

持ち掛けても難色を示されるのは分かり切った話だ。気の毒だとは思いつつも、ここは無断で強行突破し、幕府の基盤をさらに固めていくしかない。

5

くそ——まったくなんたることだ。

そう師直は、心中で何度も毒づいた。

あろうことか先日、直義は幕府の追加法第七条を決めた。師直が持つ執事施行状の停止を命じ、以降は尊氏の出す恩賞の下文を、師直が管轄する仁政方ではなく、直義の下《もと》にある引付方で審理するという追加法であった。

つまり将軍家に属する仁政方は、有名無実になった。

が、師直は三年前にも引付方の頭人を解任され、同時に朝廷との交渉役までを取り上げられてしまっている。そして今回の執事施行状の停止によって、幕政に関わる唯一の機会もなくなった。

ようは、と師直は思う。あの男は徹底して自分のことを将軍家の家宰に押し込め、幕府の執権としての地位を完全に確立する気なのだ。

だが直義はほんの一年前、関東に憲顕の代わりに下向しても良いと申し出た自分に、

「おぬしはこの京で、わしと共に兄上を補佐し続けよ」

と言い諭したばかりではないか。

その言葉はいったい何だったのか。

案の定、この追加法には高一族も大混乱に陥った。

「兄者、幕府は天下の公器にて、相州殿一人の私物ではありませぬぞっ」

そう師泰が怒りに声を震わせれば、普段は温厚で直義とは親しい重茂も、珍しく息巻いた。

「この所業は、兄上に対してあまりといえばあまりの扱い。されば拙者、今より三条邸へと参り、相州殿に直談判して参りまするっ」

が、師直はそれら一族の言葉に静かに首を振った。

実は師直は追加法が出た直後に、将軍家へと赴いていた。

そして第七条の事を持ち出すと、尊氏はあっさりとうなずいた。

「うん。わしも直義から聞いている。おぬしのためにも、そのほうがよかろうと思って賛同した」

そう何の悪びれた様子もなく、明るく言ってのけたものだ。師直が呆然としている間にも、尊氏の言葉は続いた。

「師直よ、おぬしは将軍家の執事役の他に、今では天龍寺建立の奉行人もたった一人で兼ねている。ひどく忙しくなってきておるし、わしも迂闊さゆえに、恩賞宛行にも手違いが未だに多々ある。そこで、審理は引付方で改めて慎重に行ったほうがよかろうということになったのだ」

と、優しい口調で説明してきた。

相手が本気でそう思って口にしているからこそ、師直にはますます言葉もなかった。

尊氏は幕府の政にはとんと関心を示さない代わりに、先帝の冥福を祈るための大寺の創建には異常に熱心であった。

「わしは心ならずも先帝を悲しませることばかりをしてきた。それを想うと食事もおちおち喉を通らぬ時がある。せめてもの供養である。時と費えはいくらかかっても構わぬ」

そう自称するわりには相変わらずの丸顔で、事あるごとに言ってきた。

そして例によって実務能力が皆無なこの男は、師直と細川和氏の二人を奉行人として指名し、創建の手配を丸投げして来た。二年前のことだ。

が、細川家の当主である和氏は、今年になって病気がちになった。床から立つことも出来ない状態が続き、ついには一族の本拠地である阿波へと隠居してしまった。

結果、尊氏が言うように、師直は天龍寺建立の奉行人を一人で背負っている。

二人で奉行人をやっていた頃から、天龍寺建立の過程は困難の連続だった。まだ南朝勢力が各地に残っているせいで、先の戦乱の恩賞に報いる土地もろくすっぽなかったから、当然、この大寺の建設費を賄う巨額の費用があるはずもなかった。奉行人としての師直は、建造費の不足を確保するため東奔西走しなければならず、しかも今はそれを一人でやっている始末だ。

……おれは、先帝のことなど全然好きではなかった。

人として敬える部分も皆無だったし、なによりもあの時代錯誤の気概には心底うんざりとさせられてきた。

そんなおれが、いくら主君の希望とはいえこんな下らぬ普請奉行を務めさせられ、あまつさえその多忙さを理由に、幕府の中核から今、決定的に外されてしまった……。

そんなことを思い出しながらも、師直は一族の者たちに尊氏が話した次第を縷々と説明し、こう結論付けた。

「追加法は相州殿のみならず、大御所様も既に了解済みの話である……我らが今さら騒いでも、どうにもならぬ」

これにはさすがに師泰や重茂らも、憤懣やるかたない表情を浮かべながらも黙り込むしかなかった。

一族は、尊氏の「一の郎党」という身分に過ぎない。あくまでも高の縛りからは、抜け出すことが出来ようはずもない。家臣が、この追加法には他にも怒り出した勢力があった。

佐々木道誉や土岐頼遠を始めとした畿内武士団である。

暦応四（一三四一）年の暮れが押し迫った頃には、彼ら武士団の騒ぎはますます大きくなっていた。

「相州殿の引付方では、恩賞の宛行が遅々として進まぬ。審理があまりにも慎重に過ぎる」

「相変わらず寺社や内裏に有利な裁定をなさっている。これでは先の親政と変わらぬ」

「新恩給付を待つ間に、我らは郎党に対して食う物も与えられず、干上がってしまうわ」

などと、裁定に対する不平不満が続出した。

ついには道誉と頼遠が、畿内武士団の代表として師直の邸宅に乗り込んできた。まず道誉が口を開いた。

「いかに幕府の追加法とはいえ、柳営は御家人の権益を守ってこそでござる。さればこそ、ここは武蔵守殿が以前のように施行状を仕《つかまつ》られたほうがよろしい」

と、直義を暗に無視するようなことを言ってきた。頼遠もまた、師直の立場を後押しするようにこう述べた。

「ご安心召されよ。もし相州殿から横槍が入るようであれば、それがしたち在京の武士団が盾になって、逆に異議を唱え申す」さらに言葉を続けた。「さればまずは、拙者が足利殿から頂いた新恩給付から、武蔵守殿が施行状を仕られるべし」

そう言って、尊氏の下文を差し出してきた。当然、引付方には見せてもいないのだろう。

師直は束の間迷った。しかし直後には（ええい、ままよ——）と腹を括った。直義は、師直には何の断りもなく追加法を決めた。ならば、自分も素知らぬふりで施行状を出し続けても表立って文句は言えまい。

そう開き直り、恩賞宛行に添える施行状をしたためた。

これが契機となり、師直の許には畿内を中心とした武士たちから尊氏の下文が次々と持ち込まれるようになった。

この暦応四年の秋から翌五年の始めにかけて、師直は尊氏が心配していた通り、以前にも増して多忙になった。将軍家の切り盛りに加え、前途多難な天龍寺の奉行人もたった一人でこなしている。その上に、以前のように執事施行状も次々と発給しなければならない。

結果、あまりの多忙さに、師直はとうとう過労で倒れてしまった。ちょうど同時期に風邪を拗らせていたこともあり、一時は危篤同然の状態に陥った。

おれも既に四十も半ばに差し掛かりつつある……決して若くはない。昔のように体力に物を言わせて政務を行うことが出来ない、と情けなく感じた。むろん、直義への多少の疚しさで気を病んでいたこともある。

が、一面で頼もしく思う出来事もあった。今出川通にある師直の自宅に、畿内中の武門の棟梁が見舞いと称して殺到したのだ。また、彼らが引き連れてきた郎党たちも洛中に溢れかえり、都は大混乱に陥った。

「兄者、これを見ても兄者の信望は、相州殿をはるかに凌いでおりまするぞ」

師泰などはそう言って喜んだが、師直はそれどころではなかった。頭も割れるように痛いし、手足や腰の節々も砕けるほどに軋《きし》む日々がしばらく続いた。それら見舞いに訪れた客をすべて断り、一門の者たちに対応させた。

一方で、三条坊門の直義が怒り狂っているという噂が流れてきた。執事執行状の件はむろん、師直の見舞いに近隣の武士たちが洛中へと押し掛けたことにも大憤慨しているという話だった。

挙句、元々多忙だった直義も二月に入って、体調を崩した。回復した師直と入れ違いになったかのように、ひどい高熱を出し、床を出ることが出来なくなった。怒りと苛立ちもまた、人の体を相当に蝕《むしば》むものらしい。こちらもまた面会謝絶となった。

けれど直後には直義から使者が来て、三条邸へと続々と見舞いに上洛して来る武士たちをなんとかせよと言う。

「戦時に非《あら》ずんば、数多《あまた》の兵が都に集うこと、市中治安の為に宜《よろ》しからず」

なるほど、直義が先月憤慨した理由はここにもあったのかと感じた。また、肝心な時には相変わらず頼りにされていることも未だほんの少しは嬉しく、この要望には即座に対応した。直義への見舞いを禁じる旨の奉書を出した。時に暦応五（一三四二）年の二月五日のことである。

しかし、師直の奉書を受け取った市中や近隣の武士たちは、ついに師直と直義が決定的に仲違いしたのだと勘違いし、世間はますます騒然とした。

「武蔵守殿が、相州殿に平然と敵対された」

「されば足利家が真っ二つに割れた時、我らが恃むのは武蔵守殿だけである。公卿や寺社の肩を持つ今の引付方など、片腹痛いわ」

まったく馬鹿馬鹿しい話だ、と師直は憮然とした。

我ら足利一門が、多大なる犠牲を払ってようやく作り上げた新生幕府である。その一族の中心に居たのは、むろん自分と直義だ。だから多少険悪な仲になっても、足利家が二つに割れるはずがないではないか。

とは思いつつも、まさかその噂をいちいち否定するわけにもいかない。それではまるで直義との仲を、聞かれてもいないのに弁解するかたちになってしまう。

だから、この武士たちの騒ぎようを苦々しく思いながらも、結果的には放置した。

あとから考えれば、これが良くなかったのかも知れない。彼ら御家人たちは、まさか自分たちが拠って立つ幕府の存在を否定出来るはずもないから、代わりに直義が庇護し続ける朝廷や神社仏閣を、ますます蔑視するようになった。

一方で、その軽視も当然だとは思う。今の持明院統の朝廷など、足利家とそれに与した武門に担ぎ上げられて浮力をようやく保っているお飾りのようなものに過ぎない。

その年の四月、元号が暦応から康永となった。

夏が過ぎ、九月に入った。

初旬の六日、土岐頼遠とその郎党は、洛外での笠懸《かさがけ》の帰路、光厳上皇の行幸に出会った。笠懸とは騎射訓練の一つで、流鏑馬《やぶさめ》、犬追物《いぬおうもの》と共に騎射三物と呼ばれる。

頼遠は訓練後に酒を飲み、既に酔っぱらっていた。わざわざ道の端に寄り、馬から降りて伏し拝むのも面倒で、上皇の行列を素知らぬ顔をしてやり過ごそうとした。

当然、牛車に乗った上皇とその取り巻きの公卿たちは、

「院の御幸《ごこう》であるぞ。下馬せよ」

と、頼遠の一行を激しく叱りつけた。

これに頼遠は、髪を逆立てるほどに激怒した。再び下馬を命じてきた青侍たちを、今度はせせら笑った。

「なに、よく聞こえぬな。院というか。犬というか」と大いに絡み始め、「犬の御幸であれば、ちょうど良い。先の調練の続きである。犬追物にて射ち落とさん」

そう言い放って、まずは上皇の牛車を郎党と共に蹴倒し、中から這い出てきた上皇と公卿たちに散々に鏑矢を射かけた。むろん犬追物に使う犬射蟇目《いぬいひきめ》だから、先端には厚布を

巻きつけてある。殺傷能力はない。

が、上皇とその供奉の者たちはこの騎射に仰天した。殺されると勘違いし、倒《こけ》つ転《まろ》びつしながら、大慌てでその場から逃げ去った。

事件を知った三条邸の直義は、烈火の如く怒り始めた。

「あろうことか上皇に矢を放つなど、言語道断の所業である。左近将監《さこんしょうげん》（頼遠）を斬刑に処すべし。彼奴を止めなかった郎党たちも同罪である。土岐家は、潰す」

と息巻き、直ちに捕縛命令を出した。

しかし頼遠は、幕吏に捕まる寸前に美濃へと逃げおおせていた。その後の一時は幕府に対して謀反を企てようとし、直義をさらに激怒させた。

「大人しく兵を解いて京へと戻れ。さもなくば軍を差し向け、一族郎党すべてを攻め滅ぼす」

この恫喝には、頼遠はむろん他の武士団も震え上がった。

幕府の御家人たちは皆、尊氏を将軍として敬愛しながらも、その実は先の朝廷を実質的に滅ぼした首謀者が直義であったことを、既に知っている。ましてや美濃一国を攻め潰すくらい、直義の今の権勢をもってすれば赤子の手をひねるくらいに容易《たやす》いだろう。

十月に入り、土岐家と親しい御家人たちは、頼遠の助命を求めて続々と三条邸を訪れ始めた。むろん、師直の許にも来て、こう訴えた。

「先の判官殿は配流で、しかも一年足らずで京へと戻ってこられた。それが左近将監殿は斬首でお家断絶とは、あまりにも不公平ではありますまいか」

「そうでござる。左近将監殿も判官殿と同じく、先の朝廷を打倒するために散々に戦ってこられた。将軍家に尽くされた。これでは筋が通りませぬ」

師直もそう感じていた最中だったから、これらの意見はさすがに捨て置けぬと感じた。直義に会うのはあまり気が進まないながらも、久しぶりに三条邸へと赴いた。

が、直義は理路整然と反論した。

「判官の時とは事情が違う。あの時は、門跡の僧兵たちが先に手を出した。郎党を散々に殴り付け、初めに武門の面子を潰した。手荒とはいえ、判官のやったことはその仕返しである。されど、今度は左近将監が先に手を出しておる。しかも、『院の御幸ゆえ下馬せよ』という当然の要求に対してだ。さらに門跡と上皇では、内裏における身分がまったく異なる。ましてや光厳上皇は、我が武門が朝敵に貶められた折に、ありがたくも院宣を下されたお方であられるぞ。そのようなお方に狼藉を働くなど、柳営としてはとうてい看過できぬ」

なるほど。言われてみれば、上皇の恩義は確かに足利家にとって多大である。さらに直義は、こうも続けた。

「判官の事件の後、わしは『今後、一切の乱暴狼藉を禁止する』と婆娑羅の者どもに通達し、幕府の式目にも明記した。その式目を平然と破った左近将監をここで厳罰に処さねば、第三、第四の横道者が出てくることは必定。ただでさえ彼らは、今の朝廷を軽んじている。だが、持明院統の皇室は我らが立てたのだ。今も吉野には、微弱ながらも大覚寺統の皇族が居座っておる。自らの正統なることを主張し、我らが立てた皇室の権威を脅かし続けておる。ようはそういうことだ。分かるか、師直」

つまり、在野の大名が今の朝廷を軽んじれば軽んじるほど、それを立てた足利幕府の正統性まで脅かしてしまう。頼遠の存在も、吉野の南朝を利しているという論理だった。

とはいえ、土岐家全体も潰して武門を断絶させるというのは、あまりにも厳しい処分だと相変わらず感じていた。

けれど、この弁の立つ相手には、師直ではとうてい敵わない。誰か足利一族の有力者に、直義を説得させるべきだ。

しかし、足利家の御意見番であった上杉憲房は六年前に戦死し、憲房と共に九年前、足利家の決起を促した細川和氏も、先月の九月二十三日、阿波で病没してしまっていた。

あとの支族はほとんど、今や直義の手足同然になってしまっている。上杉家の憲顕や重能、朝定はむろん、畠山や石塔、吉良満義や、斯波高経に至っても同様だ。唯々諾々と直義が指示した国へと赴き、南朝勢力の掃討戦を続けている。誰も直義を止める者がいない。

結局は、はなはだ当てにならぬとは思いつつも土御門東洞院の尊氏を訪れた。

案の定、尊氏は両眉を気弱そうに寄せた。昔にしばしば見せた『困った殿』の表情になった。

「わしも土岐家全体への処分は、ちと厳しすぎるような気がする」そう、いかにも頼りなさそうに口を開いた。「されど、柳営の差配はすべて直義に預けてしまっている。わし自身が決めた。であるに、多少の気持ちは伝えることもできるが、最後に決めるのは直義であるぞ」

……いったいこれが、征夷大将軍にまで登り詰めた男の口にするべき言葉であろうかと、ほとほと呆れてしまう。

尊氏は師直との約束通り、直義の三条邸に出向いて、一応の諫言はしたようだ。が、直義は憤然として言った。

「兄上、さればこの件は『大御所殿』たる兄上が、直に仕《つかまつ》るべし。この件のみならず、今後は柳営の一切も差配されて然るべし。それがしを直ちにお役御免として頂きとうござる。鎌倉へと戻り、とっとと隠遁致しまする。むしろ本望であり、そもそも拙者はこのようなお役目に望んで就いた覚えは、一切ござらぬっ」

そう啖呵を切られ、尊氏は大いに慌てた。あべこべに直義を懸命に宥めすかす始末だった。

尊氏の訪問によって、直義はますます激昂した。頼遠が未練たらしく、師直と尊氏まで動かして命乞いをしていると捉えたようだ。さらに美濃に向けて傲然と言い放った。

「もはや一刻の猶予もならぬ。左近将監は即座に上洛すべし。ならぬなら、美濃という国ごと殲滅する」

この最終宣告には、土岐家全体もたまらず腰砕けとなった。

結局、頼遠は急ぎ京に戻って来たが、直義の居る幕府には出向かず、替わりに市中の臨川寺へと駆け込んだ。高名な国師である夢窓疎石に泣きついた。

この時点で頼遠は自らの死だけは覚悟していたが、せめて土岐家の存続だけでも許してもらえるように訴えた。

夢窓疎石は、さすがに頼遠が気の毒になったようだ。直義の許へと出向き、頼遠がいかに足利幕府の樹立に尽くしたかを説き、土岐家存続を嘆願した。

直義は、兄と共にこの国師の人品を敬することが篤い。尊氏は疎石に心酔するあまり、助言に従って天龍寺まで造営し始めたが、直義も幕府の舵取りに疲れた時は心の安寧を求めて臨川寺を訪れ、小難しい説法を神妙に拝聴しているらしい。挙句にはこれら疎石とのやりとりを、

「世のため人のためにも役立つ説法である」

とありがたがり、『夢中問答集』全三巻として、師直の又従兄弟である大高重成と共に編纂し始めている始末だ。

むろん師直には、そんな兄弟の心情などはまったく理解できない。理解しようとも思わない。分かるのは、この兄弟の馬鹿馬鹿しいほどの臨済禅への傾倒ぶりだけだった。

そんな暇があるのなら、もう少し在野の武士たちの実際の気持ちに寄り添ってやったらどうか。悲しい哉、世の多くの人が現世で求めるのは、目の前の不安や利害、苛立ちにどう具体的に対処するかという、その一点のみだ。直義の個としての求道心は分かるつもりだが、そんなモノの見方だけで世が良くなるのなら、天下は臨済禅を世に広めた得宗家の頃から、とっくの昔に良くなっているだろう。

直義は疎石からの嘆願もあり、初めて態度をやや軟化させた。市中の武士団からも減刑を願う声が、依然として続いていたせいもある。

「ほかならぬ国師からの口添えとあれば、無下には出来ぬ。

左近将監は従来通り厳罰とするが、土岐家の断絶は許す」

十二月一日、頼遠は六角王生で斬首とされた。

この一件以降、直義の専制政治はさらに確立された。全国の御家人たちは、幕府を実際に仕切っているのが将軍の尊氏ではなく、執権役の直義であることを、今度こそ身に染みて実感することとなった。

特に畿内の武士団は、この厳格な男の機嫌を損なうことを恐れ、直義をより遠巻きにするようになった。そしていっそう師直の許に集まってきた。尊氏が当てにならない以上、師直のことをそれに代わる庇護者と見た。


康永元（一三四二）年も暮れが迫った頃、尊氏と直義の母である清子が鬼籍に入った。風邪を拗らせての病死だったが、もはや七十三歳だったので、根本は老衰である。

尊氏は既に三十八になっていたが、実母の死にまるで赤子のように悲嘆にくれた。

「わしは十一年前に父を亡くし、六年前には伯父（憲房）を失い、此度また母が儚くなった。もはや、わしを優しく見守ってくれる肉親は誰もおらぬ」

しかし師直の記憶では、憲房や清子はともかく、貞氏は庶子である尊氏のことをそこまで親身になって可愛がっていはいなかったはずだ。けれども、この男の頭の中ではいつの間にかそういう記憶に作り替えられているらしい。

十二月二十三日、足利家が京に新しく建てた菩提寺・等持院にて、清子の葬儀が営まれた。

当然、葬儀の場に直義は妻と現れた。

背後には、すらりとした若者を伴っていた。若者は、鳴き砂を踏むような歯切れのいい足取りで近づいてくる。

一瞬、誰か分からなかったが、直後にはぎょっとした。あの子だ。新熊野だ。六年前に会ったあの少年は、今では上背のある雄々しい青年に成長していた。考えてみれば当然で、新熊野はもう十六になる。

「殿」

と、思わず尊氏の袖をやんわりと引いた。

ん――？

と尊氏が泣き腫らした両目を上げた。そして近づいてくる直義の一行を見た途端、表情が恐ろしく強張った。

「……まさかあれが、新熊野か」

「左様です」

すると尊氏は相手をまじまじと見つめた後、呻くようにつぶやいた。

「そっくりだ。若き頃の、直義に」

むろん師直もそう感じる。眉鮮やかに騰がり、切れ長の眼光に力がある。いかにも武者振りが良く、鼻筋もすっきりと通っている。ほどよく引き締まった口元もそうだ。尊氏には全然似ていなくとも、直義には酷似している。

それが意味することは、紛れもなく清子と貞氏の血筋だということだ。直義だけに受け継がれていた血統が、よりによって尊氏の子種を経て再びこの世に現れた。だからこそ師直も余計に愕然とした。

ようやく実感する。あの越前局は、間違いなく尊氏の子を産み落としていた。直義の言い分に間違いはなかった。

そしてその事実はおそらく、人としての気質も直義に酷似するだろうことを示唆している。千寿王よりも新熊野のほうが為政者として優れ、やがては宗家の嫡男を脅かすかも知れぬ存在であることを、ますます濃厚に意味する。

尊氏もその禍々《まがまが》しい確信を持ったからこそ、絶望的な声を上げた。登子も般若さながらの険しい表情になった。

「師直殿、あの若者を我らの隣に座らせてはなりませぬ」

が、それはいくら何でも無理な相談だった。

今では新熊野が尊氏の子種であることは明白な上に、直義が三条足利家の正式な養子として迎えてしまっている。

結局、まごまごとしていた師直を尻目に、直義たち三人は尊氏夫婦の隣に座った。

そこから先の法会が終るまでは、少なくとも足利兄弟の上席に関する限り、まるで地獄絵図であった。十三歳の千寿王は依然として鎌倉に居たままだから、新熊野は将軍家の次代の主役のように周囲の弔問客からは見えただろう。

新熊野は千寿王の兄に当たるから、なおさらだ。

尊氏は今までにないほどに不機嫌そうな表情を晒し続け、登子は憤激のあまり、時に指先を震わせ、時に顔を引きつらせていた。癇癪を必死に堪えていた。

むろん師直も、一層やり切れない気分になる。同時に、腹立たしくも感じる。

いったい何故、直義はこんな公式の場に新熊野を連れ出して来たのか。

むろん理性では充分に分かるつもりだ。

これまで尊氏は、新熊野との面会を拒み続けてきた。直義としてみれば、実母の葬儀という機会を逃せば、引き合わせる時は二度とないと感じたのだろう。さらには新熊野が見るからに足利家の血筋であると分かれば、まさか尊氏もこの場で拒否することはできないと踏んだ。

――くそ。

それでもこんな公の席に、尊氏の隠し子をわざわざ当て付けがましく連れて来ることはないではないか。参列する他武門の棟梁すべてが、新熊野の顔を見てしまっている。将軍家の面目は丸潰れだ。

そんなことを想いながら、そっと直義の横顔を見遣る。むろんこの男の表情もまた、強張っている。隣に座る彰子も、かなり緊張しているようだ。肝心の新熊野はと言えば、終始伏し目がちで正座をしている。

夜半過ぎになり、ようやく弔問客が等持院から去った。直義は改めて尊氏に向き直り、切り付けるように言った。

「兄上、これが、我が子となり申した新熊野でござる」

新熊野がおずおずと尊氏の前に進み出た。それでも口調は見た目通り、しっかりとしていた。

「お父上、初めてお目にかかりまする。それがしが――」

が、尊氏はすべてを言わせず、冷然と口を挟んだ。

「なるほど、おぬしは確かに足利家の血筋の者ではあろう。されど、既にわしの子ではない。直義の子である。故に、わしを『殿』と呼べ」

そう明確に一線を画した。我が子を見た正直な実感でもあるだろうし、直義の強引さに対する、せめてもの抵抗だろう。

一瞬、新熊野は戸惑い、次いでその表情をわずかに歪めた。直後には直義がひどく怒り始めた。

「兄者っ、我が子に、一体なんということを申されるかっ」

それでも尊氏は、頑として繰り返した。

「わしの子ではない。直義よ、そちが初めに認めた。父はおぬしである」

まともな理屈にはなっていない。けれど、血は認めても将軍家の息子としては断じて認知せぬという決意が、はっきりと滲み出ていた。

新熊野は下を向いたままだ。今すぐこの場から消えてなくなりたいような様子だった。

見かねた彰子が、新熊野を庇うようにしてやや前に出た。けれど、さすがに口は開かない。悲しそうでいて、あからさまな非難でもない眼差しで、尊氏を静かに見つめていた。

結局、この晩は尊氏と直義、双方が非常に気まずいまま物別れとなった。

年が明け、康永二年になった。清子の葬儀以降、師直は将軍邸に行く頻度が多くなった。

「とにかく、あの新熊野をなんとかせねばならぬ」

と尊氏が喚けば、登子も負けずに、

「殿のおっしゃる通りです。直義殿の許でみすみす放っておけば、我ら将軍家の滅びに繋がるかもしれませぬ」

などと、さかんに騒ぎ始めたからだ。

けれども当然ながら、この夫婦に何か良き思案が思い付くはずもなく、やったことはと言えば、師直の発案により、昨年末に慌てて千寿王を元服させたことくらいだった。「義詮《よしあきら》」と改名させることにより、世に宗家の跡継ぎであることを正式に表明した。

　ところで直義もまた今年の春、三条邸で新熊野を元服させた。直冬《ただふゆ》と名乗りを変えさせた。その「直」を入れた諱から、やがては直義夫婦が三条足利家を「直冬」に継がせる意向であることは、ますます明々白々となった。

　この名乗りを知った将軍家の二人は、焙烙で煎《い》られる豆の如くに焦り、ますますとっ散らかり始めた。

「もはや一刻の猶予もならぬ。早急に何事かの対策を練る必要がある」

「まったくでござります。これ、師直殿。そちも我が将軍家の家宰ならば、また何か良き案を出されて然るべきではありませぬか」

　……おれの人生は、いったい何なのか。

　本来ならばこのような血統絡みのことこそ、目の前の二人が自ら知恵を絞り、発案して然るべきではないか。いくら執事とはいえ、血の繋がらぬ他人がむやみに口を挟むべきことではない。なのに、今や登子までもが尊氏の尻馬に乗り、師直を責め立ててくる。

　まったく我が身が憐れに感じられ、特に、その虚しさに伴う軽い苛立ちは、いつのまにか師直を下僕同然に扱うようになった登子に向かうようになった。

　実は登子は三年前、尊氏の次子を生んでいる。名を光王《ひかりおう》と言い、今年になって亀若丸《かめわかまる》と改名した。

　その尊氏の次子のことが、ふと脳裏をよぎった。

うむ……が、まさか登子がそれを云《うん》と言うはずもない。

　しかし、この時の師直は登子に対し、いつにも増して悪感情を抱いていた。とにかく目の前の権高な蠟人形《ろうにんぎょう》を、一度はぎゃふんと言わせてやりたい。それに万が一この提案が叶うならば、一気に新熊野――直冬の問題も解決できる。

「三条足利家の世継ぎに関しては、それがしに多少の思案がござりまする」師直はまず、尊氏に向き直って前置きをした。「実は、亀若丸様のことにてござりまするが――」

　ようは、亀若丸を新たなる養子として直義の許に送り込む。まだ物心もつかぬ幼児だから、すぐに直義と彰子には懐くだろう。尊氏と登子の間に生まれた正式な将軍家の子供である。直冬のような私生児とは違う。さすれば血脈の正統さからして、直義は足利三条家の跡取りに亀若丸を据えざるを得ない。直冬は完全に梯子を外される。

　それらのことを縷々と語っていくにつれ、次第に師直も自身の思い付きに本気になり始めた。そうだ。まさにこの案こそ、やがては将軍家を救うことになる。

「将軍家には義詮様がおられ、三条足利家では亀若丸様が跡取りとなられれば、そこは真の兄弟でござりまする。亀若丸様が義詮様の地位を奪うようなことは、よもやありませぬでしょう」

　そう断言した。

　亀若丸はまだ幼児という要素を度外視しても、非常に無邪気に育っている。人見知りの気配さえない無防備極まりない笑顔は――尊氏に似て多少頭が弱いのかも知れないが――これまた父親そっくりだった。そのようなお人好しの気質に生まれ落ちた者が、長じて実兄の地位を脅かそうとするはずがない。

　この師直の発案に、果たして登子は顔をぴくぴくと引きつらせた。しかし尊氏は大きくうなずき、膝まで打った。

「でかしたぞ師直。それぞ妙案であるっ」

　と、手放しで師直の案を喜んだ。

　……ふと感じる。我が主君にここまで手放しに褒められたのは、建武の新政を命懸けて打倒した時にも記憶にない。後にも先にもこの時だけだった。

　その後の尊氏は、発案した師直自身も呆れるほど、亀若丸の養子の件に熱心になった。

「直義には実の子がいない。彰子もそれが寂しかったのだ。だからあのような者を養子にしてしまった」そう、妻の登子を掻き口説き始めた。「じゃが、今ここで亀若丸を養子として下せば、正真正銘の我らが子であり、次代の将軍の実弟でもあるのだ。それに彰子は、気立ての優しい女子《おなご》である。直冬以上に、我が子として可愛がってくれよう」

　ほう、と感じる。確かに直義の妻は性格がいい。人としての出来も、目の前の女とは段違いだ。その事実に、どうやらこの男も気づいているようだ。

　それでも登子はすぐにはうなずかなかった。万事に淡白な尊氏と違い、さすがに我が幼子《おさなご》を他家に遣《や》るのは抵抗があるものと見える。師直もすかさず尊氏の弁護を行った。

「もし亀若丸様を養子として三条家に遣わされましても、実の親は御殿と登子様でござりまする。たとえ相州殿と彰子様が『育ての親』になられても、この事実は変わりませぬ。されば亀若丸様という架け橋により、先々で将軍家と三条足利家は同体となりまする」

そしてこの日より三日三晩、尊氏と登子の説得に努めた。

最後に師直は、こうも脅《おど》した。

「このままでは、直冬殿が三条足利家の後嗣《こうし》となることは必定。将軍家の乱れの元となりまする。それで、よろしいのですか」

尊氏もまた、激しく同調した。

「わしが将軍になれたのも、直義と師直あってのことである。特に直義の励ましと助けがなければ、今頃わしは武門の藻屑と化していたであろう。義詮にも、そのような力のある弟が必要である。それが足利三条家を継ぐことになれば、言うことはない。断じて直冬であってはならぬのだ」

尊氏がそう言い切るにあたり、登子はついに首を縦に振った。直冬を排除するために、苦渋の決断を下した。

6

あれから二年が経った。

この間、直義は様々なことを我慢してきたつもりだ。

師直が自分には何の説明もなく、依然として執事施行状を出し続けていることにも、あえて目をつむってきた。

さらには遡ること六年前、師直の提案により、憲顕が鎌倉府の執事を更迭されたこともそうだ。

そして二年前の康永二年にも、将軍家から亀若丸を引き取った。

「直義よ、お前に亀若丸をやろう。既に登子も了承済みである。これで、晴れて三条足利家の正式な跡継ぎが誕生することになるのだ」

尊氏はそう言って喜んだが、先々の意味することは明らかだった。ようは、直冬には絶対に直義の家門を継がせぬということだ。三条足利家の跡取りを亀若丸とすることで、義詮がゆくゆく収まる将軍家との紐帯を盤石にする。

が、こんな策を兄が自ら思い付くはずもない。むろん登子にもだ。

二人の背後には、師直が澄ました顔をして座っていた。

これで三度目だ、と直義は感じた。

どこまでわしのやり方を邪魔すれば気がすむのか。

けれど、不思議なものだ。一年、二年と時が経つにつれて、最初はどう扱うべきか戸惑っていた亀若丸の存在も、次第に可愛くなり始めた。四歳から六歳にかけての時期である。亀若丸は、子供の頃の兄に似て、どこか頼りない。少なくとも現時点では、直冬のような鋭《すど》さの芽生えは皆無だ。人を疑うということをまったく知らない。

「ととさま、かかさま」

と、実の両親のことなどすっかり忘れたように、直義夫婦に懐いてきた。たぶん四歳以前の暮らしのことはほとんど覚えていない。

それが逆に、直義と彰子の庇護欲をくすぐった。特に彰子はそうだった。あれこれと世話を焼くうちに、すっかり亀若丸を我が子同然に思うようになった。挙句、こうつぶやいたものだ。

「直冬は、将軍家には良く思われておりませぬ。気の毒なような気も致しまするが、今後を考えれば、これで良かったのかも知れませせぬ」

ようは、直冬には先々で然るべき別の家門を立ててやればいい、こちらから構えて争いの元を持ち続けることもない、というようなことを述べた。

「登子様も我が子を手放してまで、直義殿の家門を継がせようとご決断なさったのです。義詮殿は今も鎌倉に居られますゆえ、お手許には二人の御子すべてがおりませぬ。そのお気持ちを思えば、将軍家の意向を無下にすることは、やはり心苦しくも感じられます」

あるいはそうかも知れぬ、と直義も感じた。

兄はむろんだが、登子も当時まだ四歳だった亀若丸を手放してまで、我が家門を継がせる覚悟をしたのだ。あの兄の正室のことは今でも苦手だが、それでも相当な痛みを伴う判断だったことは、想像に難くない。

彰子がこういう心情になったのは、直冬の亀若丸に対する態度の変化もあるだろう。二年前に、

「これが、そちの兄である」

と直冬を紹介すると、亀若丸は十以上も年の離れた腹違いの兄を、すぐに慕うようになった。この京で一人っ子として育っていたせいもあり、おそらくはずっと寂しかった。

「あにさま、兄さま」

と、直冬が近くにいる間は、終始その後を付いて回るようになった。まるで仔犬のようで、その懐っこさときたら、これまた子供の頃の尊氏にそっくりだった。亀若丸は家人に対しても同様で、誰とでもすぐに仲良くなる。

兄から受け継いだある種の才能なのかもしれない、と直義は感じた。とにかく誰とでも、あっさりと馴染む。その意味で人を分け隔てなく統べていく棟梁には向いている。

これには当初、亀若丸をやや遠巻きにしていた直冬も、急速に態度を軟化させた。しまいには亀若丸をひどく可愛がるようになった。

直冬は既に十九で、もはや堂々たる大丈夫に育っている。三年前の葬儀の時以来、実の父である兄のことは一切口

に出さなくなっていた。ある日、直義が敢えて水を向けると、こうつぶやいた。

「もう『殿』にお会いする必要は、今後一切なきように感じられまする」

そして亀若丸を引き取ってから一年ほどが経った頃、ぽつりとつぶやいた。

「それがしの初心は、今も変わりませぬ。いつか来る戦にて武功を立て、自力で家門を興してゆく所存でござります」

自分は自分の力でやっていく、亀若丸が直義の家門を継ぐことに異存はないことを、暗に口にした。

それらの言葉を彰子も脇で聞いていたからこそ、亀若丸を正式な跡取りとして徐々に認め始めていた。

直義もまた、彰子と直冬がそのつもりなら、多少は切ない思いは持ちながらも異存はなかった。

同時期、柳営の組織改編においても、直義はある決断を下した。五方制の引付方を改め、三方制の内談方《ないだんかた》とした。

引付方は、所務沙汰をその種類によって五つの部署に分けていたので、以前から武士の評判が悪かった。特に、戦いの仕方しか知らぬ田舎武士たちは、どの部署に訴状や安堵状を持ち込めばよいか分からぬことが多かった。加えて、頭人である上杉朝定もまだ二十代前半だったこともあり、うまく配下の事務方を使えなかった。在野の武士たちから不満が続出したのには、朝定の事務処理の遅さもあった。

そこで新たに三部局の編成とし、組織名も内談方と改め、直義が長官として直に管理することとした。

当然、新設した部局の長も三人必要となるが、これには引付方の長官を務めていた朝定、直義の執事役である重能、そして師直を抜擢した。朝定も業務が三分の一になれば、それまでより迅速にこなせるだろうし、師直を幕閣の表舞台へと復活させたのも、直義なりの思惑があってのことだ。

師直は依然として御家人の求めに応じ、執事施行状を出し続けていた。しかし別の見方をすれば、現在でも武士たちからの信望がそこまで篤いということだ。

ならば、その非合法な権限と名声ごと柳営の中に取り込み、直義の指揮系統の許で管理すればいい。

ある意味での妥協策ではあったが、これなら師直の顔も立つし、自分の目の届かないところで勝手に施行状を出されるより、はるかにましだ。

この人事を告げた時、果たして師直はひどく嬉しそうな顔をした。

「拙者、これより相州殿と柳営のために、粉骨砕身尽くしまする所存」

そう声を上げて、直義の前で平伏した。

けれども直義は内心、師直が自身で気負い込むほどには内談方の仕事に打ち込むことは出来まい、と感じていた。

将軍家の家宰の仕事の上に、六年越しの天龍寺の建立も、いよいよ大詰めを迎えている。ちょうど今年が先帝の七回忌にも当たる。それに合わせて、大掛かりな落慶法要の準備もしなければならない。

だから、この男も以前のようには所領の沙汰を多く扱うことは出来まい。それにもし恣意的な沙汰を下せば、重能と朝定を通じて、上役である自分にすぐに露見することになる——そう考えた上での、抜擢でもあった。

この康永四年の春先、尊氏が久しぶりに怒り出すことになった報が、はるかなる北の大地から流れてきた。

石塔義房と頼房の親子は、奥州をほぼ平定した後、奥羽の検断権、軍事指揮権を一手に任されていたが、どうやらこの一、二年は幕府からの委任権を、恣意的に使っていたようだ。ようは依怙贔屓をしていた。旧北畠軍と戦っていた頃から自分の味方だった者には甘く、最後まで抵抗を試みた豪族には辛く当たっていた。時には過去の恨みから、難癖をつけて所領を取り上げたりもしていた。

これが幕閣と将軍家の知るところとなり、尊氏はひどく腹を立てた。

なにせ今でも年初には必ず、

「天下の政道、私《わたくし》あるべからず。生死の根源、早く切断すべし」

と、書き続けているような男だ。その言葉通り、尊氏に政治方針のようなものが唯一あるとすれば、

「武門を統べる者は、我が生死にも拘らぬほどに清廉潔白で、禍根を持たず、いついかなる時も御家人には公平でなければならない」

という一事のみだった。そして直義に命じてきた。

「義慶《ぎけい》入道（義房）を、早《と》う早《と》う奥州総大将の任から解くべし。中務大輔《なかつかさたいふ》（頼房）も同様である。共に所領を取り上げ、鎌倉へと蟄居させよ」

直義もまたその権力濫用には驚き、かつ失望もしていたから、解任の下知にはすぐに従った。一方では石塔親子のことを、やや気の毒にも思っていた。彼らはろくろく縁故もない最果ての地で七、八年間も戦い続けてきたのだ。その間には郎党や与力した者たちを多数失い、冬季の飢えにも悩み、塗炭の苦しみを散々に味わってきたであろう。

だから鎌倉に蟄居した石塔親子に、上杉憲顕を通じてこ

う確約した。

「そなたらに落ち度があったのは確かだから、しばらくは我慢せよ。奥州での多年の功により、この相州が必ずや三年内に復権させる。むろん、その後は所領も新たに与える」

どうせ励ますならば、言葉はあやふやなものであってはならない。人は、年限を明示してこそ、救われる希望も確実になるというものだ。

当然、石塔親子は、この直義の心配りに感動した。

「やはり、一門の中で頼りにすべきは大御所殿ではなく、相州殿であられたか」

と感涙にむせんだとの話が、京まで流れて来た。

ちなみに直義は前年に、桃井直常を越中の守護へと転任させていた。

それまで直常は若狭の守護を経て、伊賀国の守護を務めていたが、この二つの領国経営で優れた手腕を発揮した。

直義は、さらに大国の守護を任せるに足る、と見た。過日の般若坂での勇猛な槍働きを見ても、南朝勢力への戦力として充分に使える。

そこで直常を越中の守護へと抜擢し、隣国の越後で、今も家臣の長尾景忠と新田軍の残党狩りに励んでいる憲顕を、西方から助けようという目論見だった。


直常もまた、この処遇には以前にも増して感激した。

「士は己を知る者のために死す、とも申します。拙者の生死は、常に相州殿と共にござる」

貞和二（一三四六）年、兄から頼まれた幕府を運営し始めて、ちょうど十年が経った。直義も既に四十になる。

この秋も深まった頃、俄かには信じられぬ出来事がごく身近で起こった。

少し前から、どういうわけか彰子は食事の量がかなり増えていた。昼間、時おり強い睡魔にも襲われるらしい。

彰子は直義と同じ年なのに、若い頃と同じような量をぺろりと平らげている。

「食べ過ぎではないのか」さすがにやや心配になり、直義は言った。「ゆえに怠く、昼過ぎに眠くなるのではないか」

すると彰子は、やや恥ずかしそうに答えた。

「されど、お腹が空いて仕方ないのです」

さらに一月ほどが経った頃、おずおずと彰子は言った。

「まさかとは思います。されど、ひょっとして出来たのかも知れませぬ」

「何がだ」

「……ですから、稚児《やや こ》を身籠ったのかも知れませぬ」

一瞬、直義は聞き違いかと感じた。直義も厄年寸前で、彰子もとうに女の厄年を三年ほど過ぎている。

一方で、母の清子も兄を産んだのが三十六、直義を産み落としたのが三十八だった。かなり高齢での初産《ういざん》だった。

「――そ、それはまことか」

と、思わず上ずった声を出した。

はい、と彰子は答えた。「初めてのことでござりまするが、もう二月ほど、『お月』のものがありませぬゆえ」

確かにそう言われれば、そうかもしれない。今でも直義は彰子と、五日に一度ほどは肌を合わせているが、相手の下腹部が少しふっくらして来ていることには気づいていた。

そこまで思い至り、ようやく直義は喜びを爆発させた。つい立ち上がり、意味もなく部屋の中をうろついた。

「でかしたぞ、彰子っ」

果たして年末が近づくにつれ、明らかに彰子の下腹部は膨らんできた。もはや身籠ったことは疑いようもなかった。

直義は、ますます上機嫌になってくる自分をどうすることも出来ない。

初めてだ。おれと彰子の子が、初めてこの世に生を受ける――。

そう思うたびにどうも腰のうまい据え所がなく、しばしば政務を放り出して、またしても意味もなく屋敷の中をうろうろしてしまう。

さすがにこの狂態には、彰子もかえって心配になったようだ。

「直義殿、生まれ来るは、女子かもしれませぬ。武門を継ぐべき男児ではないかもしれませぬよ」

が、直義は即答した。

「女でも男でも、どちらでも良いわさ。わしとそなたの子であることに変わりはない」

本心だった。そもそもが、とっくの昔に子供が出来ることは諦めていたのだ。それを思えば女児であっても一向に構わぬ。ゆくゆくは婿《むこ》取りという手もある。

翌貞和三年の二月になり、直義は『着帯《ちゃくたい》の儀《ぎ》』を盛大に行った。妊娠五か月目の夫人に対し、安産を願って胎児を保護する腹帯を付ける儀式である。さらには水無瀬宮《みなせぐう》や祇園《ぎおん》社などに熱心に願文を奉納して回った。

三月になり、彰子の腹はいよいよ膨らんできた。

直義はその大切な身柄を、二条京極にある吉良左京大夫の屋敷に託した。長年の盟友である吉良満義のことである。

三条坊門の直義邸は幕府の政庁ゆえに、実に多様な人種が出入りする。万が一にも彰子が風邪などを移されたら一大事だと感じていた。

「なにも、そこまで慎重になさらずとも」

と彰子は家を離れるのを嫌がったが、直義は押し切った。

「もし、そちが誰ぞから病でももらったら、わしは、その相手を殺しかねぬ」思わずそう口走った。「左京大夫の家は、目と鼻の先である。朝夕には必ず様子見に伺う」

これには彰子も苦笑し、直義の意見に従った。


六月八日、ついに彰子は直義の子を産み落とした。しかも、男児であった。

直義はこの二重の僥倖に、男泣きに泣いた。そして、すぐさま将軍家へと吉報を飛ばした。

尊氏もまた、手放しで喜んだ。

「ようやく直義に子が出来た。さらには男児で、三条足利家の家門を継ぐ正式な嫡子となる。わしは生まれてこの方、これほどの『幸い』というものを感じたことがない」

と、亀若丸を養子に出したことなど忘れたかのように狂喜した。むろん「幸い」という言葉には、これで直冬が三条足利家を継ぐことは完全にありえぬことになった、という意味も含まれているのだろう。尊氏は、直冬さえ跡継ぎにならなければ、次子の処遇など二の次でよかったようだ。

直義は、乳児に如意丸《によいまる》と名付けた。

この慶事に、三条足利家の門前は引きも切らぬ祝賀客が列をなした。光厳上皇からも祝いの勅使と駿馬が届いた。

尊氏も満面の笑みでこう言った。

「直義よ、わしに出来ることはないか。欲するものがあれば遠慮はいらぬ、言葉にしてくれ。何かしてやりたいのだ」

けれど、品物はもちろん、官位や所領も今のままで充分だった。そんな仮初《かりそめ》のものなど、これ以上欲しいとも思わない。如意丸が新たに生まれた今、おれは自分一人では抱えられぬほど幸せに満ち足りている。であれば、この過分な幸せを誰か不遇な者に分け与えるべきであった。

「されば、これを機に鎌倉の石塔親子を赦免して頂きとうござる。改めて槍働きをさせた上で上首尾にて終われば、どこぞ穏当な国の守護にしてもらえればと存じます」

尊氏は一瞬、迷ったような表情を浮かべたが、直後にはうなずいた。

「分かった。ではあの親子のことは、そちに一任する」

これら経緯を知った石塔義房と頼房の親子は、気死せんばかりに感激した。

「相州殿は、あろうことか自らの栄華と引き換えに、不肖この入道をお救い下された。まこと、我ら一門を統べるに相応しき御仁であられる」

と、顔を散々に泣き濡らしながら憲顕に語ったという。

直義は石塔親子を、新たに奥州管領に就任していた吉良貞家《さだいえ》と畠山国氏《くにうじ》の旗下に付け、まだ僅かに残っている北畠軍残党の駆逐に当たらせた。

しかし、そんな直義の喜びも長続きはしなかった。

如意丸の誕生からわずか二か月後、紀伊国で反乱が起こったのだ。幕府に公然と反旗を翻す新しい南朝勢力が、忽然と出現した。八月十日のことである。

その首領の名を聞いて、さらに直義は愕然とした。

十一年前、死を覚悟して摂津に向かった楠木正成の嫡男、正行であった。当時は正成に諭され、泣きながら河内に帰った少年も、今では二十二歳の若武者に成長していた。

正行はわずか五百人ほどの手勢ながらも、瞬く間に紀伊と和泉の一部を制圧し、河内国へと進んだ。住吉や四天王寺などに遊撃軍を繰り出し、河内南部を完全に勢力下においた。その時点で、反乱軍は倍の千人ほどに増えていた。

この間、わずかに一月足らずである。どうやら軍才も親譲りのようだった。

直義は慌ただしく反乱軍の対応に追われ始めた。そして軍事のことと言えば、かつての常勝将軍である我が兄、尊氏に相談して決めるのが一番であった。

「それがしが思うに、兵部少輔《ひょうぶしょうゆう》（細川顕氏）に鎮圧させるのが、最も穏当かと思われます」

尊氏もまた、この提案にはうなずいた。

「そうであるな。なにせ兵部少輔の領地で、反乱は起こっているのだ」

細川顕氏は、讃岐、河内、和泉三か国の守護である。これまでの戦歴にも申し分はなく、この細川軍をもって戦えば、いかに正行が戦上手であろうとも、僅か千名足らずの楠木軍など難なく捻じ伏せることが出来るだろう。

細川顕氏は早速、一族の三千騎を率いて河内へと赴いた。そして九月十七日の夕刻、藤井寺に陣を構えた。

が、敵はまだはるかな南郊に居ると思っていた顕氏は、油断をした。まさか過少な敵から先制攻撃を受けるとは思っていなかったようだ。

顕氏は全軍に夕餉を命じ、自らも鎧兜を脱いだ。兵たちもそれに倣い、甲冑を脱いで晩飯を取り始めた。

弛緩し切った状態の細川軍を、暮夜の中を忍び寄ってきた正行の軍が一気に急襲した。既に軍装を解いていた細川軍は大恐慌に陥り、北へと潰走した。

それでも河内の守護である顕氏は、さすがに同国内に踏み止まった。北東約二里にある八尾の教興寺にて軍を立て直し、十九日の昼、再び楠木軍と激突した。二度目の戦いでは、数で圧倒的に勝る細川軍が優勢に戦況を進めた。

しかし同日の夜半に、楠木軍は疲れ切った自軍を率いて二度駆けを強行した。この夜討ちに、細川軍は再び河内北部への撤退を余儀なくされた。

直義と尊氏は、思いもよらぬ連敗報告を受けて、慌てた。大量の援軍を送る必要があると思い、細川氏に次ぐ大国の持ち主である山名時氏《やまなときうじ》に、出陣要請をした。

時氏は、丹波、丹後、伯耆、隠岐の四か国の持ち主である。山名家は新田家の一族であったが、建武の新政に対する足利家の挙兵に当初から与力しており、そもそも新田家と足利家も同族だったことから、今では足利家の一門として扱われていた。こちらも戦歴には確かなものがある。

時氏も山名軍三千騎を率いて河内へと赴き、細川軍と共に共同戦線を張った。はるかな後年に「応仁の乱」を引き起こす両家の、計六千の部隊である。

けれど、細川顕氏と山名時氏は、すぐには楠木軍の本拠地である東条への攻撃を始めなかった。なにせ敵は、あの軍神・正成の子である。しかも相当な戦上手だということも、二度の戦いで既に証明済みであった。慎重に慎重を期すあまり、河内の最北端に留まったまま、とうとう一か月以上も手を出さなかった。

膨大な兵を擁しているにもかかわらず両名の情けない腰の引け方には、直義もついに業を煮やした。尊氏も同様で、

「ともかくもすぐに攻めよ。手をこまねいていればいるほど、反乱軍に与する者が多くなるのは戦の常である。この当たり前のことが、分からぬのかっ」

と叱咤の早馬を飛ばした。こういう部分の勘所は、さすがに無数の合戦を経てきた兄であった。戦況の流れを常に息をするように先読みしている。事実、楠木軍は二千名近くに膨らみつつあるという報告もあった。徒に時を置けば、さらに敵方の数は多くなっていくだろう。

かくして十一月二十六日、ようやく幕府軍は渋々と南進を始めた。途中から西隣の摂津へと出て、山名時氏は住吉に、細川顕氏はその北に位置する四天王寺へと軍を進めた。

ここを、河内から北進して来た楠木軍が襲った。

五つの部隊に分かれて迫ってくる楠木軍に対して、時氏は負けじと軍を散開させた。

しかし、その様子を遠望した正行は、恐るべき柔軟性を発揮した。進軍しながらも軍を一まとまりに編成し直し、

散らばった山名軍を個別に撃破していった。時氏は瞬く間に兼義《かねよし》以下三人の弟を討ち取られ、細川軍の控える四天王寺へと撤退し始めた。両軍の力を併せれば、なんとかこの劣勢を持ち直せるのではという判断だった。

が、細川軍は退却してくる山名軍と、その背後から一塊になって迫りくる楠木軍を見て、恐慌をきたした。こんなにあっけなく山名軍が崩れるとは思っていなかったようだ。さらには過日の連敗もある。束の間応戦はしてみたものの、兵気で劣る細川軍は敵の勢いに押しに押された。挙句、ほとんど戦いという戦いもせぬまま、北方へと遁走し始めた。

一方の山名時氏は、しばし戦線に踏みとどまっていた。が、ついに自身と嫡男の師義《もろよし》が深手を負うほどに壊滅寸前の状況に陥り、こちらもまた総退却を決意した。

逃げ惑う細川軍と山名軍に、正行は激しい追い打ちをかけた。北方の渡辺橋まで追い詰め、我先へと橋を渡ろうとした幕府軍の多くを川の流れに叩き込んだ。こうしてわずか一日で、幕府軍はほぼ壊滅した。

幕閣はこの大敗の報に触れ、大いに震撼した。圧倒的な軍勢をもってしても、『平場の懸』であっさりと負けたのだ。このような力押しでの敗戦は、楠木正成の時にも喫したことがなかった。正行は、あるいは親以上の軍才の持ち主であるのかも知れぬと怖気を震った。

一方、ろくに戦いもせずに京まで逃げ帰った細川顕氏に、尊氏はかつてないほどに激怒した。

「友軍を助けもせず、おめおめと京まで逃げ帰るとは何事ぞっ。この不覚悟には追って沙汰を下す。よく料簡せよっ」

と、顕氏を激しく叱責した。

直義もまったくの同感だった。山名時氏のように懸命に戦って負けたのなら仕方がない。けれど、ほぼ矛も交えずに逃げ帰るとは、武士の風上にも置けぬ。

と同時に、やはり肝心な時には、建武の頃から第一線で戦いを主導してきた武士しかモノの役には立たぬのではないか、と感じた。自家の存亡を賭して、先の朝廷を滅ぼそうと立ち上がった者たちである。幕府樹立以後に二代目を継いだ棟梁とは、そもそも性根の据わり方が違う。

しかし先代の細川和氏や上杉憲房は既に世に亡く、北朝の軍神と謳われた赤松円心も齢七十を超し、近年ではとみに足腰が衰えてきている。もはや幕府軍の総大将を任せられるような体力はない。一門の戦巧者な者たちは各地に散らばっており、すぐに任地を離れるわけにもいかない。

……実は、総大将には最適任の者がもう一人残っている。

直義はこれまで一度も、その名を口にしてこなかった。

当然ながら、師直だ。師直と師泰という兄弟の技量をもってすれば、正行にも十二分に対抗しうるであろう。

尊氏もまた、その名を口にした。

「かくなる上は、師直と師泰を総大将として派遣するよりないかと思うが、おまえはどう思うか」

束の間、直義は躊躇した。これ以上、師直の幕閣への影響力を強めてはならない。勝てば、いよいよ声望は騰がる。ましてや軍事権を一任するなど、師直に付いている在野の武士たちを、今後さらに勢い付かせることになる。

足利幕府は吉野の南朝を滅ぼすまでは、あくまでも一門の総意によってのみ、着実に運営されるべきである。他武門の意見を慮ろうとする師直に政権運営を左右されては、ただでさえ脆弱な幕府の基盤がいよいよ危うくなる。

しかし、今やそんな柳営の事情より、目前に迫り来る敵を滅ぼすことがはるかに重要であることは自明であった。

だから直後には、尊氏の提案を呑んだ。そして一旦呑むと決めた以上は、師直と師泰の持つ軍事力を全面的に補強すべきであった。

直義は尊氏とも相談して、細川顕氏を河内、和泉の守護職から罷免し、師泰へと与えた。さらに土佐の守護職も、顕氏の弟・皇海《こうかい》から、師直の従兄弟である定信《さだのぶ》とした。

これにて高一族は、それまでの師直の武蔵、上総、師泰の尾張、師兼の三河、師冬の伊賀、大高重成の若狭を加えて、九か国もの軍事指揮権を握った。主筋である尊氏と直義二人分の軍事力をはるかに上回り、日本最大かつ最強の武門に躍り出た。

むろん、一族の総帥である師直が、大いに奮い立ったことは言うまでもない。

「それがし、殿と相州殿のご期待に応えるべく、直ちに戦仕度へと移りまする」

師泰もまた、鼻息荒く感動の声を上げた。

「これほどの兵を動かす立場を与えられたこと、我が一身の限りない栄誉にて、必ずや楠木軍を殲滅してみせまする」

それは当然そうなるだろう、と直義も感じたものだ。

なにせ、高一族の畿内支配下の武士たちを急募するだけでも、軽く一万は超す。さらに近隣の御家人を徴募すれば、軍勢は最低でも三万には膨らむ。楠木軍も今や三千ほどになっているとはいえ、十倍以上だ。いくら師直が九年ぶり、師泰が七年ぶりの出陣とはいえ、これほどの兵力差はまず覆せない。むろん師直もそう見積もっているようで、

「楠木軍を一蹴した暁には、その勢いを持ち、吉野の行宮をも降伏させてみせまする所存」

と、再び力強く意気込みを述べた。

十二月十四日、まずは師泰が高一族の中核三千騎を率いて京を出陣した。続いて二十六日、師直が七千の本軍を率いて師泰の後を追った。山城の南郊へと進むうちに、さらに佐々木道誉など畿内の御家人、今河、細川らの足利一門が合流していき、総軍勢は四万に膨らんだ。

年を越した貞和四年の一月二日、高兄弟は石清水八幡宮から淀へと南進し、師泰は和泉堺浦に、師直は河内四条畷へとそれぞれ本陣を置いた。

兵数で劣る楠木正行は、個別作戦に出た。旗下の兵三千と、紀伊と和泉から密かに掻き集めていた野伏の陽動隊二万を使い、四条畷の師直軍のみを急襲した。狙っていたのは、幕府軍の総大将である師直の首だけだった。その首級さえ上げれば、刺し違えてもいいと考えていたようだ。

楠木軍の猛攻に、一時は師直も窮地に陥った。

この総大将の危機に、身を挺して師直を守った者がいる。家臣の上山高元《かみやまたかもと》という男で、彼は正行の総攻撃寸前に、本陣を平服で訪ねて来ていた。近くにあった師直の予備の甲冑を慌てて付けていると、師直の近習がこれを見咎めた。

「殿の鎧を無断で付けるとは何事ぞ」

これには上山もむっとし、傲然と言い放った。

「一時拝借するだけじゃ。殿は殿で、もう一体の甲冑をお付けである」

いかにも剛毅な荒武者を好んだ師直の重臣らしい。

急ぎ本陣に戻ってきた師直は、二人の言い争いを見た。戦中での愚劣な口喧嘩に怒りもせず、軽く笑った。

「六郎左衛門（上山）は、わしのために槍働きをせんとする者である。鎧の一領如き、喜んで呉れてやる」

やはり師直には、武者の心意気というものが分かっている。もし謹直な直義ならば、咄嗟にこういう言葉は出てこなかっただろう。果たして上山は感激した。

「さればこそ、我が殿であられる」

直後、楠木軍が師直の首を目指して本陣に突撃して来た。上山は師直を逃がすために機転を利かせ、

「わしが武蔵守である。心得のある者は、いざ挑まん」

と大音声を上げた。我が身に敵を集中させ、しばし身代わりとなって奮戦した後、討ち死にした。

師直は九死に一生を得た。楠木軍の波状攻撃にじりじりと後退しながらも、我慢強く応戦を続けた。

やがて陽が傾きかけた頃、飯盛山《いいもりやま》の味方が野伏の集団を蹴散らして、楠木軍の後方へと回った。正行は南北から挟撃された。それでも一切の怯みを見せず、なおも師直の本

陣へと何度も斬り込みを仕掛けた。しかし夕刻には、周囲を幾重にも師直軍に囲まれていた。既に旗下の兵は刀折れ矢も尽き、百ほどにまで激減してもいた。

正行は吐息を洩らし、

「もはや、これまでである」

と、弟の正時《まさとき》と刺し違えて自決した。

正行は、もとより自らの死は覚悟していた。前年の末、吉野で先帝を祀っている如意輪寺《にょいりんじ》の板壁に、辞世の句を残していた。

「帰らじと　かねて思えば梓弓《あずさゆみ》　無き数に入る名をぞ留むる」

梓弓の矢が二度と帰って来ぬように、自分も吉野に戻って来ることはないだろう。だからここに、世間的には無名ながらも我が名をとどめておく、というほどの意味だ。

この辞世の歌を知った時、直義は敵ながらも何とも言えぬ思いに襲われた。楠木親子は長い雌伏《しふく》の時を経て、忽然と歴史の表舞台に姿を現し、共に壮絶な死に様を選んだ。

師直は戦勝の勢いに乗り、京での宣言通りに吉野へと向かった。そして十五日、大和国平田荘にて南朝との講和交渉を持った。これは尊氏の希望であった。相変わらず先帝と約束した両統迭立を律義に守ろうとしていた。しかし二十日、交渉は決裂し、師直軍は再び南進を始めた。

二十四日、吉野に進軍した時には、既に後村上天皇以下の公卿たちは、奥地の賀名生に退いた後であった。無人の吉野に侵入した高軍は、行宮や蔵王堂など南朝勢力が拠っていた全ての建物を焼き払った。

一方の師泰は和泉堺浦から河内石川河原へと進み、新守護として国内の南朝勢力の掃討戦に努めた。敵の拠点となることを防ぐために叡福寺の聖徳太子廟を焼き、楠木残党の拠点である金剛山や旧上赤坂城周辺の攻略に移った。

その師泰軍を河内に駐留させたまま、師直軍は二月十三日、京へと凱旋した。

以降、市中での師直の武名は騰がりに騰がった。

なにせ細川軍や山名軍でも歯が立たなかった楠木正行をわずか一日で破り、続けざまに南朝の拠点である吉野を壊滅させたのだ。さらには弟の師泰により、河内と和泉の完全なる制圧も進みつつある。

「さすがに武蔵守殿は、百戦錬磨のお方であられる。頼もしい限りである」

という声が、幕内でもしきりに囁かれるようになった。

直義はこの評判に関しては終始口をつぐんでいたが、内心では相当に複雑であった。おそらくはこれより、師直の発言権は幕閣で否応もなく増していく。畿内武士たちの意見も、さらに師直が吸い上げていくだろう。けれど、自分たち兄弟が軍を率いさせた結果だった。だから先々での不安を感じながらも無言を貫いた。

　もっとも、高一族がもたらした一時の平穏も、長くは続かなかった。河内、和泉、大和で生き残った南朝勢が紀伊国へと落ち延び、地元の豪族らと共に再び蜂起したのだ。

　その勢いは日を追うにつれて盛んになり、ついに紀伊全土へと広がった。反乱軍は二万とも三万とも言い、守護である畠山国清の軍勢だけでは鎮圧が出来ない状況となった。

　幕内では、

「今度も、武蔵守殿を派遣されるのが穏当ではないか」

　という意見が多く、尊氏も賛同しかけたが、実質的な幕閣の長である直義は、当然首を振った。

「では、誰を討伐軍の総大将に任ぜよと言うのか」

　そう問いかけてきた兄に対し、直義はかねて思っていたことを口にした。

「兄上の長子でもあり、今はそれがしの子でもありまする直冬でござる。もはや二十二歳と立派な若武者に育っており、それがしの見るところ、その将器も十二分に備えているように思えまする」

　案の定、尊氏は大いに顔をしかめ、早口で言った。

「わしは反対である。やはり師直である」

「されど師直は既に五十間際にて、我ら兄弟も、もう四十をとうに超してござる」

　そうだ。師直は四十九、尊氏は今年四十四で、自分も四十二になる。

　直義はこの頃になると、叩いても叩いてもしぶとく復活してくる南朝との戦いが長期戦になることを、半ばは覚悟し始めていた。

　自分たちがまだ元気でよく目が届くうちに、足利宗家の次代の血筋から、誰かを実戦に強い武将として育てておく必要がある。義詮も既に十九歳になっているが、いかんせん関東と越後の平定が完全に終らぬ限りは、鎌倉を離れられないだろう。それに次代の将軍を、勝つか負けるか分からぬ戦に向かわせて、初陣で武名に傷を付けるわけにはいかない。亀若丸は九歳で、これに兵を率いて行けるはずがない。生まれて二歳にしかならぬ我が子など、論外だ。

　となると、残るは尊氏と自分の子でもある直冬を措いてない――。

　それら敵味方の現状と先々を理を尽くして説明し、しまいにはこう言った。

「兄者、そろそろここら辺りで御料簡なさりませ。今、我らに使える手駒としてあるのは、直冬しかおりませぬ」

それでも尊氏は、いい顔をしなかった。

何故だろう、と常々不思議に感じる。他人に対しては全く好き嫌いを面に出さぬ尊氏は、こと直冬のことに関してだけは、嫌悪感を剝き出しにする。

「兄上は、将軍たる者は人の差配には公平であらなければならぬ、と常々申されております。よくよく胸に手を当ててご思案なさりませ」

さすがにこれには尊氏も、返すべき言葉を持たなかった。

結局、直義は押し切った。紀伊討伐軍の総大将を直冬と決め、光厳上皇から院宣を下してもらい、二十を超えても無位無官のままだったこの若者を、従四位下、左兵衛佐《さひょうえのすけ》とした。まずは総大将に相応しい官位を授けた。

その上でこの総大将の旗下で戦う御家人たちを、直義自ら膨大な軍事督促状を書き連ね、諸国より徴募した。

……おれと彰子の間に如意丸が生まれた今、直冬が足利三条家を継ぐ目は完全になくなった。しかし、たとえ血が繫がっていなくとも、直冬もまた、十年以上も同じ屋根の下で生活を共にした、わしと彰子の大切な子である。

これで、長らく我が家で不遇を託ってきた直冬が、ようやく日の目を見る——。

そう軍事督促状を書きながら、感慨深く感じたものだ。

当然ながらこれらの処置に、直冬は激しく感動した。そして目尻に涙を滲ませながら、こう口を開いた。

「実はそれがし、このまま世に出られぬことを半ばは覚悟しておりました。さりとて足利三条家の家格からは、どこその他家に下って仕えるのもなかなかに難しく、もはや僧侶に戻るしかないのかと、時おり感じておりました……」

初めて吐露された直冬の苦悩に、彰子も落涙した。が、直冬はその母の膝にそっと手を置き、こう宣言した。

「父上の御恩、母上のこれまでの労《いたわ》りに応えるためにも我が命を賭して、必ずや華々しい戦果を挙げて見せまする」

この言葉に、彰子がひどく心配そうに言った。

「されど、何事も命あってのことでありまするよ」

なんの、と直冬はここで初めて晴れやかな笑みを見せた。

「これ元は、実父も知らずに育った寺の喝食に過ぎませぬ。そのような身上の命など、なくてそもそもでござる」

そう、悲惨な過去をさらりと割り切ってみせた。これには彰子も嗚咽の声まで洩らし始めた。

しかし直義は、それでこそ武士である、と直冬の器量をさらに確信した。

真の武士とは、修羅道に生きる覚悟が出来た者のことを言う。何かを得るためには、何かを捨てる。平然と我が命を懸け物に出来る大将に率いられてこそ、成るものも成る。

それは、あの多々良浜での戦いの時に、我が身をもって悟ったことでもある。さればこそ、この直冬に率いられる討伐軍の勝利は、ほぼ間違いないと感じた。

五月二十八日、直冬は足利三条家の郎党を引き連れて、まずは東寺へ仮陣を置いた。そして諸国から集まってきた御家人約一万騎を率い、六月十八日に改めて京を出陣した。その兵の指揮の執り方、兵団の編成の仕方は、傍から見守っていた直義にも、とても初陣の大将の差配とは思えない鮮やかなものだった。やはり自分の見立てに間違いはなかったと、直義はますます満足の念を覚えた。

果たして紀伊国に進軍した直冬軍は、所詮は烏合の衆とはいえ数倍する敵を、各地で虱潰しに蹴散らしていった。その期間は三月もの長きに及んだ。特に八月八日と九日の合戦では、残る兵力を総ざらいしてきた南朝勢との激しい消耗戦となった。当然のように味方にもかなりの損傷が出たが、直冬は微塵も怯まず、

「かかれっ。今、苦しいのは敵も同じぞ。戦とは熱き湯に入るが如し。敵味方とも同数ならば、最後まで湯船に尻を浸け、我慢した側が勝つ」

と、兵たちを諧謔《かいぎゃく》の滲む言葉で叱咤したという。これには苦境に陥っていた御家人たちもかえって気楽になり、ついには笑い出した。

「そうか。我らは今、風呂に入っているのじゃな。ならば多少ひりつこうとも、命に別状はあるまい」

と、当初の勢いを取り戻した。結果、この合戦で紀伊国での大勢が決した。

それらの経緯を、直冬軍の友軍に回っていた畠山清国の文にて知った。その末尾には、

「さすがに大御所殿の血を受け、かつ相州殿の薫陶を受けた左兵衛佐殿であられる」

と直冬のことを激賞してあった。

けれど直義はむろん、尊氏にもそんな諧謔味は普段から皆無だったから、喜びつつもひどく妙な気分になった。

これは直冬独自の才能であり、器量である、と戸惑った。いったい誰の血であるのか、と……。

彰子はこの逸話を聞き、珍しく声を出して笑った。

「別に誰の子でもよろしゅうございます。直冬殿は心身ともに、ようやく自らの我を立てられたのですから」

と、ひどく弾んだ声を上げた。

九月二十八日、紀伊国を制圧した直冬軍は、京へと凱旋

した。

尊氏は、将軍家への直冬の出仕を、しぶしぶながら初めて許した。当然だ。将軍として労いの言葉を臣下にかける儀式は、絶対に外せない職務だった。

が、頬を軽く紅潮させて平伏した直冬に、

「左兵衛佐、此度の戦は、大儀であった」

と、直冬の名を呼ぶこともなく、素っ気なく一言述べただけであった。そして直冬が改めて顔を上げた時には、既に上段からそそくさと逃げ去った後だった。

このやり様には脇に侍っていた直義も怒り心頭に発したが、直後に直冬が洩らした一言に、一気に冷水をかけられたような気分になった。

「おのれ。亡き母に種を仕込みながら、己《おの》が気持ちの尻拭いすら未だ出来ぬのか――」

聞き違いではない。確かに直冬は尊氏のことを、そう吐き捨てた。

これ以降、直冬は二度と言葉に出すことこそなかったが、時おりの表情や仕草に、尊氏への憎悪がはっきりと滲むようになった。直冬はその意味でも、明らかに新たな我を立てて始めていた。

冷淡だったのは、なにも尊氏だけに限らなかった。在京の一族の者、例えば細川顕氏や仁木義長らも、この凱旋将軍に空々しい態度をとった。顕氏の場合は自らが討伐に失敗したこともあり、妬心《としん》もあったのかも知れない。

さらにはこれら一門の者以上に、冷ややかな態度をとった者が二人いる。むろん、赤橋登子と師直だ。

登子は直冬の戦勝を甚だしく不快に思い、周囲の侍女たちに当たり散らしているという噂がしきりと聞こえてきた。

師直は師直で、そもそも直冬の抜擢を自らのあずかり知らぬところで勝手に決められていたから、当然この勝利を喜ばず、むしろ直冬が義詮の地位をいよいよ脅かす存在になったと、高一族の者に盛んに言い散らしているらしかった。それは遥かなる過日、決して直冬には宗家は継がせぬと約束した直義への、軽い侮辱でもあった。

くそ。

どいつもこいつも、まったく蟻ほどの度量もない。くだらぬ奴らだ、と今度こそ腸《はらわた》が煮えくり返る思いだった。

と同時に、もはやここまでだ、とも寂しくも感じた。

いくら直義以下の三条足利家の郎党たちが直冬を盛り立てようとしても、他の足利一族からこれほど疎まれている以上、もはや直冬にこの京での先々はない……。

直義は数か月思い悩んだ挙句、翌貞和五年の正月に将軍家へ参賀に赴いた時、尊氏にある提案をした。

実はあの九月以降、幾度か兄には会っていたが、尊氏から直冬への恩賞宛行の話が出てくることは一切なかった。直に尋ねても、芳しからぬ曖昧な答えが返って来るのみだった。そのことも鑑みて、このように話を持ち掛けた。

「実は、直冬のことでござる――」

そう切り出すと、早くも尊氏は嫌そうな顔をした。

その背後には以前のように、いつの間にか師直が控えるようになっていた。いや……いつの間にかではない。やはり昨年九月の凱旋以降だ。おそらくは尊氏が戻した。

その師直を視界の隅に留めながら、直義は言った。

「それがし、直冬を京からどこぞへと赴任させたく思っております」

すると尊氏は途端に愁眉を開き、前のめりになった。

「どこぞとは、どこぞ?」

と、早速に食いついてきた。内心、変わり身の早さにげんなりとしながらも、さらに言葉を続けた。

「思うに、直冬には瀬戸内から西海にかけての守りを固めさせとうござります。かつて鎌倉得宗家の頃、長門探題というものがあり申した。その探題の長に直冬を任じ、近隣の山陽道、山陰道を管轄させとうござります」

分かっている。尊氏はもちろん師直も、ゆくゆく義詮が次期将軍として上洛して来るまでに、なんとかして直冬という邪魔者を、京から追い払いたいと思っている。なるべく力を与えぬまま厄介払いをし、義詮ただ一人の権威と立場を事前に盤石なものにするべく、思案し続けている。

同時にこの案ならば、ただでさえ懐具合の苦しい幕府から、尊氏は直冬に恩賞を出さずともすむ。

直冬は中国地方の守護たちの上に、あくまでも監督者として乗っかるだけだからだ。直冬には緊急時の軍事指揮権はあれども、自分の領土というものがない。兄と師直にしてみれば、この時点で既に脅威ではない。むろん、やがては天下を統べる義詮の敵でもない――。

案の定、尊氏は喜色を浮かべてそわそわと落ち着かぬ様子になり、傍らを見た。

「師直よ、おぬしはどう思う」

「左様ですな――」

そう師直は呟き、一瞬直義のほうを見てきた。が、目が合うか合わないかのうちに、素早く尊氏に再び向き直った。

「それがしには相州殿のおっしゃられること、よろしき次第かと思われます」

そうか、と尊氏はうなずいた。そして直義のほうを向いた。「では直義よ、良き頃合いを見て、直冬へと話を持ち掛けよ。きっとこの栄誉に喜ぶであろう。中国筋の守護たちともよくよく話し合い、準備が整ったところで直冬を下向させよ」

嵌《はま》った、と感じつつも、直義は神妙に頭を下げた。

三条坊門へと帰り、もう一度熟考を重ね、二月ほどをかけて山陽道と山陰道の守護たちと話し合いを持った。

その上で、直冬に話を切り出した。ただし、今度は自らの真意をより詳細に、そして正直に語った。

「やがては鎌倉の義詮が、次期将軍として上洛してくる。その時、この京にてそちに味方する者は、気の毒だが我が家門と畠山紀伊守（国清）、上杉家くらいなもので、他の一門の者はすべて義詮側に付くだろう。特に師直と兄上の奥がいる将軍家は、その急先鋒である。となると、あの二人にごく近い我が兄は、残念ながらもともと定見のないお人柄である。どう迂闊に神輿に載せられぬとも限らぬ。わしも万一の時は、おまえを守り切れぬかも知れぬ」

あまりの内容に、直冬は呆然として聞き入っている。それでも直義は構わず、先々での見通しを一気に語った。

「そこで、おまえが任じられる長門探題である。ありていに申す。少なくとも今は、何の権限も封土もない虚職である。されど、既に備中、備後、安芸、周防、長門、出雲、伯耆、因幡の守護からは、昨年のおまえの武名を聞き及び、旗下に付くと申し出があった。計八か国である。直冬よ、あとはおまえ次第である。その器量をもって彼ら守護たちを完全に心服させよ。もし、わし亡きあとに京の義詮から攻められるようなことがあっても、八か国もの守護たちを味方に付けていれば、なんとか凌ぐことが出来よう。特に山陽道筋は交易が盛んで、物成《ものな》りも豊かである。兵を数多養うに足る。繰り返す。おまえの骨柄ならば、なんとかなる。どうだ、直冬」

直後、直冬は双眼から夥しく涙を溢れさせた。

それはそうだろう、と直義も思わず涙ぐみそうになる。紀伊で華々しい戦功を上げたにもかかわらず、こうして封土も貰えずに、虚職と共に京から追いやられる。あまりといえばあまりの扱いではないか。そしてそれを決めたのは、このおれだ。

「無残だと思うか。されど、許せ。おまえの今後を守るには、このようなやり方しか思いつかなかった」

そう最後に言うと、意外にも直冬は激しく首を振った。

「違いまする。それがしが哭くは、父上の真心に打たれたがゆえにござる。誠に有難く、その心労を思うだに、ただただ泣けて参りまする」

彰子も、これが今生の別れになるかも知れぬと、大粒の涙を零した。


四月十一日、直冬は京を発した。

まだしも幸いだったのは、長門探題の長として、多くの評定衆、奉行衆を従えての出立だったことだ。直冬の下向に、一転して気を良くした尊氏からの贐だった。

直冬の一行は瀬戸内を海路西方へと進んでいき、備後は鞆の津の沖に浮かぶ大可島の古城に、探題の拠点を据えた。


直冬が備後へと去った後、直義は急に気抜けがした。

心のどこかにぽっかりと穴が空いたようで、一人で政務を執っている時など、知らぬうちに筆が止まっている。

彰子もそうだ。十歳の亀若丸や三歳の如意丸の相手をしている最中ですら、ふと放心したような顔つきをすることがある。大丈夫か、と気遣いの言葉をかけると、

「仕方がありませぬ。十年以上も一緒に暮らしたのです。知らぬ間に、我らの一部となっておりましたゆえ」

「そうだな」

「あの子は、西海で上手くやれているのでしょうか」

「大丈夫だろう。紀伊ではあれほどの力量を見せたのだ。きっと、うまくやり始めている」

逆に、彰子が直義の激務を心配する時もあった。

「また大休寺にでも赴かれ、少し気を紛らわされては如何ですか」

一条戻橋にある大休寺は、数年前に直義が建て、妙吉侍《みょうきつじ》者《しゃ》という禅僧を開祖とした。随分と以前に、夢窓疎石から同門として紹介された僧だ。直義はこの妙吉侍者にも臨済禅の教えを学ぶうちに、疎石に対するのと同様、熱心な帰依者となった。

妙吉は政治向きの故事にも詳しかった。いつしか政道の指針のこともしばしば相談するようになっていた。

しかし、この時の直義は首を振った。

ちょうど今日は、石塔頼房を新たなる守護に任ずる手続きがあった。石塔親子は四年前、尊氏の怒りに触れて失脚したにもかかわらず、吉良貞家と畠山国氏という二人の奥州管領の旗下で再び懸命に働いてきた。彼らの働きに報いるため、子の頼房を伊勢・志摩の守護とすることを、兄の許可を経て決めたばかりだった。

その手続きを終えた後、ふう、と一つため息をついた。

この伊勢志摩の地を所領とするだけでも、一苦労だった。

なにせ幕府の開闢以来、足利家は吉野との絶え間ない戦いに追われてきた。槍働きで敵を倒した御家人は数知れず、しかも同一人物が何度も違う戦場に出ている。彼らは戦勝の度に恩賞を無心してくるが、与える土地はとうの昔に払底していた。だから頻繁に守護職の入れ替えや封土の差し替えを行って、増えた分だけ加増を行っていた。しかし、それらの辻褄《つじつま》合わせすらもそろそろ限界であった。

今年の二月、勅撰集『風雅和歌集』が世に出た。

「しづかなる　よはの寝覚《ねざめ》に世の中の　人のうれへを思ふ苦しさ」

という自分の歌も載っている。

むろん、度重なる戦禍で被害を受けた民の嘆きや悲しみを常に憂いていたからでもあるが、同時に、ふと目覚めた夜半などには、自分が不利な裁定を下した御家人たちの無念さを思い、しばしば自責の念にも駆られていた。

そんなことを思い出しながら文机の上を片付け始めていた時、郎党から案内を受けて、上杉重能と畠山直宗が政務室へ入ってきた。

まずは従兄弟の重能が口を開いた。

「実は、武蔵守のことである――」

そう前置きをして、師直の日頃の行状を訴えてきた。

曰く、師直は自分たち二人と政務で意見が異なった時、特に御家人たちへの裁定では半ば横車を押すようにして、強引に自らの意見を通そうとする。同じ内談方の重能や朝定をあからさまに下に見ており、これでは公平な判決を下せぬというのだ。直宗もまた、こう言った。

「武蔵守殿は相変わらず、特定の武門に肩入れした裁定を下されることが多うござる。特に昨年の四条畷や吉野の戦いで自らの旗下だった武士たちには、紀伊討伐での左兵衛佐（直冬）殿の配下の御家人たちより、明らかに優遇した恩賞を出し続けておられる」

しかし直義にはその話を聞き、自分なりに思うところがあった。

悲しいかな重能と直宗は、建武の当時以降は、まったく合戦へと出ていない。朝定に至っては当時まだ十代前半だったから、実戦経験はほぼ皆無だ。となると恩賞問題では、合戦では彼等よりはるかに活躍してきており、昨年にも多大なる功があった師直の意見が強くなるのは当然だった。

認めるのは癪だが、世の武士たちが命懸けで戦うのは一にも二にも恩賞を得るためだということを、師直ほど骨の髄から理解している者はいない。足利幕府の安泰のために戦う一門の者とは違う。徹頭徹尾、欲得ずくで動いている。

さらに言えば、四条畷と吉野での合戦は、紀伊での戦いよりも先に起こっている。師直に付き従った武士たちの恩賞問題が優先されるのは、致し方のないことであった。

実は直義は以前から、師直の出した沙汰書を時おり書庫で密かに読み直していた。どこぞで横暴な裁定を下してはおらぬかと、常に目を光らせていた。だが、公文書に目を通しても、明らかな越権行為はどこにも見られなかった。

そのことを目の前の二人にも説き、だからこの程度のことでは師直を責めることは出来ぬと伝えた。

重能と直宗はひどく不満げな顔をしながらも、結局は引き下がった。

けれども、それから一月ほどが経った六月下旬のことだ。大休寺を訪れた際、妙吉から驚くべき話を聞かされた。

「実は、柳営の武蔵守殿のことでござるが……」

そう、言いにくそうに妙吉は切り出してきた。聞けば、京周辺の神社仏閣は、師直の強引なやり様に対して甚だ不満を募らせ、今や爆発寸前であるという。

束の間、直義はその意味が分からなかった。少なくとも師直は、公文書を見る限りにおいては、内談方で格別に偏《かたよ》った裁定は行っていない。

それについて、妙吉はこう答えた。

「上辺では、そうでござる。されど内実は違いまする」

聞けば師直は、幕府から過少な恩賞しかもらえなかった御家人たちを盛んに気の毒がり、

「それほど家政が逼迫しているのならば、寺や社《やしろ》の荘園を多少なりとも拝借してはどうか。どうせこの世には何の役にも立たぬ、木と金《かね》箔で出来た神仏などを崇め奉っている者どもである。宮司や僧たちも、その殆んどが無為徒食の奴輩であるから、何の遠慮がいろうか」

と、以前から嘯《うそぶ》いているという話だった。

それでも幕閣の長である直義に露見し、その怒りの鉄槌を下されることをひたすらに恐れている御家人に対しては、

「わしが裁定を下した寺社の領内で行えばよい。すると彼らは、まずわしに苦情を持ち込んでくる。その時は所領を元に戻さざるを得ぬが、少なくともそれまでは年貢の実入りがある。それを、場所と時を変えて繰り返せばよい」

と、さらにけしかけるようなことを言っているという。

が、まだ半信半疑だった直義に、妙吉はいくつかの文を持ち出してきた。延暦寺の別院や下鴨神社の支社、東福寺などから届けられた妙吉への手紙だ。

その文の一つを読んでいる途中で、思わず直義は呻いた。

「なんだ、これは――」

曰く、我らには三条の足利殿とは直に交渉を持つ場がない。故に懇意である貴僧から、是非にも相州殿の耳に入れてもらえぬか、という内容だった。

これら懇願状すべてに目を通すにあたり、ようやく直義は妙吉の言葉を信じた。信じざるを得なかった。

直後から師直に、かつてないほどの怒りを覚え始めた。

あの男は足利幕府の樹立当初、御家人たちの権益を確保するために、盛んに寺社に対して不利な裁定を行っていた。

それが元で直義は、師直を引付方の頭人から解任した。その時に解任の理由を、理を尽くして説明したつもりだ。

吉野に南朝がある限り、我らは京に本拠を据えざるを得ず、だからこそ古来より王城の主であった神社仏閣とは、今後も協調体制を取らざるを得ぬ、と。

師直もその道理には納得して、勇退したはずではなかったか。そして、そのことを今も弁《わきま》えてくれていると思っていたからこそ、師直を内談方に復帰させた部分もあった。

なのにあいつは、このおれの信頼を裏切った。そればかりか、こんな姑息な手段を弄しておれの目を欺き続けてきた。道理で、公文書に目を通しても分からなかったわけだ。

直義は怒りに塗れたまま、三条邸へと戻った。

そしてすぐに重能と直宗を呼び出し、

「あの時、そなたらの意見をもう少し気に留めておくべきだった」

と言いつつ、師直が唆《そそのか》していた悪事を、手紙の内容と共にぶちまけた。

すると一瞬、重能と直宗は互いに視線をかわした。少なくともそんな気がしたが、直後に重能が発した言葉に、再び思考を奪われた。

「で、直義殿は武蔵守をどうなさるおつもりか」

「どうするも——」と、つい言葉に詰まった。「……このまま師直を放っておけば、さらに寺社からの反感をくらう。再び楠木殿のような者が出てきた際には、いつぞやの比叡や興福寺のように南朝に与する者たちが出てくるだろう。この京は再びの混乱に陥いる」

これには二人ともうなずいた。そうこうするうちに、直義もようやく考えがまとまって来た。

これで、いったい何度目か……。

柳営を無視して執事施行状を出し続け、自分の股肱《ここう》である上杉憲顕を一時は更迭し、将軍家を操って直冬を何度も貶めようとした。挙句、むざむざと直冬を西海へと去らせることとなった。

その都度に、師直に持ち続けてきた信頼と厚意は、大きく削られてきた。

怒りという以前に、悲しかった。辛くもあった。あいつにもそんなおれの気持ちは、充分に分かっていたはずだ。

にもかかわらず、今度はこの所業だった。

あの男を野放しにしておけば、幕府の屋台骨はいよいよ揺らいでいく。師直一人のために、一門が死を賭して作り上げたこの統治機構も式目もなし崩しになっていく——。

事ここに至り、直義はようやく厳しい処断を決めた。

「かくなる上は、師直を只人に落とすしかない。内談方頭人の解任はむろん、将軍家の執事からも降りてもらう」

そこまでせねば、師直の畿内武士団への影響力も削ぐことは出来ぬ。これしかない。

重能が声を潜めて言った。

「されど、いかにしてそれを為すのだ」

「師直をこの三条坊門へと呼び出し、捕縛する。所領と官位のすべて取り上げ、遠国へと流す。嫌がろうとも抵抗しようとも、刃を突き付けてでも強引に呑ませる」

それでも万事に慎重な重能は首を捻った。

「しかし、あの武蔵守である。甘んじて処分を受けるとは到底思えぬ。かえって暴れ出し、我らが返り討ちにされる場合もあるかと思うが……」

そう改めて問われ、直義は束の間躊躇した。確かにそうだ。師直は幾度も戦乱を掻い潜ってきた百戦錬磨の古強者だ。伴って来る郎党たちも同様で、荒武者揃いである。

くそ——。

さらに断腸の思いで、もう一歩踏み込んだ。

「拒むようなら、仕方がない。その場で斬らざるを得ぬ」

分かる。自分でも声が明らかに震えていた。

この最終決断に、二人はようやく大きくうなずいた。

そこから直ちに師直の捕縛準備の計画へと移った。幕閣の奉行人である斎藤季基《さいとうすえもと》、粟飯原清胤《あいはらきよたね》、宍戸朝重《ししどともしげ》、そして高《こう》一族ではあるが直義派の大高重成らを集めて事の次第を説明した後、段取りを煮詰めた。

決行日は翌閏六月の一日と決まった。重能を始めとした奉行人と直義の郎党から選りすぐりの百名ほどを、この三条家に潜ませることとした。

最後に、大高重成が言った。

「もし武蔵守殿を斬らざるを得なくなった場合は、それがしが仕りましょう。同門の者に首を討たれるならば、まだしも武蔵守殿は納得なされましょう」

宍戸朝重も、それに和した。

「では、その時の介添えは、拙者が務めまする」

直義は、この謀略を尊氏には知らせなかった。

家臣をひどく大切にする兄は、このように強引な手法は絶対に許さない。ましてやその相手が師直で、手討ちにする可能性があるとなれば、なおさらだった。

が、この密計がよりによって一日の当日、師直の一行が三条坊門に到着した直後に露見した。

おのれ……。

7

師直は今、一条今出川の自宅で憤怒に塗れている。

昨日、直義の三条邸の敷地に入った直後だった。門の陰から粟飯原清胤が素早く近づいてきて、早口で告げた。

「此度の呼び出しは策謀でござる。すぐお立ち去りあれ」

「お？」

「ですからお逃げあれ」清胤は低い声で繰り返した。「下手をすれば殺されまするぞ」

それでもなお、よく意味が分からなかった。

「このわしを、一体誰が殺すというのだ」

清胤は、師直の察しの悪さに一瞬顔をしかめた。

「むろん、この屋敷の主にてござる。さ、早《はよ》う」

そこまで急かされて、事の重大さをようやく悟った。清胤とは天龍寺の落成法要からの知り合いだ。嘘をつくはずがない。半信半疑ながらも、急いで三条坊門を後にした。

同日の夜半、清胤がやって来て、事の顚末を語った。

そもそもは上杉重能と畠山直宗が師直のことを讒言したのが始まりだった。直義は取り合わなかった。そこで二人は、大休寺の妙吉侍者を策謀の仲間に引き入れた。

直義の妙吉への入れ込みようは大変なもので、持ち寺まで建立してやっている。いつしか巷では直義を「大休寺殿」と呼ぶ者まで多数出て来ているほどだ。この傾倒ぶりも、以前から師直は苦々しく思っていたものだ。

ともかくも妙吉は、予め重能と直宗に指示された通りのことをやっていた。他の寺からの師直への苦情を取りまとめ、それら文を直義へと見せた。

確かに師直は、

「寺や神社の荘園を、多少なりとも拝借してはどうか」

と言ったことはある。これまでの戦いに対するあまりの恩賞の薄さに、家計が窮迫する御家人が多かったからだ。将軍家の家政を切り盛りする者として、とても他人事とは思えなかった。どうせ大寺の僧侶など、もっともらしいことを言うだけの無為徒食の輩である。彼らの日々の安寧は、今こうして日々の糧にも困っている者どもの血で購《あがな》った戦果で、初めて成り立っているのだ。少しばかり拝借しても罰は当たらぬ、と思っていた。そして寺社から苦情が持ち込まれれば、荘園から直ちに手を引かせた。その時までに得た実入りで我慢せよ、と諭してきた。

直義には以前、

「武士に有利な裁定を下してはならぬ」

との理由で引付方を解任されていたから、これは御家人たちを救済するための、いわばぎりぎりの妥協案だった。

それが重能と直宗の策謀によって、直義に露見した。当然、あの男は激怒した。

それでも当初は、師直のことを内談方の頭人と将軍家の執事から解任すると息巻いていただけだったらしい。

しかし、そこで重能が「あの武蔵守が、処分を甘んじて受けるとは思えぬ。我らが返り討ちにされる場合もある」と念押ししたらしい。

結果、直義は「やむを得ぬ場合は斬る」と、決断を下した。これに、ようやく重能が納得したという話だった。

が、そこまでの話を聞いた当の師直は、この重能が作り出した新事態にはまったく合点が行っていなかった。

「伊豆守は、何故にそこまでしてわしを陥れようとする」

「かつて上野守（上杉憲顕）殿は、鎌倉府の執権を罷免になられた。むろん、武蔵守殿の献策によってでござる」

「それは――」

と言いかけ絶句した。それは登子から、

「千寿王の哺育係は、相州殿の息のかかった上杉一族であってはなりませぬ。やがては千寿王が相州殿の傀儡になることもありえます」

というようなことを強硬に主張され、関東の戦況も鑑みて、仕方なしに師冬へと交代させたのだ。呆然としている間にも、清胤の言葉は続いた。

「さらには、上野守殿が復帰されてからも、師冬殿が義詮様の守役を引き続き務められたと聞き及んでおります」

確かにそうだ。しかしそれは、直義自身の提案でそうなったのだ。が、上杉一族の受け取り方は違っていたようだ。

あぁ、とようやく悟った。

まったく――。そういうことか。

如意丸が生まれて直冬という脅威が京から去った今、尊氏夫婦と直義という対立構造は、ほぼ沈静化した。

結果、この兄弟に与していた二つの家門の対立構造だけが、抜け殻として残った。

今までは高家が将軍家、上杉家が幕府と、ちゃんと住み分けが出来ていた。だが、直義の差配によって師直が再び幕閣に復帰し、過日の四条畷の戦や吉野の焼き討ちにて、高一族の領土と名声は上杉一族の威勢を完全に圧倒した。

重能は、それを脅威に感じている。

つまりこれは、将軍家を支える我ら高一族と、幕閣の中枢を占める上杉一族の勢力争いなのだ。

だからこそ直義を担いでいる上杉一族は、将軍家を洞《うろ》然にして幕閣の思うがままに操るために、このわしを破滅させようとしている。


師直は一条今出川の自宅に引きこもったまま、直義側との戦闘に備え始めた。

翌二日には、直義が三条坊門界隈の屋敷を差し押さえたり、叩き壊して更地にしているという報が届いた。師直の反撃に備えて、自宅周辺を半要塞化し始めている。

師直の窮地を救ってくれた粟飯原清胤は京から消えた。その粟飯原の自宅も、直義は差し押さえた。

さらに数日が経ち、妙吉侍者も京を逃げ出したとの風聞が聞こえてきた。鞆《とも》の直冬を頼って備後に向かったという。

その間にも直義から、三条家に再び出仕するべし、という命令が師直の許に何度も届いていた。

誰が行くか、と師直は感じる。このおれを、引き子に従う驢馬か何かだとでも思っているのか。

郎党たちもまったく同じ意見だった。

「殿、相州殿の命に従ってはなりませぬ。わざわざ殺されに行くようなもので、そんな馬鹿がどこにおりましょうや」

その通りだ、と自分が置かれた状況のあまりの愚かしさに、危うく笑い出しそうになる。

既に市中では、師直と直義との間で合戦が起こるという噂がしきりであるようだった。大慌てで洛外に避難する者が続出しているという。

七日、尊氏が直義の三条邸に出向いた。何故このようになったのかの詳細を知り、事態の収拾を図るためだろう。

この二人の話し合いはその後、八日間も続いた。おそらくは直義が師直の罷免を要求し、尊氏が難色を示している。そんな按配《あんばい》ではないかと推測した。

が、その後に幕府から通達された内容は、あろうことか師直を将軍家の執事から解任するというものだった。むろん内談方からも外され、師直の所領も没収するという。

あの男はまた、実弟の強硬姿勢に腰砕けになったのだ。

そして全面的に要求を呑んだ。

あるいは直義と重能が寺社の荘園の件で非を打ち鳴らし続け、それに仕方なく従ったのかも知れない。彼ら三人は、鎌倉からの幼馴染同士でもある。いずれにしても、今回もまったく頼りにならぬ征夷大将軍であった。

その後、河内の師泰から連絡が来た。直義から執事就任への打診が来たのだという。罷免した師直の代わりだ。

実は、師泰と直義の関係は以前から悪くない。かつて九州からの上洛戦で、師泰は直義の副司令官を務めていた。その組み合わせが非常にうまく機能した。以来の仲だ。

師泰は当然その要請を断ったが、直義の意図することは明らかだった。師泰を引き抜くことで、高一族の結束を大元から突き崩そうとしている。

師泰は戦の技量こそ師直以上に優れていたが、政治向きの仕事となると相変わらず苦手でからきしだった。だからこそ逆に、完全なる手足として使えるとも踏んだのだろう。

どこまでも姑息な男だと感じ、さらに憤慨した。そしてついに直義との全面衝突を決意した。各地に散らばる高一族に、至急軍勢を率いて上洛せよとの督促状を矢継ぎ早に書いた。河内にいる師泰にも上洛を命じた。

が、まさか将軍の実弟を弑逆するつもりはなかった。代わりに騒動の元凶である重能と畠山直宗、その二人に賛同した奉行人たちと妙吉を、こちらに引き渡してもらう。直義の股肱である彼らを排除することにより、まずは幕閣を実質的に無力化する。その上で鎌倉から義詮を呼び寄せ、直義の後釜とする。もちろんその後見役には師直が付き、将軍家の執事にも復帰する。

これら軍事面の手配と、鎌倉へと早馬を走らせ、師冬を通して義詮の了承を得るのに、翌七月の中旬までかかった。

七月二十一日、河内の師泰が京への進軍を始めた。大軍をもって直義に対峙し、重能以下の政敵を排除するために軍圧をかける。

師泰の文には、幕府側が要求を呑まない場合には、実際に一戦を交えることも半ばは覚悟していると書いてあった。

直義はこの進軍を知り、慌てた。再び師泰に将軍家の執事就任を要請した。が、師泰はこう直義に返事をした。

「畏れ多く存じまするが、これは枝葉を切り離したその後に、根も断とうとの御意でありましょう。上洛した折に、お返事を致しまする」

枝葉とは師泰のことで、根とは師直のことだ。我が弟にも、これくらいの目論見は見通せる。

師泰は、途中々々で河内・和泉の御家人たちを糾合しながら、ゆっくりと進軍を続けた。そして八月九日、七千ほどの兵を率いて京の南郊へと到着した。

ところで、尊氏のことである。

この武門の盟主は翌十日、実弟の目前に差し迫った軍勢をよそに、あろうことか洛中を離れて、丹波の篠村八幡宮へ参詣に出向いていた。およそ信じられない能天気さで、京童たちも皆、その尋常でない神経を疑った。

が、師直にはなんとなく尊氏の気持ちが推測できた。

十一日、京での騒動を聞き付けた赤松円心が、師直に与力しようと軍勢を率いて播磨から上洛して来た。もはや七十三にもなり、身動きもずいぶんと緩慢になっていたが、師直はその老軍神の心意気に、かつてないほどに感動した。

円心と相前後して、師直の一条今出川の自宅周辺には今河氏、仁木氏の足利一門、佐々木道誉や土岐頼康《よりやす》、千葉貞胤などの御家人たちが続々と集結し始めた。その数は師直の直属軍も併せると、なんと二万騎ほどになった。

対して、直義方の三条坊門に集まっているのは、石塔頼房、上杉重能と朝定、斎藤利康《としやす》、飯尾《いいお》修理進《しゅりのしん》入道、宍戸朝重、畠山直宗らのわずかに三千騎ほどである。他の主要な足利一門は、依然として各地に散らばったままであった。駆け付けようにも未だに残る南朝勢の反撃が気になり、現地を離れられないのだろう。

結果、十二日には市中に居る直義軍を、計二万七千の高軍が洛中の南北からいつでも挟撃できる態勢となった。

と、ここで師直方の長老格である円心が口を開いた。

「ところで肝心の将軍殿は、何をしてござるか」

そう質問され、師直は思わず言葉に詰まった。

尊氏は昨日のうちに丹波から帰って来てはいたが、この当日もまた、土御門東洞院の将軍邸が先日に落成したことを記念して、敷地内で呑気に弓場《ゆば》始《はじ》めなどを行っていた。

この徹底した無神経さには、円心も束の間、大きく目を見開いた。けれど直後には、大きく膝を打った。

「家宰殿と御実弟、そのどちらも大事だからこそ、いずれにも与せぬ、ということでござるな。さすがに足利殿、まことに水の如き公明正大さであられる」

と、相も変わらぬ尊氏への傾倒ぶりであったが、それは微妙に違う、と師直は内心でため息をついたものだ。

確かに円心の言う通り、おれと直義、どちらも大切だとは思っているのだろう。しかし、そこから先は一体どうすればいいのかわからず、丹波に参詣に行ったり、理由をこじつけて弓場始めをやったりと、この現実から逃避しているだけだ。後醍醐前天皇から朝敵になった十五年ほど前、鎌倉の自宅で引きこもりになった挙句、浄光明寺で出家遁世しようとしたようにだ。もう四十も半ばになるというのに、まるで子供だった。

ともかくも彼我の勢力差は約十倍である。負けようはずがない。そもそも直義は普段から一門の者ばかりを優遇し、他の御家人には厳しく当たって来たから、この在野からの人望の無さは当然だった。

師直はふと山陽道筋の今後が気になり、円心に言った。

「せっかく上洛して頂いて何なのですが、円心殿には、鞆にいる左兵衛佐（直冬）殿の盾となってもらえぬでしょうか。備前と美作の街道を押さえて、相州殿のために兵が上洛して来るのを防いでもらいとうござる。それこそが円心殿にしか成し得ぬことでありまする」

円心は二つ返事で快諾し、はるばるやって来た播磨路まですぐに戻り始めた。

翌十三日、弓場始めの行事を終えた尊氏は、さすがに弟の軍勢の少なさが気になったようだ。別に直義に与するつもりもなかったのだろうが、新築してさらに大きくなった土御門東洞院の将軍家へと避難してくるように勧めた。

おそらく直義も、師直に味方する軍勢の数を見て自信を無くした。兄の言葉に素直に従った。

これが、結果として裏目に出た。それまで直義の許に集っていた多くの者は、直義の行動を怯懦と見て、離反する者が続出した。将軍邸に籠る直義勢は上杉一族を始めとした一門と郎党の、わずか三百騎あまりにまで激減してしまった。これで、約百倍の兵力差である。

十四日の早朝、師直は満を持して軍勢を南下させた。法成寺河原に布陣し、土御門東洞院の北東から半弧を描くように軍圧をかけた。

一方の師泰も、南西から将軍邸を半ば取り巻いた。

しかし師直は、その状態で軍を留めたまま、相手方の出方を窺った。主筋である足利兄弟を進んで攻撃することは、さすがに憚られた。

そのままじりじりと二刻ほど睨み合いが続き、陽が天中高くに上った時、ついに将軍家から使者が出て来た。

須賀《すが》清秀《きよひで》という尊氏の側近で、師直とも旧知の仲である。須賀はこう訴えた。

「大御所様が仰せには、『相州を許してやってはくれぬか。わしに聞けることがあれば、なんでも聞こう』とのことでござりまする。ゆえにどうか武蔵守殿、その存念を承りとうござりまする」

師直は返事の前に、将軍邸の様子がどんなものか聞いてみた。すると須賀は再び口を開いた。

「大御所様も相州殿も小具足をお付けになり、既に決死のお覚悟であられまする」

「わしと戦われると申すか」

「違いまする。大御所様は『師直を相手に、この兵力差では戦ってもまず勝てぬ』との仰せであられます。あくまでも受け身のことにて、もし武蔵守殿が乱入してこられれば、そこは武門の名を賭けて抗戦し、最後には腹を斬られるお覚悟であられまする」

なるほど。かつて多々良浜で窮地に陥った時もそうだった。勇ましいというより、いかにも淡白な尊氏の発想らしい。たまに感じる時があるが、尊氏は自分の命ですら、どこか突き放したようなところがある。直義も直義で、最悪の場合は兄と共に自死するつもりのようだ。

だが、それをやらせるのはまずい……。

当然だ。尊氏あってこその自分であり、直義もそもそも騒動の元凶ではない。二人が降参して、重能と直宗、斎藤季基、同利康、妙吉という五人の策謀者を引き渡してくれさえすればいい。

そのことを伝え、須賀を将軍邸へと帰らせた。

が、この返事が随分と長くかかった。

須賀が将軍家から出て、再び師直の前に姿を現したのは、陽も西に大きく傾いた頃だった。

「大御所様は、『相州の家臣は、我が家臣でもある。それを引き渡すことはまかりならぬ』とのことでござりまする」

これには驚いた。昼には「師直の言うことは何でも聞く」と言っていたばかりではないか。師直が戸惑う間にも、須賀の言葉は続いた。

「当初、大御所様は甚だお怒りであられました。『古来、累代の家人（師直のこと）に強要されて、下手人を引き渡した先例があるか。これぞ武門の恥であるっ』との由。挙句には打って出て、討ち死にされるとまで息巻かれました」

ほう、と再度びっくりした。

今度は一転して、本当に勇ましくなった。

さらに意外だったのが、尊氏が「古来」や「先例」という大仰な言葉を使ったことだ。しかも師直の記憶にある限り、初めて故事らしきものを引いてきた。

ひょっとしたらこの十数年、幕府を直義に任せっきりで単に遊んでいたのではなく、その間に将軍として教養くらいは身に着けようと、こっそりと漢籍などを開いていたのかも知れない。だから、ここぞという場面で覚えたての故事を使ってみた。挙句にはその自分の言葉に酔い、「打って出て討ち死にする」などと、勇壮なことを言い出した。

それはそれとしても、師直はますます困惑した。この返事では、手打ちのしようがないではないか……。

「されど須賀殿よ、わしにはわしの立場がある。殺されかけてもいる。この件にはけじめを付けねばならぬ」

するとと須賀も、師直に負けず劣らず困った顔になった。

「相州殿は、打って出るという大御所様を、必死に引き留めておられました。そして、かように申されました——」

曰く直義は、ここまで自軍が減ったのは、自分の不徳の致すところであり、もはや負けである。故に、責を取って幕政から引退する。元来が好きで就いた執権でもなかった。さすれば師直も納得するのではないか。その代わりと言っては何だが、伊豆守と大蔵少輔以下の謀議に絡んだ者は許してはくれぬか、と……。

師直も、この決断には思わず唸った。さすがにかつては生死を共に分かち合った男だけあって、引き際の潔さというものをよく弁えている。

けれど、ふとある事実に気づき、再び須賀の顔を見て苦笑した。だったら最初から尊氏が息巻いているなどと言わずに、直義の言葉を先に伝えてくれればよかったのだ。

「そちは意外や、なかなかに談判の上手であるな」

むろん悪意はなく、好意から出た言葉だった。しかし須賀は相変わらずの生真面目な顔で、さらに口を開いた。

「如何でしょう。これで矛を収めてはもらえませぬか」

師直はしばし考えた。

が、それだけではやはり不十分だ。少なくとも直義を焚き付けた重能と直宗だけは、このままにはしておけない。張本の二人は、こちらに引き渡してもらう。

そのことを伝え、須賀を将軍家に差し戻した。

周囲に薄闇が迫ってきた頃、再び須賀がやって来て、こう告げた。

「大御所様も相州殿も、やはりそれはならぬ、と申されております。おそらく武蔵守殿は殺《あや》めるおつもりでしょう」

当然そのつもりだった。返り討ちは武門の倣いである。一門を率いる者としても世間に示しがつかぬ。だから逆に聞き返した。

「では、どうすればいいというのだ」

「せめて流罪ではどうかと、申されております」

ふむ。

……まあ、後のことは後のことだ。配流先で大人しく幽閉されたままならそれでも良いし、謀反の気配を微塵でも見せようものなら、今度こそ討ち取ってやる。

そこまで考えて、師直は言った。

「分かった。では、この件は譲ろう」直後、明らかに須賀はほっとした顔をした。「代わりと言ってはなんだが、引退する相州殿の後釜に、鎌倉の義詮様をお迎えしたい。これならば、我らは矛を収めよう。どうか」

須賀は尊氏の近臣であり、直義の家臣ではない。師直と同様、そもそもが将軍家と幕府の統合を願う者である。案の定、すぐにこう答えた。

「これは将軍家の先々にとっても、むしろ良き思案でござりまするな。既に義詮様も二十歳になられまするゆえ」

師直はうなずいた。

「相州殿を説得できるか」

それはもう、と須賀も前のめりになった。「我ら将軍家の奉公衆も、全力を挙げて相州殿を説得致しまする」

そう言い残し、須賀は足早に将軍家へと戻っていった。

結局、この師直の提案は、さらに一刻ほどが経った夜に通った。重能と直宗の配流先は越前と決まり、鎌倉の義詮を十月にも上洛させ、代わりに十歳の亀若丸を新たな「鎌倉殿」として下向させることとなった。

師直は軍勢を解き、師泰と共に一条今出川に帰陣した。

翌日の十五日、取り決めた通り、重能と直宗はわずかな家臣と共に越前に出立した。彼らの屋敷は師直が接収し、妙吉の大休寺も配下に取り壊させた。

十九日、夢窓疎石の仲介により、一旦は直義が繋ぎとして政務へと戻るが、義詮が上洛して新執権への就任後は、師直が幕閣の執事となることも約束された。当然、執事施行状も晴れて再発行できる。

こうして師直は、政変に見事成功した。

後年、師直が起したこの一連の軍事行動と政変は、「御《ご》所巻《しょまき》」と呼ばれるようになった。家臣や諸大名が将軍家を大軍勢で取り巻き、政治的要求を強訴するというこの行為は、以降の足利幕府の悪しき習慣となった。

これより三十年後、斯波氏が細川氏勢力の追放を目論んで三代将軍・義満の邸宅を包囲したり、八代将軍・義政の頃には細川勝元《かつもと》と山名宗全《そうぜん》が、政所《まんどころ》執事・伊勢《いせ》貞親《さだちか》の排除を求めたりした。戦国時代の後期には、三好《みよし》三人衆と松永《まつなが》久秀《ひさひで》が十三代将軍の義輝《よしてる》を取り巻いた。近臣排除の強訴が通らず、ついには将軍その人を殺害した。

8

貞和五年の八月の下旬以降、直義は呆然として将軍家と幕閣の急激な変わりようを眺めていた。

まずは将軍家の政所執事が、師直の解任後に就けていた二階堂行珍《ぎょうちん》から、師直派の佐々木道誉へと替わった。侍所の頭人も、師直の息のかかった仁木頼章が就任した。

どうやら師直は、将軍家での実務は他の者に任せ、自らは幕閣の差配に乗り出すつもりのようだった。

案の定だった。五年前に新設した三方制内談方が廃止され、以前にあった五方制引付方が復活した。この改変に伴い、幕閣の主要人物として唯一残っていた直義派の上杉朝定は解任された。

新たなる引付方の頭人に就いたのは、斯波家兼、佐々木道誉、仁木頼章の弟である義氏、石橋和義、長井高弘という五人だった。このうちの三人――道誉と義氏、そして斯波高経の実弟である家兼は、実兄とは違って明確な師直派だった。石橋は中立の立場で、かろうじて長井だけが直義派だが、この男はそもそもが単なる能吏であったから、幕政を左右するような力は持っていない。

つまり幕閣の決定権は、師直の息のかかった者で過半が占められた。

直義は既に政界からの引退を決めていたから、この新事態にも半ば諦観の中にいた。

おれには、世の人望がなかった。

師直が幕政の在り方に対して反旗を翻した時に、はっきりと思い知らされた。

当初でも師直に味方する武士たちは、直義方の十倍もあった。将軍家に移動した後、兵力差は百倍に開いていた。いかに正しい政道をやってきた自負があるとはいえ、この人望の乏しさは致命的だった。世の武士は師直の差配を期待しているのだ。おれではない――。

そう身に染みて現実を見せつけられたからこそ、重能、直宗の助命と引き換えに、幕政から退くことを決意した。

その決断に伴い、幕府の政庁でもあった三条邸は師直に譲り渡した。十月には新しい執権として義詮が鎌倉から来る。事前に明け渡しておく必要があった。今では彰子と亀若丸、如意丸を伴って、錦小路堀川の細川顕氏の屋敷に寄宿している分限に成り果てていた。

まだ三十前後の顕氏は、当初、直義にはよそよそしかった。二年前、直義と尊氏が相談して顕氏の河内と和泉の守護職を取り上げ、師泰に与えていたからだ。

しかし一つ屋根の下で寝食を共にするにつれ、顕氏はそんな過日の因縁など忘れたかのように、次第に直義に好意を見せるようになった。

「あれは、それがしが立て続けに三度も無様な負け方をしたからであり、当然の処置でござった」

ついには、そう言った。そして自らの子供たちと亀若丸を繁く遊ばせてくれるようにもなった。

しかし九月九日、その亀若丸も――直冬の長門探題就任の時のように――新しい「鎌倉殿」として関東に下向し、直義の目の前から居なくなった。

それ以前から、まだ十歳の亀若丸は、

「父《とと》さま母《かか》さま、私は鎌倉になど行きとうはござりませぬ」

と泣き言を繰り返し、しばしば彰子の袖を摑んでいた。

京生まれの亀若丸は、見も知らぬ土地に行って、これまた見も知らぬ大勢の大人に囲まれ、まだ前髪も落とさないうちから鎌倉公方という大役を任されることが、不安でたまらないのだろう。そういう覇気や自信のなさ、物事に対しての後ろ向きの態度は、兄にそっくりだった。

が、新幕閣の決定では、既にどうしようもないことだ。

これには彰子も困り果て、駄々をこね続ける亀若丸を出立の前日まで盛んに慰め続けていた。

「大丈夫ですよ。やがては会う日もまた参りましょう。それまでは立派にお務めを果たして参るのです」

直義もまた、励ましの言葉をかけた。

「心配をするな。わしも彰子も、機を見て会いに行く」

亀若丸は九日、将軍家から出迎えに来たわずか九十騎ほどの供奉の者に伴われ、関東へと出立した。

この直後から、直義はいっそう気落ちが甚だしくなった。わずか半年ほどの間に、三人の子供のうちの二人が居なくなった。たとえ血が繋がっていなくとも我が子同然に育てた子供たちだった。つい彰子に愚痴をこぼした。

「わしはどうも、もういかぬな。この京で立場も屋敷も失くし、おまけに気も細くなっている。もはや廃れ者になってしまっているのかも知れぬ」

彰子は三歳の如意丸をあやしながら、あっさりと笑った。

「よいではありませぬか、別に廃れ者になられても。二十五年前、私は単なる部屋住みであられた直義殿に輿入《こしい》れしました。私にとっては、たとえ世に隠れられても、変わらぬ直義殿でありまするよ」

その言葉の温かみにやや涙ぐみかけると、さらに彰子は直義のこれまでの来し方を慰労し、こんな提案をしてきた。

「そもそも直義殿は、幕政を執られることにも乗り気ではなかったのです。ちょうど亀若丸も鎌倉に下ったことでもありますし、『機を見て会いに行く』と約束した手前もございます。ゆくゆく義詮様への引継ぎが終われば、我らも懐かしい相模に戻ってもよいではありませぬか」

それも、いいかもしれぬと感じた。

もともと足利家の幕府が樹立すれば、彰子だけを連れて鎌倉に帰る気だった。しかも今は如意丸もいる。新たに鎌倉殿となった亀若丸と上杉憲顕の庇護の許、世事に煩わされず、穏やかな余生を送ってもいい。既に直義も四十三だった。早い者なら、もう世から退いている年齢である。

「そうだな……それが良いのかも知れぬ」

そう答えた時点で、気持ちは半ば以上、鎌倉での今後の暮らしに向き始めていた。あとの幕政は師直と義詮が両輪で、兄を支えながらうまく廻していくだろう。

九月も下旬になった頃、師直が備後の諸豪族に命じて鞆の直冬を襲うように命じていたことを知った。もう十日ほども以前の事だという。

直冬は、赴任後わずか五か月足らずで、石見を中心とした山陰の豪族たちから既に信望を勝ち取っていた。次いで去る八月、直義の危機を救おうと上洛軍を編成しかけていた。それは、とりもなおさず師直への敵対行為であった。

直義は、この我が子の危機には遅まきながら焦った。けれど、政治力の基盤を失くした今では為す術もなかった。

が、直義の心配は杞憂に終わった。直冬は自分たち夫婦が見込んだ通り、さすがに武将としての目端も利き、それ以上に機敏な反射も持ち合わせていた。師直の意を汲んだ豪族たちが攻めて来る前に、あっさりと長門探題の長という地位を捨てて四国へと逃れ、さらに九州へと渡った。

直義は一安心した。

あの直冬ならば、きっと大丈夫だ。九州でも再び信望を集め、時が経つにつれてまた逞《たくま》しく再起するはずだ。まさか兄も、庶子とはいえ実の子をこれ以上は迫害するまい。

しかし直冬の行動力は、直義の予想以上に凄まじかった。かつ、その手法もなかなかに際どいものだった。

直冬はいったん豊後へと到着した後、海路にて肥後へと再上陸した。そして九州一円の武士たちに「両殿（尊氏と直義）の御為」と称し、軍事催促状をばら撒き始めた。独自の下文も作成して、恩賞宛行と所領安堵の権限を盛んに行使し始めた。

むろん、京の将軍家には無断で行っていたことである。兄の尊氏は、政変を起こして直義を逼塞させた師直にもまだ怒っていたが、これら直冬の勝手な言動にはさらに怒りを覚えたようだ。

「あやつは、わしと相州の名を勝手に騙っている。彼の地を、まるで我がもののように扱おうとしておる」

と、言っているうちにますます不快感を募らせ、ついにはこう決断した。

「かくなる上は直冬を落髪させ、俗世から切り離す他《ほか》ない」

そして九月二十八日、直冬に向けて出家の下知を出した。

同時に、その旨を九州全土の諸勢力に向けて通達した。

が、その後も、直冬は尊氏の命を無視して旺盛な軍事示威活動を続けた。

たとえ便りが来なくとも、直義には分かる。直冬は九州で大勢力を培い、幕府を追放された養父の復権を図るために、やがては上洛戦に臨もうとしている。

何故なら、それはかつて直義と師直が共に手を取り合い、足利幕府を樹立するために挑んだ道程だからだ。そしてこの場合の政敵とは師直であって、尊氏ではない。だから「両殿の御為」という大義名分を使って、師直ただ一人を排除するために、京にて再びの政変を興そうとしている。

想像するに、京の幕府も将軍の尊氏も、師直のいいように操られているとでも喧伝して回っている。それは尊氏が今もお飾りの将軍である以上、半ば事実であった。

直義は、直冬の九州での動きを快く思っていたわけではない。ただし、軍事活動を止めるようにとの文も送らなかった。それでは直冬は、この浮世で武士としての再起の場を永久に失くしてしまう。

十月になると、九州ではさらに直冬に与する豪族が増えているという報がもたらされた。日向《ひゅうが》の守護である畠山直《ただ》顕《あき》も直冬の骨柄に惚れ込み、その旗下に入ったという。

これには尊氏も堪らず、今度は直冬へ「即座の上洛命令」を出した。十一日のことである。

しかし、またしても直冬はこれを完全に無視した。逆にその動きは、以前よりも強度を増した。

尊氏も師直も、直冬のこれら一連の徹底した敵対行動には、もはや焦りに似た脅威を覚え始めている様子だった。少なくとも錦小路堀川まで聞こえてくる噂では、そうだった。

しかし両名には、今すぐに対策はとれない。

何故なら、鎌倉での引継ぎを終えた義詮の上洛軍が、もう三河まで来ていたからだ。九州の事より先に、義詮のための幕政を整えなければならない。

十月二十二日、師直は畿内の諸大名を引き連れて近江の瀬田まで義詮を迎えに行き、そのまま随行員として共に入京した。次期将軍の入京を見ようと、大路には牛車が並び、桟敷《さじき》席も設けられるほど人であふれたという。寂しい限りだった亀若丸の出立とは大違いだった。そして義詮は、三条坊門のかつての直義の自宅でもある政庁へと入った。

二十五日、新しく「三条殿」となった義詮と、細川邸で面会した。

久しぶりに見た尊氏の嫡男は、当然ながら充分な大人になっていた。けれど直義が見るに、その顔は尊氏に似て目も眉も眉間から大きく離れ、口も小さく、骨組みも登子譲りで華奢《きゃしゃ》だった。ようは武門の盟主として、あまり頼もしく思われるような外見ではない。また、義詮が実戦で一度も采を振るったことがないのは御家人たちの間でも周知の事実であったから、これも不安に思われるかもしれない。それがかえって心配で、親切心からこう言った。

「なんぞ分からぬことがあれば、遠慮なく聞いてくれ。わしが知っていることであれば、答えて進ぜよう」

が、義詮はそっけない態度でこう答えた。

「いえ……この武蔵守と――」と斜め後ろに侍る師直を示した。「新しき幕閣をどう差配するかは、既におおまかに摺り合わせたつもりですので、これよりは叔父上の手を煩わせることも、ほぼなきように思われます」

この反応に、直義の好意は宙へと浮いた。

言葉こそ穏当に聞こえるものの、今後の幕政におまえは関係ない、黙って引っ込んでいろ、と暗に言われているに等しい。白々しくこちらを見遣ってくる視線にも、敵意と嫌悪感が微かに滲み出ている。

――ああ、そうだったのか。そういうことか。

自分の迂闊さを呪いたくなった。そのお目出度さ加減に、笑い出したくもなった。


ちょうど十年前、直義は宗家の反対を押し切って新熊野を養子にした。

直後、師冬が鎌倉府の執権として憲顕に代わって下向した。義詮は当時、十歳だった。

翌年に憲顕が鎌倉府の執権に復帰してからも、師冬は義詮の守役を務め続けてきた。おそらくは師直の意を受け、直冬が宗家の嫡男を脅かす存在であることを、まだ幼かった義詮に子守唄のように叩き込んできた。

五年前、その師冬が上洛し、師直の二番目の弟である重茂に守役が交代してからも、その教育方針は堅持されてきたはずだ。

むろん、養父になった自分のことも、同様な見方で教え込んできただろう。結果、亀若丸を養子に貰っても直冬を手放さない直義を、ますます警戒するようになった。

さらに昨年、義詮にとっての腹違いの長兄である直冬は、直義の強引な後押しにより従四位下、左兵衛佐となった。そして紀伊国にて華々しい戦果を挙げた。

それら経緯を見てきた重茂と義詮からすれば、三条足利家だった自分と直冬を、ますます仮想敵と捉えるようになったのは当然だろう。遠く離れた鎌倉から、焦げ付くような焦燥感を味わっていたのかも知れない。

すべては誤解だ、と出来うるなら叫びたかった。

しかし現に今、直冬は九州で反幕の威勢を大いに振るっている。弁解のしようもない。直義は言うべき言葉を失くしたまま、黙って義詮を見続けるしかなかった。

結局、この面会はほんの儀礼的なもので終わり、義詮と師直はそそくさと錦小路堀川を後にした。もう二度と来ることもないだろう。

誰を恨むわけでもない。自分が義詮を、このような心持ちに追い込んでしまったのだ……。

そして今度こそ、幕政はおろかこの俗世からも完全に足を洗うことを決意した。その決意を胸に将軍家へと行き、尊氏に出家して鎌倉へと帰る旨を伝えた。

尊氏は、慌てた。自らしか出入りしない小部屋に直義を強引に引き摺り込み、それはならぬ、とまず早口で言った。

「おまえはまた、わしを京で一人にするというか。頼むから『鎌倉に帰る』などと申すな。出家もならぬ。おぬしが必要なのだ」

それでも直義は、今度ばかりは尊氏には同意しなかった。

尊氏には師直と、新たに義詮もいる。この二人が幕府を仕切れば、自分の代わりは十二分に務まる。そう主張して自説を曲げなかったが、兄も頑として譲らなかった。

「頼む。師直や義詮では、お前の代わりにはならぬ。いや、そもそも誰にもおまえの代わりは務まらぬ。ともかくもわしを孤人《ひとり》にするな」

そんな言葉で拝み倒すばかりで、一向に埒が明かない状態が一月以上も続いた。親離れが出来ていないとはよく聞く話だが、この足利兄弟に関しては「実弟離れ」が出来ていないという、歴史上初の事例だろう。

結局、直義は得度はするが実際の仏門には入らず、また鎌倉にも帰らぬという生煮《なまに》えの結論で話は落ち着いた。

ところで、その交渉の過程で気づいたことがある。最初に尊氏個人の部屋に入った時、文机の上に漢籍が数冊、積んであるのを見た。

「それは、何でござるか」

そう問いかけると、尊氏は何故か恥じ入るように小さな声で答えた。

「むろん、読んでいるのだ」

これには驚いた。尊氏は昔から、こういう小難しい漢籍の類の勉学というものが大嫌いだったはずだ。

そのことを問うと、こう言ってのけた。

「仕方がない。わしは何もせぬとはいえ、いちおう征夷大将軍であるからな。義詮にも久しぶりに会ったが、正直、まだまだ一人前にはほど遠い。だからわしは、今からでも多少は頭が良くなっておいたほうがいい」

詳しく聞いてみると、ふと思い立って孔子や荀子《じゅんし》、孫子などを苦労して読みだしたのは数年前からであり、実際に義詮に会って以降、さらに勉学への思いを深くした。この晩秋からは、徐々に読む量を増やし始めているという。

道理で政変の際、珍しく妙な故事を口にしていたわけだ。実際にその後に訪れた時も、違う漢籍が机の上にあった。ついつい心配になり、甚だ失礼とは思いつつも聞いてみた。

「すべてを理解できるのですか」

うんにゃ、と尊氏は悲しそうに首を振った。「じゃから、分かるところだけを拾い読みしている」

が、直義はそれでも偉いものだと皮肉ではなく感じた。眼もかすみ始めたであろう四十五にもなって、このような仄暗い小部屋でちまちまとした漢字の羅列を追うなどとは、まったくたいしたものだ。

けれど、尊氏は最後にこう言った。

「このことは師直や登子も知らぬ。くれぐれも内緒ぞ」

「何故です」

「恥ずかしいわい」


十二月八日、直義は夢窓疎石から受戒し、法名を「恵《え》源《げん》」と称して頭を丸めた。そして細川顕氏の屋敷を出て、錦小路の古ぼけた小宅に移り住んだ。

この転居の前後から、九州の直冬が師直の政権を覆すために上洛してくる、という風聞が、市中からしきりと聞こえてくるようになった。

詳細までは閑居暮らしの直義の耳には届かなかったが、もはや直冬の勢力は京まで攻め上ることが可能なまでに膨れ上がっているらしい。良くも悪くもかつての直義の、新熊野の先々に対する見立ては当たっていた。尋常ならざる統率能力で、その将器が見事に開花し始めていた。

一方、兄の尊氏は、直義が出家を申し出てからというもの、直冬の動きを縛ろうとする指図を一切出さなくなっていた。ひょっとしたら自分のさらなる遁世を恐れ、今まで以上の強い沙汰を出すのをためらっていたのかも知れない。

が、この九州の情勢には、とうとう師直と義詮がしびれを切らした。二人は尊氏に、直冬の討伐令を出すように激しく迫った。

尊氏はしばらくの間、二人への返事をのらりくらりと躱《かわ》していたが、夜の奥では登子からも突き上げられ、どこにも逃げ場のないところまで追い込まれた。そして十二月二十七日、ついに九州一円の御家人に対して、直冬への討伐命令を出した。

けれども直義は、それを聞いた時に思ったものだ。

おそらくはこの下令も失敗に終わる。尊氏が征夷大将軍として実際に討伐に向かわない限り、九州の野火を鎮めることは到底叶わないだろう、と……。

ちなみに師直は、この討伐命令が下るまで、将軍家に対してとんでもない秘密をひた隠しに隠し持っていた。

事件は、去る二十一日に起っていた。

さらに遡ること五日前の十六日、上杉重能と畠山直宗が、配流先の越前江守荘から百騎ばかりの郎党を率いて足羽《あすわ》荘に逃れた。九州の直冬に呼応して立ち上がろうとしていた気配がある。が、その逃亡劇を、すかさず越前の守護代である八木光勝《やぎみつかつ》に追撃された。八木は密かに師直派で、この二人に面妖な動きがあれば直ちに容赦なく殺害せよとの密命を、以前から下されていたらしい。そして二十一日、追い詰められた重能は八木軍と戦って討ち死にし、直宗も衆寡敵せず、郎党と共に自害した。

直義はその訃報とあらましを、二十九日の夕刻に駆け込んできた吉良満義と細川顕氏から聞いた。途端、戦慄に総毛立ち、喉の奥も瞬時に乾ききった。

「ま、まことか——」

そう発した自分の声も、明らかに上ずっていた。

「間違いない。今、将軍家はその話で持ち切りだ」満義もまた、怒りに震える声で答えた。「武蔵守は幕閣に緘口令を敷いて、左兵衛佐への討伐令が出るまで大御所殿には黙っていたのだ。が、さすがにあやつ一人で隠しきれるものではない。執権である三条（義詮）殿も一枚嚙んで、幕閣から話が洩れるのを抑え込んでいたのかも知れぬ」

この共謀の可能性にも、腰骨が抜けるほどの衝撃を受けた。直後から、額の奥も焼け付くように痛み始めた。

一方の顕氏は、事件が発覚した現場に居合わせていた。

尊氏は師直を前に、顕氏がこれまでに見たこともないほどに大激怒していたという。ひたすら平伏している師直に対して怒鳴り散らし、その所業を散々に詰り、挙句には憤激のあまり太刀に手をかけて立ち上がろうとしたところを、近臣から慌てて止められた。

「それくらい、大御所殿はお怒りであられた」

さもあろう、と直義も義憤に打ち震えながら感じる。

兄は平時においては何の取り柄もない男だが、人に対しては——特に家臣や一門の者に対しては、異常なほどに優しい。そして、彼らが死ぬことを昔からひどく嫌う。

特に重能は、自分と尊氏の幼い頃からの馴染でもあった。これでは憤激を発しないほうがどうかしている。

加えて言えば、あの八月の忌々しい政変の時、重能と直宗を敢えて流罪としたのは、二人の命だけは助けることが大前提で、それは師直も確かに請け合っていたはずだ。

なのに、半年も経たぬうちにこの仕打ちである。

考えているうちに、直義も未だかつてないほどに凄まじい怒りを覚え始めた。

おのれ。あの男は直冬や重能と直宗の一族を、ここまでも無残に扱うか。

さらに満義の話では、師直は重能と直宗を殺した直後に、鎌倉における新人事を行っていた。有能な文官ではあるが、ひどく戦下手な重茂にかわり、師冬を再び関東に下向させることを決定したのだ。

その人事の意味することは明らかだった。

鎌倉の上杉憲顕は弟が殺されたと知れば、間違いなく激怒する。そして関東から高一族の勢力を駆逐しようとするかもしれない。それを防ぐために、戦には手練れの師冬を送り込んで、上杉勢に武力で対抗させようとしている。

もう分かる。師直は義詮の政権安泰のために、一族の内で脅威となる者は徹底して排除していくつもりなのだ——。

顕氏によれば、その義詮が途中で大広間へと現れ、なおも怒り続ける尊氏の前から師直を強引に退出させたという。

くそ。満義の言う通りだ。

おそらくはあの二代目も師直と結託している。

年末の三十日になり、関東の上杉憲顕から文が来た。案の定、弟の無残な死に悲嘆に暮れている文面だった。むろんだが、直義よりはるかに怒り狂っていた。いつの日か必ず、師直に復讐をすることを誓っていた。

そして末尾では、重能の息子である重季《しげすえ》と能憲《よしのり》が、八木軍の追撃を掻い潜って無事に鎌倉まで辿り着いたことに触れられていた。

重能は去る十七日、迫り来る八木光勝の大軍を前に、この蜂起が失敗に終わることを悟った。

「行け。そちらはまだ若い。このような場所でむざむざと犬死《いぬじに》することは許さぬ。生きて相州殿に尽くせ。それが、わしへの孝行の道である」

そう言われ、泣く泣く戦場を後にしたという。重季は重能の実子であったが、能憲は、憲顕がかつて重能に与えた養子である。二人とも、まだ二十歳にもならぬ若者だった。

年が明けた貞和六年の正月、北陸や畿内、山陽道の各地から足利一門の者たちが続々と将軍家への参賀に集結した。

直義は世を捨てた手前もあって、参賀には参加しなかった。それで良かった。師直の顔を見れば、自分が何を仕出かしてしまうかまったく自信が持てなかった。

が、この元日から五日ほどのうちに、一族の長たちが一人、また一人と、夜半に直義の閑居へお忍びでやって来た。

まずは伊勢志摩の守護、石塔義房が姿を現した。

「伊豆守殿と大蔵少輔殿のこと、さぞやご心痛であられると存じまする。武蔵守も苛烈なことをなさる。されど、それがしども親子は過日にも申し上げた通り、生涯、恵源殿のお味方でござる。必要とあれば、いついかなる時も軍を率いて駆け付けまする。この一点を、どうかお忘れなく」

そう言い置いて、再び夜の市中へと消えた。

次に訪れたのは、越中の守護である桃井直常だった。この激情家は、あからさまに師直の非を打ち鳴らした。

「あの男はあろうことか宗家の郎党の分際で、我ら足利一門の血縁に対してここまで無道なことをする。左兵衛佐（直冬）殿の扱いも然りである。このまま放っておけば、新しき『三条殿』の威を借りて、さらにやりたい放題に振舞うだろう。されども恵源殿、まさか隠遁されたことを言い訳に、このままあの古狐の横暴を見逃されるわけではありますまいな。そうと決断された時には、必ずやこの越中にご連絡あれ。越後・上野の上杉殿と共に、北陸一円で師直への反旗を翻してみせまする」

最後にやって来たのは、意外にも紀伊の守護、畠山国清だった。

国清は去る政変の際、これから直義打倒に上洛する師泰から、河内石川城を後詰めとして委ねられていた。師直や師泰とは、それなりに懇意でもあった。

が、この時の国清は言った。

「正直、あの時は恵源殿もやり過ぎておられた」

その意味は分かった。師直の失脚を画策し、最悪の場合は心ならずも、斬り殺す可能性もあったことを言っている。

そしてこの国清は、戦巧者にしばしば見られるように、自分なりの物事の筋道を通そうとする。

「故にそれがしは、あの政変では尾張守（師泰）に与力した。されど此度、武蔵守はあろうことか取り決めを破って、伊豆守殿と大蔵少輔殿を殺めた。これは、我ら足利一門に対する侮辱であり、裏切り行為でもある。一族の結束のためにも、ゆくゆくは武蔵守を幕閣から放逐したほうが良かろうと存ずる。さらには、新しき三条殿のこともござる」

参賀で大人になった義詮を見たが、やはり幼少期と同じように、武門の棟梁としての資質をかなり心許なく感じたという。一門の噂通りに師直と共謀して重能と直宗を殺害していたのならなおさらで、正直、足利一族を取りまとめていく次期将軍としての器量には、甚だしい疑問が残る。

「かと申して、そこは宗家の嫡男でもあり、今の執権の座から引きずり降ろそうとも思わぬ。されど、かのお方のみでは先々での幕政はうまく回っていかぬであろう。そこで、左兵衛佐殿のことでござる——」

一昨年、直冬が紀伊国で見せた一連の戦いようには、当時、脇で補佐していた国清が改めて思い出しても、つくづく尋常ならざるものを感じ続けているという。

加えて昨年末、幕府からの追討令が出た罪人にもかかわらず、直冬ただ一人の人望をもって近隣の御家人たちを靡かせ、もはやその勢いは九州の中央部を席巻しつつある。これをもってしても、あの若者には万人に傑出した将器が備わっていることは間違いない、と。

「あれほどの器量の庶子殿を柳営の蚊帳の外に置き、むざむざと敵に回し続けてよいわけがござらぬ。かつて恵源殿と大御所殿が手を取り合って幕府を立てたように、左兵衛佐殿にも三条殿と共に、幕閣で然るべき役割を担わせたほうがよろしいかと存ずる」

「……されど義詮は兄と同様、直冬を嫌っているように見えるが」

「武蔵守さえいなくなれば、そこはなんとかなるはずでござる。今はいがみ合っていたとしても、半分は血を分けた兄弟。我ら一族の者が総出で諫めれば、三条殿と大御所殿は、そもそもが腰の定まらぬ親子でもあられる。左兵衛佐殿に、三条殿の座を決して脅かすことはないと誓わせれば、お二人も従わざるを得ぬでしょう」

これにも何と答えていいものか迷っているうちに、国清はさらに口を開いた。

「重ねて申し上げるが、一族のためにも、早いうちに武蔵守を幕閣から取り除くしかないと、それがしは存ずる」

そう言い切り、紀州へと帰っていった。

一月十一日、赤松円心が京の七条にある赤松邸で死んだ。

その報を持って、細川顕氏と吉良満義が再び揃って訪ねて来た。九州の不穏な情勢を受けて参賀後も京に残り、尊氏と師直の相談相手になり始めていた矢先の出来事であったという。享年七十四。

この訃報には直義も驚いた。円心とは決して深い仲ではなかったが、それでも何とも言えぬ寂寥感に包まれた。

伯父の憲房、細川和氏、楠木正成、新田義貞……これで、鎌倉幕府を命懸けで滅亡させた主だった者たちは、自分と師直、そして尊氏を除いて、すべて鬼籍に入ってしまった。が、他方で兄と師直は、終始彼らの力強い味方であり続けた老軍神を失くしたとも言える。ふむ――。

そして顕氏と満義に、石塔、桃井、畠山の三氏が、七日《なのか》正月《しょうがつ》のうちに次々と自分を訪ねて来たことを打ち明けた。

満義は一通り話を聞き終わると、こう感想を洩らした。

「いずれもが、一門では名うての戦上手であるな。かつ、揃って武蔵守の非道を断罪している」

なんとなく分かった。満義はもし今後、師直方の勢力と戦いになった場合、早くもこちらに付く戦力を見積り始めている。顕氏もうなずいて口を開いた。

「円心殿亡き今、石塔家の伊勢と志摩、桃井家の越中、畠山家の紀州、そして我が細川一族の総勢力を合わせれば、畿内でも高一族の勢力に対抗しうるのではないか」

その意味も分かる。そもそも細川宗家の頼春は、師直派でも直義派でもなかった。しかし昨年、自らの守護代である八木光勝が、頼春に断りもなしに重能と直宗を殺害したことにひどく不快感を覚え、越前守護としての面子を潰されたことにも甚だしく怒っていた。そしてその怒りは、当然のように裏で糸を引いていた師直にも向かった。

「武蔵守は柳営をほしいままにしようと、あろうことか我ら一門の者を殺した。あの男の存在は、我ら足利一族にとって宜しからず」

そう、細川一族の集まりの時に顕氏に告げたという。

この頼春の持つ越前、阿波、伊予、備後、そして顕氏の讃岐を合わせれば、五か国になる。先の三氏の封土を合わせれば、畿内と四国、中国筋の直義方勢力は九か国になる。

しかし高一族の同地域の直轄地も、今や河内、和泉、伊賀、土佐と存在し、近江には佐々木道誉もいる。尊氏に忠誠を誓う山名時氏も、丹波、丹後、伯耆、隠岐に加えて、先の政変で失脚した大高重成の若狭を新たに貰っている。赤松家の播磨と摂津も、師直に味方するだろう。これで、計十二か国である。畿内周辺から西海にかけての守護国の数の上では、未だ師直方のほうが優勢である。顕氏の見込みは、やや希望的に過ぎる。

そのことを言うと、さすがに顕氏も言葉に詰まった。しかし、満義はなおもこう言った。

「総力戦となれば、東国にも目を向けたほうが良い。関東では管領（上杉憲顕）殿が鎌倉を抑えており、上野と越後、伊豆の守護も兼ねている。わしにも三河の領土が多少はあり、奥州は我が一族の修理権大夫（吉良貞家）の管轄の許にある。これらも動員して高一族に挑むとなれば、どうか」

が、直義は再び首を振った。

「東国でも師直は武蔵と上総の守護であり、鎌倉府では師冬が軍務を司っておる。憲顕もそう簡単には動けまい。東海道筋では師泰が尾張の守護を務め、師兼もそちの所領を含む三河の守護である。奥州でも、もう一人の管領である畠山中務は兄に忠誠を誓っている。右京大夫殿が我らに味方しようとしても、陸奥の国府にて身動きが取れなくなる」

ようは三河以東の東国から奥州にかけても、彼我の勢力図は五分と五分という感じであった。

「ともかくも、師直の威勢を前に早計は禁物である」直義はそう言葉を締めくくった。「もう少し世の成り行きを見極め、機を捉えて一気に動いたほうが良い」

そう口に出してから、初めて気づいた。

……おれはもう、いつの間にか師直との対決を再び覚悟し始めている。

が、それは断じて自分の保身や私欲から出たものではない。そんな俗世の利害感情など、出家して恵源と名乗るようになった時に完全に捨てた。

昨年の末にも思ったことだが、あの男にこのまま幕府を任せておけば、おそらくは義詮の政権安泰のために、直義に心を寄せる一族や連枝たちを次々と処分していくだろう。

その先鞭として目を付けられたのが、まずは直冬であり、次に重能と直宗であった。

だが、この幕府は、まずは足利一族の結束した意思があって、初めて樹立することが出来たのだ。彼らの各地での多大なる犠牲の上で、ここ数年でようやく軌道に乗った。

一門の血塗られた犠牲の上に成り立った政権を、今、あの男はなし崩しにしようとしている。

もはや神仏でなくとも、さらに師直が断行するであろう恐怖政治の行き着く先を、ありありと見通すことが出来る。ゆくゆくは義詮が将軍に就いた時、今の執事の地位から幕府の執権に繰り上がる。それが仮に師直でなかったとしても、高一族であることには間違いない。そして思うように幕政を仕切り始める。

何故ならばそれは、かつての北条得宗家が、長期の独裁政権を成し遂げるために推し進めてきた道だからだ。得宗家は鎌倉幕府の発足初期から、まずは源氏の将軍を傀儡同然にした。次に得宗家の脅威となる源氏の連枝や親族、有力御家人たちを次々と粛清してきた。そうやって、万全の執権体制を確立して来た。

歴史は常に、同じような轍を踏むものだ。だが、そんな血の粛清など繰り返されてたまるかと直義は感じる。

足利幕府は、鎌倉幕府とは違う。高一族の尽力もあるにはあったが、あくまでも足利一門の主導で作り上げてきた。だからこの先も、我ら一門による幕政でなければならぬ。

そのためにもやはり師直を、機を見て現政権から永久に追放する必要がある。


二月になり、朝廷が師直と義詮の進言によって、元号を貞和から「観応」へと変えた。

だが、満義や顕氏らがもたらしてくれる情報によれば、九州の直冬は依然として貞和という元号を使い続け、軍事催促状をばら撒き続けているらしい。ようは、師直の主導する政権など認めていない。

肥前には尊氏が設置した九州探題があり、以前からここを一門の一色氏に管轄させていた。

三月、この九州探題を直冬軍が襲った。旗下の今河直貞をはじめとした武将が肥前へと侵攻し、探題の陥落まであと一歩という所まで肉薄した。

この直冬の動きに呼応して、昨年まで長門探題の長として管轄していた石見国でも、三隅兼連《みすみかねつら》らの国人が蜂起した。瞬く間に同国を反幕の新たなる拠点として塗り替えた。

さらに直冬は四月、肥後に唯一残っていた幕府側の拠点である鹿子木城《かのこぎ》を陥落させ、これで肥後と日向、筑後、大隅の四か国と、肥前の南部、豊後の西部という九州の過半を、完全に支配下に置いた。

この間、直冬が九州に上陸してから、わずか半年ほどの出来事である。

これは凄い、と我が子のことながら、直義は戦慄にも似た感動を覚える。

逆賊と名指しされ、討伐令を受けたままの逆境の中で、ここまでの広範囲な軍事能力をいかんなく発揮してみせる。いみじくも畠山国清が言ったように、ひょっとしたら直冬は、あの楠木正成や赤松円心にも勝るとも劣らぬ不世出の軍才の持ち主であるのかも知れない。

これには幕府も大慌てで討伐軍を編成し始めた。が、この編成作業が遅れに遅れた。

直義には、その原因がありありと分かる。自分が幕閣を去った後、師直は将軍家の管轄と幕府の実務を、たった一人で切り盛りしている。加えるにこの遠征軍の編成業務だ。とても手が回っていない。

結果、師泰を総大将とした討伐軍が京を出立したのが、六月も下旬のことだった。

七月、これら西国の不穏極まる情勢の影響を受けたのか、美濃でも反乱が起きた。土岐周済《ちかなり》という土岐家庶流の者が、同国と尾張の野伏を数多動員して国内で暴れまわり、果ては近江の東部にも雪崩れ込んだ。

この反乱にも、討伐軍を至急差し向けることになった。

総大将は義詮で、副将を師直が務めるという一軍である。

けれど師直は、今や日ノ本で最も忙しい男になっている。討伐軍の補佐を務めるような閑《ひま》な立場では決してない。

その理由も、直義にはうっすらと透けて見える。

案の定、この軍編成には在京の武将からこのような声が漏れ聞こえてきた。

「もはや三条殿も二十歳過ぎの大人であられる。いくら戦で采を振るのが初めてとはいえ、このようにあからさまなおんぶに抱っことは、いかがなものか」

ようは義詮はお飾りで、実際の戦の指揮は歴戦の古強者である師直がすべて行うのであろうという感想だった。そこまでしても、次期将軍に「勝ち武将」としての履歴を付けさせようとしている、との含みもある。

「野伏の反乱くらいは、次期将軍を担おうともあろうお方であれば、お一人で御差配なされてこそ然るべきである」

これまた義詮にはやや気の毒ながらも、直義もそう思う。

武門の盟主としての信を在野の武士から勝ち取りたいのであれば、このような手取り足取りの補佐など、初めから断ったほうがいい。多少は苦戦してでも自らの差配で戦果を勝ち得てこそ、人々は義詮を「頼うだるお人」として初めて仰ぎ見るのだ。

二十八日、義詮を総大将とした軍が京から出陣した。反乱軍を駆逐しながら美濃へと進み、首謀者の土岐周済を生け捕りにして京に凱旋したのが、八月二十日のことだった。

二十二日、義詮はこの功績で、朝廷から参議と左近衛《このえ》中将に任じられた。次期将軍の座をさらに確実なものとした。

が、当然だが在京の武将たちは、この美濃遠征の功績を誰も義詮の戦果だとは見ていなかった。

「やはり此度の出陣は、美濃鎮圧にかこつけた箔《はく》付けであったか」

そう憫笑する者もあれば、師直だけを褒める者もいた。

「武蔵守殿は、さすがに相変わらずの戦上手であられる」

実際の戦の仕切りはすべて師直がやったらしい事実を踏まえれば、確かにその通りであった。

それにしても直義が思っていた以上に、世間の武士からの義詮への評価は冷たい。何故だろう、と思っていた矢先、このような辛辣な意見も市中から聞こえてきた。

「そもそもが長子であられた左兵衛佐殿は、柳営から追討令を受けながらも孤軍奮闘し、今や九州の過半を切り靡かせられておられる。これに比べて三条殿は、同じ大御所殿のお子でありながら未だに独り立ちもできず、なんとも頼りなき次第であられる」

なるほど。確かに直冬との対比で見れば、義詮はいっそう不甲斐ない次期将軍に見えているのであろう。

武士とは、朝廷や幕府から権威付けをされただけの虚飾の大将よりも、たとえ逆賊になろうとも実際に戦に強く、強烈な行動力を伴う棟梁を好むものだということを、改めて思い知らされた。

それはかつて、体制への反逆者として世に現れた楠木正成や赤松円心が、その稀代の戦上手ぶりが知れ渡るにつれ、武士たちの間で非常な人気と尊敬を得たことでも分かる。

九月、この足利一門の内紛に乗じ、信濃、常陸、越後などで反乱が頻発した。大覚寺統だった地方豪族たちが、再び息を吹き返しつつあった。

しかし、本来ならこれらの反乱を鎮圧するはずの上杉憲顕と高師冬も、もはや鎌倉で一触即発の状態に陥っており、それどころではなくなっていた。憲顕は、弟である重能を惨殺されたことで高一族に対する反感を露わにしており、師冬もまた、一時は師直を殺そうとした直義派である憲顕には、激しく敵愾心を燃やしていた。

そして両者は互いの勢力に対して、既に関東の各地で戦闘準備を整え始めていた。

が、実際にこの二人が矛を交えれば、より戦上手である師冬が勝つだろう。

そこで直義は、伊勢の石塔義房に宛てて文を書いた。義房は既に子の頼房へと家政を譲り、今や悠々自適の隠居の身である。この自由に動ける義房に関東へと下って、上杉勢と高勢との戦が出来した折には、憲顕の手助けをするように頼んだ。幸いにも二人が激突しなかった場合には、常陸での反乱鎮圧に力を貸すように依頼した。

「よろしいですとも」

義房は快諾し、軍勢を率いて関東へと下向し始めた。

同時期、奥州でも両管領である吉良貞家と畠山国氏が、鋭く対立し始めていた。こちらもまた、いつ師直派と直義派に分かれて戦いの火ぶたを切るか分かったものではない。

翻って見れば、この関東と奥州の危機的な状況も、去年の政変に端を発し、その後に直冬が大方の予想に反して、九州で急速に勢力を拡大させたことに起因していた。

当の九州では、ついに筑前・豊前・対馬三国の守護である少弐頼尚が直冬の威勢の前に屈服し、反幕府の軍門に下った。九月二十八日のことであった。

さらに西海からの続報によれば、北部九州の雄であった少弐氏の降伏を受けて、今度は豊後の守護である大友氏までも、直冬に対して白旗を上げたという。

これで直冬は、九州探題の直轄地である肥前と薩摩の一部を除き、ついに九州のほぼ全域を掌握した。

直義は、その並外れた軍才にますます舌を巻かざるを得ない。動乱の時代の若き軍神の出現である、とすら感じた。

ところで先の六月、その直冬討伐のために西国に向かった師泰軍は九州に辿り着く以前に、石見の直冬方の強力な抵抗に遭い、山陰で足踏みを余儀なくされていた。桃井直常の同族である桃井左京亮義郷《さきょうのすけよしさと》が、三隅兼連らの国人を強力に支援したこともあり、四か月ほど経っても未だ石見一国でさえ抜けぬという、師泰のこれまでの華々しい戦歴からすれば、まったく嘘のような体たらくだった。

幕府はついに、将軍である尊氏の出陣を決定した。師直からの強力な提言があったことは言うまでもない。

これには直義も相当に焦った。いくら直冬が彼の地で奮戦していても、実父でもあり現将軍でもある尊氏と戦うともなれば、完全に大義名分が立たない。

さらに重要なことは――それがどういう精神構造なのかは未だに理解できないが――兄もまた直冬とはまったく違った方向性で、紛れもなく不世出の軍才の持ち主であるということだ。そこは親子だと感じるが、おそらく直情型の直冬は、ふわふわと得体の知れぬ実父の前に敗れる。

尊氏は、さすがに自分の血を分けた子であり、直義の子でもある直冬を殺すことはないだろう。

現に尊氏は、こう言っているらしい。

「わしは、言うことをぜんぜん聞かぬ直冬を懲らしめるために、かように出陣するのだ。捕えた後は今度こそ出家させ、俗世との縁を完全に切らせる」

しかしそれは、直冬の社会的な抹殺を意味する。結果として、師直の完全なる独裁政治を確立させることになる。そして師直は、重能や畠山直宗を殺したように、やがては義詮の先々のために、直冬をも殺害する可能性が高い。

直義は尊氏の出陣決定を報せる早馬を、吉良満義を介して北陸の桃井直常に飛ばした。

十月十六日、義詮と師直が仕切る幕閣にて、尊氏が直冬討伐のために九州に遠征することが、公式に発表された。

直後の二十日、越中で兇徒が大規模に蜂起した。が、その実は兇徒を装った桃井直常の直属軍であり、彼らは幕府の管轄地であった氷見《ひみ》湊を襲った。さらには越中西部から幕府側の能登にも進撃する気配を濃厚に見せた。

しかし、その自称兇徒たちの陽動作戦にも、師直は引っかからなかった。能登守護である桃井義盛に出陣を命じ、桃井一族では珍しく師直方に属する義盛に、北陸の鎮圧を一任した。引き続き九州遠征の準備を粛々と整え続けた。

そして、この動員命令は、細川顕氏にも発せられたことを、当の本人の口から直義は聞いた。

「どうなさる」顕氏は声を潜めて言った。「此度の遠征軍は、大御所殿が武蔵守殿も引き連れて九州へと下られる。つまり、京に残るは三条殿だけでござる」

その意味は分かる。兄と師直が京を出立しさえすれば、戦に未熟な義詮一人が守る畿内くらいは、なんとか掌握することが可能だろう。顕氏の言葉は続いた。

「もし恵源殿が立ち上がるのならば、それがしも途中から遠征軍を離脱して、恵源殿の許に馳せ参じまする。むろん刑部大輔（細川頼春）殿の軍も同様でござる」

やや遅れてやって来た吉良満義も、こう口を開いた。満義は隠遁した直義に代わり、桃井、石塔、紀伊畠山らの直義方と頻繁に連絡を取り合っている。

「桃井兵庫助殿は、今や越中の西部に七千もの兵を集結させておられる。石塔中務大輔殿も畠山左近大夫殿も、恵源殿に呼応して立ち上がることが出来るように、密かに軍の手配は済ませておられる。立ち上がるなら今を措いてない」

それでも直義は、すぐには返答しなかった。

確かに畿内を一時的に掌握することはできる。関東と奥州でも、憲顕と吉良貞家に先んじて呼びかければ、師冬や畠山国氏に対して優位に戦局を進めることが出来るだろう。

だが、直義たちが畿内全土を支配下に置く前に、尊氏と師直が西国から慌てて引き返して来れば、彼我の勢力図は過日に試算した通り、再び逆転する。一気に戦況を覆されるかも知れない。最悪の場合、直義に与していた武将たちは直冬と同じく、新たなる逆賊として討伐される。

そういう負け方だけは、なんとしても避けなくてはならない。一度立つと決めた以上は、どういう手を使ってでも、絶対に勝たなくてはならない。

……………。

実はある策を、十日ばかり前に思いついていた。一度思いついてしまったその案は、脳裏から打ち消そうとすれば するほど、膠のようにこびりついて離れなかった。

直義は一つ大きな吐息を洩らした後、二人にその必勝の策を打ち明けた。

途端、顕氏も満義も一瞬息をすることさえ忘れ、大きく目を剝いた。直義は、もう一度その案を繰り返した。

ややあって、まずは顕氏がようやく口を開いた。

「そ、そのようなことを行って、果たして幕府は瓦解せぬであろうか」声が、激しく上ずっている。「いや、それ以前に世の道理として如何でありましょうや」

直義は、敢えて簡潔に答えた。

「おそらくは、なんとかなる」

「さ、されど――」

顕氏はそこまで言って、再び絶句した。そして視線を、直義の居宅である粗末な板張りの上に力なく落とした。

重苦しい沈黙が続いた後、今度は満義が静かに言った。

「確かにその策を打ち出せば、遠征軍が引き返してきたとしても、畿内周辺ではまず勝てるであろうな」

長年の付き合いで分かる。その口調からして、満義も未だ動揺は残しつつも、半ばは腹を括りつつある。

しばしして直義は、顕氏に語りかけた。

「兵部少輔よ、そなたが動かねば、宗家の刑部大輔も間違いなく動かぬであろう。細川一族の五か国の兵も動員できぬ。策以前の話として、こちらの戦力は大きく減じる」

「……はい」

「であるからに、この案にそなたが反対であれば、わしは決起せぬ」

「……」

「が、そなたが決意さえしてくれれば、あとはいかようにでもなろう。既に九州はほぼ直冬の手中に落ちている。その上でわしが鎌倉に呼びかけ、満義が奥州管領である修理権大夫（貞家）に呼びかければ、畿内での優勢を保ち続けている限りは、この日ノ本での大勢は決するはずだ」

最後に、年初から心に蔵してきた思いを付け加えた。

「分かるか、兵部少輔よ。我ら一門による幕政を完全に復活させるためには、この策しかないのだ。幕府の要職は、師直や道誉などの御内人や在野の武士ではなく、あくまでも足利一族の正統なる血縁のみで占められるべきである。また、そうでなくてはいずれ柳営も、北条得宗家によって傀儡将軍を立て続けられた、かつての鎌倉府の二の舞となろう。そして今の得宗家とは、すなわち師直を始めとする高一族と、それに与力する者たちである」

そう断言するに及び、ついに顕氏も首を縦に振った。

尊氏と師直の出陣は、既に十月二十八日と正式に決まっていた。その直前の二十六日の夜、直義は彰子と四歳になる如意丸を連れて、京を逐電《ちくでん》した。

ひとまず目指したのは、大和にいる直義方の武将、越智伊賀守の城である。そこで、万が一にも尊氏が直義の捜索のために出陣を取り止めないことをしばし確認した後、いよいよ目的の本拠地へと移る。

畠山国清が、既に遠征している師泰から以前のように預かっている河内の石川城だ。ここで初めて挙兵の声を上げ、師直と師泰に対する誅伐令を各地へとばら撒く。

直義は当初、彰子と如意丸を連れて行く気はなかった。戦況が落ち着くまでは、嵯峨野辺りの人里離れた草庵にでもひっそりと匿うつもりだった。

けれども彰子は、こうきっぱりと言い切ったものだ。

「直義殿とならば地獄へでも参ります。今さら、そのようなつれなきことを申されまするな」

「良いのか。もしわしの策が上手くいかなかったら、共に命を落とす場合もあるのだぞ」

するとも彰子は、やんわりと笑った。

「良いのです。それならばそれで。満足にてござります」

9

出陣前日の二十七日、侍所の頭人である仁木頼章が一条今出川邸に駆け込んできた。

今朝、出陣の挨拶に直義の小宅を訪れたところ、もぬけの殻になっていたという。屋内も綺麗に掃き清められており、本人はおろか妻子まで消えていた。いずれかへと逐電したのは間違いないという。

師直は愕然とした。出陣前の軍務を放り出し、将軍家まで馬を飛ばした。尊氏にこの件を報じ、声高に言った。

「これは九州討伐以前の、忌々しき事態にてござります。今すぐにも出陣を取りやめ、御弟君をお探しになるべきでござりますっ」

が、尊氏は、いかにも面倒くさそうに首を振った。

「出立は明日に迫っている。いまさら取りやめられぬ」

「さ、されど……」

すると尊氏は、じっと師直の顔を見てきた。

「師直よ、そちが重能や大蔵少輔を殺めるから、このようなことになる。直義は、下手をしたら直冬まで殺されると思い、拗ねて京を飛び出したのだ。そちの落ち度である」

どうやら尊氏は、過日の重能や直宗の殺害のことを未だに怒っているようだ。しかも「そちの落ち度である」とまで言った。やはり、相当に根に持っている。

結局、師直はなす術もなく一条今出川へと戻り、既に集まっている諸将に事情を説明した。直義の失踪をこのまま放っておくと大変なことになる、と。

けれど、出陣前の一門の者たちも呑気なものだった。

「既に隠遁の身の恵源殿に、いかほどの事が出来ようか」

「恵源殿に与力される者は、ほぼおらぬ。あってもせいぜいが、越中殿と関東の管領殿くらいなものである。しかも遠国にて、かのお方らもまさか京までは上られまい」

と、あからさまにたいしたことではないと言い合った。

師直は思わず顔をしかめた。足利幕府樹立以来の、十四年もの月日の流れを痛感せざるを得ない。

その年月のうちに親から代替わりしていた彼らは、平時の直義しか知らない。幕閣を運営していた頃の、篤実で生真面目な「三条殿」の顔しか見たことがない。

建武の新政を打倒しようと画策し始めた頃の、直義の本気の凄み《すご》を知らないのだ。

巷では、この幕府は尊氏と直義という足利兄弟が樹立したということになっており、さらに武門の事情通の間では、直義と師直が両輪となって建武の政権を打倒したという話になっている。

だが、師直だけは真相を分かっている。

あの当時、前政権打倒までの遠大なる策謀はすべて直義が立案して導き、自分はその補佐役を必死に務めていたに過ぎない。そんな男を野に放したままで、いいはずがない。

案の定、隣に居た仁木頼章と現在の政所執事である佐々木道誉も、顔を曇らせた。しかし尊氏はおろか諸将までもがこの反応では、出陣を取りやめることなど到底無理だ。

結局は翌二十八日、尊氏と師直は足利宗家の直属軍旗下の五百ばかりを率いて京を出陣した。

この兵力のあまりの少なさにも、師直はついため息をつきたくなった。けれど、仕方がない。

今回の遠征軍の主力である細川頼春と顕氏の軍は、既に昨日の時点で先発隊として西進を始めていたし、宗家の大半の兵は去る六月、師泰が石見まで引っ張って行ってしまっている。そして当然だが、直義の三条足利家は既に消滅してしまっているので、その兵力もない。

かと言って此度の遠征は、根を洗えば足利一門の内紛なので、他武門の兵をはるばる九州まで引き連れて行くわけにもいかない。さらには南朝に対する防衛の意味でも、むやみに畿内の一門——紀伊の畠山や、伊勢志摩の石塔などは動かすべきでなかった。

途中、石清水八幡宮にて戦勝祈願の儀式を行い、その後も一門の兵を糾合しながらゆるゆると西進を続け、摂津国の兵庫に入ったのが、十一月十五日のことだった。

ところがこの兵庫で、とんでもない事態が持ち上がっていた。なんと昨日、細川顕氏の軍が勝手に先発隊を離脱し、その本拠地である讃岐へと渡海してしまっていたのだ。

「これは一体、いかなることであるかっ」

そう、残っていた細川宗家の頼春を語気荒く問い詰めると、相手もまた憮然としてこう答えた。

「どうもこうもござらぬ。兵部少輔は、『ともかくも讃岐へ一旦は帰る』の一点張りにて、まさか同族で矛を交えるわけにもいかず、かような次第となり申した」

くそ。なんと間抜けな奴らだ。

おそらくは、あれだ。顕氏は昨年の政変後、行き場のない直義を四月ほど自宅へと寄宿させていた。その間に直義と昵懇になった。そしてこの遠征が決まった後は、ついでに討伐される直冬の立場にも、ひどく同情した。そういうことか、とさらに頼春を問い詰めると、

「それがしには分かりませぬ。が、そう言われれば兵部少輔が讃岐へと去った訳も、分かるような気が致しまする」

と、なんとも生煮えな答えが返ってきた。

師直は尊氏とも相談し、頼春の軍を急遽讃岐へと向かわせた。顕氏を説得し、至急連れ戻すように命じた。

十九日、尊氏と師直の一行は備前福岡へと到着した。この山陽道でも有数の商都で細川軍の帰参を待った。

が、そこから二十日ばかり待てど暮らせど、四国に渡った細川軍からの帰参はおろか、どういう状況になっているかの報告さえ一度も来なかった。

代わりにこの間、各地での風雲急を告げる早馬が、続々と備前福岡に到着し始めた。

まずは去る十二日、常陸国の信太《しだ》上条で上杉能憲と重季が挙兵したという。二人の名には、師直も聞き覚えがあった。確か、昨年に越前で滅ぼした重能の子供たちだ。

同地には、師直の股肱である武蔵守護代・薬師寺公義《やくしじきんよし》が先んじて進出していた。能憲と重季の兄弟は、薬師寺公義と即刻交戦状態に入った。

十九日、北陸でも動きがあった。桃井直常の実弟である直信が、三千騎を率いて能登へと乱入し、師直派の桃井義盛と血みどろの攻防戦を開始した。しかも緒戦から、早くも能登守護軍を圧倒し始めているという。

二十一日、それまで行方知れずであった直義が、あろう

ことか畠山国清が城代を務める師泰の城・河内石川城に忽然と姿を現し、しかも堂々と入城したという。

この報には危うく腰が抜けそうになった。

畠山国清は、いつの間にか直義側に寝返っていたのだ。これで紀伊と、国清に国政を委任していた河内と和泉の計三か国は、直義の手中に落ちたも同然となった。

さらに同日、かつて南朝勢力だった近江の豪族、下賀《しもが》、高山《たかやま》、小原《おばら》という三氏が直義方として蜂起し、同国の一部地域も直義方に付いた。

翌二十二日には、いつの間にか伊勢から大和まで進軍して来ていた石塔頼房が、地元の越智伊賀守と生駒山にて挙兵の声を上げた。大和には守護が存在せず、興福寺がその代わりのようなものだったから、興福寺の僧兵以外の武士勢力は、直義の旗下に入ったと見るべきだった。

結果、これで伊勢と志摩を含めれば、畿内だけでも既に六か国と近江の一部が、瞬く間に直義方に転じた。

もう師直には、はっきりと分かった。

この僅か三日ばかりのうちの数々の蜂起が、偶然であるはずがない。おそらくはすべて直義が以前から周到に計画し、裏から糸を引いている。

となると、讃岐へと無断退陣した細川顕氏も、直義と間違いなく事前に気脈を通じていた。ひょっとしたら説得に向かわせた頼春も、逆に顕氏に言い込められて既に直義方に付いたのかも知れない……そうであれば、細川一族の讃岐、越前、阿波、伊予、備後の五か国も、直義側となる。

気づけば、両脇から冷たい汗がしとどに噴き出し、たらたらと脇腹へ流れ落ちていた。

奥州でも畠山国氏と吉良貞家が、互いの軍勢を集めて臨戦状態に入ったようだ。むろん貞家のほうが同族の満義の呼びかけに応じ、先んじて動いたのだろう。

やはり直義は、かつて見せた恐るべき権謀術数の才、その暗部の輝きを、微塵も衰えさせていない。

尊氏と師直側にとって不幸な報はさらに続いた。

二十五日、石塔頼房は大和から近江へと北進し、先の地元豪族三氏と共に、尊氏方の佐々木道誉の軍を早くも押し始めているという。

そして同日、河内石川城にて起こっていた事態に、師直は思わず我が耳を疑った。

なんと南朝の重鎮である北畠親房が、大和の山奥《さんおう》にある賀名生からはるばる石川城を訪れて来ていた。直義と講和を結ぶためらしい。

その報告を受けた時、師直はつい大声で叫んだ。

「そのような馬鹿なこと、起こりうるはずがないっ。南朝は大御所様よりも相州殿をはるかに憎み続けてきたのだっ」

確かにそうだ。尊氏は直義に担がれた単なる御輿であったことを、かつての後醍醐天皇と北畠親房ほど骨の髄から確信していた者はいないだろう。敵だったからこそ、真の恐るべき敵は誰かを必死に見定めていた。

しかし京からの使者は、しきりに恐縮しつつも答えた。

「は……されど京では数日前から、『相州殿が南朝に降伏なされた』という噂が立っておりました。近江の地侍たちも『我らは、正統なる南朝と足利相州殿の与力である。立ち向かう者は朝敵となる』と呼号しているとのこと。これらを鑑みましても、相州殿が以前より賀名生の北畠殿と講和する話を進められていたのは、まず確実か、と……」

これには、もはや抗弁すべき言葉を失くした。

直義は師直を排除して、一門のみによる完全な専制政治を復活させるために、ついに禁断の手法を用いていた。

しかし直義は、自分がやった事が先々で何を意味するのか、本当に分かっているのか――。

今まで必死に築き上げてきた足利幕府の体制が、音を立てて崩れ落ちてゆくような錯覚に陥る。

ふと、一月に死んだ円心の言葉を思い出す。臨終間際の枕元に駆け付けた師直に、円心は虫の息でこう言った。

「相州殿と、なんとか仲を修復しなされ。下野させたままでもよろしいが、せめて手負いの獣に化けぬよう、それなりに気配りしてやりなされ」

「……」

「世に最も恐るべきは悪人に非《あら》ず。己の正義を譲らぬ頑固者である。唯我独尊の道を遮二無二突き進む。わしや相州殿のような者である。この一事、しかと心に留め置かれよ」

が、師直は九州の情勢やら各地での反乱への対応に取り紛れ、さらにはどうにも気が進まぬこともあり、円心の今《いま》際《わ》の際《きわ》の忠告に従うことをついつい怠ってきた……。

ともかくも早速この件を尊氏に報告した。

すると尊氏は激怒するかと思いきや、突然泣き出した。

「直義は、先帝のことを激しく嫌っていた。その先帝の南朝に下るとは、よほど懊悩した挙句のことに違いない」

この反応にもまた、言うべき言葉を失くした。

が、翌日の二十九日、尊氏の言う苦悩した弟から使者が来た。この律僧が、さも当然の帰結のように口上を述べた。

「相州殿が申されまするには、『もはや彼我の兵力差は歴然にて、大御所殿は九州討伐を取り止め、それがしと和睦なされませ。武蔵守と尾張守（師泰）を引き渡してもらえれば充分にてござる』との由であられました」

直後、尊氏は初めて怒り出した。

「わしは、いかなる時も家臣を引き渡すことなどせぬっ。ましてや高兄弟は一の郎党で、わしに最も近しき者たちである。それは直義も昨年、目の前で見て充分に承知しているはずだ。それを、押して言うかっ」

むろん師直の腹も煮えた。あの男はおれが重能と直宗の引き渡しを要求し、殺したことを未だ根に持ち、おそらくは我らを同じ目に遭わせようとしている。しかも、おれだけならまだしも弟の師泰の身柄まで要求するとは、なんという横道者であろうか。

これには円心の遺言もつい取り忘れて、即座に律僧の身柄を取り抑えた。京の仁木頼章の許へと送って抑留した。が、この行動がかえって直義との交渉口を失うことになった。以降、河内石川城からの連絡は途絶えた。


十二月に入り、尊氏と師直にとって戦況はますます不利なものになった。

関東では一日、上杉憲顕が鎌倉を去り、自身の国である上野へと下った。常陸で戦っている能憲、重季と共に、師直の家臣である薬師寺公義を挟撃するつもりなのだろう。

同日には河内石川城から上野直勝《うえのなおかつ》という武将が出撃し、近江への戦線に加わった。上野は足利一門の河内源氏である。四日、石塔と上野らの連合軍は、近江の佐々木軍を湖南から追い落とし、ついに瀬田まで迫った。

これらの報告には師直も相当に焦ったが、尊氏を総大将とする討伐軍は、過日に通過した播磨で赤松と山名の遠征軍を吸収しただけで、未だ二千騎ほどでしかない。この小勢では京へと引き返しても、何の助けにもならないだろう。

尊氏は、日課である地蔵菩薩の画を以前にも増して熱心に描き始めた。どこからか援軍が現れてくれぬかと、すっかり他力本願に陥っている。そうして備前にて虚しく時を過ごす間に、他国からも続報が入ってきた。

四国では細川顕氏の軍が讃岐から南下して、既に土佐へと乱入していた。師兼の守護地である三河でも東条で吉良満義の配下が蜂起し、師泰の尾張でも直義側の今河朝氏《ともうじ》の軍が高家の留守部隊と合戦を始めた、等々だ。

ようは、あらゆる国で直義に与する者たちが立ち上がり始めており、既にこの日ノ本全体が直義側と師直側に完全に二分されつつあった。

京のある山城に再び視線を転じると、石塔頼房の軍が七日、戦略上の要衝である石清水八幡宮にまで達し、続く九日には宇治の平等院鳳凰堂《ほうおうどう》を占拠した。

この頃までに北陸でも、桃井家同士の戦いの趨勢がほぼ決していた。桃井直信が同義盛の軍を蹴散らし、十三日、義盛は能登西側の金丸城に籠城した。

実弟の戦果を見た越中守護・桃井直常は、能登守護軍には反撃する力はないと見た。そして二十日過ぎに、京へと向けて出陣した。遠征軍の数は七千にものぼるという。

この報告を、年末も迫った二十八日に師直は受けた。

もはや兵が少ないからと言って、我らが備前福岡で徒に時を過ごしている余裕はない。北からは桃井直常が、南からは石塔頼房が洛中に迫っている。さらに河内から和泉にかけては畠山国清の後詰めもある。

そうなれば義詮一人が守る京は、一巻の終わりだ。

義詮は既に三条坊門にある政庁を捨て、光厳上皇、崇光《すこう》天皇を連れて防御に適する東寺へと籠っていた。

十二月二十九日、ついに尊氏と師直は備前から京へ向けて反転した。師直は全軍を率いて京に向かうように進言したが、尊氏は首を振った。

「真に恐るべきは九州の直冬である。この動乱のすべての発端となったのは、あの男だ」

そう言って、備後に師直の子である師夏《もろなつ》を、備中に南宗《みなみむね》継《つぐ》を、備前に石橋和義を配備し、直冬が九州から追撃してくる事態に備えた。そして僅か千騎ほどで東上を開始した。

師直は、こんな小勢で京へと上ってもいかほどの事が出来ようかと感じたが、

「なんとかなる」と尊氏は答えた。「京まで辿り着けば、幕府の旗の許に集まってくる新たな者たちもいるはずだ」

戦の時だけは幾度となく非凡な才を発揮してきた主君の言うことなので、結局はこの決定に従った。

年を越し、観応二年の正月になった。

播磨国を引き返すうちに、一月一日に畠山国清の軍が摂津の神崎まで進出し、同地の守護である赤松範資（円心の嫡男）の軍を打ち破った。三日には、越中の桃井直常が近江坂本まで急進して来た。延暦寺は桃井軍の軍門に下った。

京周辺の戦況は、いよいよ悪くなってきている。

六日から七日にかけて、尊氏と師直は摂津の西宮から瀬川の宿まで進んだ。この間、関東からも最悪な報が届いた。

昨年の十二月二十五日、師冬は鎌倉公方である亀若丸を奉じて、上杉憲顕と同能憲、重季という直義派の一族を討伐するべく、既に鎌倉から出陣していた。

が、相模の毛利荘という場所で、何故か関東に姿を現した石塔義房からの急襲を受け、亀若丸を奪われたという。

二十九日、石塔義房は亀若丸を鎌倉府へと連れ戻した。

一方、足利宗家の御旗を失った師冬軍は常陸に進軍するどころか、鎌倉に一部残っていた上杉軍の追撃を受けて、逆に西へ西へと逃れ始めている始末だった。

　師直たちが瀬川の宿を改めて出立した一月八日、直義が河内の石川城から、ついに石清水八幡宮へと本拠地を前進させたという報に触れた。

　石清水八幡宮は、西国街道の要衝にそびえる。師直たちが京に辿り着くためには、淀川沿いにあるこの城塞のすぐ脇を通らなくてはならない。通過中に直義の大軍から襲われたらひとたまりもない。そのことを尊氏に伝えると、

「大丈夫だ。なんとかなる」

　と、以前と同じ言葉を口にした。そしてこう続けた。

「今は敵味方とはいえ、直義がわしを襲うようなことは、決してない。ましてや命を取ることなど、絶対にあり得ぬ。故に師直よ、これよりは常にわしのそばを離れるでないぞ」

　尊氏が備前の時から強気だった訳が、ようやく分かった。

　けれど、直後に師直が味わった気分を、なんと説明すればいいのだろう。

　尊氏は、共に日陰者であった頃からの実弟との関係に、未だに揺るぎなき信頼を置き続けている。あるいは直義も同様なのかも知れない。

　だが、当然だがその来し方の記憶の範疇《はんちゅう》に、既に宗家の次期執事であったおれは含まれていない……。

　十日、石清水八幡宮を対岸に望む山崎へと差しかかった。

　尊氏の言った通りだった。

　直義は僅かばかりの弓射戦を仕掛けて来ただけで、旗下の軍を渡河させては来なかった。しばしの弓射戦が終った後は、川向こうからこちらを傍観しているばかりであった。

　尊氏もまた敵の大軍を遠望したまま、何故かこの山崎の地を三、四日動かなかった。

　その間にも京の義詮は、石塔軍と桃井軍からの猛攻に散々に晒され続けていた。師直は、早く京に辿り着いて圧倒的な劣勢に陥っている義詮を助けるべきだと忠言した。

　しかし、尊氏は首を振った。

「われらがこの小勢で入京したところで、同じだ。直義は依然としてあの本陣にいる。石塔軍や桃井軍がいざ劣勢となれば、いくらでも援軍を京へと繰り出すことが出来る」

「されどその小勢ゆえ、あの対岸へと攻め上がることも叶いますまい。なのに何故、かようにここを動かれぬのです」

　すると尊氏は、少し照れたように笑った。

「なに……直義がわしを直《じか》に対岸から望んで、降参してく

れぬかと思ってな」

　これには一瞬、二の句が継げぬほどに呆れ返った。

　しかし直後には、あるいは万が一にも、そういうこともあるのかも知れないと感じた。

　現に直義は、圧倒的な大軍を擁しているにもかかわらず、滞陣する尊氏軍を攻撃してくる気配が一向にない。直義も、兄を前にどうしたらいいものかと身動きが取れずにいる。おそらくは血気に逸《はや》る武将たちを、必死に押しとどめていいる。お互いに戦いたくないから、相手が先に降参して来るのをひたすらに待っている。

　まったくこの期に及んでもたいした兄弟愛だとは感じるが、古来、こんな馬鹿げた睨み合いがあっただろうか。

　切羽詰まった天下の戦況においても、尊氏と直義の間柄に関する限りは、まるで兄弟喧嘩の我慢比べに等しい。

が、この愚劣極まりない睨み合いの間にも、それまでどっちつかずだった武将たちが、続々と京を離脱し、直義の軍門に下り始めていた。

　まずは足利一門でも最高の家格を誇る斯波高経が、二階堂行珍らを伴い、石清水八幡宮へと下った。駿河守護の今河範国も市中を離れ、直義に下った。さらには尊氏の近臣である須賀清秀までもが、八幡へと走るという有様だった。

　この状況にはさすがに尊氏も驚き、兵に進軍を命じた。十五日の昼前には、京の南西にある西岡へと着いた。

　そこに同刻、市中の防衛を断念した義詮が、佐々木道誉以下のわずか五百騎を率いてやってきた。かつて数多いた味方の数は、無残なほどに激減していた。

　尊氏は嫡男に向かって念を押すように言った。

「我が方に与する者は、これですべてか」

「は。左様であります」

と、別段恥じらう様子もなく、義詮は答えた。

　師直はつい顔をしかめそうになる。

　過日の美濃鎮圧でも、義詮には将としての資質が明らかに不足していた。今回もそうだ。桃井軍や石塔軍に、一人では何ら有効な手を打てていない。挙句、一門の者からも次々と見限られるという有様だ。同日にも、市中離脱を決めた義詮に愛想を尽かし、下総《しもうさ》守護の千葉氏胤《うじたね》が直義の許に去っていた。しかもそれらのことを、淡々と報告した。

　これには尊氏も、軽いため息をついた。

「そちは、どうやらまだまだのようじゃな。わしが今より戦の仕方を見せるゆえ、しかと脇で学べ」

　その言葉を聞いた師直は、また別の思いに駆られた。

　尊氏はこの一年半ほどの間に、少しずつ言動が変わりつつあるように感じる。常にぼうっとしていたかつての佇まいが時に消え、稀に至極まともなことも言うようになってきている。数日前に山崎で語った戦術眼にしてもそうだ。さらに遡れば、師直と直義がそれぞれ時期を措いて家臣の引き渡しを要求した時も、妙な故事を引いて断固拒否した。

が、齢四十七にもなって人が変わるということが、あり得るだろうか。

ともかくも尊氏は、その後すぐに計千五百の兵を率いて、市中へと取って返した。三条河原まで進出し、待ち構えていた桃井軍と激突した。敵も市中での相次ぐ合戦でかなり兵を減らしていたとはいえ、少なくともこちらの倍はいた。

ここでも尊氏は、十六年ぶりの合戦にもかかわらず、むしろかつてないほどに的確な軍配を振るった。まずは軍を三手に分け、正面からの攻撃を佐々木道誉へと任せて、自身は師直と共に北から、義詮が率いる部隊には南から桃井軍を挟み込ませた。

激戦は一刻半にも及んだ。師直の周囲でも討ち取られる者が続出した。それでも尊氏は、落ち着いた声で言った。

「やがて波は去る。引き時まで我慢した者が勝つ」

その言葉の通りとなった。やがて自軍の損傷に堪え切れなくなった桃井軍が、関山まで撤退した。兵たちは束の間、戦勝の喜びに沸いたが、またしても尊氏は言ったものだ。

「一時の勝利にて、大局は変わらぬ。直義の新たな軍が、明日には迫って来るであろう」

これも当たった。翌十六日には京の南郊に直義旗下の大軍が姿を現した。逆にこちらの兵数は、昨日の戦いで五百騎にまで激減していた。

尊氏は京を引き払い、丹波まで後退する決断をした。

途中、天龍寺で兵を休息させようとしたが、なんと住職である夢窓疎石までが直義側に与し、尊氏たちの兵が入境することを拒絶した。

また、この日には信濃守護である小笠原政長《まさなが》も京の自宅を焼き払って、直義軍のいる八幡へと走った。

京には既に、自分たちが留まる場所は寸分たりとも存在しない。その禍々しい現実に改めて愕然とさせられた。

結局、尊氏たち一行は疲労困憊《こんぱい》のまま丹波へと入り、そこから山名家の香山寺城を目指して北上した。しかし到着寸前になって、この山城からも使者がやって来て、

「相済みませぬが、昨日より我ら山名家は、相州殿にお味方することになり申しました。足利殿は、早《と》う早うこの場をお立ち去り下され。さればこれまでの友誼により、後追いなどは致しませぬゆえ」

と、山名時氏の口上を述べた。体よく追い払われた。

ついに山陰五か国の雄である山名家ですら、尊氏と師直を見限って直義に与した。

もはや京はおろか、この日ノ本にさえ尊氏と師直に与する地域はほとんどなくなってしまった。

尊氏は、丹波の岩屋山石龕寺《せきがんじ》に義詮と三百騎ほどの軍勢を残し、自らは師直と二百騎たらずの軍を率いて播磨との国境に向かった。かの国にはまだ、尊氏の唯一の味方である赤松家が残っている。しかし、そもそも足利一門ですらない赤松家を最後の頼りとせざるを得ないことに、味方の圧倒的劣勢がまざまざと象徴されていた。

播磨国へと入り、書写山へと陣を構え直した後、関東からの訃報が届いた。

甲斐国まで落ち延びていた師冬が、上杉憲顕の嫡男・憲《のり》将《まさ》が率いる三千の軍に追い詰められた挙句、須沢城にて戦死した。去る十七日のことであった。

さらにはこの前日、師直の股肱である薬師寺公義も憲顕の猛攻に遭い、常陸で降伏していた。

これで関東も、上杉一族の手中に完全に落ちた……。

そして薬師寺公義の降伏後、間を置かずに上杉能憲と重季の兄弟が動き出した。能憲は千騎ほどを率いて東海道を、重季も五百騎ばかりで北陸道から京に向かっているという。

その意味するところは明らかだった。父の復讐に燃え、夜を日に継ぎながら直義の許に駆け付けようとしている。

四面楚歌、という言葉が不意に師直の脳裏をよぎった。

数日後の一月末になり、石見から引き返してきた師泰の軍が、ようやく書写山の尊氏軍へと合流した。が、その兵は二千弱までに激減していた。聞けば、昨年からの石見の戦いで既に大きく兵を減じていたが、同地から引き返してくる途中の備中でも、八幡から海路を進んできた上杉朝定の兵と交戦になり、退けはしたものの、さらに兵を失ったという。続いて備後にいた師夏軍五百も書写山に到着した。

師直はこの二人に、関東での出来事を語った。

弟の師泰は表情を恐ろしく強張らせ、子の師夏は師冬の死を知って落涙した。

その後に、円心の嫡男・赤松範資と三男・則祐の軍が東西から駆けつけ、味方は計五千に増えた。

二月三日、増えた軍をもって東方の滝野光明寺城へと進んだ。石塔頼房は既に京を離れ、この城に兵を詰めていた。

翌四日、尊氏と師直は敵城への総攻撃を開始した。

しかし頼房は、義房譲りの戦上手である。師直たちの猛攻にも数日間耐え抜き、鉄壁の防御戦の手腕を発揮した。

ある朝起きてみると、足利家本陣の西部に陣を張っていた赤松則祐の兵千五百騎が、陣中から消えていた。

慌てて逆側に陣を張っていた範資を呼び出してみると、則祐は兄にも無断で陣を引き払っていた。おそらくは本拠地である白旗城へと帰還し始めている。

則祐は尊氏が朝敵とされた前朝廷の頃、円心や範資と共に新田軍の猛攻を凌ぎ切った。足利幕府樹立のために、生死を賭して協力を惜しまなかった者である。

その則祐でさえ、ついに師直たちを見限った。

これには思わず大きな溜息をついた。怒る気力すら湧かなかった。尊氏もまた、他人事のように淡々と言った。

「仕方ない。城一つ抜けぬ我らの不甲斐なさに、とうとう愛想を尽かしたのだろう。直義に付かぬだけ、まだましだ」

尊氏と師直は、書写山への撤退を余儀なくされた。

二月九日、細川顕氏と頼春の大軍が四国から渡海し、内陸へと押し寄せてきた。

師直と師泰は尊氏を範資軍に任せて書写山に残し、南西にある坂本城にて細川軍を果敢に迎え撃った。

細川軍は多勢とはいえ、海からやって来た者どもである。戦いが長引くか膠着すれば、地上に兵站を持たぬ彼らは退かざるを得ない。

それを見込んで、敢えて二千ほどの寡兵で戦いを挑んだ。激戦が丸二日続き、二千強いた高一族を七百にまで減らすほどの損傷を受けたが、最後には範資軍千五百も応援に駆け付け、細川軍を再び瀬戸内海へと追い落とすことに、辛うじて成功した。

けれども、ほっとしたのも束の間だった。

直義の居る八幡から、畠山国清、上杉能憲と重季の兄弟、小笠原政長らの軍が西進し始めたという。滝野光明寺城の石塔頼房を救援するためだ。

十四日、尊氏軍の生き残った二千は直義軍の機先を制するため、摂津に向けて進軍し始めた。

そして十七日、摂津東部の兵庫まで辿り着いた。

ふと洋上を見遣ると、細川水軍が浮かんでいた。師直たちの東進に合わせて瀬戸内を付いてきていた。

対して東方から迫ってくる畠山国清らの軍は意外に少なく、斥候によれば千五百ほどであるようだ。その派兵数の少なさにも、直義の迷い腰が見て取れる。おそらくだが、尊氏軍を徹底して殲滅する気は薄い。

師直は散々に悩んだ挙句、尊氏の本隊を細川水軍から守るためにも、赤松軍千三百と師夏の部隊百ほどを残すことにした。師直と師泰、従兄弟の師兼の部隊六百騎ほどでさらに前進し、直義軍千五百に挑む。約三倍の兵力差だ。

この決断には尊氏も驚いた。

「城を背にしてならまだしも、平場での三倍差は相当に苦戦するはずであるぞ」

細川軍との戦いのようにはいかぬ、と暗に言っていた。

が、師直には師直なりの考えもあって決断を下していた。

尊氏なしの寡兵にて再び敵を破らぬ限り、高一族に与力する兵団はこれからも現れない。ますます四面楚歌に陥っていく。しかし「平場の懸」にて直義軍を圧倒すれば、そこはもともと同族である。寝返ってくる者も現れるはずだ。

その先々を見据えての、一か八かの決断だった。ちなみにこの案には、師泰も既に賛成していた。それらのことを説明すると、尊氏も渋々ながらうなずいた。

「じゃが、くれぐれも無理押しはするな。不利と分かればすぐに引き返してくるのだ」

けれど尊氏の許を去った後、師泰はこう念押しして来た。

「兄者、殿はああ仰せではあるが、我らがまだまだ手強いと天下に知らしめるためにも、ここは決死の勝負でござる」

師直も無言でうなずいた。

むろん最悪の時は死も覚悟していた。

十七日、師直率いる軍は兵庫から東方三里にある打出《うちで》浜に進軍し、直義方の兵と激突した。

細川軍との戦いより、さらに血で血を洗う死闘となった。いくら兵を減じたとしても、絶対に勝たなくてはならない。味方の損傷も顧みず、何度も敵軍に突撃を繰り返した。

しかし敵も粘り腰で戦い続け、一向に怯む様子がない。特に上杉兄弟の奮戦は、遠目からも凄まじかった。

翌十八日になっても、血みどろの消耗戦は続いた。陽が天中を回る頃には、味方は百騎ほどまで激減していた。師泰は一騎打ちにて胸を斬り付けられ、頭部にも傷を負っていた。師直も既に体力の限界を迎えており、槍を持つ腕が容易に上がらなくなってきている。

なおも絶望的な戦いを続けながら、ふと感じる。

尊氏は、三里後方の兵庫にいる。敵の総大将である直義に至っては、摂津にすら来ていない。義詮は丹波だ。足利宗家の生まれの者は、誰一人この戦場にはいない。それ以外の同族で相争っている。

これは一体、誰のための戦いなのか――。

そんな感慨に一瞬気を取られた直後、焼け付くような痛みを内股に感じた。見ると、敵の矢が右内腿にあった。肉を裂き、鞍にまで達していた。驚いて棹立《さおだ》ちになりかかった馬を両足で挟み込むこともままならず、ついに落馬した。

「兄者っ」

近くから叫び声が聞こえ、顔を上げると師泰が目前にいた。兜も甲冑も血塗れの弟はこちらに手を差し伸べると、槍傷《やりきず》に顔をしかめながら師直を地べたから引き起こした。

師兼が替え馬を引いてきて、

「師直殿、もはや後方へと下がられよ。あとはそれがしにお任せあれ」

そう喚くや否や、生き残っていた兵をすべて取りまとめ、一斉に敵の前線へと駆け始めた。

師兼の意図は分かった。師直と師泰を逃がす時を稼ぐために、最後の突撃を敢行しようとしている。

断腸の思いを引き摺りながら、師直と師泰は打出浜の戦場を後にした。二里ほど馬を駆けさせたところで小休止を取り、郎党たちの生き残りを待った。

が、しばらくして現れたのは、甲冑の至る所に槍痕を残した師兼と、両側に従うたった二騎だけだった。

分かってはいた。充分に分かってはいたが、師直はつい懇願するように問うた。

「他の郎党たちは、どうなった」

師兼は深いため息と共に、こう答えた。

「すべて、敵陣の中に潰え申した」

今度こそ、疲れ切った四肢からすべての力が抜けた。

夕刻、師直たち五騎はようやく兵庫まで辿り着いた。

尊氏は高軍の全滅を聞いた直後、顔を恐ろしく強張らせた。それでも一旦は師直たち五人に慰労の言葉をかけた。

しかし、幕内で二人だけになった時に、一転して厳しい表情に戻った。

「何故、大事な家臣を、皆死なせてしまうような戦い方をする。あれほど無理押しはするなと申したはずだ」

師直はつい反論した。

「されど、乾坤一擲の大勝負でござりましたゆえ」

すると尊氏は、さらに怒気を滲ませた。

「そのような戦い方など、わしはせぬ。ひとつしかない命のやり取りである。のるかそるかの大勝負などは、初めから仕掛けてはならぬのだ」

続けて師直の記憶にある限り、初めて観念的な訓戒を口にした。

「戦など、常に水ものだ。勝つ時もあれば負け込む場合もある。だからこそ、良く負ける者だけが生き残る。当然である。余力を残して負けてこそ、再起の日も来ようというものだ。要らざる矜持や名誉など、捨てよ」

これには再び驚きながらも、まったく尊氏の言う通りだと感じた。どんな時にも人を大切に扱ってこそ、周囲の者は再び集まってくる。だから尊氏にはかつて、他家の大勢の御家人が与したのだ。

それにしてもこの主君は、この数年で明らかに少し変わった……。より正確に言えば、以前は曖昧模糊《もこ》として言葉に出来なかった自らの考えを、その時々に応じて明確に口にすることが出来るようになった。

翌十九日、はるか奥州からの早馬で、畠山国氏の訃報を知った。去る十二日、吉良貞家軍に陸奥国岩切城にまで追い込まれ、僅かに残っていた郎党百人と共に、自刃して果てたという。

これで日ノ本の全域は、ほぼ直義側の手中に落ちた。もはや挽回の目はない。

直義が本気になった時の恐ろしさというものを、今度こそつくづく思い知らされた。

実戦での采配はともかく、その戦に至るまでの政略策略の遂行能力は、昔も今も師直をはるかに凌いでいる。そして政略策略こそが勝利への土台である以上、僅かに残った高一族が今後、日の目を見ることは永久にないだろう。

翌日まで師泰ともよくよく話し合い、ついに兄弟揃って世を捨てることを決めた。師直も既に五十二である。気力体力共に限界だった。尊氏に出家することを申し出た。

尊氏は、この師直たちの申し出を、高一族と足利宗家が生き残るための戦略だと捉えたらしい。ふむ、と首を傾げ、

「それであれば、なんとか直義とも和議を結ぶことが出来るかも知れぬな」

と言った。そしてお気に入りの近習である饗場《あえば》氏直《うじなお》を呼び、八幡の直義の許へ向かうように命じた。

直義からの返事は意外にも早く、二日後に来た。師直と師泰が出家して世から退けば、講和を結ぶという。

二十一日、師直と師泰は頭を剃り毀《こぼ》ち、道服に身を包んだ。師兼以下の親族郎党百二十名ほども、それに倣った。

こうして一族すべてが刀装を捨て、出家した。

二十六日、尊氏たち一行は、京に向かって兵庫を出立した。師直たち僧形の一族も、尊氏たちに供奉《ぐぶ》しようとした。が、尊氏の近臣である秋山光政《あきやまみつまさ》が、これに難色を示した。

「そもそも此度の騒乱は、貴殿と相州殿の相克が大元でござった。大御所様は以前から、その争いを必死に収めようとして来られた。九州討伐に向かわれる途中で相州殿の反乱に遭われ、たまたま貴殿と行動を共になされただけでご

ざる。いわば今も中立の立場であられ、それに供奉せんとするは、大御所様まで敗軍の将として見られてしまう」

言われてみれば、確かにそうかも知れない。

しかし直義と対立した大元は、尊氏の嫡子である義詮のために直冬を排除せんと動いたがためである。尊氏も登子も師直以上に乗り気だったはずで、むしろ実際の場面では、自分はこの夫婦に引き摺られた時も多々あった。それを今さら中立などと言われるのは、甚だしく心外であった。

ついその不満を口にした。

すると秋山は一瞬黙り込み、尊氏の陣中へと去った。が、すぐに帰って来て、意外にも尊氏の怒りに満ちた口上を述べた。

「大御所様が申されるには『直義は一昨年まで、出家して鎌倉に帰るとまで申していた。その寝た子を、重能と大蔵少輔を殺して復讐の鬼に変えたのは、そちである。この騒乱をわしのせいにするのは甚だ筋違いで見苦しい。しかと料簡せよ』とのことでございました」

この反論には、さすがに師直も言葉がなかった。

結局、師直たち一族は法体姿のまま、尊氏たち一行の三里ほど後をとぼとぼと付いていった。

冬の柔らかな陽光に包まれた摂津路を進みながらも、ちょうど二十年前、かつての鎌倉得宗家の要請により初めて鎌倉を出てから今日《こんにち》までのことを、様々に反芻する。

しかし、懐かしさからではない。

……何故だ。

やはり、どうしても思いはそこに行きついてしまう。

おれは尊氏という世間に、終始忠実に仕えてきたはずだ。世の欲望の波に絶えず乗り続けてきた主君のために、常に心を砕いてきたつもりだ。

重能と畠山直宗を殺したことは確かにやり過ぎたかも知れないが、それ以外の部分では、将軍家とは元来が疎遠だった畿内大名たちを確実に味方に取り込んだり、今後の幕政のために寺社の弱体化を図ったり、直冬の件など、すべては尊氏と義詮のためにやって来た。

なのに何故、本当の世間そのものからは、こうして見限られるのか——。

そんなことを思いながら、武庫川辺の鷲林寺を通りかかった時だった。

森の中から、甲冑に身を包んだ集団が突如として現れた。呆気にとられて眺めている間にも、みるみる数が膨らんでいく。ついに師直たちの行く手と両側をびっしりと塞いだ。ざっと見ても五百人ほどはいる。

そこで初めて我に返り、声を上げた。

「何者ぞっ。我ら法体の者に無体を働くというかっ」

すると、集団の中から一人の若武者が進み出た。この周辺の野伏風情とも思えぬ凛々しい顔つきをしている。

「先に無体を働いたのは、武蔵守よ、おぬしである」

あっ、と感じる。案の定、その若者は名乗りを上げた。

「上杉修理亮《しゅりのすけ》重季と申す。越前で殺された父の仇である」

そう言い放ち、右手の竹鞭を天空へと上げた。周囲の兵たちが白刃を抜き始める。

しかし相手の正体が知れた時点で、師直は既に落ち着きを取り戻していた。終わりだ……どのみち丸腰の我らは、いいように斬り刻まれる。

「分かった。では存分にやるがいい」気づけば、そう言葉を吐いていた。「が、その前にひとつ聞きたい」

「何をだ」

「これは、誰かの許しを得てのことか」

すると相手は、乾いた笑い声を上げた。

「親の仇を討つのに、誰の許しが要ろうか。わし自身の存念で決めた。打出浜にておぬしの降伏を聞き付け、即座に陣を抜けてきた」

師直は、軽くうなずいた。


尊氏はむろん、直義の差し金でもなかった。最後は高家と上杉家という、それぞれの御輿を担ぎ続けた一族同士の確執で終わる。

もう、充分だ。

その後、周囲の一族たちは次々と斬り殺されていった。師泰も吉江小四郎《よしえこしろう》という武者に胸を貫かれた。

師直はその惨劇を目の当たりにしながら、これで直義も自滅するだろう、とぼんやりと感じた。

けれどそれは、こうして自分たちを殺しゆくからではない。いつか思ったことだ。たしか幕府が出来た頃の記憶だ。此度の騒乱に勝った直義は、尊氏や義詮を遠巻きにする武将たちの頭目として、当座は担がれ続けるだろう。

だが、直義の器量では、そんな彼らの欲望を長くは制御できない。頭の良し悪しではない。尊氏は軽く、直義は波上に浮き続けるにはあまりにも重い。観念の重みだ。

やがてはその自重に耐えかねて、自ら沈みゆく……。

三浦八郎左衛門《みうらはちろうざえもん》と名乗った者の白刃が自分に迫ってきた。

「汝は、自らの手を汚さずに父を殺した。だからわしも、そのようにする」

衝撃が胸に来た。次に、腹の奥までかっと熱くなった。地べたが視界に迫ってくる。額を石ころに打ち付けた。ひどい激痛が胴体に走り続けている。

「早く首を討ち取ってやれ。憎き仇であるが、無駄に苦しませてはならぬ」

首筋がひやりとした。師直の意識は途絶えた。

10

直義は呆然としたまま、京への凱旋の途へと就いている。

彰子は未だ哭き続けている。二月二十七日のことだ。


去る二十一日、兄の尊氏とは、師直と師泰が出家することを条件に和議を結んだ。二十四日、兵庫より再訪した使者から、高兄弟が揃って頭を剃り毀ったとの報告を受けた。むろん政界からも完全に引退するという。

が、それら勝利の和議をよそに、直義にとっては気もそぞろな日々が続いていた。

折しもこの間、直義たちが本拠を置く男山には寒風が吹き荒れていた。夜ともなれば野外には立っていられぬほどで、直義の嫡子である如意丸は、それに中《あ》てられた。五日ばかりの間、小さな体から激しい高熱を出し続けた。

「父さま、母さま、体が痛うございます」

そう、喘ぐ息で何度も訴えてきた。おそらくは節々にまで熱が回り込んでいる。

彰子の必死の介抱にもかかわらず、二十五日、如意丸は息を引き取った。まだ五歳であった。彰子は半狂乱の体となった。

「すみませぬ。私が付いていくと申したばかりに——」

その後は言葉にならず、再び泣き崩れた。

石清水八幡宮の直義軍は、高一族の兵団をほぼ殲滅した直後ではあったが、如意丸の死に静まり返っていた。

二十八日に入京した直後、師直たちの死を知った。

重能の実子である重季が、高一族を皆殺しにしていた。如意丸の死の翌日のことだという。

罰が当たったのだ、とどこかで感じた。

去る十五日に摂津へと軍を派遣する直前、関東から駆けつけたばかりの上杉重季と能憲の兄弟が従軍を懇願した。親の仇に勇み立つ二人は、おそらくは一歩も引かずに戦い、味方の相当な戦力になってくれるだろう。だから畠山国清らが率いる軍に、彼らの兵の一部を加えた。

この兄弟が師直を殺すまで追い込むだろうということは、薄々は予感していた。仇討ちという面からはやむを得ぬとも感じていた。

結果はその通りとなったが、直義はそれを戦場のこととして想像していた。まさか丸腰の師直を、しかも降参した一族郎党まで含めて惨殺するとまでは、まったく想像が及んでいなかった。

師直とは様々な確執もあったが、幕府樹立までは一番の盟友でもあった。師泰もそうだ。彼らの功績を思えば、少なくともこのような無残な殺され方をさせてはならなかった。これは自分の落ち度だ、と激しく悔やんだ。

三月二日、帰京してきた尊氏に会うと、果たしてこの兄はかつてないほどに怒気を発していた。こちらを睨むや否や、生まれて初めて直義を一喝した。

「おぬしは、なんということをしてくれたのか。何故に、師直や師泰たちを殺めたっ」

兄が怒るのも無理はない。高家は鎌倉幕府の創設以来、足利家の執事を累代務め続けてきた一族であった。

直義は咄嗟に弁明した。

「それがしは、命じておりませぬ」

すると尊氏はさらに怒り狂った。

「何を言うかっ。おぬしは打出浜に重季を従軍させた。あの者が師直たちに私怨をもって立ち向かうことは、初めから分かっておったはずだっ」

やはりそう取るのか、と感じると、もはや二の句が継げなかった。

尊氏は重季の死罪を声高に主張した。即刻にも処刑せよという。常に臣下を大事に扱ってきた兄にしては珍しい。それほどまでに師直と師泰を殺されたことを怒っている。

が、さすがに直義も反論した。

「修理亮は親の仇討ちをしたまでで、武門に生まれた者としては当然の倣いでござる」

尊氏も負けずに長々と言い返した。

「この件は、重能がそちに師直を討つことを唆したことから始まっておる。さらには謹慎中にもかかわらず、九州の直冬に呼応して立ち上がろうとした。師直は怒りに任せてとはいえ、それを阻止したのだ。しかもあの時は双方が武器を持っての戦いだった。修理亮は、単なる私怨からそれをやった。既に戦いは終わっていた。であるのに降参した師直と師泰を斬り殺した。丸腰だった一族も皆殺しにした。これは、仇討ちといえるような生易しいものでないっ」

それでも直義は、重季の処分を拒否し続けた。

尊氏との激論が続き、結局は重季を流罪に処すという折衷案に落ち着いた。

ふと感じる。この兄は、以前よりずいぶんと口が達者になった。自分の思考や感情を、充分に言葉で伝えることが出来るようになってきている……。

ともかくもこの時点で、直義は早くもへとへとになっていた。如意丸を亡くした衝撃と悲しみから、夜もろくろく眠れていなかったせいもある。

が、今日の会合では戦後の処置と今後の幕政をどうするか、そのおおよそも決めなくてはならなかった。

まずは勝った側である直義軍への恩賞宛行と、負けた尊氏と師直に付き従っていた諸将の所領没収の件である。けれどこの件を持ち出すと、尊氏はまたしても怒り出した。

「そもそもこの騒乱は、足利家の内輪の争いから始まっておる。いわば内紛である。勝ったも負けたもなく、終わればそれまでの話で、新たな恩賞などあるはずもないっ」

しかし、それでは直義に与して必死に戦ってきた畠山国清や石塔頼房、桃井直常ら諸将の立つ瀬がない。

実際に彼らは、尊氏側に与した守護から勝ち取った土地を我が物として、それを直義も戦時中に追認して来た。

尊氏は、それを反故にせよという。逆に、征夷大将軍たるべき自分に最後まで忠義を尽くして付いてきた者たちには、恩賞を与えるべきだと主張した。これまた相当な激論になった。兄弟で怒鳴り合いにもなった。

挙句に出た結論は、尊氏側に与した諸将から奪った土地は返還する代わりに、高一族の滅亡により守護が不在になった国を、直義側の主だった諸将に新たな守護国として与えるというものだった。

ちなみにこれは後日、四月二日に行われた柳営での評議で正式に決まった。

赤松範資、同則祐、佐々木道誉、仁木頼章、土岐頼康らの所領はこれまで通りとされ、仁木義長に至っては、かつて師兼が務めていた三河の守護職になった。

一方、直義側の畠山国清は河内と和泉の守護職に、上杉憲顕の嫡子で師冬を滅ぼした憲将は武蔵の守護に、斯波高経は越前の守護へと復帰し、細川顕氏には土佐の守護を、千葉氏胤には伊賀の守護を、といった具合だった。信濃の守護も小笠原政長から、当初より直義方だった諏訪直頼《ただより》へと替わった。他の武将には、高一族の全土に散らばっていた無数の地頭職を分け与えることとなった。

この三月二日の足利兄弟の話し合いは、なおも続いた。

次に、直冬の件であった。

尊氏はこの長子を以前と同じように出家させることを主張したが、直義は断固として反対した。

「既に九州のほぼ一円は、直冬が掌握しております。それを出家させるは、九州を再び混乱の渦中に叩き込むこととなりましょう。さらには此度の戦でも上洛を試みず、師泰の侵攻に石見で抵抗したのみで、これを見ても、元来が柳営に歯向かう意向は無きものと存じます」

「されど、去る政変の後では、わしの言うことも聞かず、九州へと渡って勝手に自家の勢力を培い、謀反の気配を見せた者であるぞ」

が、これにも直義には確固とした言い分があった。

「元々が長門探題を師直の手の者により追われ、詮無く九州へと逃れたのです。また、師直が差配する柳営の許、養父たる我が身を案じて、いざとなれば力になるべく単身にて勢力を培うしか、そのやりようがなかったのでござる」

そう言葉を尽くしているうちに、見も知らぬ彼の地で奮闘し続けた直冬の、孤独でひたむきな心情を思った。

不覚にも涙が滲み出てきた。

本来は足利宗家の長子であったはずの直冬が、尊氏からはむろん一族の過半からも、何故こんなに忌み嫌われなくてはならないのか。あれほどの見事な将器があるというのに、あまりといえばあまりの仕打ちではないか。

さらに視界が滲んだ。それでも直義は訴え続けた。

「然るに、それがしが幕政に復帰すれば、直冬は大人しくなります。義詮の後見役にわしが付けば、必ずや柳営の方針に従うようになりまする。これよりの幕政の安泰を鑑みれば、むしろこのまま直冬に九州を任せ、鎮西探題に任ずるのが穏当かと思われます」

そう口にして、初めて気づいた。そうか。おれは直冬のためにも、嫌でも柳営に復帰するしかないのか――。

結局、尊氏はこれを受け入れた。

けれど、直義の言う道理に納得したというよりも、普段は勝気な弟の、人目も憚らぬ涙に気を呑まれたというのが正直なところのようだった。

その証拠に、今までの激しい口調も一変した。

「……直義よ、如意丸のことは気の毒であった。彰子もさぞや悲嘆に暮れているであろうが、おまえも涙脆くなっている。これよりは死んだ師直に成り代わり、義詮と柳営を差配していくのだ。気をしっかりと保て」

あるいはそうかも知れぬ、と感じた。

そのしんみりとした物言いには直義もまた感じるところがあり、最後に最も重要な相談を持ち掛けることを、つい躊躇った。というより、元来がこの案を口にすること自体、まったく気が乗っていなかった。

実は会談の直前まで、桃井直常や石塔頼房、側近である斎藤利康などから、盛んに言われ続けていたことがある。

「かつて武蔵守が御家人のために寺社領を侵食し、それが元で相州殿と仲違いし、挙句には柳営がかような事態に陥ったのも、そもそもは大御所殿が前後の考えもなく、その時々の気分で恩賞宛行の下文を大量にばら撒いたが大本でござる。故に南朝との戦いでは、武功に対する土地がほぼ底を突いてしまい申した」

言われてみれば、確かにその通りであった。だが、直後に斎藤利康が続けた言葉には、直義も思わず言葉を失った。

「然《しか》ればこの戦勝を機に、大御所様から恩賞宛行の施行権を剝奪し、相州殿へと移されませ。そのお手元で、きっちりと恩賞宛行の是非を勘案なされませ。さすれば今後は、このような事態を招くことも無かろうかと存じまする」

それは、兄に対してあんまりの仕打ちだろうと感じた。もし恩賞宛行の権利を取り上げれば、尊氏という男の無能さを天下万民に対して晒しものにするに等しい。いくら何でも兄が可哀相だ。

そうは思ったが、道理が彼らにある以上、とうとう押し切られてしまっていた。

直義はなおも躊躇いながら、その件を口にした。ただし、

「兄上はこの騒乱後に色々と大変であろうから、もしよければ恩賞宛行の下文は、それがしが仕りましょうか」

という、もってまわった言い方をした。

これで尊氏が叶《うん》とうなずけば、自分は兄からその権限を進んで移譲されたことになる。だから兄の恥にはならない。

すると尊氏は笑った。久しぶりに見る、邪気のない笑い方であった。

「何を言うか。わしなど、いついかなるときも暇に決まっておる。それに昔から征夷大将軍の仕事は、第一に恩賞宛行の下文を下すということにある。いくら怠け者のわしでも、それくらいは自分でやるべきだろう」

「……」

「やはり、おまえは疲れているのだ。要らざる心配をせずとも良い。それよりもそちは過日、南朝に勝手に降伏してしまった。いや、今は別にそのことを責めているのではない。むしろ朝廷両統の統合は、わしの望むところでもあった。故におまえは、統合の交渉を続けてくれ」

これには再び危うく涙が出そうになった。

むろん尊氏の優しさにではなく、直義の言葉を額面通りに受け取って、裏の意味を微塵も疑わない相変わらずの能天気ぶりに、情けなくて泣きそうになっただけだ。

翌三日、細川顕氏が尊氏を訪ねた。昨年、戦線の途中で

尊氏を裏切り、直義に与したことを謝りに行ったらしい。

が、尊氏はその訪問を拒否した。

『園太暦《えんたいりゃく》』によると尊氏は、

「降人ノ身トシテ見参スルハ、恐レアリ」

と、家来を介して称したとある。ようは、こう言った。

「（顕氏は）降参人の分際であるのに、（将軍に）見参を望むとは何事かっ」

顕氏はそれを聞き、戦慄を覚えた。

尊氏は戦に負けた悔しさのあまり、以前からそんなに良くなかった頭が、とうとうおかしくなってしまったのではないか……。どう考えても直義方が完勝したのだから、自分が降参人の立場であるわけがない。

が、しばし熟考した挙句、ようやくその真意が摑めた。

尊氏は、

「（私は戦に負けた）降参人の身であるので、（弟の直義に）今後の幕政の件で会ったのはともかくも、勝利した側の顕氏に）面会するのは畏れ多い」

という意味で言ったのだという結論に、ようやく思い至った。「見参」とは、目下の者にも使う言葉である。

その尊氏の言葉と自らが思い直した解釈を、以前と同じように顕氏の邸宅に寄宿し始めた直義に、報告して来た。

「たぶん、おぬしが再考した通りである」直義は答えた。「いくら兄上でも、そこまで自らの立場を勘違いするはずがない。兄はそちに対して、遜《へりくだ》ってそう言ったのだ」

すると顕氏は、この尊氏の謙虚さに改めて感動した。そして翌日、再び将軍家に行き、尊氏の郎党を通じて、

「それがしに何か出来ることがあるようならば、喜んで手伝いまする」

という意味のことを言上した。すると尊氏もまた家来を介して、こう依頼して来た。

「ならば、一つ頼みごとがある。わしは今まで、義詮を丹波に置き去りにしたままであることをすっかり忘れておった。この三条を、迎えに行ってくれぬか」

二日後の六日、顕氏は勇んで丹波の奥地へと出立した。

直後、主人が不在の錦小路邸に、尊氏がやって来た。たぶん顕氏が丹波に去ったのを見計らって、直義の許へとこっそりと遊びに来た。なにせ自分とは、誰にも相手にされなかった子供の頃から同体のようにして育ってきたのだ。そういう部分では、相変わらずの懐っこい兄でもあった。

が、しばし穏やかに歓談していた後、たまたま話題が師直の件に及ぶと、再び尊氏は腹を立てた。

「やはり、おまえの配慮が足りなかったのだ。あのような

最期は、師直や師泰の名誉のためにも、断じて許されぬっ」

そう家屋中に響き渡る大声で怒鳴った挙句、ぷいっ、と錦小路の屋形を出て行ってしまった。

たまたまその出て行く現場を、彰子が見ていた。彰子は、如意丸を亡くしてからというものは食も進まず、次第にやつれ始めていたが、それでも兄の身になって同情した。

「尊氏殿があぁ申されるのも、仕方がありませぬ。かけがえのない家来を失われたのですから、相当なお心の傷になっておられるのです」

そう言われると、またしても直義には言葉もなかった。

尊氏はその後も、師直の死には時に激しい悲しみを催し、直義に対しては間欠泉のように不定期に怒気を発するようになった。

深い喪失感に襲われているのは、直義も同じであった。

若い頃は酒などほとんど飲まなかったものだが、足利幕府を一手に差配するようになった三十前後より、少しずつ酒を嗜《たしな》むようになった。仕事や交渉事で疲れ切った神経を鎮めるためでもあった。

如意丸を亡くしてからは、その酒量が一気に増した。ひどい寝つきの悪さも相変わらずで、前後不覚になるまで酩《めい》酊《てい》しないと、我が身の虚しさに心が圧し潰されそうになった。夢の中に、しばしば師直が出てきたりもした。

十日、顕氏が義詮以下の軍勢を伴って京へと戻った。二百騎だと聞き及んでいたその軍は、千騎を超えていた。尊氏が降参しても直義に対抗することを諦めず、周辺から兵を盛んに徴募し続けてきた結果だった。かつ、顕氏の説得にも相当に難色を示し、帰京することを渋ったらしい。

義詮は、柳営の新しい人事にも相当に不満のようだった。

引付方の頭人には、畠山国清、桃井直常、石塔頼房、細川顕氏、石橋和義の五人が既に決定していたが、中立派の石橋を除けば、四人すべてが直義派の武将であった。

仕方がないではないかと直義は思った。自分が尊氏の代わりに義詮の後見役に付いて、再び幕政を切り盛りするには、これら気心の知れた武将たちを使うしかないのだ。

ところで南朝との対話であるが、直義は大覚寺統と持明院統の和睦交渉を戦時中から始めていた。

此度の戦勝は、南朝派の武将たちの活躍もあってのことだった。特に、故・楠木正成の三男で、正行の実弟でもあった正儀《まさのり》の活躍は目覚ましく、過日に桃井直常が近江を席巻し、市中まで攻め込んだことは、この正儀の協力も大きかった。さすがに血筋であると感じ入ったものだ。

しかし肝心の交渉は、以前からかなり難航していた。

両統迭立に関しては、南朝の重臣である北畠親房はまずまずといった中立の態度であり、侍大将である楠木正儀に至っては、意外にも積極的な推進派であった。

正儀は人柄にも温かみがあり、かつて父と兄二人を足利軍との戦いで亡くしていたにもかかわらず、直義には恨み言の一言も口にしなかった。

「敵味方に分かれて戦うは、武士の倣いでござる。その上での殺し殺されも、また然り。決して双方憎み合ってのことではありませぬゆえ、お気になさりますな」

そう割り切り、直義との交渉役を自ら買って出ていた。

直義もまた、その態度にますます好感を持った。

が、肝心の後村上天皇と取り巻きたちが、この和睦案に強硬に反対していた。

まずは皇室を大覚寺統に一元化することを求め、持明院統の皇室が存在すること自体を、梃子でも認めない姿勢を貫いていた。幕府の存続問題に対しても、

「源尊氏が奪った天下を、一度は南朝へと返せ。その上で判断する」

という、なんとも高飛車な態度に終始していた。さらに所領問題に関しても、南朝方である公家や武家の以前の荘園と所領を、すべて返還するように求めてきた。

そしてこの三つの主張を、いくら直義が説得に努めても頑として譲らなかった。

現に、翌十一日に正儀の代官が賀名生から京までやって来て、直義に奉じた勅書でも、後村上天皇は以前とまったく同じ主張を蒸し返していただけだった。

直義は思わずため息をつく。交渉とは双方がある程度妥協してこそ初めて成り立つものだが、どうやら相手には、その気が一切ないらしい。

奉書に添えられた正儀の文にも、この天皇の頑迷さに苛立っている様子が所々に垣間見えていた。


三月二十一日、尊氏の肝煎りによって、京の西郊にある西芳寺にて花見の会が催された。出席者は直義と義詮の二人だけである。兄は実弟と嫡子の融和のために、珍しく自ら周旋に乗り出したのだ。

宴の初めに夢窓疎石の説法を聞いた。そこまでは良かったが、続いた花見の会では、義詮は直義の顔を正面から一瞬たりとも見ようとしなかった。居心地が悪いことこの上なく、尊氏だけが必死に二人の間を取り持とうとして、と

ってつけたような高笑いを何度も庭先に響かせていた。

直義は翌日以降、政庁である三条坊門に毎日出かけるようになった。此度の騒乱の間、機能不全に陥っていた政庁には、解決すべき問題が山積みになっていたからだ。

が、ここでも義詮は、大事な会合の場以外では、ほとんど直義と顔を合わせようとしなかった。会っても、いかにも素っ気ない対応に終始し続けた。

師直は過日、義詮が上洛してからというもの、あれこれと親身に世話を焼き続け、美濃での戦でも、軍の差配の仕方を手取り足取り教えていた。果ては、自らが実質的に指図した戦果のすべてを義詮の手柄とした。

義詮はそれら数々の厚意に深く心を打たれ、短い間ながらも懸命に補佐してくれた師直のことを、家来と言うよりは岳父のように慕っていたらしかった。その一の郎党を惨殺されたことを、未だに激しく怒り続けていた。

しかしこれが、直義との間の問題だけにとどまっていれば、まだ良かった。

義詮は、以前から奉行人を務めていた中立派の石橋和義だけは、辛うじて近くに置いていた。また、丹波に義詮を迎えに来た細川顕氏に対しては多少なりとも気を許していたが、その他の引付方の頭人には、むしろ直義に対する以上に空々しい態度を取り続けた。

これには他の頭人たちも困り果て、桃井直常に至っては早くも怒気を発し始める始末だった。

「まったく。蟻の尻穴ほどの度量もなき御仁であられるっ」

畠山国清もまた、その直常の憤懣に同調した。

「こう申すも憚りながら、九州をただ一人で切り靡かせられた鎮西殿（直冬）とは、将器に雲泥の差がござる」

石塔頼房もこう零した。

「大御所殿も、あのお骨柄ではさぞやご心痛であられよう」

この三人の手厳しい評価が滲むように義詮に伝わり、政庁の雰囲気は僅かな期間のうちに最悪となった。

二十九日、直義の近臣である斎藤利康が三条坊門からの帰宅途中の深夜、何者かに殺害された。

利康は以前に、尊氏から恩賞宛行の権利を取り上げるよう直義に勧めていた。それを快く思わなかった者の所業であることは、まず間違いはなかった。この事件により、政庁の雰囲気はさらに殺伐としたものとなった。

それでも直義は今後の幕政のために私情を押し殺し、利康の件は忘れようと決心した。義詮との関係修復に努めようと様々に思案した。

四月三日、直義は意を決して、義詮に三条邸での同居を申し出た。これから一つ屋根の下で寝食を共にすることにより、義詮との距離をなんとか詰めようとした。かつては細川顕氏との関係も、それでうまく行った。

しかし義詮は、直義の申し出を聞くなり顔色を変えた。この時ばかりは珍しくはっきりと物言いをした。

「叔父上には甚だ失礼ながら、それがしは生まれてこのかた、他家のお方と同居したことは一度もござりませぬ。相済みませぬが、それだけはご容赦くださりませ」

と、けんもほろろの対応を示した。現将軍の実弟である直義を「他家のお方」とまで言い切った。

これには尊氏も、さすがに激怒した。そもそもが、誰かに斎藤利康を殺されたことに怒っていた矢先でもあった。即座に義詮を将軍家に呼びつけ、

「わしが今ここに征夷大将軍としてあるは、一にも二にも直義の尽力のおかげである。そのわしの実弟に向かって、何たる言いざまをするかっ」

と、息子の非礼を激しく叱りつけた。

が、義詮も黙ってはいなかった。

「されど、死んだ師直も叔父上に負けず劣らず、幕府樹立のために尽くして参りました。にもかかわらず、相州殿の子飼いの者によって最後は亡き者にされ申した次第。そのようなお方と今さら同居するような料簡は、少なくともそれがしには持てませぬ」

尊氏はこれを聞き、さらに怒り狂った。

「ならば、おぬしこそ政庁を去れっ。代わりに直義を入れて元のように幕政を執らせる。そのほうが柳営はよほどしっかりと回る。そちは鎌倉へなりともとっとと帰れっ」

直後にこの親子の間に取りなしに入った登子のおかげでなんとか事なきを得たが、それでも義詮は最後まで直義との同居を拒否し続けた。

直義はその話を聞いただけでいたたまれない気持ちになった。結果、義詮との同居は完全に諦めた。


後村上天皇との和睦交渉は、四月の下旬になっても相変わらずの平行線を辿っていた。

賀名生との書簡をいくら交わしても、先の主張を譲ることは断じてありえぬとの文面が、常に書き連ねられていた。

直義は、いよいよやり切れない気持ちになった。

それは彼の地にいる正儀も同様のようで、勅書とほぼ同時期に届いた正儀からの文でも、

「帝は、その父君であられた先帝と同じく、自らのお立場と正義を微塵も疑われぬお骨柄であられまする。さらには

大和の山塊でお育ちになり、今や完全なる夜郎自大《やろうじだい》の境地へと陥っておられる次第にて――」

と、かなり辛辣な批評を言ってのけていた。

夜郎自大とは、世間知らずの田舎者が、己の力量もわきまえずに尊大に振舞う様子を言う。

正儀も、かりにも主君である後村上天皇に対して言うも言ったものだ。

……………。

よくよく考えてみれば、正儀の親である正成は、足利軍に討ち取られたわけではない。後醍醐天皇の無分別極まりない勅命に心ならずも従い、その憤懣から先帝に散々に悪罵を投げつけた挙句、もはや戦況も進退窮まったと見て、摂津の片田舎で自決して果てたのだ。

いわば、先帝に捨て殺しにされたも同然だった。

楠木一族は、そもそもが得宗家御内人の枝葉であり、足利家に属する源氏系の御家人としては世に立つ術がない。だからこそ正儀は、正成や兄の正行が死んだ後も甘んじて南朝に付き従って来たのだろう。

その境遇を慮るにつけ、正儀が先帝より世間知らずで頑迷な後村上天皇を立場上は助けながらも、心底ではどう思っているかが、今ありありと理解できたような気がした。

二十五日、直義は三条坊門の至近にある押小路東洞院に作った新邸に、錦小路から引っ越した。

義詮には激しく同居を拒絶されたが、捌くべき業務は依然として山積みだった。政庁とすぐに連絡を取り合える距離に新邸を作り、義詮とは多少の距離を置きながらも政務を看続けることにしたのだ。

五月四日、その新邸から桃井直常が帰宅する途中のことだった。薄暗い路地に一人の女性の姿を見た。深夜に何事かと訝《いぶか》しんだ直後、影が直常に向かって猛然と突進して来た。闇に白刃が煌めいた。女装した襲撃者であると咄嗟に抜刀し、数合切り結んで相手を組み伏せた。

直常は正体不明の襲撃者を引き立て、直義の邸宅に戻ってきた。

「申せっ。これは誰の差し金であるかっ」

直常は黒幕を吐かせようと、抜き放った太刀の峰で相手を散々に打ち据えた。

「場所柄からしてどうせ三条殿の差し金であろう。吐けっ」

先に斎藤利康を殺され、今度は自らが襲われて、激情家の直常は頭に相当に血がのぼっていた。さらに執拗に刀身で打ち据えた挙句、とうとう襲撃者を撲殺してしまった。

逆に言えば、相手は殺されるまで何も吐かなかった。

ちっ、と直常は激しく舌打ちをして、遺骸を蹴飛ばした。

「この口の重さから見ても三条殿の差し金であることは、もはや自明の理でござる。だいたい相州殿と和睦した大御所殿が、それがしを襲わせる道理がござらぬ」

直義は、肯定も否定もしなかった。この件は当座、政庁と将軍家には伏せておくようにとだけ命じた。たとえ義詮が黒幕であったとしても、柳営内でこれ以上に確執が大きくなることは、どうしても避けたかった。

と同時に、自宅の土間に転がった死体を眺めながら、もう何もかもうんざりだと、生まれて初めて強く感じた。

柳営も南朝も、なるようになればいい。この忌々しい京をすぐにでも離れ、故郷の鎌倉へと帰りたい――。

直義は、今まで以上に酒に逃げ始めた。

毎晩浴びるように飲むようになり、この醜態にはついに彰子からも毅然と諫言されてしまった。

「直義殿も、もはや四十五におなりです。そのように溺れるような飲まれ方をしては、やがてはお体に差し障ります」

さらには、ここ二月以上の酒量の多さも、内心ではははらしながら見ていたのだと付け加えた。

それでも夜になると、半ば吸い寄せられるようにして酒壺を二個も三個も、手許に引き寄せてしまう。しかも彰子が寝静まるのを待って密かに飲み続ける質の悪さだ。

愚劣極まりない、と自分でも感じる。

直義の自壊が、徐々に始まった。

ややあってその現場を、夜半に起きた妻に見つかった。

とうとう彰子は泣き出してしまった。

「後生ですから、そのような真似はお止めくだされ」さらに一足飛びに、こう訴えてきた。「もはや一刻も早く、鎌倉へと帰りましょう。私には幕政など、どうでもよろしゅうございます。今すぐにでも隠居願いを出され、早う早う二人でこの京を逃れましょう」

直義は首を振った。

「それは、ならぬ」

「何故でございますか」

「九州には直冬がいる」そう言って改めて、自分が何を恐れているかにようやく気づいた。「わしが柳営から居なくなれば、早晩にも義詮から攻められることとなるだろう。それだけは防がねばならぬ。如意丸も亡くなり、亀若丸も関東公方として柳営に取り込まれた今、真にわしらの子として残っているのは、もはや直冬のみである」

そう言うと、彰子は再びはらはらと涙を流し始めた。

五月十五日、長らく続いた南朝との交渉も、ついに決裂した。南朝からの使者が将軍家と直義の家を訪れ、直義の最後の提案も完全に却下されたことを冷ややかに告げた。

翌日、南朝の使者とは別に、楠木正儀からの特使が来た。彼ら二人は、正儀の密書を恭しく直義に差し出した。

その文面ののっけから、正儀は激しく落胆し、かつ怒り狂っていた。そしてこれまで隠してきた本音を、とうとうぶちまけていた。

曰く、目の見えぬ身内と帝のおかげで、ついに南朝は滅びの道を歩み始めた。であれば、いっそ正儀自身が潔く、その終焉を早めてやりたいと考えている。直義が総大将となって吉野と賀名生に進軍すれば、自分も幕府側に与力して戦わせていただく。さすれば小勢の南朝行宮など、わずか一日にて陥落しましょう――。

最後まで読んで、つい微笑んだ。若さとは危うく無謀なものだ。だからこそ遠くから眺めれば、煌めいても見える。

直義は特使二人に対して顔を上げ、こう伝えた。

「これより正式な書面にても起こしまするが、楠木殿には、かようにお伝えあれ。人は、その分限にて懸命に生きるしか仕方なきものにてござる。それは、この恵源も同様。決して軽挙妄動などなさらず、慎重に世の流れを見極められ、時が来たら動かれよ、と」

ちなみにこれより十八年後、正儀は実際に南朝を離脱し、北朝に与することになる。当時の幕府を仕切っていた管領・細川頼之《よりゆき》から大いにその才を認められ、河内と和泉二か国の守護職となった。

六月に入ると、義詮の逆襲が突如として始まった。直義には何の断りもなく、庶務沙汰を裁定する機関を新たに立ち上げたのだ。

この新部局は後世に「御前沙汰」と呼ばれるもので、義詮は「引付方の業務を補佐する」と称して、勝手に親政を開始した。御判御教書《ごはんのみぎょうしょ》と呼ばれる文書を矢継ぎ早に発給して、直義の組下にいる畠山国清、桃井直常、石塔頼房らが発行していた引付頭人奉書の権限と競合し始めた。

さらに十三日ごろからは、新たな幕府追加法を次々と制定し始めた。実質的に直義が仕切っていた引付方の弱体化を、あからさまに目論んだ施策であった。

このやり様には細川顕氏も相当に戸惑い、畠山国清と石塔頼房は憤懣を露わにし、そして桃井直常は再激怒した。

「戦もろくろく出来ぬ雛っ子に、何が出来るというかっ」

しかし、直義はわりと冷静にこの新事態を捉えていた。いつかはこのようなことを義詮がやってのけるだろうとも、薄々予想していた。

直義は既に、幕政への熱意を大幅に失いつつあった。おれは、九州の直冬を守っていくことさえ出来れば、もう柳営での役目からは完全に降りてもいい。自分の代わりに義詮が幕政を仕切っていくことが出来れば、別にそれでも構わない——。

その後も義詮が率いる御前沙汰の権限は膨張し、引付方はついに七月の初めには実質的に機能不全となった。

京童たちは、直義が幕内で孤立し始めていると噂するようになった。

その噂に関しても、もはや直義はどうでも良かった。

七月十二日、柳営と将軍家を震撼させる報が、播磨路から飛び込んできた。

前々日の十日、赤松則祐が興良《おきよし》親王という者を奉じて、幕府に反旗を翻したという。

円心の嫡子である赤松範資が去る四月八日に急逝し、播磨守護職の後釜には、この則祐が就任していた。

則祐は、円心が生きている間は懸命にこの父を助け、大覚寺統の新田軍と血みどろの攻防戦を繰り広げてきた。

しかし父が死んだ後は、足利家に対して次第に空々しい態度を見せるようになっていた。先年の尊氏軍からの勝手な戦線離脱は、その象徴的な出来事でもある。

実は則祐は元々、比叡山の僧であった。

はるか二十年前、後醍醐天皇が鎌倉幕府打倒のために挙兵すると、これに呼応して、天台座主であった護良親王も立ち上がった。護良親王の側近を務めていたこの則祐も、当然のように行動を共にした。鎌倉幕府に対して盛んに遊撃戦を繰り広げ始めた。

円心が護良親王派として当時の幕府に反旗を翻したのは、このような息子の経緯も絡んでいた。

その後、護良親王の失脚と共に、円心は建武政権内での立場を失い、今度は尊氏と組んで前朝廷を滅ぼした。

則祐は、かつての主君であった護良親王を足利家（直義）に殺されたことが、終始不満だったらしい。が、孝心の篤い則祐はその不満を押し殺して、円心と共に建武政権を攻め滅ぼし、足利幕府の立役者の一人となった。

しかしその父も今はなく、先日には直義と南朝との交渉もついに打ち切りになった。そこで則祐は護良親王の実子である興良親王を担ぎ出し、南朝に与して挙兵した。

則祐に呼応し、近江の佐々木道誉も立ち上がった。則祐の妻は道誉の娘だった。道誉はそもそもが向背定かならぬ鵺のような男であったが、ここでもその本領を発揮し、娘婿に助太刀するためと称し、幕府に公然と反旗を翻した。

将軍家と柳営は、二人の反乱勃発に騒然とした。

けれど直義は、それら一連の騒動をまるで他人事のように眺めていた。政務が実質的になくなった今は、昼からも酒を飲むようになっていた。半ば廃人になりかけていた。

この頃になると彰子もついに説得を諦め、

「お一人でつくねんと飲まれるのは、つまらぬでしょう。私も直義殿に付き合いまする」

と言い出した。驚いた直義が、

「それは駄目だ」

ときつく言うと、彰子も即座にぴしゃりと言い返した。

「ならば、直義殿もお止めなされ。何故に直義殿だけは良くて、私は駄目なのです」

これにはつい言葉に詰まった。自分へ初めて強い態度に出た妻に、やや気圧されてもいた。

さすがにこの時からしばらくは、ひどい誘惑に駆られながらも昼酒は止め、夜も酒量は瓶子に三本までとした。その本数までは、彰子が呑む許可を与えてくれたからだ。

まさか彰子まで酒浸りにさせるわけにはいかない。そう思って、酒の誘惑に必死に耐え続けた。

五日ほど経つと、少しずつ酒が体から抜けてきた。

七月十九日、ようやく正気を取り戻した直義は、ある決心をした。将軍家の尊氏へと使者を出し、幕政からの正式な引退を申し出た。

尊氏は道誉と則祐との戦支度に取り紛れ、一旦はこれをうっかり承諾した。

が、すぐに慌てて前言を翻した。おまえあってのわしである、と何度も使者を通じて繰り返してきた。

二十二日、戦支度の忙しい最中を縫って、尊氏は将軍家に直義を呼び出した。そこには義詮もいた。つまり、この三人で改めて幕府を盛り立てていこう、という尊氏の仲介の場であるようだった。

尊氏親子は自分を一目見るなり、大きく双眼を見開いた。ここしばらくは酒量を減らしていたが、それでも相当に酒やつれしているのだ、と内心でつい苦笑した。

義詮は、この時ばかりはやや直義に優しく接してきた。

「叔父上、お体は大丈夫でございますのか」

「まあ、大事はない」直義は淡々と答えた。「現にここまでは、歩いてきた」

すると義詮は、いかにも気まずそうに視線を逸らした。

こうして三者間の和解は成った。

けれど直義は、こんな和解など実際には何の役にも立たぬことを心底では知っていた。

義詮の御前沙汰は既に機能し始めており、直義が仕切っていた引付方は潰れたも同然だ。将軍家では二階堂行道《ゆきみち》が、執事としての役目をしっかりとこなしている。これら現状のどこにも、直義が幕政に復帰する余地はなかった。

むしろそれで良かった。

もう充分だ。幕府でのおれの役割は、既に終わっている。


二十八日、尊氏は赤松則祐討伐のため、軍を率いて播磨へと出立した。翌二十九日、義詮の軍も佐々木道誉を成敗するために近江へと進んだ。

それ以前の二十一日には、尊氏の命によって、尊氏と義詮親子に与する他の諸将たちも一斉に領国へと戻っていた。

気づけば、京には直義派の武将しか残っていなかった。

直後から、直義の屋敷には居残り組の武将たちが続々と集まってきた。畠山国清、細川顕氏、桃井直常、石塔頼房、吉良満義、斯波高経らの面々で、信濃守護の諏訪直頼や、山陰の雄である山名時氏までもが遅れてやって来た。

急遽の会合は、桃井直常が主導した。

「京は攻めるに易し、守るに難しと昔から申します。さればこれは、大御所殿と三条殿の猿芝居ではありますまいか」

いかなることかと皆が問うと、赤松則祐と佐々木道誉がわざと挙兵した形にして、それら軍を引き連れて京へと舞い戻り、我ら直義の一派を滅ぼすのではないかと語った。

が、この考えには、さすがに直義も引っかかるものを感じた。果たして吉良満義が反論した。

「そのようなもってまわったことをせずとも、市中に留まったまま、我らを攻め滅ぼせばいいだけの話ではないか」

「先の戦で負けたお二人には、我らと戦うだけの戦力が未だござらぬ」直常は即答した。「故に、近江と播磨の周辺で新たなる兵を加えて、取って返そうという次第でござる」

今度は斯波高経が口を開いた。

「されど、何故に尊氏殿が恵源殿を討とうというのだ。つい先日、幕政から引退しようとした相州殿を、慰留したばかりではないか」

これにも直常はたちどころに答えた。

「申すも憚りながら、そもそも大御所様は腰の定まらぬお方にて、今日に申されたことも明日には翻すような御仁であられる」確かに、良くも悪くもそれはそうだ。「三条殿は、このわしを亡き者にしようとなされた。過日には斎藤殿も殺され申した。その三条殿から掻き口説かれ、渋々ご決断された。かような次第ではござりますまいか。もしそうではなく、実際に討伐に赴かれていたとしても――」

と、さらに語気を強めた。このまま義詮と直義との確執が続けば、幕府は再び内乱に陥る可能性が高い。であれば、いっそ皆で京を退き、中央の政権からは半ば独立した勢力圏を作って、後日に尊氏と交渉して正式な管轄地として認可をもらった方がいい。ちょうど直冬が鎮西探題に収まったように、と語った。

直冬の話が出たところで、直義は初めて口を開いた。

「わしは直冬が世にある限り、京を離れることは出来ぬ。中央にて誰かが庇ってやらねば、先々で義詮から滅ぼされてしまう」

すると畠山国清が、かすかに顔をしかめた。

「そのこと、ご心配は無用かと存ずる」そう、きっぱりと言い切った。「そもそも左兵衛佐殿はほぼ単身で九州へと渡られ、何ひとつ後ろ盾なきまま、彼の地を独力で切り取られた。戦上手であった尾張守でさえ、九州以前の石見にて、左兵衛佐殿に与力した国人たちの抵抗に遭って半年もの苦戦を強いられた。これもまた左兵衛佐殿のご器量のなせる業で、まさに不世出の軍才の持ち主であられる」

と、直義と同様の感想を口にした。国清の言葉は続いた。

「さらに申せば、左兵衛佐殿は今や正式な鎮西殿となっておられる。そのようなお方を討ち滅ぼすなど、三条殿のお骨柄ではとうていご無理な相談でござる。かのお方には、もはや大御所殿でさえ安々とは手を出せまい。故に、お一人でも大丈夫でござる」

この見方には、久々に鮮やかな驚きを覚えた。

そうか。わしはもうあらゆる意味で、京に居る必要はないのか……。

直常は国清の発言を受けた上で、今後の絵図を熱弁した。

「今ここには、山陰五か国をお持ちの弾正殿（山名時氏）がおられ、越前の守護であられる七条殿（斯波高経）、隣にはそれがしの越中が控え、南には諏訪大祝《おおほうり》殿（諏訪直頼）の信濃がござります。この山陰筋から北陸道、中山道までの一帯が、相州殿の勢力地となり申します。関八州を束ねられる上杉民部大輔殿（上杉憲顕）の越後も越中とは地続きで、これまた相州殿の力強いお味方となりましょう」

ようは、山陰から北陸と中部、そして関東までの広大な地域は直義の強固な地盤である。また、山陰から海路を経由すれば、九州の直冬と連携して動くことも可能だ。京の将軍家と柳営にも充分に対抗できうると結論付けた。

この壮大なる絵図には、皆から一斉に賛同の声が上がった。また、これら地域から飛び地になっている畠山国清（和泉、河内、紀伊の守護）と石塔頼房（伊勢と志摩の守護）も、国内の兵を率いて直義の下向に従うと声を上げた。

が、一人だけ浮かぬ顔をしている。細川顕氏である。

「それがしは先の戦いにて、大御所殿を行軍中で裏切り申した。にもかかわらず過日、わしに対しては恨み言ひとつ申されず、たいそうに遜った態度をおとりになられた。そのような御仁にまた反旗を翻すは、どうにも忸怩たる思いがありまする……」

そして最後に、自分は京に残りたいと言った。

この発言に、直常は色をなした。

「兵部少輔殿、我らの絵図をここまで聞きながら、その上で賛同せぬと申されるなど、いかなる料簡でござるかっ」

石塔頼房も、多少の怒気を発した。

「我らの今後が、将軍家に筒抜けになるではありませぬか」

それでも顕氏は、面を伏せたまま黙り込んでいた。

不穏な空気が一気に場を支配した。ふと気づくと、斯波高経が腰元の鞘に手をかけていた。咄嗟に直義は言った。

「分かった。兵部少輔の心情を思えば、致し方ない」

むろん本音では違う。けれど、こうでも言わねば顕氏は斬り殺されてしまう。戦場でならともかくも、平時での身内の惨劇などもうたくさんだ。さらに早口で言葉を重ねた。

「我らが一斉に京を離れれば、兄上にはわしに与した国々がすぐに分かる。勢力図は一目瞭然である。故に皆、ここは兵部少輔の意向を受け入れてやろうではないか」

途端、顕氏は板間にべったりと平伏した。

「皆々様、誠に面目なく、相済みませぬ。そして相州殿、深く感謝いたしまする」

そう言ったのち、顕氏は直義の屋敷を去った。

翌三十日の深夜、直義は彰子と共に京を去った。畠山国清、桃井直常、吉良満義らも行動を共にした。ひとまず目指すのは越前である。斯波高経は一足先に北進していた。石塔頼房は尊氏の軍が動いた時に備えて、伊勢にて兵を一旦は伏せておくという。山名時氏も丹波路より山陰へと戻り、九州の直冬との連携に備えると言った。

真っ暗な朽木《くつき》路を進みながらも、ふと思う。

おれはつい昨日まで、京を去るなどとは夢にも考えていなかった……。

自分でも意図せぬうちに、すっかり諸将たちの神輿の上に担ぎ上げられている。この脱京にも、おれ自身の明確な意思や志向など、ほぼどこにも見当たらない。

何とも不思議な気分で、夜の波上にぽっかりと浮かんでいたら、いつの間にか沖へと流され始めていた、という感じがする。かつて鎌倉で建武政権に反旗を翻した時、兄もこんな気分だったのだろうか……。

そんなことを思いながら、越前の金ヶ崎城へと三日後に到着した。

ところが四、五日もしないうちに、袂を分かったはずの細川顕氏が、金ヶ崎城にひょっこりとやってきた。

聞けば、直義の出奔を知った兄が、慌てて播磨路から引き返してきたという。むろん反旗を翻した赤松則祐をほっぽり出してだ。顕氏によれば尊氏は、

「頼むから帰って来てくれ。京に帰って、以前のように政務に復帰してくれぬか」

と直義に帰京することを懇願しているという。さらには、

「おまえの言うことは何でも聞く。破談した南朝との交渉も、わしがなんとかまとめてみせる」

とまで、半泣きになりながら言っていたらしい。

けれど、直義はその訴えを聞いても既に物憂かった。

おれが京に帰ったところで、幕政に貢献できることは何もない。立場は既に失われてしまっている。柳営に復帰しても、また義詮との確執が大きくなるだけだ。

第一、自分に付き従って来た諸将への面目が立たない。

それでも顕氏は諦めず、翌日以降も尊氏に成り代わって直義を説得し続けた。

が、この間に、義詮も帰京したという報が入ってきた。近江から帰京するや否や、若狭に侵入した山名軍の討伐を同国の国人たちに命じたという。

直義は、ますます気が進まなくなった。自分に与力した山名家と義詮との戦いは始まってしまった。

結局は桃井直常が、直義の代理で京へ行くこととなった。

「拙者、万一の場合は手討ちにされることも覚悟しております。その覚悟の上で、かつての引付方を復活させる交渉を致します。ならば相州殿は帰京してもよろしいと、かように大御所殿にお伝えいたします」

そう、なかなかに勇ましいことを直義に言い残し、顕氏と共に京へと向かった。

しかし直常は、わずか三日で金ヶ崎城へと戻ってきた。

尊氏は、直義の離反が直常の主導であることを既に知っており、大いに怒っていた。そして山城に入る直前で、直

常の上洛を拒んだのだという。この非礼には直常も負けずに怒り狂い、大憤慨していた。

これで完全に手切れだ、と直義はぼんやりと感じた。

八月十七日、尊氏と義詮が近江へと進出した。その数、わずか二百騎である。

が、ややあって尊氏軍に佐々木道誉の軍が合流した。道誉はいかなる理由からか、南朝から再び尊氏に寝返ったのである。さらに美濃からは土岐頼康が、伊賀からは仁木義長の軍も尊氏親子の許に駆け付け、軍勢が一気に膨らんだ。

九月に入ると、北近江にて直義の前線部隊との小規模な戦いが始まった。

七日、その前線部隊を救うために、畠山国清と桃井直常の軍が越前から発し、湖北の東岸にある八相山に布陣した。

十日、石塔頼房の軍が伊勢から近江へと入った。翌日にはなんと、佐々木軍をあっさりと撃破した。そのまま北進を続け、八相山に陣取る畠山軍と桃井軍に合流した。

頼房の戦の巧さは相変わらずである、と直義は微笑んだ。少なくとも道誉などより、その戦闘技量はいざ本気になれば、はるかに上だ。だいたい平素から無頼を気取っている奴に、合戦で本当に強い者などいない。

数日後、八相山へ尊氏軍が寄せてきた。双方の間で、初めて本格的な戦闘が繰り広げられた。

直義は遠く離れた金ヶ崎城で、戦闘経過を見守っていた。自身が兄と直接矛を交える気には、どうしてもなれなかった。だから年初に尊氏が山崎まで来た時も、直義は手を出さなかった。打出浜の戦いでも同様だ。石清水八幡宮に留まったまま、現地での戦闘を配下の者に任せた。

かといって、配下が尊氏と交戦することは黙認している。なんとも煮え切らぬ。およそ武士の風上にも置けぬ男だと自分のことを感じる。

八相山の戦いでは、戦況は尊氏軍に有利に推移した。直常はなおも抗戦することを主張したが、頼房や国清らの反対に遭い、結局は軍をまとめて越前に撤退してきた。

今後の策をどう講じるか話し合っているうちに、尊氏から和睦を求める使者として、細川顕氏が再びやって来た。

尊氏の言うことは、相変わらずだった。

「既に南朝との交渉も始めている。幕内での直義の面目も立つようにする。だから、頼むから京へと戻ってくれ」

直義は、畠山国清を使者として近江へと派遣した。国清の守護地である畿内の河内、和泉、紀伊の三か国は、尊氏の別動隊と南朝軍に盛んに侵食され始めていた。

だから、これ以上自国の被害を防ぐためにも必死に動いてくれるだろうと見込んでのことだった。

案の定、国清はその後の十日ほど、近江と越前の間を盛んに往復して両軍の周旋に努めた。


十月一日、直義は尊氏の度重なる講和の呼びかけに応じ、ついに近江へと向かった。

翌二日、湖南の西岸にある錦織《にしこおり》の興福寺にて、二月と十日ぶりに尊氏と対面した。しばらく見ない間に、兄はかなり元気がなくなっていた。多少痩せもしたようだ。

相手もまた、直義を一目見るなりこう言った。

「どこぞ、体の具合でも悪いのか。顔色が優れぬぞ」

直義は金ヶ崎城で、相変わらず酒を飲んでいた。それでも彰子から言われた酒量だけは、なんとか守り続けていた。

「大丈夫でござる。特に支障はござりませぬ」

その後、すぐに和睦の交渉に移った。

が、これがまたしても暗礁に乗り上げた。

山陰筋では直義方である丹後守護の上野《うえの》頼兼《よりかね》が既に戦死し、畿内や山陽道筋でも両陣営の戦闘が頻発していた。

まずはそれら戦線の手打ちの条件で大いに揉め、次に今後の柳営の件では、それ以上の激論になった。

引付方の元頭人である石塔頼房と桃井直常は御前沙汰《ごぜんさた》の廃止を求め、義詮は断固としてそれを拒否し続けた。

結果、和睦交渉は完全に決裂した。

直後の尊氏は、呆然としていた。後で義詮を激しく叱りつけていたと、興福寺を去ってから直義は聞いた。

畠山国清もこの結果には甚だしく失望し、ついには国に帰ると言い出した。

このままだと国清の守護地は早晩消滅してしまう。直義は、国清の今後のためにもその要望を受け入れた。

それ以外の諸将を引き連れて、直義は再び越前へと戻った。斯波高経も和睦決裂には失望の色を露わにした。

京からの報で、細川顕氏と畠山国清が出家すると言い始めていることを知った。尊氏は必死に引き留めているらしい。さらに国清の使者が言うには、京では厭戦気分が蔓延しており、義詮以外の一門の者は皆、この不毛な戦いにはほとほとうんざりしているという。

おれもそうだ、と直義も感じる。

一体どこの誰が、同門での骨肉の争いなどしたいものか。

そもそも足利幕府は、おれと師直が主導して作り上げたのだ。そんな幕府を、このおれが潰すとでも思うか——。

もういい加減、自分のことなど放っておいてくれ。

直義は、越前を後にすることを決めた。まずは桃井直常の守護地である越中へと移り、そこから上杉憲顕の勢力圏である越後、上野《こうずけ》を通って、亀若丸の待つ鎌倉へと入る。鎌倉公方である亀若丸と、その後見役である憲顕の許でひっそりと暮らし始めれば、さすがに京の義詮も静まるだろう。以前から彰子と思い描いていた余生でもあった。

こうして十月の中旬、直義は越前を後にした。付き従う武将は吉良満義と桃井直常、石塔頼房の三人と、彼らの兵団だった。


十一月の上旬、直義の一行は越後を抜け、上野の渋川郷に着いた。

この上州の桃源郷は彰子の実家、渋川氏の支配地である。義父の貞頼は、直義たちの兵団を温かく出迎えてくれた。既に齢六十半ばを過ぎた翁で、隠居の身である。

彰子の弟で、渋川家四代目当主であった義季は、十六年前の北条家残党の乱で死んでいた。彰子に似て性格の優しい男で、戦死する直前に新参の家来を呼んで、

「そちは、まだわしとは日が浅い。共に死ぬには及ばず」

と言うような義弟であったことを、懐かしく思いだす。

義季には死んだ当時、二人の幼い子供がいた。姉弟である。姉の幸子《こうし》は当時四歳だった。十九歳になった一年前に、義詮に嫁いでいた。

この彰子の姪を義詮の正室としたのは、尊氏の強い意向によるものだった。兄は、以前から自分と義詮の融和に努めていたことが、今さらながらに実感される。

弟の直頼は、義季が死んだ当時はまだ生後数か月の乳児だった。その後、幼少の身で渋川家五代目の当主となり、今では十七歳になる。姉の幸子が義詮の正妻となった縁で、先の騒乱では尊氏親子に付き従っていた。

姉である幸子は、直義と尊氏の死後、義詮の側室から生まれた春王《はるおう》の養母となった。春王はやがて、三代目将軍の足利義満となる。幸子はその後見役となって大いに権勢を振るった。「大御所渋河殿」とまで称されるようになり、斯波氏や細川氏、畠山氏という一門の有力守護大名でさえ、しきりと彼女の鼻息を窺うようになった。

ともあれ、直義はこの渋川で、義父の貞頼から驚天動地の事実を知らされた。

去る十一月二日、足利幕府が南朝と正式講和に至っていた。貞頼は孫の直頼からの使者により、昨日知ったという。

問題は、その講和内容だった。

一、朝廷は元弘一党の時代に回帰する。
というもので、現朝廷は三種の神器を後村上天皇に渡し、元号もこれまでの観応から南朝の正平に統一する。むろん南朝を正統な朝廷と認め、現朝廷をその下に置く。幕府の完全譲歩に等しい内容だった。

次項は、より強烈かつ簡潔だった。
二、源直義を朝敵として追討する。
この二項に関し、後村上天皇の綸旨が発給されていた。

あまりの内容に直義が呆然としていると、義父は続けて語った。この講和は、十月の下旬にはほぼ内容が煮詰められていたという。主導したのは義詮と、いつのまにか再び幕府に帰順していた赤松則祐であった。

則祐は、先に幕府に寝返っていた舅、佐々木道誉の説得に応じたのだ。そして大覚寺統へのかつての人脈を買われ、幕府から南朝との交渉役を任じられた。

むろん則祐は、護良親王を直義に殺されたことを忘れていなかった。講和条件は先の一項のみでも充分であるところに、第二項を密かに追加した。義詮もそれを黙認した。

最終段階でこの講和内容を知った尊氏は、大激怒した。

親子で大喧嘩を演じた挙句、先月二十八日には義詮を討伐する寸前までいき、それを仁木頼章や今河範国らが必死に押しとどめ、なんとか市街戦の火消しを図ったらしい。

兄の心情は分かる。

自分との和解を図るためだけに、南朝との交渉を大幅に譲歩しながらも進めていたのだ。それがあべこべに実弟を追討する始末となっては、まったくの本末転倒だろう。

が、既に時は遅く、後村上天皇はこの講和条件を正式に裁可した後であった。南朝にしてみれば、かつての建武政権打倒を実質的に主導したのは直義であることを骨身に沁みて認識し続けてきたから、これは積年の恨みを晴らすためにも、むしろ渡りに船であった。尊氏が後から修正を求めても、頑として応じなかったらしい。

……自分は、いつの間にか朝敵として討伐される立場となった。

義父の貞頼と、さらに膝詰めして話し合った。

かといって我が身の心配ではなく、彰子のことである。もし自分が成敗された時には、妻も道連れとなって悲惨な最期を遂げるだろう。それだけは避けたかった。

たとえ伴侶を失ったとしても、人は生きていさえすれば、また好日もあるというものだ。若き日の楽しい記憶を、しみじみと反芻しながら老いていくこともできる――。

そして、その決意を強引に実行した。

果たして彰子は、父親と渋川家の郎党に身柄を抑えられながらも散々にもがき、かつ泣き叫んだ。

「嫌でございますっ。直義殿は、いついかなる時も私と一緒だと申されたではありませぬかっ」

確かに、かつてはそう語ったこともあった。が、それも時と場合による。

「彰子よ、もしわしが死ねば、おまえもそのようになるだろう。わしだけが戦禍の中で生き残って、彰子が儚くなる場合もある。わしを、そのような憂《う》き目に遭わせたいのか」

彰子は憤然として反論した。

「詭弁にてござりますっ。それは私とて同じではありませぬかっ」

直義は少し笑った。まったくその通りだ。おれは狡い。予期される自責の念に駆られぬためにも、妻を置いていこうとしている。自分勝手だ。それでも言った。

「生き残ることが出来たなら、必ずこの渋川まで迎えに来る。これだけはしかと約定する。だから、どうか堪忍してくれ。頼む」

そう言い残し、なおも何かを叫んでいた彰子を渋川家に押し留め、桃井直常らと共に一路南を目指した。

二日後、武蔵国から多摩川を越えて相模へと入った。


その時にふと、赤松則祐のことを思った。誰を恨むわけでもない。おれが先に護良親王を殺した。自業自得だ。

十一月十五日に、直義の一行は鎌倉へと到着した。

亀若丸は十二歳になっていた。鎌倉公方として幕府側にいるにもかかわらず、朝敵の直義を嬉し泣きに塗れながら迎え入れてくれた。

聞けば、越中以降は消息不明になっていた直義の行方を、ずっと探し回っていたのだという。

「ところで母上は、どうなされたのですか」

直義は、渋川でのことを正直に答えた。

「わしが死ねば、そちは渋川から彰子を引き取ってくれ」

けれど、亀若丸は首を振った。

「大殿が攻め寄せて来られれば、それがしも父上と共に戦いまする。その話は、請け合いかねます」

そう、なかなかに勇ましい覚悟を打ち明けた。

直義は一瞬首を振りかけたが、直後には考え直した。

兄は直冬と違って、この亀若丸のことは可愛がっていた。それにまだ前髪も取れぬ十二歳の子供で、実際には合戦に出ることもない。自分に与したとしても、ほとんど罰は与えないはずだ。だから、黙ってうなずき返した。

その後、亀若丸はすぐに自分の後見役である上杉憲顕を呼んで、はるばる越前から直義に付き従って来た桃井直常、石塔頼房、吉良満義らを忠義の者として、感状を発給するように訴えた。

その憲顕から、京の情勢を詳しく聞いた。

既に尊氏は、十一月四日に京を出陣していた。けれど、とりあえず南朝に尻を叩かれて近江まで形ばかり出陣したのみで、軍勢はわずか十六騎という、部隊とも言えぬ少人数であった。また、出陣前に後村上天皇の綸旨に対して、

「直義入道と鎮西の直冬に関しましては、当方にご相談しながら退治することを、官軍にお命じくださりませ」

という趣旨の請願文を出していることも知った。

その意味を推し量るに、まず自分と直冬の処置に関しては、追討から退治という柔らかい言葉に置き換わっている。次に、この遠征軍の軍事指揮権は尊氏自身が持っていることを南朝に遜りながらもそれとなく主張し、必ずしも綸旨に従うとは限らないことを暗に仄めかしていた。

こういう微妙な含みを持たせた物言いは、かつての兄の人柄には見られなかったものだ。

さらに憲顕が言うには、去る八日に義詮が父の後を追って出陣しようとしているのを、近江に留まったままの尊氏は押しとどめている。それでも義詮は諦めず、十日に再出陣する旨を近江へと伝えた。尊氏はこの二度目の要請も、完全に拒否した。

義詮は直義や上杉一族に対する強硬派である。その嫡子の要請を二度に渡って撥ね付けたということは、直義とそれに与する関東勢を討伐することは、やはり考えていないようだった。

それは憲顕も同意見のようで、こう自らの考えを述べた。

「我ら関東と北陸の連合軍が、大御所殿の遠征軍に絶えず優勢を保てばいいのである。負けずに戦況を長引かせ、手打ちへと持っていく。おそらくは大御所殿も、そこらあたりの落としどころを狙っているのではあるまいか」

けれど、尊氏の一連の言動を聞き終わった直義の思うところは、また別にあった。

兄は師直が死に、自分が京を離れて以降、明らかに成長している。周りに誰も頼る者が居なくなってしまって初めて、主体的に動くようになっている。南朝との交渉も――途中から義詮任せにして思うような結果が出せなかったとはいえ――自らが進んで旗振り役となっていたし、講和内容に対しても、明らかに能動的な言動を見せ始めていた。

思えば、自分が一度目に幕政を退いた頃には小難しい漢

籍を読むようになっていたから、数年前からその萌芽はあったのだ。

東海道筋には、既に憲顕が前線を配置していた。中賀野《なかがの》掃部助《かもんのすけ》という武将を、駿河国府中に入れていた。十六日、その府中を、尊氏に与する駿河の伊達《だて》一族が襲った。中賀野掃部助は劣勢に陥り、北部にある久能山へと撤退した。

ついに我ら兄弟の前哨戦が始まった、と直義はぼんやりと感じた。

一方、関東執事である憲顕は、初戦で敗れても依然として強気だった。もともと関東は血気盛んな坂東武者たちの地盤であり、それら御家人を憲顕は統括している。また、天下の副将軍であった直義の名も借りれば、たちどころに五万以上の兵力は集まると踏んでいた。

そして事実、憲顕の陣触れに応じて、今や関東中の御家人たちが続々と鎌倉に到着しつつあった。

対する尊氏は、近江からようやく重い腰を上げ、仁木頼章、同義長、畠山国清、二階堂行珍、千葉氏胤、武田信武《たけだのぶたけ》らの軍勢と共に東進を開始した。間諜によれば、その兵数は一万強から二万弱ほどであるらしい。関東一円の坂東武者たちと戦うには、憐れなほどに少ない。

その気になれば近江の佐々木や播磨の赤松、四国の細川らも動員し、五万ほどの兵は楽々と上乗せして引き連れてくることが出来るはずなのに、兄はそれをやっていない。行軍速度も亀のように鈍い。義詮からの再三にわたる出陣許可も、依然として拒み続けているという。

その言動の意中は、たとえ尊氏が言葉に出さなくても明らかだった。

ふと十六年前の、北条家残党の乱を思い出す。

直義は迫り来る北条軍を背にしながらも京の師直宛てに、

「兄が征夷大将軍、総追捕使に任じられるまでは、兵を動かすことは断じてならぬ」

と厳命する文を送った。もとより死ぬ覚悟だった。

が、この手紙が不運にも尊氏の知るところとなった。

尊氏は発狂した。発狂した一刻後には京を雷発し、途中途中で糾合した五万の大軍と共に、わずか五日後には直義のいた三河宿に姿を現すという離れ業をやってのけた。

が、今ではその必死さも覇気も、微塵も感じられない。下手をすれば自滅することも、兄は覚悟し始めている。

………。

彰子はもう傍にはいない。直義は再び酒量が増え始めた。

十一月二十六日、尊氏軍は遠江の掛川まで進んできた。

三日後の二十九日、駿河の薩埵山《さつた》に到着し、山頂に陣を張った。そこに、駿河守護である今河範国の軍も加わった。

直義と憲顕は十二月一日、七万の兵を率いて鎌倉から伊豆国府へと入った。直後に薩埵山からの使者が来て、尊氏からの文を貰った。案の定、概略はこうだった。

頼むから和睦してくれ。おまえを罰するようなことは決してさせぬ。幕府の執権にも必ずや復帰させる。

直義は、深いため息をついた。

覆水盆《ふくすい》に返らず、と言う。

おれが降伏すれば、ここまで自分に付き従って来た桃井直常や石塔頼房と義房の親子、吉良満義、そして幼馴染の上杉憲顕までを裏切ることになる。たとえ自分は許されても彼らは扇動の罪を問われ、良くても所領を取り上げられて流刑に処され、最悪の場合は死罪となるだろう。

それでも返事だけは簡潔に書いた。

もはや自分は降伏することは出来ませぬ。兄上のほうこそ京へとお戻り頂ければ、幸甚にてござります。

これに対する尊氏の返信は、数日待っても来なかった。

直義と憲顕はついに旗下の軍を動かした。伊豆から駿河へと至る東海道は、七万の兵で溢れた。

直義は亀若丸と共に、伊豆国府を動かなかった。甘いと言われればそれまでだが、この期に及んでも兄と直に矛を交える気には、やはりなれなかった。

代わりに総大将として東海道筋の海沿いを進んだのは、上杉憲顕である。吉良満義と共に四万の軍を率いて由井方面へと南下していった。別動隊として、石塔親子が二万の兵をもって富士山麓沿いの内房（富士宮）へと進んだ。直義の許には桃井直常と、上杉家の重臣で越後守護代である長尾景忠が残り、一万の予備兵を温存している。

十一日、蒲原《かんばら》河原にて上杉軍と尊氏軍の前線部隊が激突した。上杉軍は元信濃守護である小笠原政長の猛攻を受け、三百ほどの兵を討ち取られた。数日後、山沿いを進んだ石塔親子も、尊氏軍の本陣近くで待ち伏せていた伊達景宗、今河頼国らと五分の交戦状態に陥った。

しかし全体を俯瞰すれば、依然として味方の優位は揺るがない。圧倒的な軍勢で薩埵山の周辺を埋め尽くしている。

そう冷静に戦況を見遣っていた矢先、下野から突如として叛旗が上がった。宇都宮氏綱が地元の一族や地侍たちを糾合し、本拠地である宇都宮から南進を始めたのだ。

かつて楠木正成と互角の戦いを繰り広げた宇都宮公綱という猛将がいた。「坂東一の弓取り」と評され、正成もその武略を恐れていた唯一の武将であった。

氏綱は、その公綱の嫡子である。兵団の中核である紀清両党は今も健在で、そのような宇都宮軍が弱いはずがない。

直義や憲顕に事前に何の断りもなかったところを見ると、明らかに尊氏軍の与力として立ち上がっていた。

十六日にこの事態を知った直義は驚き、すぐに対応を取った。伊豆国府に温存していた一万の兵を、桃井直常と長尾景忠に命じて急遽北進させた。

直後には、はたと気づいた。

この挙兵が、偶然であるはずがない。兄は、宇都宮氏綱と事前に連絡を取り合っていた。そして自分が降伏勧告に応じない場合に備えて、奥の手を用意した。薩埵山に直義軍の大部分を引きつけておいた上で、氏綱に進軍を命じた。

怒りはなかった。むしろ見事である、と感じ入った。

このような策略も、以前の尊氏には見られなかったものだ。兄の小部屋に、孫子の本があったことを改めて思い出す。おそらくは他の兵書も霞目《かすみめ》を凝らして読んでいた。

十九日、上野国那和荘の利根川付近で両軍は激突した。氏綱率いる紀清両党を中心とした兵団は、桃井直常と長尾景忠の両軍をあっさりと撃破した。

近年では一門内で最強を誇っていた桃井軍が一蹴されたことに、宇都宮兵団の精強さをますます痛感した。

すぐに上杉軍に早馬を立て、この事態を報せた。兵団の一部を引き抜き、宇都宮軍に当たって欲しいと要請した。

憲顕はすぐに動いた。二万の兵を副将の吉良満義に任せると、残り二万の兵を率いて伊豆国府まで戻ってきた。

「して、宇都宮氏綱は今どこにいる」

「武蔵に侵攻し、既に府中を陥落させた」

氏綱は武蔵国でも国人地侍たちを糾合し、さらに軍容を膨らませながら相模を目指して南下して来ていた。果たして憲顕は表情を曇らせた。

「あの紀清両党を相手にしても、二万もの軍があればまず大事ないと思ったのだが、相州はどう思う」

もともと憲顕は、そんなに戦は上手くない。だからこそ蒲原の軍の中から二万もの兵を引き抜いてきた。残る攻城軍は石塔親子も併せれば四万で、山中に籠る二万の尊氏軍を攻めるにはぎりぎりの兵数であった。通常なら攻城戦には三倍の兵を必要とする。その不利を押してでも、大量の兵を割いて来た。憲顕は、早くも自信を無くし始めている。

直義は束の間、自分が代わりに兵を率いていこうかとも思案したが、すぐに無理だと感じた。憲顕の許に集結した坂東武者たちは、この関東執事を信頼しているからこそ付いてきている。命を張る。おれでは駄目だ。

憲顕を勇気づけるためにも、考えていた戦略を口にした。

「いたずらに北進を図らず、足柄山にて敵を待ち受けたほうがいい。山頂からの地の利を生かして、一気に眼下の敵を蹴散らすのだ」

この案には、憲顕もようやく愁眉を開いた。脇に控えていた亀若丸もまた、一人前にこう勇気づけた。

「叔父上なら、きっと勝てまする」

憲顕は尊氏と直義の従兄弟に当たる。だからつい興奮して叔父上などと口走った。これには憲顕もやや苦笑した。

「そうであるな。亀若殿の申す通りである。きっとわしは勝てよう」

憲顕は自分にも言い聞かせるように言葉を残し、伊豆国府を発った。

十二月二十九日、足柄山にて上杉軍と宇都宮軍は交戦を始めた。地の利を占める上杉軍は、登坂を図る敵に対して上方から矢を散々に打ちかけた。

しかし、その攻撃をものともせず宇都宮軍はじりじりと山肌を登り続けた。さすがに「戦場での命など塵芥《ちりあくた》より軽いもの」と評されただけはある兵団であった。やがて山頂付近にまで辿り着き、上杉軍と本格的な白兵戦に入った。

一刻後、ついに力負けした上杉軍は四散し、憲顕は桃井直常と同様、消息不明になった。

同日、甲斐からも負け戦の報が届いた。直義方であった同国の守護が、尊氏から新たに守護職に任じられた武田信武により撃破された。

この結果、伊豆国府の直義と、薩埵山を囲む吉良満義の上杉軍と石塔軍は、逆に相駿《そうすん》の北部と甲斐方面から、敵軍に大きく包囲される形となった。

果たして吉良満義が臨時に率いていた上杉軍は、完全に浮足立った。戦線から離脱する武将たちが続出し、坂東武者とは昨日今日の間柄に過ぎない満義には、引き留める術もなかった。そもそもが攻城軍も半分に減じており、逆に尊氏軍から逆襲を受けていた最中での出来事でもあった。

こうして蒲原の上杉軍は崩壊した。

南方戦線の瓦解を知った石塔軍も、もはや戦は続行できぬと判断し、駿河北西の山奥へと落ち延び始めた。

むろん、伊豆国府にいた直義にも手の打ちようがなかった。手元に残っている兵は、わずかに百騎ばかりである。西方から吉良満義からの早馬が来て、仁木義長率いる軍がこの国府に迫っているという報を受けた。

直義は亀若丸を連れて、すぐに東進を開始した。郎党たちと共に一路、伊豆半島の中部にある北条を目指した。

あの山塊に囲まれた盆地まで辿り着けば、敵軍が来るまでにそれなりに時を稼ぐことが出来る。

とは思いつつも、それで時を稼いでいったい何になるのだ、とも感じていた。既に戦は完敗であった。

やはりおれは、戦では兄に到底敵わない……。


年が明けた元旦、直義と亀若丸は山中の北条から、さらに伊豆の東岸にある走湯山権現社へと移動していた。

この伊豆山権現は、尊氏の長子であった竹若丸が庶子に落とされ、十三歳まで孤独に育った大社である。その後、ここを抜け出して京へと向かった竹若丸は、途中で北条家の手の者により惨殺された。

おれもそうなるだろう、と既に腹は括っていた。

尊氏からの度重なる降伏勧告にも耳を貸さず、逆に戦を仕掛けたのだ。この反逆行為を顧みても、兄は立場上、朝敵となった自分を成敗せざるを得ない。

が、翌々日の三日、走湯山にやって来たのは重武装した尊氏軍ではなく、畠山国清と仁木頼章・義長の兄弟という三人の使者だけだった。


この三人から、改めて尊氏と和睦することを勧められた。

直義は呆然とした。

「このわしを、成敗せぬのか」

すると、仁木頼章は少し笑みを浮かべ、こう言った。

「大御所殿の御弟君にこう申すも甚だ失礼ながら、元来が我らは同門でござる。幕閣での確執も終焉し、こうして戦も終われば、それまでのことにてござる」

隣の義長も口を開いた。

「我らが今日《こんにち》、幕臣として晴れがましい立場にあるのも、かつて相州殿が幕府開闢のため、散々に尽力なされた故にござる。大御所殿も『そのような相州を討伐することは、断じてならぬ』との仰せでござりました」

これにはますます困惑した。

と、それまで気まずそうに黙り込んでいた畠山国清が、突然がばりと平伏した。

「相州殿、まことに相済みませぬっ。それがしは貴殿を焚き付けた一味であったにもかかわらず、こうして大御所殿に与し、逆に戦いを挑み申した……何卒お許しくだされっ」

こうして直義は、なおも呆然としたまま、尊氏からの和睦を受け入れた。

およそ人の世において、もっとも始末に負えず、対応に困るのは、他者からの剝き出しの敵意ではなく、逆に底抜けの好意であることを、この時ほどしみじみと感じたことはない。完全に毒気を抜かれ、もはや手も足も出なくなる。

翌四日、直義と亀若丸は三人に伴われて伊豆東岸を粛々と進み、小田原の酒匂川《さかわ》にて、尊氏の兵団と合流した。

久しぶりに見た兄は、よく陽に焼けてはいたが、それ以上に顔つきがすっかり様変わりしていた。以前はふっくらとしていた両頰がげっそりと削げ落ち、瞼《まぶた》の肉も落ちて双眼が大きくなり、眉間にも深い縦皺《たてじわ》が刻み込まれていた。

おれのせいだ、と感じると、知らぬうちに涙がぽとぽとと地べたにまで零れ落ちた。

尊氏もまた直義を認めるや否や、床几を蹴飛ばすようにしてこちらに駆け寄ってきた。そして直義の手を摑み、

「心配しておった。心配しておったのだぞ。もしや自決でもしやせぬかと、気が気ではなかったのだぞっ」

そう言って、なおも激しく両手を揺さぶった。

五日、直義は尊氏に伴われて鎌倉へと入った。

尊氏と亀若丸は鎌倉府の政庁へと移動したが、直義は政庁からやや北にある浄妙寺へと案内された。その境内にある延福寺という塔頭《たっちゅう》にて寝起きすることとなった。

政庁から戻ってきた尊氏は、申し訳なさそうに言った。

「すまぬが、おまえはまだ朝敵とされておる。その汚名が晴れるまでは、ここにて寝起きしてくれぬか」

ようは、とりあえず罪人として幽閉されるということだ。

尊氏の立場になって推測すれば、上杉憲顕や桃井直常、吉良満義や石塔親子は、未だ行方知れずとなっている。皆、十中八九死んではいない。いつ何時この鎌倉まで忍んできて、直義を連れ出すかも知れない。自分を担ぎ上げ、再度の反旗を翻すことも充分に考えられる。

それを、兄は恐れている。現に浄妙寺の境内には、弓と槍を持った護衛が既に十名ほど配置されていた。

直義が黙ってうなずくと、さらに尊氏は早口で言った。

「大丈夫である。わしが賀名生の朝廷と交渉して、なるべく早く汚名を返上してやる。であるに、心配は無用である」

あの頑迷な後村上天皇が到底そんなことを許すはずがないとは思いつつも、再び無言でうなずいた。

「何か、所望のものはないか」

これにはようやく口を開いた。

「多少の漢籍と、出来れば酒を少々」

尊氏が大きくうなずくと、ふと彰子のことが脳裏をよぎった。おそらくは駄目だろうとは思いつつも、こう聞いた。

「彰子をここに呼ぶのは、無理にてござりますか」

尊氏は一瞬迷ったような表情を浮かべた後、こう答えた。

「……分かった。彰子を鎌倉へと連れてくる。じゃが、共に生活は出来ぬぞ。日に一度、昼間にそちに会うくらいとなろう。そして彰子にも、絶えず警護が付くことになる。それでよいか」

おそらくはこれも、彰子を通じて誰かの手引きが来るのを恐れてのことだ。

が、妻に日々会えるだけでも充分に嬉しかった。

「兄上、感謝致します。ありがとうございまする」

こうして直義の幽閉生活が始まった。漢籍を読み、飽きれば酒を飲むという日々である。

尊氏はその間、直義方としてなおも抵抗を続けている各地の御家人たちの征伐に、鎌倉から出ずっぱりになった。その精力的な様も、以前の兄には見られなかったものだ。

他方で直義は、自らに与して未だ戦っている御家人たちの苦境を思うにつけ、いたたまれぬ気持ちになった。

おれがすべての原因を作ったのだ。そう感じるにつけ、ますますやり切れぬ気持ちに陥った。さらに酒量が増えた。

幽閉後十日ほどが経ち、ようやく彰子が鎌倉へと着いた。

二月ぶりに会った彰子は、すこし体が小さくなったように思えた。鬢《びん》にも白髪が増えていた。

「すまぬな。やはりわしは負けた。さぞや心労もあったであろう」

そう声をかけると、彰子は無言のまま涙を流した。ややあって気丈にこう言った。

「御無事であられた。それだけにて充分でござります」

そして部屋の隅に瓶子を見つけると、今度は顔を強張らせた。直義は慌てて言った。

「大丈夫だ。体を壊すほどには呑んでおらぬ」

彰子はなおも疑わしそうだった。

「本当にてござりますか」

「本当だ。いつぞやの三本の約束を、ちゃんと守っている」

むろん嘘だ。だが、この時は運よく三本しかなかった。

その後は彰子が昼過ぎにきて、一刻ほど直義といろんな話をして帰るという日常となった。

彰子は、直義に会いに来ていない間は亀若丸の世話をしているという。亀若丸は彰子に久しぶりに会えて、非常に喜んでいるようだった。同時に幽閉されている直義のことを、ひどく案じているという。その亀若丸の後見役として、畠山国清が関東執事に就任したことも知った。

さらに半月ほどが経って、二月になった。亀若丸の元服の話が持ち上がっていることを、彰子から聞いた。

「それは、さすがに早いのではないか」直義は言った。

「まだ亀若丸は十三歳になったばかりであるぞ」

「されどこれは、尊氏殿のたっての希望にてござります。府内のお方々も反対していると聞き及んでおりまするが、頑としてお考えを変えようとはなされぬご様子にて」

これまた以前の尊氏とは違ってきている。昔の兄ならば、柳に風とばかりに皆の意見にすぐに流れていた。

その尊氏が上野への遠征から帰って来て、ひょっこりと直義の前に姿を現した。

兄の立ち姿を一目見るなり、やはり変わったと感じる。せわしなく東奔西走しているせいもあるだろうが、以前はふっくらとしていた体形が、まるで別人のように引き締まってきている。既に四十八になるというのに、身のこなしも春風が立つように小気味いい。

直義は、亀若丸の元服の話を持ち出し、まだ早いのではないかと忠言した。

すると尊氏は急に外の境内をきょろきょろと見渡し、付近に誰もいないことを確認すると、低い声で囁いた。

「実は、わしも内心ではそう思っている」

これには驚いた。

「では何故に」

そう問いかけると、尊氏は不意に皓い歯をのぞかせた。

「ようは、時を稼ぐためだ」

直義にはその意味がよく分からなかった。

すると尊氏は説明を始めた。

賀名生の後村上天皇からは、もはや関東討伐も済んだのだから、さっさと直義を処罰して京へ帰るようにと、正月早々から矢のような催促が来ているという。

しかし尊氏は、依然として直義の朝敵取り消しを求め続けていた。そして、それが認められぬ限りは、たとえ公言はせずとも、この鎌倉に居座り続けるつもりだと語った。

「正直に申せば、これまでの各地への遠征も、わざわざわしが行かずとも戦上手の近衛将監《しょうげん》（畠山国清）に任せておけば、そこは以前の味方同士である。もっとうまく慰撫をやるだろう。わしなど鎌倉に居る必要はない。そして、亀若丸の件である――」

これもまた時間稼ぎで、元服の行事を盛大にやることにより、さらに鎌倉に留まる口実を作っているのだという。

尊氏はなおも熱心に自分の考えを語った。

「あの時と同じだ」

「はて。あの時とは」

「じゃから、先々代の帝から、わしらが朝敵となった時だ」

そこでようやく、直義はおおよそを領解した。

つまり、帝の命に反してでもこの鎌倉に留まり続けることにより、朝廷に無言の圧迫を加え続ける。

十七年前は、それで京の後醍醐天皇は怒り出し、新田義貞を討伐軍として差し向けた。

しかし今、賀名生の朝廷は肝心の京を足利幕府に押さえられ、手元には寡少な兵力しかない。討伐軍を差し向けるなど、夢のまた夢である。そのうちに鎌倉に居座ったままの尊氏にますます脅威を感じ、逆に幕府から攻められるのではないかと勘繰るだろう。最後には身の危険を感じ、ついには折れて出てくる。直義の赦免を受け入れる。

つまりはそういうことかと、直義は問うた。

尊氏は満面の笑みでうなずいた。

「まさに、その通りである。根競べである」

が、直後に目の前の兄から受けた印象を、なんと例えればいいのだろう。

むろん、いつの間にかこんな長丁場《ながちょうば》な絵図を描けるようになった兄に対して、驚きはしていた。

けれども同時に襲ってきた気持ちは、そこまでして自分を救おうとしているのかという感動ではない……。

直義はむしろ、拍子抜けしていた。

なんだ。

やればできるではないか。

正直、そういうことだ。

まったく身も蓋もない感慨だが、考えてみれば当然だ。我ら兄弟は同じ二親から生まれた。血の能力に大差はない。

ただ、これまでは周囲に常に師直と自分がいて、尊氏は一度も必死になったことがなかっただけだ。しかし師直も既になく、直義も朝敵とされた今、もはや自力で何とかするしかない。己の力量のみで懸命に立ち回るしかない。

結果としてそれが、尊氏の奥底に眠り続けてきた資質をようやく覚醒させた。

直義はなおも呆然としたまま、浄妙寺の境内を屋内からぼんやりと見遣っている。

……。

この寺は今でこそ臨済宗だが、今から百年ほど前までは真言宗の寺院であった。当時の名を、極楽寺と言う。

そして目の前に、もう一人の「極楽殿」が座っている。

兄は芋虫から、いつしか光り輝く黄金虫に変わっていた。浄土のように鮮やかな極彩色を、その肩口から眩いばかりに放っている。少なくとも直義にはそう感じられる。五十を前に、ようやく脱皮して大人になった。

まさに『極楽征夷大将軍』だ――。

境内を去っていく尊氏の後姿を見送った直後、不意に師直の言葉を思い出した。

ずいぶんと昔、兄に関して確かこんなことを言っていた。尊氏は、世の欲望の上にぽっかりと浮かび上がる化身のようなものだ、と。

実は後日、師直にもう一度尋ねたことがある。その見方にはまだ何事かの乖離があるように思えたからだ。

すると師直は、もっと簡潔に答えた。

「つまり、殿とは世間そのものでござる」

たった今、その意味がはっきりと分かった。

昔日の記憶がまざまざと蘇ってくる。由比ガ浜の景色が目の前に広がる。

幼い兄が流木の木っ端を、沖へと向かって投げる。

とぷっ。

木片が波間に浮かぶ。背後に海面が盛り上がる。うねりが膨らむ。兄はその行方をしきりに見極めようとしている。

……師直が言った通りだ。

兄はあの頃から、ごく自然に虚無の中に漂っていた。日陰者の生い立ちから来るものだろうが、だからこそ大海原の中に、いっそ自分というものを放下《ほうげ》しようとしていた。

さらに自らを虚しくして、宇内そのものに溶け込む。無色透明になっていく。

長じても、世に対する無意識の「構え」だけは残り続けた。その世への構えを、師直は言っていたのだ。

確かにそういう意味で、兄は世間そのものであり続けた。世間に好き嫌いはない。誰でも受け入れる。偏見も嫉妬も敵愾心もない。定見も、こうしたい、こうありたいという志向もない。ただありのままを、すべて受け入れることで成り立っている。だからこそ、そんな兄の許ではすべての者が安んじていられる。

ようやく分かる……。

新田義貞、楠木正成、後醍醐天皇らの稀代の傑物たちは、ただぼんやりしているだけが能の兄の前に、何故に儚くも滅び去ったのか。

当然だ。いくら並外れた器量があっても、誰も世間には勝てないからだ。

しかしその世間が、これまで果敢に行動した時が二度だけあった。初めて自らの明確な意思で動いたことがあった。

一度目は、あの北条家残党の乱の時だ。兄は発狂同然となり、京を雷発した。

二度目は、自分が東海道筋で新田義貞に負け続け、鎌倉入りを阻もうと箱根で討ち死にを覚悟した時だ。出家寸前だった尊氏はこう言い放った。

「我が弟あってこその、それがしである。もし直義が命を落とさば、わし一人が生き残っても無益である」

そしてざんばら髪のまま、浄光明寺を飛び出した。

……。

尊氏は、おれを助けようと必死になった時だけ、世間ではなくなる。

何故なら、兄には物心が付いた頃から自分という弟が常に隣にいた。あの由比ガ浜でもそうだ。いつも兄の脇に座ったまま、大海原という世間を眺めていた。

つまり世間とおれは、兄の中では最初から別々に併存するものだった。

そして今、三度目の弟の危機が招来している。朝敵として成敗しなければならない状況が、未だに続いている。尊氏はこの三度目でいよいよ苦悶し、ついに覚醒した。

しかし、もう充分だと思う。

これからは兄を、武家の世に君臨する征夷大将軍として、本当の世間そのものにしてやった方がいい。

それが世のため人のためでもある。幕府の創設期は既に終わっている。もはやおれなど必要ないどころか、かえって邪魔になるだけだ。

不意に視界がかすんだ。室内がぼやけて見えた。

直義は顔を両手で覆い、しくしくと泣き始めた。

その後、直義は以前にも増して、廃人のように無気力になった。

自分という存在が、兄が征夷大将軍として、完全なる公人になることを阻んでいる……。

その自覚のせいかどうかは分からないが、特にここ最近の倦怠感は尋常なものではなかった。四肢が丸太にでも縛り付けられているかのように、異様に重い。むやみに動くと、足先が痺れたように無感覚になる。

だから、屋内で漫然と寝そべっていることが多くなった。

読書も物憂くてやめた。

以前の謹直な日々からは、想像もできなかったことだ。

やがて彰子は、そんな直義のひどい虚脱状態を何度も目の当たりにして、飲酒癖よりも心配するようになった。

「直義殿、後生ですからもう少しはきとなさりませ。なにやら瞳もひどく黄《き》みがかって見えまする。非礼を承知で申し上げまするが、まるで死人《しにびと》のようではありませぬか」

確かに言う通りだと思い、つい苦笑した。

「まことに面目ない。酒癖の次は惰癖《だらけぐせ》ときた。まったくわしはどうかしている」

けれどこの下手な冗談にも、彰子は少しも笑わなかった。

「酒《ささ》が欲しいようなら、もう飲むなとは申しませぬ。量が多少増えても構いませぬゆえ、もそっと元気におなりませ」

「いや……酒量は充分である」

今度は本音だった。実は十日ばかり前から臓腑の奥のあたりがきりきりと痛く、瓶子の三本以上はとても飲めたものではなかった。このところ、小便も恐ろしく黄色くなっていた。たぶん、体の中で何かしらの異変が起こっている。

しかしそれを彰子には打ち明けなかった。言っても、おれはもう元には戻れない。心労を増やすだけだろう。

気づけば、亀若丸の元服の日まであと五日となっていた。

二月二十五日、鎌倉府にて亀若丸の元服の儀式が盛大に執り行われた。亀若丸は「基氏」と名乗りを変えた。

むろん直義は、その晴れの席には参加できなかった。夕刻前に彰子がやって来た。元服の儀式は滞りなく終わったという。

また、この日は如意丸の一周忌でもあった。

そういえばそうだった、と彰子に言われて初めて気づいた。あんなに大切に思っていた我が子であるのに、直義は自らの迂闊さに愕然とした。

いよいよ頭の中もおかしくなり始めている。

けれども表面上は、さも覚えていたかのように頷いた。

嫡子の供養のため、浄妙寺の本堂へと向かった。塔頭から本堂へ境内を横切るわずかな間に、直義は三度も転んだ。

「直義殿、いったいどうなされたのですか」彰子はその度に助け起こしながら、ひどく心配そうに言った。「幽閉の身ゆえに、ついに足が萎えられましたか」

そうではないと感じる。が、この時も自分の体調の悪さを誤魔化した。無理に笑みを浮かべ、諧謔めかして答えた。

「そうであるな。わしは、いよいよだらしがない」

夜になると尊氏に伴われ、亀若丸改め基氏がやって来た。久しぶりに見たその額からは前髪が取れ、頭頂の青々とした剃り跡がまだ痛々しく見えた。時に寒《かん》の戻りであった。

「なにやら頭のてっぺんが、すうすう致しまする」

基氏はそう間の抜けたことを言って、直義を久しぶりに笑わせてくれた。こういうとぼけたところは、以前の兄にそっくりだ。

その後、基氏が眠気にしきりと舟を漕ぐ中で、尊氏と大いに痛飲した。相変わらず臓腑は痛んでいたが、基氏の晴れの祝いの席だ。かまうものかと思った。


尊氏たち親子が帰った後は、いつものように一人で床へと入った。

夜明け前にふと目覚めた時、全身にびっしょりと汗を掻いていることに気づいた。

肌にまとわりつくような脂汗《あぶらあせ》で、凄まじく気持ちが悪かった。息も苦しく、頭もかなり痛む。しかしこの麻痺したような痛みは、二日酔いの類ではない……。

縁側の戸板を開けて新鮮な外気を入れようと、立ち上がりかけて転んだ。手をついて立ち上がろうとした。

腕に力が入らない……。直義は、這うようにして戸板に近づいていった。半ば寝転がったまま、右腕を懸命に伸ばし、ようやく戸板の隙間に指先を差し込んだ。さらににじり寄って、今度は左の指先を入れた。

なんとか二尺ほど戸板を開けた。

途端、冷たい風が室内に吹き込んできた。南からの風なのに、恐ろしく冷たい。どうしてだろう。よく分からない。

それでもやや気分は良くなった。

月光が、庭先をくっきりと照らし出している。

朦朧《もうろう》とした意識のまま、しばしその景色に見入っていた。

磯の香りが微かに漂っている。由比ガ浜から南風に乗ってやって来た。

又太郎が投げた木っ端が、波間に浮かぶ。

背後に海面が盛り上がる。うねりが膨らむ。

あぁ、と直義は薄れゆく意識の中で思った。

やはり兄は、あれら膨らみゆく波そのものだ——。

けれども、そこで思考は止まった。


二刻後、鎌倉は深い朝霧に覆われた。

その霧の中を郎党が朝の膳を持って塔頭を訪れた時、既に直義はこと切れていた。享年四十六。奇しくもこの日は、一年前に師直が殺された当日でもあった。

なお、尊氏のその後である。

直義が心ならずも遺《のこ》した反幕の姿勢は、かつての配下だった親族によって脈々と引き継がれていった。

尊氏の後年は、ある意味でこの実弟の負の遺産と、南朝軍との戦いに終始した。

翌月の閏二月、上野国で新田義宗《よしむね》、脇屋義治《よしはる》らの新田家残党が挙兵した。新田義貞と脇屋義助の子供たちである。呼応して、野に隠れていた石塔親子も立ち上がった。新田家の残党と協調し、鎌倉を目指して進軍した。

尊氏は、この新田家残党と石塔軍の掃討戦に全力を注いだ。敵軍には、上杉憲顕とその配下も加わった。武蔵国と鎌倉の間で激戦が繰り広げられた。

閏二月末、幕府軍は武蔵国の笛吹峠で、新田残党軍との総力戦に挑んだ。

この時の尊氏は常に最前線で采を振り、矢の雨が降り注ぐ中をものともせず、盛んに味方を鼓舞し続けた。

征夷大将軍に就任した後に、このような向こう見ずな蛮勇を発揮したのは、日本史上で尊氏のみである。この史実を見ても、やはり尊氏は底が抜けたような観がある。五十を前にして、本当に生まれ変わってしまった。

水は方円《ほうえん》の器《うつわ》に随《したが》う、という言葉がある。

尊氏という「水」は、以前まで師直と直義という器に形作られていた。その意志も世間への在り方も――時に時代の激動の波に洗われ、束の間溢れ出ることはあったが――平素はこの二人の想定した枠内に止《とど》まっていた。

だが足利幕府の成立後、両者の諍いにより器の箍が緩み始めた。水が、世間へと少しずつ滲み出るようになった。

そして師直が横死し、直義という底が抜けることにより、尊氏は共依存《きょういぞん》の頸木《くびき》から完全に解き放たれた。

水に形はない。高邁《こうまい》な夢も理念もない。

時流情勢に応じてその姿を変える。低きへ低きへと枝分かれしながら、ひたひたと進んでいく。

尊氏は、二人が遺した幕府を守ろうとする気持ちのみで、なりふり構わず動いていた。その雄姿は、彼に与する在野の武士たちの心中にごく自然に浸透していった。

尊氏は弟の消滅により、体制側の世間そのものになった。

当然、これら一連の戦いは尊氏側の圧勝に終わった。

新田家の残党は越後へ、憲顕とその一味は信濃へと没落した。石塔親子は再び山野へと行方を晦ました。

同時期に、京でも騒乱が起きていた。南朝が幕府との和平を破って、楠木正儀の率いる南朝軍が京へと攻め込んだ。

後村上天皇は、尊氏が新田軍との戦いですぐには上洛できないと見ていたようだ。義詮は京を捨て、近江へと逃れた。南朝軍は京を一時制圧し、北朝の上皇を捕えた。

しかし三月、義詮は細川顕氏と共に京を奪還した。

十一月、河内に引いていた楠木正儀の軍に、石塔頼房と吉良満義が東国から加わった。その後はむしろ、石塔頼房と吉良満義の兵団のほうが反幕府軍の主体となった。彼らは摂津守護の赤松光範《みつのり》を撃破し、同国を翌年まで支配した。

山陰の山名時氏も備前へと侵攻し、それに呼応して、備後に流罪になっていた上杉重季も挙兵した。

年末、九州の直冬が渡海して、長門へと転進した。

が、直冬は他の武将のようにいたずらに上洛を急ごうとはせず、まずは長門と石見の二か国に一年半もの時をかけて、自軍の勢力をじっくりと扶植することに努めた。ここらあたりの思考の寸法の長さは、やはり尋常人《ただびと》ではない。

この期間に、石見における直冬の伝承が残っている。

春先に石見沿岸部の山岳地帯を行軍していた時、高原へと出た。暖かい日が続いていたというのに未だに雪で覆われ、銀色に輝いていた。が、雪原に足を踏み入れてみると、実は雪ではなく、表土に吹き出た一面の銀鉱床であったという。後世の石見銀山である。

もしこの逸話が本当ならば、直冬は実父との対決を前に、膨大な軍資金を手にしていたことになる。


ともあれ、畿内周辺での騒乱はその間も続いていた。

翌文和二（一三五三）年になり、山名時氏の軍は上杉重季と協調して備前の石橋和義を撃破した。六月、その勢いのまま畿内へと進み、摂津の石塔頼房、吉良満義の兵団と共に、京へと攻め込んだ。義詮は再び近江坂本へと逃れ、旧直義軍は南朝軍と市中を制圧した。

が、七月になって、義詮は細川顕氏や赤松則祐らと共に京を奪還した。吉良満義はこの時に降伏し、石塔頼房は山名軍に従って山陰へと下った。

同時期、尊氏はまだ関東にいた。未だ蠢く旧得宗家や新田家の残党狩りに追われ続けていた。しかし七月の末になり、ようやく彼ら残党を駆逐し終えた。

上洛仕度に際して、尊氏は配下の武田信武の籠手《こて》と脛当てを所望した。八年前の天龍寺落成の時に信武が付けていたもので、その晴れの縁起にあやかりたいと思った。

けれど近習の饗庭氏直が信武からの進上品を、

「このような時代遅れの小具足は、実戦には役立ちませぬ」

と窘めると、尊氏はあっさりと笑った。

「おぬしは故実《こじつ》を知らぬのだ」

縁起物の是非はともかく、こういう先例の知識をごく自然に誇る言い方も、昔の尊氏には見られなかったものだ。

九月に入京した尊氏は、義詮と共にしばしの平穏を得た。

文和三年の五月、ついに直冬が石見国から動いた。中国筋への本格的な東進は九月になってから始まった。

直冬は既に南朝への帰順を済ませ、但馬の山名時氏、丹波の石塔頼房、南朝の楠木正儀らとも連携を取り合いながらの、満を持しての進軍開始だった。

長らく消息不明だった桃井直常も、直冬に呼応して越中で挙兵の声を上げた。越前の斯波高経もまた、尊氏親子の幕府に対して反旗を翻した。

結局のところ旧直義派の武将たちは、義詮よりも直冬の器量に幕府の先々を託したかったようだ。

その直冬は、山陰道の途中途中で軍容をさらに膨らませながら、ゆっくりと東進していった。

十月、直冬に先立って山名時氏らの軍が動いた。石塔頼房と共に京への進軍を開始した。同時に、越前の斯波高経と越中の桃井直常も畿内へと南進した。

十二月二十四日、尊氏は一戦もせずに、京から軍を率いて近江へと退いた。一旦は旧直義派の諸将を入京させ、糧道を断って干乾しにする作戦に出た。

が、その退転する前日に、尊氏は悠長にも母の十三回忌の法要を盛大に営んでいる。逆に言えば亡き母の法要があったからこそ、二十三日まで京に留まり続けた。四方から敵軍が迫って皆が歯ぎしりする中で、等持院で呑気に念仏を唱え続けた。こういう部分には、どうやら以前の頓珍漢な尊氏がまだ多少残っていたようだ。

文和四年の正月十六日、まずは北陸勢の斯波高経と桃井直常が入京を果たした。続いて二十二日、直冬軍が、途中で待っていた山名時氏、石塔頼房を率いて京へと到着した。

その時点から尊氏の逆襲が始まった。直冬軍との市中での攻防戦は激烈を極め、二月にもわたって続いた。

ここでも尊氏はしばしば先陣に立ち、矢面の只中で自軍を鼓舞し続けた。言動に一切の迷いがなくなっていた。

もし若き日というものが時に弱音を吐き、時に迷い、時に我が身のままならなさから自棄《やけ》になるものだとすれば、尊氏は五十一歳にして、ようやくその心境を脱した。生き方を完全に立場で割り切り、一足飛びに晩成期へと入った。

対照的に直冬は、本陣である東寺から打って出ることはほとんどなかった。旧直義派の武将たちが、それぞれ必死に市街戦を繰り広げるに任せた。

直冬もまた直義と同様、さすがに尊氏を目前にすると、直に矛を交える気にはなれなかったようだ。圧倒的な自軍の威勢により、実父を屈服させたかっただけの節がある。

当時、直冬は二十九歳だった。まだ若き日の躊躇いの中にいた。

直冬軍は時の経過と共に劣勢になり、ついに三月中旬、八幡の石清水八幡宮に退いた。

直冬の覚悟の無さに失望した旧直義派の武将たちは、次々と八幡を去った。尊氏に降伏した者もあれば、再び山野に隠れた者もいた。前者は斯波高経や山名時氏であり、後者は桃井直常、石塔頼房である。

ただし直常と頼房も、後年には幕府に帰順した。

信濃に閑居を託っていた上杉憲顕もまた、後に基氏に保護されて関東執事へと復帰した。やがてその役職が改名され、初代の関東管領となった。

強力な援軍を失った直冬は、その後石見周辺へと落ち延びた。武将としては廃人同様となった。尊氏もまた、無用の人としてその後を追わなかった。

あるいは、死んだ直義への遠慮もあったのかも知れない。

この市街戦より十二年後、義詮が京にて病死した。三十八歳だった。鼻血を大量に出して死んだ。脳溢血《のういっけつ》であろう。

奇しくも同年、鎌倉の基氏も麻疹《ましん》に罹患し、弱冠二十八で死亡した。

直冬の死はこれよりもはるかに遅く、応永七（一四〇〇）年のことだったと言われる。その八年前には三代目将軍の義満により南朝も消滅し、七十四歳までの余命を得た。

尊氏の死は、むろんこれら子供たちより早い。直義の死より六年後、旧直義派との市街戦から数えると三年後に、背中に腫物《しゅもつ》を患って死んだ。

享年五十四。その晩年に残した歌がある。

五十路《いそじ》まで　迷い来にける　儚《はかな》さよ　ただかりそめの
草の庵《いおり》に

尊氏は直義の死後、一見は征夷大将軍として精力的に働いていた。

あくまでも公人としてはだ。

しかし、内心ではどうだったのだろう。

自ら司《つかさど》り始めた足利幕府も、それを実質的に作り上げた弟が死んだ後となっては、煩悩に塗れた火宅《かたく》にしか見えていなかったのかも知れない。


（完）

参考文献

亀田俊和『観応の擾乱』（中公新書）
桃崎有一郎『室町の覇者　足利義満』（ちくま新書）
清水克行『足利尊氏と関東』（吉川弘文館）
桃崎有一郎『京都を壊した天皇、護った武士』（NHK出版新書）
佐藤進一『日本の歴史9　南北朝の動乱』（中公文庫）
森茂暁『足利直義』（角川選書）
峰岸純夫『足利尊氏と直義』（吉川弘文館）
亀田俊和『高師直』（吉川弘文館）
亀田俊和『高一族と南北朝内乱』（戎光祥出版）
森茂暁『足利尊氏』（角川選書）
櫻井彦・樋口州男・錦昭江　編『足利尊氏のすべて』（新人物往来社）
峰岸純夫・江田郁夫　編『足利尊氏』（戎光祥出版）
鈴木由美『中先代の乱』（中公新書）
亀田俊和『南朝の真実』（吉川弘文館）
石原比伊呂『北朝の天皇』（中公新書）
亀田俊和　編『初期室町幕府研究の最前線』（洋泉社）
下野新聞社編集局『下野国が生んだ足利氏』（下野新聞社）
榎原雅治・清水克行　編『室町幕府将軍列伝』（戎光祥出版）

初出　オール讀物　二〇二〇年五月号～二〇二二年十一月号
書籍化にあたり、加筆・修正をしました。

垣根涼介（かきね・りょうすけ）

一九六六年長崎県諫早市生れ。筑波大学卒業。二〇〇〇年『午前三時のルースター』でサントリーミステリー大賞と読者賞をダブル受賞。〇四年『ワイルド・ソウル』で、大藪春彦賞、吉川英治文学新人賞、日本推理作家協会賞と、史上初の三冠受賞に輝く。翌〇五年、『君たちに明日はない』で山本周五郎賞を受賞。一六年、『室町無頼』で本屋が選ぶ時代小説大賞受賞、週刊朝日「２０１６年歴史・時代小説ベスト10」第一位。著書に『ヒートアイランド』『サウダージ』『光秀の定理』『信長の原理』『涅槃』などがある。

極《ごく》楽《らく》征《せい》夷《い》大《たい》将《しょう》軍《ぐん》

二〇二三年五月一〇日　第一刷発行
二〇二三年八月　五　日　第三刷発行

著者　垣《かき》根《ね》涼《りょう》介《すけ》
発行者　花田朋子
発行所　株式会社 文藝春秋
〒一〇二―八〇〇八
東京都千代田区紀尾井町三―二三
電話　〇三―三二六五―一二一一
印刷所　凸版印刷
製本所　加藤製本
DTP組版　言語社

万一、落丁・乱丁の場合は送料当方負担でお取替えいたします。小社製作部宛、お送りください。
定価はカバーに表示してあります。

ISBN 978-4-16-391695-8